必需品专卖店

〔美〕斯蒂芬·金 著 吴茵茵 胡云惠 译

NEEDFUL THINGS

斯蒂芬·金作品系列

STEPHEN KING

人民文学出版社
PEOPLE'S LITERATURE PUBLISHING HOUSE

著作权合同登记号　图字 01-2022-3226

图书在版编目(CIP)数据

必需品专卖店 /(美)斯蒂芬·金著;吴茵茵，胡云惠译. —北京:人民文学出版社,2018(2022.7 重印)
(斯蒂芬·金作品系列)
ISBN 978-7-02-014559-1

Ⅰ.①必…　Ⅱ.①斯…　②吴…　③胡…　Ⅲ.①长篇小说-美国-现代　Ⅳ.①I712.45

中国版本图书馆 CIP 数据核字(2018)第 189393 号

出 品 人　**黄育海**
责任编辑　**朱卫净　张玉贞**
封面设计　**陈　晔**

出版发行　**人民文学出版社**
社　　址　**北京市朝内大街 166 号**
邮政编码　**100705**

印　　刷　**上海盛通时代印刷有限公司**
经　　销　**全国新华书店等**

字　　数　**569 千字**
开　　本　**890 毫米×1240 毫米　1/32**
印　　张　**18.5**
版　　次　**2012 年 3 月北京第 1 版**
印　　次　**2022 年 7 月第 2 次印刷**

书　　号　**978-7-02-014559-1**
定　　价　**89.00 元**

如有印装质量问题,请与本社图书销售中心调换。电话:010－65233595

谨以此书献给克里斯·拉文。
他并非万事皆知，
但重要的，他一定知道。

各位先生女士请注意!
靠近点好看清楚!
我要讲个故事,不花你一毛钱!
(如果你相信我,我们一定会相处融洽。)
——史蒂夫·厄尔《蛇油》

我曾听说,
当黑夜像俗话说的厚到可以拿刀来切时,
许多人连走在村里的街上都会迷路……
——亨利·大卫·梭罗《瓦尔登湖》

目录

你来过这儿。

你当然来过这儿，开什么玩笑，我对人啊，过目不忘。

来来来，让我握握你的手！告诉你，我还没看清你的脸，光看你走路的样子就认出来啦。你今天回城堡岩来，可真挑对日子啦。咱们这小镇不赖吧？不久打猎季节就要开始，那些笨蛋进了森林，对着会动又没穿亮橘色背心的东西乱射，不把彼此打死才怪。接下来就是下雪下冰雹，不过这都是以后的事啦。现在是十月，在城堡岩啊，十月想待多久，我们就让它待多久。

我看哪，一年当中最好的就是十月。这里的春天也不错，不过跟五月比起来，我还是喜欢十月。夏天一结束，缅因州西部几乎就被大家忘得一干二净。那些在湖边和景观丘上有别墅的人都回纽约和麻省了。镇上的本地人每年看着他们来来去去——你好，你好，你好；再见，再见，再见。他们来是不错，把城里的钱都带来了，不过他们离开也很好，把城里的烦恼也带走了。

我要讲的就是这些恼人的事——能不能跟我坐一会儿啊？来这演奏台阶上坐吧。这里太阳晒得可暖和哩，而且是在公共广场的正中间，可以把镇上看得一清二楚，小心裂掉的木头刺人就是啦。这木头台阶实在该打磨打磨再重新上漆，这可是休·普利斯特的分内事，只不过他还抽不出空来。告诉你，他酗酒呢，这也不算什么秘密。咱城堡岩也不是说守不住秘密，只不过得费很大的劲儿，可是大伙儿都知道，休·普利斯特早就不想费什么劲儿了。

你说啥？

噢！那个呀！哎呀，老弟，那设计得可真棒呀，你说是不是？镇上到处贴着那些传单！我看大多是万达·亨普希尔亲自贴的（她老公是唐，亨普希尔超市就是他开的）。把那柱子上的撕下来给我看看。这有什么好怕的，大家本来就不该在公共广场的演奏台上乱贴传单呀。

哎呀呀！你看看你看看！“骰子与恶魔”这几个大字就印在最上面，不仅红得醒目，还冒着烟，人家还以为是从地狱限时专送寄来的呢！哈！我看要是有人不知道咱们这小地方闷得要命，还以为我们堕落到极点了。

不过你也知道，像我们这种小镇，事情常常一发不可收拾。我看这次啊，威利牧师肯定要出什么怪招，这我敢打包票。这种小镇上的教会……这个嘛，不用我说你也该知道，大家生活上是不得不有个交集，不过心里早就看彼此不顺眼。相安无事一阵子，嘴巴闲不住就吵起来了。

不过这次闹得可大了，大家几乎反目成仇。跟你说，天主教徒打算在咱们小镇另一头的哥伦布骑士会堂办个什么“赌场之夜”。我记得是这个月的最后一个星期四，赢到的钱要拿来付教堂屋顶的翻修费。你看，那就是静水圣母堂，要是你从景观丘那头过来，一定会经过。很小的教堂吧?

“赌场之夜”是布理格姆神父的点子，不过采取行动的是伊莎贝拉妇女会的成员，其中最积极的就是贝齐·维盖。我看哪，她是想穿上让她身材毕露的黑色洋装，打扮得妖娇美艳，去当二十一点的发牌员或去转个轮盘，然后跟面前那些赌客说：“请下注，各位先生女士，请下注。”哎呀，我看哪，她们这些妇女会的主要是想秀一下。这倒也无伤大雅，不过好像有那么一点儿不正当。

威利牧师可不觉得这无伤大雅，他和他的教民都觉得这简直是伤风败俗。威利牧师其实就是威廉·罗斯牧师，他从来就看布理格姆神父不顺眼，神父也不怎么喜欢他。（老实说，把罗斯牧师叫成“汽船威利”就是从布理格姆神父开始的，这点威利牧师也清楚。）

这两个巫医早就结下梁子，不过这次“赌场之夜”的事，严重到两方大火拼哪！威利听说那些天主教徒打算在哥骑会堂赌上一晚，气得他那小尖头都快冲破屋顶啰！“骰子与恶魔”的传单可是他自掏腰包印的，不过到处张贴的是万达·亨普希尔和她那群做针线活的姊妹。这下完了，现在天主教徒和浸信会教友唯一能交谈的地方，就是我们小周报读者来函那栏，他们互打笔仗，炮火猛烈，还诅咒对方下地狱呢！

你看那边就知道我说什么了。那个刚从银行出来的是纳恩·罗伯茨，纳恩餐馆就是她开的。我看哪，自从梅里尔老爹翘了辫子，去天上的大跳蚤市场做买卖后，她就变成镇上的大富婆啰！而且早在赫克托还是个傻小子的时候，她就加入浸信会了。从另一头过来的是大块头阿尔·金德伦，他啊，可是个彻头彻尾的天主教徒，连教皇跟他比起来都还像个犹太教徒呢！他最好的朋友就是爱尔兰人约翰尼·布理格姆神父。来来来，你瞧个仔细！有没有看到他们下巴抬得老高啊？哈！这不是很可笑吗？我敢跟你打包票，他们擦身而过的时候，温度肯定降了二十度。就像我老妈常说的，当马乐趣最多啦，当人也还算好，可人就是不让彼此好过。

来，你看那边，有没有看到那台警车？就停在录影带出租店附近的人行道旁，看到没？里头坐的是约翰·拉普安特，他负责取缔超速——你也知道，镇中心是慢速行驶区，尤其是放学的时候更要注意——不过呢，你用手遮遮阳光，仔细瞧瞧，就会发现他其实在盯着皮夹里掏出来的照片。我这里是瞧不见，不过不用看也知道那是什么，就像我知道我妈的娘家姓一样。那差不多是一年前在弗赖堡办的州博览会上，安迪·克拉特巴克帮约翰跟萨莉·拉特克利夫拍的照片。照片上，约翰一手搭着萨莉，萨莉手上抱着约翰在射击场赢到的玩具熊，两人笑得嘴都快裂开啰！不过就像他们说的，此一时彼一时。现在萨莉跟高中体育教练莱斯特·普拉特订了婚，他们俩都是浸信会的死忠信徒。萨莉跟人跑了，约翰到现在还没恢复过来。有没有看到他叹气啊？我看哪，他把自己搞得快得忧郁症啦！男人哪，只有还爱着（或自以为爱着）某人的时候，才可能叹那么长一口气。

纷争啊烦恼啊大多是些平凡无奇的事，你有没有发现，全是些鸡毛蒜皮。我来给你举个例子。那个正走上法院大楼台阶的家伙看到没？不不不，不是穿西装的那个，穿西装的是咱们镇长丹·基顿。我说的是另一个，那个穿工作服的黑人，叫埃迪·沃伯顿，在镇公所当夜班管理员。你花个几秒钟留神他的动作。你瞧瞧！看到他爬上台阶顶端，在那儿看着街上没？我敢跟你打包票，他百分之百是在看桑诺可修车站，那是桑尼·贾基特经营的。自从埃迪两年前把车送去他那边检查变速器出了什么毛病后，两人就成了死对头啦！

那部车我可记得清清楚楚！是台本田思域，这倒也没什么稀奇，不过对埃迪来说可是意义重大，因为那是他这辈子头一台全新的车，不过那也是他最后一台。可是呢，桑尼不只乱修一通，还乱开价，这是埃迪说的。那桑尼又怎么说呢？他说这个姓沃伯顿的只是想仗着他的黑皮肤乱砍修理费。你应该知道他们接下来会闹到哪里去吧？

所以呢，桑尼·贾基特把埃迪·沃伯顿带到小法庭，他俩先是在审判室里开骂，然后到了外头走廊又继续大吵。埃迪说桑尼骂他是笨黑鬼，桑尼怎么回嘴？他说他可没叫埃迪黑鬼，不过他很笨是没错。结果呢，他们俩还是不甘心，怎么说呢？法官要埃迪交出五十块钱，可是埃迪说五十块钱高得不像话，桑尼则说这根本不够。接下来，就听说埃迪的新车因为电路出了问题起火，最后被丢到五号市镇路上的废弃场。现在埃迪开的是一九八九年的奥兹莫比尔，还会漏油呢！埃迪老觉得这其中一定有鬼，尽管桑尼·贾基特矢口否认。

哎呀，当马乐趣最多，当人也还算好，可是人就是不让彼此好过。在这大热天里跟你杂七杂八说了这么多，是不是快受不了啦？

这些不过是小镇上的是非——不管是培顿园、葛洛弗角，还是城堡岩，都是大家吃个派、喝个咖啡、东家长西家短的，如此罢了。那是斯洛皮·多德，一个人孤零零的，因为其他小孩都笑他讲话结结巴巴。那是默特尔·基顿，要是她看起来有点寂寞，有点失魂落魄，好像恍恍惚惚不太清楚自己在干吗，那是因为她老公（刚刚爬上法院大楼台阶，在埃迪后面的那家伙）这半年多来变得跟平常不太一样。看到她眼睛肿成那样没？我猜那是哭肿的，要不然就是没睡好，也可能两个都是，你觉得呢？

那位呢，是莱诺雷·波特，打扮得光鲜亮丽，肯定是要去西方连锁店，看看她的特殊有机肥料来了没。那女人在她家四周种的花，比卡特那鼎鼎大名的药商生产的振肝丸还多呢！她对那些花得意极啰！不过呢，她在咱们镇上的妇女圈里却不怎么受欢迎——她们觉得她眼睛长在头顶上，因为她会种花，又戴着变色珠串，还烫着一头波士顿式的卷发，听说烫一次要七十块钱呢！既然我们只是在演奏台阶上乖乖坐着，我就跟你说个秘密：我觉得她们说得有理。

我猜你会说这些事也够平常的了，不过城堡岩的麻烦呀，不全都是芝麻绿豆的小事，这点我可要跟你老实说。大家都还没忘记弗兰克·多德，他是专门护送小学生过马路的警察，十二年前发了疯，杀了那些女人；大家也还没忘记那条得了狂犬病、到处乱咬人的狗，乔·坎贝尔和路上那个老酒鬼就是染上狂犬病丧命的。咱们的好警长乔治·班纳曼也是给这只狗害死的。现在警长换艾伦·潘伯恩当啦，他人是不错，不过镇上的人总觉得他永远比不上大乔治。

雷金纳德·老爹·梅里尔的遭遇也不怎么寻常。梅里尔老爹这吝啬鬼以前在咱们镇上开二手杂货店，叫光荣商店，就盖在对街那块空地上，不久前被火烧得精光。不过呢，镇上有人亲眼看到火灾发生（或自称看到，不管了），你要请他们在柔虎酒吧喝上几杯啤酒，保准他们会告诉你烧毁光荣商店、夺走梅里尔老爹性命的，可不是场单纯的火灾！

他侄子埃斯说，火灾发生前，他叔叔碰上了某件离奇可怕的事，就像《阴阳魔界》里演的那种。梅里尔老爹翘辫子时埃斯当然不在场；他因为半夜非法入侵，被关在肖申克监狱，当时四年刑期就快服完了（大伙儿早就知道埃斯・梅里尔总有一天会去吃牢饭。他以前在学校，可是咱们镇上最恶劣的小霸王，而且呀，每当埃斯身上套着那金属扣和拉链敲得叮当响的飞车党夹克，脚上穿着鞋底有防滑钉的机车靴，咔嗒咔嗒走在人行道上的时候，肯定会有一大群小孩赶忙跨街，离他愈远愈好）。

可你知道吗，大家相信他的话呢！也许梅里尔老爹火灾丧命真有什么蹊跷也说不定。不过说得这么离奇，也可能只是让大家在纳恩餐馆喝咖啡吃苹果派时，又多个话题可以七嘴八舌。

我看哪，这里跟你的家乡是差不多啦！大伙儿不是被教派间的疙瘩搞得热血沸腾，就是暗恋某人，再不然就是藏着什么秘密，或跟谁结下梁子……甚至有时候会来个恐怖故事，就好像梅里尔老爹死在自己杂货店的事，不管那传说是不是真的，至少都让沉闷的日子有了点生气。

城堡岩美好宜居，你快到咱们镇上的时候，路旁不是有个标志吗？上面就这么写的。阳光照在湖上和叶子上都非常美，天气晴朗的时候，你登上景观丘顶，就可以直接看到佛蒙特州。

那些夏天来度假的城市佬总为星期天报上的内容争个不休，星期五或星期六晚上（有时候是连续两晚），柔虎酒吧的停车场偶尔也会有人打架闹事，不过这些城市佬总会回到城里去的，所以酒后闹事也总会结束。

城堡岩一直都是个好地方，要是有人有什么不快或伤痛，你知道我们会怎么说吗？我们会说“这男人会看开的”或是“这女人会没事的”。

就拿亨利・博福特来说，他很讨厌休・普利斯特每次喝得酩酊大醉就猛踢点唱机……不过亨利总有一天会看开的。

维尔玛・耶日克和妮蒂・科布两个是死对头……不过妮蒂总有一天会没事的（应该是），而对维尔玛来说呢，生气本来就是她生活的一种方式。

潘伯恩警长的妻小都不在了（两人是车祸而死），他到现在还在哀痛，亲人死去当然很惨，不过他终究会看开的。

波莉·查默斯的关节炎没有好转，其实还慢慢恶化。她可能好不起来，不过她会学会忍受的。毕竟那么多人都忍过来了。

我们不时会起个小冲突，不过大多时候也都相安无事。可是啊，现在不同啰！我的朋友，现在我要告诉你真正的秘密了；我一看你回到咱们镇上就叫你过来，主要就是这个原因。

我看呀，真正的大难要临头啦！

我闻到了，这次的麻烦就像这个季节不该有的暴风，已经出现在地平线上，雷电闪烁着呢！浸信会教友和天主教徒为了个“赌场之夜”争来辩去，可怜虫斯洛皮讲话结巴被其他小孩嘲笑，约翰·拉普安特对萨莉念念不忘，潘伯恩警长伤心他逝去的妻小……我看哪，这些跟即将来临的大难比起来，是小巫见大巫啊！

看到主街上面朝我们这儿的那栋房子没？光荣商店那块空地再往上数三家，看到没？前面搭着绿色遮阳篷的那个？对，就是那家。

还没开张，所以窗户全都涂上了肥皂。“必需品专卖店”，牌子上是这么写的——这到底是什么鬼意思？我也不知道，不过好像就是这点让我觉得不妙。

看那边。

再看主街一眼。看到那男孩没？推着脚踏车那个，好像正在做着天下最甜美的白日梦，看到没？朋友，你好好看着他。我猜他就是祸首。

不知道，我跟你说了，我不知道是什么……不是很清楚，但你留神那男孩，还有，在镇上待一阵子再走好吗？情况不妙啊！要真有什么事发生，有个人见证也比较好。

那个推着脚踏车的男孩我知道，或许你也认识，叫布赖恩什么的，他老爸好像是在牛津郡或南巴黎市卖墙板门板的。

听我的话，好好注意他，留心每一件事。你到过这儿，不过情况就要变了。

我知道。

我感觉得到。

暴风就要来了。

第一部　欢庆开张日

第一章

1

小镇上，新店开张可是个天大的消息。

不过对布赖恩·鲁斯克来说，新店开张没那么重要；但其他人，像他母亲就觉得这是天大的事。过去一个多月来，布赖恩不时会听母亲跟她的好姊妹迈拉·埃文斯在电话上大谈此事（母亲说这不算聊八卦，聊八卦是坏习惯，她可没这种恶习）。这家新店承租了一栋学校管理的老建筑，以前是西缅因房地产与保险公司的店面，关门大吉后，学校再度对外出租，结果马上有人看中，而且当天就派了第一批工人来，他们一直忙着装修到现在。没人清楚他们在里头搞什么鬼，只知道他们先装了一大片展示窗，再后来把玻璃抹上肥皂，好让外头看不到里面。

两星期前门上出现了一个牌子，用条细绳挂在透明的塑胶吸盘上。

即将开张！

牌子这么写道。

必需品专卖店　新型商店

“你不会相信自己的眼睛！”

“一定又是家古董店！”布赖恩的母亲科拉·鲁斯克跟迈拉这么说。当时她歪在沙发上，一手拿着电话，另一手把裹着巧克力的樱桃往嘴里送，一边观赏电视节目《恩怨情天》。“不过又是家古董店罢了，净卖些假的美国早期家具，不然就是发霉的老式电话，你等着瞧好了！”

新店面的展示窗安装好并抹上肥皂后，布赖恩的母亲很快就跟迈拉在电话上这么说。布赖恩听她如此斩钉截铁的语气，理当认为这个话题就此结束，不过他深知母亲的推断和臆测永无止境，就像《恩怨情天》和《杏林春暖》剧中人物的问题一样层出不穷，因此没有哪个话题有真正结束的时候。

上星期，吊在门上的牌子改了第一行字：

十月九日正式开张——朋友相约一道来！

布赖恩对于这家新店的兴趣，虽然没有他母亲和一些老师来得大（他在城堡岩中学念书，轮到他帮教职员室跑腿送信的时候，曾听到里头的老师七嘴八舌地谈论此事），不过他已经十一岁，而正常的十一岁男孩对什么新鲜事都感兴趣。此外，这家店名深深吸引了他。“必需品专卖店”，这到底是什么意思？

上星期二放学回家的路上，他看到牌子上的第一行字变了。每星期二下午他总会晚一点回家。布赖恩天生兔唇，虽然他七岁时做过手术矫正，但还是得接受语言治疗。每当有人问起，他总是坚决表示痛恨这个疗程，但事实刚好相反。他无可救药地爱上了他的老师，拉特克利夫小姐，而他一整个星期都在等待这堂特教课的来临。星期二的正规课程仿佛有一千年那么长，好不容易熬到最后两小时，他不禁又兴奋又紧张地期待着。

特教班上除了布赖恩之外，只有另外四个学生，他们和布赖恩住在镇上的不同区，这点他很高兴。与拉特克利夫老师共处一小时后，他开心得只想独自回味这段美妙时光。因此每星期二傍晚时分，他喜欢推着脚踏车慢慢回家，一边幻想着拉特克利夫小姐，一边走在十月斜阳西照、金黄秋叶飘落的路上。

布赖恩沿着主街走过三个街口，街对面就是公共广场。那天他看到新店的牌子上写着即将开张，于是走到门前，伸着脖子，希望能透过门上的玻璃窗，看看是什么东西取代了那家房产与保险公司的笨重书桌和亮黄色墙壁。不过他的好奇心没能得到满足，因为门上的玻璃窗早已装上帆布卷帘，整片拉了下来。布赖恩只能看到自己的脸反映在卷帘上，以及遮住眼睛两侧光线的双手而已。

十月四日星期五，城堡岩周报《呼唤》上登了一则那家新店的广告。广告框故意弄成花边，文字下方画着一对天使，背对着背吹着长喇叭。广告内容跟吊在吸盘上的牌子没什么两样：店名是“必需品专卖店”，十月九日早上十点开张，当然还有“你不会相信自己的眼睛”这句话。“必需品专卖店”葫芦里到底卖什么药，仍是半点线索也没有。

这似乎把科拉·鲁斯克给惹火了，火大到足以让她破例在星期六早上打电话给迈拉。

“听他的呢！我就是要相信我的眼睛怎么样！”她说，“那些说是两百年的古董床，床架上竟然盖着‘纽约罗彻斯特制造’这几个字，谁要愿意低个头，把床罩的荷叶边掀开一点都看得到。要是我看到了，老娘我可是会非常相信我的眼睛！”

科拉一边听迈拉说话，一边从绅士牌花生罐里掏出花生，一次两颗三颗地往嘴里送，咯吱咯吱快速嚼着。布赖恩和弟弟肖恩正坐在客厅地板上看卡通片。肖恩完全融入蓝精灵的世界里，布赖恩虽然看着那群蓝色小人，一只耳朵却听着母亲的话。

迈拉讲得一针见血，让科拉·鲁斯克更是斩钉截铁地大声说：“就是说嘛！一定是漫天开价，净卖些发霉的古董电话！”

昨天是星期一，布赖恩一放学就跟两三个朋友骑过镇中心，经过那家新店对面。布赖恩看到店前多装了一顶深绿色遮阳篷，前缘写着“必需品专卖店”这几个白色的字。裁缝店老板波莉·查默斯正站在她店门前的人行道上，两手撑着她令人艳羡的纤臀，一副既困惑又欣赏的表情望着那顶遮阳篷。

布赖恩对于遮阳篷略有所知，也相当喜欢。这是主街上唯一真正的遮阳篷，使这家店看起来与众不同。“别致”一词不是布赖恩平常会用的，不过他一看到那顶遮阳篷，就马上认定城堡岩再没有第二家店比得上，那好像只在电视上才看得到，结果让对面的西方连锁店显得土里土气，失色不少。

布赖恩回到家时，母亲正歪在沙发上看《恩怨情天》，一边吃着小戴比奶油派，喝着健怡可乐。他母亲观赏下午的电视节目时，总是喝着低卡汽水。布赖恩想不通，既然吃着高热量的奶油派，喝低卡汽水又有什么用？不过如果他真开口问的话，可能就要遭殃，惹得母亲对他大吼大叫，而她开始咆哮时，赶快找地方躲才是上策。

“嘿，妈！”布赖恩把书丢在料理台上，从冰箱取出牛奶，“你知道吗？那家新店装了遮阳篷呢！”

“什么?”她的声音从客厅飘了过来。

布赖恩倒了牛奶后走到厨房门边。“遮阳篷!”他说,“主街上那家新店。”

科拉坐起来,连忙摸出电视遥控器,按下静音按钮。屏幕上,《恩怨情天》的阿尔和科琳娜继续在他们钟爱的圣巴巴拉餐厅里,谈论圣巴巴拉市的恩怨情仇,不过现在只有会读唇语的人才知道她们到底在讲什么。“有没有搞错?”她问,“‘必需品专卖店’那家店?”

“嗯,”布赖恩应了一声,喝了口牛奶。

“喝东西不要发出声音,”她边说边把剩下的点心塞进嘴里,“听起来很恶心! 跟你说多少次了!”

跟你叫我嘴巴有东西时不要讲话的次数一样多。布赖恩想是这样想,不过什么也没说。他年纪还很小时就学会了克制回嘴的冲动。“妈,对不起。”

“什么样的遮阳篷?”

“绿色的。”

“板还是铝?”

布赖恩的父亲在南巴黎市的狄克·派里墙板门板公司当销售员,因此他知道母亲在问什么,不过那家店的遮阳篷如果是那种材质做的,他就不太可能注意到了。金属板和铝片制的遮阳篷在城堡岩相当普遍,大半住家的窗上都装。“都不是,”布赖恩回答,“是布的,应该是帆布吧。那篷子凸出来,下面都晒不到太阳。篷子是圆弧形的哦,像这样。”他小心地用手比出半圆形,免得把牛奶泼出来,“店名就印在篷子上面,超赞的!”

“哼,要命哦!”

这是科拉兴奋或恼怒时最常讲的话。布赖恩小心翼翼地后退一步,以防后者的情况发生。

“妈,你觉得那是什么店? 会不会是餐厅呀?”

“不晓得。”她边说边伸手去拿茶几上的公主电话机,但这过程可没那么顺利,她得先把肥猫史基伯赶走,再把《电视周刊》和一大瓶健怡可乐移开。“不过听起来不是什么光明正大的店。”

“妈,‘必需品专卖店’是什么意思呀? 是不是像——”

“布赖恩,现在别烦我,妈妈在忙。面包盒里有巧克力派,只能吃一块，不然晚餐就吃不下了。”她边说边打电话给迈拉，两人不一会儿就兴致勃勃地谈论起绿色遮阳篷。

布赖恩不想吃巧克力派(他很爱他母亲，不过有时候看她吃东西的样子反而让他没胃口)，他到厨房餐桌旁坐下，打开数学课本开始写练习题——他是聪明认真的小孩，回家作业只剩数学练习题没在学校写完。他有条不紊地做着练习题，先移动小数点再用除法，同时听母亲讲电话。她又跟迈拉说，不久后，又会有另一家店在卖发臭的古董香水瓶，还有某人死去亲戚的老照片，这些东西这样卖来卖去实在很不体面。

科拉又说，就是有那么多不要脸的家伙把“钱一到手马上开溜”当作人生座右铭。她讲到遮阳篷的时候，口气像是有人故意要冒犯她，而且还真让她不大爽快。

她大概认为这家店做任何打算前，都要有人先跟她报告。布赖恩虽然这样想，却仍稳稳握着铅笔，一题题写到最后。嗯，没错，她很好奇，这是第一点，但她又不怎么爽，这是第二点，两个加起来简直要了她的命。哎呀，她很快就会找到答案了。要她知道的话，也许会跟他透露这个大秘密也说不定。要是她太忙的话，听听她和迈拉某天下午的谈话也能猜出个大概，布赖恩心里这么想。

可是结果呢，布赖恩比他母亲、迈拉或镇上其他人都还早发现“必需品专卖店”葫芦里卖的究竟是什么药。

2

“必需品专卖店”预定开张的前一天下午，布赖恩几乎是一路推着脚踏车回家。他迷失在温暖的白日梦里(即使用烧红的煤炭烫他或拿毛茸茸的毒蜘蛛吓他，他也绝不会透露半点内容)，幻想邀请拉特克利夫小姐跟他一起去城堡岩博览会，而她欣然答应。

“布赖恩，谢谢你。”拉特克利夫小姐说。布赖恩看到她蓝眼睛的眼角淌着感激的小泪珠——那眼睛的蓝那么深，仿佛里头刮起了暴风雨。“我最近……唉，非常伤心。跟你说好了，我跟我未婚夫闹翻了。”

“我会帮你忘掉他的，只是希望你能叫我……小布。”布赖恩的声音既有力又温柔。

“谢谢你，”她轻声道，然后倾身向前，近到他能闻到那股梦幻般的野花香水味,“谢谢你……小布。至少今晚我们不当老师和学生,只是普通的男生和女生,你可以叫我……萨莉。”

他握住她的手,深深望着那双眼睛说:“我不只是个小孩,我能帮你忘掉他……萨莉。”

她似乎被这意外的贴心话语、这意外的男子气概催眠了。她心想,布赖恩尽管才十一岁,却比莱斯特更像个男人!她紧握布赖恩的手,两人的脸越来越近……越来越近……

“不行。”她低声说。现在她的眼睛睁得好大,离布赖恩好近,他仿佛就要淹没在里头了。“你不能这样,小布……这是不对的……”

“这是对的,宝贝。”他说完,便把嘴唇凑上去吻她。

一会儿过后她把脸拉开,轻声说了几句话……

“嘿,小子,你他妈走路没长眼睛啊!”

布赖恩猛然从白日梦中惊醒,看到休·普利斯特的小货车差点撞上他。

“对不起,休·普利斯特先生。”他顿时满脸羞红地说。休·普利斯特可不是好惹的家伙,他在公共工程部工作,脾气在城堡岩坏得出名。布赖恩全神观察休·普利斯特的一举一动,要是休·普利斯特准备下车,他就打算跳上脚踏车,全速冲过主街。只因为幻想邀请拉特克利夫小姐一起去郡博览会,就要落得在医院待上一个月,这也未免太划不来了!

不过休·普利斯特两腿间夹着一瓶啤酒,收音机又播着小汉克·威廉斯唱的乡村摇滚乐《高飞》,这样的星期二下午是那么怡人舒适,下车把个小子揍得脑袋开花,不过是扫自己的兴而已。

“你眼睛最好睁大点,”他痛饮一口啤酒,恶狠狠地瞪着布赖恩说,“下次我可不会停下来,我会直接开过去,把你这小鬼轧得哇哇叫!”

休·普利斯特踩下油门开走了。布赖恩突然感到一股疯狂的冲动,想对着开走的休·普利斯特大喊“哼,要命哦”,幸好这股冲动急闪而过。他等到这台橘色小货车转到椴树街时才继续前进。可惜啊,关于拉特克利夫小姐的白日梦就这样被破坏了,休·普利斯特又把他拉回现实。拉特克利夫小姐没有跟未婚夫莱斯特·普拉特撕破脸,她还是戴着那只精巧的订婚钻戒,而她自己的车还没修好,所以还是开着莱斯特的蓝色福特野马。

其实布赖恩昨天傍晚还看到拉特克利夫和普拉特两位老师。他们跟一群人沿着主街地势较低缓的那段走着，一边唱着赞美诗，一边把“骰子与恶魔”的海报贴在电线杆上，只不过天主教徒一等他们贴完，就把海报撕下来。这实在很可笑……不过布赖恩要是再大一点，他一定会尽力保护拉特克利夫小姐贴上的任何一张海报，那可是她神圣的双手贴上的呢！

布赖恩想到她深蓝色的双眸、舞者般的长腿，忽然念头一转，想到明年一月她就会冠上夫姓，把萨莉·拉特克利夫这美妙的名字改成萨莉·普拉特，听起来活像个胖妞一头摔下硬邦邦的阶梯。每次想到这里，他就变得闷闷不乐，想不透天底下怎么会有这种荒唐事。

他握住脚踏车另一边的手把，开始慢慢沿着主街走，心想：谁知道，也许她会改变心意也说不定。这也不是不可能的事啊！也许莱斯特·普拉特会出车祸，或得个脑瘤什么的，甚至被发现是个毒虫。拉特克利夫小姐绝不会嫁给毒虫的！

这念头带给布赖恩一种奇异的舒适感，但是差点就要到达高潮的白日梦（在博览会的爱之隧道里，他吻着拉特克利夫小姐的柔唇，摸着她的右胸）毕竟还是被休·普利斯特打断了。十一岁男孩带着他的老师去郡博览会，不管怎么说都是个疯狂念头。拉特克利夫小姐虽然很美，但年纪也不小了，她曾对语言治疗班上的学生说，今年十一月她就二十四岁了。

布赖恩小心翼翼把没做完的白日梦再度阖起（就像男人对待经常阅读又非常珍视的文件一样），放回他内心深处的书架上，然后准备跨上脚踏车一路骑回家。

不过就在这当儿，他刚好走到那家新店前面，门上的挂牌引起了他的注意。牌子好像有点不一样了。他停下脚踏车，仔细瞧瞧。上头写着“十月九日正式开幕——朋友相约一道来！”的牌子不见了，取而代之是个白底红字的方形小标牌。

上面写着：营业中。

就只有这几个字：营业中。

布赖恩跨在脚踏车上，看着标牌，心跳开始加快。

你该不会要进去吧？他自问。我是说，要是它真的提早一天开张，你该不会进去吧？

为何不进去呢？他自答。

这个嘛……因为橱窗还涂着肥皂，门上的帆布卷帘还是拉下来的。要是你进去的话，什么状况都可能发生。任何状况都有可能。一定的。就像那个叫什么诺曼·贝茨的，穿上他母亲的衣服，拿刀狠狠往客人身上刺①。这里肯定也差不多。算了算了，别进去了，他心中的胆小鬼说，不过这胆小鬼的口气听起来就很没力。这家店的确有点意思。

这时布赖恩忽然想，要是进去的话，回家后就能吊吊母亲的胃口，用没什么大不了的口气说："妈，刚才忘了讲，那家新店'必需品专卖店'啊，提早一天开了，我还进去逛了逛。"

她会急急忙忙按下电视遥控器上的静音按钮，然后肯定会让他把事情说个清楚！

布赖恩觉得这点子太诱人了。他把脚踏车的脚架放下，慢吞吞地走到遮阳篷下的阴凉处——觉得气温至少降了十度——然后挨到店门口。

他把手放在铜制的旧式大门把上时，突然觉得这"营业中"的标示牌肯定挂错了。标牌可能是放在屋内的门口旁准备明天挂上，可是某人不小心先挂上了。拉下的门帘后方没有任何动静；这地方似乎一个人也没有。但他既然都到这里了，何不转动门把看看……手中的门把毫不费力地转开了，弹簧锁咔嗒一声，"必需品专卖店"的店门敞了开来。

3

里头光线不强，不算很黑。布赖恩看到天花板已经装了轨道投射灯（狄克·派里墙板门板公司的特制品），有几盏是亮的，照着环绕这宽广空间的几个玻璃展示柜。展示柜里大半是空的，只放了几件物品，在投射灯的照耀下看起来异常明显。当初"西缅因房产与保险公司"在这里时，地板就只是木板，不过现在全部铺上一层酒红色的高级地毯。墙壁已漆成蛋壳般的灰白色，涂上肥皂的展示橱窗透进一道跟墙壁颜色一样的微光。

嗯，不管怎么样，的确是弄错了，布赖恩心里这么想。连货都还没到！那个不小心把"营业中"的牌子挂上的人，也不小心忘了锁门。碰到这种情况，礼貌的做法是把门扣好，跨上脚踏车，赶快骑走。想到要离开，他可

---

① 诺曼·贝茨，希区柯克经典名片《惊魂记》中的杀人魔。

是万般不愿意。毕竟，他亲眼看到了新店面的内部。他母亲要是知道的话，肯定会盘问他到傍晚才罢休。不过现在有件事让他发狂：那就是他不确定自己到底看到了什么。展示柜里有五六件（展示品）没错，而且灯都打在上面——大概在试灯吧——可是那些东西是什么，他一点概念也没有，但可以确定的是，那些不是古董床，也不是发霉的老式电话。

“请问，”他人还是站在门口，怯生生地唤道，“有人在吗？”

他正要抓住门把扣上门时，一个声音回答：“我在。”

一位高个儿——乍看之下似乎高得不像话——从展示柜后方的一扇门走出来，门上挂着天鹅绒深色帷幔。布赖恩突然感到一阵强烈的恐惧，不过灯光斜照在那男人脸上时，布赖恩的恐惧顿时减轻。这男人上了年纪，面容慈祥。他神色愉悦、颇有兴味地看着布赖恩。

“您的门没锁，”布赖恩开始解释，“我就以为——”

“当然没锁，”高个儿打断布赖恩，“我打算今天下午营业一段时间，算是一种……试卖。你是我第一个客人。进来吧，我的朋友，尽管进来，留下点你带来的快乐吧！”

他微笑并伸出手。这抹微笑深具感染力，布赖恩立刻对“必需品专卖店”的老板产生了好感。要握高个儿的手，他得跨过门槛走进店里，而他毫不考虑地就这么走了过去。身后的门一关上立即自动锁住，但布赖恩没注意到。他的心思全给高个儿的深蓝色眼睛占据了——跟拉特克利夫小姐眼睛的色泽一模一样，他们简直可以当父女了。

高个儿稳定有力地握住他的手，但不会让人觉得疼。不过还是有点不太舒服，有点……光滑，又有点刚硬。

“很高兴认识您。”布赖恩说。

那双深蓝色眼睛有如装上深蓝色灯罩的煤油灯，紧盯着他的脸。

“我也很高兴认识你。”高个儿说。就这样，布赖恩·鲁斯克成为城堡岩第一位认识“必需品专卖店”店主的人。

4

“我叫利兰·冈特，”高个儿说，“你是……”

“布赖恩。布赖恩·鲁斯克。”

“好极了，鲁斯克先生，既然你是我第一个客人，你要是看上哪个东西，我应该可以给你特别优惠。”

“噢，谢谢您，”布赖恩说，“不过这种店里的东西我大概买不起。我星期五才会拿到零用钱，而且——”他又不太肯定地望着玻璃展示柜，“嗯，您的货好像还没到齐。”

冈特露出微笑。他的牙齿参差不齐，在昏暗中显得又黄又黑，不过布赖恩还是觉得这抹微笑相当迷人，于是不禁回以微笑。“还没，”利兰·冈特说，“还没到齐。我大部分的——你说是货——今天傍晚会到，不过我还是有些蛮有意思的东西。随意看看嘛，年轻的鲁斯克先生，我很想听听你的意见，如果不急……你应该有母亲吧？当然有。像你这么有教养的年轻人绝不可能是孤儿，我说得没错吧？”

布赖恩点点头，仍是微笑着说：“没错，我妈现在在家。”他闪过一个念头，脱口而出：“要不要我去带她过来？”但话一出口，他就后悔不已。他并不想带他妈妈过来。明天，利兰·冈特先生就属于全镇的人了。明天，他妈妈、迈拉·埃文斯，还有城堡岩的其他妇人就会开始探问冈特先生的来历。布赖恩猜想，不用到月底，哼，搞不好这星期都还没过完，冈特先生就已经跟大家打成一片，不会那么怪异而特别了。不过现在他还是那么怪异又特别，而且现在他属于布赖恩·鲁斯克一个人，布赖恩想维持现状。

因此他很高兴看到冈特先生举手一挥（那几根手指细长无比，布赖恩还发现食指和中指竟然一样长），摇头表示不需要。“不用不用，”他说，“那是我不想要的。她要是想过来，肯定还会拉个朋友吧？”

“会。”布赖恩回道，心里想着迈拉。

“可能还有两个朋友或三个呢！不用了，这样比较好，布赖恩——我可以叫你布赖恩吗？”

“当然可以。”他愉快地说。

“谢谢你。那你还是叫我冈特先生，因为我比你年长，虽然不见得比你好——可以吗？”

“好啊。”布赖恩不太确定冈特先生所谓的年长和比较好是什么意思，不过他很喜欢听这家伙讲话，而且那双眼睛实在迷人，布赖恩看得目不转睛。

“好，这样好多了。”冈特先生摩擦他修长的双手，发出嗞嗞声，布赖恩对这可就没那么喜欢了。冈特先生这样摩擦双手，听起来像是条被惹恼的蛇，正打算张口咬人。“你回去一定会跟母亲讲，如果买了什么东西的话，你还会拿给她看——”

布赖恩犹豫着要不要告诉冈特先生，他口袋里总共只有九毛一，但最后还是决定不说。

“然后她会告诉她朋友，他们又会告诉他们的朋友……布赖恩，你知道吗？你会是比小镇报纸更好的广告，他们做梦也想不到会有这么好的效果！就算我雇你挂上三明治人广告牌，在镇上的大街小巷走来走去，效果都没那么好呢！”

“好吧，既然你都这么说了。”布赖恩表示同意，他不晓得三明治人广告牌是什么，不过他死也不会让自己挂上那东西，“反正看看也蛮有趣的。”尽管没什么东西好看。但他基于礼貌，没加上这句话。

“那就开始吧！”冈特先生说，一边把手往展示柜那里比画。这时布赖恩才注意到他穿着一件红色天鹅绒长外套，猜想这可能就是他在福尔摩斯侦探故事里读到的吸烟外套，穿起来真好看。“布赖恩，请！”

布赖恩慢慢走到离门口最近的展示柜。他往后瞄一眼，想着冈特先生肯定会跟在他后头，不过冈特先生还是站在门边，一副暗自好笑的样子望着他，仿佛看透了他的心思，知道他在看东西时有多不喜欢店主跟在后头监视。布赖恩猜想大部分店主不是怕你打破商品，就是顺手牵羊，不然就是两个都怕。

“慢慢看啊，”冈特先生说，“一个人不急不忙的时候，逛街就是种乐趣，急急忙忙的时候，就成了苦差事。”

“咦，您是从外国来的吗？”布赖恩问。冈特先生用“一个人”而不是“你”，实在有趣得很，让他想起介绍英国戏剧的《名作剧场》中，那位年纪虽大但还是性感十足的主持人。每当《电视周刊》预告这周《名作剧场》介绍的是爱情片时，他母亲就会收看。

“我，是从阿克伦来的。”冈特回答。

“那在英国吗？”

“在俄亥俄州。”冈特严肃地说，然后展开阳光般的笑容，露出牢固但参差不齐的牙齿。

布赖恩突然觉得很好笑，就像《欢乐酒店》这种电视节目的台词让他想笑一样。其实，他觉得这整个情况就像电视节目里的情景，有点神秘，但不是很危险。他大笑起来。

有那么一瞬间，他担心冈特先生会认为他很不礼貌（可能是因为母亲总是说他不礼貌，于是他渐渐相信自己活在巨大又近乎无形的社交礼节蜘蛛网中），不过冈特先生却跟他一起开怀大笑。总之，布赖恩觉得今天下午会是有生以来最愉快的时光。

“去看看吧，”冈特先生挥着手说，“身家背景改天再聊。”

于是布赖恩乖乖开始浏览。最大的玻璃展示柜只放了五件物品，不过看起来再放二三十件也不嫌多。这五件物品分别是一只烟斗、一张猫王画像（他系着红色围巾，穿着白色连身衣裤，背上有只老虎图案，手上拿着一个麦克风，几乎就要碰到他的性感厚唇），还有一台拍立得相机、一块刨光的石头（中空的地方满是水晶，在投射灯的照耀下，发出美丽的光芒），最后是根木条，粗细长短跟布赖恩的食指一样。

他指着水晶说：“那是不是晶洞？”

“布赖恩，你这年轻人学的还真不少！那个正是晶洞。我这些东西几乎都有小标牌，只不过跟我大部分的货一样，都还包着没摆出来。如果明天开张前要把所有东西摆好，我得拼老命工作才行。”不过他听起来一点都不担心，而且还很安然自在地待在原地。

“那是什么？”布赖恩指着那根木条问。他心想：对一家小镇上的店面来说，这些货可真古怪。他刚才一见到利兰·冈特，就产生了强烈的好感，不过要是其他货物也这样怪里怪气的话，布赖恩觉得，他在城堡岩的生意应该撑不了多久。要是你想卖烟斗、猫王画像和木条，纽约才是开店的地方……这是他从电影里得出的结论。

“啊！”冈特先生说，“那东西可有趣了！我拿给你看！”

他走过来，绕到展示柜一边，从口袋里掏出一大串钥匙，几乎看也不看就找到他要的那把，然后打开展示柜，小心翼翼取出木条。“布赖恩，把手伸出来。”

“噢，还是不要好了。”布赖恩说。他从小在这以观光业为主的缅因州长大，去过不少礼品店，看到许多标示牌上都印着一首小诗：“观看时赏心悦目，把玩时满心欢喜，不过要是弄坏，就请你买回家。”要是把木条弄坏（不管这到底是什么宝贝），母亲知道的话一定会被吓坏，冈特先生也不会再这么友善，然后会跟他说这要五百块钱。

“为什么呢?”冈特先生挑起眉毛问道。他的眉毛看起来只有一道,因为那眉毛是那么浓密,横过鼻梁上方,让两道眉毛连成一条直线。

“因为我笨手笨脚的。”

“没有的事,”冈特先生回答,“笨手笨脚的男生我一看就知道,你不是那种男生。”他把木条放到布赖恩手中,布赖恩略带惊讶地看着躺在掌中的木条,根本没意识到他的手是张开的。

感觉起来一点都不像木条,比较像是——

“感觉起来像块石头。”他抬起头看着冈特先生,不太确定地说。

“是石头也是木头,”冈特先生说,“是石化木头。”

“石化木头!”布赖恩惊叹。他端详着木条,然后用一根手指来回抚摸着它的侧边,既光滑又凹凸不平,但不知怎的摸起来不是很舒服。“这一定是很久以前的东西。”

“两千多年了。”冈特先生语气严肃地表示。

“天哪!”布赖恩脱口而出。他跳了起来,木条差点掉出手中,他赶紧握住,免得掉到地板上……一阵怪异又扭曲的感受立刻席卷而来。他突然感到——是什么感觉?晕眩吗?不是,不是晕眩,而是缥缈。仿佛一部分的他被带离身体冲到了远方。

他可以看到冈特先生正兴致勃勃地观察着他,那双眼睛突然变得像茶碟一样大。不过这种分不清东西南北的感觉并不吓人,反而相当刺激,比起光滑木条的触感愉快多了。

“闭上眼睛!”冈特先生指示道,“布赖恩,闭上眼,然后告诉我你的感觉!”

布赖恩阖上双眼,动也不动地站在原地,一会儿过后才伸出握着木条的右臂。他没看到冈特先生有那么一刹那,像狗一样翻起上唇,露出参差不齐的牙齿,表情古怪,不知是开心还是期待。布赖恩模模糊糊地感到自己在动,前摇后晃的感觉,还有种轻快的声音:啪啦啪啦……啪啦啪啦……啪啦啪啦。这声音他知道,是——

“一艘船!”他开心地叫,眼睛仍紧闭着,“我觉得我在一艘船上!”

“这样啊。”冈特先生回应道,那声音在布赖恩听来出奇地遥远。

感觉越来越强了,现在他觉得自己正随着缓慢的长浪起伏,他听见鸟儿在远处啁啾,近处则是许多动物的声音——牛鸣、鸡啼,以及虎豹低沉的咆哮声——不是愤怒的叫声，而是无聊的呻吟。就在那一秒，他几乎感觉到脚下踩着木头（他确定手上的木条是从那里来的），也发觉脚上穿的不再是匡威帆布鞋，而是某种凉鞋，然后——

感觉逐渐缩成一个小光点，就像把电视电源关掉时屏幕上的那种光，然后就完全消失了。布赖恩睁开眼睛，既紧张又兴奋。他的手紧紧握着木条，得用上意志力才能让手指松开，指关节像生锈的门铰链般发出咔嗒咔嗒的声音。

“嘿，好妙哦。”他轻声说。

“很棒是不是？”冈特先生开心地问，同时轻巧迅速地把木条从布赖恩手中拿了过来，就像医生不费吹灰之力就把扎在肉里的一根木刺拔出来一样。他把木条放回原处，熟练地把展示柜锁上。

“的确很棒。”布赖恩慢慢吐出这句话，好像一声长叹。他低头看着柜子里的木条，之前握着它的那只手仍旧刺刺麻麻的。那些感觉：随浪起伏的甲板、波浪拍打船身的啪啦声、脚下的木头……都还在心里萦绕不去，不过感受终究会过去，就像梦境总会消散，想到这里，他不由得从心底里难过起来。

“挪亚方舟的故事你熟吗？”冈特先生问。

布赖恩皱起眉头。他很肯定那是《圣经》的故事，可是在主日讲道和星期四晚间的查经班上，他往往会恍神发呆。他问：“是不是说一条船在水上漂了八十天？”

冈特先生又咧嘴笑了。“差不多，布赖恩，就是那个故事。跟你说，那块木头应该就是来自挪亚方舟。当然，我不能说它确实来自挪亚方舟，要不然大家会认为我是个不要脸的大骗子。全世界有四千人说自己卖的木块是来自挪亚方舟——大概有四十万人在兜售真十字架的木块——不过我倒是能说它有两千多年的历史了，这是用碳十四年代测定法测出来的，我也能保证它来自圣地，虽然不是在亚拉腊山上找到的，而是在波蓝山。”

布赖恩虽然大多听不懂，但一定不会搞错那最明显的年代事实。“两千年啊！”他低声说，“哇！你真的确定吗？”

“很确定，”冈特先生回答，“我有张麻省理工学院的证明书，碳十四年代测定就是在那里做的，要是有人买那根木条的话，证明书当然会一并附上。不过你知道吗？我真的相信它可能来自挪亚方舟。”他若有所思地看着木条，然后抬起他极为迷人的蓝眼睛，直视布赖恩的淡褐色双眼。布赖恩给这么一看，又呆住了。“毕竟，波蓝山离亚拉腊山不到三十公里，乌鸦一飞就到了。而且呢，世上有许多历史记载错误百出，弄错一艘船最后停靠的地方，即使是像挪亚方舟这么大的船，一点都不稀奇！再加上历史故事如果是世代口耳相传，最后才记载在纸上，那更容易出错，我说的有没有道理？”

“有，”布赖恩说，“听起来蛮有道理的。”

“更何况拿在手上的时候，会有种奇异的感觉，你说是不是啊？”

“就是啊！”

冈特先生露出微笑，摸摸布赖恩的头，结束了这段催眠般的谈话。“我喜欢你，布赖恩，真希望所有客人都像你一样，对什么都觉得新奇有趣。要是全世界的人都这样，我这小生意人就不用活得那么辛苦啰！”

“像那样的东西，你会卖多少……多少钱？”布赖恩的手微颤着指向那根木条问道。他现在才发觉，刚才那段经验是多么震撼，就像拿着海螺贴着耳朵，听到海洋的声音一样……只不过影像是立体的，声音也仿佛是通过立体环绕音响传来的。他巴不得冈特先生再让他握一次，也许这次能握久一点，不过他不知道怎么开口，冈特先生也没这么提议。

“这个嘛，”冈特先生两只指尖顶住下巴，不怀好意地看着布赖恩说，“像那种东西啊——还有我大部分的好货，真正有趣的东西——价钱是依买主而定，看买主愿意出多少钱。你愿意出多少钱啊，布赖恩？”

“不知道，”布赖恩说，想到他口袋里的九毛一，然后大吸一口气，“很多钱！”

冈特先生仰头大笑。这举动让布赖恩发现自己有点看错了这男人。他刚进来时，以为冈特先生的头发是灰白色的，现在却发现不过只有太阳穴附近的头发呈银白色。布赖恩心想：冈特先生一定是站在某个投射灯下，头发才会被照白了。

“布赖恩，认识你真是有趣得很，不过我从现在一直到明天十点钟，还有很多事要忙，所以呢——”

“没问题，”布赖恩吓了一跳，赶紧礼貌地说，“我该走了，不好意思占用您那么多时间——”

“不是的！你误会我了！”冈特先生的长手按住布赖恩的臂膀，布赖恩直觉地往后一缩，希望这举动不会太失礼，但即使如此他也没办法。冈特先生的手又干又硬，让人不怎么舒服，跟那块来自挪亚方舟的什么石化木头感觉差不了多少。不过冈特先生一心想要解释，没注意到布赖恩本能的闪避动作。他表现得好像失了礼数的是他自己，而不是布赖恩。“我只是想说，我们应该谈谈正事了。其他几样东西虽然已经拆箱，不过要你看实在没道理。东西真的不多，摆出来的那些，最有趣的你也看到了。不过我就算手上没有存货清单，也很清楚自己有什么货。布赖恩，也许我有你想要的东西呢！你想要什么？”

“啊！”布赖恩叫道。他想要的东西有千百个，麻烦就出在这里——这问题问得那么直接，他根本说不出这千百个东西中，哪一个才是他最想要的。

“最好别想太多，”冈特先生虽然说得漫不经心，眼睛却仔细打量着布赖恩的脸，“当我问：‘布赖恩·鲁斯克，这一刻你心里最想要的是什么？’你会怎么回答？快！”

“柯法斯。”布赖恩立刻回答。先前他亲眼看到手掌上放了那根挪亚方舟的木条时，才发觉自己的手张开着，而现在他听到脱口而出的这几个字，才晓得他对冈特先生的问题做了什么回应。不过他一听到自己说出那几个字时，就知道一点也没错。

5

“道奇队的投手柯法斯，”冈特先生若有所思地说，“有趣极了。”

“噢，不是柯法斯本人啦，”布赖恩解释道，“是他的球员卡。”

“哪家公司发行的？塔普斯还是飞雷尔？”冈特先生问道。

布赖恩本来觉得这个下午已经好得不能再好了，不过现在竟然又意外飞来这等好事。冈特先生不只了解木条和晶洞，连球员卡也知道不少，太厉害了，真是太厉害了。

“塔普斯。”

“我猜你想要的是他的新人卡，”冈特先生语带歉意地说，“我大概帮不上忙，不过——”

“不是，”布赖恩说，“不是一九五四年的，是一九五六年的，那才是我想要的。我搜集了一堆一九五六年的球员卡，我爸鼓励我继续搜集，很有趣呢，而且只有像卡林、帕内尔、坎佩尼亚这些名人堂球员的卡才会很贵。我集了五十多张，卡林的也在里头，他的要三十八块呢！那可是我锄了好多草才赚到的！”

“辛苦你啰。”冈特先生微笑着说。

“这个嘛，就像我说的，一九五六年大部分的球员卡都不太贵——五块呀七块呀，有时候十块。不过柯法斯的球员卡要是保存良好的话，可能要九十甚至一百块。那年他还不是什么大明星，不过后来就很了不起啦，而那时候道奇队还在纽约布鲁克林呢，大家管他们叫作‘那很菜的球队’，至少我爸是这么说的。”

“你爸百分之百正确，”冈特先生说，“布赖恩，我相信我有个东西会让你心花怒放，在这儿等着。”

他穿过门帘，让布赖恩独自站在摆着木条、拍立得相机和猫王画像的展示柜旁。布赖恩满心期待，两脚几乎跳起舞来。他告诉自己别那么沉不住气，即使冈特先生真的有柯法斯的球员卡，而且真的是五十年代塔普斯公司发行的，大概也是一九五五年或一九五七年的。真要是一九五六年的呢？他口袋里连一块钱都不到，就算是一九五六年的又有什么用？

嗯，我总可以看一下吧？布赖恩心想。看一下不用花半毛钱吧？这也是他母亲最爱说的一句话。

门帘后方的房间传来箱子移动的摩擦声，以及把箱子放到地板上的轻微碰撞声。“等会儿啊，布赖恩，”冈特先生叫道，听起来有点喘不过气，“我确定我在这儿放了个鞋盒……”

“冈特先生，别为我麻烦了！”布赖恩大声回道，心里却巴不得冈特先生不嫌麻烦找出来才好。

“也许那鞋盒还在运来的路上呢。”冈特先生不太确定地说。

布赖恩的心猛然一沉。

“不过我明明记得……慢着！找到了！就在这儿！”

布赖恩的心猛然一震——不只是一震，还震上了天，往后翻了一圈。

冈特先生穿过门帘回到店内，头发有点乱，吸烟外套一边的翻领还被灰尘弄脏了，他手上是乔丹气垫鞋的鞋盒。他把鞋盒放在柜台上，打开盒盖。布赖恩站在他左手边，往鞋盒里一瞧。盒内满是球员卡，每张卡都包着塑胶封套，跟新罕布什尔州北康威镇的"球员卡专卖店"卖的一模一样。

"我还以为里面会放一份存货清单，结果没这么好运，"冈特先生说，"不过我刚才也说，我很清楚自己有什么货——经营这种东卖点西卖点的店，记忆力是很重要的——我明明记得我看到了……"他的声音渐渐消失，开始快速翻动着球员卡。

布赖恩看着球员卡一张张闪过，惊讶得说不出话来。他爸爸说，"球员卡专卖店"卖的旧球员卡，跟"乡村博览会"一样琳琅满目，不过现在看来，那一整家店收藏的球员卡，还不及这鞋盒里的珍贵。这里有当年嚼烟盒里附赠发行的泰·科布和崔诺的球员卡，还有香烟附赠的贝比·鲁斯、狄马乔、凯勒的球员卡，有一张还是四十年代白袜队的独臂投手狄森。许多香烟卡都印着这句标语：好彩香烟弃绿衣，节省资源好作战！① 突然，布赖恩瞥见一张宽大严肃的脸，下方穿着匹兹堡队的球衣——

"老天！那不是华格纳吗？"布赖恩倒抽一口气。他的心脏仿佛是只非常小的小鸟，不小心跳到喉咙，却卡在那里出不来，焦急地拍翅乱动。"那是全世界最难得的球员卡呀！"

"是啊是啊。"冈特先生心不在焉地说。他修长的手指飞快地来回翻动，那些是蒙上塑胶封套的另一时代的面孔，是抛球、击球、守备的英雄，是活在昔日棒球鼎盛时期的好汉，那是布赖恩仍怀着美梦、一心向往的时期。"布赖恩，各色货物样样齐全，经商之道不过如此而已。多样、乐趣、惊奇、满足……成功的人生秘诀也是如此而已，不过关于人生的事……我是不给意见的，要是给了的话，你最好也别记着……好，我来看看……记得在哪里……在某个地方……哈！"

他像魔术师变把戏一般，从鞋盒中抽出一张球员卡，得意扬扬地放在布赖恩手中。

是柯法斯。是塔普斯公司一九五六年发行的球员卡。还有亲笔签名。

"以最诚挚的祝福送给我的好友布赖恩。桑迪·柯法斯。"布赖恩嘶哑着嗓子轻声念道。然后他发觉自己说不出话来了。

---

① 一九四二年，该牌香烟的绿色烟盒改为白色，厂商宣称此项改变是为了节省制造绿色颜料所需的铜，以供第二次世界大战之用。

6

布赖恩抬起头来看着冈特先生，嘴巴想要说话，却挤不出声音来。冈特先生微笑着说："布赖恩，那不是我后来放进去的，也不是我设计好的，只是巧合罢了……不过是个很妙的巧合吧？"

布赖恩还是说不出话来，只好勉强点了个头。那张包着塑胶封套的珍贵球员卡在他手里显得异常沉重。

"拿出来看看啊。"冈特先生怂恿着说。

布赖恩好不容易能够发出声音，却像病老头般低沉沙哑："我不敢。"

"唔，我倒是敢。"冈特先生说。他把布赖恩手中的球员卡拿过来，把一只修得干净整齐的手指伸进塑胶套里，让球卡滑出来，然后放在布赖恩手里。

布赖恩看见球卡表面有细细的凹痕——那是柯法斯写上两人的名字时笔尖划出的凹痕。柯法斯的亲笔签名跟印的几乎一模一样，只不过海报杂志上印的是桑福德·柯法斯，但亲笔签名却是桑迪·柯法斯。更何况这张是真正亲手签的，这可比印的好上一千倍。柯法斯曾经托着这张球员卡，在上面签下名字，那是他用自己的手写下这不可思议的名字。

可是上面还有另一个名字——布赖恩的名字。某个跟他同名的男孩曾在比赛开始前，站在艾比兹球场后援投手练习区附近等着，柯法斯，真正的柯法斯，既年轻又有力，前途光明，应男孩之请，在微微散发出粉红色泡泡糖香甜味的球员卡上签了他的名字……*还有我的！*布赖恩心想着。

突然间，握着那块石化木条的感觉又席卷了他，只不过这次的力量更强大。

刚修整过的草地，散发出香甜的青草味。挥棒一击，把球面上的尘土打得四处飞扬。

围观球迷大声叫好。

"柯法斯先生，您好，可以请您在球员卡上签个名吗？"

细长的脸庞。褐色的眼睛。浅黑的头发。柯法斯脱下棒球帽，搔搔前额，然后又戴上帽子。

"好啊，小朋友，"柯法斯接下球员卡，然后又问，"你叫什么名字？"

"布赖恩，先生，是布赖恩·赛金。"

他飞快地在球员卡上写、写、写。那些字是魔术，是题写在上面的火焰。

“布赖恩，长大后想当棒球员吗?”他问时脸都没抬一下，仿佛练好的台词就这么蹦出口，双眼仍是看着巨大右手中托住的球员卡，用即将成为传奇的左手在上面写字。

“想，先生。”

“多练基本功。”他把球员卡还回。

“是的，先生!”

但柯法斯已经走开了，然后突然慢跑起来，穿过刚修整过的草地，前往后援投手练习区，他的影子在一旁跟着慢跑——

“布赖恩? 布赖恩?”修长的手指在他鼻头底下啪嗒一弹——是冈特先生的手指。布赖恩回过神来，看到冈特先生正愉快地打量着他。

“布赖恩，你回来了吗?”

“抱歉。”布赖恩飞红着脸说。他知道自己应该把球员卡还回去，然后离开这里，但他似乎放不了手。冈特先生又盯着他的眼睛，视线仿佛直入他的脑袋，布赖恩发现自己又怔住了。

“好，”冈特先生柔声说，“布赖恩，假设你是买主，先这么假设，你愿意出多少钱买那张球员卡?”

布赖恩霎时心灰意冷，仿佛岩石崩落，重重压着他的心。

“我全部也只有——”

冈特先生左手一扬。“嘘!”他严厉地说，“别说! 买主绝不能向卖家透露自己有多少钱! 否则就像讨价还价的时候，把皮夹交给卖家，把口袋里的东西全掏出来放到地板上! 不能撒个谎，就安静别出声! 布赖恩，好孩子，这是公平交易的第一条规则。”

冈特先生的眼睛又大又黑，布赖恩觉得自己在里头游泳。

“布赖恩，这张球员卡有两个价钱，各占一半，一半是现金，另一半是行动，了解吗?”

“了解。”布赖恩回答。他又开始觉得缥缈——远离城堡岩，远离“必需品专卖店”，甚至远离他自己。在这遥远的地方，唯一真实的便是冈特先生那双瞪大的黑眼。

“这张柯法斯亲笔签名的一九五六年球员卡是八毛五，”冈特先生说，“价格公道吗?”

“嗯。”布赖恩回答，声音缥缈虚弱。他觉得自己越来越小，越来越小……就快没有任何清晰的记忆了。

“很好，”冈特先生用安抚人的声音说，“我们的交易到目前为止进行得还算顺利，至于行动嘛……布赖恩，你知道有位阿姨叫维尔玛·耶日克吗？”

“维尔玛，知道啊，”布赖恩觉得心头越来越黑暗，“她住在我们家的下一条街。”

“对，就是她，”冈特先生说，“布赖恩，好好听着。”他肯定继续说了下去，不过布赖恩不记得他说了些什么。

7

接下来，布赖恩只知道冈特先生口气和善地把他赶到街上，说认识他有多么愉快，请他转告母亲和所有朋友：店主服务良好，货品价格公道。

“没问题。”布赖恩说。他有种茫然感……但心情也不错，仿佛午觉刚睡醒般神清气爽。

“欢迎再度光临！”冈特先生关门前喊道。布赖恩愣愣地看着门上面吊着的牌子变成休息中。

8

布赖恩觉得自己在“必需品专卖店”已经待了好几个小时，不过银行外头的时钟却指着四点十分，进去还不到二十分钟哩！他把脚踏车的脚架踢开准备上车，但忍不住想摸摸裤子口袋里的东西，于是把龙头歪向自己，靠在腹部上。

他从一个口袋里掏出六个闪亮的一分铜币。他从另一个口袋拿出柯法斯亲笔签名的球员卡。

他们显然达成了某种交易，虽然布赖恩实在记不得那到底是什么交易——只记得冈特先生提到维尔玛·耶日克的名字。*以最诚挚的祝福送给我的好友布赖恩。桑迪·柯法斯。*

不管他们达成什么交易，都是值得的。像这样的球员卡几乎用什么来换都值得。布赖恩怕折到它，于是小心翼翼收到背包里，跨上脚踏车，飞快地踩着踏板，一路笑着回家。

第二章

1

新英格兰地区的小镇上要是有新店开张，镇民（尽管在许多方面是道道地地的乡巴佬）会表现出普世皆然的态度，连城市佬都望尘莫及。纽约或洛杉矶的新画廊大门首度开启前，门外可能会站着一小群未来买主和单纯凑热闹的旁观者；如果是新的俱乐部开张，门前甚至会大排长龙，狗仔队身上挂着相机套，手上拿着长镜头，站在警用路障外，满心期待能拍到好镜头。这群人就像等待百老汇新剧开演的戏迷一样兴奋地交谈着，不管这出戏会大受欢迎或一败涂地，人人争相发表高论。

新英格兰的小镇上要是有新店开张，店门开启前，不大可能有一群人站在门外等候，大排长龙更是少见。新店家拉起窗帘、打开门锁、宣布开始营业时，客人也只是稀稀落落来来去去，要是给外人撞见，只道是镇民冷淡至极，可能还是生意惨淡的前兆。

冷漠的表象下，通常暗藏着热切的盼望，甚至密切的观察。“必需品专卖店”开张前几周，城堡岩镇上不是只有蔻拉·鲁斯克和迈拉·埃文斯两位女士在电话上叽叽喳喳地谈论而已。不过高昂的兴致和殷切的盼望并没有改变小镇顾客的保守行径：某些事情就是不能做，在波士顿以北这些生活紧密相扣的北方佬圈子里，大家更是严守禁忌。这些圈子一年当中有九个月不受外人干扰，要是一下就表现出过度浓厚的兴趣，或是有意无意间显露自己不只是三分钟热度，都是相当失态的事。

不管是探查小镇上的新商店，还是参加大城市的名流派对，都会让有意参与的人士兴奋不已，而且都得遵循各自的规矩，这两种规矩都不可明说、不得更改，而且异常相似，其中最重要的就是不准第一个到。当然，总得有人打破这规则，要不然谁都不会来了。不过窗上休息中的牌子第一次翻过来变成营业中后，至少前二十分钟往往是没客人的，好不容易有人上门，多半是成群结队——两人组也好，三人组也好，不过以妇女四人组为多——只要是见识丰富又观察入微的人，都会毫不犹豫地跟你如此打赌。

第二条规则如下：这些名为购物实则打探的顾客，要展现毫无破绽的礼数，态度几近冰霜。第三条是不能询问新店主的来历或来意为何，尤其第一次光顾时更不能问。第四条是大家都不能带欢迎礼物，尤其是自制蛋糕或派饼这种不登大雅之堂的东西。最后一条跟第一条一样是个铁律：不准最后离开。

不管在哪里，这节奏缓慢的舞蹈——亦可称为“女性调查之舞”——会维持两星期到两个月不等，不过如果是自己镇上居民开店做生意，这套规则就不适用了，那就像教堂举办的返乡周，大家聚聚吃个饭，不拘排场、相谈甚欢，只是不免单调乏味。要是新店主是“外地人”(这三个字总是讲得字正腔圆，以达强调的功效)，镇上的女性就一定会开始跳起“调查之舞”，毫无例外，就如同生命终有尽头、万有引力不灭一样。调查期结束后(没人会在报上刊登广告明言调查期已结束，不过大家就是知道)，商店通常会面临两种情况，要不生意开始正常，满意的顾客回笼，同时带着迟来的欢迎礼物和“欢迎光临寒舍”的邀请函，要不就是关门大吉。像城堡岩这样的小镇，小生意要是不被大家看好，成了大家口中的“必倒之店”，倒霉的店主可能要到几星期甚至几个月后，才会惊觉生意做不下去。

城堡岩镇民全都规规矩矩地遵守这种游戏规则，但至少有个女子例外，也就是经营“针线活”裁缝店的波莉·查默斯。她这个人，什么事都反其道而行，举镇皆知，许多城堡岩的妇女，甚至男士都认为她“特立独行”。

波莉让自命城堡岩社交裁判的人相当头疼。首先，连最基本的问题都没人说得准：波莉到底是“当地人”还是“外地人”？没错，她在城堡岩出生长大，但她十八岁怀了杜克·希恩的孩子时就离镇而去。当时是一九七〇年，一九八七年她搬回来打算长久居留，在这之前她只回来过一次。

那一次回来是一九七五年底，她也没待多久，当时她父亲得了肠癌，即将离世。父亲死后，母亲洛兰·查默斯就心脏病发作，波莉只好留下照顾。一九七六年初春，洛兰第二次心脏病发，从此长眠不起。波莉把母亲送到家乡墓园安葬后，又失去了踪影。当时镇上妇女就已认为波莉散发出神秘的气息。

那时大家一致认为波莉这次是真的一去不回了。艾薇姑婆，也是镇上最后一位查默斯家的人，在一九八一年过世，那时波莉没有回来参加葬礼，因此舆论似乎成了千真万确的事实。不过四年前波莉竟又回到镇上，而且还开了家裁缝店。虽然没人敢打包票，不过她也很可能是继承艾薇·查默斯姑婆的遗产而开了这家店，要不然那疯婆子还会把财产留给谁？

镇上《人间喜剧》[①]一书的忠实读者（大部分镇民都是这类佯装探讨人性实则挖人隐私的小百姓）都坚信，只要波莉的小生意经营得有声有色，而且继续留在城堡岩，时机一到，那些引人好奇的事情终会水落石出。可是到现在，波莉仍有许多往事不为人知，实在让人气得牙痒痒。

她离家在外的十几二十年间，曾经在旧金山住过一段时间，大家知道的差不多就这样。至于放荡任性的波莉还做了什么事，她母亲洛兰皆闭口不谈。波莉是否在其他地方就学？从她做生意的方式来看，她好像修过商业课程，而且还学得颇有心得，不过谁也说不准。她回到镇上时虽然是个单身女子，不过她在旧金山，或其他待过的地方（不管是否真的待过），难道就没结过婚？这点大家也不清楚，只知道她从来就没嫁给希恩那小子——希恩加入海军陆战队，在军中待了几年，目前在新罕布什尔州某个地方卖房地产。波莉在外漂泊那么多年，干吗又回这里安顿呢？

镇民最好奇的是波莉腹中的胎儿去了哪里。美女波莉有没有堕胎？还是孩子生下来后给人领养了？还是自己抚养？如果是自己抚养，那小孩夭折了吗？还是活得好好的，在某个地方上学，偶尔写信回家问候母亲？这些问题也是无人能解。而最让人气愤的是，当年这位怀有身孕、坐着灰狗巴士离开的女孩，转眼间已成为近四十岁的女人，而且回到镇上生活经商已有四年之久，可是大家却连这个让她离乡背井的孩子是男是女都不知道！

不久前，波莉·查默斯又为全镇示范了她的特立独行，仿佛之前做得还不够似的：她最近常和城堡岩警长艾伦·潘伯恩出双入对，而潘伯恩警长痛失妻小也不过一年半。她这个举动算不上“丑闻”，但绝对是“特立独

---

① 十九世纪法国小说家巴尔扎克以此主题写了九十一部小说，写尽当时法国社会百态。作者以此书名比喻城堡岩镇的众生相。

行”。因此，十月九日早上十点零二分，波莉·查默斯走出自家店门，沿着主街人行道走到“必需品专卖店”，大家也就见怪不怪了。甚至那双戴着手套的手上端着装有蛋糕的保鲜盒，大家也丝毫不觉惊讶。

事后镇民讨论起来，直道她的典型作风就是如此。

2

“必需品专卖店”橱窗上涂抹的肥皂已清洗干净，窗内摆了十来件物品，包括时钟、一套银制餐具、一幅画、期待装进某人心爱照片的美丽相框。波莉看了一眼这些东西，不禁暗自赞许，然后走到门口。门上的牌子写着营业中，她毫不客气地开门进去，同时头上一颗铃铛叮当作响——这是布赖恩走后装上的。室内阳光充足，弥漫着新地毯和新油漆的气味。波莉踏进店里，饶有兴致地扫视一番，闪过一个清楚的念头：这家店会不得了。如果撇开我不算，这家店连个客人都还没进门，就已经成功了，了不起啊了不起。这么快就下结论，或是马上暗自称许，都不是波莉的一贯作风，不过她的感受的确如此。

一位高挑的男人正低头看着玻璃展示柜，铃铛响时他抬起头来，对波莉微笑招呼：“你好。”

波莉的为人很实际，她清楚自己在想什么，通常也欣赏自己的观感，不过她和这位陌生人四目相接时，心中却顿觉困惑，迷惘不已。

我认识他。这是她乍陷迷雾后第一个闪过的清楚念头。我以前遇见过这个人。但在哪里呢？

不过她马上又很肯定自己没见过这个人。她猜想这就是似曾相识的感觉，几乎每个人不时都会生起这种记忆幻觉，似真似幻，令人错乱。

她的脚步慢了下来，硬生生挤出一丝笑容，然后调整一下左手，把手中的保鲜盒抓稳一点，就在此时，左手背窜起一阵剧痛，分成两根亮晃晃的尖钉刺向手腕，好似一把金属大叉子深深刺进肉里。是关节炎发作，痛得令她想大骂王八蛋，不过这至少让她再次集中精神。她开口说话，速度虽然慢了点，但对方应该不会发觉……不过店主很可能还是注意到了。他那双明亮的淡褐色双眼，似乎清楚察觉了波莉的神色变化。

“嗨，”她说，“我是波莉·查默斯，我开了家服装裁缝小店，从你这边往下走两家就是了。我想既然我们是邻居，就赶在人潮之前来拜访拜访，欢迎你到城堡岩来。”

他展开笑容，整张脸顿时明亮起来。波莉的左手尽管还是痛得要命，她的嘴角却不禁往上一扬，对他微微一笑。她心想，要不是我已经爱上艾伦，我大概会毫无顾忌投入这人的怀抱。“大爷，带我去卧房吧，我会乖乖跟你走的。”她心里偷笑着，不禁猜想今天进来看看的女人当中，会有多少个偷偷爱上这个人，而且回家后还思恋着他。波莉看到他手上没戴婚戒，心中那把火烧得更旺了。

“查默斯小姐，很高兴认识你，”他走上前来说，“我是利兰·冈特。”他靠近波莉时伸出右手，不过看到波莉后退一小步，眉头不禁微微一皱。

“抱歉，”她说，“我不握手的，不是没礼貌，而是我有关节炎。”她把保鲜盒放在离她最近的玻璃柜上，举起戴着小羊皮手套的双手。这双手看来并不可怕，却已变得畸形，左手又比右手严重一点。

镇上有些女人认为，波莉其实很得意自己得了关节炎，要不然她干吗那么快就跟人表明？但事实刚好相反。波莉虽不是爱慕虚荣的女人，却也在乎自己的外表，而这双手变得那么丑，让她觉得很丢脸。她跟人初次见面时，总是尽可能开门见山表示自己得了关节炎，而且每次都闪过同样的念头（因为一闪即逝，所以她很少察觉）：*好啦，该讲的讲了，可以开始谈别的了。*

每次她给人看她的手，对方通常会露出不安或不好意思的样子，不过冈特没有，反而有力地握了一下她的手臂。波莉理应觉得初次见面这种举动未免太过亲密，有失分寸，但她却不这么认为。这是友善的表示，非常简短，甚至让人想笑，不过话虽如此，她还是庆幸冈特只握一下就放开了。冈特的手粗糙而令人不舒服，尽管波莉穿着轻薄的风衣，依旧阻隔不了这种感觉。

“你的手那么不方便，经营裁缝店一定很辛苦，怎么撑过来的？”

除了艾伦之外，很少人问她这个问题，更没人问得那么直接。

“以前只要我的手还能做事，就从早到晚缝个不停，”她说，“没错，是强颜欢笑撑过去的，不过现在我手下有五六个女孩兼职工作，所以大部分时间就专心设计，过得还是很愉快。”最后这句是谎话，不过反正是为了面子而说，倒也无伤大雅。

“不管怎么样，你肯赏光我就很高兴了，老实跟你说——我很容易怯场。”

“真的假的？怎么说呢？”她对任何地方或事情不会匆忙下定论，对人更是不会，因此对于这位相处还不到一分钟的男人，她竟然那么快、那么自然地就感到自在，让她着实吓了一跳，甚至起了点戒心。

“我一直在想，要是一整天连个人都没有，该怎么办才好。”

“他们会来的，”她说，“他们会想看看你的商品。大家都不知道‘必需品专卖店’到底在卖什么东西，不过更重要的是大家都想见见你。只不过呢，像城堡岩这样的小地方——”

“——大家都不想表现得太心急，”他帮波莉说完这句话，“这点我很清楚——我也待过小镇，我理智上很肯定你的话，不过还有另一个声音一直在泄我的气，说什么‘他们不会来的，利兰，你别奢望了，他们不会来的，他们会成群结队离你远远的，等着瞧好了’。”

她笑了起来，突然想到当初开“针线活”时，也有这种感觉。

“这是什么？”他摸着保鲜盒问道。这时波莉跟布赖恩·鲁斯克一样，都注意到他那只手的食指和中指完全一样长。

“是蛋糕。我对镇上的风俗习惯虽然不是完全清楚，但我敢说你今天只会收到这个蛋糕。”

冈特望着波莉微笑，显然相当窝心。“查默斯小姐，谢谢你！非常谢谢你——我很感动。”

波莉对于初次见面或认识不久的人，从来不曾请他们直呼自己的名字，对于擅自称她名字、假装没距离的人，比如房屋中介、保险业务员、汽车销售员，她都会存有戒心，可是这时她却脱口而出：“既然我们是邻居，何不叫我波莉就好？”听到自己这么说，她自己也糊涂了。

3

这是巧克力魔鬼蛋糕，利兰·冈特光是掀开盖子一闻，就很肯定地表示。他请波莉留下来一块享用蛋糕，波莉推辞，冈特却相当坚持。

“有人帮你看店啊，”他说，“而且至少这半小时没人敢踏进我的店——这样应该合乎规范了吧！而且我有好多城堡岩的问题想请教你。”

波莉一听之下也就同意了。冈特走进店铺后方的那扇门，消失在门帘后头，波莉听到他爬上楼梯去拿刀叉盘子，猜想楼上一定是他生活起居的地方，可能只是暂住。波莉趁这空当四处看看商品。

店门旁的墙上挂着块镶了框的牌子，上面写着本店营业时间为每周一、三、五、六早上十点至下午五点。“除非另外预约”，每周二、四休息，春末夏初才开始整周营业——波莉心里偷笑，暗自想道：也就是等那些疯狂的游客和度假人士又来小镇挥着满手钞票时，才开始整周营业。

她认为“必需品专卖店”是家古董店，乍看之下还觉得是高档的古董店，但细看货品，却又发觉说不太上来。

布赖恩前一天下午进来时就看到的晶洞、拍立得相机、猫王画像等都还在，不过现在又多了四五十件物品。一小块大概值不少钱的地毯挂在灰白色墙壁上，是土耳其的老东西。某个展示柜内放着一套玩具兵，可能是古董，不过波莉知道所有的铅制玩具兵（即便是一星期前才在香港铸模制造的）都会故意做得老旧，弄得一副年代久远的样子。

这里各色商品应有尽有。那张猫王画像（看起来很普通，在任何嘉年华游乐场上四块九毛九就能买到）和一个非常不起眼的美国鹰形风向标之间，放着一个卡尼瓦七彩玻璃灯罩，那至少要八百块钱，甚至五千块都有可能。一对美丽的俄罗斯娃娃中间，摆着一个破旧又平凡无奇的茶壶。至于那些脸颊红润、修长美腿上穿着性感吊袜带的美丽法国娃娃价值多少，她连想都不敢想。

还有些精选的球员卡和嚼烟卡，摆成半圆形的三十年代廉价小说杂志（《诡异传奇》《惊异故事》《非凡刺激故事》），一台五十年代的收音机，颜色是恶心的浅粉色。当时的人似乎觉得浅粉色用在家电上很好看，不过在政治上就无法苟同了，因为它代表社会主义。

几乎所有商品的前方都摆着一个小牌子，其中一个标示亚利桑那州的三晶晶洞，另一个写着订制套筒扳手组。让布赖恩产生美妙感觉的那根木条是来自圣地的石化木头。球员卡和廉价小说杂志前的牌子写道：“如需类似商品，请向店主洽询。”

她发现所有物品，不管是废物还是宝物，都有个共同点：全都没有标价。

4

冈特回来时，手上拿着两个小盘子（康宁牌的素色旧盘子，不是什么高档货）、一把蛋糕刀和两把叉子。“楼上都还乱糟糟的，”他毫不隐瞒地说，同时把保鲜盒盖打开放到一旁（他把盒盖翻过来，上面的一圈糖霜才不会沾到现在充当餐桌的展示柜），“我一整理好，就要开始找房子，不过现在还是住在这儿，东西都在纸箱里，老天，我真讨厌纸箱。你觉得谁——”

“别那么大块，”波莉叫道，“太大块了吧！”

“好吧，”冈特开心地说，把那一大块巧克力蛋糕放在其中一个盘子上，“这块给我，哎呀呀，恨不得一口把它吃掉！这样够小块了吧？”

“再小一点。”

“再小我就不会切了，”他边说边切下薄薄一片蛋糕，“真香啊，波莉，真谢谢你。”

“真的别客气了。”

蛋糕真的很香。她没有在节食，不过她拒绝留下来吃蛋糕，并不是因为初次见面要表现客气，而是过去这三周的天气原本暖和如春，但星期一却开始变冷，她的双手因此疼痛不堪。一旦指关节习惯了冷天气，痛楚大概会稍微减轻（她总是这么祈祷，而且适应天气后也真的不那么痛了，但她很清楚关节炎只会恶化不会好转），不过从今天一早开始，手就一直痛得不得了，实在让她不确定这双不听话的手到底可以或不可以做什么，因此她拒绝留下来吃蛋糕，其实是怕手不听使唤而丢脸。

她脱下手套，试着舒展右手，一阵彻骨剧痛从前臂刺向手肘。她双唇紧闭，满心期待地再次动动右手，还是会痛，不过没那么剧烈，她放松了点。不会有问题的，虽然没有吃蛋糕时应有的愉悦，不过还可以接受。她伸出手，谨慎地抓起叉子，尽量不让手指弯曲。她把第一口蛋糕送进嘴里时，看到冈特眼神怜悯地望着她，于是心里闷闷不乐地想着：*现在他要表示同情了，跟我说他祖父，要不然就是他前妻，或某人的关节炎有多严重。*不过冈特并未表示同情。他吃了一口蛋糕，滑稽地转了转眼珠说：“别缝衣服了！你应该开餐厅才对！”

“噢，不是我做的，”她连忙说，“不过我会把你的赞美跟妮蒂·科布说，她是我的管家。”

“妮蒂·科布。”他若有所思地喃喃自语，又挖了一口蛋糕。

“对——你认识她吗？”

“噢，应该不认识，”他仿佛突然从神游回到现实，“我在城堡岩一个人也不认识，”然后一脸狡猾地斜眼瞄她，“别人有没有可能雇用她？”

“没有！”波莉笑着回答。

“我想问你房地产经纪人的事，”他说，“你觉得这里谁最可靠？”

“哼，他们全是小偷，不过马克·霍普韦尔大概是这群人里最可靠的。”

他扑哧一笑，随即遮住嘴以防喷出碎屑，然后开始大咳。要不是波莉的手痛成这样，她会友善地拍拍冈特的背。不管是不是初次见面，她对冈特是真的有好感。

“抱歉，”他还是笑个不停地说，“不过他们全是小偷，是不是？”

“哼，一点儿也不错。”

要是波莉是另一种女人——对自己的过去没那么守口如瓶的人——她会开始拐弯抹角地问利兰·冈特一些问题，让他透露她想要的答案。比如说，他为什么来城堡岩？之前在哪里待过？会待很久吗？有妻小吗？不过波莉不是那种女人，因此心甘情愿……其实还很高兴地回答他的问题，因为都跟她自身无关。冈特想了解镇上的情况，比如冬天时主街上的交通流量如何？附近有没有商店可以买到挪威制的耐用小壁炉？保险费率多少？还有其他各式各样的问题。他从蓝色夹克的口袋里掏出一本长方形黑皮笔记本，慎重地把波莉提到的每个名字记下来。

波莉低头看看盘子，发现蛋糕就这么吃光了。她的手还是会痛，不过比刚进来时好了很多。她记得刚才差点因为手痛而决定不来，不过现在很高兴自己硬着头皮过来了。

“我得走了，”她看着手表说，“要不然罗萨莉会以为我遭遇不测了。”

两人站着吃完了蛋糕。冈特把盘子整齐地叠起来，叉子放在最上面，然后把保鲜盒的盖子盖上，问道：“蛋糕一吃完我就把盒子送去还你，可以吗？”

“好极了。”

“大概下午三四点送去。”他正经八百地表示，一边送波莉到门口。

“不用那么急，”她说，“非常高兴认识你。”

“谢谢你过来。”冈特说。有那么一瞬间，波莉以为他又要握握自己的臂膀，想到他的碰触，波莉不禁一阵惊慌——这当然是想太多了——他并没有这么做。“我本来以为今天会很可怕，结果你来后就开始变得愉快了。”

“你没问题的啦！”波莉打开门，然后停在原地。她从头到尾都没问到冈特的私事，不过有一点却让她很好奇，好奇到不能就此离去：“你店里无奇不有——”

“谢谢。”

“——不过都没标价，为什么？”

他莞尔一笑。“波莉，这就是我的怪癖。我总认为一笔生意要是值得做，来点讨价还价也可以。我猜我上辈子是中东的地毯商，很可能还是伊拉克人，不过依目前的国际情势来看，我最好还是别这么说。”

“所以客人愿意付多少钱，你就卖多少钱？”她略带揶揄地问。

“可以这么说。”他认真地点头称是。那双淡褐色眼眸是那么深邃，美得那么奇异，波莉心头不禁又是一震。“不过我宁可说是依需求定价。”

“原来如此。”

“你能了解？”

“嗯……应该吧！这样店名就说得通了。”

他展开笑颜说：“说得通，应该说得通。”

“好啦，祝你今天生意兴隆，冈特先生——”

“叫我利兰就好，老李也可以。”

“那就利兰好了。别担心客人不上门，我猜不用到星期五，你就得请个保安在打烊时把客人赶走了。”

“真的？那太好啦！”

“再见。”

“拜。”他说，并在波莉踏到门外时把门关上。

他在原地站了一会儿，透过门上的玻璃窗看着波莉·查默斯边走边把手上的手套抚平。她即使不算美若天仙，也称得上苗条清丽，而那双手却如此畸形，实在不相称，不禁令人错愕。冈特露出一抹微笑，上下唇越分越开，暴露出参差不齐的牙齿，一副想要害人的恶毒模样。

“你会很好的，”他独自在店里轻声说道，“你会好得不得了。”

5

不出波莉所料，那天打烊前，几乎城堡岩的所有妇女（尽管不是全部，但该来的都来了）和几位男士都路过了“必需品专卖店”，进来匆匆浏览一番。几乎所有人一进来就努力说服冈特，说他们正要去其他地方，因此没时间慢慢逛。

斯特凡妮·邦森特、辛迪·罗丝·马丁、芭芭拉·米勒和弗朗辛·佩尔蒂埃是波莉离开后的第一批客人。波莉一走出商店大门，大家就赶紧互通电话或在自家后院跟邻居互通信息（这个做法在新英格兰进行得颇有效率），因此不一会儿，全镇的人都知道波莉离开，而这团结的妇女四人帮就在波莉离开后不到十分钟进入店里。

斯特凡妮和她的三位朋友一边参观，一边赞叹着。她们以坚决的口吻跟冈特说她们无法久留，因为今天是桥牌日（这一周一次的聚会通常下午两点才开始，不过这点她们略过不提）。弗朗辛问冈特从哪里来，冈特说从俄亥俄州的阿克伦。斯特凡妮问他古董买卖是否做很久了，冈特说他不认为这是古董买卖……不完全是。辛迪想知道冈特先生是否在新英格兰待很久了，冈特回答没多久，一阵子而已。

她们四位事后讨论，都一致同意这家店有意思，怪东西可真多！不过却没问出个所以然来。这个男人跟波莉·查默斯一样，对自己的来历口风很紧，可能还有过之而无不及。芭芭拉指出一点她们早就知道的事（仿佛这是她们亲眼看到的）：波莉是镇上第一个进这家店的人，而且还带了个蛋糕。芭芭拉猜测，也许波莉早在过去那段时间，她离乡背井的那段时间……就认识了冈特先生。

当时在店里，辛迪表示她中意一个玻璃浮雕花瓶，向冈特先生询问价钱（她们都注意到冈特只是站在一旁，并没有跟在后头监视，这点她们相当欣赏）。

“你觉得应该是多少？”冈特笑着反问。

辛迪对他娇媚一笑，说：“哟，冈特先生，这就是你做生意的方式吗？”

冈特点头称是：“没错，这就是我做生意的方式。”

“哎呀，让北方佬跟你讨价还价，你是会吃亏的哦！”辛迪说，而另外三位则像温布尔登网球公开赛的观众一样，在一旁看得兴致勃勃。

“这个，目前还说不准。”冈特的声音仍相当友善，不过现在多了点挑战的意味。

听他这么说，辛迪把花瓶瞧得更仔细了。斯特凡妮·邦森特在她耳边窃窃私语，辛迪点点头。

“十七块。”她说，其实花瓶看来值五十块钱，她猜如果是波士顿的古董店可能会标一百八。

冈特先生用指尖顶着下巴，布赖恩·鲁斯克要是看到这个手势一定认得出来。“我至少得卖四十五。”他说，脸上神色有点歉然。

辛迪一听两眼发亮，看来还有议价的空间。她本来只觉得这个花瓶稍微有点看头而已，询问的目的主要是跟神秘的冈特先生再套上几句话。现在她仔细打量着花瓶，发现做得真不错，很适合摆在她家客厅里。细长瓶颈上的花卉浮雕有描边，颜色跟她家客厅的壁纸一模一样。她听到冈特开的价钱只稍微超出她付得起的数目，才发现自己如此渴望拥有这个花瓶。她赶紧跟另外三个姊妹商量。冈特微笑看着她们。门上的铃铛再度响起，进来了两个女人。

“必需品专卖店”的首卖日，就此开始。

6

十分钟后，白蜡树街桥牌俱乐部的四位成员离开“必需品专卖店”。辛迪·罗丝·马丁拎着一个购物袋离开，里头是包着薄纸的玻璃浮雕花瓶。她含税花了三十一块钱买下，几乎是她口袋里所有的零用钱，不过她心花怒放，几乎要叫出来。

如此冲动买下东西，她通常会有点后悔又有点惭愧，只好跟自己说一定是店家的小手段或花言巧语害的，但今天不一样。今天的交易她是赢家。冈特先生甚至请她再来一趟，说还有个一模一样的花瓶，过几天(甚至明天)就会运到！这个花瓶单放在客厅的小茶几上就很出色，不过要是有两个花瓶，就可以在壁炉架两旁各放一个，那会更添精彩！她的三位好友也觉得她杀价功夫一流。她们有点失望没探出多少冈特先生的来历，不过整体而言，她们一致给他相当高的评价。

“他那对绿色眼珠真是美呆了。”弗朗辛·佩尔蒂埃心神荡漾地说。

“是绿的吗?”辛迪惊道，她本来以为是灰色的，“嗯，我倒没注意。”

7

那天下午稍晚，在“针线活”工作的罗萨莉·德雷克趁休息时间去“必需品专卖店”逛逛，波莉的管家妮蒂·科布也一道前往。店里已经有几个女人在浏览了；后方角落里，两个城堡岩高中的男生快速翻阅一纸箱的漫画书，兴奋地低声交谈；他们各自收藏了一些漫画书，但不怎么齐全，而这里居然有那么多他们需要的，实在不可思议。他们只希望价钱不会太高，只是不开口询问是不可能知道价钱的，因为漫画书的塑胶封套上都没贴价格。罗萨莉和妮蒂跟冈特先生打声招呼，冈特请罗萨莉代他再次谢谢波莉带来的蛋糕。妮蒂自我介绍后就自顾自地逛了起来，冈特的视线一直跟随着她，现在看到她一脸渴望地盯着几样卡尼瓦七彩玻璃制的精品。罗萨莉正在细看石化木头旁的猫王画像，冈特让她独自慢慢欣赏，往妮蒂的方向走去。

"科布小姐，你喜欢卡尼瓦的七彩玻璃制品是不是?"他轻声问道。

她吓得震了一下，紧张兮兮地对冈特一笑。妮蒂·科布看起来就是个容易受惊的女人，举止也畏畏缩缩，令人看了难过。只要有人靠近身边跟她讲话，不管有多轻柔友善，都会让她吓得全身一震。"是科布太太，虽然我丈夫已经去世好一阵子了。"

"我很遗憾。"

"倒也不必，已经十四年，也够久了。没错，我收藏了些七彩玻璃制品。"她看起来几乎就要发抖，就像老鼠看到猫接近时会打战一样。"这些东西太高级了，我买不起，但实在很好看，天堂里的东西一定就像这样。"

"好吧，我跟你说，"他说，"除了你看到的这几样外，我当初还买了很多七彩玻璃制品，应该没你想得那么贵，而且更漂亮，明天要不要过来看一下?"

她又全身一震，怯生生地挪开一步，仿佛冈特请她明天过来，是要狠狠捏她几下屁股……也许捏到她放声大哭为止。

"噢，应该不行……星期四是我最忙的日子，在波莉那边……每星期四我们都忙翻了……"

"你真的不能过来一下?"他柔声说服，"波莉跟我说早上那个蛋糕是你做的——"

"味道还好吗?"妮蒂紧张地问。她的眼神就是一副期待挨骂的样子，仿佛冈特会说味道不好，一点都不好，妮蒂，你的蛋糕让我肚子绞痛，还拉肚子，所以我也要让你尝尝痛的滋味，妮蒂，我要把你拖到后面，拧你的奶头，直到你求饶为止。

“美味极了！”他以令人宽心的语调说，“让我想起我母亲做的蛋糕……那是好久以前的事了。”

这句话正合妮蒂的胃口。她深爱着母亲，尽管她以前晚上常溜去酒吧，回来总是被母亲痛打一顿。她放松了点。“噢，那就好，”她说，“很高兴你喜欢。当然，那是波莉的意思，全世界再没有比她更贴心的女人了。”

“说得好，”冈特说，“见过她后，就会觉得你这句话说得对极了。”他看了罗萨莉·德雷克一眼，不过罗萨莉还在到处浏览，他回过头看着妮蒂说：“我只是觉得我欠你点什么——”

“噢！没这回事！”妮蒂一听又慌了起来，“你什么都不欠我，什么都没有。”

“请过来一趟，我知道你喜欢七彩玻璃制品……而且我还要还你波莉的保鲜盒。”

“这个嘛……也许我休息时间可以过来一下……”妮蒂眼中流露出不可置信的神情，仿佛不相信自己竟然说出这种话。

“好极了。”他说完旋即离开，免得她反悔。他走到高中生旁边，问他们看得如何。他们略为踌躇地询问几本《绿巨人浩克》和《X战警》旧漫画的价钱。五分钟后，他们提着一堆漫画书离开，脸上露出不敢相信的惊喜，天底下竟有这么好的事！

门还没关上，又打了开来。蔻拉·鲁斯克和迈拉·埃文斯迈步进来。她们环视一番，眼睛像采集核果季节的松鼠一样晶亮热切，然后立刻走向猫王画像的玻璃柜。蔻拉和迈拉俯身欣赏，兴致勃勃地低声交谈，两个大屁股往外突出，宽度有两根斧柄那么长。冈特微笑看着她们。

门上的铃铛又发出叮当声，进来一位身材和蔻拉·鲁斯克同样庞大的女士，不过蔻拉是肥胖，这个女的则是看起来壮硕，就像伐木工人即使顶着啤酒肚，看起来还是很强壮一样。她的上衣别了颗白色大纽扣，上面有几个红字：赌场之夜——欢乐无限！

她的脸跟雪铲一样，并无吸引人之处。她的头发是毫无生气、平凡无奇的棕色，整个头被一片方巾包住大半，头巾在她的宽阔的下巴那儿打了个不怎么好看的结。她那双凹陷的小眼迅速左右闪动，审视店内，有如持枪歹徒推门冲进酒吧抢劫杀人前，先在门外窥伺一番。然后她走上前来。在展示柜间穿梭的女人当中，虽然有两三位向她多瞄了几眼，不过妮蒂·

科布一看到她，脸上表情却变得异常惊慌愤恨，然后匆匆离开卡尼瓦七彩玻璃制品。这个举动引起这位新客人的注意。她以极度不屑的表情瞥了妮蒂一眼，然后转头不理。

妮蒂离开店面时，门上的铃铛叮当作响。冈特先生把这一切全看在眼里，觉得非常有意思。

他走到罗萨莉身边说："科布太太恐怕先走一步喽。"

罗萨莉一脸吃惊地问："为什么——"然后她的眼光落在新客人身上，看到赌场之夜的圆形徽章大刺刺地别在双乳之间。

新客人正在细看墙上挂的土耳其地毯，那副专心欣赏的模样，有如画廊里的美术系学生，而她的双手紧托着那片宽臀。

"噢，"罗萨莉恍然大悟，"抱歉，我得回去忙了。"

"我猜她们俩彼此看不顺眼。"冈特先生如此评论。

罗萨莉慌张地笑了一下。冈特又看了一眼包着头巾的女子问道："她是谁呀？"

罗萨莉厌恶地皱起鼻子说："维尔玛·耶日克。抱歉……我要赶快追上妮蒂，跟你说，她很容易激动。"

"看得出来，"他看着罗萨莉走到门外，然后自言自语，"我们不都这样吗？"

蔻拉·鲁斯克拍拍他的肩膀，霸气地问："那张埃尔维斯的画像①多少钱？"

利兰·冈特转过头来，对她露出灿烂的微笑说："好，我们来讲讲价，你觉得值多少钱？"

---

① 猫王原名为埃尔维斯·普雷斯利，猫王之中文译名来自"来自南方的小猫"与"摇滚之王"的结合。但欧美多以原名称之，故以下情节中猫王再出现时，依情境不同译为埃尔维斯或埃维。

第三章

1

城堡岩镇主街商业区的店家打烊后两小时左右，艾伦·潘伯恩才慢慢沿着主街，开车到兼设警长办公室与城堡岩警局的镇公所。他开的是一九八六年出厂的福特旅行车，一辆平凡到极点的家庭房车。他精神萎靡，半醉半醒。三杯啤酒下肚，就让他醉成这副德行。

他经过“必需品专卖店”时，往那边望了一眼，看到延伸到街上的深绿色遮阳篷，心里颇为欣赏，就跟布赖恩·鲁斯克一样。他虽然对这类东西所知不多(没有亲朋好友在南巴黎市的狄克·派里墙板门板公司工作)，却觉得这顶遮阳篷的确让主街生色不少。哼，主街上的店家大多装了没什么格调的遮阳篷，还自称体面！他还不知道这家新店卖的是什么——要是波莉今早按原定计划去了一趟，她就会知道了——只觉得它像暖和舒适的法式餐厅，是把梦中情人甜言蜜语诱上床前跟她约会的地方。

他刚一开过，就立刻把这家店抛到九霄云外。又过两条街后，他打方向灯，往右转进一条狭窄通道，其中一边是镇公所，是占地宽广的低矮砖砌建筑，另一边是华特区公所，是栋贴有白色护墙板的碉堡型水泥建筑。这条巷子标着公务员车辆专用这几个字。

镇公所呈倒L字形，两翼中间是座小型停车场，其中三个车位标示“警长办公室专用”字样。诺里斯·里奇韦克那台毛病不断的甲壳虫车停在其中一个空位，艾伦开进另一个，然后关灯熄火，伸手开门。

他离开波特兰的蓝门酒吧后，就觉得一股抑郁感环绕不去，好像小时候看的冒险故事中，绕着营火周围不肯离去的狼群，而现在这种感觉突然向他一扑。他放开门把，无力地坐在驾驶座上，只希望这股忧愁尽快离去。

他今天一整天都在波特兰地方法院，连续为四个诉讼案出庭做证。地方法院管辖约克郡、坎伯兰郡、牛津郡和城堡岩，艾伦·潘伯恩是这四个郡中住得最远的警长，因此三位地方法官尽量把需要他出庭做证的案子排在一起，让他一个月来一两次即可。

这么一来，他确实能把一些时间花在他宣誓保护的城堡岩里，而不是在城堡岩和波特兰间的路途上奔波，但这也表示他出庭做证一整天下来会全身虚脱，像个刚考完学术能力测验、从考场拖着疲惫脚步出来的高中生。

此外，他早该知道这么累的时候再去喝几杯没什么好处，不过哈利·克罗斯和乔治·克朗普顿正要去蓝门酒吧，说什么也不肯放他走，何况去喝几杯倒有不错的理由：他们各自的辖区里都发生了盗窃案，而且明显是同一伙人干的。

不过艾伦跟他们一起去喝几杯的真正理由是“当时那个点子似乎不赖”，而大部分会令人后悔的决定都是这么来的。

现在他坐在这辆私家车的驾驶座上，采收他自由意志播种的结果：轻微头痛、重度恶心，不过心里这股忧郁是最糟的——它回来报复了。

哈喽！那驻扎在他脑中的忧郁正开心地对他大喊。艾伦，我在这儿呢！真高兴见到你啊！你猜怎么啦？跟你说吧，你刚过完漫长又艰苦的一天，而安妮和托德还是死人两个！记得那个星期六下午，坐在前座的托德不小心把手上的奶昔泼到椅子上吗？就在你现在放公事包的地方，是吧？然后你对他大吼大叫，记得吗？哈哈！你应该还没忘吧？你忘了？好啦，没关系，艾伦，因为我会在这里提醒你！一再提醒你！一再又一再地提醒你！

艾伦拿起旁边乘客座位上的公事包，目不转睛地盯着那个椅垫。没错，奶昔的污渍还在，没错，那天他对托德大吼大叫。托德，你为什么老是笨手笨脚的？他好像是这么骂他，其实并不算什么重话，不过要是你知道你的小孩剩下不到一个月可活，你绝不会这么嫌他。

他突然发现问题不在啤酒，而是这辆从来没有好好清理过的车。他今天一整天都载着他太太和小儿子的鬼魂。

他身子横向乘客座，啪的一声打开前方的置物箱，打算取出交通违规罚单簿——即使一整天都在波特兰的法院做证，他还是随身携带罚单簿，这是他怎么也去不掉的习惯。他伸手去拿时，不小心碰到一个管状物体，这东西滚了出来，掉到汽车脚垫上，发出轻微的碰撞声。他把罚单簿放到公事包上，弯身去捡掉出来的东西，然后拿起来借着外头路灯微光看看是什么东西，结果盯了很久，感到那股熟悉却又可怕的失落与伤痛偷偷袭来。波莉的关节炎痛在手上，但他的却仿佛痛在心上，很难说两人谁比较凄惨。这掉下来的罐子不用想也知道是托德的——要不是他们夫妻俩反对，托德肯定会搬去奥本恶作剧用品店里住，因为他迷死那里卖的廉价怪商品：握手触电器、喷嚏粉、漏水玻璃杯、越洗越脏的肥皂、塑胶狗大便等等。

这东西竟然还在！他们已经死了十九个月，而这东西竟然还在！我到底是怎么搞的，竟然没把它清理掉？老天！

艾伦把手中的罐子倒过来，想起托德当初如何苦苦哀求，希望能用自己的零用钱把它买下，而艾伦又是怎么厉声反对，还引用他父亲的口头禅：傻瓜的钱总是留不住。然后安妮又怎么用她一贯的轻松口吻为儿子辩驳。

业余魔术师先生，你自己听听，一副清教徒口吻，我真是百听不厌啊！你也不想想，他会疯狂爱上这些恶作剧玩具，到底是谁遗传的？我跟你保证，我家人从不会把胡迪尼那魔术师的照片裱起来挂在墙上。难道你敢说，你年轻疯狂又爱玩的时候，没买过一两个漏水玻璃杯？要是你在某个展示柜里看到“坚果罐里有蛇”那种整人的老把戏，你大概死也要买下来吧？

在那里支支吾吾回嘴的他，听起来越发像个自负又满口空话的人。最后，他忍不住遮住嘴，掩饰那惭愧的一笑，不过还是被眼尖的安妮发现了。她每次都能发现，这是她的天分……也因此常让他有台阶下。安妮的幽默感——还有她看事情的角度——总是比他好，比他灵巧犀利多了。

让他买吧，艾伦——他也只当这么一次小孩，何况那东西又那么好玩。

于是他就答应了。接下来——

——三星期后，托德不小心把奶昔泼到前座，然后又过了一个月，他就这么去了！他们俩就这么死了！哇！真是不可思议！时光飞逝，对吧，艾伦？不过别担心！别担心，因为我会在这里一直提醒你！是的，先生！我会一直提醒你，因为那是我的工作，我打算恪尽职守！

那个罐子上面标示着香脆综合坚果。艾伦扭开盖子，压缩在里面的五尺长绿色假蛇跳了出来，撞到挡风玻璃，又弹回他大腿上。艾伦看着那条假蛇，脑中听到死去儿子的笑声，不禁哭了出来。他哭得并不激动，而是无力地静静流泪。他的眼泪无休无止，就跟他死去亲人的遗物一样，永远没有清完的一天。他们留下的东西太多了，你本来以为可以开始放松，想着一切终于结束，任何与他们有关的东西都清理掉了，结果却又发现另一样、另一样、另一样。

他当初为什么要让托德买这鬼东西？这鬼东西为什么还待在这讨厌的置物箱里？托德当初为什么又要坐上那该死的旅行车？

他从口袋掏出手帕，把脸上的泪水擦干，然后慢慢把假蛇——不过是条缠绕着便宜绿色皱纹纸的金属弹簧——塞进骗人的综合坚果罐里。他盖上盖子，转紧，若有所思地上下抛着罐子。

把这鬼东西丢掉。

但他不认为自己狠得下心丢掉，至少今晚做不到。这个整人玩具是托德在他认为世界上最好的店里买的最后一样东西。艾伦把它丢回置物箱，啪嗒一声关上箱盖，然后打开车门，公事包一抓，踏出车外。他深吸一口傍晚的空气，希望情绪能够稳定下来，但毫无用处。他闻得到木浆和化学药剂的味道，那是从朗福德（往北约三十里处）的纸厂固定飘来的臭味。他决定打电话给波莉，看能不能去她家，这样就能稍微忘掉烦恼了。

好主意！忧郁之声热切地表示同意。还有，艾伦，顺便提醒一下，你记得那只假蛇让托德有多快乐吗？他拿去吓大家，还差点把诺里斯·里奇韦克吓得心脏病发，你笑得差点尿裤子！记得吗？托德不是很活泼吗？不是很棒吗？还有安妮，记得你告诉她这件事的时候，她笑得肚子痛吗？她也是又棒又活泼，对不对？当然，她临终的时候就没那么活泼了，也没那么棒，但你没有留意，是不是？因为你有更重要的事要忙，比如萨德·博蒙特的事——你怎么也放不下。他们湖边房子的下场你最清楚，还有整个风波结束后，他又是如何经常喝个烂醉，一喝醉就打电话跟你疯言疯语。然后他老婆带着双胞胎离他而去……这林林总总的事情再加上平常镇上的公务让你忙得不可开交，是不是啊？忙到没发现家里发生了什么事。真可惜你没发现，要是你注意到的话，哎呀呀，他们现在也许还活着呢！这种事你也不能忘，所以我一直提醒你……一再提醒你……提醒个

不停。好不好啊？好得很！

车子侧边的加油孔上方有条一尺长的划痕。是安妮和托德去世时就有的吗？他记不得了，反正也不怎么重要。他的手指抚过那道划痕，又提醒自己要把车送修。不过话又说回来，干吗为这小事费心呢？干吗不把这讨厌的车卖给牛津郡的哈瑞·福特，再买辆小车算了？这辆车的里程数还算低，也许能卖个好价钱也说不定——

*可是前座有托德的奶昔污渍呀！*脑中的声音尖声抗议。*当时他还活着呢，艾伦你这家伙难道忍心卖掉？何况安妮——*

“够了，闭嘴。”他自言自语。他走向镇公所那栋建筑，快到门口时，不得不停下脚步。门前停了辆大型红色凯迪拉克塞维利亚，离门口近到直接打开门的话一定会把车撞凹。他不用看也知道车牌上写着“基顿一号”。他若有所思地摸着车身光滑的表面，然后开门进去。

2

雪菈·布理格姆坐在玻璃隔间的调度员小办公室里，一边看着《人物》杂志，一边喝着巧克力饮料。警长办公室和城堡岩警局合并一处，里头除了诺里斯·里奇韦克外空无一人。

诺里斯坐在一台老旧的IBM电动打字机后方打报告，专心到面目狰狞、呼吸急促。在处理文书工作方面，只有诺里斯有这份能耐。他会紧盯着打字机，然后身子突然往前一弯，仿佛肚子被揍了一拳，接着以一股爆发力把键盘敲得噼啪作响。这个驼背的姿势会一直维持，等到他把全部打好的字检查一遍、轻舒一口气、用IBM修正带把打错的地方盖掉（他平均一周用掉一卷修正带），然后才会挺起背脊。休息一会蓄积能量后，同样的过程又会再循环一次。大约一小时后，诺里斯会把打好的报告投入雪菈的“待送”篮里。这样下来，他每星期最后能生产出一两份让人看得懂的报告。

艾伦穿过这小小的办公空间时，诺里斯抬起头来笑着打招呼：“嗨，长官，怎么样？”

“这个嘛，接下来两三个星期可以乐得不用去波特兰了。这里有什么事吗？”

“没，老样子。嘿，艾伦，你眼睛红得跟什么一样，该不会又抽大麻了吧?”

“哈哈,”艾伦没好气地说,“我和两个警察去喝了两杯,然后又开了三十里路回来,路上没事做,只能盯着人家的车灯看。你手上有没有阿司匹林?”

“你也知道我随时都有。”诺里斯说。诺里斯办公桌的底层抽屉是他的私人药房。他拉开抽屉,东翻西找,拿出一大瓶草莓口味的缓泻剂,仔细看了上面的标签,摇摇头,丢回抽屉,又摸索一番,最后终于拿出一瓶没有商标的阿司匹林。

“我有件小事要麻烦你。”艾伦把药瓶接过来时说。他把两粒阿司匹林抖到手上,罐子里飘出一堆白色粉末,他不禁纳闷,没牌的阿司匹林为何总是比知名药厂的有更多粉末,然后又想自己是疯了不成,要不怎会愿意吞下这两颗药片。

“哎哟,艾伦,我还有两份臭报告要打呢,而且——”

“别激动,别激动。”艾伦走向饮水机,从拴在墙上的细长圆桶中抽出一个纸杯。装水时,饮水机发出咕噜咕噜声。“你只要走到办公室那头,把我刚才进来的门打开,这是不是简单到三岁小孩都会做啊?”

“说什么——”

“只不过呢,别忘了带你的罚单簿去。”艾伦说完,配着水咽下阿司匹林。

诺里斯·里奇韦克马上一脸防备的样子说:“你自己的就在桌上,你公事包旁边。”

“我知道,不过我不想用,至少今晚不想。”

诺里斯看着他,过了良久才问:“那浑蛋?”

艾伦点点头。“就是那浑蛋,他又停在残障车位上,上次已经给他最后一次警告了。”

所有认识城堡岩镇长丹福斯·基顿三世的人,私底下都叫他浑蛋……不过镇公所职员若想保住饭碗,就得时时留心他是否在附近,在的话就以丹或基顿先生称之。只有艾伦这位民选官员敢当面叫他浑蛋,不过也只叫过两次,而且都是在盛怒之下叫出来的,有必要的话,他还是敢继续这么叫他,毕竟丹·“浑蛋”·基顿很容易把人惹火。

“少来了!”诺里斯说,“你自己去,我不管。”

“不行，我下星期要和镇务委员开会讨论拨款的事。”

“他早就把我当眼中钉了，”诺里斯闷闷不乐地说，“我又不是不知道。”

“那浑蛋除了他老婆和老妈之外谁都恨，”艾伦说，“不过他老婆我倒没那么有把握。不管了，总之我最近一个月警告他少说也五六次了，叫他别停在我们唯一的残障专用停车位上，这次真的要给他点颜色瞧瞧，我说到做到。”

“那怎么行！你嘴巴说说，丢饭碗的是我！艾伦，说真的，你也未免太狠了吧！”诺里斯·里奇韦克的表情，就像《当好人遇上坏事》的最佳广告。

“别紧张，”艾伦说，“你开张五块钱违规停车罚单，放在他挡风玻璃上，他一定会来我这儿兴师问罪，要我炒你鱿鱼。”

诺里斯哼了一声。

“我拒绝，然后他会要我把罚单撕掉，我也拒绝。然后呢，等到明天中午他骂够之后，我再一副心软的样子，这样下次跟他们开会讨论拨款的时候，他可就欠我一个人情了。”

“欠你！那他欠我什么？”

“诺里斯，你还要不要新的脉冲雷达测速枪？”

“这个嘛——”

“不是还有传真机吗？我们一直说要买，说了两年都还没行动！”

对嘛！他脑中那个假装开心的声音叫道。艾伦！安妮和托德还在的时候，你就在讲这传真机了，记得吗？记得那时候他们还在吗？

“好啦！”诺里斯说。他伸手去拿罚单簿，一脸无可奈何的悲哀神情。

“好家伙，”艾伦虽然嘴上鼓励，心里却在烦别的事，“我会在办公室里待一会儿。”

3

他把警长办公室的门关上，开始拨电话给波莉。

“喂？”波莉说。艾伦本来想跟波莉诉说那无声无息将他全然占据的忧郁，可是一听到她的声音，就立刻知道这么做不妥。波莉今晚的烦恼已经够她受了，那声“喂”就足以说明一切，因为音发得有点不清楚。只有在她吃了一粒——或许不只一粒——止痛药时才会这样，而只有痛到不行的时候她才会吃药。虽然她从来没有明说，不过艾伦深知她活在恐惧中，害怕终有一天止痛药不再有效。

“美人儿，你好吗？”他问，身子往椅背上一靠，一手覆着双眼。阿司匹林似乎没让头痛减轻多少。他心想，也许我该跟她要颗止痛药来吃。

“我还好，”他听到波莉小心翼翼地慢慢吐字，仿佛一步步踩着小溪中的石头走向对岸，“你呢？听起来很累。”

“律师每次都让我很累。”他现在不打算去她那边了。要是他想去，波莉当然会说欢迎，也会很高兴看到他，几乎跟他看到她一样高兴，不过她今晚已经够难受了。“我应该会直接回家早点睡，就不过去你那边了，没关系吧？”

“没关系，亲爱的，其实你不过来可能还比较好。”

“今晚很糟吗？”

“越来越糟了。”她谨慎地说。

“我是问今晚。”

“不是很痛，还好。”

宝贝，从你的声音就知道你在说谎，他心里这么想。

“那就好。你说的那超音波疗法怎么样了？打听到什么消息没？”

“唉，要是有办法空出一个半月去梅约诊所治疗就好了！但什么也没准备就这样过去，我放不下。你别说你放得下，艾伦，我累得没力气骂你是骗子了。”

“你不是说波士顿医院——”

“那是明年，”波莉说，“明年他们要开家诊所，专门做超音波治疗，据我所知是这样。”

接下来是一片静默，他正打算道晚安时，波莉又说话了，这次她的声调有活力了些。“我今天早上去了那家新店，还带了妮蒂做的蛋糕，当然是不登大雅之堂的东西——你也知道新店开张，镇上的小姐太太是不会带蛋糕派饼过去的，这简直是刻在石头上的铁律了。”

“结果怎么样？他卖什么？”

“什么都卖一点。不过要是你拿把枪抵住我脑袋，我会说那是珍奇收藏品店，不过真的很难形容，你得亲自去看看才行。”

“你有没有跟店主聊聊？”

“他是利兰·冈特先生，从俄亥俄州的阿克伦来的，”波莉说，现在艾伦真的听到她声音里带了点笑意，“城堡岩那群时髦的有钱人，今年大概会一股脑地迷恋他哦——这只是我的预测啦！”

“那你觉得他怎么样？”

波莉回答时，声音里头的笑意更明显了。“这个嘛，艾伦，说实话——你是我最亲爱的，我也希望自己是你的宝贝，可是——”

“你是啊！”他连忙插口。他的头痛好了些，但他不大相信是诺里斯·里奇韦克的阿司匹林创造了这点小奇迹。

“——可是他也让我心头小鹿乱撞呢！而且你该看看罗萨莉和妮蒂回来的那神情……”

“妮蒂？”他跨在桌上的脚立刻放下，整个人倏地坐正，“妮蒂连自己的影子都怕啊！”

“就是啊，不过罗萨莉百般说服她一起去——你也知道那可怜的妮蒂要是没人陪的话，哪里也不肯去——我下午回到家，就问妮蒂她觉得冈特先生这个人怎么样。你知道吗？她那无精打采的眼睛立刻发亮说：‘他卖卡尼瓦七彩玻璃制品！好漂亮的七彩玻璃！他还请我明天再去一趟看新到的货！’我看这是她四年来头一次一口气对我说这么多话。所以我就问她：‘他人很好对不对？’然后她回答：‘对，而且你知道吗？’我当然就问知道什么，她说：‘我明天很可能真的会去！’”

艾伦放声大笑说：“如果妮蒂没有保姆陪也愿意自己去，我实在应该亲自去瞧瞧，他一定迷死人了。”

“嘿，这你就有所不知了，他其实不帅，至少不是电影明星那种帅，不过他的淡褐色眼睛真的是世上最美的，让他整张脸都亮了起来。”

“美女，你小心点，”艾伦大叫，“我嫉妒的肌肉开始抽筋啦！”

她轻笑，说：“这你倒不用担心，不过还有件事。”

“什么事？”

“罗萨莉说妮蒂在那家店里的时候，维尔玛·耶日克也去了。”

“有没有怎么样？两人有没有交火？”

“没有，妮蒂狠狠瞪着那姓耶日克的，对方也翘起嘴巴，一副对妮蒂很不屑的样子，这是罗萨莉说的，然后妮蒂就匆匆离开了。最近维尔玛·耶日克有没有报警要你们去处理妮蒂的狗？”

“没有，”艾伦说，“也没理由报警。我这一两个月来晚上十点多巡逻，经过妮蒂家五六次了，都没听到狗叫。小狗就是这样，长大点就不会乱叫了，更何况还有那么好的女主人管教。妮蒂的顶楼可能缺了点家具，不过她很尽责地照顾那条狗——叫什么名字来着？”

“奇兵。”

“哼，维尔玛·耶日克要找碴，就得找其他事情，因为奇兵可乖得很。不过维尔玛真的会去找其他事来闹，像她这种女人总是这样。问题从来就不是那条狗，那只是个幌子，因为住那区的只有维尔玛一个在抱怨。问题出在妮蒂。像维尔玛这种人特别会抓别人的小辫子，而妮蒂·科布的把柄可多了。”

“没错，”波莉颇为难过，若有所思地说，“你知不知道维尔玛·耶日克有天半夜打电话给妮蒂，威胁说如果妮蒂不想办法让那条狗闭嘴，她就要亲自过来杀它？”

“这个嘛，”艾伦平静地说，“我知道妮蒂会跟你这么说，不过我也清楚妮蒂怕极了维尔玛，而且妮蒂一直有……某方面的问题。我不是说维尔玛·耶日克没有打那种电话的本事，因为她就是会做那种事的人，不过这也可能是妮蒂自己幻想的。”

说妮蒂有某方面的问题算是含蓄的说法，不过也不需多做解释；他们彼此心知肚明。妮蒂嫁了个粗暴的丈夫，受到无尽的虐待，于是有天趁他熟睡时，用一把肉叉直刺他的喉咙。妮蒂被关进奥古斯塔附近的杜松岭精神病院，五年后获准以劳役代替拘役，回到城堡岩为波莉工作。艾伦认为妮蒂有波莉做伴最好不过，而妮蒂心神逐渐稳定，更证实了他的想法。为波莉工作两年后，妮蒂终于可以独居，她搬到福特街的一栋小房子，离镇中心六条街远。

“妮蒂是有她的问题没错，”波莉说，“不过她对冈特先生的反应也真难得，非常亲切。”

“看来我真要亲眼见见这是何方神圣。”艾伦说。

“你去看看再跟我说，还要特别注意他淡褐色的眼睛。”

“那眼睛在我身上也许起不了相同的作用。”艾伦假正经地开玩笑说。

她又笑了，不过这次听起来有点勉强。

“你好歹睡一下吧。”他说。

“好，谢谢你打来电话。”

“没什么，”他停一会儿才说，“美人儿，我爱你。”

“艾伦，谢谢你——我也爱你，晚安。”

“晚安。”

他挂上电话，把桌灯的鹅颈管一扭，让光线照向墙壁。他把脚跨在桌上，双手像祈祷一般合握胸前，然后伸直两根食指，让墙上的兔形手影伸出两只耳朵。艾伦把两根大拇指移到伸直的食指中间，让那只影子兔扭动它的鼻子。艾伦让兔子一蹦一蹦地跳开这临时的聚光灯舞台，结果换成一只笨重的大象慢吞吞地走进来，还一边摇摆着象鼻。艾伦的手灵活又怪异地随意变换形状。其实他几乎没注意自己创造出的动物；手影只是他让心情放松的老习惯，就像有些人以眼观鼻尖、口诵“唵”字的方式静心一样。

他在想波莉的事，波莉和她可怜的手。要怎么帮她？

如果只是钱的问题，那就好办了，他会逼她在明天下午前到梅约诊所办理住院手续——在文件上签名、盖章，然后交给院方。他会无所不用其极地把她送进诊所，甚至把她套进拘束衣里再注射几针镇静剂也好。

不过问题不只是钱。用超音波治疗退化性关节炎还在研发阶段，虽然最终可能会像沙克疫苗预防小儿麻痹一样有效，但也可能像骨相学一样只是骗骗人。不管结果如何，现在听起来都是天马行空，而且很可能白忙一场。他怕的不是白花钱，而是波莉的希望破灭。

一只乌鸦——像迪士尼动画卡通的乌鸦一般灵活生动——慢慢地拍着翅膀飞过他裱框的阿尔巴尼警察学校毕业证书。乌鸦的翅膀越来越长，变成史前的翼手龙，翘着三角形的头滑行至角落里灯光照不到的档案柜。

门打开了，探进诺里斯·里奇韦克短腿猎犬般的长脸，他面带忧愁地说：“艾伦，我开了。”那语气像是犯人招供他谋杀了几个小孩。

“好极了，诺里斯，”艾伦说，“你替我扮黑脸，他也动不了你一根寒毛的，放心。”

诺里斯微湿的双眼盯了艾伦好一会儿，才不大相信地点点头。他眼睛瞄到灯光照着的那面墙，说：“你弄浑蛋给我看。”

艾伦笑了出来，摇摇头，伸手要关掉桌灯。

“拜托嘛，”诺里斯软言相求，“我帮他那辆臭车开罚单耶——给我点娱乐也是应该的。艾伦，你弄浑蛋啦，拜托嘛，那可以让我忘掉烦恼。”

艾伦看看诺里斯身后，没半个基顿的人影，于是用一只手包住另一只手，墙上顿时出现一个身材矮胖的人影，顶着左右摇晃的啤酒肚，大摇大摆地走到聚光灯舞台中央，停了一会儿，拉拉影子后方的裤头，然后继续阔步前行，那颗头凶神恶煞地左右转动。

诺里斯像小孩一样开心大笑。有那么一瞬间，艾伦猛然想起托德，但他连忙甩掉这念头。上帝，求求你，我今晚受够了。

“老天，真是笑死我了，”诺里斯笑个不停地说，“艾伦，可惜你生得太晚，要不然就可以上《艾德·沙利文秀》，然后开创一番手影事业。”

“别闹了，”艾伦说，“出去，出去！”

诺里斯咯咯笑着把门关上。

艾伦手形一变，模仿瘦巴巴又有点自以为是的诺里斯走过墙壁，然后啪嗒一声把桌灯关掉，从后面的裤袋掏出一本破破烂烂的小笔记本。他快速翻到空白页，写下必需品专卖店，隔一行又草草记下：利兰·冈特，俄亥俄州克里夫兰市。是吗？不对不对。他画掉克里夫兰市，写下阿克伦。他心想：也许我真的疯了。第三行他写：去看看。

他把小笔记本放回口袋，心里想着要下班回家，可是却又打开桌灯。接下来，狮子、老虎和熊组成的影子队伍再次游行过墙壁，老天！忧郁像卡尔·桑德堡诗里描述的雾一样，以小猫的步伐不知不觉地爬回来了。那个声音又开始说安妮和托德了，艾伦·潘伯恩挣扎了一会儿，忍不住开始倾听。他实在不想听……不过却越陷越深。

4

波莉躺在床上和艾伦讲电话，讲完时她翻向左侧打算挂上听筒，结果手一松，听筒砰一声掉到地板上，使得电话机慢慢滑过床头柜，显然想与另一半结合。波莉想把话机移回原位，可是一伸手却撞到床头柜边缘。一阵剧痛冲破止痛药在她神经上铺展的细网，直直攻入她的肩膀。她咬着下唇才没大叫出来。

电话机终于掉到床头柜下，里面的响铃发出铿的一声！她能听到电话没挂好的嘟嘟声响个不停，像一窝蜜蜂的嗡嗡声通过无线电波播放出来。

她僵硬的双手搁在胸口，想用这鸟爪般的手捡起电话，不是用抓的——今晚的手指不能随意弯曲——而是压下去再提上来，就像弹手风琴一样；突然间，她感到一股无法承受的压力，连捡起地上的电话这么简单的事都成了无比艰难的任务，这让她哭了出来。

沉睡的疼痛又整个清醒过来，不仅清醒，还狂痛不已，把她的手（尤其是撞到床头柜那只）变成炎炎火坑。她平躺在床上，透过湿润而视线模糊的眼睛看着天花板，眼泪流了下来。

唉，只要能解除这种痛苦，我什么都肯给，她这么想，我什么都肯牺牲，任何东西、任何代价我都愿意付出。

5

城堡岩一入秋天，平常还不到晚上十点，主街就跟保险箱一样锁得密不透风，半点人影也没了。街灯发出一圈圈白光，洒落在人行道上。主街两侧林立的商店由近而远逐渐缩小，使得镇中心就像空无一人的舞台布景。这时，你以为主街一头很快就会出现一位身穿燕尾服、头戴晚礼帽的绅士——可能是“一代舞王”弗德德·亚斯坦，或另一位舞王吉恩·凯利——孤零零地唱着歌、踏着舞步过来，歌词的内容差不多是个男的被女友甩了，而全镇的酒吧又都打烊，这时他是多么寂寞啊！然后主街另一头会出现一位身穿晚礼服的女士，可能是舞后金洁·罗杰斯或是一线舞星西黛·查利斯，她会朝着佛雷（或金·凯利）一路舞去，一边唱着心上人没有如期赴约，这女孩是多么孤单啊！然后他们乍见彼此，唯美地停顿了一会儿，接着一起在银行或“针线活”店前跳起双人舞。

煞风景的是，这时出现的却是休·普利斯特。

他完全没有佛雷·亚斯坦或金·凯利的绅士风采，主街另一头也没什么女孩朝他走来，与他来个罗曼蒂克的相遇，而他也绝不可能跳舞。不过他倒是会喝酒，而且从下午四点就开始在柔虎酒吧一杯接一杯喝个不停。在灌了那么多酒后，光是能走路就算是特技了，更不用说跳出炫目的舞步。他拖着步伐，走过地上一池又一池白光，他放大的影子横飞过理发店、西方连锁店和录影带出租店前。他走路有些歪歪扭扭，发红的双眼麻木地盯着前方。他穿的蓝色 T 恤上印着一只大蚊子，下面是缅因州州鸟几个字。上衣不仅汗湿成一片，还被他的啤酒肚顶了出来，形成一道长长的弧线。

他开的那辆城堡岩公共工程部的小货车，还停在柔虎酒吧的泥地停车场后半边。休·普利斯特有几次不太光彩的酒驾违规纪录。上次的违规害他六个月不准开车，后来那龟儿子基顿和他可恶的同事弗勒顿、塞缪尔斯，还有那姓威廉斯的臭婆娘，都清楚表示对他已经忍无可忍。要是他再酒驾，驾照八成就拿不回来了，饭碗当然也保不住。

但是这可阻挡不了休·普利斯特继续喝酒——世上没有一件事阻止得了他——不过他却下定决心：开车不喝酒，喝酒不开车。他现在五十一岁，要换工作也太老了点，尤其又有一长串酒驾前科纪录，像绑在狗尾巴上的罐头一样甩也甩不掉。

这就是为什么他今晚得走路回家，而且这段路还真他妈的长。那个在公共工程部工作的博比·杜加斯明天得好好给他赔不是，要不然非揍得他少几颗牙回家不可。

休·普利斯特经过纳恩餐馆时，天空开始飘起毛毛细雨，仿佛弥漫着一层薄雾，这并不能消除他的怒气。

博比每晚回去一定会开过他工作的地方，因此休·普利斯特当天稍早曾问博比晚上会不会去柔虎喝几杯啤酒。博比·杜加斯回答：当然喽，这还用问吗，休阿宝——博比总是叫他休阿宝，这可他妈的不是他的名字，你看着好了，那个屁蛋很快就会乖乖改口。*当然喽，这还用问吗，休阿宝，我大概七点会去，老样子。*所以啦，休·普利斯特深信要是他喝高了而不能开车，必定也有便车可搭，于是他四点零五分整就开到柔虎（他今天提早一点下班，其实几乎早了一个半小时，管他，反正德凯·布拉德福德又不在），然后举步艰难地踩着泥巴走了进去。七点到了，你猜怎样？博比·杜加斯不见人影！哎哟我的妈妈咪啊！到了八点、九点、九点半，你再猜猜怎么样？还是半个博比也看不到，真是衰到家了！

到了九点四十，柔虎的老板兼酒保亨利·博福特请休·普利斯特把蛋打进鞋子里搅拌搅拌，像树一样叶子掉光光，模仿阿米巴变形虫细胞分裂——换句话说，滚出去！休·普利斯特气坏了。没错，他的确是踢了点唱机几下，但那是因为该死的罗德尼·克劳威尔的唱片又跳针了。

“要不然你要我怎样，坐在这里乖乖听吗？”他没好气地反问亨利，“你应该把那唱片拿掉，就这样，那家伙听起来像古柯碱毒瘾发作一样。”

“看来你还没喝够，”亨利说，“不过本店只供应到这儿，你还要的话就回去喝你冰箱里的。”

“要是我不听呢？”休·普利斯特跟他硬拗。

“那我只好跟潘伯恩警长说了。”亨利不动声色地表示。

柔虎的其他常客——平日晚上待到这么晚的实在不多——兴致勃勃地看着这场精彩对话。男人对休·普利斯特总是尽量客客气气，尤其是他喝得醉醺醺的时候，不过对他客气不代表他人缘好，要是他参加城堡岩人气大赛，一辈子也休想拿到冠军。

“我当然不想报警，”亨利继续说，“但该报的时候我还是会，老休，我讨厌你每次都踢我的点唱机。”

休·普利斯特想回嘴：那我就改踢你几下也行，你这狗娘养的法国佬。然后他想，如果真在镇上酒吧大干一场，那个肥猪基顿会送他一张解雇通知书。当然，要是他真被炒鱿鱼的话，通知书也会用寄的，一定是这样，因为像基顿这种肥猪最不愿意弄脏自己的双手（也不愿冒着被揍到嘴唇肿起来的风险），不过想到那张解雇通知书倒是起了不小的作用，令他收敛了些。更何况他家还真有一打啤酒，半打在冰箱，半打在柴房。

“算了，算了，”休·普利斯特说，“倒也不用这样，还我钥匙我就走人。”他在喝下十八杯啤酒的六小时前先把钥匙交给亨利，以防万一。

“不行。”亨利在毛巾上擦擦手，一副看谁怕谁的样子瞪着休·普利斯特。

“不行？你这不行到底是什么鬼意思？”

“意思是你醉到不能开车了，这我比你清楚，你明早起来的时候，你自己也会明白。”

“你听好，”休·普利斯特忍着怒火说，“我给你那该死的钥匙的时候，我以为有便车可以搭回家。博比·杜加斯说他会来喝几杯，这他奶奶的猪头却半个人影也不见，又不是我的错！”

亨利叹口气说：“我同情归同情，但这不是我的问题。要是你把人撞死，我可是要挨告的啊！这对你可能不算什么，对我可严重啦！老兄，我不能出纰漏让人嫌，要不然这世界谁罩我啊！”

休·普利斯特感到有股愤恨、自怜和一种古怪又尚未成形的厌恶感涌上心头，像是装着有毒工业废物的金属桶长期埋在地底下，开始冒出污染脏臭的液体一样。他看看钥匙(挂在吧台后方,旁边放着一块金属板,上面写着:如果不喜欢我们的小镇,就去看火车时刻表),又看看亨利。他发现自己差点流出泪来,心下一阵惊慌。

亨利看向在场的其他几位客人,叫道:"嘿!你们哪个脓包要去城堡丘啊?"

大家都低下头来看着自己的桌子,闷不吭声。一两个客人把指关节压得啪啪作响。查理·福廷以无比缓慢的速度漫步到男厕。没人搭腔。

"看到没?"休·普利斯特说,"快点啦,亨利,还我钥匙。"

亨利心意已决地慢慢摇头说:"要是你下次还要来喝酒,就给我走回去。"

"哼,我就走给你看!"休·普利斯特说话的样子,就像个嘟着嘴、快要大发脾气的小孩。他闷着头、紧握着拳头走向门口,一边等待有人出口嘲弄。他还真希望有人出言相讥,这样他就有理由大干一场、发泄怒气。不过整个酒吧静默无声,只有里巴·麦肯泰尔一人嘀嘀咕咕抱怨亚拉巴马州的事。

"你明天再来拿钥匙!"亨利在他身后叫着。

休·普利斯特没搭腔。他离开时费了好大的劲儿把怒火压下来,要不然经过亨利·博福特那台可恶的旧点唱机时,真恨不得脱下一只破旧的黄色工作靴把它砸个稀巴烂。他继续闷着头走向黑夜。

6

毛毛细雨变成了小雨,休·普利斯特估计到家前,小雨就会变成稀里哗啦的倾盆大雨。他就是这么倒霉。他继续一步步走着,不像刚才那样歪七扭八了(清冷湿润的空气让他清醒了不少),他心事重重,焦躁地左瞥右看,真希望有人过来冲撞他几句,今晚只要一点点火苗就够了。他脑中闪过昨天下午走过他货车前的那男孩,后悔没辗过那臭小子,反正也不会是他的错,绝不是。在他那年代,小孩走路都是规规矩矩的。

他经过光荣商店烧光后的那片空地、"针线活"、城堡岩五金行……然后经过"必需品专卖店"。他瞄了一眼展示橱窗,又转头沿着主街前方看过去(只剩一里半要走,也许加紧脚步,就能赶在大雨前回到家),脚步却突然刹住。

他不自觉地走过那家新店，他必须走回去。橱窗上方有个灯亮着，那柔光照在下方三件展示品上，也洒落在他脸上，结果产生了奇妙的变化。突然间，休·普利斯特变得像是一脸困倦却死赖活赖不肯上床睡觉的小男孩，乍看到心目中最渴望的圣诞礼物——那是他无论如何也要得到的圣诞礼物，现在世上没有其他事物能俘获他的心。橱窗里，中间那件物品的两侧摆着波浪状的花瓶（妮蒂·科布看中的卡尼瓦七彩玻璃制品，不过休·普利斯特并不知道，即使知道也不在意）。

摆在正中央的是条狐狸尾巴。

他瞬间回到了一九五五年，当时他刚拿到驾照，正开着他老爸那辆一九五三年出厂的福特敞篷车去参加西缅因州学生篮球冠军赛，由城堡岩对抗绿火镇。那是十一月的某一天，天气异常温暖，暖到足以把那片老旧的顶篷拉起，再绑上一层防水布（如果你们是群血气方刚的小子，有所准备，有能力也愿意闹翻天的话，就会这么做）。车里挤了六个小伙子，彼得·杜瓦永带了瓶“老木屋”威士忌，派里·科莫正在听广播，休·普利斯特坐在驾驶座上掌控白色方向盘，绑在收音机天线上的是条又长又密、随风飘扬的狐狸尾巴，就跟他现在看到的一样。

他记得当初抬头看着那飘动的狐狸尾巴，心想等到有台自己的敞篷车，他也要在天线上绑一模一样的狐狸尾巴。

他还记得那瓶酒传给他时，他坚决不喝。他正在开车，开车时是不能喝酒的，因为你要对别人的生命负责。而且他还清楚记得，当时他确信那是他一生中最美好的一天，而且是最快乐的一小时。

记忆如此鲜明，仿佛身临其境——烧树叶的烟味、十一月阳光把公路护栏上的反光标志照得闪闪发亮——令他又惊奇又心痛。而现在，看着“必需品专卖店”橱窗里的狐狸尾巴，他突然发现那真是他一辈子最美好的一天，是酒精攫住他之前的最后时光。酒精用它柔软有弹性的手稳稳抓住他，使他成为金手指米达斯国王的怪异变体：从那时起，每个他碰到的东西似乎都成了狗屎。

他突然有个念头：*我可以改变*。这个想法清晰到让人心动。

我可以重新开始。可能吗？

可能，我认为有时候可能。我可以买那条狐狸尾巴，绑在我的别克的天线上。

但他们会笑我，那些家伙会拿我当笑话。

哪些家伙？亨利·博福特吗？还是那窝囊废博比·杜加斯？那又怎样？去他奶奶的。买下狐狸尾巴，绑在天线上，然后开走——开去哪儿？

这个嘛，绿火镇每星期四晚上都有匿名戒酒协会的聚会，先去那里如何？

有那么一瞬间，这个可能性让他又惊奇又兴奋，就像长期关在牢里的囚犯，看到粗心大意的守卫竟然把钥匙留在牢门的钥匙孔中，整个人又惊又喜。有那么一刹那，他真的看到自己开始戒酒，刚入会时拿的是白色圆片，三个月后换成红色圆片，如果一年下来都能控制酒瘾的话，就能拿到蓝色圆片，他一天比一天清醒，一月比一月摆脱酒精的束缚，他再也不去“柔虎酒吧”，真可惜。不过发薪日那天再也不会提心吊胆地度过，生怕放薪水的信封里夹了张解雇通知书，放弃这种恐惧的日子就不觉得怎么可惜了。

在那一刻，休·普利斯特站在“必需品专卖店”橱窗前呆望着那条狐狸尾巴，也看到自己的未来。这是他几十年来头一遭看到了未来，那条尖端带着白毛的美丽橘色狐狸毛刷，变得像面战旗，风光地飘向未来。

然后现实又排山倒海压了过来，现实闻起来像雨水和又湿又脏的臭衣服。他不会买那条狐狸尾巴，也没有匿名戒酒协会的聚会，更不用谈那些戒酒圆片，未来更无指望了。他五十一岁，五十一岁已经是一大把年纪，没资格做什么未来美梦。到了五十一岁，你得无止境地跑下去，才能逃离如雪崩般滚滚而来的往事。

如果现在是营业时间，他会不管三七二十一进去看看，要不然他就是龟儿子。他会像魔王驾到一样大剌剌走进去，然后问店主橱窗里的狐狸尾巴多少钱。不过现在十点了，主街就跟冰雪女王的贞操带一样扣得紧紧的，而他明早起来，会觉得有人在他两眼中间插了把碎冰锥，那条美丽又鲜艳的橘色狐狸尾巴早已被忘得一干二净。不过他还是多逗留了一会儿，用生茧的脏指头滑过橱窗玻璃，脸上表情有如眼巴巴望着玩具店橱窗的小孩。他的嘴角浅浅一笑。那是一抹柔和的微笑，在休·普利斯特脸上显得十分不搭调。就在这时，城堡丘的某处传来车子倒退好几次的声音，在雨天里就像枪声一样刺耳，休·普利斯特吓得回过神来。

他奶奶的，你在胡思乱想什么？他转过头，又望着回家的路——如果那个隔成两间的小屋和一个胡乱搭建的柴房也算家的话。他经过遮阳篷底下时，转头看看门口……然后又停下脚步。

门上的牌子当然写着营业中。

休·普利斯特仿佛置身梦境，伸出手来试着转动门把，结果门一下就开了，上方的小铃铛铃铃作响，那声音似乎来自极遥远的地方。有个男人站在店中央，口中哼着歌，手上拿着羽毛掸子给展示柜掸去灰尘，铃铛响时他转身面对休·普利斯特。在星期三晚上十点十分，看到一个人站在他店门口，他却一点也没有吃惊的样子。那一刹那，休·普利斯特虽然不知所措，却注意到那个男人的眼睛，竟然跟印第安人一样漆黑。

"老兄，你忘了把牌子翻过来。"休·普利斯特听到自己说。

"并不是忘了，"那个男人客气地回答，"我老是睡不着，所以有时候心血来潮会开晚一点。谁知道像你这样的人什么时候会路过……然后看上某个东西。你要不要进来逛逛啊？"

于是休·普利斯特踏进店里，把身后的门关上。

7

"你橱窗里——"休·普利斯特开口，不过声音嘶哑、吐字含糊，于是他打住，清清喉咙，然后重新开始，"你橱窗里有条狐狸尾巴。"

"没错，"店主回应，"是不是很美啊？"他现在站在休·普利斯特面前，手上的羽毛掸子遮住他的脸孔下半部，露出一双印第安人般的黑眼珠，正兴味十足地打量着他。休·普利斯特看不到他的嘴，但觉得他在微笑。别人——尤其是不认识的人——对他微笑，通常会让他很不自在，让他想打上一架，不过今晚他不介意，可能是因为酒还没全醒。

"是啊，"休·普利斯特表示同意，"那东西实在很美。小时候我爸有台敞篷车，天线上就系着一条这样的狐狸尾巴。我看这鸟不生蛋的小镇上，大家都不会相信我也有童年，可我跟大家一样都当过小孩啊。"

"那当然。"店主仍是目不转睛地注视着休·普利斯特的眼睛，然后最奇异的事情发生了——店主的眼睛似乎越睁越大。休·普利斯特似乎没办法把视线拉开。太直接的眼神接触通常也让他想大干一场，不过今晚他却不觉得怎么样。

"我以前总认为狐狸尾巴是全世界最酷的东西。"

“那当然。”

“酷——这是我们当时的口头禅，不是炫这种烂字眼儿，还有什么屌——那是什么鬼意思，妈的我一点概念也没有，你呢?”

不过“必需品专卖店”的店主沉默不语，他只是站在那里，而那双如印第安人的黑眼睛仍在羽毛掸上方盯着休·普利斯特瞧。

“算了算了，我想买就是了，你会卖给我吗?”

“那当然。”利兰·冈特说了第三次。

休·普利斯特松了口气，突然感觉一阵喜悦传遍全身。他忽然深信一切都会没问题——一切都会很好。但简直是妄想！他欠了一屁股债，城堡岩和附近三个镇上的每个人几乎都是他的债主，而且这半年来他都处在失业边缘，还有他的别克也差不多快报销了——但这股信心却那么真切。

“多少钱?”他问，突然怀疑自己是否买得起这么上等的狐狸毛，想到这里不禁一阵恐慌。要是买不起怎么办？更糟的是，如果他明天或后天不知用什么方法凑出一笔钱，结果这家伙却把它卖掉了，那该如何是好?

“嗯，这要看。”

“看？看什么?”

“看你愿意付多少钱。”

休·普利斯特恍恍惚惚地从后口袋掏出破旧的皮夹。

“休，那个拿走。”

我跟他自我介绍了吗？休·普利斯特记不得了，不过他乖乖照做。

“把你口袋里的东西都掏出来，放在这柜子上面。”

休·普利斯特听话地把口袋里的折叠刀、薄荷糖珠、打火机，以及夹杂着烟草屑、总计大约一块五的零钱放在展示柜上，铜板碰到玻璃柜时发出叮叮咚咚的声音。

店主倾身向前，细细打量那堆东西。“看起来还不错。”他如此评论，然后用羽毛掸拂过那堆寒酸的收藏品，掸子移开后，折叠刀、打火机和薄荷糖珠都还在，硬币却不见了。

休·普利斯特把这一切看在眼里却毫不吃惊。高个儿走向展示橱窗，把狐狸尾巴拿过来，而休·普利斯特像个没电的玩具，动也不动地站着。店主把狐狸毛放在展示柜上，就在那堆休·普利斯特从口袋里掏出、现在已经缩水的随身用品旁边。休·普利斯特缓缓伸出一只手抚摸着狐狸毛，觉得又冰凉又浓密，细毛上的静电还刺刺地响，抚着它就好像抚着清爽的秋夜。

“不错吧？”高个儿问。

“不错。”休·普利斯特恍惚地附和，打算拿起来。

“别拿。”高个儿厉声说道，休·普利斯特立刻放手。他一副受伤的样子看着冈特，伤得极深，简直可说是悲痛。“我们价钱还没谈妥。”

“嗯。”休·普利斯特回应。他寻思：我被催眠了，该死，八成是被这家伙催眠了。不过无所谓，其实……感觉还不错。

他又伸手去拿他的皮夹，动作慢得像在水里移动一样。

“不要拿，你这猪头。”冈特先生不耐烦地说，把羽毛掸放在一旁。

休·普利斯特的手又垂了下来。

“真搞不懂为什么大家都觉得皮夹是万能的。”冈特没好气地说。

“不知道，”休·普利斯特说，他从来没想过这问题，“的确有点蠢。”

“何止是蠢！”冈特厉声回道。他声音的抑扬顿挫令人不舒服，有点不流畅，那是种不是太累就是过于愤怒的声音。他的确很累；这是漫长又吃力的一天。他做了很多事，但一切只是刚开始而已。“比蠢还糟上十万倍，简直笨到足以构成犯罪了！你知道吗，老休？世界上一堆有需求的人并不了解，所有东西，任何东西，都是拿来卖的……只要你愿意付那个价。他们不了解，只是嘴上说说，自以为他们愤世嫉俗的心态很健康而得意扬扬。哼，嘴上说说都是狗屁！名副其实的……狗屁！”

“狗屁。”休·普利斯特机械似的附和。

“老休，大家真正需要的东西，皮夹是无能为力的。镇上最鼓的皮夹也不如工人胳肢窝流的汗。真是道道地地的狗屁！还有灵魂这回事！要是我每次听到有人说‘我愿意为这个那个出卖我的灵魂’就能得到五分硬币的话，我大概可以买下帝国大厦了！”

他往休·普利斯特身边凑得更近，现在他的双唇越拉越开，露出参差不齐的牙齿，那是一抹病态的笑容。“老休，看在地底下所有爬行野兽的分上，你告诉我，我要你的灵魂有什么屁用？”

“大概没啥屁用，”他的声音似乎来自远方，仿佛是从又深又黑的山洞底部传来，“我的灵魂最近状况不太好。”

冈特先生忽然和缓下来,他站直身子。

"够了够了,这些谎言和半真半假的话就讲到这儿。老休,你知道妮蒂·科布这个人吗?"

"疯子妮蒂?镇上谁不知疯子妮蒂,她杀了她丈夫!"

"大家都这么说。老休,你听好,你仔细听着,然后你就可以把狐狸尾巴带回家。"

休·普利斯特全神贯注地听着。

外头雨越下越大,风也刮了起来。

8

"布赖恩!"拉特克利夫小姐尖声喊道,"布赖恩·鲁斯克,你到底在搞什么鬼!我真不敢相信你会做这种事!过来!快点!"

语言治疗的上课地点是地下室的教室,他坐在最后一排,他做错了某件事——听拉特克利夫老师的口气,应该非常严重——不过他站起来才知道是因为自己一丝不挂。

一阵强烈的羞耻感席卷了他,但他也觉得很兴奋。

他低头看看自己的小鸡鸡,发现它开始变粗,他又惊慌又亢奋。

"听到没?我叫你过来!"

他忸怩地磨蹭到教室前方,而其他同学——萨莉·迈尔斯、多尼·弗兰克尔、诺妮·马丁和可怜的小笨瓜斯洛皮·多德——个个目瞪口呆看着他。

拉特克利夫小姐站在办公桌前,手叉着腰,眼里燃着熊熊怒火,美丽的深赭色头发像朵浮云。

"你是坏小孩,布赖恩——非常坏的小孩。"

他只能默默点头,不过他的小鸡鸡却翘了起来,看来至少有一部分的他一点也不在意当个坏小孩,甚至渴望如此。

老师把一支粉笔放在他手中,两人的手相碰时,他觉得好像触了电一样。"好,"拉特克利夫小姐严厉地说,"你给我在黑板上写'我会付清桑迪·柯法斯的球员卡'五百遍。"

"是的,拉特克利夫小姐。"

他踮着脚尖,从黑板最上头开始写,然后觉得一股暖空气拂过他的光屁股。他才写到“我会付清”,就感到拉特克利夫小姐细致柔嫩的手握住他粗硬的鸡鸡并轻轻拉着。有那么一瞬间,布赖恩以为自己就要昏死过去,这感觉实在太美妙了。

“继续写,”老师在他身后严肃地说,“我就不停下来。”

“拉特克利夫小——小姐,那我的舌——舌头练习怎么办?”斯洛皮·多德问。

“斯洛皮,你给我闭嘴,要不然我就在停车场开车撞你,”拉特克利夫小姐说,“把你这小鬼轧得哇哇叫。”

她说话时手上仍旧不停扯动布赖恩的鸡鸡。他忍不住开始呻吟。他知道这么做是错的,但是好痛快,爽到了极点,他需要的就是这种感觉。

然后他转过身子,才发现站在他身后的不是拉特克利夫小姐,而是维尔玛·耶日克,她的圆脸苍白无血色,棕色眼睛深陷眼眶中,有如两粒葡萄干深深戳进一团生面团里。

“要是你不付清,他会把球员卡拿回去,”维尔玛说,“而且还不只这样,小子,他还会——”

9

布赖恩·鲁斯克倏地惊醒,差点掉下床滚到地板上。他全身冒冷汗,心脏怦怦跳得像把手提钻,而他的小鸡鸡在睡裤里,就像根又小又硬的树枝。

他坐起身来,全身发颤。他第一个冲动是开口叫妈妈,他小时候做噩梦时就是这样。然后他想到自己也不小了,他十一岁了……况且,这种梦也不是你会告诉妈妈的吧?

他又躺了下去,眼睛瞪着黑暗。他瞥向床边桌上的电子钟,是零时零四分。他听到雨声,稀里哗啦下得很大,而且被强风吹得急打着卧室的窗户,听起来简直像在下冰雹。

我的球员卡。我的桑迪·柯法斯球员卡不见了!

没有不见,他知道还在,但他也很清楚要是不起来检查一遍,自己是没办法继续安睡的。他要确认球员卡还放在他收藏一九五六年塔普斯球员卡的活页夹里。他昨天上学前检查了一次,放学回家又检查了一次,晚餐后和斯坦利·道森在后院传球时,他又中途暂停,骗斯坦利说要去上厕所，然后又检查了一次。他爬上床关灯睡觉前，又瞄了最后一次。他发觉随时检查已经变成一种瘾，但发觉归发觉，他没有戒掉。

他溜下床，没注意到冷空气让他火热的身子起了鸡皮疙瘩，也让他的小鸡鸡萎缩下来。他蹑手蹑脚走向衣柜，把冷汗印成的身形留在床单上。那一大本集卡册就平放在衣柜上方，被外头街灯的一圈白光照得清晰可见。

他拿下集卡册，打开来，快速翻动一格格放着球员卡的透明塑胶活页。他看也不看，就把帕内尔、扬基投手惠特尼·福特和沃伦·施潘的那几页翻过去，那些可都是他曾经到处跟人炫耀的宝藏。翻到最后几页空白的地方时，桑迪·柯法斯的球员卡依然不见踪影，他不禁心生恐惧，然后才发现自己在慌乱中翻过了头。他又往回翻，没错，柯法斯还在——那狭长的脸，那双微微散发笑意又专注的眼睛，从棒球帽檐下方看出来。

以最诚挚的祝福送给我的好友布赖恩。桑迪·柯法斯。

他的手指滑过那一行题词的倾斜笔痕。他嘴唇动了动，心情又平静了下来……或几乎平静了下来。这张球员卡还不能算完全属于他，现在只是一种……一种试用期。他得先做某件事，才能真正拥有这张卡。

布赖恩不太确定那是什么事，不过一定跟刚才做的梦有关，而且深信时机（明天？还是今天？）一到，他就会知道。他合上集卡册。封面用透明胶带黏着一张档案名称卡，上面一笔一画用印刷体写着“布赖恩的集卡册，不准碰！”的字样。布赖恩把册子放回衣柜，然后回到床上。

他买到桑迪·柯法斯的球员卡，只烦恼着一件事：他想拿给爸爸看，可是要怎么说呢？从“必需品专卖店”回到家时，他脑中演练拿给爸爸看的情景。他，布赖恩，会故作轻松地说：嘿，爸，我今天在那家新店买了张一九五六年的球员卡，要不要看看啊？他爸爸会说好，但不是真的想看，只是为了不想扫兴而跟去他的房间，不过当他看到布赖恩有多幸运时，他会眼睛一亮！还有当他看到那行题词时——

没错，他会又惊又喜，可能还会拍拍布赖恩的背，跟他举手击掌欢呼。

然后呢？然后会开始一连串的问题，那就是……那就是问题所在。他爸爸首先会想知道他是从哪里买来的，还有是从哪里凑来的钱来买这张稀有、保存完善、亲笔签名的球员卡。印刷版的签名是桑福德·柯法斯，这位传奇快球投手的真名，亲笔签名则是桑迪·柯法斯。也就是说，在球员卡收藏这个既怪异又不时开高价的交易世界里,这张卡的公平市场价值可能高达一百五十元。

布赖恩在心里演练一个可能的答案。爸,我是在那家新店买到的,就是那家“必需品专卖店”。店主给我超多折扣的……他说如果大家知道他价钱都开得很低,他们就会想去他店里看看。到目前为止,这套说辞都还过得去,不过就连去看电影还差一岁才需要买全票的小孩,都知道这套说辞编得不够。你说某家店卖给你很好的价钱,听到的人总会竖起耳朵,迫不及待继续追问。

哦,是吗?他给你打多少?七折?六折?还是算你半价?布赖恩,那也还要六七十块呀,我很清楚你的扑满里没那么多钱。

嗯……其实比六七十还少一点。

那你说多少?

这个嘛……八毛五。

一九五六年桑迪·柯法斯亲笔签名的球员卡,他竟然卖你八毛五,而且还是全新没有流通过的?

没错,真正的麻烦就从这里开始,就是这样。

什么样的麻烦?他不是很清楚,不过肯定会被狠狠骂一顿,他爸爸倒不一定会发飙,不过他妈妈肯定会念个不停。他们甚至会要他还回去。他打死也不肯还回去,因为上面不只有柯法斯的题字,那段话还是写给布赖恩的。打死也不肯!

讨厌,斯坦利·道森来家里玩传球的时候,也没能拿给他看,虽然他巴不得跟他秀一下,要是斯坦利看到,一定会吓得屁滚尿流。不过斯坦利星期五要来他家睡一晚,用膝盖想也知道,斯坦利一定会跟他爸爸说:鲁斯克先生,您觉得布赖恩的桑迪·柯法斯球员卡怎么样?很炫吧?其他朋友一定也会这么说。布赖恩已经发现小镇的一大真相:很多秘密——其实是所有真正重要的秘密——都不能分享,一说出口就有办法传开,而且传得很快。

他发觉自己处境尴尬,相当不自在。他买了那么难得的好东西,却不能秀一下也不能分享。照理说,这会减损他买到新东西的快乐,的确,就某种程度而言是如此,不过却也让他有股偷偷摸摸的小小快感。他发觉,与其说自己喜欢这张球员卡,倒不如说是因为拥有这张卡而得意扬扬,因此他又发现了一个大真相:暗自得意会带来一种独特的快乐。他本来是心胸开放、心地善良的小男孩,但现在心里似乎有某个角落隔上了一道墙,用一种特殊的紫外光线照着,使得里面暗藏的东西扭曲变形,但同时又更加显眼。而且,他不要退货。不可能,不要,反对到底。

那你最好把它付清,内心深处有个声音低声说道。

他会的,这没问题。他虽然觉得要做的那件事绝对不是好事,但他很肯定那也不是十足恶劣的行为。那只是个……一个……

只是个恶作剧而已,心里的一个声音窃窃私语,然后他仿佛看到冈特先生的眼睛——深蓝色,就像晴天里的海洋,让人出奇地舒服。就这样,只是个小小的恶作剧。

没错,只是个恶作剧,不管用什么方法。没问题的。他把身上的鹅绒被盖得更紧,翻身侧睡,闭起眼睛,不一会儿就进入半梦半醒的状态。他就快要滑入梦乡时,突然想到一件事,一句冈特先生说过的话。你会是比小镇报纸更好的广告,他们做梦也想不到会有这么好的效果!只不过他不能跟别人炫耀这张超棒的球员卡。随便一想,他这个已经十一岁的小男生,连过马路都还笨到不会闪开休·普利斯特的车,就知道自己根本当不了什么活广告,更何况像冈特先生这样精明的生意人会看不出来吗?

哎呀,冈特先生也许想过这点,但也可能没想到,大人的思考方式跟正常人不同。反正球员卡在他手上,不是吗?而且就在他的集卡册里,好好地放在那个地方,不是吗?

这两个问题的答案都是肯定的,因此布赖恩放下这整件事,回头继续睡觉。外面的大雨猛打窗户,毫不停歇的秋风吹过屋檐底下,发出刺耳的萧萧声。

第四章

1

星期四天色还没转亮，雨就已经停了。早上十点半，波莉从“针线活”的前窗看到妮蒂·科布时，云层已经开始消散。妮蒂手上拿着一把收起的雨伞，腋下紧夹着手提包，沿着主街小步快跑，仿佛一场新的暴风雨就在她身后张开大嘴要吞噬她。

“波莉，你的手早上还好吧？”罗萨莉·德雷克问。

波莉暗自叹了口气。她答应艾伦下午三点左右在纳恩餐馆一起喝咖啡，到时艾伦一定也会问到这个必须巧妙回答的问题，不过艾伦会更坚持让她认真回答。对于认识你很久的人，你是骗不了的。他们会看到你脸色苍白、眼袋发黑，更重要的是，他们从你的眼睛就看得出来你心神不宁。

“好多了，谢谢关心。”她回答。她把事实过分夸张了；手是比较好，但好多了吗？没有。

“我想说又下雨又——”

“手什么时候会痛很难说，这真的很讨厌。好了，罗萨莉，别管了，你快来窗户这边，眼前就要发生小奇迹了。”

罗萨莉赶忙凑到波莉身边，及时看到一手紧握雨伞的矮小背影——从她握持的方式来看，雨伞大概是防身用的——小碎步快快走向“必需品专卖店”的遮阳篷。

“那是妮蒂？真的假的？”罗萨莉惊讶得要倒抽一口气了。

“千真万确。”

“我的天，她就要进去了！”

罗萨莉的预言就要实现，可是突然间，似乎又要破灭了。妮蒂走向店门……然后又退了回去。雨伞不停换手，她看着“必需品专卖店”商店门面的样子，仿佛面对着一条会狠咬她一口的毒蛇。

“妮蒂加油，”波莉柔声鼓励，“放胆去吧，宝贝！”

“窗户上一定挂着休息中的牌子。”罗萨莉说。

“不是哦，他还有另一个牌子写着每周二、四只接受预约，我今早来店里时看到的。”

妮蒂又走向店门，她伸手去抓门把，然后又缩了回来。

“老天，真是急死人了，”罗萨莉说，“她跟我说她可能会再去那家店看看，我也知道她有多喜欢七彩玻璃，可是我真的没料到她会行动。”

“她问我她休息的时候可不可以出去一下，去她说的‘那个新地方’帮我把蛋糕盒拿回来。”波莉低语。

罗萨莉点点头说：“妮蒂就是这样，她以前连上厕所都还要征求我的同意。”

“我觉得她一方面希望我说不行，店里太忙了，但另一方面又希望我让她去。”

波莉的视线一直盯着不到四十码外的地方，那里正发生一场小型但激烈的拉锯战，那是妮蒂·科布对妮蒂·科布之间的迷你战争。要是她真的开门进去，对她会是多么重大的一步啊！波莉的手隐隐作痛，微微发热，她往下一看，才发现自己一直扭着手，她勉强松手垂放身侧。

“重点不是那蛋糕盒，也不是七彩玻璃，”罗萨莉说，“而是他。”

波莉看了她一眼。

罗萨莉大笑，双颊微微泛红说：“噢，我不是说妮蒂想跟他上床什么的，虽然我昨天赶上她的时候，她真的有点少女情怀的样子。他对她很好，真诚又友善，就这样而已。”

“很多人都对她很好啊，”波莉说，“像艾伦就对她特别亲切，他对别人可没这样，可是妮蒂还是看到艾伦就躲开。”

“我们冈特先生的好跟人家不一样。”罗萨莉坦率地说。然后，就像要证明这番话没错似的，两人看到妮蒂伸手转动门把。她把门打了开来，然后愣愣地抓着雨伞站在人行道上，仿佛象征决心的那口浅井完全枯竭。这时，波莉确信妮蒂会把门一关，匆匆离去。然后她的手，不管有没有关节炎，不自觉地开始弯曲。

去啊，妮蒂，进去啊！试试看嘛！回到正常世界来。

妮蒂露出微笑，显然是回应对方的招呼，只是波莉和罗萨莉没办法看到那个人。她原本把雨伞紧抓在胸口，现在放了下来……然后走进去。

她身后的门关上。波莉转头看看罗萨莉，发现她竟然泪水盈眶，心下不禁十分感动。两个女人对看一眼，然后互相拥抱，笑了起来。

“好极了，妮蒂！”罗萨莉叫道。

“我们得两分！”波莉附和。她心中的乌云透出阳光，而整整两小时后，城堡岩的上空才拨云见日。

2

五分钟后，妮蒂·科布坐在一把厚绒布高背椅上（冈特沿着一面墙摆了好几把这种椅子），她把雨伞和手提包丢在一旁，早已忘得一干二净。冈特坐在她旁边，握着她的手，犀利的眼神锁住她迷蒙的双眼。一个卡尼瓦七彩玻璃制的灯罩放在玻璃展示柜上方，旁边是波莉·查默斯的蛋糕保鲜盒。这个灯罩还算美丽，在波士顿的古董店可能会卖到三百块或更高价，而妮蒂·科布只用十块四毛钱就买到了，这是她踏进店里时手提包里的全部财产。但不管灯罩美丽与否，现在都跟地上的雨伞一样，被忘得一干二净。

“一项行动。”她说得像在梦中呓语。她稍微移动双手，好把冈特先生的手握得更紧。冈特也把妮蒂的手紧紧一握以示回应，她开心得脸上露出浅浅一笑。

“对，没错，只是件小事，你认识基顿先生吧？”

“噢，认识，”妮蒂说，“罗纳德和他儿子丹福斯，两个我都认识，你是指老爸还是儿子？”

“儿子，”冈特先生说，一边用修长的大拇指抚摸她的掌心，那泛黄的指甲留得很长，“镇长。”

“他们私下都叫他浑蛋。”妮蒂说完咯咯发笑，笑声颇为刺耳，还有点歇斯底里，不过利兰·冈特似乎不怎么担心，这种不太正常的笑声反而让他很高兴。“从他小时候大家就这么叫他。”

“我要你去捉弄浑蛋，这样就算把灯罩的钱付清了。”

“捉弄他？”妮蒂看起来有点惊恐。

冈特笑笑地说：“只是无伤大雅的恶作剧，而且他绝不会知道是你做的，他会以为是别人。”

“噢，”妮蒂视线越过冈特看到后方的卡尼瓦七彩玻璃灯罩，一瞬间有个东西让她的眼神变得锐利——可能是贪婪，或只是单纯的渴望和开心，“这个嘛……”

“妮蒂，不会有事的，没人会知道……这样你就可以把灯罩带回家。”

妮蒂若有所思地慢慢吐字：“我先生以前常捉弄我，也许换我来捉弄别人也蛮好玩的，”她的视线回到冈特身上，现在是一股忧虑让她的眼神变得锐利，“如果不会伤害到他的话。我可不想伤害他。我害了我丈夫，你知道的。”

“不会害他的，”冈特柔声说道，一边抚摸妮蒂的手，“一点都不会伤到他。我只是要你去他家放些东西。”

“我怎么进得了浑蛋的——”

“喏。”他把某个东西放入妮蒂手里。是把钥匙。她握住那把钥匙。

“什么时候？”妮蒂问。她迷蒙的眼神又回到灯罩上。

“越快越好，”他放开妮蒂的手，站起身来，“好了，妮蒂，我真的得帮你把那美丽的灯罩装到盒子里了。马丁太太就要来看玻璃浮雕花瓶，再过——”他看表，“天哪，再过十五分钟她就要来了！你决定来这一趟，不知让我有多高兴。现在很少有人能够欣赏卡尼瓦七彩玻璃的美——大多数人只是把这东西买来卖去，心里只想着赚钱。”

妮蒂也站了起来，她注视灯罩的眼神如此柔和，含情脉脉仿佛看着恋人。她走进店里时那痛苦无比的慌张早已消失无踪，她叹道：“实在很漂亮，你觉得呢？”

“非常漂亮，”冈特先生和蔼地表示同意，“而且我无法跟你形容……甚至无法开口向你表达……我有多么开心，知道它会有个美好的家，而且主人不只是每星期三下午替它掸掸灰尘而已。许多年后，也不会不小心打碎，然后随便扫扫，想也不想就把它丢进垃圾桶。”

“我绝不会那样！”妮蒂大叫。

“我知道你不会，”冈特先生说，“那就是你迷人的地方之一，内蒂娅。”

妮蒂望着他，一脸不可思议地问：“你怎么知道我的全名？”

“我在这方面特别擅长。我从来不会忘记别人的名字或长相。”

他穿过店后方的门帘，回来时，一手拿着一张白色纸板，另一手拿着一大团蓬松的薄纸。他把薄纸放在蛋糕盒旁(薄纸轻轻地噼啪几声后立刻摊开,恍若巨型胸花),然后开始把纸板折成刚好可以容纳灯罩的盒子。“我知道你会好好爱惜买来的东西,所以才卖给你。”

“是吗？我以为……基顿先生……和恶作剧……”

“才不是呢!”冈特先生半笑半怒地说,“任何人都会恶作剧！大家都喜欢恶作剧！不过把东西卖给能够珍惜又需要的人……是完完全全另一回事。内蒂娅,我有时候觉得我真正卖的东西是快乐……你认为呢?”

“嗯,”妮蒂认真地说,“冈特先生,我知道你让我好快乐,快乐得不得了。”

冈特灿烂地笑着,露出他参差不齐、互相推挤的牙齿。“好啊！好极了!”冈特先生把薄纸团塞进盒子里,再轻轻把灯罩放上去,压得雪白的纸团发出窸窸窣窣的声音,然后合上盖子,再贴上一段胶带,整个过程熟练得让人看得目不转睛。“大功告成！又一位满意的顾客找到她需要的东西!”

他用双手把纸盒交给妮蒂,妮蒂接过来时,手指碰到冈特的手,她突然生起一股厌恶感而打了一阵寒战,然而没多久前,她还非常用力地——甚至可说是激情热切地——紧抓着那双手。不过刚才那段插曲已开始变得模糊不清、如梦似幻。冈特把蛋糕盒放在白纸盒上,妮蒂看到里头有个东西。

“那是什么?”

“给你老板的一张便条。”冈特回答。

妮蒂马上一脸慌张地说:“该不会是讲我的坏话吧?”

“老天,当然不是!”冈特笑着说,妮蒂立刻放松下来。冈特先生笑起来的时候,让人完全无法抗拒或怀疑。“内蒂娅,好好照顾你的灯罩啊,也非常欢迎你有空再来。”

“好。”妮蒂答应。这一声好像回应了冈特的两个嘱咐,但她心里深知(她的心是个秘密容器,里头装着需求和恐惧,两者不断挤来挤去,像是拥挤的地下铁车厢里心浮气躁的两位乘客)她可能还会再来“必需品专卖店”逛逛,但那灯罩是她唯一会买的东西。

不过那又如何？灯罩那么美丽,是她一直想要的东西,是她微不足道的收藏品中唯一欠缺的东西。她本来想跟冈特先生透露,要是她先生十四年前没有打碎一个跟这个极为相似的卡尼瓦七彩玻璃灯罩，现在大概还好好活着。打碎灯罩令她忍无可忍，终于把她逼到极限。他们结婚的那几年中，他把妮蒂揍得不知断了几根骨头，但她都还让他活命。最后，他打破妮蒂真正需要的东西，于是，她取了他的性命。

她想了想，觉得没有必要告诉冈特先生这段往事。他看起来心里早就有数。

3

"波莉！波莉，她出来了！"

波莉本来正慢条斯理、小心翼翼地用大头针帮假人身上的衣服固定褶边，一听到罗萨莉的叫声，赶紧走到窗边。波莉和罗萨莉并肩站在一起，看着妮蒂离开"必需品专卖店"，整个人只能用负荷过重来形容。她手提包夹在一边腋下，雨伞夹在另一边，两手抱着一个方形白盒，上面稳稳放着波莉的蛋糕盒。

"我去帮她拿好了。"罗萨莉说。

"不要，"波莉伸手轻轻制止她，"最好不要，她只会觉得很丢脸，还会慌张得不得了。"

她们看着妮蒂走到街上。她不再小跑步，不像刚才一副暴风雨跟在后头要吞噬她的样子，现在她几乎是在漫步。

不对，波莉寻思，不对，不是漫步，比较像是……飘飘然地浮着。她脑中开始无厘头地把一些事情串联起来，很像书中互相参照的索引功能，然后突然爆出笑声。

罗萨莉挑起眉毛看着她说："讲来听听？"

"是她脸上的表情啦！"波莉说，一边看着妮蒂慢慢踏着梦游般的步伐穿越椴树街。

"什么意思？"

"她看起来像是刚做完……而且还经历了三次高潮。"

罗萨莉顿时羞红了脸，又望了妮蒂一眼，然后放声大笑。波莉也加入她，两人手搭着彼此、前俯后仰地狂笑不已。

"呦，"艾伦·潘伯恩站在店门口说，"还没到中午，两位小姐就笑成这副德行！这时候喝香槟庆祝还太早了点，到底是什么事啊？"

“四次！”罗萨莉疯狂地咯咯大笑，眼泪都顺着脸颊流了下来，“我看是四次还差不多！”然后她们又抱在一起笑成一团，艾伦站在一旁，手插在制服裤的口袋中，一脸不解地看着她们微笑。

4

伐木厂的正午哨声响起前十分钟左右，诺里斯·里奇韦克就到达了警长办公室，不过还没换上制服。他这两天一直到周末结束都值午班，从中午十二点到晚上九点，这正合他的意。

酒吧凌晨一点打烊后，总有醉鬼在城堡岩的大街小巷晃荡，甚至奄奄一息地躺在地上，这几天值午班，就可以让别人去处理了。他不是没能力处理，他处理过好多次了，不过每次看到那些醉鬼几乎都会让他忍不住作呕。

醉鬼可是活人，而且还踏着乱七八糟的步伐，大叫大嚷说自己不必做那他妈的呼气酒醉测试，也知道自己有什么鸟宪法人权，然而诺里斯有时看了还是会想吐，他的胃生来就这样。雪菈·布理格姆喜欢笑他是电视剧集《双峰》里的警员安迪，但诺里斯自知不像。警员安迪看到死人时会哭，诺里斯不会，他只会想吐，就像那次荷马·加马什被人用身上的义臂活活打死，横尸在家乡墓园外一条沟里时，他一看之下差点没吐死者一身。

诺里斯瞄了一眼执勤人员表，发现安迪·克拉特巴克和约翰·拉普安特都出外巡逻，然后又看了一眼早班留言板，没有给他的留言，这也正合他意。仿佛要让他这天过得非常圆满似的——至少这天开始是这样——他第二套制服已经从干洗店送回来了……而且如期送达（大概是仅有的一次），这样他就不用回家换了。

一张字条别在干洗店的塑胶袋上，写道：“嘿，巴尼——你欠我五块两毛五。你要是还不付钱的话，小心我在太阳下山前让你知道什么叫不经一事不长一智！”底下署名小卡。

诺里斯即便看到克拉特巴克叫他巴尼，心情还是很好。城堡岩的警长办公室里，只有雪菈·布理格姆认为诺里斯是《双峰》里那种多愁善感的警员（诺里斯猜想除了自己之外，她大概是局里唯一看过那剧集的人）。其他警员——约翰·拉普安特、希顿·托马斯和安迪·克拉特巴克——

都叫他巴尼，因为他很像老剧集《安迪·格里菲斯秀》里头，喜剧演员唐·诺茨扮演的神经兮兮又办事无能的警察巴尼。有时候他听到人家叫他巴尼会火气直冒，不过今天例外。连续四天午班，然后休三天假，未来这一整周简直是铺上丝绸的平顺大道，人生有时就是那么逍遥快活。

他从皮夹里掏出五元和一元纸钞各一张，放在克拉特巴克的办公桌上。他在一张报告单背面草草写下："嘿，小卡，去享受一下吧！"再用花体字签个名，然后放在纸钞旁边。接下来他拆掉塑胶袋，带着制服走进男厕。他一边换衣服一边吹口哨，换好后看着镜子里头的自己，忍不住得意地挑挑眉毛。哎呀呀，真是体面得不得了，百分之百无懈可击。今天城堡岩的坏人可要好好留神了，否则——

他从镜子里看到背后有个东西在动，不过还没来得及转头，他就被一把抓住，翻转过来，甩到小便斗旁的瓷砖墙上，头砰一声撞到墙壁，帽子掉了下来，眼前出现丹·基顿涨得通红的大圆脸。

"姓里奇韦克的，你到底发什么神经？"他问。

诺里斯昨天把一张罚单夹在基顿的凯迪拉克雨刷下，但他早就忘得一干二净，现在记忆一股脑儿回来了。

"放开我！"他本来想用愤怒不满的语调说话，可是发出的却是忧心忡忡的尖叫声。他觉得双颊发热。每当他生气或害怕时——现在则是两者都有——就会像小女孩一样满脸通红。

比诺里斯高五英寸又比他重一百磅的基顿，把他狠狠摇了一两下后松了手。基顿从口袋里掏出那张罚单，在诺里斯鼻子下方挥舞，逼问："这该死的罚单上签着你的名字，不是吗？"仿佛诺里斯已经矢口否认了一样。

诺里斯·里奇韦克当然很清楚那是他的签名，虽然盖了橡皮图章，不过依稀可辨，而且那张罚单是从他的罚单簿里开出来的。

"你停在了跛脚车位。"他跨出一步离开墙边，揉搓着后脑说。要是没撞出一个包，那真见鬼了。刚开始的惊吓(浑蛋的突然出现吓得他魂飞魄散，这点他不能否认)逐渐转为怒火。

"什么车位？"

"残障专用车位！"诺里斯大声喊道。*更何况是艾伦叫我开那张罚单的！*他本来要继续这么说，不过还是硬生生把话吞了进去。何必让这肥猪有机会怪到艾伦头上，然后在那里得意呢？"以前就警告过你了，浑……

丹，你自己心知肚明！”

“你叫我什么？”丹·基顿阴沉沉地问道。洋蔷薇大小的红块在他脸颊和下颌垂肉上冒了出来。

“那可是有法律效力的罚单哪，”诺里斯不理他这个问题，“我看哪，你最好还是乖乖缴了吧，告诉你，我没罚你攻击警员，算你赚了！”

丹哈哈大笑，笑声笔直往墙上一撞又散了开来。“我倒没看到这里有警员，”他说，“只看到一条细细的狗大便，包得像条牛肉干。”

诺里斯弯腰捡起帽子。他的内脏害怕地搅成一团——跟丹·基顿对上可真是倒大霉——而气愤却深化为暴怒。他双手不住发颤，不过还是花了几秒把帽子戴上、调正。

“你可以去请艾伦帮你处理啊，如果你要——”

“我要你来处理！”

“——可是我该讲的都讲了。记得三十天内要去缴钱啊，要不然我们就去抓你啦！”诺里斯全身挺直，展现他五英尺六英寸该有的高度，又说，“而且我们知道去哪里找你。”

诺里斯准备出去。基顿的脸现在看起来有点像夕阳下原子弹蹂躏过的地区。他往前跨上一步，挡住诺里斯的去路。诺里斯停下脚步，指着他警告：“浑蛋，你要敢碰我，我就把你丢进监牢要你好看，我说到做到！”

“好，够了，”基顿用异常平淡的语调说，“够了，你被开除了，把制服脱下，去找新工——”

“不准。”他们身后有个声音说，两人赶紧回头。艾伦·潘伯恩站在男厕门口。

基顿握起他白白胖胖的拳头说：“不用你来插手！”

艾伦走进来，让身后的门慢慢自动关上。“不行，”他说，“叫诺里斯开罚单的是我，我还跟他说在拨款会议前我会把罚单作废。丹，只是张五块钱的罚单而已，你见鬼啦这样大惊小怪？”

艾伦的语气带着困惑而不是咒骂。他感到困惑。浑蛋从来不是和蔼可亲的人，即使心情最好的时候也不会表现出友善，但像这样的爆发，就连以他这种标准来看都算失常。打从夏末秋初起，基顿的脾气似乎就变得更加暴躁，而且老是神经紧绷——镇务委员会开会时，艾伦经常听到远方传来他的怒吼声——而且他的眼神就是一副着魔的样子。他纳闷了一会儿，想着基顿该不会是生病了？不过决定晚点再细细思考，目前手上有件颇为棘手的事要处理。

“见什么鬼！”基顿绷着脸说，然后顺顺头发。诺里斯注意到基顿的手也微微颤抖，不禁心中窃喜。“我只是受够了像他这样自以为是的笨蛋……我为这个小镇打拼……哼，我为这小镇不知办成了多少事……你们这样没日没夜地迫害，我烦也烦死了……”他暂停一会儿，那堆满脂肪的喉咙正在酝酿，然后破口大骂：“他叫我浑蛋！你知道我多痛恨人家叫我浑蛋吗？”

“他会道歉的，”艾伦平心静气地说，“对不对，诺里斯？”

“这我可不敢保证，”诺里斯说。他的声音发颤、内脏翻动，但还是一肚子火，“我知道他不喜欢人家这样叫，不过说实话，他把我吓得都尿出来了。我只是站在那里，照照镜子看领带打得正不正，他就没头没脑把我揪住，往墙壁一摔，害我这颗头撞了个大包。哎呀，艾伦，我慌乱得哪知道自己说了什么啊！”

艾伦的视线回到基顿身上问道：“是这样吗？”

基顿眼神一低说：“我气疯了。”艾伦猜想对基顿这种人来说，这句话几乎算是发自内心的道歉了，虽然不怎么直接。他瞄了诺里斯一眼，看看他听懂了没。诺里斯看起来是能够会意，那就好；要拆解这颗棘手的小臭弹，这可是一大进展，艾伦放松了点。

“这件事就算了结了好不好？”他询问双方意见，“就把这当个经验，过去就过去了，好吗？”

过了半晌，诺里斯说：“我可以啊。”艾伦相当感动。诺里斯骨瘦如柴，老把喝一半的可乐留在刚开过的警车里，而且他写的报告又乱又吓人……不过心地倒是柔软。他让步并不是因为他怕基顿。要是这又肥又壮的镇长以为诺里斯是因为怕他而退让，可就大错特错了。

“抱歉刚才叫你浑蛋。”诺里斯说。其实他一点也不歉疚，不过觉得嘴巴说说又不会吃亏。

艾伦看着这位身穿高尔夫球开领衫、套着鲜艳运动外套的重量级男人，探问：“丹？”

“好吧，就当没这回事。”基顿以过分宽宏大量的语调说，艾伦感到一波熟悉的厌恶感往身上冲。埋藏在他内心深处的一个声音，潜意识中如原始鳄鱼般冷血的声音，简要而清楚地说了句：浑蛋，干吗不心脏病发作？你干吗不行行好死掉算了？

“好极了，”艾伦说，“一言为——”

“前提是……”基顿伸出一根手指说。

艾伦挑眉接口问道：“前提是？”

“前提是你把这张罚单处理处理。”他用两根指头夹着罚单，伸到艾伦面前，仿佛那是条破抹布，刚用来擦掉泼出来的不明液体。

艾伦叹口气说：“去我办公室谈。”然后看着诺里斯问：“你有事要做吧？”

“有。”诺里斯答道。他的胃还是揪成一团。他原本的好心情早已消散无踪，接下来一整天大概都恢复不过来，全是那肥猪的错，而艾伦竟然还要销单。他了解那是政治手腕，但这不表示他就得喜欢。

“你要等我们吗？”艾伦问。但他其实要问的是你需不需要谈谈？只不过基顿就站在那里，对着他们俩怒目而视，当着他的面，最多也只能这样问了。

“不用，”诺里斯连忙说道，“我有地方要去，有事情要办，艾伦，待会儿见。”他擦过基顿身边，完全没看他一眼就径自离开男厕。诺里斯没有发觉，基顿可是费了好大的劲儿——几乎是以英雄般的毅力——才强忍住一股不可理喻的强大冲动，不然早朝他屁股狠狠一踹，助他一脚之力飞出男厕了。

艾伦气定神闲地对镜照了老半天（基顿站在门边不耐烦地看着他），让诺里斯有足够的时间溜走，然后才把门推开，进入办公室，基顿紧跟在他身边。

他办公室门外放着两张椅子，现在其中一把上坐着一位身穿米白色西装、打扮整齐干净的矮小男子，很做作地读着一本皮革装帧的大册书籍，那除了《圣经》外别无其他可能。艾伦心一沉。他本来相当肯定今早不会再发生什么特别不愉快的事，何况再过两三分钟就中午了，这么想似乎很合理，不过他的预测还是错了。威廉·罗斯牧师合上《圣经》（书皮的颜色跟他的西装几乎是绝配），猛然站起。“潘伯恩——呃——长官。”他说。罗斯牧师情绪激动时，句尾音调就会拉高。“可以跟你谈谈吗？”

“罗斯牧师，请给我五分钟，我有事情要先处理。”

“这个——呃——非常重要。”

这还用说吗？艾伦心想。“我这件事也非常重要。五分钟就好。”

他在威利牧师（布理格姆神父老喜欢这么叫他）来得及说其他话前，赶忙把办公室门打开，领着基顿进去。

5

“八成是‘赌场之夜’的事，”基顿在艾伦把门关上后说，“听我说，约翰尼·布理格姆神父是个固执的爱尔兰人，不过跟罗斯比起来，我还是比较喜欢布理格姆。罗斯是个傲到不行的讨厌鬼。”

五十步笑百步，半斤八两，艾伦这么想。

“请坐，丹。”

基顿坐下，艾伦绕到办公桌座位上，举起罚单撕成小碎片，丢进废纸篓里。“这样行了吧？”

“行了。”基顿说，动身准备站起来。

“别走，多坐一会儿。”

基顿浓密的眉毛在他高阔的粉红色额头下聚成一团雷雨云。

“拜托。”艾伦加了句，然后跌坐在旋转椅上。他下意识地把手交握，想做出乌鸦的形状，不过他一发觉，就立刻把手坚定地交叠在记事簿上。

“我们下星期要开拨款委员会，讨论二月份镇民大会的预算事项——”艾伦开始说。

“没错。”基顿咕哝。

“——那还不都是在搞政治手腕，”艾伦继续说，“这点你我心知肚明。我刚撕掉了一张具有法律效力的罚单，就是要来跟你玩政治。”

基顿微微一笑说：“你在镇上也待得够久了，知道事情怎么运作，大家互相帮忙。”

艾伦换个姿势，使椅子发出吱吱嘎嘎的尖锐声响——这是他过完漫长艰辛的一天后，有时会在梦里听到的声音。看来今天将会是那种漫长又艰辛的一天。

“是啊，”艾伦说，“大家互相帮忙，不过帮到这里为止。”

基顿一对浓眉又缩在一起，问：“那是什么意思？”

“我是说，即使是小镇，政治手腕也有使不了的时候。你要记得我不是政府委派的官员。镇务委员会也许掌控了钱袋，不过我拥有的是民意，他们选我的目的就是保护镇民、维护法律。我宣过誓，我就尽力去做。”

“你在威胁我吗？要是你敢的话——”

就在这时，伐木厂的正午哨声响起。哨音在办公室里几乎听不到，可是丹·基顿还是吓得跳了起来，仿佛被黄蜂扎了一下。他的双眼顿时睁大，两手紧抓着椅子扶把的白色前端。

艾伦又糊涂了。*他竟然跟发情的母马一样神经兮兮。他到底怎么搞的？*

这是他第一次忍不住猜想，这个丹·基顿先生，在他听过城堡岩之前就当了不知多久的镇长，是否在从事什么不能见人的勾当。

“我不是威胁你。”他说。基顿开始缓和下来，不过还不敢完全松懈……仿佛担心伐木厂的哨声会为了吓他再次响起。

“很好，因为这不只是钱袋的问题，潘伯恩警长。镇务委员会和三位镇委员，有权批准要不要雇用——或解雇——某个警员，当然还有其他很多事情都要经过我们的同意，这些不用我说你也清楚。”

“那也不过是盖个橡皮图章罢了。”

“没错，一直都是这样。”基顿表示同意。他从衣内口袋掏出一根雪茄，用手指轻捻，使得外层的玻璃纸发出窸窸窣窣声。“但这不表示永远都得这样。”

到底是谁威胁谁啊？艾伦暗地里这么想，不过没说出口。他往椅背一靠，看着基顿。基顿的视线与他相遇，几秒钟后才往下看着手中的雪茄，开始要剥下玻璃纸。

“下次你再停在残障车位的话，我会亲自给你开单，可不会再作废了，”艾伦说，“还有，如果你敢再碰我属下一根寒毛，我就控告你三级攻击罪。不管镇务委员会握有多少所谓的同意权，我都敢指控你，政治手腕在我身上不管用的，了解吗？”

基顿低头看着手中的雪茄好一会儿，仿佛在细细沉思。当他又抬起头来看着艾伦时，他的眼睛变成两颗又小又硬的打火石，他说：“潘伯恩警长，要是你想试试我的屁股有多硬，就放马过来推我啊！”基顿的脸上写着愤怒——千真万确——不过艾伦觉得上面还写着其他情绪，他认为是恐惧，他是看到那股恐惧了吗？还是闻到的？他不知道，这也无关紧要。不过基顿到底在怕什么……这可能就重要了,可能非常重要。

“你了解吗?”艾伦重复了一次。

“嗯。”基顿回应。他猛然把玻璃纸扯下,丢在地板上,然后把雪茄往嘴里一塞,叼着雪茄说:“那你了解我的意思吗?”

艾伦再次倾身向前,椅子发出低沉粗哑的咯吱咯吱声。他认真地看着基顿说:“我了解你说的话,但我死也不懂你在装神弄鬼什么。我跟你,从来就不是好搭档——”

“那还用说。”基顿接口,然后一口咬掉雪茄屁股。艾伦刹那间还以为基顿会把咬下来的烟屁股吐到地板上,要真的如此,他也准备好视而不见——政治手腕——不过基顿把它吐在掌中,然后放进办公桌上一点烟灰也没有的烟灰缸里,活像一小条狗屎。

“——不过我们一直合作得不错。好,回到这件事上。有什么不对劲的地方吗?有的话我可以帮忙——”

“没什么不对劲的!”基顿打断,唐突地站起身来。他又发火了——不只是发火,而是气得耳朵几乎冒烟。“我只是被这……迫害给烦死了!”

这是他第二次用“迫害”这个词。艾伦觉得这个词很怪,令人不安。其实他觉得这整个对话都让他心慌。

“好吧,反正你知道我在哪儿。”艾伦说。

“老天,真是我的福气啊!”基顿尖酸地说,然后走去开门。

“还有,丹——请记住不要停在残障车位。”

“去他的残障车位!”基顿咒骂着,一边把门甩上。

艾伦坐在办公桌后方,愁容满面地望着那扇被甩上的门,过了好一会儿才起身绕过桌子,捡起地板上皱巴巴的圆筒状玻璃纸,丢到垃圾桶里,然后前去开门请“汽船威利”进来。

6

“基顿先生看起来不大高兴。”罗斯说。他小心翼翼地坐在镇长刚才坐的椅子上,看到烟灰缸里的雪茄屁股,露出一脸厌恶的表情,然后谨慎地把他的白色《圣经》放在窄小的大腿中间。

“接下来这一个多月会开很多拨款委员会,”艾伦敷衍答道,“我相信这对所有镇务委员来说都是很大的压力。”

“没错，”罗斯牧师附和，“就像耶稣——呃——告诉世人：‘恺撒的物当归给恺撒，神的物当归给神。’”

“嗯。”艾伦回应。他突然希望能够抽根好彩或宝马香烟，里面绝对充满焦油和尼古丁。“今天下午我能帮你什么忙呢，威……罗斯牧师？”他惊恐地发现，自己差点就顺口把他叫成威利牧师。

罗斯拿下他的圆形无框眼镜擦拭一番，又把它戴上，再度遮住鼻托压出的两个小小红印。他的黑发抹了一层厚厚的定型发胶，在天花板细方格内的日光灯下照得微光闪烁，艾伦虽然闻得到发胶味，但认不出是哪个牌子。

“约翰尼·布理格姆神父打算办‘赌场之夜’，实在令人不齿，”罗斯牧师终于切入正题，“潘伯恩长官，你记不记得我当初听到这可怕的点子后，没多久就来找你，请你考虑——呃——事情是否得体，拒绝批准这样的活动。”

“罗斯牧师，不知你记不记得——”

罗斯威严地举起一只手示意他停止，另一只手伸进西装外套口袋里，拿出一本跟平装书大小相当的册子，艾伦心中一沉（但不怎么惊讶），那是《缅因州法》的简明版。

“我现在又来一趟，”罗斯牧师用响亮的声音说，“请你不只考虑事情是否得体，还请看在法律的分上，禁止这项活动！”

“罗斯牧师——”

“这是《缅因州法》第二十四条第九款第二项。”罗斯牧师无视艾伦的反应。他的脸颊现在发着红光，艾伦突然发现他在过去这几分钟内所做的事，就是把一个疯子换成另一个疯子。“唯——呃，”罗斯牧师采用布道式的吟诵法念道，这对最崇敬他的教民来讲一定非常熟悉，“概率游戏，如本法第二十三条之定义——呃，凡以赌金作为参与游戏条件之一者，应视为非法。”他啪的一声合上《缅因州法》，眼睛炽亮地盯着艾伦，叫道：“应视为——呃——非法！”

艾伦顿时有一股冲动，想把双手甩向空中，大喊赞美——呃——主！这股冲动消失后，他说：“罗斯牧师，我清楚州法里跟赌博有关的规定。你上次来找我后，我就查了，而且还请教处理镇上许多法律事务的艾伯特·马丁，他认为第二十四条并不适用于‘赌场之夜’这样的集会，”他停顿一会儿又说,“我必须跟你说,这也是我的想法。”

“不可能!”罗斯愤愤地说,“他们打算把耶和华的圣殿变成赌徒的巢穴,你竟然还跟我说那合法!”

“完全合法,跟一九三一年开始就一直在‘伊莎贝拉妇女会堂’举办的宾果游戏一样。”

“这——呃——不是宾果!这是轮盘赌博——呃!这是纯粹为了赌钱的纸牌游戏!这是——”罗斯牧师的声音发颤,“摇骰子赌博——呃!”

艾伦的手又想比出鸟影,他连忙抓住自己的手,压在桌面的记事簿上。“我请艾伯特写信请教检察总长吉姆·蒂尔尼,答案还是一样。很抱歉,罗斯牧师,我知道这冒犯了你,像我就觉得小孩玩滑板非常不妥,要是有办法的话我一定会禁止溜滑板,但我没这权力,在这民主国家,我们有时候就是必须忍受我们不喜欢或不赞同的事情。”

“这是赌博!”罗斯牧师反驳,这次声音里透露出极度的痛苦,“这是赌钱!这种事怎么能够算合法!州法——”

“他们办这活动并不算赌钱。每一位……参与者……会在进门时捐一些钱,然后得到相同数目的筹码,当晚结束时,他们会把一些奖品,不是钱而是奖品拍卖掉,像是录放影机、小烤箱、吸尘器、瓷器组这类东西。”他心中一个蹦蹦跳跳的淘气鬼让他又加了一句,“我相信进门时的那笔捐款还可以抵税。”

“这简直是罪恶深重、令人发指!”罗斯牧师说。他脸颊上的颜色消退,鼻孔张了开来。

“那是道德判断,不是合不合法的问题,况且美国到处都是这样。”

“没错。”罗斯牧师说。他站了起来,两手把《圣经》抓得像盾牌一样挡在胸前:“那是就天主教徒来说,他们嗜赌如命。潘伯恩——呃——长官,不管你帮不帮忙,我都要阻止这件事。”

艾伦也站起身来,说:“罗斯牧师,有两点请注意,我是潘伯恩警长,不是长官。还有,就像我不能要求你布道时讲什么一样,我也不能规定布理格姆神父可以办什么活动。不管是在他的教堂、‘伊莎贝拉妇女会堂’,还是‘哥骑会堂’,只要他们没有明显触犯州法,我都无权过问,不过我倒是可以警告你小心行事,而且还必须警告你小心点。”

罗斯冷冷地看着他问:“你是什么意思?”

“我的意思是你很生气。你的教民在镇上到处贴海报无所谓，向报纸投书也不要紧，但你不能跨越侵犯他人的界线，我建议这件事就让它过去吧！”

“当——呃——耶稣看到教堂里有——呃——妓女和放债人的时候，他可没有查阅任何法典，警长。当——呃——耶稣看到那些恶劣的男女玷污了耶和华圣殿的时候——呃，他可不管什么侵犯他人的界线。我们的主——呃——知道什么是正确的，然后就放手去做！”

“没错，”艾伦平静地说，“但你不是他。”

罗斯望着他好长一段时间，眼中喷出怒火，艾伦心想：糟糕，这人疯到无可救药了。

“日安，潘伯恩长官。”罗斯冰冷地说。

这次艾伦也懒得纠正了，他只是点个头伸出手，心里很清楚罗斯是不会跟他握手的。罗斯转过身，昂首阔步走向门口，两手依然抓着《圣经》挡在胸前。

“罗斯牧师，你就放手吧！”艾伦在他身后喊道。

罗斯既没转头也没搭腔，他大步跨出门口，砰一声把门甩上，震得玻璃咯嗒咯嗒响。艾伦又坐了下来，掌根紧压着太阳穴。

一会儿过后，雪菈·布理格姆胆怯地从门口探头进来，轻声询问：“艾伦？”

“他走了没？”艾伦头也不抬地问。

“牧师吗？走了，像三月狂风一样呼啸过去了。”

“猫王离开镇公所了。”艾伦声音空洞地说。

“什么？”

“没事，”他抬起头来，“我需要一点烈性毒品。雪菈，帮我看一下证物柜好吗？看我们还有什么。”

她微笑道：“早就看过了，柜子是空的，咖啡可以吗？”

他也对她微笑。下午开始了，一定要比早上好，一定要。“同意。”

“好极了。”她把门关上，艾伦终于让他的手出狱。很快地，好几只乌鸦在窗户透进来的阳光下，连连飞过窗户对面的墙壁。

7

每星期四，城堡岩中学的最后一节课都会安排活动。布赖恩·鲁斯克是荣誉学生，在冬季公演选角前，他都不会参加学校活动，因此校方准许他星期四提早回家，刚好跟他每星期二延后下课打平。

这星期四，第六节课的钟声几乎还没响完，他就从侧门出校。他的帆布背包除了装书之外，还装着母亲早上逼他穿的雨衣，因此背包鼓鼓地背在身后，样子很滑稽。

他骑得非常快，心脏在他胸口跳得非常厉害。他有事（*一项行动*）要忙，要赶快把一件小事办好。其实这件事还蛮有趣的，他现在终于知道该怎么做了。他整堂数学课都在做白日梦，把这件事也想清楚了。布赖恩沿着中学路骑下城堡丘，太阳在那天头一遭从破碎的云朵间露脸。他往左边一望，看到湿漉漉的人行道上，有个影子男孩骑在影子脚踏车上，与他并驾齐驱。

*黑影小子，你今天要是想赶上我的话，可要骑快一点啦，他这么想。我有地方要去，有事情要办。*布赖恩骑过主街的商业区，但没有转头瞄一下对面的“必需品专卖店”，只是在每个交叉路口停了一下，随便看看有无来车，然后就匆匆通过。骑到池塘街（那是他的地盘）和福特街交叉口时，他向右转，而不是继续沿着池塘街骑回家。骑到福特街和柳树街交叉口时，他向左转。柳树街和池塘街平行，这两条街的房屋后院背对背靠在一起，大多用木板篱笆隔开。

皮特和维尔玛·耶日克住在柳树街。

*到这里就要小心点了。*不过他知道要怎么小心；他从学校骑来的路上，早就想好该怎么提防，一点也不费脑筋，仿佛心里始终有个谱，就像他一直知道等一下该怎么做。

耶日克的家阒静无声，车道上也没有车影，但这不表示万事大吉。布赖恩知道维尔玛在117号公路上的亨普希尔超市工作（如果不是全职，至少也是兼职），因为他曾看到她绑着那块永远不变的头巾在那里当收银员，但这不表示她现在就在超市。她开的那台破破旧旧的廉价小车优果可能就停在车库里，那是他看不到的地方。

布赖恩骑到车道上，下车，放下脚架。他现在可以感觉到心跳在耳朵和喉咙里震荡，听起来像是连续轻擂的鼓声。要是耶日克太太在家的话，他已经准备好一套说辞，现在他一边走向前门，一边在心中演练。

嗨，耶日克太太，我是布赖恩·鲁斯克，就住你们家斜后面。我在城

堡岩中学读书，我们学校很快就要推出杂志，希望镇上的人多多订阅，这样乐团才能买新制服。我现在先统计有谁要订，到时候拿到资料，就可以回来跟你们办理。要是订的人够多的话，我们还可以拿到奖品。

之前他在脑中演练时，觉得听起来不错，现在还是不错，不过他还是很紧张。他在门阶上站了一分钟，仔细聆听屋内有没有声音——收音机、电视节目（不会是《恩怨情天》，那要再过一两个小时才会开播），或吸尘器。他什么也没听到，但这和空空如也的车道一样，不表示没人在家。

布赖恩按门铃。房屋深处悠悠传来一声叮咚！他缩着肩膀静静等待，不时左右张望，看有没有人注意到他，不过柳树街似乎睡得正熟。而且耶日克家前方有道树篱，这样很好，尤其当你正在执行（一项行动）一件别人——比如你爸妈——不完全同意的事情时，树篱大概是世上最好的屏障。又过了半分钟，还是没人来应门。目前事情进行得还算顺利……可是不怕一万就怕万一。他又按了一次门铃，这次用大拇指按了两下，屋子深处传来两声叮咚！叮咚！

还是没人。好吧，一切都很顺利……其实是炫毙、赞透了。

不管炫不炫、赞不赞，布赖恩推着他脚架还没踢起的脚踏车，走在房屋和车库间的通道，他仍旧忍不住四处张望了一下，不过这次是贼兮兮地偷瞄。墙板门板公司的那些人管这地方叫作"有顶过道"，布赖恩就在这里停下脚踏车，然后走到后院，他的心脏比先前跳得更猛了。他心跳得这么厉害时，说起话来会颤抖，要是耶日克太太刚好在后院种什么球茎类植物的话，他希望讲那套说辞时，声音可千万别发抖才好，要不然耶日克太太可能会怀疑他说谎，这又会引发那些他连想都不敢想的问题。

他在屋子后头驻足了一会儿，看到耶日克的后院一角，但看不到全部。突然间，这件事情似乎不那么有趣了，突然间，这看来似乎是个卑劣的恶作剧——虽然不到杀人放火的地步，但也绝对不是什么好事。他心里顿时传来一个忧心的声音：布赖恩，你何不骑上脚踏车，掉头就走呢？回家吧，喝杯牛奶，把这事情再好好想一遍。

没错，这主意不赖——非常明智。他真的开始转身了……然而脑中却出现比那声音更强而有力的影像：一辆长型黑色轿车（可能是凯迪拉克或林肯马克四型轿车）停在他家门前。驾驶座车门打开，利兰·冈特先生走下车来，但他穿的不再是福尔摩斯在某些故事里穿的吸烟外套。在布赖恩的幻想中，迈着大步的冈特先生穿的是令人望而生畏的黑色西装——丧葬礼仪师穿的那种——脸部表情也不再友善。深蓝色的眼睛因为愤怒变得更深了，双唇后拉，露出参差不齐的牙齿……但这不是微笑。他修长的细腿像剪刀咔嚓咔嚓往鲁斯克家的前门走去，脚边的人影看起来像恐怖片里的刽子手。他走到门边时，不会停下来按门铃，才不会，他会直直闯入。要是布赖恩的妈妈想阻止他，他会把妈妈推到一旁。要是布赖恩的爸爸想制止他，他会把爸爸一拳打倒。要是布赖恩的弟弟肖恩想挡住他，他会把弟弟举起来，丢到屋子另一头，就像美式足球四分卫明知无望但仍孤注一掷地把球猛力一抛。他会大步踏上阶梯，吼着布赖恩的名字，沿途刽子手的人影划过墙壁，使壁纸上的玫瑰枯萎凋谢。

布赖恩一脸惊慌地站在耶日克家的屋旁，心想：他还是会找到我的，我躲起来也没用，就算大老远跑去印度孟买也没用，他会找到我的。他找到的时候——他设法封锁这幅景象，想把它关掉，但无能为力。他看到冈特先生的眼睛越睁越大，变成恐怖的蓝色无底深渊。他看到冈特先生的长手和齐长的怪手指往下抓他肩膀时变成爪子。他感到自己的皮肤在那讨厌的碰触下汗毛直竖。他听见冈特先生怒吼：布赖恩，你跟我买东西，却还没付清钱！

我会还你的！他听见自己对那张燃烧着怒火的扭曲脸孔尖叫。拜托，噢，拜托，我会还你的，我会还你的，求你别伤害我！

布赖恩又回过神来，跟他星期二下午从“必需品专卖店”走出来时一样茫然，不过现在的感觉却没有当时那么愉快了。

他不想还回桑迪·柯法斯的球员卡，这是重点。他不想，因为那是他的。

8

迈拉·埃文斯踏进“必需品专卖店”的遮阳篷底下时，她好友的儿子终于走进维尔玛·耶日克的后院。迈拉首先瞄了身后一眼，再往主街对面看了一眼，样子比布赖恩检查柳树街有没有人时更加鬼祟。要是科拉——真真切切是她的手帕交——知道她在这儿，更重要的是，知道她为什么在这儿，大概就再也不会跟她说话了，因为科拉也想要那张猫王画像。

别管了，迈拉心想。她突然想到两句话，恰好都能够形容现在的情况。一是先抢先赢，二是不知道就不难过。尽管如此，迈拉在来到镇中心前，还是先戴上一副福斯特·格兰特大框太阳眼镜。不怕一万就怕万一是另一个很有价值的忠告。

现在她慢慢挪向门口，仔细研读挂在门上的牌子：每周二、四只接受预约。

迈拉没有预约，她来这里是出于一时冲动；不到二十分钟前，科拉的来电刺激了她，让她决定采取行动。

“我整天都在想那张画！迈拉，我就是想要那张画——早知道星期三就买下来了，可惜那时候钱包里只有四块钱，也不知道他收不收个人支票，你也知道要是人家不收的话有多丢脸。唉，我到现在都还在后悔，几乎整夜没合眼呢！我知道你会觉得我蠢得不行，不过事实就是这样。”

迈拉一点都不觉得科拉愚蠢，她也知道科拉说的是实情，因为她自己也是几乎一夜没合眼。不过科拉实在没道理，她认为她先看到那张画像，所以画像就该属于她，好像第一眼看到赋予她什么神圣权利一样。

“不管了，反正我不认为她是第一个看到的，”迈拉绷着脸，小声地自言自语，“应该是我先看到的。”

到底是谁先看到那张令人垂涎的画像，其实有待商榷。不过迈拉想，要是去科拉家坐坐，却看到那张猫王画像摆在壁炉架上，左右两边分别是科拉收藏的猫王陶像和印有猫王图案的啤酒瓷杯，那时候她的感受可就不是有待商榷了。迈拉光是想到这幅情景，胃就提到了心脏下方某处，然后吊在那里，像条湿抹布般打了个结。美伊开战的头一个星期①，她的感受就是这样。

科拉那样是不对的。猫王的相关产品她全都有，甚至还去听过一次猫王的演唱会。那次演唱会在波特兰的市民中心举行，而大约一年后，猫王就被召唤到天堂，与亲爱的妈妈相会了。

“那画像应该是我的。”她喃喃自语，然后鼓足勇气，伸手敲门。

但她的手还没放下，店门就打了开来，一位窄肩男子匆匆走出，差点把迈拉撞倒。

---

① 本书英文版于一九九一年出版，因此本处所指美伊战争为老布什总统任内的沙漠风暴行动。

“抱歉。”他头也不抬低声说道，迈拉也没反应过来他就是拉弗迪尔超级药房的药剂师康斯坦丁先生。他两眼直视，匆匆穿过马路到对面的公共广场，手上拿着一个小包裹。

迈拉回过头来时，发现冈特先生就站在门口，用那双充满笑意的棕色眼睛笑盈盈地望着她。

“我没预约……”迈拉的声音细不可闻。布赖恩·鲁斯克早已习惯迈拉高谈阔论时那种极具权威与自信的语调，他八辈子也不可能认出迈拉现在的声音。

“亲爱的女士，你现在预约啦，”冈特先生笑着说道，并往旁边挪出一步，“欢迎回来！尽管进来参观，留下一些你带来的快乐吧！”

迈拉往四周匆匆瞥了最后一眼，确定路上没有熟人后，才慌忙进入“必需品专卖店”。

门在她身后关上。在黑暗中，一只手指修长、和尸体一样苍白的手伸了出来，找到垂吊的拉环，把门上的帘子拉了下来。

9

布赖恩长长地吁了口气，才知道自己刚刚一直屏着呼吸。

耶日克家的后院空无一人。维尔玛一定是因为天气好转，在外出前把洗好的衣物晾在后院。衣物总共挂了三排，在阳光和轻风下左右飘动。布赖恩走到屋子后门，两手挡住脸旁的刺眼强光，往屋里凝视，发现厨房里一个人影也没有。他想先敲个门看看，然后发现这只是另一个不去执行任务的借口。根本没人在家，他最好赶快把事情办完然后闪人。

他慢慢走下台阶，进入后院。那三条晒衣绳在后院左侧，上面挂着上衣、裤子、内衣裤、床单和枕头套。右侧是个小菜园，除了几颗还没长大的小南瓜外，其他蔬菜都已经采收了。后院后方用松木板做的篱笆隔着，篱笆另一头住着姓哈弗希尔的一家人，再往下数四家就是布赖恩家了。

昨晚的大雨使菜园变成一片沼泽；尚未采收的南瓜大多半淹没在泥泞中。布赖恩弯下腰，两手各抓起一把深咖啡色的菜园淤泥，走向晒衣绳，棕色液体从指间滴滴落下。

离菜园最近的那条晒衣绳挂满展开的床单，床单还是湿的，不过在微风吹拂下很快就会干了。一件件清新纯白的床单让微风吹得发出懒洋洋的拍打声。

赶快呀，冈特先生的声音在他心里悄声说。动手啊，布赖恩——就像桑迪·柯法斯一样，全力以赴吧！

布赖恩掌心朝上，把手臂拉到肩膀后方。他发现自己的小鸡鸡又勃起了，就像昨晚做梦时一样，但他不怎么吃惊。他很高兴自己没有临阵逃脱，这个恶作剧将会非常有趣。

他把手用力往前一挥，泥巴飞出手掌，呈扇状散开，落到微微飘动的床单上，形成一道不断往下流着黏液的抛物线。他又回到菜园，抓了两手泥巴丢向床单，回头又抓了些再抛向床单。他越丢越疯狂，不停来回走动，先抓泥巴然后抛掉。

要不是有人大叫，他大概会玩上整个下午。刚开始，他以为那个人在对他大叫，使他肩膀一缩，吓得轻轻叫了一声，然后才听出那是篱笆另一头的哈弗希尔太太在叫她的狗。但这提醒他，必须离开了，而且动作要快。不过他离开前先看了一眼自己的杰作，一股羞耻不安的感觉使他打了一阵哆嗦。床单保护了大部分衣物，上头布满泥浆，只剩几个白色区块显示出原本的颜色。

布赖恩看看自己的手，现在上面包了厚厚一层泥巴，他赶紧走到设有弯嘴水龙头的角落。水源还没关，他转动把手，一股凉水流泻出来。他连忙把手伸过去，用力相互摩搓，直到把泥巴完全洗掉，连指甲里的污泥都不放过，他完全不觉得双手冷得发麻，甚至还把袖口伸到水龙头下清洗。

他关掉水龙头，回到脚踏车旁，踢起脚架，然后推着车沿车道往外走。他看到一辆黄色小汽车往他的方向开来，顿时吓得背脊发凉，不过那是辆本田思域，不是优果。那台车直接开过，没有减速，可见驾驶人没注意到耶日克家的车道上有个小男孩站在他的脚踏车旁，双手红通干裂，整个人几乎就要冻僵。他的脸就像个广告牌，上面写了醒目的大字——*有罪！*

这辆车开过后，布赖恩跨上脚踏车，开始没命地飞速骑回家，直到滑进自家车道时才停止。这时他双手的麻木感已经消退，不过又痒又痛，厉害得很……而且还红红的。

他走进家门时，母亲从客厅喊道："是你吗，布赖恩？"

"妈，是我。"他在耶日克家后院所做的事已经成了一场梦。现在这男孩站在阳光充足、干净整洁的厨房，正从冰箱里拿出牛奶，而刚才那个男孩，跑到维尔玛・耶日克的菜园，把手陷进泥中，深及腕关节，然后一次又一次把污泥丢向干净床单，这两个男孩当然不可能是同一个人。

怎么看也不像。

他帮自己倒了杯牛奶，同时仔细看着自己的手。手是干净的，虽然通红，但很干净。他把牛奶放回冰箱，心跳也恢复正常频率。

“布赖恩，今天在学校好吗?”科拉的声音飘了出来。

“还可以。”

“要不要来跟我一起看电视?《恩怨情天》要开始喽，来吃好时巧克力吧!”

“好啊，”他说，“我先到楼上几分钟。”

“你那杯牛奶可千万别留在上面!洗碗机怎么都洗不掉那股臭酸味!”

“我会拿下来。”

“最好给我记着!”

布赖恩走到楼上，花了半小时坐在书桌前，看着他的桑迪・柯法斯球员卡发呆。肖恩进来问他要不要一起去街角那家店时，布赖恩啪的一声关上他的集卡册，叫肖恩离开他的房间，除非学会了看到门关上时先敲敲门，否则不准再进来。他听到肖恩站在外头走廊上号啕大哭，心里却完全不同情他。毕竟，有种东西叫作礼貌。

10

典狱长在郡立监狱开派对，监狱乐团开始尽情演奏，台上人跳，台下人摇，你实在该听听那如痴如醉的囚犯歌唱!

猫王跨脚站着，他的蓝眼炽亮，白色连身套装的喇叭裤下摆颤动不停，头顶聚光灯上的莱茵石闪闪发亮。他一绺黑蓝色头发斜斜盖住前额，麦克风贴近嘴巴，但迈拉还是能看到他性感厚唇上半部的曲线。

迈拉什么都看得一清二楚。她就站在第一排。

节奏组大声演奏时，猫王突然伸出一只手，对着她伸出一只手，就跟布鲁斯・斯普林斯廷在他的《黑暗中起舞》的音乐录影带中把手伸向那女孩一样，不过布鲁斯再怎么努力，也永远不可能跟猫王一样好。

有那么一瞬间，她整个人吓呆了，没办法做出任何反应、任何动作，不过身后的那些手把她推向前方，于是猫王的手握住她的手腕，猫王的手把她拉到台上。她闻得到他身上的味道，那是汗水、男性香水和他发热、洁净的肌肤混在一起的味道。

不一会儿，迈拉·埃文斯就被猫王的手臂环抱住了。

他那缎子做的连身衣摸起来光滑柔顺，绕着她的两只臂膀结实有力。那张脸，他的脸、猫王的脸，近在咫尺。他带着她翩翩起舞——他们是一对，来自缅因州城堡岩的迈拉·约瑟芬·埃文斯和田纳西州孟菲斯市的埃尔维斯·阿伦·普雷斯利是一对！他们跳着性感撩人的热舞扫过广大的舞台，前方是四千个疯狂尖叫的歌迷，耳中是"约旦人"合唱团唱着这首五十年代摇滚乐曲的副歌："来摇滚吧……所有人都来摇滚吧……"

猫王的腰靠近她的腰；她可以感觉到猫王身体中部那凸起、蓄势待发的东西轻轻推挤她的小腹。接下来猫王把她的一只手拉高，让她原地旋转，使那片裙子飞展开来，露出她的双腿，甚至能看到"维多利亚的秘密"短衬裤的蕾丝花边。她的手在猫王的手中旋转，就像轮轴一般，然后他又把她拉过来，一手顺着她腰背滑下，摸向她的丰臀，把她紧紧搂在怀里。迈拉往观众席瞥了一眼，看到发出强光的脚灯下方，科拉·鲁斯克正抬头瞪着她，那张脸因愤恨而显得邪恶，因嫉妒而变得恶毒。然后猫王把她的头转过来，用那甜蜜蜜的拖长声调说："甜心，我们不是应该看着彼此吗？"

她还来不及回答，猫王的丰唇就已整片贴在她的唇上：她的整个世界顿时充斥着他的味道和他的感觉。突然间，猫王的舌头伸进她嘴里——摇滚之王竟然在科拉和整个世界面前与她舌吻！他又把她紧紧搂住，当小号响起尖锐的切分音时，她感到一股让人欲仙欲死的欲火从小腹旋展开来。天哪，她从来没有这样高潮过，连多年前跟埃斯·梅里尔在城堡湖畔的约会都比不上。她想放声尖叫，但猫王的舌头正埋入她嘴里，她只能把指头深深掐入他平滑的衣背，翘起她的丰臀，此时，小号大声吹起《我的方式》。

11

冈特先生坐在其中一把厚绒布椅上，超然地看着被高潮冲得神魂颠倒的迈拉·埃文斯。她全身颤抖，仿佛刚刚经历了一场精神大崩溃，双手紧抓着那张猫王画像，眼睛紧闭，胸部起伏不已，双腿一合一开、一合一开。她在美容院做好的头发已失去原有的卷度，散乱地挂在头上，像是戴了顶不怎么好看的安全帽。她的双下巴滴着汗水，就跟猫王一样：猫王在最后几场演唱会中，在舞台上卖力旋转时，下巴也是汗水淋漓。

“噢——！”迈拉叫着，全身像圆鼓鼓的果冻在盘子上不停晃动，“噢——噢——我的老天！噢——我的老——天——噢——”

冈特先生正无聊地用大拇指和食指捏着他深色长裤的挺直裤线，然后手一松，裤线又恢复原本如剃刀般尖锐的折痕。他倾身向前，夺回迈拉手中的画像。迈拉立刻睁开双眼，眼中充满惊慌之色。她伸手要抢回画像，不过已经不在她伸手可及的范围内了，她挣扎着站起身子。

“坐下。”冈特先生说。

迈拉停在原地，仿佛起身时她已变成了石头。

“迈拉，如果你还想再看它一眼的话，就乖乖坐……下……”

她听话地坐下，望着冈特的神情极度痛苦，但一声也吭不出来。大片大片的汗水从她的腋窝和侧胸缓缓渗出。

“拜托。”她干哑地说出这两个字，有如沙漠中吹起的一阵风沙。她的手伸了出来。

“出个价吧。”冈特说。

迈拉想了想，眼睛在她汗涔涔的脸上不住转动。“四十块！”她喊道。

冈特摇头大笑。

“五十！”

“荒唐。迈拉，你一定不是很想要这张画。”

“我很想！”她的眼角开始渗出泪水，流下脸颊，与汗水混成一体，“我真的很想！”

“好吧，”他说，“你想，我承认你想，不过迈拉，你需要吗？你真的需要吗？”

“六十！我只有六十块！那是我有的每一分钱了！”

“迈拉，我看起来像三岁小孩吗？”

“不像——”

“我一定很像。我也是老头儿一个了，老到你不会相信的，只不过我保养有方，所以可能看不出来，但不管怎么说，我在你眼里一定像个三岁小孩，小孩才会相信你说的话。你这个富婆，家住离景观丘不到三条街的崭新复式公寓，全部财产只有六十块?”

“你不了解！我先生——”

冈特先生站起来，手上还是拿着画像。那位往旁边一站请她进店、脸上堆满笑容的男人已经不在这里了。“迈拉，你没有预约，是吧？没有。我让你进来是出于好心，不过现在我恐怕得请你离开了。”

“七十！七十块!”

“你真是把我看扁了，请走吧。”

迈拉跪在他面前，手抓着他的两只小腿，惊恐地用粗哑的声音呜咽着说:“拜托你！拜托你，冈特先生！我一定要那张画！我一定要！它对我……你不会相信它对我有多重要!”

冈特先生看着那张猫王画像，脸上露出嫌恶的怪表情，不过只是一闪即逝。“我应该也不会想知道，”他说，“猫王看起来……满身是汗。”

“如果超过七十块钱，我就得开支票，查克就会知道，他会问我把这笔钱花在哪儿，如果我跟他说实话，他会……他会……”

“那……”冈特先生说，“不是我的问题。我是店主，不是婚姻顾问。”他往下看着迈拉，对着迈拉渗出粒粒汗珠的头顶说话。“我确定其他人，比方说鲁斯克太太，买得起这幅画像。已故的普雷斯利先生的特色可真是抓得惟妙惟肖。”

听到科拉的名字，迈拉的头猛然一抬。她的眼睛是深陷在棕色眼窝里的两颗闪烁小点，她的牙齿在咆哮声中暴露出来。那一瞬间，她看起来就像个神志失常的人。

“你会卖给她?”她尖声问道。

“我相信自由交易，”冈特先生答道，“这就是让美国这么好的原因。我衷心希望你放开我，迈拉。你的手确实在流汗。看来我这条裤子不得不送去干洗，即使送去，我也不确定——”

“八十！八十块!”

“我会卖你那个价钱的整整两倍，”冈特先生说，“一百六十块。”他咧嘴而笑，露出参差不齐的大牙。“还有，迈拉——请用你的个人支票开给我。”

她发出一声绝望的哀号，苦涩地叫道:“不行！查克会杀了我!”

“杀也好，不杀也好，”冈特先生说，“总之你都会为了爱火熊熊的健美男子而死，不是吗？”

“一百，”迈拉呜咽，冈特看了连忙退开一步，不过小腿又被她抓住了，“求求你，一百块吧！”

“一百四，”冈特回道，“这是我的最低价，要不要随便你。”

“好吧，”迈拉喘着气说，“好吧，就这样，我付就是——”

“当然，你得先帮我吹箫才行。”冈特往下对着她咧嘴笑道。

她抬头看着冈特，嘴形是个完美的字母O。“你说什么？”她小声问道。

“帮我吹喇叭！”他大吼，“帮我口交！张开你那满口银牙的美丽嘴巴，吸我那根东西！”

“噢，老天。”迈拉呻吟着。

“随你便。”冈特说完便准备转身。

迈拉在冈特走开前一把抓住他，然后用颤抖的双手摸索着冈特长裤的拉链。

冈特让她乱摸了好一会儿，脸上表情相当愉快，然后把她的手拍开说：“算了算了，口交总是会让我得健忘症。”

“什么——”

“别管了，”他把画像扔给迈拉，迈拉的双手不由自主地往前一伸，刚好接到，连忙紧抓在自己胸前，“不过还有一件事。”

“什么？”她惊恐地低声问他。

“过了丁桥有个酒吧，你认识里头的酒保吗？”

她的眼神再度充满惊恐之色，正要摇头时，才恍然大悟冈特指的是谁，问：“亨利·博福特？”

“没错，他也是那家酒吧的老板，叫柔虎酒吧，挺有趣的名字。”

“嗯，我不认识他，不过我应该知道他是谁。”她这辈子还没踏进过“柔虎酒吧”半步，不过她跟大家一样，都知道老板是谁。

“对，就是他。我要你对博福特先生开个小玩笑。”

“什么……什么样的玩笑？”

冈特往下握住迈拉一只黏湿的手，把她拉起来。

“那……”他说，“是你在开支票的时候，我们可以好好谈谈的事。”然后他展开微笑，这一笑让所有魅力又涌回他脸上，那双棕色眼睛闪烁跳跃着。“顺便问一下，你的画像要不要包装？”

第五章

1

艾伦走进纳恩餐馆，看到波莉坐在雅座里，溜到她对面坐了下来，立刻发现她关节还是痛得厉害，严重到她下午破例服了一颗止痛药。波莉甚至还没开口说话，艾伦心里就有数了，因为她的眼神有点异样，散发出一种光芒。艾伦和波莉相处久了，自然发现了波莉服过止痛药后，眼神会有些变化……但他并不喜欢这种变化，他大概永远都不会喜欢。这也不是他第一次纳闷波莉是不是对止痛药上了瘾。而波莉如果上瘾，大概也只是另一个副作用，这早在预料之中，而且一旦出现就会立刻让人察觉，一旦察觉也就不难理解这最终是个情有可原的问题——毕竟波莉忍受的痛苦应该超过他的想象。

“美人儿，今天怎么样啊？”他询问时，声音完全没有透露他的层层忧思。

她微笑着说：“嗯，今天很有趣，非常非常……有意思，《大家笑》的主持人每次都这样说。”

“你还没老到会记得那节目。”

“有啦。那是谁啊？”

艾伦顺着波莉的眼光望去，及时看到外头有个两手抱着长方形包裹的女子，魂不守舍地走过纳恩餐馆大片厚玻璃窗前。她两眼直直盯着前方，迎面而来的男子赶紧跳开，免得和她撞个正着。艾伦迅速翻阅脑中的大型资料夹，搜寻里头的人名与面孔，得到一个结果，深爱警察用语的诺里斯必定会称之为“局部记忆”。

“姓埃文斯。叫梅布尔还是梅维斯什么的。她老公是查克·埃文斯。”

“她好像刚抽了根上好的‘巴拿马红’大麻一样，”波莉说，“真羡慕她。”

纳恩·罗伯茨亲自为他们点饮料。她是威廉·罗斯的浸信会“基督精兵”之一，今天她在左胸上方别了个黄色圆形小徽章，这是艾伦今天下午看到的第三个，他猜想接下来几星期他还会看到更多。徽章上有个黑色圆圈，里面是台吃角子老虎机，被一条红色斜线横过。徽章上没有文字，光是图案便已经把佩戴者对“赌场之夜”的看法表达得一清二楚了。

纳恩是位中年女子，胸部丰满、脸蛋甜美，会让你想到妈妈和苹果派。艾伦和其他警员都知道“纳恩餐馆”的苹果派非常美味，要是在上面加一大球香草冰淇淋，看着它慢慢融化，更是令人垂涎三尺。大家很容易以为纳恩人如其貌、和蔼可亲，但许多生意人——大多是房地产经纪人——发现只看外貌实在是大错特错。那甜美脸蛋后方的头脑，是滴滴答答运作不停的电子计算机；那散发母性光辉的大胸脯下，原本该是心脏的地方却堆了一沓账簿。纳恩拥有城堡岩镇相当广大的土地，主街上的店面少说有五家是她的。现在梅里尔老爹已长眠地下，艾伦猜她是镇上最有钱的富婆。

纳恩让他想起在由提卡市逮捕的一个老鸨。那女人本来想贿赂他，但他拒绝，结果那女的巴不得用鸟笼砸碎他的头；笼里的住户是只下流鹦鹉——有时会以若有所思的阴郁口吻说“弗兰克，我干了你老妈”——砸向他时那只鸟还在里面。艾伦有时会看到纳恩·罗伯茨眉头一皱，额头中央挤出一道深深凹陷的垂直线，这时，他会深信纳恩绝对有能力做出跟那老鸨一样的事。纳恩最近大多坐镇收银台收钱，其他事情几乎都让别人代劳，今天却亲自前来为城堡岩镇警长服务，艾伦倒不觉得受宠若惊，他知道纳恩非常看重人脉。

“哈喽，艾伦，”她说，“好久不见哪！上哪儿去了呢?”

“这边走走，那边走走，”他回答，“总之到处跑。”

“哎呀，到处跑也别忘了老朋友啊!”她说完后，给艾伦一个慈母般的灿烂微笑。艾伦寻思，你得跟纳恩打交道好一阵子，才会开始注意那股笑意要传到眼睛里有多难得。“偶尔也来看看我们嘛!”

“看哪！我这不是来了嘛!”艾伦说。

纳恩发出洪亮又活泼的笑声，使得坐在吧台的男客——大多是伐木工人——转过头来，伸长脖子看了一眼。艾伦心想，等会儿他们一定会跟朋友说纳恩·罗伯茨和警长一起开怀大笑，两人一定交情匪浅。

“咖啡吗，艾伦？”

“对。”

“要不要配块苹果派呀？自制的哦！苹果是瑞典镇迈克谢里果园的，昨天才摘下来的呢！”至少她没说是她亲自摘的，艾伦心想。

“不用，谢谢。”

“确定？波莉，你呢？”

波莉摇头。

纳恩去端咖啡。“你不怎么喜欢她，是吧？”波莉压着嗓子问道。

艾伦有点惊讶，他思索了一番——他倒没真正想过喜不喜欢。“纳恩？她还行，只不过我喜欢探索人的真面目。”

“还有他们到底要什么？”

“那未免太难了些，”他笑着说，“能够知道他们在干吗我就很满意了。”

波莉笑了——他很喜欢让波莉笑——然后说：“艾伦·潘伯恩，你经过我们城堡岩的一番磨炼，总有一天会变成北方佬通的。”

他摸摸波莉戴着手套的手背，也对她一笑。

纳恩端来一个白色厚马克杯，里面装着黑咖啡，放下后旋即离开。艾伦心想，她倒有个优点，知道什么时候算是尽了礼数，握手要握多紧才算恰到好处。有纳恩的兴趣和野心的人，不见得都明白这一点。

“好吧，”艾伦啜着咖啡说，“你说今天非常有意思，说来听听。”

波莉一五一十地叙述她和罗萨莉·德雷克早上看到妮蒂·科布的经过，妮蒂站在“必需品专卖店”店门前是如何经历一番内心挣扎，最后又是如何鼓足勇气进入店里。

“太好了。”艾伦真心赞叹。

“就是啊——还有呢！她出来的时候，我还看到她买了东西呢！我从来没看过她像今天那么开心，那么……轻松愉快，没错，就是轻松愉快。你应该知道她平常脸色有多差吧？”

艾伦点点头。

“跟你说，那时候她脸颊红润，头发有点凌乱，而且还真的笑了几次呢！”

“你确定他们只是纯粹买卖东西？”他眼珠一溜问道。

“别傻了，”她讲得一副自己从来没跟罗萨莉提过同样想法似的，“总之，妮蒂等你走了才进来——我就知道她一定会这样——然后秀给我们看她买的东西。你知道她收集了些七彩玻璃吗？”

“不知道。你信不信，镇上还是有些事情逃过了我的眼睛。”

“她收集了五六件，大多是她妈妈留给她的。有次她跟我说本来还有更多，只是有些摔破了，反正她非常珍惜剩下的几件。她买的那个七彩玻璃灯罩，不知有多久没看过这么美的了，乍看之下还以为是蒂芙尼设计的呢！不过当然不是喽，不可能啦，真正的蒂芙尼玻璃妮蒂永远买不起——不过那真是美呆了。”

“她到底付了多少钱？”

“我没问，但我敢说她塞满钱的那只袜子，今天下午一定瘪了不少。”

艾伦微皱着眉头问：“你确定她没被骗？”

“噢，艾伦，你非得这样疑神疑鬼吗？妮蒂对某些事可能迷迷糊糊，但她对七彩玻璃可是清清楚楚。她说那是特价品，她说是就应该是，那让她开心死了。”

“好吧，那就好，‘正合胃口’。”

“什么？”

“由提卡市的一家店名，”他说，“就叫‘正合胃口’，很久以前了，那时候我还小。”

“他们有合你胃口的东西吗？”她揶揄地问。

“不知道，我从来没进去过。”

“好吧，”她说，“看来我们的冈特先生认为他有合我胃口的东西。”

“什么意思？”

“妮蒂帮我把蛋糕盒拿回来，里头有张字条，冈特先生写的，”她把手提包放到桌上，推向艾伦，“自己看吧，今天下午我没办法握东西。”

艾伦暂且不管那手提包，连忙问道：“波莉，到底有多糟？”

“很糟，”她直说，“最近都比以前糟，但我不骗你，自从这星期天气变了以后，最惨也不过这样了。”

“你会去看范·艾伦医生吗？”

她叹口气说：“还不会，应该很快就会好点了，每次我痛到像这样快抓狂的时候就又不痛了，至少到目前为止都是这样。不过呢，总有一天这个痛是缓和不了的。要是到星期一还没好点，我就去看医生。不过他顶多也只能帮我开药方，我能忍就忍，免得吃药吃上瘾。”

“可是——”

“好了，”她柔声说，“别再说了好吗？”

“好吧。”艾伦不太情愿地打住。

“你看一下字条吧，他真是周到……挺可爱的。”

艾伦打开波莉的手提包，看到里头的钱包上有个薄薄的信封，拿了出来，信封纸摸起来有种丰润柔滑的质感。信封正面写着波莉·查默斯小姐收，字体古色古香，仿佛是古董日记本里才会看到的字。

“那叫铜版印刷体，”波莉兴味十足地说，“我猜恐龙时代结束后没多久，就不再教那种字体了。”

他从信封里掏出一张毛边信纸，印在最上方的信头是：

必需品专卖店　缅因州城堡岩　店主利兰·冈特

信纸上的字体不像信封上那么高贵典雅，不过还是颇有古味，用字遣词也有老一辈的风格，相当赏心悦目。

亲爱的波莉：

再次感谢你的巧克力魔鬼蛋糕，那是我最爱的甜点，可口极了！你的好意与体贴也让我相当感动——开张那天，尤其又是淡季，我有多紧张，相信你能体会。

有件货品你可能会有兴趣，虽然还没到，不过正和其他东西一起空运过来。我不想多说了，希望你能过来亲眼看看。其实不过是个小饰品，不过那天你一离开，我就想到了它，觉得非常适合你，多年来我的直觉很少出错。货应该星期五或星期六到，要是你有空的话，何不星期天下午来一趟？我整天都会在店里点货，你若肯赏光，我会相当高兴。现在就不多说了，货品合不合你胃口，你一看便知。至少让我请你喝杯茶，报答你的好意！

希望妮蒂喜欢她的新灯罩。她是位可亲的女士，灯罩似乎让她非常开心。

你挚诚的

利兰·冈特

“不可思议!”艾伦说,他把字条折好放回信封,再把信封放回波莉的手提包里,“干警察这行的会说:你会去探一下吗?”

“他那么诚恳地邀请我,而且我还看过妮蒂的灯罩,我怎么能拒绝?嗯,我应该会去一趟……不过要等手好一点才行。要不要一起来啊?也许他会有你要的东西哦。”

“可能吧,不过我还是继续守着电视看美式足球赛好了,爱国者队终究会赢的。”

“艾伦,你看起来很累,黑眼圈都出来了。”

“今天又是那种很惨的一天。一早就是镇长和我的警员在男厕起冲突,要不是我出面调解,他们大概要把对方打到头破血流才罢休。”

波莉倾身向前,忧心地问道:“你在说什么啊?”

艾伦对她叙述基顿和诺里斯·里奇韦克争吵的情形,最后说基顿变得如何怪里怪气;今天一整天,他不时想起基顿用的“迫害”这个词。他讲完后,波莉好长一段时间都没说话。

“怎么样?”最后艾伦忍不住探问,“你觉得呢?”

“我觉得你还得花好多年的时间,才能把城堡岩所有该知道的事都摸清,我应该也是。我离开这里好久了,回来后也不跟人说我去了哪里,或我肚子里的‘小问题’怎么样了,所以我猜镇上有很多人不信任我。不过艾伦,你拼拼凑凑也知道了一些,而且都记得。我刚回城堡岩的时候,你知道那是什么感觉吗?”

他摇摇头,很想知道。波莉这个人很少透露过去,连对他也闭口不谈。

“像你转到很久没看的连续剧,但就算你一两年没看,还是一眼就认得那些人物,一看就知道他们的问题,因为他们从来没什么改变。又回来看这种节目,就好像套进一双舒服的旧鞋子。”

“你的意思是?”

“我是说,这里上演了很多连续剧,过去的那些剧情你还不熟悉。你知道丹·基顿的伯父跟妮蒂同时关在‘杜松岭’吗?”

“不知道。”

她点点头说:“他大概四十岁的时候精神开始出问题。我妈以前总是说比尔·基顿得了精神分裂症,我不知道他是真的得了这个病,还是我妈在电视上最常听到这个词，不过他有问题是千真万确的。我记得看过他在路上见人就抓，然后拿些事情唬他们，比如国债啦、约翰·肯尼迪总统是共产党啦，还有什么我就不清楚了，总之那时我还小，看了很害怕，而那种害怕的感觉非常深刻！”

“当然是把你吓着了。”

“不然他就是闷着头在路上自言自语，迷迷糊糊不知道在嚷嚷什么。我妈跟我说，他变成那副德行的时候，千万别跟他说话，连我们去教堂的路上，要是碰到他也要去，也不能跟他打招呼。最后他拿枪射他太太，我是这么听说的，但你也知道谣言传久了，事实都会扭曲。也许他当时只是对他太太挥过手枪而已。总之，不管他到底做了什么，要把他关到郡立监狱里是绰绰有余了。后来他们开了个什么行为能力听证会，结束后就把他送到‘杜松岭’。”

“他还在那儿吗？”

“已经死了，他的精神状态恶化得非常快，有一次还被送到收容所去，听说最后死的时候，得了紧张性精神分裂症。”

“老天。”

“还不止呢！罗尼·基顿，也就是丹的爸爸、比尔·基顿的弟弟，他七十年代中期的时候，在托葛斯市荣民医院的精神病房待了四年。他目前在疗养院，那种专门照顾有精神病史的。还有位姑婆还是堂姊，我不确定，在五十年代因为某个丑闻爆发而自杀，我不太确定是什么事，不过有次听说，她比较喜欢女人，而不是男人。”

“你的意思是这精神病是遗传的？”

“不是，”她回答，“这没什么寓意，也没什么主题。我只不过比你多知道些镇上的过去，他们七月四日在公共广场演讲时不会说的那种事。我只是负责交代，做结论是警察的事。”

她最后这句话说得一本正经，艾伦忍不住笑了一下，不过他还是惴惴不安。精神失常真的是家族遗传吗？高中上心理学的时候，老师说那是无稽之谈。几年后进入阿尔巴尼警察学校，一位讲师又说确有其事，至少在某些情况下是真的：有些精神病跟蓝眼睛和关节过度松弛症候群这些生理特征一样，能够从家谱中清楚地看出脉络。当时老师用酗酒做例子，他有没有提到精神分裂症？艾伦记不得了，他上课做学问那段日子已经是陈年旧事了。

“看来我最好开始探问浑蛋基顿的身家背景，”艾伦沉重地表示，“跟你说，想到城堡岩镇长可能会变成一颗不定时炸弹，对我来讲可不是什么喜事。”

“当然不是，不过他也不见得会变成那样，我只是想你应该要有个数。镇上的人是有问必答……前提是你得知道要问什么。不知道的话，他们只会冷眼看着你跌跌撞撞兜着大圈子，完全不给半点提示。”

艾伦笑了，事情确实是这样。“波莉，你还没听完呢——浑蛋离开后，威利牧师来访，他——”

“嘘！”波莉嘘得那么用力，艾伦被吓得戛然止住。波莉左右看看，似乎确定没人偷听他们讲话后，才又对着艾伦正色说：“艾伦，有时候你真让我失望。要是你不学着谨慎点，两年后的民调就有你瞧的了……到时候你只好摸不着头脑地站在那儿，傻乎乎地笑着问：‘发生了啥事？’你要小心点，要是丹·基顿是颗炸弹，那个人就是火箭筒。”

艾伦倾身向前说：“他不是火箭筒，他啊，是自以为是又自命不凡的讨厌鬼！”

“为了‘赌场之夜’？”

艾伦点点头。

波莉把手放在艾伦的手上说：“可怜的宝贝，但咱们小镇看起来却风平浪静的，是不是？”

“通常是啊！”

“他走的时候有没有气坏了？”

“噢，气死了，”艾伦说，“这是我第二次跟这个好牧师谈‘赌场之夜’的合法性，我看天主教徒把这该死的活动办完前，他还会再来找我谈几次。”

“他真是自以为是的讨厌鬼，对吧？”波莉声音压得更低，一脸严肃，但眼睛却闪闪发光。

“没错，现在他们又推出徽章，这可是新妙计。”

“徽章？”

“吃角子老虎机上画条斜线，而不是笑脸。纳恩就别了一个，我在想那是谁的点子。”

“大概是唐·亨普希尔，他不只是浸信会的忠实信徒，也是共和党州议员。唐在发起活动方面还蛮有两把刷子，不过我敢说，他现在一定发现，只要牵扯宗教，要左右舆论可就难多了。”她轻抚艾伦的手，又说，“艾伦，放轻松，有耐心，慢慢等，城堡岩的日子几乎都是这样过的——放轻松，有耐心，慢慢等着事情偶尔爆发，知道吗？”

艾伦对她微笑，把手翻过来，握住波莉的手……握得很轻柔，噢，轻柔极了。“知道，”他说，“美女，今晚要不要找个伴呀？”

“噢，艾伦，我不知道——”

“今晚不亲热，”艾伦向她保证，“我来生火，我们就坐在火炉前，你可以再跟我多讲些镇上的八卦，让我消遣一下。”

波莉苦笑说：“我看过去这六七个月来，所有我认识的人，他们的来历你应该都略知一二了，连我的你都知道。如果你要继续深造，多吸收点城堡岩的知识，你就得和伦尼·帕特里奇交朋友……或是和她。”波莉朝纳恩抬了抬下巴，然后稍微压着嗓子说，“伦尼和纳恩的差别，在于伦尼知道这些小道消息就心满意足了，可是纳恩·罗伯茨却喜欢利用得到的这些消息。”

“意思是？”

“意思是她买的那些房地产，并不是全都用公平市价计算。”波莉说。

艾伦若有所思地看着波莉，觉得她好像换了个人——不但透露自己的许多事情，别人的八卦也滔滔不绝讲个不停，但心情却又抑郁消沉。自从两人成为朋友而后成为情人以来，这是他第一次怀疑对面说话的是波莉·查默斯……还是止痛药。

她突然心一横说：“今晚还是离我远点好了。痛成这样，跟我在一起不会多舒服的，看你的脸就知道了。”

“没有的事，你想错了。”

“我要回家好好洗个热水澡，而且不喝咖啡。我要把电话线拔掉，早点睡觉，很可能明早起来时就会觉得脱胎换骨了。然后呢，也许我们能够……你知道，亲热一下。”

“我有点担心你。”他说。

波莉的手在艾伦手中轻柔微动，她说：“我知道，虽然于事无补，但我很感动，比你想象的还要感动。”

2

休·普利斯特从城堡岩车辆调配场开车回家的路上，经过柔虎酒吧时减速驶过……接着又加快速度。他开回家，把他的别克停在车道上，然后走进屋内。

他住的地方隔成两间：一间专门用来睡觉，另一间则是做睡觉以外的各项杂事。杂物间中央摆着一张撞得凹凸不平的富美家塑胶贴面桌，桌上满是铝制冷冻餐盒（餐盒里已凝结的肉汁上布满压扁的烟蒂）。他走向门未关上的壁橱，踮起脚尖，在最上层摸来摸去。有那么一瞬间，他以为狐狸尾巴不见了，有人进来把它偷走了，这阵惊慌点燃了腹中的一团火球，然后他的手碰到那丝滑般的柔软，才如释重负长吁了一口气。

他几乎一整天都在想着那条狐狸尾巴，想着要怎么绑在别克的天线上，绑在上面随风飘扬会有多好看，会让他多开心。早上他差点就要系上去了，可是那时还在下雨，他可不想让雨水把它淋成湿答答的毛绳，像个尸体一样挂在那里。现在他又把尾巴拿出来，边走边用手指轻抚那丰软的狐狸毛，连踢到一个空果汁罐都没发现。老天，感觉真好！

他走进车库（这个车库大约从七八年前就塞满了垃圾而停不进车子），东搜西搜了好一阵子，找到一条坚固的金属线。他心意已决：先用金属线把狐狸尾巴绑在天线上，然后随便弄个晚餐来吃，最后就开去绿火镇的美国退伍军人礼堂，参加七点钟的匿名戒酒协会。也许要展开新生命的确太晚……但不管什么结果，确定一下总不会太晚吧！

他把金属线打个牢固的活结，绑在狐狸尾巴较粗的那头，然后把金属线另一头系在天线上，但他的手指本来动得又快又坚定，现在却开始慢了下来。他感到信心开始悄悄溜走，而怀疑逐渐渗透进来，填满信心离开后留下的空洞。

他看到自己把车停在美国退伍军人礼堂的停车场，这没问题。他看到自己走入礼堂，参加聚会，那也没问题。但接下来，他看到某个淘气鬼（就像那天差点被他撞上的臭小子）走过礼堂外头，而他正在里面自我介绍，说自己对酒毫无抵抗力。

忽然某个东西吸引了那小鬼的注意——停车场照明灯发出的蓝白色强光中，有样亮橘色的东西在闪烁。那小子走近他的别克，端详那条狐狸尾巴……先是用手碰触，然后来回抚摸。他左右张望，看到没人，把狐狸尾巴使劲一扯，金属线就断了。休·普利斯特看到这死小鬼走去电动游乐场，跟他一个死党说：嘿，看我在那边的礼堂停车场找到什么宝贝，不赖吧？

休·普利斯特感到一股万念俱灰的愤怒爬上心头，仿佛这不是他的想象，而是已经发生的事。他轻抚着狐狸尾巴，在五点钟渐渐昏暗的天色下左右张望，仿佛预期看到一群偷鸡摸狗的小鬼早已聚集在城堡丘路的另一头，正等着他转身进屋，把两盒大饱足牌冷冻餐盒塞进烤箱加热，然后乘机偷走狐狸尾巴。

算了，还是别去好了，现在的小孩一点都不尊重别人，什么都偷，而且纯粹只为好玩而偷，偷来放个一两天，觉得没趣就丢进水沟或空地。他美丽的狐狸毛刷被丢在满是垃圾的水沟中，在雨中逐渐湿透，在麦香堡的汉堡纸和乱丢一通的啤酒罐间逐渐褪色，这幅景象——非常清楚的景象，几乎可说是幻觉——让休·普利斯特满腔怒火，心中满是苦涩的感觉。

冒这种险简直是疯了。他把天线解开，把狐狸尾巴带进屋里，放回壁橱最上层。这次他把壁橱的门关上，却没法扣紧。

得去买个锁才好，他这么想。小鬼哪里都闯得进去，看到东西就拿，根本不鸟谁才是物主，一点都不在乎。

他走向冰箱，拿出一罐啤酒，盯了好一会儿又放回去。一罐啤酒，甚至四五罐，并不能让他恢复平静，至少今晚没办法。他打开其中一个下层碗柜，在车库拍卖买来的煮锅、茶壶、平底锅等杂物堆中东翻西找，终于拉出喝了半瓶的黑丝绒牌威士忌，那是他留着紧急时喝的。他倒了半杯威士忌，考虑了一会儿，然后一口气把玻璃杯倒满。他一两口就把整杯喝完，感觉一股火热在他肚里炸了开来，然后又倒了满满一杯。他舒服了点，放松了点，然后看着壁橱，忍不住得意一笑。

狐狸尾巴在那里安全得很，去西方连锁店买个牢固耐用的挂锁后就更不用担心了。拥有你真正想要和需要的东西，这种感觉真好，但把这样东西保护得谁也偷不走，那种感觉更好，是全世界最好的事。

接下来，他脸上的微笑黯淡了些。

这是你买来的目的吗？买来是为了放在壁橱上层，然后锁起来吗？

他慢慢地又喝了一口威士忌，心想：好吧，也许藏起来有点逊，但总比被某个顺手牵羊的臭小子偷去好吧?

“毕竟,”他大声说,“现在已经不是一九五五年了,这是现代。”

他点点头,强调这是事实,不过心里还是相当挣扎:把狐狸尾巴关在橱柜里有啥好处?对他或对其他人有啥好处?不过两三杯威士忌下肚,他就想通了。两三杯酒下肚后,把狐狸尾巴放回橱柜里这个点子,就成了世上最有道理、最理性的决定。他打算晚点再吃晚餐,能做出这么明智的决定,要再犒赏自己一两杯才行。他又在玻璃杯里倒满威士忌,坐到钢管椅脚的厨房椅上,点了根烟。他边喝酒,边在餐盒上弹掉烧卷的烟灰,霎时间,他忘了狐狸尾巴,开始思索妮蒂·科布。疯子妮蒂,他要捉弄一下疯子妮蒂。也许下星期,也许下下星期……不过最有可能是这星期。冈特先生说他不喜欢浪费时间,这话看来不假。

要整人他倒是很乐意,至少能打破千篇一律的生活。他不停喝酒抽烟,十点十五分时,他砰的一声倒在卧室里铺着脏床单的窄床上,脸上挂着微笑。

3

亨普希尔超市七点打烊,维尔玛·耶日克也要下班了。她七点十五分开进自家车道,看到客厅的窗帘透出柔光。她开门进屋,用力吸了口气,闻到乳酪通心面的味道。够好了……至少到目前为止够好了。

皮特瘫坐在长沙发上,脚上的鞋子早已脱下,正在看《幸运轮》益智节目,腿上放着《波特兰先锋报》。

“我看到你的字条了,”他连忙坐正,把报纸放到一旁说,“我把通心面放进去烤了,七点半前会好。”他用那双热诚又带点焦虑的棕色眼睛望着他太太。皮特·耶日克就像条哈巴狗,而且早就训练有素。他当然有过疏失,像是穿着鞋子躺在沙发上,不过维尔玛已经很久没在进家门时看到这种事,敢在屋内点烟斗是更久以前的事了,至于小便完忘了把马桶盖放下来,更像是八月雪,几乎不可能发生。

“衣服收进来没?”

他的圆脸露出又惊又愧的表情,叫道:“哎呀!我一看报就忘了,我现在就去。”他话还没说完,就已经笨手笨脚地在找鞋穿了。

“算了。”她走向厨房说。

“维尔玛，我来收！”

“别麻烦了，”她甜甜地说，“我只不过在收银机旁站了六小时，还不够格要你丢下报纸或范娜·怀特。皮特，你坐着好好享受吧！”

她不用看就知道皮特的反应；结婚七年来，她深信皮特·迈克尔·耶日克再也没什么举动能出乎她意料了。他的表情一定是既受伤又带点懊恼。维尔玛走出去后，他还会愣愣地在原地站好一会儿，像是刚从厕所出来但记不得屁股到底擦了没的男人，然后他会乖乖去摆餐桌，把焗烤通心面装到盘子里。他会关心地东问西问，专心聆听维尔玛今天在超市工作的点点滴滴，过程中绝不会插嘴，讲自己在牛津郡最大的房地产中介公司威廉斯—布朗上班时发生的大小事，这对维尔玛来讲正求之不得，因为她觉得房地产是世上最无聊的话题。晚餐吃完后，皮特会自动收拾洗碗，而看报的是她。餐前准备和餐后收拾全由皮特负责，因为他忘了做件不怎么重要的家事。维尔玛其实一点都不介意去收衣服——她甚至爱死了衣物开开心心晒了一下午阳光的感觉和气息——但她不打算对皮特透露，那是她的小秘密。

这种小秘密她可多了，不讲出来全是基于同一个理由：在战争中，你要掌握每一项优势。她晚上回家后，有时得花一两个小时跟皮特小规模战斗一番，才能把他打得落花流水、全军撤退，然后在内心的作战图上，用她的红图钉取代皮特的白图钉。今晚，这场交战在她进门后不到两分钟就获胜了，维尔玛觉得倒也不赖。

她深信婚姻是一辈子的侵略行动，在历时如此悠久的战役中，最终不会留下任何活口，最终没有丝毫仁慈宽容，最终必定是焦土一片。像今晚那么轻易就获胜，到头来可能会丧失趣味，不过离那天还早，因此她左手抱着篮子走向后院的晒衣区，她大胸脯下的心轻盈地雀跃着。

走过半个后院，她才发现有点不对劲，于是停下脚步。床单死到哪儿去了？

床单应该很容易看到才对，大片的白色长方形在黑暗中飘动，应该显而易见，却连半个影子也不见。被吹走了吗？那可真见鬼了！下午有风没错，但根本没刮强风。难不成被偷了吗？

这时空中吹起一阵风，她听到某个东西缓慢地大声拍动。好吧，床单还在……在某个地方。要是你在个人口不断增加的天主教家族长大，又是十三个孩子当中的长女，你一定会知道床单晾在晒衣绳上会发出什么样的拍打声。但还是不对劲儿，那声音太沉重了。

维尔玛又往前走了一步。她那张总是略显阴沉、看什么都不顺眼的脸，现在又变得更晦暗了。她看到床单了……那应该是床单的东西，现在却黑乎乎一片。

她又往前走了一小步，这时后院又吹起一阵微风。这次那些具有床单形状的东西鼓胀了起来，朝她拍打过来，她还来不及伸手挡住，就给又重又滑的东西打到了。黏糊糊的东西溅上她的双颊，浓稠湿润的东西贴到她身上，仿佛一只冰冷湿黏的手想攫住她。

她这个人不容易也不常大叫，但这当下她叫了出来，手中的洗衣篮直直落地。那黏湿的拍打声又响了起来，她奋力一扭，想要躲开隐约挂在她面前的形体，结果左脚踝撞到柳条编织的洗衣篮，她往前一摔，一只膝盖撞地，也算运气好、反应快，才没跌个狗吃屎。

这又湿又重的东西沿着她的背往上爬；黏滑的液体沿着脖子两侧淌了下来。维尔玛又放声大嚷，手脚并用甩开晒衣绳。她头巾里有些头发已经跑了出来，垂挂在脸颊两侧，扎得刺刺痒痒的，她讨厌那种感觉……但她更痛恨晒衣绳上那黑色形体黏稠湿冷的抚摸。

厨房门砰一声打开，皮特惊恐的声音响遍整个后院："维尔玛？维尔玛，你还好吗？"

她身后传来可恨的拍打声，像是黏着灰尘的声带发出咯咯笑声。篱笆另一头，哈弗希尔家的杂种狗开始尖声狂吠，汪！汪！汪！听来相当刺耳，维尔玛的心神完全没办法平静下来。

她爬起来，看到皮特战战兢兢走下后门台阶问道："维尔玛？你跌倒了吗？你还好吗？"

"对！"她怒吼，"对！我跌倒了！对，我还好！把该死的灯打开！"

"你有没有受——"

"*给我开灯就对了！*"她对皮特尖声下令，同时把手往外套上一抹，结果外套上抹了一层冰冷的黏浆。她简直气坏了，甚至看得到自己的脉搏像闪动的明亮光点……她最气的是，自己竟然被吓着了，哪怕只有短短的一秒钟。

*汪！汪！汪！*那可恶的杂种狗真是见鬼了。老天，她恨死狗了，尤其

是没事会乱叫的那种。

皮特的身影退到厨房台阶的最上一级，他把门打开，手伸进去开灯，泛光灯一亮，整座后院便沐浴在光芒中。维尔玛低头看看自己，发现她崭新的薄外套上有一大片深褐色的污渍。她狂暴地往自己脸上一抹，再把手拿到眼前看看，发现手也变成咖啡色了。她感觉得到背脊上缓慢地流下糖浆似的黏液。

“泥巴！”她无法置信，整个人呆住了，甚至没发觉自己说得很大声。*谁会这么捉弄她？谁有那么大的胆子？*

“宝贝，你说什么？”皮特问道。他本来正走向维尔玛，现在却刹住脚步，和维尔玛保持安全距离。维尔玛的脸部起了一阵变化，仿佛一窝小蛇在她皮肤底下正孵化出来，让皮特·耶日克看得心惊肉跳。

“*泥巴！*”她尖声大叫，同时把手伸向皮特……*对着*皮特，使得棕色的颗粒从指尖飞出，“*我说泥巴！泥巴！*”

皮特往她身后一看，终于恍然大悟，也吓得目瞪口呆。维尔玛飞快转身，顺着他的视线看过去。装在厨房门上方的泛光灯无情地把晒衣区和菜园照得一清二楚，一切该显现出来的都显现出来了。那些床单在她拿出来晒时还干净洁白，现在却无精打采地垂挂着，湿答答地滴着泥浆。床单不是被泥巴溅到，而是被泥巴包住，简直是*镀了一层*泥巴。

维尔玛望向菜园，看到泥巴被挖起来的那块凹陷草坪，还有草地上的一条路径，那就是丢泥巴的混蛋踩出来的；那家伙一定是先挖泥巴，然后走到晒衣区丢泥巴，然后再走回去多挖一点。

“*王八蛋！*”她尖声大嚷。

“维尔玛……进屋里来，宝贝，我会……”皮特绞尽脑汁，然后灵光一闪，神色顿时轻松了些，“我会去泡点茶来。”

“*去你妈的茶！*”维尔玛以她音域的最高点怒吼，篱笆另一头哈弗希尔家的杂种狗又开始汪汪汪叫个不停，噢，该死的狗快把她给逼疯了，操他妈乱吠一通的狗！

她怒不可遏，冲向第一条晒衣绳，狠狠抓住上面的床单，使劲地要扯下来，结果绳子像吉他弦一样噼啪一声断掉，挂在上面的床单像多汁的肉片猛然落地。维尔玛像大发脾气的小孩一样紧握着拳头、斜眯着眼睛，然后像青蛙一样奋力一跳，落在一条床单上，床单发出无力的扑的一声，四角鼓胀了起来，溅得她的尼龙袜满是泥巴，她被逼到了极限。她张大嘴愤怒尖叫。气死人了，她会查出是谁干的好事，她绝绝对对，说到做到。要是给她查出来——

“耶日克太太，你那边还好吗？”哈弗希尔太太的声音惊慌得微微发颤。

“好你个头！我们在喝酒看电视，快乐得不得了啊！叫你那杂种狗闭嘴行不行？”维尔玛尖声嚷道。

她满脸通红，头发零散，喘着气离开沾满泥巴的床单，她猛力把头发拨开。他妈的臭狗就要把她逼疯了——

她的思绪突然断裂，几乎能听到断裂瞬间的那声“啪”。

狗。他妈的爱叫狗。谁家就在福特街的转角？更精确地问：是哪个疯婆子，养了一只叫奇兵这他妈的爱叫狗，就住在离这里转个弯就到的地方？

哎哟喂呀，妮蒂·科布，就是她。

那狗叫了一整个春天，那种声调尖锐的小狗叫声真会让人起鸡皮疙瘩，最后维尔玛打电话给妮蒂，说如果没办法叫狗闭嘴，就该把它弄走。一星期后，情况仍毫无改善（至少维尔玛不愿承认有所改善），她又打给妮蒂，说如果狗还是不听话乱叫，她，维尔玛，就会报警。隔天晚上，那该死的臭狗又开始汪汪汪汪乱叫时，她确实报警了。

大约一星期后，妮蒂才在超市现身（妮蒂似乎跟维尔玛不同，她得左思右想，甚至是郁郁沉思好一阵子才能采取行动）。她站在维尔玛结账的那排队伍中，但手上一件商品也没有。轮到她时，她用那上气不接下气的尖细声音说：“维尔玛·耶日克，你别再惹我和奇兵了，它是非常听话的小狗狗，你最好别再找碴。”

随时准备与人相斗的维尔玛，完全没有因为在工作场合遇到敌手而仓皇失措，反而巴不得有这机会，她回嘴说：“小姐，你根本没尝过被惹毛的滋味呢！你要是再没办法让那只臭狗闭上嘴，你就有的瞧了。”

科布那疯婆娘的脸色顿时像牛奶一样苍白，不过她挺起胸膛，紧抓着手提包，骨瘦如柴的前臂青筋暴露，从手腕一直延伸到手肘。她说：“我已经警告你了。”然后匆匆走出去。

“哎呀呀，我把内裤给尿湿喽！”维尔玛在她身后嚣张地大喊（火药味总是让她斗志高昂),不过妮蒂却没回头,只是加快脚步走出去。

这个插曲发生后,那只狗就安静了下来,让维尔玛相当失望,因为今年春天实在无聊透顶。皮特没有造反的迹象,维尔玛蒙上一层冬日尾声的沉寂感,外头新发嫩芽的绿树青草似乎完全无法让她振奋。真正能让她生活多彩多姿的是来场长期斗争。有那么一阵子,疯婆娘妮蒂·科布似乎正合她意,不过那条狗却乖乖安分下来,使她必须另寻目标下手。

然后五月的某个晚上,那条狗又开始吠了。其实它只叫了一下,不过维尔玛还是两步并作一步冲到电话旁打给妮蒂——她早在电话簿上做了记号,准备好随时出击。

她没浪费时间嘘寒问暖,而是开门见山地说:"亲爱的,这是维尔玛·耶日克,我要跟你说,要是你不叫那条狗闭嘴,我就亲自过去解决。"

"它早就不叫了!"妮蒂喊道,"我一回家听到它叫,就把它带进来了!你少来惹我跟奇兵!我警告过你!要是你又来骚扰,你会后悔的!"

"你好好记住我的话,"维尔玛告诉她,"我受够了。下次它要是再吵,我就连报警都免了,直接过去割断它该死的喉咙。"

妮蒂还没来得及回应,她就挂断电话。与敌人(亲戚、邻居、配偶)交战的首要规则,就是必须由侵略者撂下最后一句狠话。从那时起,狗就再也没叫了。好吧,也许有,不过维尔玛没注意到,其实那叫声本来就没那么烦人,况且她后来和景观丘美容院的老板娘起了冲突,让她越战越勇,于是几乎把妮蒂和奇兵给忘了。但也许妮蒂并没忘了她。维尔玛昨天才看到妮蒂,在那家新店。维尔玛心想:要是眼光可以杀人,我老早就横尸在那块地板上了。

维尔玛这时站在脏乱不堪的泥巴床单旁,想起那疯婆子的脸部表情是又恐惧又不服气,想起她有那么一秒上唇外翻、露出牙齿。维尔玛非常熟悉对某人恨之入骨的表情,她昨天就看到妮蒂·科布出现那种嘴脸。*我警告过你……你会后悔的。*

"维尔玛,进来吧。"皮特说。他迟疑了一会儿,还是把一只手放在维尔玛肩上。

维尔玛猛力一扭,厉声说:"别管我。"

皮特退开一步,他看起来很想扭绞自己的手,但又没那个胆。

也许她本来也忘了,维尔玛这么想,是她昨天在那家店里看到我才想

起来的，还是她那颗半昏的脑袋早就在谋划什么了（我警告过你），然后我一出现就成了导火线，终于让她采取行动。

在最后的推测中的某一瞬间，她终于确定是妮蒂干的好事，过去这一两天内，还有哪个跟她有过节的人和她打过照面、互相瞪眼？镇上不喜欢她的还有别人，但这种手法——这种偷偷摸摸的懦夫行为——正符合妮蒂昨天看她的那种神色，那种又怕（你会后悔的）又恨的不屑模样。妮蒂看起来就像条狗，勇气大到只有在受害者背对她时才敢咬下去。

没错，就是妮蒂·科布。维尔玛越想越肯定。这举动不可原谅，并不是因为床单毁了，也不是因为这手段卑劣懦弱，更不是因为这是脑袋有问题的人干的好事。

不可原谅是因为维尔玛被吓着了。只有一秒，没错，在那一秒，那黏糊糊的棕色物体从黑暗中拍打到她脸上，像怪物的手冰冷地抚摸着她……但即使恐惧只有那一秒钟，也都不可容忍。

“维尔玛？”皮特看到她把全无表情的脸转过来时问道。他实在不喜欢泛光灯照出的景象，只要是平面，全都照得发出耀眼的白光，只要是凹陷处，全都变成黑色的阴影。他不喜欢维尔玛那双死瞪的眼睛。“宝贝，你还好吗？”

维尔玛大步走过他身边，完全没注意到有这个人。皮特看到她往屋内走，连忙紧跟在后头……维尔玛走向电话。

4

电话响起时，妮蒂正坐在客厅，奇兵趴在她脚边，新买的七彩玻璃灯罩放在大腿上。时间是八点二十分，她听到电话声响，吓得跳了起来，然后把灯罩抓得更紧，恐惧疑惑地看着电话。她有那么一刻深信——当然很蠢，但这种感觉就是挥之不去——一定是某个“当权人士”打电话来要她把美丽的灯罩还回去，灯罩是属于别人的。这么赏心悦目的东西，竟会成为她少得可怜的财产之一，简直是天方夜谭。奇兵抬头看了她一眼，仿佛问她到底要不要接电话，然后又把头搁回它的脚上。妮蒂小心翼翼把灯罩放到一旁，然后拿起电话。可能只是波莉打来的，问她能不能在明早上班前，先去“亨普希尔超市”买点晚餐食材。

“喂，科布家，你好。”她干净利落地说。她一辈子都害怕有权人士，后来发现对付这种恐惧的最好方法，就是让自己听起来像个有权人士，这样并不能把恐惧赶走，不过至少可以控制住情绪。

“你这疯婆娘，我知道你干的好事！”电话那头的人劈头就骂，就像碎冰锥刺击一样，来得突然又骇人。

妮蒂像被刺到一样，顿时无法呼吸。一种误踏陷阱、只能任人宰割的恐惧冻住了她的脸，她的心脏拼命要往上挤向喉咙。奇兵又满腹狐疑地抬头看她一眼。“谁……谁……”

“你明知是谁。”那声音说。妮蒂当然知道，是维尔玛，是那个除了邪恶还是邪恶的女人。

“它最近都没叫了！”妮蒂的声音高昂尖细，好像一股脑把氦气球里的氦气全吸进体内后会发出的声音，“它已经长大了，而且没有叫！它就在我脚边！”

“你这蠢贱人，用泥巴丢我床单是不是很开心啊？”维尔玛气极了，这女人真会装蒜，还想把事情扯到狗身上。

“床单？什么床单？我……我……”妮蒂朝七彩玻璃灯罩一望，似乎从那里得到了力量，“你少来惹我！疯的人是你不是我！”

“我要你知道我的厉害！谁都不准趁我不在家，跑到后院用泥巴丢我的床单。谁都不准。*谁都不准*！听清楚没？你那坏掉的脑壳到底懂了没？我现在警告你：你不会知道我在什么地方、什么时候、用什么方法给你好看，总之，我……就是会……找你算账，听懂没？”

妮蒂紧抓着听筒，简直就要拴在耳朵上了。她的脸已经一片惨白，只不过眉毛和发际线间的额头中央横过一道闪亮的红色条纹。她咬紧牙根、喘着大气，腮帮子像风箱一鼓一缩。

“你少来惹我，否则你吃不完兜着走！”她尖声叫道，还是像吸了氦气一样令人晕眩。奇兵现在站起来了，它竖着耳朵，明亮的眼里满是焦虑。它感觉到房间里弥漫着一股威胁之气，于是凶猛地吠了一声。妮蒂没听到，她继续说：“你会非常后悔的！我……我有认识的人！是有权人士！我跟他们非常熟！我不要平白受你欺负！”

维尔玛气得火冒三丈，她压着嗓子，非常认真地慢慢吐字：“跟我杠上，是你这辈子犯过最严重的错误。你小心，我随时会去找你算账。”

电话咔嗒一声挂断了。

“你没那胆子!”妮蒂哀号着。她的眼泪滚下脸颊,那是惊骇的眼泪,是无力反击但极度气愤的眼泪,“你没那胆子,你这坏东西!我……我会……”

电话里又传来一声咔嗒,然后是断线的嘟嘟声。妮蒂挂上电话,僵直地坐在椅子上,眼睛直愣愣地看着前方,将近三分钟后,才开始嘤嘤哭泣。奇兵又叫了一声,把爪子搁在椅子边缘,妮蒂把它抱起来,脸贴着它的毛啜泣,奇兵舔着她的脖子。

“奇兵,我不会让她伤害你的,”她说,然后深吸一口香甜、干净又温暖的狗狗味,想从那股暖意中得到宽慰,“我不会让那很坏很坏的女人伤害你。她不是有权人士,一点都沾不上边。她只是个老坏蛋,要是她敢伤你……或是动我一根寒毛……她会吃不了兜着走。”

她终于又挺直身子,找到一张塞在椅子侧边和靠垫间的卫生纸擦拭眼泪。她吓着了……但她也能感觉到一股愤怒,嗡嗡嗡地钻遍全身。当初她从水槽底下的抽屉里拿出肉叉,刺向她先生的喉咙时,有的就是这种感觉。她把桌上的七彩玻璃灯罩拿过来,轻柔地抱着说:“要是她想暗中盘算什么,她会非常非常后悔的。”

奇兵在她脚边,灯罩在她大腿上,她维持着这个姿势,坐了好长一段时间。

5

诺里斯·里奇韦克沿着主街慢慢开车巡逻,眼睛盯着西侧的建筑物。他就要下班了,一想到这点就高兴。他还记得今早那个蠢蛋攫住他前,自己的心情有多好;还记得他站在男厕镜子前调整帽子,得意于自己看起来无懈可击。这段记忆虽然还在,但是已经像十九世纪的老照片,年代久远、颜色泛黄。从笨猪基顿抓住他的那一刻到现在,什么事都变得不对劲了。

他在119号公路上的鸡肉小餐馆“今晚咯咯叫”买午餐。那里的餐点通常美味可口,不过这次却让他胃酸过多、肚子翻腾,最后拉成稀屎。下午三点左右,他的轮胎在七号市镇路上的坎贝尔家附近被钉子刺破,只好去换个轮胎。他检查轮胎时,还无意识地在刚刚干洗好的制服上抹了抹,一心只想擦干指尖,才能把松掉的轮胎螺帽抓牢一点,结果上衣出现四条油光闪闪的深灰色机油污渍。他低着头，气恼地看着自己做的好事，结果肚子又开始绞痛，大肠咕噜咕噜要拉稀了，害得他急急忙忙冲去旁边的矮树丛。要在拉一裤子屎之前脱下裤子简直就是场竞赛。这场竞赛虽然由诺里斯得胜……不过他选中的那一小片灌木丛，看起来相当不讨喜，好像是有毒的漆树，以他今天的衰运来看，不是才怪。诺里斯慢慢开过城堡岩镇中心的建筑群：挪威银行暨信托公司、西方连锁店、纳恩餐馆、一片空地（那里曾是梅里尔老爹波浪形的豪华商场）、“针线活”、“必需品专卖店”、城堡岩五金行——

诺里斯急踩刹车，停了下来。他看到“必需品专卖店”的橱窗里有个东西令他心头一震——不管怎样，至少他认为他看到了。他检视一下后视镜，主街上空无一人。商业区地势低矮的那头，红绿灯突然熄灭，暗了好几秒，里面的继电器若有所思地发出滴答滴答声。接下来，中间的黄灯开始缓缓闪烁，看来是九点了，九点整才会换成黄灯闪烁。诺里斯把车子往后退，停在路边。他低头看看无线电，在想要不要拨通10-22，跟总部报备——警员离车——不过决定作罢，他只是要看一下橱窗而已。他把无线电信号增益器稍微调高，把车窗摇下，然后走下车。这样应该就万无一失了。

*你以为看到了那东西，但其实不是，*他走过人行道时拉拉裤子，劝自己别太高兴。*绝对不是。今天诸事不顺，怎么可能最后却让我挖到宝！那只是二手的萨克牌钓竿和卷线轴——*

结果不是。“必需品专卖店”橱窗里展示的钓竿、渔网和一双亮黄色的橡胶套鞋摆设得可爱迷人，而且钓竿绝对不是萨克牌，是贝增牌的。十六年前他父亲去世后，他就再也没看过这牌子的钓鱼用具了。当时他才十四岁，深爱贝增牌钓鱼用具，理由有二：用具本身和用具代表的含义。

什么用具？不过是世上最好的湖钓与溪钓钓竿罢了。

代表什么？快乐时光，就那么简单。名叫诺里斯·里奇韦克的瘦小男孩与他老爸共度的快乐时光；在远离镇中心的森林中，沿着小溪开路前进的美好时光，还有坐在城堡湖中央的小船上，湖面袅袅升起如小圆柱般的水蒸气，把他们包在白雾迷茫、无外人干扰的世界里。那是男性专属的世界。在另一个世界里，妈妈们就要起来做早餐了，那个世界也不错，但比不上这个好。在那段快乐时光之前或之后，再也没有其他更美好的世界了。

他父亲心脏病发作去世后，贝增牌钓竿和卷线轴就不见了。他记得葬礼之后，他还去车库里翻找，但仍不见踪影。他也到地窖里搜索一番，甚至去主卧室的衣柜里寻找（虽然他明知妈妈宁可让爸爸亨利·里奇韦克在里头塞只大象，也不愿让他放根钓竿），仍是遍寻不着。诺里斯长久以来一直怀疑是菲尔叔叔拿去了，他好几次鼓足了勇气打算问个究竟，可是话一到喉头就卡住了，只好每次都打退堂鼓。

现在，他看着这根钓竿和卷线轴（可能就是他老爸的），不禁把浑蛋基顿抛到九霄云外，这可是今天破天荒头一遭。他整个人沉浸在一段单纯而美好的记忆里：他父亲坐在船尾，双脚间放着钓具箱，他把钓竿交给诺里斯，好空出手拿起红底灰纹的大保温瓶，帮自己倒杯咖啡。他闻得到滚烫香浓的咖啡味，也闻得到爸爸用的“南方绅士”刮胡水香味。突然间，他悲从中来，被灰蒙蒙的拥抱层层包住，他要父亲。都过了这么多年，昔日之痛又开始啃蚀他的骨头。悲痛没有因时间而减弱，反而跟那天他母亲从医院回到家，握起他的手说*诺里斯，我们现在要很勇敢*时一样深刻。展示橱窗内聚光灯高照，卷线轴的钢轴射出万道光芒，昔日的父子之情，那幽远又珍贵的父爱再度袭向他。诺里斯呆望着钓竿，想到红底灰纹的大保温瓶飘出香气四溢的新鲜咖啡味，以及宽广平静的那面湖水。他在心中再次触摸钓竿粗糙的软木把手，然后慢慢举起一只手，抹去泪痕。

“警察先生？”一个平静的声音问道。

诺里斯轻叫了一声往后跳离橱窗。他惊慌地以为自己终究还是会拉一裤子屎——真是美好一天天杀的美好结局啊！不过肚子的绞痛一下就过去了，他往左右看看。一位身穿粗花呢外套的高挑男子站在店门敞开的出入口，露出浅浅的微笑望着他。“吓着你了吗？”他问，“真是抱歉。”

“没有没有，”诺里斯说，然后勉强挤出一丝微笑，他的心脏仍像大槌敲打般跳动得厉害，“这个嘛……可能吓了一小跳。我刚才在看钓竿，忍不住想起一些往事。”

“那是今天才到的，”那个人说，“很旧了，不过保养得非常好，是贝增牌的，嗯，不是什么名牌，不过钓鱼迷倒很喜欢，那是——”

“——日本制的，”诺里斯说，“我知道，我爸以前也有一根。”

“真的啊？”那人笑得更开怀了，露出参差不齐的牙齿，不过诺里斯还是觉得他的笑容很亲切,“很巧是吧?”

“的确很巧。”诺里斯同意。

“我是利兰·冈特,这家店是我开的。”他伸出手。那几根修长的手指把诺里斯的手包住时,一阵短暂的厌恶感横扫而过,但冈特只握了一下,一放手那感觉就消失了。诺里斯猜想,大概是午餐吃的坏蛤蜊肉还在让他反胃。下次再去那家店的话,一定要坚持点鸡肉,毕竟那才是招牌菜。

“那根钓竿我可以卖你非常好的价钱,”冈特先生说,“里奇韦克警官,何不进来谈谈?”

诺里斯吃了一惊。他确定自己还没向这老家伙自我介绍呢。他张开嘴,打算问冈特是怎么知道的,然后又闭上。他警徽上方别了个小名牌,冈特当然看到了。

“我真的不该进去。”他说,并举起大拇指,指向肩后的警车。他还是听得到无线电受静电干扰发出的嗞嗞声;他整晚都没接到任何通报:“你知道,我在值勤,其实我九点就下班了,不过严格来说要等到我把车开回去才算——”

“大概一分钟就够了,”冈特开心地看着诺里斯,继续说服他,“里奇韦克警官,我要是打定主意跟某人做生意,是不会浪费时间的,更何况这人半夜在外巡逻,保护我店面的安全。”

诺里斯在想,要不要跟冈特说九点还不算半夜,而且在城堡岩这样沉寂的小镇上,保护当地商家的资产也不算什么苦差事。然后他的眼神又回到钓竿和卷线轴上,那股潜藏已久的渴望竟是那么强烈鲜明,再度淹没了他。他想象自己这周末带着一根类似的钓竿去城堡湖上钓鱼,一早就出发,还要准备一盒钓饵和一个大保温瓶,里面装着纳恩餐馆的现煮咖啡,那简直就像跟老爸再度相聚。

“这个嘛……”

“哎呀,来嘛,”冈特说服道,“要是我能在打烊后做点生意,你也能在值勤的时候买点东西。还有,说真的,里奇韦克警官,我觉得今晚应该不会有人抢劫银行,你觉得呢?”

诺里斯往银行那边看了一眼,银行在警戒黄灯规律的闪烁下一明一灭,然后笑说:“应该不会。”

“所以呢?”

“好吧,”诺里斯说,“要是一两分钟内谈不妥价钱,我真的就得闪人了。”

利兰·冈特又是哀叹又是发笑地说:“哎呀呀,那我口袋可不就空空如也了吗?来吧,里奇韦克警官——那就一两分钟吧!”

“我真的很想要那钓竿。”诺里斯脱口而出。还没开始讲价就这么说实在很糟,他也心知肚明,但他就是忍不住。

“保准让你心想事成,”冈特先生说,“我要给你前所未有的好价钱。”

他领着诺里斯进入“必需品专卖店”,把门关上。

第六章

1

维尔玛·耶日克了解她老公皮特的程度，并没有她自以为的那么深。

星期四那晚她睡觉时，打算隔天一早就去找妮蒂·科布“把事情处理处理”。她和别人杠上是家常便饭，但冲突有时会自动化解，如果闹得不可开交，选择决斗场地和武器的人永远是维尔玛。她这好斗的生活方式，第一法则是撂下最后一句狠话，第二是先发制人。先发制人就是她所谓的“把事情处理处理”，而且她打算速战速决妮蒂这件事。她跟皮特说，她就是想看看那疯婆子的头要转几圈，才会从脖子上啵一声扭下来。

她料想自己会拉长弓弦紧绷不已，满腹火气且一夜难安，毕竟这也不是第一次了，结果恰恰相反。她躺下来后不到十分钟就滑入梦乡，醒来时觉得神清气爽、格外平静。星期五早上，她穿着宽松的家居服坐在厨房餐桌前，突然觉得现在就要“把这事情彻底解决”可能还不是时候。她昨晚在电话上已经把妮蒂吓得魂飞魄散；维尔玛虽然气得七窍生烟，但还没气到忽略这点。只有石柱一样的聋子才可能没注意到。

何不让“一九九一年年度神经病小姐”在风中多摇几下、不得安宁呢？让她夜夜难眠，不停揣测“维尔玛之怒”会从哪个方向飞扑过来。开车到她家附近绕个几圈，或许再打几通电话吓吓她，倒是不错的主意。她啜饮着咖啡（皮特坐在餐桌对面，眼睛从报纸体育版上方忧虑地看着她），又突然想：要是妮蒂果真精神失常，她可能根本不用“把事情处理处理”，而是会发生“事情自行处理”这等难得妙事。这想法让她心花怒放，甚至还让提起公事包准备上班的皮特亲了一下。这个像老鼠见到猫一样吓得直打战的老公，竟然胆敢对她下药，她可是想都没想过，但皮特·耶日克真的对维尔玛下了药，而且还不是头一遭。

维尔玛知道自己把老公训练得百依百顺，但老公到底被吓到什么程度，她可是一点概念也没有。皮特不只在恐惧中度日，甚至是在敬畏中度日，就像古时候某些热带地区的土著，对“大神雷鸣山”无比崇敬，但又迷信害怕，而雷鸣山可能好几年或好几世代以来，一直静静庇护着他们的快活人生，直到有天突然爆发，才喷出置人于死地的炙热熔岩。

这种土著，不管是真实还是虚构，必定有一套敬神仪式取悦山神。要是山神果真醒来，用闪电劈打人民，以岩浆淹没村庄，仪式应该发挥不了什么作用，不过山神不发威的时候，仪式确实能让大家保个心安。皮特·耶日克没什么崇高的仪式来敬拜维尔玛，普通手段似乎就够了，比如用个处方药，而不是圣餐饼。

他和城堡岩唯一的家庭医师雷·范·艾伦约诊，请他开个能减轻焦虑的药物，因为他的工作紧凑得令他抓狂，而且公司的抽佣提高了，他发现要把工作问题留在办公室不带回家越来越难。所以他终于决定来看医生，看能不能开给他什么药方，让他焦躁的心情舒缓一点。

雷·范·艾伦对于操作房地产的压力毫无概念，但他能够想象与维尔玛住在一起会是什么光景。他暗自猜想皮特·耶日克要是干脆留在办公室不回家，焦虑感或许就能大幅减轻，当然，他不是婚姻咨询专家，不适合说这种话。他开了张赞安诺处方单，写下一般的用药叮咛，然后祝皮特凡事幸运，事业成功。他认为，皮特与那匹母马一后一前走在人生道路之际，这两种祝福的需求量会非常大。

皮特服用赞安诺但没有滥用，他也没跟维尔玛报告——要是维尔玛知道他“嗑药”，肯定会气炸。他谨慎小心地把赞安诺藏在公事包里，维尔玛对里面那些文件一点兴趣也没有。他一个月服用五六颗，服用日几乎都在维尔玛经期开始的头几天。

然后去年夏天，维尔玛与城堡丘“睡美人”的老板亨丽埃塔·朗文闹得不可开交，原因是头发烫得太难看。一开始是双方起口角，隔天在亨普希尔超市又互相叫嚣，一星期后两人又当街谩骂，那次差点就打起架来。

在那之后，维尔玛像笼里的母狮一样在屋内来回踱步，发誓要那臭婊子好看，要送她进医院。“等我去找她算账，她就真的得当睡美人啦！”维尔玛咬牙切齿地说，“我说到做到，明天就上她那儿‘把事情处理处理’。”

皮特越听越慌，终于发现维尔玛不只是说说而已，她是认真的。天知道维尔玛会使出什么撒手锏。他能预见维尔玛把亨丽埃塔的头按进装满腐蚀性黏液的大盆子，让那女人像西内德·奥康纳①一样顶上无毛，光溜溜地过一辈子。

当时他满心期望过了一晚，希望维尔玛的怒火会稍稍减弱，可是隔天一早起来，维尔玛的怒火反而越烧越旺。皮特实在不敢相信，可是事实似乎真的如此。维尔玛的黑眼圈宣告了她昨晚的辗转难眠。

"维尔玛，"他柔弱地说，"我真的觉得你今天最好别去'睡美人'那里。我敢说，你要是再仔细想想——"

"我昨晚就仔细想过了，"维尔玛打断他，把那冷漠到令人心寒的眼光射向他，"我决定去跟她算账，让她再也没办法烫焦任何人的发根。待我算完账，她就得找只导盲犬带她上厕所了。你要想坏我的好事，就让你们俩一块去牧羊犬窝里挑两只臭狗！"

情急之下的皮特·耶日克虽然不确定这个做法有没有效，但又想不出其他法子来阻止逐渐迫近的大灾难，因此从公事包的内层口袋中偷偷拿出那瓶赞安诺，把一颗药丸丢入维尔玛的咖啡，然后出发去上班。

那是皮特·耶日克赐予的第一份圣体。他那天在提心吊胆的痛苦中度过，生怕一回家就发现最糟的状况已经发生（亨丽埃塔·朗文惨遭杀害和维尔玛锒铛入狱是他脑中最常出现的画面），结果却发现维尔玛在厨房里，边做家事边唱歌，他看了真是开心极了。

皮特深吸一口气，放低他的情绪防爆盾，问维尔玛和朗文那女人之间怎么样了。

"她中午才开店，那时候我已经没那么气了，"维尔玛说，"不过我还是去找她做个了结，毕竟我早就决定要把事情处理处理。然后你知道吗？她给我倒了杯雪利酒，说要退我钱呢！"

"哇！怎么那么好！"皮特松了口气说，然后心情雀跃起来——这就是亨丽埃塔风波的尾声。接下来几天，他随时保持戒备，看看维尔玛的怒气会不会再度爆发，结果没有——至少不再提那件事。

---

① 二十世纪九十年代最具个性并富争议的流行音乐巨星之一，以特立独行的光头形象为标签。

他曾考虑要不要建议维尔玛去看范・艾伦医生，请他开张维尔玛专用的镇静剂处方笺，但经过长时间的仔细思索，他打消了这个念头。要是建议维尔玛“嗑药”，她肯定会一拳把他打倒，甚至一脚把他踢到外太空去。毒虫才“嗑药”，镇静剂是给优柔寡断的胆小毒虫服用的。谢谢你的好意，不过她要凭自己的力量勇敢面对人生起伏。此外，皮特做出以下结论：维尔玛喜欢怒急攻心的感觉。虽然他百般不愿承认这是事实，但情况就是如此，明显到无法否认。怒气冲天的维尔玛是充满成就感的维尔玛，是身怀远大抱负的维尔玛。

皮特爱她，就像热带小岛上的土著绝对深爱他们的“大神雷鸣山”。其实他的敬畏之心反而让他更爱维尔玛；她是“维尔玛”，威力十足的维尔玛，皮特只有在怕她伤了自己时，才会努力疏导她，因为这股伤己的力道，在经过爱情洗礼起了莫名其妙的变化后，也会伤害到他。

自那时起，皮特又偷偷对她下了三次药。第三次，也是目前为止最吓人的一次，就是“泥床单之夜”。皮特为了说服她喝杯茶，心里着急得像热锅上的蚂蚁，结果她在和疯子妮蒂・科布一席简短但令她相当满意的谈话后终于首肯，于是皮特冲了杯浓浓的茶，然后放入赞安诺，两颗，不是一颗。隔天一早，皮特看到她恒温器的温度下降许多，着实放宽了心。

维尔玛・耶日克自以为掌控了她老公的心智，却对上述种种毫不知情，也正是这个原因，她星期五早上起来，才没有不顾一切地开着优果撞进妮蒂家门，狠狠（或努力）把她的头发扯得一干二净。

2

维尔玛并没有忘了妮蒂，也没有原谅她，对于到底是谁恶意毁掉她的亚麻布床单，更从未怀疑过有第二人选，只能说世上没有任何一种药有这种功效。

皮特上班后没多久，维尔玛就坐上她的车，沿着柳树街慢慢行驶（这辆黄色小优果的后方保险杠上黏着一张汽车贴纸，告诉世人*不爽老娘的开车方式，就拨 1-800——去吃屎*）。她往右转，开到福特街，快接近妮蒂・科布整洁的小房子时，她把速度放得更慢。窗帘似乎晃动了一下，这是个好的开始……但只是个开始。她在这个街区绕了一圈（经过池塘街的鲁斯克家时连看都不看一眼），经过自己在柳树街上的家，然后再次转到福特街上。这次接近妮蒂家时，她把优果的喇叭按了两下，然后就在屋子前面暂停，让引擎空转。

窗帘又抽动一下，这次绝对没看走眼。那女人正往外头偷窥呢！维尔玛想象，妮蒂一定是又愧疚又恐惧地躲在窗帘后头全身发颤，她还发现，这幅景象竟然比自己昨晚带去睡觉的画面（她把疯婆子的脑袋瓜转个不停，放手时，那颗头会像《大法师》里的小女孩一样三百六十度飞转回来）更令她开心。

"躲猫猫，我来抓！"窗帘晃回原位时，她恶声恶气地说，"别以为我没看见。"

她又绕了这街区一圈，在妮蒂家门前二度停下，按按喇叭，通知猎物她的到来。这次她停了将近五分钟，看到窗帘抽动了两下，最后才心满意足地离开。

哼，接下来一整天，那疯婆子就得随时看我有没有出现，一步也不敢离开家门了，她停在自家车道上，走下车，同时一边这么想。

维尔玛带着轻松的心情、踏着轻盈的步伐走进屋内，拿了本商品目录，一屁股坐到沙发上。没多久，她就欢欢喜喜地订购了三组新床单，分别是白色、黄色和印花图案。

3

奇兵坐在客厅地毯中央看着它的女主人，忍不住担心地哀鸣起来，仿佛在提醒妮蒂今天要上班，而她已经迟到了半小时。今天她应该要帮波莉吸二楼地毯，而且装电话的人要来，让波莉挑选有大型按键的新电话。对波莉这种关节炎特别严重的人来说，那种电话比较容易使用。

但她怎么能够离开家门一步？

那脑袋有问题的波兰恶婆娘就在外头某个地方，开着她的小车徘徊不去。

妮蒂坐在她的椅子上，灯罩放在腿上抱着。从波兰恶婆娘第一次开过她家门前开始，她就一直把灯罩抱在腿上。然后恶婆娘又来了第二趟，而且还停下来按喇叭。她离开后，妮蒂想，应该到此为止了，结果竟然还没完——那女人又开来第三次。妮蒂确信那有病的波兰恶婆娘会破门而入，于是她坐在椅子上，一手抱着灯罩，另一手抱着奇兵，烦恼要是疯婆子真的破门而入的话，她该怎么保护自己。她一点头绪也没有。

最后她终于鼓足勇气，再往窗外偷看一眼，波兰恶婆娘已经走了。但她才刚松了第一口气，恐惧感又马上袭来。她害怕波兰恶婆娘会在街上巡逻，等着她出家门。她更担心波兰恶婆娘会在她离开后进来捣蛋。

她一定会闯进来，看到美丽的灯罩就砸个粉碎。奇兵又开始哀叫了。

“我知道，”她几乎是呻吟着说，“我知道。”

她得离开了，她有责任，而且她知道责任为何、要对谁负责。波莉·查默斯一向待她很好。帮她写推荐信，让她再也不用回到“杜松岭”的是波莉，在银行帮她担保房屋贷款的是波莉。波莉的父亲和她父亲是莫逆之交，要不是波莉，她现在还得住在丁桥另一头租来的房间里。

但要是她离开后波兰恶婆娘又回来呢？

奇兵保护不了她的灯罩；它很勇敢，但它只是只小狗。要是它想阻挡波兰恶婆娘的话，大概会被伤得很惨。妮蒂夹在这左右为难的恶劣状态中，觉得脑筋逐渐失灵，不禁又呻吟了一声。

突然间，她灵光乍现，真是上天垂怜！

她站起身来，手上还是抱着灯罩，走过卷帘拉下的幽暗客厅。她穿过厨房，打开远处角落一扇门。屋子这头加盖了柴房，里头存放着柴堆和许多杂物，在黑暗里，这些东西的影子显得庞大无比。

天花板上垂下一根电线，底下吊着一颗灯泡。房内没有开关或电路，要开灯就得把灯泡紧紧拴入灯座。她伸手抓住灯泡……然后踌躇了一会儿。要是波兰恶婆娘在后院埋伏的话，就会看到这里的灯亮了。要是被她看到灯亮，就会非常清楚妮蒂的七彩玻璃灯罩藏在哪里，对不对？

“噢不不不，要整我没那么容易，”她低声自言自语，然后摸黑走过母亲留下来的雕饰衣柜和荷兰式旧书架，来到柴堆前方，“哼，维尔玛·耶日克，没那么容易。我警告你，我不是笨蛋。”

妮蒂用左手把灯罩抱在肚子前，面对柴房里唯一的一扇窗户，用右手把上面布满灰尘的陈年厚蜘蛛网拨开。然后她仔细瞧着后院，眼睛快速机灵地四处观望，几乎瞧了有一分钟之久。后院里没什么动静。她一度以为自己看到那波兰恶婆娘蹲伏在后院左后方角落，但细看之后，她确信那只是费伦家的栎树阴影。栎树下层的树枝伸进她的后院，在风中轻轻摆动，这就是为什么有这么一刻，树枝下的那片阴影看起来就像个恶婆娘

(精确地说应该是波兰恶婆娘)。

奇兵在她身后哀鸣,她回头一看,发现奇兵站在柴房门边仰着头,因为背光而成了一幅剪影。“我知道,”她说,“好孩子,我知道,但我们要来整她一下。她以为我很笨,哼,我来给她点颜色瞧瞧。”

她又摸黑回到门边。她的眼睛已经适应黑暗,看来不用旋上灯泡了。她踮起脚尖,用手来回摸索雕饰衣柜上方,直到手指碰到一把钥匙,一把能够开启衣柜左半部长柜的钥匙。右半部抽屉的钥匙已经遗失多年,但无所谓,找到她要的那把就够了。

她打开柜门,把七彩玻璃灯罩放进去,夹杂在灰尘绒球和老鼠屎之间。

“我知道应该放在更好的地方,”她对奇兵柔声说,“但这里很安全,这才重要。”

她把钥匙插回孔中锁好,然后试着拉拉柜门。很紧,就跟虱子吸血时怎么也抓不掉一样。她突然觉得心中一块巨石落下。她又试了一下柜门,轻快地点个头,然后把钥匙放进家居服的口袋里。她到波莉那边时,会用根细绳把它挂在脖子上,这是到那边后第一件要做的事。

“好啦!”她对摇着尾巴的奇兵这么说。它可能已经感觉到危机已过。“这件事处理好啦!我得去上班了,迟到太久会不好意思!”

她匆忙穿上外套时,电话铃声响了。妮蒂往电话那儿走了两步,然后停下来。

奇兵正色一叫,看着主人。你难道不知道电话响了该怎么做吗?它的眼神如此询问。连我都知道,何况我只是条狗。

“我不接。”妮蒂说。

我知道你干了什么好事,你这疯婆子,我知道,我清楚得很,我……要找你……算账!

“我不接,我要上班了,疯的人是她,不是我。我从来没对她做过什么!一件也没有!”

奇兵同意地吠了一声。电话铃声停了。妮蒂放松了些……但她的心脏还是跳得厉害。

“你要乖乖的哦,”她摸着奇兵说,“我会晚点回来,因为我太晚出发。可是我爱你,如果你记得我爱你的话,你一整天都会是乖乖的小狗狗哦。”

这一连串的上班咒语,奇兵已经非常熟悉,它摇了摇尾巴。妮蒂打开前门，左右仔细瞧瞧，然后才踏出去。她看到有个黄色的东西闪了一下，吓得背脊发凉，但那不是波兰恶婆娘的车子；波拉德那小子把他那辆费雪三轮脚踏车放在人行道上，如此而已。

妮蒂转身把前门锁好，然后绕到后方，检查柴房门是否也上了锁。没错。她往波莉裁缝店的方向走去，手臂上挂着手提包，眼睛不断搜索波兰恶婆娘的车子(要是她看到的话，是要跑去躲在树篱后面好呢，还是站在原地不动？她举棋不定)。她几乎走到了街口，才想到前门检查得不够仔细。她慌张地瞄了一下手表，然后折回去。她检查了前门，锁得很紧。妮蒂松了口气，然后决定为了安全起见，她应该再去看看柴房的门锁得如何。

“不怕一万就怕万一。”她轻声自语，然后绕到房子后方。

她拉拉柴房门把，手突然当场冻住。

屋里的电话再度响起。

“她真是疯了，”妮蒂呻吟，“我什么也没做啊！”

柴房的门锁上了，不过她一直等到电话铃声停了，才又拎着手提包去上班。

4

这次她几乎走了两条街，才又想到自己可能还是没把前门锁好，这想法啃蚀着她。她知道她锁了，但她又担心其实根本没锁。

她站在福特街和狄克尼斯路口转角处的蓝色邮筒旁，心里踌躇不已。她几乎下定决心要继续往前走时，却看到前方的十字路口有辆黄车开过。那不是波兰恶婆娘的车，那是辆福特，但这可能是个预兆。她两步并作一步匆匆回家，再次检查前后两道门，都锁上了。她走回屋前，才想到她应该再次确认长柜门有没有锁好。

她知道上了锁，但她担心其实没有。

她打开前门的锁，进入屋内。奇兵跳到她身上，尾巴猛力摇动，她摸摸奇兵，但只摸了一下。她得把前门关上，因为波兰恶婆娘可能随时会经过，随时都会。

她用力把门关上，把门闩扣上，然后经过厨房，进入柴房。长柜门当然是锁好的。她又走进屋内，站在厨房里，但才站了一分钟，她就已经开始担心，开始认为自己搞错了，长柜门其实没锁。也许她门把拉得不够用力，不能百分之百肯定长柜门锁好了。门可能只是卡住而已。

她又回去检查一次，在检查时电话响了，她冒汗的右手紧抓着雕饰衣柜的钥匙，连忙转身要回厨房，结果慌忙中胫骨撞到一把脚凳，擦破了皮，她痛得大叫。走到客厅时，电话声又停了。

“我今天不能上班，”她自言自语，“我得……得……”（站岗）没错，她得站岗。她拿起电话，在她的心又开始自我啃蚀（就像奇兵啃咬着它的磨牙玩具）之前，快速拨号。

“喂？”是波莉接的，“‘针线活’，你好。”

“嗨，波莉，是我。”

“妮蒂？出了什么事吗？”

“没事，不过我还在家，我胃不太舒服，”现在这倒不是谎话，“可不可以请一天假呢？我知道要吸二楼地毯……还有卖电话的要来……可是……”

“没关系的，”波莉立刻回答，“卖电话的要两点才来，反正今天我也想早点下班，手还是痛得没办法工作太久，我会招呼他的。”

“如果你真的需要我的话，我可以——”

“不用，我说真的。”波莉温暖地向她保证，她觉得泪水轻扎着双眼。波莉实在太好了。

“妮蒂，很痛吗？要不要我帮你打给范·艾伦医生？”

“不用——只是有点痛而已，不会有事的。要是我下午能去就去。”

“这是什么话，”波莉连忙回道，“你来替我工作，到现在还没请过一次假。你赶快去床上躺着，好好睡个回笼觉。先跟你警告：要是你想来我这边，我还是会把你送回家。”

“波莉，谢谢你，”妮蒂说道，她的眼泪快流出来了，“你对我真好。”

“本来就该对你好啊，好啦，我得去忙了。你快去躺下，我下午再打过来看你好点没。”

“谢谢。”

“一点都不用，拜拜。”

“拜。”妮蒂道别后挂断。她立刻走到窗边，猛然把窗帘拉到一旁。街上空无一人——那也只是现在而已。她回到柴房，用钥匙打开雕饰衣柜，把灯罩拿出来。她像抱婴儿一样抱着灯罩，一股平静放松的感觉马上让她沉稳下来。她把灯罩拿到厨房，泡在温暖的肥皂水中轻轻洗刷，再用清水冲一冲，然后小心翼翼地擦干。她打开厨房抽屉，拿出大菜刀。她带着刀和灯罩回到客厅，在昏暗中静静坐着。她背脊笔直，腿上放着灯罩，右手紧握着大菜刀，就这样坐了一整个早上。

电话响了两次。妮蒂没接。

第七章

1

十月十一日星期五，城堡岩的新店生意兴隆，到了下午，镇民陆陆续续兑现薪水支票，来往客人更是络绎不绝。钱在手上是逛街购物的一大诱因，再加上传出了好口碑，更是让镇民趋之若鹜。当然，还是有些人认为，第一天开张就去光顾的人粗俗不堪，他们的口碑怎能信得过？不过这些人实属少数，因此"必需品专卖店"店门上方的银色小铃铛整天响个不停，相当悦耳。

星期三开张后，更多货物陆续送达拆封。古董精品爱好者很难相信货物是运送过来的——因为没人看到卡车——但不管如何，这不重要。到了星期五，"必需品专卖店"的商品琳琅满目，这才是重点。

比如说娃娃啦、雕刻精美的木制拼图啦（而且有些还是双面的呢）、特殊的西洋棋等等。这套西洋棋的棋子是水晶雕刻的非洲动物，大步慢跑的长颈鹿取代了骑士，压低着头准备进攻的犀牛取代了城堡，豺狼取代了士兵，狮子为王、姿态优雅的豹子为后，从中可看出雕刻者朴拙而天才的功力。另有一串黑珍珠项链，一看就知价格不低，没人敢问价钱（至少那天没有），但项链美得让人看着心痛，几位随意逛逛的客人回家后，黑珍珠项链的影像仍在她们眼睛后方的幽暗世界中舞动，黑上加黑，让她们变得抑郁寡欢、异常烦恼。但那项链并未吸引到镇上所有女人。

有一对手舞足蹈的木偶小丑，还有个老旧但雕饰华丽的音乐盒。冈特先生说要是打开盒子，就能听到很特别的音乐，不过他实在记不得音乐的调子，而且盒子锁住了。他说买主大概得找个人帮音乐盒打把钥匙，目前还有些尚在人世的老锁匠有这种技术。前后有好几个人问他：要是买主真的把盖子打开，可是发现音乐不对味，可不可以退货？冈特先生笑着指向墙上的新告示牌，上面写着：恕不退款亦不换货。买主自行小心！

“小心什么啊？”露西利·邓纳姆问。露西利是“纳恩餐馆”的服务生，她趁休息时间和朋友罗丝·埃伦·迈尔斯一起来逛逛。

“小心你要是瞎了眼买了个烂货，要退他不收，钱也别想拿回来。”罗丝·埃伦说。她看到冈特先生无意间听到她的回答（可是她敢对天发誓，冈特先生前一刻明明还在店的另一头），顿时满脸涨得通红。

不过冈特先生却笑着对她说：“没错，就是这样！”

商品还包括老旧的长管左轮手枪，放在其中一个展示柜内，前方的标示牌写着班特莱特制手枪；一头红色木刻头发、满脸雀斑，永远对着你微笑的木偶男孩（标示牌写着卡通《好迪嘟迪秀》原版木偶）；精美但不具特色的文具盒；精选的老明信片；铅笔原子笔文具组；亚麻布手帕；动物玩偶。店里的货品琳琅满目，尽管没有一项有标价，但每个人似乎都能在这里挖到喜欢又买得起的宝物。

那天冈特先生生意做得不亦乐乎，大多数卖掉的商品都不错，但绝非独一无二的珍品。他倒是做了几件“特别”交易，不过都是在店里只有一位客人的时候。

“人潮一走，我就开始坐立难安，”他露出友善的微笑，对布赖恩的语言治疗老师萨莉·拉特克利夫说，“我一坐立难安，有时候就会随便卖，对我当然损失不少，不过买主可就捡了天大的便宜喽！”

拉特克利夫小姐是罗斯牧师浸信会的虔诚教徒，和未婚夫莱斯特·普拉特就是在教会认识的。她除了佩戴“拒绝赌场之夜”的徽章外，还别着另一枚徽章，上面写：我已获救赎，你呢？标示来自圣地的石化木头的木条立刻吸引了她的注意，冈特先生从展示柜里拿出来，放到她手中时，她也没出声拒绝。她用十七块钱买下，并答应对城堡岩中学的校长弗兰克·朱伊特来个无伤大雅的小小恶作剧。她进店里五分钟就出来了，出来时神情恍惚、魂不守舍。冈特先生要帮她把木条包装妥当，但她拒绝了，说她要用手握着。要是你看着她走出店门，会禁不住纳闷：她到底是脚踏着地面，还是飘在上面？

2

银色铃铛叮当作响。科拉·鲁斯克走进店里，一心一意要买埃尔维斯的画像，冈特先生对她说卖掉了，她听了难过到极点。科拉想知道是谁买的。“抱歉，”冈特先生说，“不过那位女士不是本州人，她的车牌是俄克拉荷马州的。”

“哼，要命！”科拉悲愤地大叫。她听到画像已经卖掉时，这才了解自己有多渴望拥有它。

亨利·金德伦和他妻子伊薇特当时也在店里，冈特先生请科拉暂候片刻，让他去招呼他们，另外还跟科拉说他还有样东西，她会同样有兴趣，甚至更喜欢也说不定。冈特卖给金德伦夫妇一只泰迪熊（要送给女儿的），送他们出去后，他问科拉是否能再多等一会儿，让他去后头找个东西。科拉听了不怎么感兴趣，也没抱多大的期待，但还是留下来等着。一股灰色浓重的忧郁笼罩着她。摇滚之王埃尔维斯的画像或照片她不知看过几百张了，几千张都有可能，自己也收藏了六张，不过这张不知怎的……好像很特别。她恨死那个俄克拉荷马州的女人。

冈特先生带着一个小型蜥蜴皮眼镜盒回来，打开后，拿出一副深灰色镜片的飞行员墨镜。科拉一看之下差点岔了气。她举起右手，扶着她不住颤抖的脖子。

“那是——”她要说却说不出口。

“猫王的太阳眼镜，”冈特先生严肃地表示同意，“他总共有六十副，不过我听说这是他最喜欢的。”

科拉用十九块半买下。

“我想跟你探点消息，”冈特眼神闪烁地看着她，“算是跟你收个额外费用，好吗？”

“消息？”科拉狐疑地问，“什么样的消息？”

“科拉，你看看窗外。”

科拉依言往窗外看，但她的手丝毫不离太阳眼镜。城堡岩一号警车就停在主街对面的“大剪刀理发厅”前方，艾伦·潘伯恩正站在人行道上跟比尔·弗勒顿说话。

“看到那家伙没？”冈特问。

“谁？比尔·弗——”

“不是，阿呆，”冈特说，“是另一个。”

“潘伯恩警长？”

“对。”

“看到了。”科拉觉得自己呆滞茫然，冈特的声音似乎来自极为遥远的地方，而她心里还一直想着刚刚买下的东西——那副超赞的太阳眼镜。她真想马上回家戴戴看……当然她不能想离开就离开，因为这笔交易要等冈特先生说成交才算数。

“他看起来是我这行所谓的‘硬客’，”冈特先生说，“科拉，你觉得他怎么样？”

“他很聪明，”科拉回答，“但他永远取代不了乔治·班纳曼警长，这是我先生说的，不过他精明干练得很。”

“是吗？”冈特先生的声音又带着让人不舒服的疲惫感，他的眼睛眯成一条线，紧紧盯着艾伦·潘伯恩，“科拉，跟你讲个秘密，我不太喜欢聪明人，更讨厌‘硬客’，其实说痛恨还差不多。有些人总要把东西翻来翻去仔细检查，看有没有瑕疵，然后才愿意买，这种人我就是不信任，你呢？”

科拉没搭腔，她左手拿着猫王眼镜盒站在那里，茫然望着窗外。

“要是我想请某人帮忙留意精明的潘伯恩警长，你会推荐谁？”

“波莉·查默斯，”科拉像是被下了药般声音迷蒙，“她对潘伯恩好得不得了。”

冈特立刻摇头，眼睛仍旧盯着艾伦不放。他看着艾伦走向警车，先往“必需品专卖店”瞄了一眼，然后才上车，发动引擎开走：“不行。”

“雪莅·布理格姆？”科拉不确定地问，“她是警长办公室的调度员。”

“好主意，但还是不行，她也是另一个‘硬客’。每个镇上多少都会有这种人，真讨厌，但事实就是如此。”

恍若出神的科拉迷糊地想了想，终于开口说：“埃迪·沃伯顿呢？他是镇公所的总管理员。”

冈特的脸一下子亮起来，叫道：“管理员！对！好极了！第五项交易成功！真真好得不得了！”他身子越过柜台，在科拉脸上亲了一下。

科拉急忙缩身，满脸不悦地使劲揉搓被亲的地方。她的喉咙呕了一下，不过春风满面的冈特似乎没注意到。

白蜡树街桥牌俱乐部的斯特凡妮·邦森特和辛迪·罗丝·马丁进来时，科拉急急忙忙地准备离开（手掌还是不住揉搓脸颊），结果差点把斯特凡妮撞倒。她迫不及待要赶回家把太阳眼镜戴上，不过得先洗把脸，去掉那恶心的吻才行。它好像在皮肤里面隐隐发烫。

门上的铃铛叮当作响。

3

斯特凡妮站在窗边，手上拿着刚发现的老式万花筒，对着光线把玩转动，被那千变万化的图案深深吸引。这时，辛迪·罗丝靠近冈特先生，提醒他星期三说过的话：他可能还有个玻璃浮雕花瓶可以跟她买的那个凑成一对。

“这个嘛，”冈特先生微笑着说，一副“你能保密吗”的神情，“我有是有，不过可以请你朋友暂时离开一两分钟吗？”

辛迪·罗丝请斯特凡妮先去纳恩餐馆帮她点杯咖啡，说她随后就到。斯特凡妮一脸困惑地离开。冈特先生走去后头仓库，回来时手上多了个玻璃浮雕花瓶，这跟她原本买的那个不用凑成一对，根本是一模一样。

“多少钱？”辛迪·罗丝用一只微颤的手指轻抚着弧度美丽的瓶身问道。星期三那天，她以为捡到了便宜而扬扬得意，现在想想实在有点后悔，看来老板只是要引她上钩而已，现在老板要把她钓上来啦！现在这个花瓶可不会是三十一元的特价品，这次老板会狠狠坑她的钱，但她还是想要这个花瓶。客厅的壁炉架上要摆两个才会对称；她想要得不得了。

不过利兰·冈特的回答让她不敢相信自己的耳朵。“这是本店开张第一周，算你买一送一如何？亲爱的，拿去吧，希望能让你家增色不少。”

她惊讶得差点把冈特放到她手上的花瓶摔到地上。“什么……我以为你说……”

“你没听错。”他说。辛迪·罗丝盯着冈特的眼睛，突然发现自己没办法移开视线。*弗朗辛看错了*，她出神地想着。*他的眼睛哪里是绿的，明明就是灰的，深灰色的。*“不过还有一件事。”

“还有事？”

“对。你知道有个警察叫诺里斯·里奇韦克吗？”

小铃铛响了。

范·艾伦的助理医师埃弗里特·弗兰克尔用十二块买了布赖恩第一次进“必需品专卖店”时注意到的烟斗，并答应对萨莉·拉特克利夫搞个恶作剧。布赖恩语言治疗课的同学小可怜斯洛皮·多德买了白镴茶壶要送妈妈当生日礼物。他花了七毛一,并很干脆地答应对萨莉的男友莱斯特·普拉特开个玩笑。冈特先生对斯洛皮说等时机一到,他就会提供恶作剧需要的几样东西,斯洛皮说那好——好——好得——很。琼·加维诺克斯是镇上最富有的牧场女主人,她花了九十七块买下景泰蓝瓷花瓶,并答应捉弄一下"静水圣母堂"的布理格姆神父。她离开不久后,冈特先生又安排另一个人对威利牧师开类似的玩笑。

那天从早忙到晚,是个大丰收日,最后冈特把休息中的牌子挂上、把卷帘拉下时,他已疲惫不堪,但满心欢喜。生意兴旺极了,他甚至比以往确信潘伯恩警长不会阻碍他的目标。很好。在整个行动中,开张总是令他快乐得不得了,但压力也在所难免,有时风险也不小。当然,潘伯恩也许不是他想的那种人,但他早已学会信任直觉,知道潘伯恩这个人最好少惹为妙……至少在他准备妥当前,离得越远越好。冈特先生预估这个星期会赚翻天,结束时要放个烟火庆祝一下。

放很多烟火。

4

星期五,艾伦弯进波莉家的车道熄火时,已是傍晚六点十五分。波莉站在门口等他,给他温暖的一吻。外头虽然寒冷,而波莉只是出来一下,竟然也戴上手套,艾伦看了不禁眉头一皱。

"别这样嘛!"波莉说,"今晚好一点了,你买了炸鸡吗?"

他举起油渍点点的白色纸袋说:"亲爱的女士,随时为您效劳。"

波莉也向他示意回道:"不敢当。"

她接过袋子,领着艾伦进入厨房。艾伦拉开一张餐椅,转过来面对自己,然后跨坐下来,看着波莉脱掉手套,把炸鸡摆在玻璃盘上。炸鸡是从"今晚咯咯叫"买来的,那店名实在土得不行,但鸡肉倒是做得不错(不过根据诺里斯的经验,蛤蜊肉是另一回事。)艾伦想道,要是你家离餐馆二十里远,外带食物的唯一问题就是会冷掉……这就是为什么要发明微波炉。其实他认为微波炉只有三个正当目的,分别是热咖啡、爆玉米花和加热食物,例如"今晚咯咯叫"这种地方的外带餐。

"真的好一点了吗?"艾伦边问边看着波莉快速把鸡肉放进微波炉,然后按下正确的按钮。对他们来说，无须具体说明，也知道这个问题指的是什么。

“只好了一点点，”波莉承认，“但我相信很快就会好得多了。最近手掌开始有又热又刺的感觉，这通常表示情况开始好转了。”

她举起双手。这双扭曲畸形的手，刚开始让她觉得丢脸丢到了家，现在也还是有这感觉，不过她已渐渐能接受艾伦的关心，那也是他爱的表现。艾伦还是觉得波莉的手看起来僵硬不灵活，仿佛戴着隐形手套——一个随便又没同情心的人缝制的手套，把波莉从指尖到手腕整个死死包住，永远拿不下来。

“今天吃药了没？”

“只吃了一颗，早上吃的。”

其实她吃了三颗，早上两颗，午后一颗，但今天的痛没有比昨天减轻多少。她担心刚才所说的刺痛感不过是她一厢情愿的想象。她不喜欢对艾伦说谎，她深信谎言与爱情无法并肩而行，即使偶尔破例，为时也不长。她很久没谈恋爱了，因此艾伦无时无刻的关心，还是令某部分的她觉得恐惧。她信任艾伦，但不敢让他知道太多。

艾伦一直劝她去“梅约诊所”检查，她也知道要是艾伦真的了解这次的疼痛有多严重，一定会更加坚持。但她可不希望她该死的手成为两人爱情中最重要的成分……她也担心去“梅约诊所”诊察后，结果会对她造成打击。她能带着疼痛过活，但不确定若是心灰意冷之后，日子还有没有办法过下去。

“你把烤箱里的马铃薯拿出来好不好？”她说，“吃饭前我想先打电话给妮蒂。”

“妮蒂怎么了？”

“肚子痛。她今天没来，我要确定她是不是得了肠胃炎。罗萨莉说最近很流行，而妮蒂看到医生就怕。”

艾伦可说是波莉肚子里的蛔虫，了解她所思所想的程度远超乎波莉的想象，因此波莉去打电话时，艾伦心里暗道：*这里还不是一样有个也怕看医生的人，宝贝。*他身为警察，工作就是观察旁人，即使下了班，他还是摆脱不了这习性，自然而然就观察起来。其实他也不想摆脱。要是在安妮人生的最后几个月中，他能观察得更仔细点，她和托德可能现在都还活着。

他注意到波莉来到门口时戴着手套。他也注意到波莉用牙齿把手套咬下来，而不是两手互相帮忙。他看着波莉把炸鸡摆在餐盘上，注意到波莉拿起盘子放入微波炉时，脸庞微皱，嘴角僵硬。这些都是恶兆。他走到厨房门口看着客厅，想知道波莉拨电话时是从容自在，还是十分困难，那是他衡量波莉疼痛程度的最主要方法之一。终于，他看到了吉兆——或者他自以为看到了吉兆。

波莉从容而快速地按着妮蒂家的电话号码，但波莉是在客厅远方那头，因此艾伦没办法看到这部电话（还有其他所有电话）在今天下午换成了大型按钮的话机。艾伦转身回到厨房，但仍竖耳倾听客厅里波莉那边的谈话。

“喂？妮蒂吗？……我差点就要挂了。有没有吵醒你？……对……没错……那你肚子还好吗？……噢，那就好，我一直惦记着你……不用，我晚餐有着落了，艾伦从牛津郡那家‘咯咯叫’买了炸鸡回来……就是啊！”

艾伦从厨房料理台上方的碗橱中拿出大浅盘，寻思：她说谎，她的手根本没有变好。不管她电话拨得多么利落，手还是和去年一样糟，也许更惨也说不定。

波莉没有老实相告并未让他沮丧；对于扭曲事实这回事，他看得比波莉要开。就拿波莉的孩子来说好了，波莉搭灰狗巴士离开城堡岩七个月后，在一九七一年初生下一名男婴。她告诉艾伦她的小孩——取名为凯尔顿——三个月大时在丹佛夭折了，死因是婴儿猝死症，是新手妈妈的可怕梦魇。这个故事看似毫无漏洞，艾伦深信凯尔顿·查默斯的确夭折了，唯一的问题是这整件事的来龙去脉都不是真的。艾伦是个警察，他一听就知道是不是谎话。

（只有安妮说谎时他看不出来。）

没错，他心想，只有安妮说谎时他看不出来。你的疏失已经正式记录下来了。

他怎么知道波莉说谎？是她睁得过大的眼睛刻意直视、眼皮快速闪动吗？还是她左手一直去拉左耳垂的方式？她两脚不停交叉、松开，这正是孩童扯谎时的无意识动作，意味着*我只是撒个小谎而已*；是这个动作透露波莉隐瞒事实吗?

说了这么多,但没一项正确。最主要还是因为艾伦内心的警铃响了,就像机场的金属检测器,只要哪个头盖骨镶了钢板的人走过,警铃就会哔哔作响。

听到谎话并不会让艾伦生气或忧心。有人说谎是为了谋利,有人是因痛苦而撒谎,有人说谎只是因为压根不知道什么是诚实,还有人说谎是为了等待适当时机透露真相。他认为波莉为凯尔顿的死因编造故事,是基于最后一个理由,而他愿意慢慢等。时候到了,波莉就会决定透露秘密,不急。

不急:这个想法似乎是个奢侈品。

波莉温柔镇静的声音从客厅里飘出来,让人听了就舒服,但似乎也是种奢侈品。他待在波莉家,知道所有的餐盘器具放在何处,知道波莉的尼龙丝袜放在卧室的哪一格抽屉里,也知道波莉晒痕的精确位置,这些都让他隐隐愧疚,但一听到她的声音,罪恶感便顿时消失无踪,只因为一个事实,一个单纯但远胜于一切的事实:她的声音有家的味道。

“妮蒂,需要的话我可以晚点过去……是吗?……好吧,休息的确是最好的药方……明天?”

波莉笑了,那笑声如此开怀又愉悦,总是让艾伦觉得世界焕然一新。他心想,要是波莉不时发出这样的笑声,管她哪天才要透露秘密,要等多久他都愿意。

“老天,不行啦!明天是星期六呀!我只想待在家里,干点坏事!”

艾伦会心一笑。他拉开烤箱底下的抽屉,找到一双隔热手套,打开烤箱。一颗马铃薯、两颗马铃薯、三颗马铃薯、四颗马铃薯。他们两人怎么可能吃得下四大颗烤马铃薯呢?不过他早就知道马铃薯一定会烤太多,因为波莉的做菜风格就是如此。那四大颗马铃薯里头,肯定藏着波莉做菜喜欢过量的秘密。有一天,当他知道背后所有的原因——或者大部分原因,也或者只要知道一些原因,那么他的罪恶感和陌生感可能就都会消失了。

他把马铃薯拿出来,不一会儿微波炉也发出哔声。

“我得挂了,妮蒂——”

“这里没事!”艾伦喊道,“都在我掌控之下!小姐,我可是警察呢!”

“——你需要什么就打给我哦,你确定没问题吗?……不舒服的话你会跟我说吧?……好……什么?……没有,问问而已……你也是……晚安,妮蒂。”

她走进厨房时,艾伦已经把鸡肉摆在桌上,正忙着把马铃薯皮剥开。

“艾伦,你太体贴了!不用那么麻烦!”

“美人儿,随时为您效劳。”艾伦也明白,每当波莉的手情况不好时,她的生活就变成一连串残酷的小型战斗;本来是平凡生活的日常琐事,却变成需要克服的重重障碍,令人无法承受,而克服不了的惩罚就是难堪和痛苦。把碗盘放入洗碗机、把木柴堆入壁炉、用刀叉趁热把马铃薯皮剥开等琐事,都会变成艰巨的任务。

“坐下吧,”他说,“咯咯咯开动喽!”

波莉扑哧大笑,然后给他一个拥抱。他内心永不歇息的观察者注意到:波莉不是用手,而是用前臂内侧紧压他的后背。然而他比较感性的那一面注意到:波莉的苗条身躯贴在他身上,以及她用的洗发精的香甜气味。“你是我最心爱的人。”波莉安静地说。

他亲吻波莉,刚开始轻柔地吻,随后多了些激情。他的手从波莉的背滑向臀部。波莉旧牛仔裤的布料在他手中像鼹鼠皮一样柔软光滑。

“坐下吧,大个儿,”波莉终于说,“先吃饭,再亲热。”

“这是邀请吗?”艾伦心想,她的手要是没有好转,回答时一定会含糊其词。

不过波莉说:“最高级的邀请呢!”于是艾伦心满意足地坐下。至少目前是如此。

5

“阿尔这周末会回来吗?”他们收拾餐桌时波莉问。艾伦还有个儿子,就读波士顿南边的弥尔顿学院。

“嗯。”艾伦应了一声,他正把餐盘上的剩菜刮干净。

波莉故作轻松地说:“我在想啊,星期一是哥伦布纪念日,他学校没课——”

“他要去鳕鱼岬的多弗家,”艾伦说,“多弗是卡尔·多弗曼,他的室友。阿尔星期二打来,问这三天连续假日能不能去他室友家,我说好啊,没问题。”

波莉轻触艾伦的手臂，艾伦转头看她。“艾伦，我是主要的原因吧？”

“什么主要的原因？”艾伦问，着实吓了一跳。

“你明知道我说什么。你是个好爸爸，又不笨，这学期阿尔回来几次了你说？”

艾伦恍然大悟，心下释怀，对着她笑说：“一次而已。他生日时我送他电脑，有些程式没办法执行，所以就回来找他中学死党吉姆·卡特林，他们以前总是一起当黑客。”

“看吧？这就是我要说的，他觉得我太快就想取代他妈妈的位置，还有——”

“噢，拜托，”艾伦叹道，“你自己闷着头以为阿尔把你当坏继母多久啦？”波莉眉头蹙起说：“看来你把这当笑话，我可不觉得好笑，请见谅！”

艾伦轻握波莉的上臂，在她嘴角一吻，然后说：“我一点都不觉得好笑。其实我刚刚还在想，有时候跟你在一起，我还是觉得有点怪，好像进展太快了。事实并非如此，但有时候就是这么觉得。你知道我的意思吗？”

波莉点点头。她皱起的眉头舒缓了些，但还没完全释然，她说：“当然知道。电视电影为了赚人眼泪，男女主角总是要彼此纠缠得久一点。”

“说得没错。电影总要拍得让你痛到心里，不然就是一堆纠结、哀伤得不得了的画面，因为悲痛太过真实，悲痛实在……”艾伦放开波莉的手臂，缓缓拿起一个盘子，开始擦干，“悲痛实在太残忍了。”

“嗯。”

“有时候我的确会有点内疚，”他听到自己的声音里潜藏着自我辩驳的意图，觉得又讨厌又好笑，“部分原因是我们好像真的太快了点，但其实不是，另一个原因是我好像太快就释怀了，但其实没有。有时候，我还是觉得自己悲伤得不够，我真的这样想，但另一方面，我确实也知道这简直是疯了……因为一部分的我，其实是很大一部分的我，还在伤心啊！”

“这才像人嘛！”她柔声说，“人就是这么奇怪，这么矛盾，爱跟自己作对。”

“嗯，我想也是。至于阿尔嘛，他用自己的方式去面对，他表现得也不错，很让我以他为荣。他还是想念妈妈，虽然我不敢百分之百确定，但如果他还会难过的话，那是为托德难过。不过你认为他离得远远的，是因为不认同你……或不同意我们在一起……就大错特错了。”

“那就好，你的话让我放心不少，但还是……”

“不知哪里怪怪的？”

她点头。

“我了解，不过青少年的行为即使就像体温三十七度那么正常，在大人眼里还是不怎么对劲。有时候我们会忘记他们有多容易复原，还有他们改变得有多快，这点我们更是每次都会忘记。阿尔离我、离吉姆·卡特林这些旧时玩伴、离城堡岩都越来越远。就是飞走了嘛！就像火箭进入第三阶段，全速推进。小孩总会飞走的，等父母发现时总是又惊讶又难过。”

“但好像太早了，”波莉静静地说，“才十七岁就飞走好像太早了。”

“的确太早了，”艾伦说，语气并不十分气愤，“一场不该发生的车祸，夺走了他妈妈和弟弟的性命。他的人生支离破碎，我的也是。碰到这种惨事，一般父子应该都会一起收拾残局，看能不能把大部分的碎片找回来，我们也是。我们应该还算应付得不错，但我如果没发觉事情已经有了改变，那我就是瞎了眼。波莉，我的生活重心在这儿，在城堡岩，但他的不是，再也不是了。我本来以为也许还有机会，不过我建议他这学期转来城堡岩高中时，他的眼神马上让我知道不可能。他不喜欢回来，这里有太多回忆了。他以后应该会回心转意……但现在我不想勉强他。这跟我们在一起无关，好吗？”

“好。艾伦？”

“怎么了？”

“你很想他吧？”

“是啊，”艾伦坦白地说，“每天都想。”突然，他发现自己热泪盈眶，心里一阵惊慌。他转过身，随便打开一个碗橱，努力让自己稳定下来，最简单的方法就是转移话题，而且动作要快。“妮蒂还好吗？”他问。声音听起来很正常，他松了口气。

“她说晚上好一点，不过她过了好久才接，我还以为她昏倒在地不省人事了。”

“大概在睡觉。”

“她说没有，而且听起来也不像。你应该知道人被电话吵醒时的声音吧？”

他点点头，这也是警察常碰到的。他打电话吵醒别人或被别人的来电惊醒已经不知多少次了。

“她说她在柴房整理她母亲留下的一些旧东西，可是——”

“要是她得了肠胃炎，你打过去的时候她可能正在蹲马桶，但又不愿承认。”艾伦稀松平常地说。

波莉想了想，扑哧一笑说：“肯定是这样，这就是她的作风。”

“当然啰，”艾伦一边回应，一边往水槽看看，把塞子拉起来，“宝贝，都洗好啦！”

“艾伦，谢谢你。”波莉在他面颊上轻轻一吻。

“哎呀，你看看我发现了什么，”艾伦把手伸到波莉耳后，掏出一枚五毛硬币，“美人儿，你总是在耳朵后头藏钱吗？”

“你是怎么办到的？”波莉看得出神，直盯着铜板问。

“办到什么啊？”艾伦问。他右手的指关节灵活翻动，使得硬币几乎是飘过手指头，最后停在第三和第四指中间，他用力一按，然后把手翻过来。当他再翻过来时，硬币不见了。“觉得我应该丢下工作去加入马戏团吗？”他问波莉。

波莉微笑着说：“不应该，留在这里陪我。艾伦，你觉得我那么担心妮蒂是不是很傻？”

“不会啊。”艾伦说。他刚才已经把硬币偷偷转移到左手，现在他把左手放进裤袋里，再伸出来时，手已经空了，然后他把干抹布抓过来。“你把她从杜鹃窝①里救出来，你给她工作，你也帮助她买房子，你觉得自己对她有责任，某种程度来说可能也的确有点责任，所以要是你不担心她的话，我倒是担心你呢！”

波莉从碗盘沥水架上拿起最后一个玻璃杯，艾伦看到她神色突然变得惊慌，知道玻璃杯差不多全干了，但她还是拿不住，因此连忙蹲下，伸手去接。他的动作是如此优雅，波莉觉得简直就像跳舞。艾伦的掌心朝上，停在离地不到五十公分的地方，刚好把直直坠落的玻璃杯接个正着。

波莉今天一整晚跟疼痛纠缠不休，又担心艾伦会在无意间发现她的

---

① 一九七五年有部著名的电影《飞越疯人院》，英文原意为飞越杜鹃窝，此处用杜鹃窝来指代妮蒂·科布曾待过的精神病院。

疼痛有多剧烈，但这股掺杂恐惧的疼痛，突然被一波强大的欲望巨浪淹没，让她不只吓了一跳，甚至害怕不已。不过说是欲望也太含蓄了，那是一种更单纯的情绪，带着最原始的色泽，是性欲。

“你快得像只猫。”波莉朝站起身子的艾伦说，声音中充满磁性，口齿有点含糊。她脑中一直重复艾伦蹲下的优美画面、修长大腿肌肉的收缩、小腿流畅的曲线。“你这么高大的男人，动作怎么可能那么快?”

“不知道，”艾伦吃惊又困惑地望着她，“波莉，怎么啦?你看起来怪怪的，是不是头晕?”

“我觉得，”她说，“我快发浪了。”

那时他突然也有这种感觉了。就是那样，没有好坏对错，就是那种感觉。“那我们来看看是不是真的，”他说完又优美地往前一挪，要是你看过他在主街上从容漫步，绝对想象不到他有这种不可思议的灵巧，“我们就来看看。”他左手把玻璃杯放在料理台上，波莉还没回过神来，他的右手就已滑入她胯下。

“艾伦你在做——”接下来，艾伦的大拇指轻柔但有力地按住她的阴蒂时，做什么变成做——哦——哦——哦什么。艾伦以他惊人的力量，轻而易举地举起波莉。

波莉双臂环绕着艾伦的脖子，即使在这陶醉的时刻，她还是小心地用前臂抱着，双手像一堆僵直的柴枝插在艾伦背后，不过突然间，双手成了她全身唯一僵硬的部分，其余地方仿佛都融化了。“艾伦，把我放下!”

“不要。”艾伦说完，反而把波莉举得更高。当波莉快滑落时，他迅速把空着的那只手扶在她肩胛骨上往前按。霎时间，波莉像是骑着木马的女孩，在胯下的那只手上前后摇荡，而艾伦扶在她背后的那只手也在帮忙。波莉觉得自己好像在荡秋千，脚在风中甩荡，头发已经飘到星星上去了，感觉真美妙。

“艾伦——”

“美女，抓紧点儿。”他说，而且是笑着说，仿佛波莉轻得像袋羽毛。波莉往后仰，由于越来越激动，她几乎没意识到艾伦的手稳稳扶着她的背，只知道艾伦不会让她摔下来，然后艾伦又让她往前倾，一手搓揉她的肩背，另一手的大拇指逗弄着她的私密之处，是她想都没想过的方式，她又往后仰，神魂颠倒地叫着艾伦的名字。

她的高潮就像是甜蜜蜜的子弹爆炸开来，从中央往上下迅速扩散。她的腿在离厨房地面十五公分处前后摇荡（其中一只鞋已经直飞客厅去了），她的头往后仰，使她的深色长发像阵雨倾注在艾伦的前臂上，刺得他发痒。在她高潮的那一刻，艾伦吻了她那雪白可人的颈子。

他把波莉放下……波莉膝盖一软，艾伦连忙伸手稳住她。

“噢老天，”她酥软地笑着说，“噢老天，艾伦，我再也不洗这条裤子了。”

艾伦开怀大笑。他跌坐在一把厨房椅上，两脚直直往前伸，捧着肚子狂笑不止。波莉靠近他，被艾伦一把抓住，艾伦把她拉到大腿上，一会儿后抱着她起身。

令她意乱情迷的情感与需求再度席卷而来，不过现在这感觉更清楚，更容易定义。她心想：*现在这是渴望，我渴望这个男人。*

“抱我上楼，”她说，“要是你到不了那么远，就抱我去沙发，要是沙发也太远，就在这厨房地板上也行。”

“至少到得了客厅，”他说，“美人儿，你的手还好吗？”

“什么手啊？”她如梦中呓语，然后闭上双眼。她完全融入这一刹那的纯然喜悦，躺在他臂弯里穿越时空，在黑暗中移动，被他的力量紧紧环抱。她的脸贴着艾伦的胸膛，艾伦把她放在沙发上时，她把他拉下来……这次是用她的手。

6

他们在沙发上亲热了将近一小时，又去洗了不知多久的澡——反正是洗到热水凉了，他们不得不出来为止。然后波莉把他带到床上，那时她心满意足，但也累得只能瘫在床上，什么事也不想做。她今晚本来就打算和艾伦做爱，但主要是为了迎合艾伦，而不是真的想要。她当然没想到会经历这一连串高潮……但她很高兴。关节炎的疼痛又开始发威了，不过今晚不用吃止痛药就能睡觉。

“艾伦，有你这个情人真好。”

“有你也是啊！”

“那我们意见一致喽。”她说完把头靠上艾伦的胸膛。她可以听到他的心脏在里面平稳跳动着，仿佛在说，哎呀呀，这算什么，这对我和我的主人是轻而易举。她又开始回忆艾伦是多么轻巧迅速，多么强壮……不过主要还是那迅速，想到这里，之前那股强烈的激情，又发出微弱的回声。安妮到她这里来工作时，她就认识艾伦了；过去五个月来两人相恋，但直到今晚，她才知道艾伦行动有多么敏捷。艾伦的手是出了名的灵活，镇上几乎每个小孩都知道他会变出硬币、耍扑克牌、玩动物手影，而且每次看到他都求他表演一下，然而她现在才知道他全身都灵活得吓人……不过也很美妙。她现在觉得自己越飘越远。她应该问问艾伦今晚打不打算留在这儿，要的话最好把车停进车库——城堡岩这种小镇，大家最爱闲言碎语了——但似乎连讲这个都嫌多余。艾伦会处理的，艾伦总是会把事情处理好的。

"浑蛋基顿和威利牧师有没有再来跟你闹啊？"她睡意浓浓地问。

艾伦笑着说："两方目前都还蛮平静的。越少见到基顿先生和罗斯牧师，我就越感激他们。用这种标准来看，今天过得一级棒。"

"那就好。"她咕哝着。

"是啊，还有更好的事呢！"

"什么？"

"诺里斯回来时心情很好，他从你朋友冈特先生那边买了根钓竿和卷线轴，然后一直说这周末要去钓鱼，我看他会冻到屁股掉下来都不知道，况且他屁股又那么小，不过诺里斯开心我就开心。基顿昨天来扫他的兴，我难过得要命。大家爱拿诺里斯开玩笑，因为他瘦得像竹竿，又是呆头鹅一个，不过他这三年来，已经越来越像个小镇上的好警察，而且他也很敏感。他看起来是很像演巴尼的明星唐·诺茨，但这又不是他的错。"

"嗯……"波莉飘着，飘到没有疼痛的甜美黑暗中。她不再撑了，她沉沉睡去时，脸上露出猫一般满足的浅浅微笑。

7

至于艾伦，他的睡意来得没那么快。

内心的声音又出现了，但这次不是假装快乐的语气，而是质疑、哀愁、彷徨失措的声音。*艾伦，我们在哪里？它问。你不该在这个房间吧？不该睡在这张床上吧？旁边不该是这个女人吧？我好像再也看不清任何事了！*

艾伦突然同情起那个声音。这不是自我怜悯，因为那声音从来没有那么不像自己过。他——声音之外的他，也就是目前存在的艾伦和计划未来的艾伦——一点都不想听这声音说话，结果发现这声音也不想碎碎念，它只是稍尽义务，表达一下悲哀与愧疚。

两年多前，安妮·潘伯恩开始头痛，她说痛得不是很厉害，而且不愿多谈，就跟波莉不喜欢提她的关节炎一样。然后有一天，应该是一九九〇年初，艾伦在浴室刮胡子时，注意到放在洗脸台上的一瓶阿司匹林没盖上瓶盖，他正要盖上时，手在半空中停住了。那是两百二十五颗装的家庭号，他上星期才从里面拿了两颗，那时几乎还是满的，现在却所剩无几。他立刻把脸上残余的刮胡泡沫擦干净，去“针线活”找安妮；打从波莉·查默斯开了那家店，安妮就一直在那边工作。他把太太带去喝咖啡……问她些问题。他问她阿司匹林的事，他记得那时候心里有点惶惶不安。

（没错，只有一点点，内在声音忧愁地同意。）

但只有一点点，因为没有人会在一星期内吞下一百九十颗阿司匹林，没有人做得到。安妮说他没事穷紧张，说她当时只是在擦洗脸台，不小心把瓶子打翻了，瓶盖没拧紧，里头的药几乎都掉到洗脸槽里溶化了，所以她就拿去丢掉。那是她的说词。

不过艾伦身为警察，尽管没在执勤，但还是摆脱不了警察这行的观察习惯，他没办法关掉测谎器。别人回答你的问题时，如果你确实看着他，你几乎都会知道他什么时候在说谎。有次，艾伦质询一名男子，他每说一个谎，就会发出一个信号——用拇指指甲剔犬齿。虽然嘴巴说的是假话，但身体注定会透露实情。当时他跟安妮坐在纳恩餐馆的雅座，他的手横过桌面，把安妮的手紧握在自己手中，请她说实话。安妮迟疑了一会儿，跟他说没错，头痛的确有点恶化，没错，她的确服了些阿司匹林，但那些药不是全都被她吃了，瓶子是真的被她打翻，药片撒了一洗脸槽，于是他相信了。他中了书上最老套的行骗伎俩，称为“上钩调包”：先把人骗上钩，谎言被拆穿的话，就承认说谎，但只透露一半真话。要是他观察得更仔细，就会知道她还是没有诚实相告。他会逼安妮承认一个当时他几乎不会相信的事实，但现在他认了：那时安妮的头痛剧烈到一天至少要服用二十颗阿司匹林。要是安妮承认的话，不等隔周，他就会硬把她带去波特兰或波士顿看神经科医生。不过安妮是他妻子，不是嫌犯，而且那时候他的观察力在下班时比较不敏锐。

他帮安妮约诊，要她去看雷·范·艾伦医生，这样他就心安了。安妮确实去看了医生，但雷没发现什么病症，艾伦后来也没因为这样而怪罪雷。雷帮安妮做了一般的反射测试，用可靠的检目镜仔细检查安妮的眼珠，也测量过她的视力，看有没有叠影问题，还把她送去牛津郡的区域医院做X光，但没有安排电脑断层扫描。安妮说头痛好了，雷也相信了。艾伦猜想当时雷相信安妮头痛好了也许没有错。他知道医生几乎跟警察一样，能够接收对方说谎时身体发出的信号，而病患几乎就跟嫌犯一样，都有说谎的倾向，而且动机都是出于恐惧，纯粹的恐惧。雷在上班时间帮安妮看诊，所以应当看得出安妮有没有刻意隐瞒。所以呢，也许在艾伦发现安妮严重头痛之后，一直到安妮看诊前这段时间，头痛的确消失了，很可能消失了。后来艾伦去雷在景观丘的家，喝着白兰地长谈，雷说，如果肿瘤长在脑干上部，头痛症状会时好时坏。“癫痫发作通常跟脑干肿瘤有关，”他跟艾伦说，“要是她曾经发作过，也许……”当时他听了只是耸耸肩，是啊，也许吧！还有呢，或许萨德·博蒙特这个人也算是害死他妻小的人，只不过是个未起诉共犯，但艾伦内心实在无法怪罪萨德。

镇民不管耳朵有多尖，舌根嚼得多厉害，消息再怎么灵通，都不可能囊括镇上所有大小事。城堡岩镇民都知道警长班纳曼的时代，警员弗兰克·多德丧心病狂，滥杀无辜女性；他们也知道三号市镇路上，那只得了狂犬病的圣伯纳疯狗到处乱咬人，造成狂犬病害死人的惨事。他们也听说镇上“名人”兼小说家萨德·博蒙特的湖畔房屋在一九八九年夏天烧成灰烬，但他们不清楚详细情形，也不知道萨德被名男子纠缠不清，但其实那根本不是人，而是个没有名称的生物①。

不过这些不为人知的事，艾伦·潘伯恩全都清楚，而且到现在还不时让他噩梦连连。艾伦发现安妮的头痛事态严重时，所有这些怪事都已经过去了……只是没有真正结束。萨德一喝醉酒，就会打电话给艾伦胡言乱语，使得艾伦被迫目睹萨德婚姻瓦解、神志日益不清。而艾伦自己的神智也够他操心了。他在某位医师的办公室里读到关于黑洞的文章，上面写着黑洞是空无一物的巨大天体，有如反物质的旋涡，狼吞虎咽地把周围一切吸纳进去。

---

① 见《黑暗的另一半》一书。

一九八九年夏末秋初，博蒙特事件成为艾伦的黑洞。有些日子里，艾伦不禁质疑所谓的现实世界，纳闷这一切是否真的发生过。有些夜晚，他一直到东方露白都没合眼，因为他害怕入眠、害怕噩梦降临：黑色的奥兹莫比尔“龙卷风”逐渐逼近，驾驶者是只逐渐腐烂的怪物，后方保险杠上贴着高调的狗杂种。

那阵子，光是看到一只麻雀停在门廊的栏杆上或在草坪上乱蹦乱跳，都会激得他想疯狂大叫。要是问他怎么了，他会说：“安妮的状况让我没办法专心做事。”但问题不是出在没办法专心，而是他心底某处在拼命一搏，想要坚守他清明的神志。高调的狗杂种——他怎么又想起这句话来，而且一想起就摆脱不掉，跟麻雀一样。

三月某一天，安妮和托德开着那辆舍不得丢掉、用来在附近办事的斯柯达旧车去亨普希尔超市时，艾伦还是心神不宁，做什么都没办法专心。艾伦后来一直回想安妮当天早上的一举一动，但找不到任何反常之处，一切都还是老样子。他们离开时，艾伦待在书房，他还从桌旁的窗户往外看，跟他们挥手再见，托德上车前也跟他挥挥手，那是他最后一次看到活着的他们。

沿着117号公路开了三里路，离亨普希尔超市还不到一里的地方，车子以极高速度岔到公路旁，撞上一棵树。州警根据失事现场研判，平常开车最小心谨慎的安妮，时速少说有七十里。托德系了安全带，但安妮没有。她身子冲出挡风玻璃时大概就已经断气了，只留下一只脚和半只臂膀在后头。破裂的油箱爆炸时，托德可能还活着。把艾伦折磨得最惨的就是这件事：他十岁的儿子——会帮校刊撰写占星搞笑专栏、认真投入少棒联盟——在当时可能还活着。他惊恐地要把安全带解开，但可能还没成功就活活烧死了。

验尸结果是安妮得了脑瘤，范·艾伦跟他说肿瘤还很小，跟一团花生巧克力差不多，虽然雷没说之前要是诊断出来的话，可以经由手术切除，但艾伦还是从雷哭丧的脸和低垂的眼神推敲出这层信息。范·艾伦说那时候安妮可能刚好癫痫发作，要是早点发生的话，就能让他们警觉到真正的问题所在。癫痫发作会让她的身体像遭高压电击一样，使她的脚猛踩油门而失控。这些当然不是他主动跟艾伦说的，他是被艾伦无情地逼问才透露出来的；另一方面，艾伦不顾自身忧伤与否，就是要知道真相，不然也想尽可能知道其中原委，知道没在车祸现场的人应该知道的一切，范·艾伦把这一切看在眼里，才心软告诉了他。“请节哀顺变，”当时范·艾伦和蔼地轻碰艾伦的手说，“那场车祸的确惨不忍睹，但那纯粹是个意外，你要放下，你还有个儿子，你们两个现在都很需要对方的支持。你要看开，继续往前走。”艾伦学着努力放下。萨德·博蒙特和那些鸟（那些漫天乱飞的麻雀）曾经带来的无名恐惧逐渐消失，而且他真心诚意想要重拾人生——当个鳏夫、小镇警察和青少年的父亲。这少年长得太快，没两下就飞得老远……并不是因为波莉，而是因为车祸，因为那个让人脑筋一片空白的可怕创伤：儿子，发生了很可怕的事，你要勇敢面对……然后他就哭了起来，接下来阿尔也跟着哭了。

不过他们一直在重建这破碎的家庭，而且还在努力当中。现在情况改善了……不过有两件怪事总是在艾伦脑中萦绕不去。

一是那一大瓶阿司匹林，仅仅一个星期就所剩无几。二是安妮没系安全带。

连续三个星期，他晚上都烦恼得无法入睡，这件事离奇得就像马厩明明锁着，马却被偷了，于是他终于和波特兰一位神经科医生约诊；一来这位医生也许更懂他的问题，二来是他已经累得不想再用钓具把雷的答案钓上来。这位医生叫斯科普斯，艾伦说他的问题跟警方正在调查的案子有关，这是他生平第一次用自己的工作当幌子。医生证实了艾伦的主要疑问：没错，脑瘤患者有时会突然做出不合理的事情，而且有时会有自杀倾向。他还说，脑瘤患者闹自杀，通常是一时兴起，采取行动前，可能会考虑个一分钟甚至只有几秒钟。艾伦问他，这种患者有没有可能带着别人一起自杀？

斯科普斯当时坐在他办公桌的位子上，身子向后靠着椅背，双手搭在颈后，因此看不到艾伦的手紧握在两膝之间，已经握到手指泛白。噢，有可能，斯科普斯回答。这种病人携伴自杀并不是罕见的行为模式；脑干肿瘤造成的行为，在一般人看来，通常跟得了精神病没两样。他们会认为心爱的人或全人类也跟他们承受着一样的苦。

另一个情况是，他们认为要是自己死了，心爱的人也不会想活。斯科普斯提到查尔斯·惠特曼的案例。惠特曼是最高级模范童子军，他爬到德克萨斯塔的最高层，射杀二十几人后才结束自己的性命。还有伊利诺伊州一位中学代课老师，她杀了几名学生后，才回家对自己的脑袋开枪。验尸报告显示，这两人都罹患脑瘤。这是个模式，但不适用于所有案例，甚至大部分案例都不算。脑瘤有时会造成怪异甚至奇特的症状，有时又没有任何症状，所以完全说不准。

既然完全说不准，就别再追究了吧！

好建议，但很难听进去，因为那瓶阿司匹林，还有安全带。

主要还是安全带这回事在艾伦心底萦绕不去，就像一朵怎样也不肯飘走的乌云。安妮开车从来不会不系安全带，就算只是往返一条街的距离，她也一定系上。不过托德一如往常，系了安全带。难道这没透露出什么吗？安妮最后一次退出车道时，要是决定带着托德一起自杀，她难道不会逼着托德也把安全带解开吗？即使她头痛欲裂、忧郁烦恼，应该也不会要托德受苦吧？

既然完全说不准，就别再追究了吧！

但即便是现在，躺在波莉的床上，身旁睡着波莉，他还是觉得很难接纳这个建议。他的心又继续推敲那件事，就像小狗一直用小尖牙反复啃咬齿痕斑斑的破烂生牛皮。

他每次想到这里，脑中总是浮现一个画面，一个梦魇般的画面，逼得他终于去找波莉·查默斯谈谈，因为波莉是安妮在镇上最亲近的人。更何况艾伦那时被博蒙特的事搞得七荤八素、心头沉重、不得安宁，因此在安妮人生的最后几个月中，波莉给她的精神支持或许比艾伦还大。

那个不断浮现的画面就是安妮解开自己的安全带，把油门猛踩到底，然后放开方向盘。放开方向盘是因为在那最后几秒，还有另一件事要做。

她放开方向盘，才能把托德的安全带解开。

那梦魇般的画面如下：那台斯柯达以一小时七十里的速度在路上飞驰，在即将下雨的三月天空下岔到右边，朝着树林开去，这时安妮奋力要解开托德的安全带，而惊慌尖叫的托德挣扎着把母亲的手拨开。艾伦仿佛看到安妮和善的面孔变得像老巫婆般凶恶，仿佛看到托德一脸惊骇。有时候，他半夜惊醒，吓得全身冒冷汗，像是穿了湿冷的外套，耳中托德的叫声回荡不已：妈妈，树啊！小心树——

于是有一天，他去找波莉，当时她正要打烊，他问波莉愿不愿到他家坐坐，或者波莉觉得不自在的话，在波莉家谈谈也行。他们坐在艾伦家的厨房(待在那个厨房才像话,内在声音坚称),波莉喝的是用马克杯装的茶,他喝的是咖啡,然后他开始结结巴巴地慢慢道出他的噩梦。

“我想知道,她是不是每隔一阵子就陷入忧郁或精神失常,而我当时不知道或没注意到,”他说,“我得知道她是不是……”他戛然止住,一时感到无依无靠。他知道该说什么,但要说出口却越来越难,仿佛他郁闷、困惑的内心与嘴巴间的沟通管道越来越小、越来越浅,很快就会完全封住了。

他努力要说下去。“我得知道她是不是有自杀倾向,因为,你了解吗?死的不只是安妮,还有托德,如果早就有征兆……征兆,我是指我没注意到的征兆,那托德的去世我也有责任,所以我得知道才行。”他讲到这里又停住了,心脏在胸腔里迟钝地跳动着。他伸手往额头一抹,结果沾了满手汗水,微感惊讶。

“艾伦,”波莉一手放在他的手腕上,浅蓝色的眼眸定定地望着他说,“你好像很想完全怪罪到自己头上,但要是我发现征兆却没跟任何人说,那我也跟你一样脱不了罪。”

他记得当时听得目瞪口呆。他经过多日反复思考,断定波莉可能会注意到安妮行为异常,不过他现在才想到,如果发现行为异常,也意味着有责任采取行动。

“你没发现?”他终于问。

“没有,我也是回想了一遍又一遍。我没有低估你的伤痛和失落感的意思,但不是只有你有这种感觉。自从安妮车祸过世后,不是只有你好好自我检讨了一番。我回想她还活着的最后几星期,把每一幕、每一次交谈都一再检验,看能不能印证验尸结果,想得我头晕眼花才罢休。现在我又根据你说的那瓶阿司匹林,好好把那些事再想一遍。你知道我发现什么了吗?”

“什么?”

“零,”她没有加重语气强调这个字,不过听起来就是实话,“什么也没发现。有几次我觉得她脸色有点苍白。她在帮裙子打褶或把布料拆封时,我记得有一两次听到她自言自语。在我印象中,她行为最奇怪的地方也只有这样了。之前没把这些说出来,让我心里一直很不安。你呢?”

艾伦点头。

“她大多时候还是跟我当初认识的一样:开心、友善、乐于助人……是个好朋友。”波莉说。

“但是——”

波莉放在艾伦手腕上的手握紧了点,她说:“艾伦,没有但是。雷·范·艾伦也一直在检讨,但这些都是后话啊!你怪他吗?你觉得该怪雷没发现脑瘤吗?”

“不该,但是——”

“那我呢?我每天跟她一起工作,几乎形影不离;早上十点一起喝咖啡,中午一起吃饭,三点又一起喝咖啡。我们谈得越来越深入,而且越来越了解并喜欢彼此。艾伦,你身为她的朋友和爱人,让她过得很开心,她也很爱孩子。但她是不是因为生病而有自杀倾向……我就不知道了。好,告诉我——你怪我吗?”她蔚蓝的眼眸既坦率又好奇地凝视着艾伦的眼睛。

“没有,可是——”

波莉的手又紧握了一下,不重但有力。

“我要问你一件事,很重要,你要仔细想。”

艾伦点头。

“雷是她的医生,要是她有问题,雷却没发现。我是她朋友,要是她有问题,我也没发现。你是她先生,要是她有问题,你也没注意到。你以为跟她亲近的就我们三个而已,但其实不是。”

“我不懂你的意思。”

“还有人跟她很近,”波莉说,“我觉得比我们这几个都还亲近。”

“你在说谁——”

“艾伦,托德说了什么?”

他只能睁大眼睛望着波莉,一点头绪也没有,好像波莉讲的是外国话。

“托德啊!”她不耐烦地说,“托德,你的儿子。让你晚上睡不着觉的就是他,对不对?不是安妮而是他。”

“对,”艾伦说,“是他。”他声音高亢、不甚平稳,一点都不像平常的他。内在好像有什么松动了,一种庞大而又根本的东西。现在他躺在波莉的床上,但在他家厨房的那一刻仍记忆犹新,清楚得不可思议:波莉的手握在他的手腕上，一道斜阳照亮了她的手，她的头发是漂亮的金黄色，她的双眼是明亮的浅色，她不停追问，但又温柔得不给人压力。

“艾伦，她是不是硬要托德上车？托德有没有乱踢乱叫？有没有抵抗她？”

“没有，当然没有，那是他妈——”

“那天要托德跟她一起去超市是谁的主意？是她还是托德？你记得吗？”

他本来要说不记得，但那段记忆突然浮现。当时他坐在书桌旁，翻阅郡立法院开具的搜查令，听到他们的声音从客厅飘来：

托德，我得去超市一趟，要不要一起来？

我可以去逛新片区吗？

好吧，问你老爸要不要什么。

“是安妮的意思。”他跟波莉说。

“你确定？”

“确定，不过她问托德要不要去，而不是叫他去。”

内心那种感觉，那种原始根本的感觉还在动摇，仿佛一棵大树即将倒塌，扎得又深又广的树根连带把一大片土地掀开，露出无底地狱。

“他怕安妮吗？”

现在波莉简直是在交叉质询，就跟他质问雷·范·艾伦的方式一样，但他似乎无力阻止，也不确定自己想不想阻止。好吧，给波莉这么一问，那些辗转难眠的夜晚都没碰触到的感觉这下全浮现了。这个感觉还活着。

“托德怕安妮？老天，不可能！”

“最后几个月呢？”

“没有。”

“最后几星期？”

“波莉，那时候我没什么心思去观察。萨德·博蒙特出事……把我搞得天翻地覆——”

“你的意思是你烦恼得不得了，即使安妮和托德在旁你也没注意到？还是你根本不常在家？”

“不是……也没错……我是说我当然常在家，但——”

身为这一连串问题的轰炸对象感觉很奇怪，仿佛波莉对他下了麻药，然后把他当成拳击袋。而那种无法言明的原始感觉还在翻动，还在往外滚动，即将到达地心引力将它往下拉的边界。

“托德有没有跟你说过‘我怕妈妈’？”

“没——”

“他有没有说‘爸爸，我觉得妈妈打算自杀，还要带我一起去做伴’？”

“波莉，那太荒唐了！我——”

“到底有没有？”

“当然没有！”

“他有没有说安妮的行为或讲话怪怪的？”

“没有——”

“阿尔住在学校对吧？”

“那跟这个有什么关——”

“安妮的鸟巢里少了个小孩。你去工作时，只有她跟托德两个在巢里。安妮和托德一起吃晚饭，陪他写功课，和他一起看电视——”

“念书给他听——”他的声音模糊怪异，连自己都认不出来了。

“安妮应该是托德每天早上起来第一个看到的人，也是晚上最后一个看到的人，”波莉的手在艾伦的手腕上，眼神热切地穿透到他眼里，“要是有人发觉有异，那就是跟她一起死的人，但那个人什么话也没说。”

突然间，心里的那个东西终于倒塌了。他的脸开始抽动，他可以感觉身心开始变化，仿佛那个东西本来在二十来处用绳子固定着，现在都被一只轻柔但坚定的手扯动。一股热流涌上喉咙，试图把喉咙淹没。热流充斥脸颊，眼睛溢满泪水，波莉·查默斯变成两个、三个，然后破碎成千百道光芒和影像。他胸口起伏，但肺里似乎找不到空气。他的手以那骇人的速度翻转过来，紧握波莉的手——波莉肯定痛极了，但她一声不吭。

“我想念她！”他对着波莉大叫，一声痛苦剧烈的啜泣，把这句话分成两半，“我两个都想，啊，老天，我有多想他们俩！”

“我了解，”波莉沉静地说，“我了解，其实这才是问题所在，对不对？你有多想他们两个。”

他开始哭泣。阿尔连续两个星期每晚哭泣，艾伦都在一旁支持、安慰，但艾伦自己却没哭。现在他终于流泪了，那阵啜泣结结实实淹没了他，他没有力量停止或继续哭泣，他没办法平息他的悲痛，最后终于发现，其实他自己也不想平息那悲痛时，内心竟然大大松了口气。

他盲目地把咖啡杯推到一旁，听到它在另一个世界中摔到地上碎成裂片。他把涨红过热、抽动不已的头搁在桌上，用两臂圈住，继续抽泣。

不知过了多久，他感觉到波莉用她凉爽的手，她畸形但体贴的手，把他的头抬起来，靠在自己的腹部。波莉就让他的头靠在那儿，而他继续流泪，好久好久都停不下来。

8

波莉的手从他胸口滑落。艾伦轻轻移动波莉的手，知道即使只是稍微碰到，也会让她痛醒过来。现在他看着天花板，不禁纳闷波莉那天是不是故意激起他的悲痛。他宁可相信波莉是故意的。波莉可能认为，要不然就是凭直觉知道他的悲伤需要宣泄，比他要找到几乎不可能存在的答案更迫切。

那是他们情愫萌芽的阶段，虽然他当时不知道，反而还觉得是某件事的结束。从那时起，一直到他终于鼓起勇气约波莉吃饭那天，他经常想起波莉的蓝眼睛，以及波莉的手搭在他手腕上的感觉。他想起波莉温和地问个不停，使他不得不面对之前不愿理会或疏忽的事。那段时间，对于安妮之死，他努力面对与先前完全不同的感受，因为一旦排除了他和伤痛间的障碍，其他感受就如排山倒海般涌了过来。其中最主要也最令他难过的是愤怒，安妮隐瞒一个原本可以治疗和痊愈的疾病……还有那天竟然带着儿子一起去，令他越想越怒不可遏。今年四月一个大雨滂沱的寒冷夜晚，他在桦木餐馆对波莉讲出这些感受。

“你已经不把这当作自杀，而是谋杀，”波莉那时候说，“才会那么生气。”

他摇摇头，正要反驳，波莉身子往前倾，手越过桌面，用一只变形的手指坚定地抵住他的嘴唇。喂，别讲了。这个举动让他惊讶得真的说不出话来。

“好吧，”波莉说，“艾伦，我这次就不盘问你了——我已经好久没跟男人出来吃饭，开心得检察总长都不想当。但没人会因为对方出意外而生对方的气，至少不是生你这种气，除非出意外的主要原因是粗心。如果安妮和托德出车祸是因为刹车失灵，你可能会怪罪自己当初为什么没开去车厂检查，或控告桑尼·贾基特在你上次开去维修时检查得太草率，但你怎么样也不会怪安妮吧?”

“应该不会。”

“当然不会。艾伦,也许这真的是意外。你知道安妮开车时可能癫痫发作,因为范·艾伦医生跟你这么说。但你有没有想过,她突然转到一边,可能是为了避开一头鹿?有没有想过原因可能就那么单纯?”

想过。一头鹿、一只鸟,或一辆车迎面撞来,都可能令她急速闪开。

“想过,可是她的安全带——”

“噢,就别管那该死的安全带啦!”她的口气如此激烈,使得周围有些客人转过头看向这里,“也许她头很痛,让她那次忘了系上安全带,但那还是不能代表她故意把车撞个稀烂。况且她要是头痛,而且很严重的话,还能解释托德为什么系着安全带而她没有,但这也不是重点。”

“那重点是什么?”

“重点是有太多的‘或许’支撑着你的愤怒,但即便你认为事情真的像你想的那样,你也永远没办法证实对不对?”

“嗯。”

“即便你能证实……”波莉坚定地看着他。他们桌上点着一支蜡烛,波莉的眼睛在烛火下呈现较深的蓝色,两个眼珠里各有一点亮光。“好吧,脑瘤也是意外啊!艾伦,这件事情没有主谋,没有。你们警察叫那什么来着——没有行凶者。要是你不接受这点,就永远不会有机会。”

“什么机会?”

“我们俩的机会,”她平静地说,“艾伦,我很喜欢你,我还没老到不敢冒险,但已经老到有些难受的经验,知道狂爱一个人时,自己会茶不思饭不想。除非你能让安妮和托德安息,不然我不会让自己陷入那种地步。”

他看着波莉,说不出话来。在这家老式乡村餐馆里,波莉严肃地凝望着他,摇曳的火光把她细嫩的脸颊和额头照得半边橘亮。外头一阵风从屋檐下呼啸而过,仿佛在吹长号。

“我是不是说太多了?”波莉问,“如果是的话,希望你现在能载我回家。我不把心里的话讲出来会很难过,但丢脸一样让我难过。”

艾伦轻触波莉的手说:“不会,你没说太多,我喜欢听你说话。”

波莉笑了,整张脸都亮了起来,她说:“那你就有机会啦!”

于是两人开始约会。他们虽然内心并不愧疚,但都承认需要小心翼翼;不只是因为城堡岩是小镇,艾伦是民选官员,波莉也需要跟镇民处好关系,生意才做得起来,另一个原因,是两人都承认有一天他们内心可能会不安。他们都还没老到不敢冒险,但年纪也不小了,不能轻率行动,小心是必要的。

五月时,他第一次跟波莉上床,波莉也对他透露从“那时”到“现在”之间发生的事……那个他没有全盘接受的故事,他深信波莉有天会再跟他说一遍,而且说的时候眼睛不会刻意正视,也不会一直用左手拉左耳垂。波莉对他讲了那么多实在难得,他甘心等待听完剩下的故事。不甘心也得甘心,因为事情不能操之过急。缅因州的漫长夏日昏昏欲睡地往前迈进之际,跟波莉坠入爱河就已令他心满意足了。这时,他躺在波莉昏暗的卧室,盯着上方的天花板,心想是不是该再提一次结婚的事。他八月时提过一次,波莉听了也是连忙用手指抵住他的嘴,喂,别讲了。他猜……不过这时他的思绪逐渐模糊,不费什么力就滑入了梦乡。

9

梦中,他在一座巨大的商店里购物,沿着一条长长的走道闲逛,尽头在远处缩成了一小点。这里各种东西应有尽有,所有他曾想要但又负担不起的东西都在这儿——触控式手表、学院风的男式软呢帽、八厘米摄影机和无数其他商品,不过有人在他身后,就在他看不到的肩膀后方。

“老兄,这里的东西咱们叫作任人宰割的玩意。”有个声音表示。

这个声音艾伦熟悉,是开着奥兹莫比尔“龙卷风”的那个高调狗杂种乔治·斯塔克的声音。

“这家店咱们叫‘终结之地’,”那声音说,“因为这里是所有商品和服务终结的地方。”

艾伦看到一只大蛇——看起来像巨蟒,却有着响尾蛇的头——从一大堆标示着欢迎自由使用的苹果电脑中爬出来。他转身想逃,但一只没有掌纹的手攫住他的手臂,把他拉住。

“继续看嘛,”那声音怂恿着,“老兄,想要什么就拿什么,把想要的都放到推车里……然后去付账。”

但他挑选的每样物品,竟然都是绑在他儿子身上的烧成焦黑、熔化不成形的安全带扣环。

第八章

1

丹·基顿没长脑瘤,不过他周六一大早坐在办公室里,头却痛得要命。办公桌上放着一叠一九八二年到一九八九年的城堡岩税务账册,旁边散堆着一封封信件,包括缅因州税务局的信,还有他回信的副本。

他的世界正在崩塌毁灭,他明白得很,只是无能为力。

昨晚他去了趟刘易斯顿市,凌晨十二点半左右才回到城堡岩。太太早已吃了安眠药,在楼上睡得酣熟,而他却在书房里焦躁地来回踱步,整夜没睡。他发现自己看向角落小橱柜的次数越来越频繁;橱柜上层放满毛衣,大部分都很老旧,还被蠹虫咬得都是洞。毛衣下方放着一只木雕盒子,是基顿的父亲很久以前亲手做的,后来阿尔茨海默病像道黑影击垮了他,夺去他的毕生技能与回忆。盒子里放着一把左轮手枪。

基顿越来越常想到那把左轮手枪。不过,他并不是想自杀,就算是,至少枪口指的第一个人也不是他自己,而是他们,那些迫害者。

五点四十五分,基顿离家,开车前往镇公所;清晨时分,街上冷冷清清。镇公所的管理员埃迪·沃伯顿手里拿着扫把,嘴里叼着根烟(前一天他在"必需品专卖店"买来的圣克里斯托弗纯金纪念章好好地藏挂在蓝格子衬衫底下),看着基顿步履艰难地踏着阶梯往二楼走,两人并无交谈。过去这一年,埃迪·沃伯顿已习惯基顿在非上班时间来到镇公所,而基顿也老早就对沃伯顿视若无睹。

基顿把桌上的信件拢一拢,心里有股冲动想把这些文件撕碎到处乱丢,不过他克制了下来,开始整理信件。税务局的信放一沓,他的回信另放一沓。他平常都把这些信锁在档案柜最下层的抽屉里,抽屉钥匙只有他才有。大部分的信件尾端都署名丹·基顿/雪莉·劳伦斯。雪莉是基顿的秘书，信件都是她负责听打，不过回复税务局的信件上虽然有雪莉的签名，但她都不曾经手。有些事还是自己知道就好。

基顿整理信件时，眼前突然跳出一句话："……我们发现一九八九报税年度的城堡岩季度报税单表十一有出入……"

他连忙把这封信放到一边。

但接着又是另一句："……针对一九八七年最后一季劳工赔偿申请书，进行抽样查核后，发现一些严重的问题，是关于……"

赶快把信放进档案夹里。

又来一句："……认为您在此时要求延期查核颇为失当……"

这些话接二连三袭来，速度快到每一句都没头没尾，搞得他头晕恶心，好像坐在失控的摩天轮上。

"……有关这些林场资金的问题是……"

"……找不到城堡岩申请的记录……"

"……州政府提供的资金，其分配使用并未充分检据证明……"

"……遗失的开支收据必定是……"

"……现金传票不足以……"

"……请提供完整的支出证明……"

而最后这句话在昨天出现，逼得基顿当晚驱车前往刘易斯顿市，而他曾发誓再也不在轻驾车赛季时去这地方。

基顿渺茫无望地看着这封信，整颗头因为血液上冲而一胀一缩，大滴汗珠沿着背脊慢慢滚下。双眼下方的幽黑眼圈显示他的疲劳，嘴角上还长了颗疱疹。

税务局　州议会大厦　奥古斯塔市，缅因州　04330

印在州玺下方的信头让他为之一惊，而冷漠正式的称呼语带威胁：

致城堡岩镇长

就这样，再也不是"亲爱的丹"或"敬爱的基顿先生"。结尾处也不再祝福他的家人。整封信口气冷淡得可恨，读起来仿佛给冰锥刺了一刀。

他们要查核城堡岩的账册。所有账册。

城堡岩的税务记录、州政府与联邦政府的税收分成记录、城堡岩的支出记录、道路维修记录、镇公所执法预算、公园管理处预算，甚至有关州政府出资设立的实验林场财务记录。

他们要看所有资料，而且要在十月十七日拿到手，距离今日只剩五天。

他们。

这封信不只有州财务长和州审计长的签章，还有缅因州的条子老大检察总长的签章，这让他心头凉了半截。这些全都是亲笔签名，而不是一般的复写。

他们，基顿对着拳头里紧握的信纸低声说。他越想越激动，双手抖得让信纸发出轻微的嘎嘎声。他又对着信纸咬牙切齿道："他——们！"

基顿把这封信摔到其他信件上，合上档案夹，其上的标签打印着整齐的"缅因州税务局通信记录"。基顿继续盯着它好一会儿，才从城堡岩镇青年商会赠送的笔筒里抓起一支笔，颤抖着在档案夹上用力写下斗大的"狗屎税务局"。他看了一会自己的杰作，接着又在下方加了句"混蛋税务局"。他把那支笔紧紧握在拳头里，像拿着刀挥舞，然后将笔掷向办公室另一头，角落传来细微的当啷声。

基顿合上另一个档案夹，里头装了他亲自回信的影本（这些回信他都会加上秘书签名）。这些信是他在漫长黑夜里辗转难眠构思而成，最终却毫无用处。他额头中央有条血管不停跳动着。

他站起身，拿着这两份档案夹走向档案柜，放进最下层的抽屉，然后用力关上，检查是否锁上。他走向窗边，望着仍然沉睡的小镇，做了几次深呼吸，试着安抚自己。

他们恨死他了，这些迫害者。最初到底是谁煽动那群人攻击他，这问题他不知想了多少次。要是能揪出那家伙，那龌龊的迫害者之首，他会拿出盒子里那把枪把对方毙了。不过他可不会让对方一枪毙命，哼，哪有这么便宜的事！他会慢慢一枪一枪射击，同时还要那龌龊鬼唱国歌。

他的心思转向那瘦巴巴的警员里奇韦克。会是他吗？他看起来不怎么聪明……不过也很可能是扮猪吃老虎。潘伯恩说那张违规停车罚单是他叫里奇韦克开的，但谁知道是不是真的。而在男厕里，里奇韦克喊他浑蛋的时候，他的眼神透露着了然于胸、嘲弄轻视的样子。打从税务局寄来第一批信开始，里奇韦克就已经知道这件事了吗？基顿相信是的，不过晚一点还是来查阅一下这个人的工作简历，好做个确认。

潘伯恩这个人呢？他绝对够聪明，而且讨厌基顿更是毋庸置疑（他们不全都讨厌他吗）。潘伯恩认识许多州政府的人，他跟那些人熟得很。他妈的，他好像每天都在跟那些人通电话。看看电话账单就知道，就算打长途电话，费用也没这么吓人。

会不会这两个人是一伙？潘伯恩和里奇韦克？两人一起搞鬼？

“蒙面奇侠和他忠实的印第安伙伴，”基顿低声说，嘴角扬起邪恶的微笑，“如果真是你，潘伯恩，你会后悔的。如果是你们两个，那你们一起后悔，”他边说，双手边握成拳头，“你们要知道，我绝不会乖乖等死。”

他仔细修剪的指甲刺进掌肉里，甚至渗出血来了他都没注意到。也许是里奇韦克，也许是潘伯恩，要不然就是镇财务长梅莉莎·克拉特巴克，那冷冰冰的臭婆娘，也可能是得票数第二高的镇务委员比尔·弗勒顿（他深知弗勒顿觊觎他的位子，而且没有到手绝不罢休）……

或许是他们所有人。他们一起搞的鬼。

基顿难受地深深叹了口气，在上了铁网的窗上形成一团雾气。问题是，他应该怎么做？从现在起到十七日前，他打算怎么反击？

答案很简单：他不知道。

2

基顿年轻时是奉公守法、绝无半点恶习的人，而他觉得这样很好。他十四岁上城堡岩高中后，就开始在家族经营的汽车经销公司打工，比如清洗展示车、帮展示场的车上蜡。“基顿雪佛兰”是雪佛兰汽车在新英格兰最早的经销商，同时也是基顿家族的主要经济支柱，这支柱向来很稳固，然而就在最近出了问题。

高中四年生活里①，基顿在所有人眼中都是个浑蛋。他修了商业课程，成绩平均保持在B上下，另外，学生会几乎是他一个人在主持。后来他进入波士顿的特雷纳商学院，每一科都拿A，而且还提早三个学期毕业。他回到城堡岩后，很快就让大家知道他的浑蛋岁月终于结束。

基顿一直过得不错，然而大概在九年或十年前，他和史蒂夫·弗雷泽去了趟刘易斯顿市，从此改变了一切，麻烦开始出现，他是非清楚、黑白分明的日子开始出现越来越深的灰色地带。

他以前从不赌博，念城堡岩高中的浑蛋不会，在特雷纳商学院的丹也

---

① 美国高中学制为四年。

不会，身为“基顿雪佛兰”的代表与城堡岩镇务委员的基顿先生也不会。据他所知，他家族中没人赌博，连赌点小钱的纸牌游戏，或看谁硬币丢得最接近目标就赢钱这类无伤大雅的消遣都不记得有家人玩过。这些活动不是什么禁忌，也没规定不准玩，可他们家就是没人碰。基顿从来没对什么事下过赌注，但他和史蒂夫·弗雷泽第一次到刘易斯顿赛马场时，却打破了惯例。从此基顿再也没去其他地方下过注，没这个必要，因为刘易斯顿赛马场就已经让他玩得够堕落了。

当时基顿已是得票数第三高的镇务委员，已经入土为安至少五年的史蒂夫·弗雷泽则是城堡岩镇长。一块“上城去”（到刘易斯顿时都是这么说的）的除了他们两人外，还有郡立社会福利处的城堡岩督察布奇·内多，以及当了大半辈子镇务委员、可能会一直当到死的哈利·塞缪尔斯。那次是去参加一场全州的郡政府官员会议，讨论新的税收分配法……不用多说，带给基顿大麻烦的正是这个税收分配制度。如果当初没建立这制度，他就得被迫用十字镐和铲子挖自己的坟墓；如果建立了，他就能用高档挖土机了。

那场会议共举行两天。头一天晚上，史蒂夫提议去逛逛这个大城，找找乐子。布奇和哈利并不想去，而基顿也没什么兴趣跟史蒂夫·弗雷泽这又肥又老、满脑猪油的吹牛专家一起消磨夜晚，不过他还是去了。如果史蒂夫提议去龌龊下流的地方游历一番，他大概也会去，毕竟史蒂夫是镇长。布奇·内多的余生只要能一直担任得票数第二、第三或第四高的镇务委员，大概就心满意足了，哈利·塞缪尔斯则已经表示这任届满后将退休，然而丹·基顿却野心勃勃，因此弗雷泽（管他是不是又老又肥的吹牛客）是让他梦想成真的关键人物。

基顿与史蒂夫一块出去后，先是来到活丽酒吧，门上写着“活丽让你充满活力”。史蒂夫现在可真是活力充沛极了，他一杯又一杯喝着加水威士忌，简直当白开水喝，然后还对着脱衣舞娘吹口哨，不过这些脱衣舞娘几乎个个又肥又老，而且舞跳得总是慢半拍。基顿觉得她们大多看起来恍恍惚惚。他记得一开始就认为那会是个漫长的夜晚。

后来两人去了刘易斯顿赛马场，从此改变了一切。他们及时赶上第五场比赛，弗雷泽硬是把碎碎念的基顿推赶到下注窗口，就像牧羊犬叼着一只掉队的小绵羊回到羊群。

"史蒂夫,我对这一窍不通——"

"担心什么!"弗雷泽对着基顿脸上吐出满嘴酒气,愉快地回答,"我们今晚会走好运,浑蛋,我有预感。"

基顿根本不知道如何下注,而弗雷泽一直东聊西扯,让他想从队伍中其他赌客的对话里听到一点资讯也很难。等他们排到两元赌金的窗口前,基顿拿了张五元钞票推向柜台人员说:"四号。"

"独赢还是位置?"①对方问道,但基顿一时间不知该如何回答。在柜台人员身后,他看到一件令人目瞪口呆的事:三个职员一边清点、一边绑起大叠大叠钞票,基顿这一辈子从没见过这么多现金。

"独赢还是位置?"柜台人员不耐烦地又问一次,"快点,老兄,这儿可不是公立图书馆。"

"独赢。"基顿回答。他压根不晓得"位置"指的是什么,不过"独赢"的意思他清楚得很。

柜台人员用力塞给基顿一张彩票以及找回的三块钱,分别是一元和两元。换弗雷泽下注时,基顿好奇地瞧着那张两元钞票,他以前只听说过有两元纸钞这种东西,可是从来没见过。这张两元钞票上印着托马斯·杰弗逊总统的肖像。有意思。事实上,这整个地方都很有意思——充满了马匹的味道、爆米花的味道、花生的味道,还有挤来挤去的赌客,整个气氛热切急迫。这个地方是清醒的,他熟悉这种清醒的方式,因此立刻有所反应。以前他也在自己身上感觉到这种清醒,没错,次数还不少呢!但这是他第一次在周遭的世界里有这种感觉。丹·"浑蛋"·基顿,很少真正融入任何地方、任何团体,但他却觉得自己是这地方的一分子,他完全属于这里。

弗雷泽下完注回来,基顿对他说:"这里可比活丽酒吧赞多了。"

"是啊,轻驾车赛马很不赖,"弗雷泽说,"不过总比不上世界锦标巡回大赛。走吧,到围栏那边去。你押哪匹?"

基顿不记得了,得看看手中的彩票才知道,然后回答:"四号。"

"你买位置吗?"

"呃……我买独赢。"

---

① 独赢指投注的赛马跑第一,位置指投注的赛马跑第一、第二或第三。

弗雷泽既可惜又轻蔑地摇了摇头，在基顿肩上拍了拍说："独赢是很烂的赌注，浑蛋。就算电子看板上说不烂，那还是很烂。没关系，你会学到教训的。"

当然，他学到了。

唧唧唧唧唧……某个地方传来好大一声铃响，把基顿吓了一跳。一个声音透过扩音器吼道："比赛开始！"群众传出一阵如雷的呼吼，基顿突然感到一阵电流穿过全身。马蹄嗒嗒冲过泥土跑道。弗雷泽一手抓着基顿的手肘，一手在人群间开路走向围栏，最后来到离终点线二十码内的地方。播报员开始播报赛况。七号"小妞"在第一弯道上领先，紧跟在后的是八号"破野"，排名第三的是一号"豪赌"。四号叫"绝对"，基顿从没听过这么逊的赛马名，而这匹马现在位居第六，不过他一点也不在乎。他聚精会神地看着这些冲刺的马匹，它们身上的毛在泛光灯照耀下闪烁，马车急扫过弯道时，飞旋的轮子交融成一片，还有驾车者身上丝质彩衣的鲜艳颜色，样样都让他看得目不转睛。

马匹进入非终点直道，"破野"开始逼近领先的"小妞"。"小妞"乱了蹄，"破野"超过了它。同时，"绝对"开始从外侧急起直追——播报员还没用刺耳的声音把这消息宣布给整个赛场，基顿就已经看到了，整个人呆得连弗雷泽用手肘撞他他都几乎没感觉到，弗雷泽大吼："那是你的马，浑蛋！那是你的马，它的机会来了！"他几乎没听到。

群马轰隆隆在最后的直线道上冲刺，正冲向基顿与弗雷泽站立之处，所有群众开始大吼大叫。基顿再次感到一股电流穿过全身，不是轻微的小火花，而是如暴风雨般横扫。他开始跟大家一起吼叫，隔天他的喉咙一定会哑得只能轻声细语。

"绝对！"他高声叫道，"快啊，绝对，快啊，你这好样的，快跑！"

"是奔驰，"弗雷泽边说边笑，笑到眼泪都流下脸颊，"快啊，你这好样的，放开马蹄奔驰吧！这样讲才对。"

基顿没听到，他身处另一个世界，他正在传送脑波给"绝对"，用心电感应把力量传给它。

"现在是'破野'与'豪赌'，'豪赌'与'破野'，"播报员的声音仿佛从天上传来，"正冲向最后的八分之一里，但是'绝对'越来越快——"

马群越来越接近终点，扬起一阵尘土。冲刺中的"绝对"颈子拱起，头向前伸，四蹄一举一落有如活塞一升一降。就在基顿与弗雷泽所在之处，它先是超越了“豪赌”，又追过快撑不住的“破野”，把这两匹马远远甩在后头，冲过终点线时，还持续拉开领先距离。

电子看板上出现了数字，基顿问弗雷泽那是什么意思，他看了看基顿的票，又瞧瞧看板，噘起嘴像是吹了声口哨。

“我把赌金赚回来了吗？”基顿焦急地问弗雷泽。

“浑蛋，你还不赖嘛，‘绝对’是一赔三十。”

那晚离开赛马场时，基顿赚了三百出头，从此让他迷上了赛马。

3

基顿拿起挂在办公室角落衣架上的外套穿上，准备离开时却突然停下，手握着门把不动。他回头看看办公室。窗户对面的墙上挂着一面镜子，基顿对镜打量了好一会儿，然后走过去。他听说“他们”会利用镜子当监视工具，他可不是三岁小孩。

他脸贴着镜面，镜子反映出他苍白的皮肤与充血的眼睛，但他不予理会。他手掌微凹，放在脸颊两侧挡住亮光，双眼眯着，找寻装在另一头的摄影机。找寻“他们”。

他没找到。

过了好长一会儿，基顿才离开镜子，用外套袖子随便擦拭弄脏的镜面，然后离开办公室。还没找到“他们”动手脚的证据，但这不代表“他们”今晚不会进来把镜子换成单向镜。监视不过是迫害戏码的其中一个花招。从今天起，他要每天检查镜子。

“但我可以，”他朝着空荡荡的走廊说，“我可以用这招，相信我。”

埃迪·沃伯顿在大厅里埋头拖地，基顿步出镇公所时埃迪头也没抬一下。

基顿把车停在镇公所后方，但他不想开车。他觉得心乱如麻，不适合开车；他搞不好会把那辆凯迪拉克朝着某家商店的橱窗撞过去。他心头烦乱，因此也没意识到自己正朝家的反方向走。那时是周六早上七点十五分，他是唯一出现在城堡岩商业区的人。

他的心暂时飞回了刘易斯顿赛马场的那一夜，那一夜他似乎不会误入歧途。史蒂夫·弗雷泽已经输掉三十块钱，说第九场比赛结束后就要离开，基顿说他想再待久一点。他的眼睛很少转向史蒂夫·弗雷泽，也几乎没注意到对方已经离开。他只记得没人在身边嚷嚷浑蛋这样、浑蛋那样是件很棒的事。他讨厌这绰号，当然史蒂夫·弗雷泽心知肚明，也正因为如此才会一直叫他浑蛋。

隔周基顿又去了赛马场，不过这次他是一个人去，结果把上次赢来的钱输掉了六十块。他一点都不在乎。尽管他常想起那些大把大把捆起的钞票，但他认为钱不是重点，其实不是；钱只不过是你带走的象征物，说明了你曾去过那地方，曾经参与那场盛会，不管为时多么短暂。基顿真正在乎的是铃声响起后，各跑道的栅门嘎吱嘎吱重重打开，广播员大叫："比——赛——开始！"时，赌客间汹涌澎湃的兴奋之情；看到马群通过第三个弯道全速冲入非终点直道，接着通过第四弯道在终点直道上继续加速冲刺，观众发出嘶吼，疯狂的加油打气声如基督教野外奋兴会激励人心的劝勉。这些才是基顿真正在乎的。赛马场是那么生气蓬勃，喔，太蓬勃了。赛马场是那么有生命力，以至于——

——变得危险。

基顿决定最好远离赌马这档事。他已经做了完善的生涯规划；他打算在史蒂夫·弗雷泽退休后，坐上城堡岩的镇长位置，当个六七年后，再去参选州众议员。然后呢？谁也说不准。对于有野心、有才干……还有头脑的人来说，进入国家部门也不是不可能。

那才是赛马场带来的真正麻烦。基顿一开始并未察觉，不过很快他就明白了。在赛马场里，民众付钱下注……然后暂时抛开理智。他在自己的家族里已经看过太多丧失理智的例子，所以对刘易斯顿赛马场散发的诱惑感到不自在。那是个四周油滑黏腻的坑洞、一张暗藏利牙的罗网、一把拔掉保险栓且装满子弹的枪。

在赛马场里，他非得等当晚最后一场比赛结束后才舍得离开。他有自知之明，也努力过了。有一次他下定决心，坚定地走向出口，几乎走到了十字转门时，脑袋深处却出现某种命令，某种强大、谜样又像爬虫类的东西控制了他，令他转身。基顿很害怕那只爬虫会完全苏醒过来，最好让它继续沉睡。

基顿就这样过了三年。后来在一九八四年，史蒂夫·弗雷泽退休，基顿当选镇长，那时他的麻烦才真正浮现。他到赛马场庆功，既然要庆祝，就决定放手一搏。他走过两元与五元的下注窗口，直接走到十元窗口，当晚他输了一百六十块，心里不怎么舒服（隔天他告诉妻子他只输了四十块），但皮夹里的钱还多得很，完全没影响。

一周后他又去了赛马场，决心把输掉的钱赢回来，然后就洗手不干。他差点成功了。*差点*，这两个字才是关键，就像他差点就走到出口的十字转门外。又隔一周，基顿输了两百一十块，在支票户头里捅了个大洞，默特尔一定会发现，因此他只好从镇上专用的零散资金挪些钱来补这严重的差额。挪了一百块而已，不过是区区小数，真的。

有了开始就没有结束，后来的事全都模糊不清了。坑洞四周油滑黏腻，这点他清楚，一旦开始滑落，注定要完蛋。你的手可以使劲抓住坑壁，减缓落下的速度……不过，这只是在延长你的痛苦而已。

如果要说何时再也回不了头，应该就是一九八九年。到了夏天，每晚都有赛马，而基顿从七月中旬到八月底一直光顾马场。默特尔有阵子怀疑基顿其实是用赛马场当借口去外面跟女人幽会，但这可是个笑话呢，真的。就算女神黛安娜驾着战车从天而降，衣袍敞开，脖子上还挂着*上我吧丹*的牌子，基顿也硬不起来。光是想到自己染指镇上公用经费的严重情况，就已经让基顿那可怜的小鸡鸡缩成一小块橡皮擦了。

后来默特尔终于相信基顿真的只是去看赛马，她这才放下了心。她推想：反正他在家也是个暴君，赛马能让他在外头待久一点，而且他应该不会输得太惨，因为账簿上并没出现太大的变动。丹只不过找到了中年嗜好，调剂一下生活而已。

真的只是去看赛马，基顿在主街上边走边想，双手深深插入外套口袋。他发出一声奇怪、狂放的笑声，如果街上有其他人，一定都会转头看他。默特尔一直留心账簿的变化，但她从没想过丹会侵吞他们用毕生积蓄合买的国库券。同样地，“基顿雪佛兰”已摇摇欲坠这件事也只有基顿自己知道。

她结算支票簿与家庭账户。他是个领有证照的会计师。

提到盗用公款，会计师做得比其他人都好，但纸包不住火，这个隐藏秘密的包裹终究会散开。基顿包裹上的绳子、胶带、包装纸在一九九〇年秋天开始松脱散落。他尽可能把事情隐藏好，希望能在赛马场上捞回本钱。那时他找了个庄家，让他能在赛马场的赌金上限外投下更大的赌注。

然而,这并没有改变他的运气。

接着到了今年夏天,迫害开始紧追而来。以前,“他们”只是跟他玩玩。如今,“他们”要解决掉他,距离“世界末日”不到一星期。

我会让他们好看,基顿心想。我不会那么快完蛋。我还有一两招没使出来呢!

但麻烦的是,他不知道还有什么招数可用。

别管了。一定有办法。我知道一定有——

基顿的思绪被打断了;他正站在“必需品专卖店”这家新店前,橱窗里的东西暂时把他的所有烦恼抛到了九霄云外。那是个色彩鲜艳的长方形纸盒,前面贴了张图片,应该是纸盘游戏,但这游戏玩的是赛马,那张图画上有两匹马并驾齐驱冲向终点线,他敢发誓那正是刘易斯顿赛马场。他敢说背景一定是主看台,不然他就是猪。

游戏名称叫“独赢彩票”。基顿站在那儿看了五分钟之久,就像小孩看电动火车看得出了神。然后他慢慢走进墨绿色的遮阳篷下,想看看这家店周六有没有营业。门内挂着一块牌子,很好,可是只有三个字,而这三个字当然是营业中。

基顿看了牌子一会儿,心想一定是挂错了,这反应跟布赖恩一样。城堡岩主街的商店不会七点就开门营业的,更别说是周六清晨了。但同样地,他也试着转动门把,轻松地转了开来。

他打开门,上方一个银色小铃铛响了起来。

4

“那其实不算游戏,”五分钟后利兰·冈特说,“你搞错了。”

基顿坐在厚绒布高背椅上(妮蒂·科布、辛迪·罗丝·马丁、埃迪·沃伯顿、埃弗里特·弗兰克尔、迈拉·埃文斯,还有镇上其他许多人这星期都在上头坐过),喝着一杯香醇的牙买加咖啡,那是冈特(看起来像平地人①中的善类)坚持要他喝的。冈特弯身从橱窗里小心拿出那个纸盒。他身穿酒红色吸烟外套,再整洁不过,头发也梳得服服帖帖。他告诉基顿,他经常在非正常营业时间开店,都是失眠害的。

---

① 指平原地区的居民。

“我年轻时就这样了，”他苦笑着说，“那是很多年前了。”在基顿眼中，冈特看起来就像朵雏菊般新鲜，除了他那双眼睛——充血到让人以为那是眼睛天生的颜色。

冈特把盒子拿过来，放在基顿身旁一张小茶几上。

“就是这盒子吸引了我，”基顿说，“看起来很像刘易斯顿赛马场，我有时会去那里。”

“你喜欢小赌一把是吧？”冈特微笑着问道。

基顿正要说他从不赌博，却又改变了心意。那抹微笑不只是和善，还带有同情的味道，他突然了解站在眼前的是个跟他有同样瘾头的人，然而他跟冈特握手时，却从心底涌出一股憎恶之感，就像肌肉抽筋那么突然，这实在没道理，可是那一刻，他很确定找到了迫害者之首。不过也许是他多疑；他的确是随时留神，看谁是迫害他的人，但其实也不必敏感到这种地步。

“我是个老赌徒了。”基顿说。

“真不幸，我也是。”冈特附和。他那双通红的眼睛紧紧盯住基顿的双眼，有那么一瞬间，两人完全了解彼此……至少基顿这么觉得。“我几乎走遍东西两岸的赛马场，所以很确定这盒子上画的是长亩赛马场，在圣迭戈。现在当然没啦，拿去盖房子了。”

“喔。”基顿应声。

“不过你看看这个，你应该会觉得很有趣。”

冈特把盒盖打开，小心翼翼取出一个锡制跑道，跑道放置在一座长三英尺、宽一点五英尺的平台上，看起来就像基顿小时候的玩具，那个战后日本制的便宜货。跑道是两英里长的缩小版，上面有八圈细窄的凹槽，还有八匹锡制小马摆在起跑线后。每道凹槽都有根锡柱突起，焊接在马匹腹部，撑住每只锡马。

“哇！”基顿咧嘴一笑，发出赞叹声。这是他几周以来头一次发笑，这表情也让他自己觉得奇怪而不恰当。

“好戏还在后头呢！”冈特对基顿回了个微笑，“基顿先生，这宝贝大概是一九三〇或一九三五年制造的，可是是货真价实的古董。不过对那时的赛马迷来说，这不只是玩具而已。”

“不是吗？”

“不是。你听说过灵应板吗?”

“当然。你问问题,然后上头会出现来自灵界的答案。”

“正是这样。嗯,经济大萧条的时候,一堆赛马迷认为‘独赢彩票’是赌马人的灵应板。”

冈特的眼光再次遇上基顿的眼睛,笑眯眯的,非常和善,而基顿无法移开自己的视线,就像他无法在最后一场比赛前离开赛马场一样。

“很可笑吧?”

“是啊。”基顿回答,但他觉得似乎一点也不可笑。似乎非常……非常……非常有道理。

冈特在盒子里四处摸索,拿出一把锡制小钥匙。“每次胜出的马都不一样。我猜里面有种随机的机制,虽然不怎么精密,但很有效,我玩给你看。”

锡马站立的平台侧面有个钥匙孔,冈特插入钥匙后转动,接着传来细微的咔啦咔啦齿轮声响,是上发条的声音。转不动后,冈特把钥匙拔出来。

“你选哪一匹?”冈特问。

“五号。”基顿答道。他弯身向前,心脏越跳越快。他认为这实在可笑,而且成了他强迫欲望的最佳证明,可是他却感受到曾经席卷他身体的兴奋感。

“很好,那我选六号。我们要不要来赌一下,让比赛刺激点?”

“好啊! 赌多少?”

“不赌钱,”冈特说,“基顿先生,我很早就不赌钱了。钱这种赌注最无趣了。不如这样吧,假如你的马赢了,我可以帮你做件事,什么事你来决定。如果是我赢了,那你得帮我做件事。”

“如果我们俩都输了,打赌就不算数了?”

“没错。准备好了吗?”

“好啦。”基顿紧张地说,他向前贴近锡制跑道,双手紧紧握在肥壮的大腿间。

起跑线旁的凹槽上立着一根细小的金属控制杆。“比赛开始。”冈特轻声说道,接着推了控制杆一下。跑道下方的齿轮组开始转动。马匹离开起跑线,在各自的跑道上滑行。刚开始很慢,在凹槽上前后摇晃,前进时有些轻微颠簸,像是装置里的某个主发条,或一整组主发条在膨胀,不过就在接近第一个弯道前,马匹的速度开始加快。

二号马领先，紧追在后的是七号马，其他则一并落后。

“快啊，五号！”基顿轻声唤道，“快啊，五号，冲啊，好马儿！”

五号马仿佛听到了基顿的呼唤，开始脱离马群，在半圈的地方追上了七号马。冈特的六号马也开始加速。

“独赢彩票”在小茶几上咔啦咔啦震动着。基顿的脸就像悬在半空中又大又布满坑洞的月亮。一滴汗水落在三号马的骑师身上，如果它是真人，那么他和他的坐骑恐怕都会湿透哩！

在第三个弯道上，七号马急速前进追上了二号马，基顿的五号马继续拼命向前冲，而冈特的六号马紧追在后。这领先的四匹马在各自的凹槽里剧烈震动，把其他马远远甩在后头。

“快冲啊，你这笨马！”基顿大喊，他已经忘记这些只不过是粗糙的锡制马匹。他已经忘记自己在一家商店里，跟老板还是第一次见面。过去的兴奋感又占据了他，像狗衔着老鼠左右甩动一般摇撼着他。“冲啊冲啊！加油，你这匹马！快冲！使尽全力冲啊！”

五号马现在冲向领先位置……一马当先。冈特的马快追上时，五号马已通过终点，成了赢家。

机械装置开始减速，但大部分马匹在发条完全停止前都已回到起跑点上。冈特用一只手指把落后的马匹推回起跑线上，好进行下一场。

“唉！”基顿摸了摸额头叹道。他筋疲力尽，但又觉得很不赖，他已经很久很久没有这么棒的感觉了。“还蛮好玩的！”

“好玩得呱呱叫。”冈特亦表赞同。

“过去的人手艺真不错。”

“就是啊，”冈特微笑附和，“看来我得帮你做件事了，基顿先生。”

“哎呀，不用了，只是说说好玩而已。”

“我是认真的，绅士从不抵赖。用他们的话说，你只要在要求清偿借据前一两天通知我就行了。”

清偿借据前。这句话又把所有心事重重推回他身上。借据！他们掌握了他的借据！他们！星期二他们就会要求清偿那些借据……然后？然后呢？

他可以想见那些报纸会如何大肆报道，让他遗臭万年的头条标题在他脑中飞旋起舞。

“你想不想知道三十年代的狂热赌徒怎么用这玩具?”冈特轻声问道。

“好啊。”基顿回答,但其实他并不在乎,并不真的想知道……可是当他一抬头,又再次遇上冈特的眼光,他的双眼被牢牢抓住,一时间,用小孩的玩具来挑选赢家似乎成了再好不过的点子。

“好,”冈特说,“他们会拿当天的报纸或赛马报,然后进行一对一的比赛。当然是用这玩具。每场比赛他们都会从报上帮每匹马选名字,然后手碰着锡马说出名字,接着上发条开始比赛。他们就这样一匹一匹地比,八次、十次、十二次。比完了,他们就到赛马场去押那些在家里胜出的马匹。”

“灵不灵?”基顿问道。他的声音仿佛从某个地方传向自己,一个遥远的地方。他好像漂浮在利兰·冈特的眼中,漂浮在红色的泡沫中,感觉很怪异但真的很舒服。

“好像还蛮灵的,”冈特回答,“大概也只是迷信而已,不过……你想买这玩具回家自己试试看吗?”

“想。”基顿回答。

“丹,你巴不得拿到一张独赢彩票,对不对?”

“不只一张,我需要一堆。多少钱?”

利兰·冈特笑道:“哦,游戏不是那样玩的,现在可是我欠你呢!跟你说——打开你的皮夹,把第一张钞票给我,我敢说那就是我该拿的钱。”

于是基顿打开皮夹,拿出一张钞票,视线完全没有离开冈特;那当然是有托马斯·杰弗逊肖像的两元钞票,当初就是这种钞票让他一脚陷入旋涡中的。

5

冈特干净利落地收起那张钞票,简直像魔术师在变魔术,接着说道:“还有一件事。”

“什么事?”

冈特躬身诚恳地望着基顿,一手轻碰基顿的膝盖说:“基顿先生,你可知道……‘他们’。”基顿的呼吸突然呛住,就像在噩梦中挣扎时岔了气。“知道,”他小声说,“天哪,我知道。”

“镇上到处都是‘他们’,”冈特好像在透露机密似的继续压低嗓子说,“多到不像话。开业不到一星期我就知道了。我觉得,其实我很确定‘他们'是冲着我来的。可能需要你帮个忙。"

"好,"基顿说,他的口气听来比较有力了,"我对天发誓,我会竭尽所能帮你!"

"我们才刚认识,而且你又不欠我什么——"

但此时基顿只觉得,冈特是他这十年来最亲近的朋友,他正想张嘴反驳时,冈特举手示意他停止,他也就乖乖闭上了嘴。

"——还有,我卖给你的东西是真的灵验,或只是另一个美梦,你压根儿不清楚……也许那种美梦只要戳一下或吹个口哨就会变成噩梦。我敢说你现在一定相信那玩意很灵;不是我自夸,不过我天生就很有说服力倒是真的。话又说回来,我深深相信满意的顾客才能带来好处,基顿先生,我相信只有满意的顾客才能让我的事业蒸蒸日上。我生意做了好多年,口碑都是靠满意的顾客传出来的。所以这玩意儿你就带走吧,如果对你有帮助,那好,如果没有,就送给慈善团体或丢到垃圾场。你能损失多少呢? 两块钱?"

"两块钱。"基顿失神地附和。

"但假如真的有用,能让你清除心中那些短暂的财务烦恼,那么记得要回来找我。我们俩再坐下来喝杯咖啡,就像今天早上这样……然后聊聊'他们'。"

"已经不可收拾了,不是还钱就能搞定,"基顿清楚但断断续续地说,像是梦呓一样,"而且还有很多问题是五天内没法解决的。"

"五天可以改变很多事情。"冈特先生若有所思地说。他站起身,动作轻盈柔软。"你的大日子就要来了……我的也是。"

"可是'他们',"基顿回道,"'他们'怎么办?"

冈特把修长冰冷的手放在基顿的手臂上,尽管基顿还处在茫茫然的状态,也能感到他的胃在碰触的那一刻纠结起来。"我们稍后再来对付'他们',"冈特说,"安心吧!"

6

"约翰!"艾伦叫住正从后门溜进警长办公室的约翰·拉普安特,"真高兴看到你!"

那时是星期六上午十点半,城堡岩的警长办公室一如往常没半个人。诺里斯去了某处钓鱼,而希顿·托马斯去桑福德探望他那两个没出嫁的姊姊。

雪菈·布理格姆正在"静水圣母堂"的牧师寓所,协助她哥哥撰写另一封投书,说明"赌场之夜"完全没有害处,布理格姆神父也希望这封信能传达他坚定的看法:威廉·罗斯就跟虱子跑到粪堆上一样,疯了!当然这话不能直接说出来,尤其是在家庭报上,不过约翰尼神父与雪菈教友尽其所能地传达这个想法。艾伦猜想安迪·克拉特巴克正在某处值勤,不过他进了办公室一小时都还没接到安迪的回报。约翰还没来之前,整栋镇公所看来只有埃迪·沃伯顿一人,现在他正在角落修理饮水机。

"有事吗,老兄?"约翰问道,然后坐在艾伦办公桌一角。

"星期六早上?没什么事,不过让你看看这个,"艾伦解开卡其衬衫右手的袖扣,卷起袖子,"请看清楚我的手没离开手腕。"

"嗯。"约翰回应。他从裤袋里拿出一片口香糖,剥开包装纸后塞进嘴里。

艾伦打开右掌,把手背翻上来,然后又握成拳。他把左手食指插进拳头里,拉出一小撮丝料,看着约翰挑了挑眉毛说:"不赖吧?"

"那是雪菈的丝巾,她肯定会不高兴,皱巴巴的还有你的汗臭味。"约翰说,这魔术并未让他惊叹不已。

"不能怪我,是她把丝巾放在桌上没带走,"艾伦答道,"而且,魔术师才不会流汗。"他把雪菈的丝巾从拳头里抽出来,夸张地吹向空中,丝巾鼓起,像只色彩斑斓的蝴蝶落在诺里斯的打字机上。艾伦看看约翰,然后叹口气说:"不怎么样,是吧?"

"这把戏是不错啦,"约翰回答,"只是我看过不少次了,三四十次有了吧?"

"你觉得怎样,埃迪?"艾伦唤道,"对偏远地区的小警长来说还不赖吧?"

埃迪没空抬头,他正忙着把塑胶罐装的矿泉水注入饮水机,"对不起,警长,我没瞧见。"

"你们两个,真是无可救药,"艾伦说,"不过我正在练习别的,保准让你们大吃一惊。"

"是吗?艾伦,你还要我去察看河水路新餐厅的厕所吗?"

"要啊。"艾伦回答。

“为什么老是我去做这些鸟事？为什么不找诺里斯去……”

“诺里斯七月跟八月已经负责检查‘乐游营地’的男厕了，”艾伦说，“六月是我负责，现在轮到你，你就别在那儿碎碎念了。记得还要采集水质样本。拿几个奥古斯塔寄来的特制袋子，走廊上的柜子里还有一堆，应该就在诺里斯的饼干盒后面。”

“好吧，”约翰说，“你说了算，不过我现在要说的话听起来可能又是碎碎念。照理说，检查水中的寄生虫应该是餐厅老板的责任吧，这我可是查过了。”

“当然是，”艾伦说，“但我们现在说的可是蒂米·加尼翁。这意味着什么？”

“这意味着，就算我快饿死了，也绝不到新开的‘河畔烧烤’买汉堡。”

“没错！”艾伦大声喊道。他站起身，拍拍约翰的肩膀说：“最好能在城堡岩的流浪猫狗数量开始减少前，让这家肮脏的烂店关门。”

“这有点过分，艾伦。”

“才不会，我们对付的可是蒂米·加尼翁。今天上午把水质样本拿来，晚上我离开前会把样本送去奥古斯塔的卫生局。”

“那你今天上午要做什么？”

艾伦把袖子卷下来，扣好袖口。“我现在要去‘必需品专卖店’，”他答道，“我想会会利兰·冈特。波莉对他很有好感，而且根据我在镇上听到的，不是只有波莉被他迷住。你见过他了吗？”

“还没，”约翰回答，两人走向门口，“但经过那家店好几次，橱窗里有很多好玩的东西。”

他们走过埃迪身旁，埃迪正用一块从他后裤袋取下的抹布擦拭饮水机的大玻璃瓶。他没有抬头看约翰跟艾伦；他看起来像是迷失在自己的世界里。不过当这两人离开并关上后门时，埃迪·沃伯顿随即冲进调度员办公室抓起话筒。

7

“好的……是……我了解。”

利兰·冈特站在收银机旁，抓着无线电话贴着耳朵，一抹新月般的微笑出现在他脸上。

“谢谢你，埃迪。非常感谢。”

冈特慢慢走向把后方空间隔开的门帘。他上半身穿过门帘，弯下腰，起身时手上拿了块牌子。

“你现在可以回家了……是的……你放心，我不会忘记的。我从不会忘记顾客的相貌或做过的生意，埃迪，所以我非常不喜欢有人提醒我。再见。”

冈特没等对方回应就按下“结束”键，收回天线，把话筒放进身上吸烟外套的口袋里。冈特把门上的卷帘再度拉下，从帘子与玻璃间取下“营业中”的挂牌，换上刚刚从门帘后面拿来的牌子，接着走到橱窗边看着艾伦·潘伯恩往这里走来。潘伯恩在走向店门前，先从橱窗往里看，而冈特也正从橱窗里头往外看；潘伯恩甚至用双手围住眼睛挡住光线、鼻子紧贴着玻璃往里头看了几秒。虽然冈特就站在他前方，双臂环抱胸前，但警长并没看见他。

冈特先生一见潘伯恩的脸就讨厌得很，但这并不让他讶异。他解读对方脸部表情的能力比记住脸孔还要高明，而这张脸透露的信息清清楚楚，而且不知怎的有些危险。

潘伯恩的表情突然改变；他的双眼睁大了点，那张和善的嘴紧抿成一条细缝。冈特霎时感到一阵全然陌生的恐惧。*他看见我了！*他这么想，尽管这根本不可能。警长向后退了半步，接着笑了出来。冈特立刻会意，但这一点都没有减少他对潘伯恩一看就讨厌的程度。

“走开，警长，”他轻呼，“走开，别来烦我。”

8

艾伦往橱窗里看了好长一段时间，他搞不清楚大家为何会迷成这样。昨晚他去波莉家前跟罗萨莉·德雷克聊了一下，罗萨莉口中的“必需品专卖店”听起来仿佛是新英格兰北部的蒂芙尼珠宝店，可是橱窗里的瓷器并没有好到能让人半夜兴奋得睡不着，只好爬起来写信给母亲，跟她分享看到的好东西。那充其量只是些清仓拍卖的瑕疵品，好几个盘子上都有缺口，还有一个中间有条极细的裂痕呢。

好吧，艾伦心想，萝卜青菜各有所爱。搞不好那些瓷器全有上百年历史，价值不菲，是我自己太笨不识货而已。他把双手圈在玻璃上，想看看陈列品后方的样子，不过什么也看不到——里面一片漆黑，一个人也没有。然后他觉得好像看到一个人影，一个奇怪、透明的人影，正不怀好意地看着自己。艾伦向后退了半步，才发现那只是自己的脸反映在玻璃上。他笑了笑，为自己的乌龙感到不好意思。他慢步走向店门口。门上的帘子拉下，透明的吸盘挂钩上吊着一块牌子，上面是手写字：前往波特兰取货，抱歉让您白跑一趟，欢迎再度光临。

艾伦从裤子后口袋掏出皮夹，拿出一张名片，在背面写了些话。

冈特先生您好：

周六早上我来拜访，想欢迎您来到这里，可惜您不在。

希望您喜欢城堡岩！下周一我会再来，或许可以一起喝杯咖啡。如有需要帮忙之处，可打背面的电话，家里与办公室皆可。

艾伦·潘伯恩

艾伦弯身，把名片从门缝里塞进去，再站起身来。他又往橱窗里看了好一会儿，纳闷到底有谁会想要那些平凡无奇的碗盘。看着看着，一种怪异的感觉爬满全身，那是种被观察的感觉。艾伦转身，没看见其他人，只有莱斯特·普拉特。

莱斯特正在把那些讨人厌的海报贴在电线杆上，根本没往艾伦这里看。艾伦耸耸肩，走回镇公所大楼。星期一应该可以见到利兰·冈特了吧；星期一再来拜访也不错。

9

冈特先生看着艾伦消失在他的视线中，然后走向门口捡起那张名片。他仔细看了名片的两面，脸上露出一抹微笑。警长说他星期一还会再来，噢，那好，因为冈特先生已经想到在星期一到来之前，城堡岩的警长会有其他事要忙，一堆烂摊子等着他收拾呢！那太好了，因为他早就碰过潘伯恩这种人，这种人能避则避，至少在建立事业及摸清顾客喜好前还是少接触为妙。潘伯恩这种人太老练了。

“警长，你一定出了什么事，”冈特说，“这件事让你变得更危险，甚至都写在脸上了。是什么呢？是你做的，还是你看到的，还是两者都是？”

冈特看向外头的街道，双唇慢慢向后咧开，露出又大又参差不齐的牙齿。他以一种低沉、自在的语调说话，这种语调是长久以来把自己当作最佳听众的人才会用的。

“我发现你是个爱变戏法的人，我穿制服的朋友。我离开镇上前，会变些新的魔术给你看看，一定让你叹为观止。”

他的手慢慢握起，艾伦的名片先是弯折然后整个被压皱，完全没入拳头，食指与中指间喷出一丝蓝色火焰。他打开手掌，一缕轻烟从掌心袅袅升起，名片却已消失不见，连一点灰烬都不剩。

“噼里啪啦砰。”冈特轻声说道。

10

默特尔·基顿走到丈夫书房门外偷听，这已经是那天第三次了。早上她大概九点左右起床，那时丹早已把自己锁在书房里。现在已经下午一点了，他竟然还待在里面。默特尔问他要不要吃午餐，他含糊着叫她走开，说他很忙。

默特尔举起手打算再敲敲门，可是却停了下来，她微微侧着头。一阵杂音从门后传来，一种碾磨的嘎嘎声。这让她想起妈妈的布谷钟在坏掉前一周发出的声响。

她轻轻敲门。“丹？”

“走开！”他的声音听起来有些激动，但默特尔不确定是因为兴奋还是害怕。

“丹，你还好吧？”

“好得很，啰唆！走开！我很快就出去了！”

嘎嘎咯咯、咯咯嘎嘎。听起来像是面团搅拌器在搅烂泥。这让她有些害怕，希望不是丹在里头精神崩溃。他最近的行为实在太奇怪了。

“丹，要不要我去面包店给你买些甜甜圈？”

“好！”他大声叫道，“好！好！去买甜甜圈！买卫生纸！去隆鼻！去任何地方买什么都可以！别在这里烦我就是了！”

默特尔站了一会儿，心里很不安。她想再敲敲门，但还是作罢了。她已经不确定自己是不是那么想知道丹到底在书房里做什么，甚至不确定是不是那么希望他开门。

她套上鞋子，穿上厚重的长外套——天气虽然晴朗，但还是冷飕飕的——走去屋外开车。她开到主街的乡村美味面包店，买了半打甜甜圈，一半是她爱吃的蜂蜜口味，一半是丹爱吃的巧克力椰子口味。她希望丹吃了能开心点，对她来说，吃点巧克力总能让她振作精神。

回家路上，她偶然往“必需品专卖店”的橱窗摆设瞥了一眼。这一看之下，她使劲踩住刹车，如果这时后方有车，肯定会撞上她。

橱窗里有个全世界最美丽的娃娃。

店门上的帘子自然是拉起来的，而吊在透明吸盘上的牌子又是营业中，想也知道。

11

那个周六下午，波莉·查默斯过得跟平常不同：什么事都不做。她坐在靠窗的那张波士顿式木摇椅上，双手规矩地交叠在大腿上，看着窗外街上偶尔经过的人和车。艾伦出发巡逻前打了通电话给她，告诉她没见着利兰·冈特，又问她是否还好、需不需要什么东西。她回说很好，不缺什么，谢谢他的好意。这两个回答都是骗人的；她一点都不好，而且需要好几样东西。关节炎药是清单上的头一项。

才不是，波莉，你最需要的其实是点胆量，好让你走向爱人的跟前说：“艾伦，离开城堡岩那几年的事，我没老实跟你说，至于我儿子，我之前说的全是假话。现在我想请你原谅，告诉你实情。”

这样直截了当地说出来听起来还挺容易的。但要是你看着爱人的双眼，或者你想找把钥匙打开心锁，但不会把心撕成血淋淋的碎片，这时要说出来可就难了。

痛苦与谎言；谎言与痛苦。这两件事似乎最近才开始轮流掌控她的生活。

今天好吗，小波？

很好，艾伦。我很好。

事实上，她吓坏了。倒不是双手正在疼，她甚至希望疼痛赶快来，尽管这种痛出现时会令她难受到极点，但是却比等待疼痛来临的那种感觉好太多了。

今天午后刚过一会，波莉就感到双手一阵温暖的刺痛，差点让手颤抖起来，这让她的指关节周围与拇指根处开始发热，她甚至可以感觉到刺痛潜伏在指甲底下，宛如一道道细小但坚硬的弧线，严肃地微笑着。她有过两次这种感觉，知道那代表什么；不用多久，她就会经历一场疼痛袭击，照贝蒂阿姨的说法，那会是"无比凄惨"。"每当我的手开始像触电般阵阵刺痛，我就知道要提早预防了。"同样为关节炎所苦的贝蒂阿姨曾这么说过，而现在波莉正试着防患于未然，但很明显并不成功。

外头有两个男孩走在街道中央，正在互丢美式足球。右边那个，也是洛斯家年纪最小的，跳起来接一记高飞球。足球擦过男孩的指尖，弹入波莉家的草皮上。男孩过去捡球时，看见她望着窗外，于是跟她挥了挥手。波莉也抬手回应，然后感到一阵猛烈的痛楚，有如燃烧中的煤炭在强劲的狂风中爆出火焰。接着这股剧痛又消失了，只剩下那令人毛骨悚然的刺痛，就像雷电交加的风暴来临前，空气中会有的气象。

痛楚该来的时候自然会来，波莉只能静静等待。她对艾伦说了关于凯尔顿的那些谎话……那又另当别论了。她心想：并不是真相太过可怕、慑人，也不是艾伦完全没怀疑过、不知道你说了谎。其实他知道，我在他脸上看过那种猜疑的表情。那为什么说实话那么困难呢？波莉？为什么？

或许一部分是因为关节炎，波莉心想，一部分是因为她越来越依赖止痛药，这两件事加在一起，模糊了理性思考，也把最正确清楚的观点变得怪异而扭曲。而且艾伦也有自己的痛楚，但他却老老实实、毫不犹豫地向波莉全盘托出。

在那场夺去安妮与托德的意外后，艾伦心烦意乱、怨天尤人，整个人被讨厌（又可怕）的负面情绪旋涡包围，但他还是一五一十地向波莉报告。他这么做一方面是想知道波莉能否帮他了解安妮的心境，另一方面，他的本性就是讲求公正、坦荡做人。波莉很害怕万一艾伦发现她根本不讲求什么公正，还有要是他也知道她的心还有她的手早已蒙上一层冰霜的话，会怎么想。

她在摇椅上不自在地动了一下。我得告诉他，迟早都得告诉他。那些理由都不能解释为什么说实话那么困难，也解释不了我当初为什么欺骗他。毕竟，又不是说我杀了儿子……她叹了口气，几乎像在啜泣，然后把背挺起来。她看了一下玩足球的男孩，可是他们已经走了。波莉向后一靠，闭上眼睛。

12

因为与男友一夜激情而怀孕的女孩，她并不是头一个，因而和父母与亲戚激烈争吵的女孩，她也不是头一个。双亲要她嫁给保罗·杜克·希恩，也就是让她怀孕的男孩，她回嘴说就算全世界只剩杜克一个男人，她也不嫁。话是不错，然而自尊心令她不愿告诉父母的是，保罗不愿娶她。保罗的密友透露，他现在正手忙脚乱，打算一满十八岁就要加入海军，而不到六周后他就要十八岁了。

“这么说好了，”牛顿·查默斯说，而接下来的话，让父女间最后那道脆弱的沟通桥梁从此断裂，“他是好到能让你跟他上床，但没好到让你跟他结婚，是不是这样？”

她一听这话就想转身夺门而出，却被母亲拦住。洛兰·查默斯以平静、温柔、讲理的声音对她说话，那种差点把少女波莉逼到抓狂的声音。洛兰说，如果她不跟这个男的结婚，就把她送去明尼苏达州的萨拉阿姨那里。她可以一直待在圣克劳德，等孩子出生后再找人领养。

“我知道你们为什么要把我送走，”波莉说，“都是艾薇姑婆，对不对？你们害怕要是她知道我未婚怀孕，就会把你们从遗嘱上剔除。都是为了钱，是吧？你们根本不在乎我，你们他妈的一点都不在乎——”

洛兰·查默斯温柔、讲理的声音中总是藏着突如其来的脾气。她甩了波莉一巴掌，也把她跟女儿间的最后一道脆弱的桥梁打断了。

于是波莉逃跑了。那是好久好久以前的事，是一九七〇年七月。

她到了丹佛，在那里停留了一段时间，找了一份工作，后来在一家医院的慈善病房生下孩子；病人都管那儿叫“针头公园”。她原本一心想把孩子送去领养，但或许在护士把新生儿送到她怀里后，抱着孩子的感觉让她改变了心意。

她以爷爷的名字为孩子取名凯尔顿。把孩子留下来这决定让她有点害怕，因为她希望自己是个实际、理性的女孩，然而过去一年里发生的事，完全跟这形象背道而驰。一开始，这个实际理性的女孩未婚怀孕，而这种事绝不是个真正实际理性的女孩会做出来的。然后这实际理性的女孩出走，在一个陌生的城市里生下孩子。而最离谱的是，这个实际理性的女孩竟然决定留下婴儿，和她一起面对全然未知的未来。

但至少她留下孩子不是因为赌气或为了挑战世俗；不应该那样理解她的行为。她发觉爱令她感到惊奇，而这份爱是所有情绪中最单纯、最强烈，也最无情的。

她不畏艰难撑了下去，不对，应该说“他们”撑下去了。她身兼好几份清洁工作，最后两人落脚旧金山，这里或许是她一直向往的地方。一九七一年初夏，山丘地形起伏的旧金山成了嬉皮的某种世外桃源，像是一家药物用具店，里头满是怪胎、民歌手、激进分子，还有叫什么“紫鲸”“十三楼电梯”之类的乐团。

斯科特·麦肯锡唱过一首关于旧金山的歌，在那几年流行过好一阵子。根据这首歌，夏日时光应该充满了恋爱气息。而在当时绝对不会让人联想成嬉皮的波莉·查默斯，却未能感受到恋爱气息。她和凯尔顿住的地方，满是被撬开的信箱与毒虫，那些人脖子上戴着和平标语，而且还常把弹簧刀塞在又破又脏的机车靴里。这区的访客通常是来递送法院传票的，不然就是来收回赊账买下的车，再不然就是条子。这儿有一堆条子出没，可你又不能当着他们的面喊他们猪。这些条子同样也感受不到恋爱气息，对此他们可是相当不爽。

波莉申请福利补助，可是她住在加州的时间不够长，因此不够资格。现在可能情况不同了，但在一九七一年，年轻的未婚妈妈在任何地方都不好过，即便是旧金山也一样。她又申请了“未成年子女补助款”；她一心等待，希望能有回音。凯尔顿从没饿过一餐，但她自己却有一顿没一顿。一个清癯的年轻女性，经常感到饥饿与害怕，从前认识她的人，现在大概都认不得她了。她对西岸生活头三年的记忆，有如收在阁楼里的旧衣服，深埋在她心里，变得扭曲、怪异，如同噩梦中的画面。

不就是这原因让她百般不愿把那些年的生活告诉艾伦？她只想把这些事深藏在黑暗中，不是吗？多少自尊心强的女人，固执不愿求助，又加上时代里恶毒的虚伪——提倡情欲自由的同时却把未婚妈妈摒除在常规社会之外——使得她们的处境悲惨如梦魇，波莉并不是唯一受害的女人。此外，凯尔顿也是个问题。当她气愤地在可悲、愚蠢的征途上踉跄而行时，凯尔顿一直是她的羁绊。她的情况拖了很久才慢慢好转。一九七二年春，她终于符合加州福利补助的申请资格，第一张“未成年子女补助款”支票将在次月发给她，而她也一直计划搬到稍微好一点的地方，可惜好景不长，一场火灾让一切化为乌有。

一通电话打到她工作的快餐店；而在她梦里，快餐店厨师诺维尔（在那段日子里总是千方百计想侵犯她）一再转过身来，要把电话筒拿给她。他重复说着：波莉，警察找你，他们要跟你谈谈。波莉，警察找你，他们要跟你谈谈。警察的确要找她谈谈，因为他们从烟雾弥漫的公寓三楼抬出一名年轻女子与一名幼童的尸体，两人已经烧得无法辨识。他们知道这小孩的身份，要是波莉也在家而没去工作，警方大概也会知道另一名死者是谁。

凯尔顿死后三个月，波莉仍继续上班。她强烈的孤寂感让她处于半疯状态。这孤寂感如此深沉、如此彻底，让她没有意识到自己到底有多难过。最后，她写了信回家，只告诉父母她人在旧金山、生了个男婴，现在小孩已经不在身边。就这些，就算用烧得通红的铁钳逼她，她也不会再透露什么。当时回家并不在她的计划中——至少不在她有意识的计划里——但她发觉，若不去重建与旧识间的关系，那她内心某个珍贵的部分将一点一点消失殆尽，就像一株生气蓬勃的大树因为长期缺水，枝干内部因此慢慢枯死。

她母亲立刻回信到她指定的邮局信箱，求她回城堡岩……回家。信封里还附上一张七百块钱的汇票。凯尔顿死后，她就一直住在这间租来的套房，当时房里颇为闷热，于是她暂停打包，去倒了杯冷水。喝水时，波莉了解到她准备回家的原因，纯粹只是母亲叫她回家，几近哀求她回家。其实回家的后果会如何，她没有仔细思考过。鲁莽行动绝对是错的，毕竟当初让她陷入麻烦的，就是这种未经三思的冲动。

于是她坐在那张狭窄的单人床上好好思索这件事。她很努力思考了一些时日，终于把那张汇票作废，然后写了封信给母亲。信的内容不满一页，却花了四小时才写完。

我想回去，或者至少试试看，但我不希望回去后，你们又重翻旧账，她这么写道，我真正想做的，是在老地方展开新生活，我不知道谁能做到，但我想试试。所以我想到一个方法：我们先当笔友看看。你和我，我和爸爸。我发现在信纸上比较不会出现生气和怨恨的口气，所以先让我们这样聊聊，然后再见面。

就这样通了半年的信，直到一九七三年一月某天，查默斯夫妇手上提着包，出现在波莉家门口。他们说他们已经跟马克·霍普金斯饭店订了房间，而且要是波莉不跟他们回城堡岩，他们也不会走。波莉仔细想了这件事，感觉到复杂的情绪起伏：生气，因为他们如此专横；哭笑不得，因为那种专横是一厢情愿，但又充满家人的温情；惊慌，因为她在信中小心避免回答的那些问题现在被迫正面回应。

她答应和他们一起吃晚餐，但仅止于此，其他决定还不明朗。波莉的父亲告诉她，他们的旅馆房间只订了一夜，波莉回说：你们最好多订几晚。波莉希望在做出任何决定前，能尽量跟他们谈谈，算是另一种比通信更亲密的测验。结果当晚是他们唯一交谈的一晚，也是她最后一次看到父亲健壮的模样，但她几乎一整晚都对他怒火难遏。

往昔的争执，在信里是那么容易避开，见面时，却连餐前酒都还没喝就爆发开来。两人一开始只像是灌木丛小火，但波莉的父亲不断喝酒，小火灾渐渐变成失控的火墙。是他先点燃火苗，他说波莉已经学到教训，该是和好的时候了。查默斯太太在一旁唱和，用她冷静、温柔、讲理的声音问波莉：小孩在哪里，亲爱的？至少跟我们说在哪里吧？你应该是把他交给修道院了吧？

波莉从很久以前就十分熟悉这些声音，也知道那代表什么。父亲的声音暗示着他必须重建权威，不惜一切代价来掌控她。而母亲的声音则暗示她正在用仅有的方式表达关爱，也就是询问她发生的事。这两种声音是那么耳熟，那么令人又爱又恨，点燃了波莉心中旧有的狂怒。

主菜才吃到一半，他们就离开餐厅。隔天，查默斯夫妇两人独自飞回缅因州。

双方中断联络，三个月后才又试探性地开始通信。波莉的母亲先捎了封信，为那火爆的夜晚道歉。信中也不再求波莉回家，这让她颇感惊讶，而且让她内心深处某个不知名的地方充满焦虑。她认为母亲终于不要她了。在这种情况下，这种感觉既愚蠢又任性，但这最根本的感觉丝毫不曾动摇。

我想你应该最清楚自己的心，母亲写道。你爸爸和我都很难接受，因为我们仍把你当成我们的小女儿。我想他是因为看到你变得那么漂亮又那么成熟而感到害怕。你千万不要怪他那种反应；他也不好过，他腹痛的老毛病又犯了。医生说是胆囊的问题，只要他同意拿掉就没事了，但我有点担心。

波莉也用同样温和的语气回复，她觉得现在用这种笔调写信容易多了，因为她开始修一些商业学校课程，把回缅因州的计划远远抛在脑后。后来，一九七五年底左右，波莉收到一封电报，简短而残酷：父亲罹癌病危。尽速回家。爱你的母亲。

波莉来到布莱顿市的医院时，她爸爸还有一丝气息。波莉因时差而头昏脑涨，那些老地方的旧时记忆全都涌上心头。从波特兰机场出发进入缅因州西部丘陵地带的路上，每转一个弯，同样的诧异感就从心底升起。上次看到这景象时，我还只是个孩子！

牛顿·查默斯在单人病房里昏睡，鼻孔插着管子，各种仪器仿佛要吞噬他般绕着他围了半圈。三天后他去世。波莉原本打算立刻回加州，她几乎已经把那儿当成家了，但在父亲下葬后四天，母亲心脏病发，极为严重。

波莉搬回家，照顾母亲三个半月，而每天夜里某个时刻，她都会梦到诺维尔，那家赞味馆快餐店的厨师。诺维尔一次又一次转向她，伸出拿着话筒的右手，手背刺着老鹰与“宁死不屈”的字样。波莉，警察找你，诺维尔说，他们要跟你谈谈。波莉，警察找你。他们要跟你谈谈。

后来波莉的母亲可以下床走动了，表示想卖掉房子，好跟波莉一起搬到加州（这是波莉绝对不会答应的事，但她没有泼母亲冷水，因为她又成熟了些，也变得比较和善），但就在那时，母亲第二次心脏病发。一九七六年三月某个阴冷的午后，波莉和艾薇姑婆站在“家乡墓园”，看着一具棺材放在输送带上，就在她父亲刚下葬的墓地旁。

父亲的遗体整个冬天都躺在墓园的地下墓室，等泥土够松软后才能埋葬。没想到丈夫的棺材就在妻子死去前一天入土，这诡异的巧合应该没哪个像样的小说家敢编造。牛顿·查默斯最后居所的上层草皮还没铺回去，泥土也还没耙理，墓地光秃得不堪入目。波莉一下看着母亲的棺材，一下又看着父亲的墓地，心想：她好像就是要等爸爸入土为安才放心。

简单的葬礼仪式结束后，艾薇姑婆把波莉叫到身旁。艾薇姑婆是波莉在世上仅存的亲人，她站在“黑皮巴迪”葬仪社的灵车旁，看起来骨瘦如柴，穿着男人的黑色外套与异常鲜艳的红色高筒胶鞋，嘴角叼着根赫伯特·泰瑞登香烟。波莉走过来时，她用拇指指甲划亮一根火柴，把香烟点着。她深深吸了一口，又干咳几下，把烟吐回寒冷的春日空气中。她的拐杖插在两脚间的地上（那是根普通的梣木棍；再过三年，她就能以镇上最年长居民的身份领取“波士顿邮报拐杖”)。

如今,波莉坐在姑婆看了一定会赞许的波士顿摇椅上,算算那年春天艾薇姑婆一定有八十八岁了。那么老了,抽起烟来还是像根烟囱。波莉小时候常满心期待地跟围裙口袋中塞满糖果的艾薇姑婆要糖吃;对波莉来说,小时候印象中的艾薇姑婆跟那年春天参加葬礼的艾薇姑婆并没有太大差别。城堡岩有许多事在波莉离开的那几年改变了,但艾薇姑婆还是老样子。

“嗯,葬礼结束了,”艾薇姑婆用那因长年抽烟而粗哑的嗓音说,“他们都到地下去了,波莉。母亲跟父亲两个都去了。”

波莉一听,眼泪立刻止不住地流下,就像奔流的洪水。她原以为艾薇姑婆会安慰她,她的身体已经在闪避这老女人的触碰,因为她不想要安慰。

不过也不用担心。艾薇·查默斯从不相信安慰那套,波莉后来有时会想,或许艾薇姑婆认为安慰根本就是不实际的做法。无论如何,她只是站在一旁,拐杖撑在那两只红色高筒胶鞋间,抽着烟等波莉慢慢平静下来,从滴滴眼泪变成频频吸鼻。

等波莉情绪平复后,艾薇姑婆问道:“你的小家伙,那个他们一直大惊小怪的小家伙,死掉了是吗?”

尽管波莉谨慎地守护这秘密,不让任何人知道,她却点头承认,她说:“他叫凯尔顿。”

“好名字。”艾薇姑婆接着说。她吸了口烟,然后从嘴里慢慢吐出,好把烟吸进鼻子里。波莉的母亲洛兰称这抽法为“双抽”,而且她说话的当时还不屑地皱皱鼻子。“你回家后第一次来看我,我就知道了。你的眼睛告诉了我。”

“发生火灾。”波莉边说边看着艾薇姑婆。她有张面纸,不过已经湿到不能用了,因此把面纸塞进外套口袋,然后用两只拳头揉着眼睛,就像从脚踏车上摔下来碰伤膝盖的小女孩。“可能是保姆造成的。”

“哎呀,”艾薇姑婆说,“你想不想知道一个秘密,帕特里夏?”

波莉点点头,微微一笑。她本名叫帕特里夏,但从小大家都叫她波莉,除了艾薇姑婆。

“凯尔顿死了……可是你没死,”艾薇姑婆丢掉香烟,用一只干瘪的食指点着波莉胸前强调,“可你没死。有什么打算吗?”

波莉想了想，终于开口说："我要回加州，就这样。"

"嗯，是个不错的开始，但还不够。"艾薇姑婆接下来说的话，很接近几年后波莉跟艾伦·潘伯恩在桦木餐馆吃饭时对他说的话："你不是造成悲剧的元凶，帕特里夏，你搞清楚没?"

"我……不知道。"

"那就是没搞清楚。没搞懂之前，不管你去哪里、不管你做什么，都不会有任何机会。"

"什么机会?"波莉迷惑地问。

"你的机会。活出自己生命的机会。你现在看起来活像见了鬼。不是所有人都相信鬼，可是我信。你知道鬼是什么吗，帕特里夏?"

她慢慢摇了摇头。

"那些忘怀不了过去的男男女女，"艾薇姑婆说，"那就是鬼，不是这些死人，"她挥挥手臂，指向那具传送带上的棺材，就在波莉父亲凑巧刚下葬的墓地旁，"人死不能复生，我们埋了他们，他们就永远这样埋着。"

"我很……"

"没错，"艾薇姑婆说，"我知道你很难过，但他们不会。你妈跟我侄子不会。你的孩子在你外出时死掉，他也不会难过。你懂不懂我说什么?"

她懂，至少懂一点点。

"波莉，你不留在这里是对的，至少目前来看是对的。回去吧，或者再去另一个地方，管他是盐湖城、檀香山，还是巴格达，要去哪里都行，因为你迟早会回来这里。我知道;这里属于你，你属于这里。你脸上的每条纹路、你走路的方式、你说话的方式，甚至你初次见到某人眯着眼瞧的方式，都泄露了这点。城堡岩跟你相互依存，所以不用急。就像《圣经》上说的，'照你的意思去吧'。但到了那里要好好过，帕特里夏。不要变成鬼，万一成了鬼，那你最好不要回来。"

艾薇姑婆若有所思地看看四周，她的头在拐杖上方左右转动。

"这该死的小镇已经有太多鬼了。"她说。

"我会试试看，艾薇姑婆。"

"好，我知道你会。试试看也是你的天性，"艾薇姑婆仔细打量着波莉，"你是个漂亮又讨人喜欢的孩子，但不是幸运儿。反正幸运是给傻子用的，他们只渴望幸运，一群可怜虫。我很惊讶你还那么可人、那么漂亮，这才重要。你会走出来的,”接着她轻快且几近傲慢地说,“我爱你,小翠·查默斯。一直爱你。”

“我也爱你,艾薇姑婆。”

一老一少小心谨慎地表达对彼此的关爱后,两人相拥。波莉闻到艾薇姑婆身上那股熟悉的香味,是紫罗兰香包散发的浓郁香味,这又让她哭了起来。两人松开后,艾薇姑婆将手伸入外套口袋中。波莉以为她要拿出面纸,因此讶异地想:终于,这么多年后,就要看到这老女人哭了。但艾薇姑婆没有哭,她拿出来的不是面纸,而是一颗包着包装纸的硬糖,一如从前她身上放着的那种糖果,当时的波莉还只是个绑着两根辫子、身穿水手领罩衫的小女孩。

“要不要吃糖啊,小可爱?”艾薇姑婆愉快地问道。

13

天色逐渐昏暗。摇椅上的波莉发现自己差点睡着,连忙挺起身体。她碰到其中一只手,强烈如闪电般的疼痛直冲手臂,接着又再次转成预料中的温热刺痛。好吧,情况会很糟。不是今晚就是明天,情况会变得非常糟。

别在意你无法改变的事,波莉,至少有件事你可以改变,而且必须改变。你必须告诉艾伦关于凯尔顿的真相,别再让那个鬼藏在心里。

但另一个声音出来反驳,一个愤怒、恐惧、抗议的声音。也不过就是自尊的声音而已嘛,她心想,但她着实吓了一跳,因为这声音激烈地要求:那几年、那些日子的生活不可让人挖掘,不能告诉艾伦,不可以告诉任何人。最重要的是,她孩子夭折的事不能成为小镇那些刻薄、多话人口中的流言蜚语。

*帕特里夏,你怎么蠢到这种地步?*艾薇姑婆在她心中问道。艾薇姑婆得享天年,直到生前最后一刻还在“双抽”她最爱的赫伯特·泰瑞登香烟。*如果艾伦知道凯尔顿究竟是怎么死的,又有什么关系?就算镇上每个长舌妇、长舌公知道了又怎样?管他是伦尼·帕特里奇还是默特尔·基顿。你以为有谁还在乎你肚里有什么种?你这笨丫头。别往自己脸上贴金,这已经不是什么新鲜事,在纳恩餐馆喝杯咖啡大概就聊完了。*

也许是吧……可是孩子曾经是她的,好死不死就是她的。从他出生到死亡，都是她的。而她也是她的，不是她母亲的，不是她父亲的，更不是杜克·希恩的。她属于她自己。那个害怕、孤独的女孩每晚总是在厨房生锈的水槽里洗内裤，因为她只有三件可以换洗；那个害怕的女孩，嘴角或鼻孔边缘总有疱疹蠢蠢欲发；那女孩有时坐在面对通风井的窗口边，把她热烫的额头搁在双臂上哭泣——那女孩是她的。她与儿子共度的黑夜中，凯尔顿吸吮着她娇小的乳房，自己读着约翰·迈克唐纳平装本推理小说，而断断续续的警车声呼啸过市区狭窄起伏的街道，那些记忆都是她的。她流过的泪、她忍受过的寂寞；那些漫长多雾的午后，在快餐店里躲避诺维尔·贝茨的动手动脚，那种后来表面上释怀的羞辱，还有她不停努力维持但又没什么结果的独立和尊严……那些都是她的，绝对不能让这小镇知道。

波莉，你也明白，这和小镇知不知道没关系，我们讲的是艾伦该知道的事。

她在摇椅上左右摇头，完全不知道自己其实是在否定那些想法。数不尽的漫长黑夜里，她都在失眠中度过，大概是因为这样，要毫不抵抗地把内心世界暴露出来才会那么困难。迟早她会告诉艾伦所有事。她其实并不打算把所有真相隐瞒这么久，只是时机未到。这是当然，尤其是她的双手告诉她：接下来几天，除了手之外，她几乎无法思考其他事情。

电话响了，应该是艾伦刚巡逻完，打来看她情况如何。波莉起身穿过房间，小心翼翼用两只手抓起电话，准备把她认为艾伦想听的话告诉他。艾薇姑婆的声音强行介入，试着告诉她这么做很糟糕，幼稚又任性，甚至会带来危险。波莉快速又粗鲁地把这声音撇到耳后。

“哈喽？”她爽朗地问道，“喔，嗨，艾伦！你好吗？很好。”

她听了一会，然后微笑起来。要是她看到走廊镜子里自己的反射，会瞧见一名似乎正在尖叫的女子……但她没往那边看。

“我很好，艾伦，”她说，“我真的很好。”

14

去赛马场的时间快到了。快了。

“快啊，”丹·基顿轻唤道，汗水像油一般滑落脸颊，“快啊，快啊，快啊。”

他驼着背坐在椅子上，低头看着“独赢彩票”。他先前把书桌上的东西全都扫到一旁，好腾出空间放置“独赢彩票”，而他一整天几乎都在玩赛马。他先拿出《肯塔基州的历史：德比大赛四十年》，至少翻阅了二十几场德比赛事，并从参赛马匹中帮“独赢彩票”的锡马取了名字，就跟冈特先生描述的方式一模一样。而锡马只要取了德比大赛中胜出的马名都会夺得第一，屡试不爽。这太匪夷所思了，因此到了下午四点，他才发觉自己已经花了一整天进行几十年前的比赛，而当晚刘易斯顿赛马场可有十场全新的赛事在等着他。钱在那里等着他赚。

今天的刘易斯顿《太阳日报》翻折到赛马顺序单那版，搁在“独赢彩票”左边，而右边是张从口袋笔记本撕下的纸张。接下来一小时，基顿一边看报一边在纸上用斗大的潦草的字迹列出下面几个名字：

第一场比赛：火箭筒琼安

第二场比赛：俏妞黛菲

第三场比赛：奇迹汤米

第四场比赛：非同凡响

第五场比赛：乔治大亨

第六场比赛：幸运小子

第七场比赛：加斯科雷鸣

第八场比赛：快乐男孩

第九场比赛：翱翔神驹

不过是下午五点，丹·基顿就已经模拟了刘易斯顿当晚最后一场比赛。锡马在跑道上震动摇晃，其中一匹领先六个马身，率先抵达终点。

基顿抓起报纸，再度查看当晚的赛马顺序单。他的脸上突然闪出耀眼的光芒，看起来就像充满光辉的圣人。“神速财星！”他轻呼道，双拳在半空中摇晃，使得手中的铅笔像根不听使唤的缝衣针向旁边飞出，嗒的一声坠落。“是神速财星！一赔三十！至少一赔三十！神速财星，谢天谢地！”

他喘着粗气，在那张纸上潦草记下。五分钟后，“独赢彩票”锁进了基顿书房的橱柜里，然后他驾着凯迪拉克开往刘易斯顿赛马场。

第九章

1

星期日上午九点四十五分，妮蒂·科布穿上大衣，迅速扣好。她的脸上浮现出坚定的决心。她站在厨房里，奇兵坐在地上看着她，好像在问她这次是否真的要挺身面对。

“没错，我是认真的。”她告诉奇兵。

奇兵的尾巴砰砰拍打着地面，像是在说它知道她做得到。

“我做了好吃的意大利千层面给波莉，现在要拿去给她。我的玻璃灯罩锁在大衣柜里，我知道已经锁好了，不用一直回来检查，因为我记得很清楚。那个波兰恶婆娘才没本事把我关在家里。如果在街上遇到她，我会狠狠骂她一顿！我警告过她！”

她一定要出去。她一定要，她非常清楚。她已经关在家里整整两天了，发觉待在家里越久，越出不了门；在窗帘紧闭的客厅坐得越久，就越难把它拉起来。她可以感觉到旧有的混乱恐惧又爬入思绪中。

因此她今天起了个大早，五点钟就起床了！然后为波莉做了好吃的千层面，放了很多波莉爱吃的菠菜与蘑菇。蘑菇是用罐装的，因为昨晚她没敢去超市，但是她觉得罐头蘑菇并不影响千层面的好味道。这盘千层面现在放在料理台上，上面罩着锡箔纸。

妮蒂把千层面拿起来，穿过客厅走到门口。“奇兵，要乖哦。一小时后我就回来。不过要是波莉请我喝咖啡，那就会久一点。我不会有事的，我没什么好担心的。那个波兰恶婆娘的床单又不是我搞的鬼，她要是敢惹我，铁定让她好看。”

奇兵坚定地吠了一声，表示它听懂而且赞同。

她打开门，往外瞄了一下，没有任何人。福特街就跟一般小镇街道一样，周日早晨总是空空荡荡。远处传来一记钟声，通知罗斯牧师的浸信会教友前去祷告，另一记是传唤布理格姆神父的天主教徒。

妮蒂鼓起所有勇气，走进星期日的阳光里，把千层面放在阶梯上，关上门锁好。接着她拿着大门钥匙在前臂上刮一刮，留下一条细细的红色刮痕。

弯腰拿起盘子时，她心想，走到下个街口前，恐怕不到半路，你就会开始以为自己没锁大门。可是你已经锁了，你还先把千层面放在阶梯上才锁上门的。如果还是不信，就看看手臂上那条刮痕，是你用那把钥匙刮出来的，就在你锁上门后刮的。记住，妮蒂，别疑神疑鬼，你不会有事的。

这主意不错，用钥匙刮手臂是个很棒的点子。红色刮痕非常具体，过去两天来（晚上几乎失眠），这是妮蒂头一回松了口气。她走向人行道，头抬得很高，双唇紧抿到几乎看不见了。来到人行道上，她往左右两边瞧瞧，看是不是有波兰恶婆娘的黄色小车踪影。如果有，她打算直接走向那辆车，然后告诉波兰恶婆娘别来烦她。不过车子没有出现，她只看到一辆老旧的橘色小货车停在不远处，车上没人。

好极了。

妮蒂开始朝波莉家走，一旦自己又开始疑神疑鬼时，她就提醒自己那个七彩玻璃灯罩已经锁起来、奇兵会看家，还有前门已经上锁。尤其是最后一点，前门已经上锁，她只要看看手臂上逐渐淡去的红色刮痕就能确定。

于是妮蒂抬头挺胸向前走，来到转角处，头也不回地转到另一条街上。

2

休·普利斯特等那疯女人消失在转角后，从方向盘后方坐起身。那天早上七点钟，他就从无人的车辆调配场开着这辆老旧的橘色小货车来到这里，一看到“疯子妮蒂”出门，就赶紧在座位上趴下。看到妮蒂·科布走远后，他把变速挡推到空挡，让小货车缓慢而安静地顺着平缓的斜坡驶向她家门前。

3

门铃声把波莉从昏沉中唤醒，她倒不是真的在睡觉，而是药效发作后做梦连连的恍惚状态。她从床上爬起来，发现自己穿着家居服。她是什么时候穿上的？一下想不起来，这让她感到害怕。来了！她一直预期的疼痛准时来袭，无疑是她此生遇过最恶劣的关节痛。清晨五点时，疼痛吵醒了她。她去厕所上小号，发现自己竟然没法从滚筒上把卫生纸撕下来擦拭。她只好吃颗止痛药，穿上家居服，坐在卧室窗口旁，等待药效发作。但不知何时，她困倦地走回床上。

她觉得双手仿佛是在窑里烧到近乎破裂的粗胚。这疼痛又热又冷，深埋在血肉之下，宛如一片复杂的有毒网络。她绝望地举起双手，那双如稻草人的手，丑陋、扭曲的手。此时楼下的门铃再度响起，她心烦意乱地轻声哀叫。

她走到楼梯间的平台，双手举在腰前，像只坐正的狗举起两只前爪要饼干。“是谁?”她往下问道，嗓音有些沙哑迟滞，还带着些睡意。她的舌头有种味道，尝起来像是某种垫在猫沙盆里的东西。

“是我，妮蒂!”声音传上来，“波莉，你还好吧?”

妮蒂。老天，妮蒂来这儿做什么？现在可是星期日清晨，太阳都还没出来呢!

“我很好!”她回答，“我去穿件衣服！用你的钥匙开门吧!”

波莉听到妮蒂用钥匙咔啦转动门锁，便赶紧回到卧房。她瞧了一眼床头柜上的时钟，明白太阳早已出来好几个小时了。她回到卧房并不是为了换衣服，家居服对妮蒂来说并无不妥。其实她是来吃药的。在她有生之年，从来不像现在那么需要吃颗止痛药。

等到她试着拿药时，她才明白自己的状况有多严重。她吃的药丸是种椭圆形胶囊，放在房里装饰壁炉上的玻璃小碗中。她的手伸得进去，但怎么抓都抓不起里面的胶囊，手指就像某种机器的钳子，因缺少润滑而僵硬无比。

她更加努力，集中所有精神让手指接近其中一颗透明胶囊，结果胶囊却滑开了，同时手上一阵剧痛。算了。她又痛苦又挫折地咕哝一声。

“波莉?”楼梯底传来妮蒂担心的声音。波莉心想：城堡岩镇民或许觉得妮蒂迷糊，但说到波莉的病痛，妮蒂可一点都不迷糊。她跟波莉相处很久了，波莉什么事都逃不过她的眼睛………况且她是那么爱波莉。“波莉，你真的没事吗?”

“马上就下去，亲爱的!”波莉试着愉快活泼地回答她。她把手从玻璃碗缩回，然后低下头，心想：拜托，上帝，别让她上来，别让她瞧见我这副模样。

她把脸埋向碗中，像打算舔水的狗般伸出舌头。疼痛、羞耻、恐惧，更糟的是，一股黑暗沮丧以及所有的孤独与绝望都包围着她。她用舌头伸向一颗胶囊，直到粘起来为止，然后把舌头缩进嘴里，这下不再像条狗了，而是像只食蚁兽咀嚼美味的食物，接着咽了下去。

这颗小胶囊硬生生地沿着喉咙往下滑，波莉又禁不住想：只要能解除这种痛苦，我什么都愿意给。任何东西、任何代价我都愿意付出。

4

休·普利斯特很少做梦了；这些日子，与其说他去睡觉，不如说他掉入无意识中。但昨晚他做了个梦，一个不得了的梦。这个梦告诉他所有他该知道的事，还有所有该做的事。

在梦里，他坐在厨房的餐桌前，一边喝啤酒一边观赏《超级大富翁》益智问答节目。节目里提供的每样奖品他都在那家店看过，那家“必需品专卖店”，而所有参赛者的耳朵、眼角都流出血。他们大声笑着，可是模样恐怖极了。

霎时间，一个模糊的声音唤着：“休！休！放我出去，休!”

声音从橱柜里传来。他走过去打开柜子，准备把躲在里面的人打昏，可是根本没有半个人，只有放得一团乱的靴子、围巾、外套、钓具，还有他的两把手枪。

“休!”

他往上看，声音是从架上传来的。

是那条狐狸尾巴，是狐狸尾巴在说话。休·普利斯特马上认出那是谁的声音，是利兰·冈特。休·普利斯特把狐狸尾巴拿下来，又陶醉于那长毛绒的柔软，摸起来有点像丝绸，又有点像羊毛，但其实什么都不像，狐狸尾巴就是狐狸尾巴。

“谢了，休，”狐狸尾巴说，“这里真的很闷，你还放了根老烟管在这儿，臭死了。呼!”

“你想去别的地方吗?”休·普利斯特问道。他觉得跟条狐狸尾巴说话很可笑，就算在梦里也一样。

“不用，我已经习惯了。不过我得跟你谈谈。你要做件事，记得吗？你答应过我。”

“疯子妮蒂，”他附和，“我要去整整那个疯子妮蒂。”

“没错，”狐狸尾巴说，“而且醒来后马上去做，所以给我听好了。”

狐狸尾巴跟休·普利斯特说，妮蒂家除了那只狗外没半个人。尽管如此，目前站在妮蒂家门口的休·普利斯特还是决定敲敲门确认一下。他敲了门，只听到里面传出爪子在木地板上飞快移动的刮擦声。他又敲了一次门，确保万无一失。门后传来一声严厉的狗吠。

“奇兵吗？”休·普利斯特说，这是狐狸尾巴告诉他的。休·普利斯特觉得这名字真好听，尽管帮它取名的女人是个百分百疯婆子。

狗又吠了一声，不过没那么严厉了。

休·普利斯特从彩格呢打猎夹克胸前的口袋掏出钥匙圈，对着它看了又看。这钥匙圈已经跟着他好长一段时间，他甚至记不得上面的几把钥匙是拿来开什么的，不过其中四把是万用钥匙，每一把都有长长的管柱，很容易分辨，而这几把才是他需要的。

休·普利斯特瞄了一下四周，看到街上空无一人，跟他刚到时一样，于是准备挨个试试这四把钥匙。

5

妮蒂一看到波莉惨白肿胀的脸，以及那双憔悴的眼睛，就把自己的恐惧忘得一干二净，即使一路上那恐惧如黄鼠狼的利齿般不断啃咬着她。她甚至不用看波莉仍举在腰前的双手（情况这么糟时，双手放下来会更痛），就知道她好不好过。

妮蒂顺手把千层面丢在楼梯口旁的茶几上，万一掉下来，她大概也不会多看一眼。城堡岩镇民已经习惯在街上看到的那位紧张女子，就算只是平日去邮局的路上，也看起来像在闪躲别人的恶作剧，但这样的女人完全不在这里。这是另一个妮蒂；波莉·查默斯的妮蒂。

“快点，”妮蒂急促地说，“快来客厅，我去拿电暖手套。”

“妮蒂，我没事，”波莉虚弱地回应，“我刚吃了药，再过几分钟就——”

但是妮蒂已经一手搂着波莉带着她走进客厅。“你做了什么？你是不是忘了把电暖手套脱下来就睡着了?”

“不是,戴着那个一定会让我醒过来。是……”波莉笑着说,声音微弱又有些困惑,“是关节痛啦。我知道今天会很痛,但没想到会痛成这副德行。电暖手套没有用。”

“有时候还是有用啊!你知道有时候还是有用的。来,坐在这里。”

妮蒂的口气不容拒绝。她站在一旁等波莉坐上一张又软又厚的扶手椅,然后跑到楼下的浴室拿电暖手套。波莉从去年开始就不再戴那双手套,但妮蒂似乎仍对手套非常崇敬,简直到了迷信的地步。艾伦曾说过那双手套是妮蒂版的心灵鸡汤,说完两人都开怀大笑。

波莉的双手搁在椅子扶手上,像是两根被丢弃的浮木,她渴望地看着对面的沙发,她和艾伦周五晚上才在上面做爱。那时她的双手一点都不痛,但那似乎是远古时代的事了。她想起那种愉悦,不管有多深刻,都是短暂的。爱或许可以让世界运转,不过波莉更坚信受伤惨重、深陷苦恼的人发出的哀号,才能真正让地球在巨大透明的轴心上转动。

哦,你这烂沙发,波莉心想,你这空荡荡的烂沙发,现在对我有什么用?

妮蒂把手套拿来了;那看起来像是厨房用的隔热手套,由一条绝缘电线连接,一条电线插头从左手手套背面弯弯曲曲延伸出来。波莉刚好在《好管家》杂志里看到这种手套的广告,然后她打到国家关节炎基金会的免付费专线,确认这种手套在某些情况下的确能缓解疼痛。波莉把那份广告给范·艾伦医师看,他的评语是:“嗯,不会有害。”

这句话她早在两年前就已听到厌烦。

“妮蒂,再过几分钟我一定会——”

“感觉舒服些,”妮蒂帮她把话说完,“是啊,你当然会舒服些,但这手套或许也有帮助。波莉,把手举起来。”

波莉不再抵抗,把手举了起来。妮蒂抓住手套末端打开,接着套进波莉的手,谨慎小心到像爆破小组的拆弹专家用防爆毯包裹 C-4 炸药装置。她的动作温和、熟练又怜惜。波莉不认为电暖手套能有多大用处,然而妮蒂表现出的关心已经开始生效了。

妮蒂拿起插头,弯下腰插进附近墙面上的插座。手套开始发出轻微的嗡嗡响,接着一道干暖热流轻抚着波莉的双手皮肤。

“你对我实在太好了，”波莉说，“你知道吗？”

“哪有，”妮蒂回答，“才没有哩，”她的声音有点嘶哑，眼睛里闪着晶莹的泪光，“波莉，我是没这资格来管你的事，可是我不能再沉默下去了，你得替你这双可怜的手想想办法。一定要，不能再这样拖下去了。”

“亲爱的，我知道，我知道，”波莉费了好大劲才爬过心中由自己建造的那道沮丧高墙，“妮蒂，你今天怎么有空过来？不会只是来烘烤我的手吧？”

妮蒂露出喜色说：“我为你做了盘千层面！”

“真的？哦，妮蒂，真是麻烦你了！”

“麻烦？才不会呢！我想你今天不会下厨，明天也不会。我等下就把它冰起来。”

“谢谢你，太谢谢你了。”

“我很高兴做了千层面，现在看到你就更开心了。”妮蒂走到客厅门口，又转头看了波莉一眼。一道阳光划过她的脸颊，这时，若不是波莉自己的疼痛如此剧烈，或许会发现妮蒂看起来有多无精打采。“你现在可别动！”

波莉笑了出来，她自己觉得惊讶，妮蒂听了也是。“我没办法！我被困住了！”

厨房里，妮蒂把千层面放进冰箱，然后唤道：“要煮咖啡吗？你想喝一杯吗？我可以帮你煮。”

“好啊，”波莉回答，“我想喝。”手套响得更大声了，而且非常温暖。波莉寻思：或许真是手套发生效用，或许只是药效发作——这颗药不像五点钟吃的那颗一样没用，但也很可能是两者相加的双重功效。“妮蒂，如果你要回——”

妮蒂已经出现在客厅门口。她系上挂在食物柜里的围裙，一手拿着旧式的锡制咖啡壶。妮蒂通常不愿用东芝的新式数位咖啡机，而波莉也承认妮蒂用锡壶煮的咖啡比较好喝。

“除了你这里，我没想去别的地方，”妮蒂说，“而且家里的门已经锁好，还有奇兵看家。”

“我想也是。”波莉笑着说。她很了解奇兵；它重二十磅，任何人来访时，不管是邮差、电表抄录员、推销员，它都会翻过身让他们抓抓肚子。

“我想她终归不会来烦我，”妮蒂说，“我警告过她。这两天她都没出现，也没再打电话来，所以我猜她总算把我的话听进去了。”

“警告谁？是什么事啊？”波莉问道，但是妮蒂已经离开门口，而她自己也在座位上给电暖手套绊住。等妮蒂端着托盘回来时，止痛剂开始让她变得迷糊，然后忘了妮蒂刚说过的怪话。其实也没什么好大惊小怪的，妮蒂常说这些怪里怪气的话。

妮蒂在波莉的咖啡里加入糖与奶精，然后拿起杯子好让波莉啜饮。两人聊了很多事，当然很快就聊到新开的那家店，妮蒂又提起她在那里买的七彩玻璃灯罩。如果这种事在妮蒂的生活中算是非常特别，那应该会听到一连串的细节描述，但事情不如波莉预期，不过倒是让她想起冈特先生在蛋糕保鲜盒里放的那张纸条。

“我差点忘了，冈特先生叫我今天下午去店里一趟。他说会有我喜欢的东西。”

“你不会去吧？你的手这么糟还要去吗？”

“或许会去吧，现在感觉好多了。看来这次手套真的有用，至少有那么一点帮助。反正我总得找些事来做嘛！”她以略带恳求的眼神望着妮蒂。

“嗯……我想也是，”妮蒂突然想到一个点子，“跟你说，我回家时可以去那里一趟，问他可不可以来你家！”

“哦，不用了，妮蒂。你不顺路啊！”

“不过多走一两条街就到了，”妮蒂说，然后鬼灵精地侧眼瞄了一下波莉，看了只让人觉得可爱，“而且他搞不好会有另一件七彩玻璃。虽然我没钱再买一个，可是他不知道啊！反正看看又不用钱，你说是吧？”

“可是请他过来——”

“我会跟他说明你的状况，”妮蒂决然地说，然后开始收拾杯盘，“生意人真有好东西要卖的话，也是要常常挨家挨户推销产品呢！”

波莉看着妮蒂，眼中充满兴致与关爱。“妮蒂，你知道吗，你在这里时人就变得不一样了。”

妮蒂看着她，颇感惊讶地问：“是吗？”

“是。”

“怎么不一样？”

“是好的不一样。别管了，我想今天下午我会出去，除非又发作。不过要是你正好去‘必需品专卖店’——”

“我会去。”妮蒂的双眼藏不住心里的热切。她一想到能为波莉去“必需品专卖店”，全身便充满活力。为波莉做事总能振奋她的精神，屡试不爽。

“——如果他刚好在，把我的电话留给他，他要我看的东西已经到了的话，请他打个电话给我好吗？”

“那还用说！”妮蒂答道，她起身把咖啡托盘拿进厨房，然后脱下围裙，挂回食物柜内的挂钩上，接着走回客厅帮波莉脱掉手套。波莉看她已经穿好大衣，再次感谢她，不光是谢谢她做的千层面。她的双手还是非常痛，不过现在已经轻松许多，手指也可以动了。

“你太客气了，”妮蒂说，“告诉你，你看起来真的好多了，气色恢复了哦。刚进门时你那样子吓坏我了。我走之前还有什么要帮忙的吗？”

“不用了，应该没有，”波莉伸出脱下手套后仍温热红润的手，笨拙地握住妮蒂的一只手，“真的很高兴你过来一趟，亲爱的。”

妮蒂很少笑，可是笑的时候整张脸都会充满笑意，仿佛看到阳光在阴霾的早晨冲破云层投射下来。“我爱你，波莉。”

波莉感动地回答：“我也爱你，妮蒂。”

妮蒂离开了。这是波莉最后一次看见活着的她。

6

妮蒂·科布的门锁就跟糖果盒盖一样容易打开。休·普利斯特才用了第一把万用钥匙，门锁就在轻轻摇动中打开了。休·普利斯特推开大门。

一只胸前长着白毛的黄色小狗坐在玄关地板上，早晨的阳光洒落在它身边，而休·普利斯特偌大的身影盖住了它，它严厉地叫了一声。

“你就是奇兵吧？”休·普利斯特轻柔地说，手伸进口袋。

奇兵又叫了一声，然后迅速躺下，四只爪子向空中软弱地展开。

“真可爱！”休·普利斯特说。奇兵的短尾巴拍打着木地板，大概是在同意对方说的话。休·普利斯特关上门，蹲在狗的旁边，一手搔抓奇兵的右胸，这个地方似乎跟右侧后脚爪有着奇妙的联系，手一抓，脚爪就在空中不停快速拍打,此时休·普利斯特的另一只手从口袋里摸出一把瑞士军刀。

“唔,你是听话的小家伙吗?”休·普利斯特轻声问着,“是吗?”

他停止搔抓,然后从上衣口袋里拿出一小片纸,上面是他如小学生般吃力写下的字句,是狐狸尾巴要他写下的话。那天早上他一起来,连衣服都还没穿好,就坐在厨房餐桌前把话记下来,所以他一个字都没忘。

谁都不准朝我的干净床单丢泥巴。我说过我会要你好看!

休·普利斯特拉出瑞士军刀凹槽里的钻孔锥,把纸条刺穿过去,接着他把刀身侧转,手握成拳,因此钻孔锥从强而有力的右手食指与中指间穿出。他又继续搔抓奇兵,奇兵一直四脚朝天躺着,高兴地看着休·普利斯特。休·普利斯特觉得这只狗还真是够可爱。

“是啊!你是最棒的小家伙吗?你是最棒的吗?”休·普利斯特边问边搔抓。现在奇兵两只后脚都在空中踢来踢去,活像踩着一台隐形脚踏车。“没错,你是!你是啊!你知道我有什么吗?我有一条狐狸尾巴!没错,我有!”

休·普利斯特举起刺穿纸条的钻孔锥,对准奇兵胸前那块白毛。

“还有你知道吗?我要留着那条尾巴。”

他右手用力往下刺,而原来搔抓奇兵的左手则把它按住,好把钻孔锥用力往下刺。钻孔锥转了三圈,温热的血喷了出来,沾上休·普利斯特的双手。奇兵在地板上挣扎了一会就再也不动了。它再也无法发出那严厉而无害的叫声了。

休·普利斯特站了起来,心脏咚咚跳着。对于刚才做的事,他突然开始觉得难受,觉得自己快生病了。也许她是疯子,也许不是,但她在这世上是孤独的,而他却杀了很可能是她唯一朋友的狗。

休·普利斯特把沾满鲜血的手在上衣上擦了擦,黑色的羊毛料子不容易看出血迹。他一直盯着奇兵,无法移开视线。他已经做了,没错他已经做了,而且自己清楚得很,却无法相信。他的精神似乎一直恍恍惚惚。

休·普利斯特的内在声音,那个常跟他提到“匿名戒酒协会”的声音,现在突然说话了。*没错,而且你终究会相信自己杀了狗。恍惚个鬼呦,你在做什么,自己一清二楚。*

可是为什么要杀它?

休·普利斯特开始感到恐慌，他得离开这里。他慢慢往后退出玄关，撞到紧闭的前门，吓得嘶哑地大叫一声，他的手在身后慌乱地摸索门把，摸到后连忙转动，打开前门，溜出疯子妮蒂的家。他狂乱地四处张望，莫名地希望镇上一半的人都围在这里，用严肃、批判的眼光看着他，然而没半个人，只有一个小孩在街上骑着脚踏车，车篮里斜放着一只“好伴侣”野餐用保冷箱。小孩经过休·普利斯特身边时，看都不看一眼就骑走了，只剩下教堂传来的钟声，这次呼唤的是卫理公会教友。

休·普利斯特快速走下人行道，告诉自己不用跑的，但仍然小跑步到了小货车旁。他笨手笨脚地打开车门，溜进驾驶座，使劲把车钥匙往钥匙孔猛刺，但插了三四次，那该死的钥匙都没对准。后来得用左手抓稳右手，才能把钥匙对准孔洞插进去。他的额头缀满一粒粒小汗珠。他宿醉过好多回，但从来没有过这种感觉，像是得了疟疾什么的。

小货车轰的一声启动，吐出一股蓝烟。休·普利斯特急转方向盘，脚在情急之下滑开了离合器踏板，结果车子连续猛晃了两次，车头离开了人行道，熄火了。他张嘴大口呼吸，重新启动后飞快开走。

休·普利斯特回到车辆调配场（仍然空无一人，跟月球上的山丘一样荒芜），把小货车换回他那台撞凹的别克，此时他已完全忘记奇兵，忘记他用钻孔锥做出那件可怕的事；还有其他更重要的事让他心烦牵挂。刚才在开回车辆调配场的路上，他非常肯定有人趁他外出时摸进他家，把他的狐狸尾巴偷走，因此他急得像热锅上的蚂蚁。

休·普利斯特以超过六十里的时速飞奔回家，在摇摇欲坠的门廊前四英寸处猛然刹车，地上的碎石咯吱咯吱地响，同时激起一阵飞沙尘土。下车后他两阶并作一阶跑上门口，冲进家门，跑到橱柜旁，猛力拉开门。他踮起脚尖，慌慌张张地东搜西摸上层的架子。

刚开始，空荡荡的什么也没摸到，休·普利斯特因而又怕又气地开始啜泣。后来他的左手埋进不是丝也不是羊毛的蓬松物体，顿时一股安定的满足感遍布全身，就像饥饿的人有食物可吃、疲倦的人得以休息……疟疾病患有了奎宁治疗。他胸中如击鼓般砰砰作响的心跳总算缓和下来。他把狐狸尾巴从架子上拿下来，然后坐在餐桌前，把尾巴平放在大腿上，双手开始来回抚摸着狐狸毛。

休·普利斯特就这样坐了三个多小时。

7

休·普利斯特看到却没认出的那个男孩正是布赖恩·鲁斯克。布赖恩昨晚做了个梦,正是这个梦让他今天一早就忙着外出办事。

在梦里,一场猫王年代的古早"世界大赛"第七场比赛即将开打,由道奇队和扬基队进行大对决,两队近十年在"世界大赛"中经常斗得难分难舍,简直可说是经典对决。桑迪·柯法斯在后援投手练习区为道奇队热身,他一边投球一边和站在身旁的布赖恩说话。桑迪·柯法斯把布赖恩该做的事仔细交代,布赖恩听得非常清楚,一字不漏。这没什么问题。

真正的问题是,布赖恩并不想乖乖听话去做。

跟桑迪·柯法斯这种棒球界传奇人物争论,布赖恩觉得自己真是自讨没趣,但他仍据理力争:"柯法斯先生,你不了解啦,他要我去捉弄维尔玛·耶日克,我照做啦!我已经捉弄她了。"

"那又怎样?"桑迪·柯法斯问道,"你想说什么,小毛头?"

"嗯,我们成交时是这么说的:我付他八毛五,外加捉弄她一次,就能得到那张球员卡。"

"你确定吗,小毛头?捉弄一次?你确定?他有没有说过'只能一次'这种像法律条文的规定?"

布赖恩记不得了,但之前受到控制的那种感觉在他心里越来越强烈。不对……不只是受到控制,而是动弹不得,就像为了一丁点奶酪而落入陷阱的老鼠。

"我跟你说吧,小毛头。成不成交是——"

他暂时打住,投出一记高压速球,同时口中发出一小声嗯!棒球打进捕手手套时,砰的一声有如来复枪发射。尘土从手套中飞散出来,此时布赖恩发现自己竟然认得捕手面罩后方那双正盯着他们的蓝色眼睛,那是冈特先生狂风暴雨般的眼睛。布赖恩心里凉了半截。

桑迪·柯法斯接到冈特先生的回传球,接着朝布赖恩瞥了一眼,空洞的眼神像两颗褐色玻璃球。"成不成交我说了算,小毛头。"

梦中的布赖恩发现桑迪·柯法斯的双眼根本不是褐色,而是蓝色,这也难怪,因为桑迪·柯法斯也是冈特先生。

"但——"

柯法斯/冈特举起戴着棒球手套的那只手说："跟你说吧，小毛头，我讨厌那个字。所有字眼中那个字最糟糕，我看不管哪种语言，那个字都是最烂的。你知道'蛋'是什么吗，小毛头？蛋是从鸡屁股里出来的。"

这位穿着旧式布鲁克林道奇队制服的男人把球藏进手套中，转身面向布赖恩。是冈特先生没错，布赖恩立刻感到一阵冰寒阴郁的恐惧攫住了心脏。"布赖恩，我是要你去捉弄维尔玛没错，可我从没说过'只捉弄她一次'这几个字。那是你自己认定的，小毛头。你是要相信我，还是听听我们当初对话的录音啊？"

"我相信你，"布赖恩回答，他已经快哭出来了，"我相信你，但——"

"小毛头，我刚刚是怎么跟你说那个字的啊？"

布赖恩低下头，用力吞了吞口水。

"讨价还价的技巧你还有待学习，"柯法斯/冈特说，"不只是你，还有城堡岩的所有居民。不过这就是我来这里的其中一个原因——主持一场研讨会，主题是讨价还价的上乘艺术。镇上本来有个叫梅里尔的家伙，他对议价倒是懂一些，可是他早就死了，"他咧嘴一笑，在桑迪·柯法斯窄小、沉思的脸上露出了利兰·冈特那口参差不齐的牙齿，"还有'讨价还价'这个词，我也要把这个主题大费周章地解说一番。"

"但是——"布赖恩还来不及阻止就已脱口而出。

"这件事没有但是。"柯法斯/冈特说。他躬身向前，眼睛从棒球帽的帽檐下方肃穆地盯着布赖恩。"冈特先生无所不知。布赖恩，这句话你可以说说看吗？"

布赖恩动了动喉咙，却一点声音也发不出来。他只觉得温热的眼泪快流出来了。

一只硕大冰冷的手掌落在布赖恩的肩头抓了一下。"快说！"

"冈特先生……"布赖恩又吞了吞口水才吐出这些字，"冈特先生无所不知。"

"这就对了，小毛头，这就对了。也就是说，你要照我的话去做……不然要你好看。"

布赖恩铁了心做最后挣扎。

"要是我不答应呢？要是我不答应呢，因为我听不懂你说的那些……什么条件来着？"

柯法斯/冈特从手套中取出棒球，抓在手里，棒球上的缝线处开始渗出一滴滴的血。

“布赖恩，你没办法说不，”他轻声说，“没机会啦！哎呀呀，这已经是‘世界大赛’第七场比赛了，之前做的事现在都要尝到后果了，要不要就快点决定吧。看看你四周，好好地看看吧！”

布赖恩看看四周，惊恐地发现艾比兹球场看台上挤满了人，连走道上都是……而且那些人他全都认得。他看见爸妈跟弟弟肖恩坐在本垒正后方的贵宾席。语言治疗班同学在一垒边线区的看台上坐成一排，左右两端分别是拉特克利夫小姐和那傻大个男友莱斯特・普拉特，大家都一边喝着“荣冠可乐”一边大口咬着热狗。城堡岩警长办公室全体人员坐在露天看台，一个个喝着纸杯装的啤酒，杯上印着今年“莱金啤酒小姐”参赛佳丽的照片。他还看到主日学校的同学、镇务委员、迈拉与查克・埃文斯，还有他的阿姨、姑姑、叔叔、舅舅、表兄妹、堂姊弟。另外，桑尼・贾基特坐在三垒后方。柯法斯/冈特把滴着血的球投了出去，捕手的手套又发出来福枪响般的声音，就在此时，布赖恩看见捕手面罩后方的脸变成了休・普利斯特。

“把你撞倒，小兄弟，”休・普利斯特边说边把球丢回来，“把你这小鬼轧得哇哇叫！”

“你懂了吗，小毛头？这跟球员卡再也没有关系，”柯法斯/冈特对着身旁的布赖恩说，“你应该知道吧？你把泥巴扔到维尔玛・耶日克的床单上时，事情就开始了。就像有人在温暖的冬日里叫得太大声，结果造成雪崩一样。现在你的选择很简单：干下去……或者在原地等死。”

到了这里，梦中的布赖恩终于哭了。他明白了，他清楚明白了，如今想要改变已经太迟。

冈特用力挤压棒球，更多血水涌了出来，他的指尖深陷肌肤般的白色球面。“如果你不想让全镇的人知道是你引起的雪崩，那你最好照我的话去做。”

布赖恩哭得更用力了。

“你跟我打交道，”冈特说，手臂向后伸展准备投球，“要记住两件事：冈特先生无所不知，还有成不成交，冈特先生说了算。”

他突然丢出一个曲度很大的变化球（布赖恩父亲认为，就是这种投法让桑迪·柯法斯的球那么难打),球撞进休·普利斯特的捕手手套,瞬间爆炸。鲜血、毛发、肉块在秋日耀眼的阳光中四处飞溅。布赖恩醒了过来,脸埋在枕头里哭泣。

8

现在布赖恩就要去做冈特先生吩咐的事。对他来说,脱身并不难,只要跟爸妈说胃不舒服(这也是事实)不想上教堂。一等他们离开,他就开始准备。

脚踏车篮子里装着“好伴侣”保冷箱,所以布赖恩骑起来有些吃力,甚至骑得摇摇晃晃。保冷箱很重,等他骑到耶日克家门前时,已是满头大汗,上气不接下气。这次他不犹豫,不按门铃,不拟说词。这里一个人也没有。桑迪·柯法斯/利兰·冈特在梦里告诉他,耶日克夫妇去参加十一点的弥撒后,会继续留在那里讨论即将举行的“赌场之夜”庆祝会,然后就去拜访朋友。布赖恩相信他的话。现在他只想尽快完成这项讨厌的任务。等一切结束后,他就可以回家,停好脚踏车,然后在床上躺一下午。

他双手提起保冷箱,放在草坪上。他躲在树篱后,以免让人看见。等下要做的事会非常大声,不过柯法斯/冈特说这没什么好担心。他说住在柳树街的人多半是天主教徒,而没去参加十一点弥撒的人,几乎在八点就离家到别的地方去度周日了。布赖恩不知道这是不是真的,他只确定两件事:冈特先生无所不知,还有成不成交,冈特先生说了算。

这是他们的交易。布赖恩打开保冷箱,里面装了十来块大石头,每块石头上用一两条橡皮筋绑着布赖恩作业笔记本的纸张,每张纸上都写着斗大的字体:

我叫你别来烦我。

这是最后一次警告。

布赖恩拿起一块石头,走到草坪上,差不多离耶日克家客厅的大窗户十英尺处停下来。这栋房子建于六十年代早期,那面大窗户当时叫作“观景窗”。他举起手,只犹豫了一下,就放手让石头飞出,一如“世界大赛”第七场比赛中桑迪·柯法斯面对第一棒打者那样投了出去。一声巨大刺耳的哐啷声传来,然后石头砰一声落到客厅的地毯上继续滚动。

这声音对布赖恩产生了奇妙的作用。他不再害怕,也不再厌恶这多出来的差事，而他之前还认为想象力再怎么丰富，也不可能把这种恶劣行为想象成无关痛痒的恶作剧。玻璃窗破裂的声响让他兴奋，事实上，那种感觉就像他在做白日梦时想到拉特克利夫小姐一样。他现在明白那些是可笑的白日梦，但这不可笑，这不是梦。

另外，他也发觉自己越来越想要桑迪·柯法斯的球员卡，而且还发现另一项重大事实，有关财物与财物引起的奇妙心理状态：你花越多代价得到某样东西，就越想保有它。

布赖恩又拿起两块石头，走向已经破掉的观景窗。他往里看，看到刚才丢进去的石头就停在客厅进入厨房的地方，非常碍眼，就像教堂圣坛上放了双橡胶靴，或是牵引机引擎上放了朵玫瑰。石头上一条橡皮筋已经断掉，但另一条还很牢靠。布赖恩看看左边，瞧见了耶日克家的索尼牌电视机。

布赖恩的手臂往后一伸然后向前投出，石头正中那台电视机，发出一声低沉的“砰”，伴随着一阵闪光，屏幕玻璃撒落一地，电视机在架上摇摇欲坠。“好球！”布赖恩低声叫道，接着发出快要窒息般的怪异笑声。他瞄准沙发旁茶几上的几个小巧陶饰品，结果丢偏了，石头击中墙壁，凿出一片灰泥。

布赖恩抓着“好伴侣”的把手，使劲搬到房子侧面，打破两扇卧房窗户。到了房子后方，他投出一块面包大小的石头，打破厨房门上半部的窗户，又从那个洞连续丢了好几块石头进去；一块砸破了料理台上的高档食物料理机，另一块击碎了高级微波炉的玻璃门，石头直接掉进了微波炉里。“好球！干得好，小毛头！”布赖恩大叫，又放声大笑，笑到快尿裤子了。

等这阵激动退去后，布赖恩继续把房子绕完一圈。保冷箱变轻了，他可以一手提起。他用剩下的三块石头打破一排花朵后方的地下室窗户，然后狠狠抓起一大把花。事情做完，他关上保冷箱盖，走去脚踏车那里，把“好伴侣”放进篮子里，登上车后骑回家。

耶日克家隔壁住着米斯拉博夫斯基一家。布赖恩骑出耶日克家的车道后，米斯拉博夫斯基太太打开前门，走出来站在门口台阶上。她穿着一件亮绿色浴袍，头发包在一顶红色头巾里，看起来活像个差劲的圣诞节广告。

“小弟，发生了什么事?”她厉声问道。

“我不是很清楚，应该是耶日克夫妇在吵架吧，”布赖恩边骑边回答，“我只是想来问他们冬天要不要请人除车道上的雪，我看还是改天再来好了。”

米斯拉博夫斯基太太朝耶日克家恶狠狠斜睨一眼，不过由于树篱遮住，她站的地方只能看到二楼。“我是你的话，才不会再跑一趟，”她说，“那女人简直是南美洲那些小鱼，可以吃掉一整头牛。”

“是食人鱼。”布赖恩接道。

“没错，就是那种。”

布赖恩继续骑，慢慢远离穿着亮绿色浴袍、绑着红头巾的女人。他的心一直快速跳着，但还不至于狂跳不已。一部分的他觉得自己仍在梦里，完全感觉不到真实的自己——不是成绩优秀的布赖恩·鲁斯克，不是学生会和城堡岩中学“好镇民联盟”一员的布赖恩·鲁斯克，也不是连操行都拿第一的布赖恩·鲁斯克。

“总有一天她会杀人的!”米斯拉博夫斯基太太在布赖恩身后愤愤地喊道，“你看着好了!”

布赖恩对着自己轻声说道:“那我可一点都不奇怪。”

后来他真的在床上躺了一下午。一般来说，这会让科拉有些担心，或许还会带布赖恩去挪威镇的诊所看医生。可是今天她却一点都没注意到儿子不对劲，因为冈特先生卖给她的那副猫王太阳眼镜让她欢喜得不得了。

六点左右，布赖恩爬起来，大约十五分钟后，他爸爸回到家。他爸爸一整天都跟两位朋友在湖边钓鱼。布赖恩从冰箱里拿了罐百事可乐站在炉子旁喝，他觉得好多了。

他认为与冈特先生的交易，他这部分终于付清了。他也确定冈特先生真的无所不知。

9

妮蒂·科布精神奕奕走在主街上，正前往“必需品专卖店”，对于家里发生的可怕事件竟然一点预感也没有，不过她非常确信，管他是不是星期天，这家店一定会开，果然没让她失望。

“科布太太！”利兰·冈特看见她进来时叫道，“看到你真高兴！”

“冈特先生，我也是。”她回道。她是真的很高兴。

冈特先生伸着手走过来，但妮蒂避开了。这是很差劲的行为，非常不礼貌，但她就是克制不了。不过冈特先生似乎能够体会，上帝保佑这位大好人。冈特微微一笑，伸出的手转而把店门关上。他把营业中的挂牌翻到休息中，迅速得就像专业赌徒把一张王牌藏进手里。

“请坐，科布太太！请坐请坐！”

“好吧……其实我是来告诉你，波莉……波莉觉得……”不知怎的她有种奇怪的感觉，不是不舒服，只是奇怪，她的头有点发晕，禁不住踉跄着跌坐在厚绒布高背椅上。冈特先生站在她面前，双眼紧紧盯着她的眼睛，整个世界顿时都集中在冈特身上，然后一切又稳定了下来。

“波莉不舒服吗？”冈特问道。

“没错，”妮蒂感激地应道，“是她的手，你知道的，她有……”

“关节炎，是啊，很糟，真可惜，坏事总是不少，日子真难过，运气又不好。我知道的，妮蒂，”冈特先生的双眼又睁大了，“不过我没必要打电话慰问她，更不用说去她家探病。她的手现在好一点了。”

“真的吗？”妮蒂恍惚地问道。

“你说呢？手当然还是很痛，这样也好，但又不是痛到无法见人，这不是更好吗，妮蒂？”

“是啊。”妮蒂模糊地回答，但她根本不知道自己在附和什么。

“你，”冈特先生用他最温柔、最愉快的声音说，“妮蒂，你的大日子就快来了。”

“是吗？”这对她来说可是个新闻。她一直想着下午要待在客厅，坐在她最喜欢的那张椅子上，边打毛线边看电视，脚边有奇兵做伴。

“没错，是非常重要的一天，所以我要你坐在这儿休息一会儿，等我去拿个东西，可以吗？”

“可以……”

“好，把眼睛闭上吧，好好休息放松！”

妮蒂听话地闭上双眼。过了不知多久，冈特先生才叫她把眼睛睁开。她睁开双眼，感到一阵失望。有人叫你闭上眼睛时，通常是有好东西要给你，像是礼物之类的。妮蒂希望睁开双眼后，会看到冈特先生拿着另一个七彩玻璃灯罩，然而看到的只是一本小纸簿，纸张是粉红色的，每一张的抬头都印着：

交通违规警告。

“哦，”妮蒂说，“我以为是七彩玻璃呢！”

“妮蒂，我想你不会再需要七彩玻璃了。”

“不需要？”她再次感到失望，这回更强烈了。

“对，很难过，但千真万确。不过你应该还记得答应帮我做件事，”冈特先生边说边在她身旁坐下，“你一定记得吧？”

“记得，”她回答，“你要我去捉弄浑蛋基顿，你要我去他家放些纸。”

“一点也没错，妮蒂你真棒。我给你的钥匙还留着吗？”

妮蒂像是在跳水中芭蕾，缓慢地从大衣右边的口袋里掏出一把钥匙，接着把钥匙举高好让冈特先生看到。

“太好了！”他热情地说，“现在把钥匙放回去吧，放回那个安全的地方。”

妮蒂照做。

“喏，就是这些纸。”冈特把那叠粉红色的警告单放在妮蒂的一只手上，又在另一只手上放了个胶带。妮蒂心里某个地方响起警铃，可是声音非常遥远，几乎听不见。

“希望这不会花太多时间，我很快就得回家了，要去喂奇兵吃东西，它是我的宝贝儿狗。”

“我很了解奇兵，”冈特先生说道，给了妮蒂一个灿烂的笑容，“我想它今天可能没什么食欲，而且你也不用担心它会在厨房地板上便便。”

“但是——”

冈特把一只修长的手指放在妮蒂的嘴唇上，令她突然感到反胃。

“别这样，”她哀求道，往后靠向椅背，“别这样，好可怕！”

“他们也这么说，”冈特先生说，“所以不想我对你使坏的话，妮蒂，那你最好别在我面前说那个不好的字眼。”

“什么字？”

“但是。我非常讨厌那个词，要说痛恨也不为过。最美好的世界里，这种不中用的词是没必要的。我要你说其他的，我要你说我喜欢听的，那些我爱得不得了的话。”

“什么话?”

“冈特先生无所不知。说说看。”

“冈特先生无所不知。”她跟着说。这些字一说出口,她就领悟到这句话一点也不假。

“冈特先生总是无所不知。”

“冈特先生总是无所不知。”

“没错! 就像上帝一样。”冈特说完恐怖地笑了起来,笑声宛如地底深处的板块移动,同时他那两只眼睛快速从蓝色变成绿色,又从绿色变成褐色,最后又变成了黑色。

“好了,妮蒂,你听好。你只要帮我完成这一小件任务就可以回家了,懂吗?”

妮蒂听懂了,而且听得非常仔细。

第十章

1

南巴黎是座脏乱的工业小镇，位于城堡岩东北方十八里处。在缅因州，以欧洲城市或国家为名的乡下小镇不只南巴黎一个，另外还有个马德里（当地人都说成麻德里）、瑞典、埃特纳、加莱（但当地人都讲成加拉斯，好跟达拉斯押韵）、剑桥，还有法兰克福。为什么有那么多小乡镇都套上各式各样的异国名称，而且当初又是如何决定的？也许有人知道，但我不清楚。

我只知道大约二十年前，一名厨艺精湛的法国主厨决定搬离纽约，来到缅因州的湖区开家餐厅，而他觉得没有任何地方要比一个叫南巴黎的小镇更适合开法式餐厅了，即便附近的制革工厂传来阵阵恶臭也影响不了他的决定。最后他开了一家叫作莫里斯的餐馆，直到今天都还在，就在铁道旁的 117 号公路上，对面就是麦当劳。而莫里斯正是丹·“浑蛋”·基顿在十月十三日星期天带着太太去用午餐的地方。

当天，默特尔大半时间都飘飘然的，倒不是因为莫里斯的餐点太好吃。过去几个月，不对，几乎是过去一整年，默特尔在丹身边过得非常煎熬。他除了还会对她咆哮之外，几乎完全把她冷落在一旁。默特尔的自尊心向来不强，因为这样又变得更加低落。她跟其他女人一样，都明白不一定要拳头相向才算虐待。男人也好，女人也好，都会用嘴伤人，这点，丹·基顿正巧非常擅长；过去一年来，他已经用言语利刃在妻子身上划了数以千计看不见的伤口。

默特尔不知道丹赌博的事，她真的以为丹去赛马场纯粹只是看比赛。她也不知道丹盗用公款。虽然她知道丹的家族中，有些人的心理状态的确不太稳定，但她从来不会因此联想到丹。丹没有酗酒、早上出门时会记得穿上衣服、不会对着看不见的人说话，因此，她认为丹神志清楚，也就是说，问题应该是出在自己身上，而那个问题在某个时候导致丹不再爱她了。

默特尔眼见自己的伴侣变得火爆易怒、冷嘲热讽，又对她不闻不问，因此过去近半年来，她努力调试自己，以面对往后三四十年没有爱情的严寒岁月。对丹来说，她已变成另一件家具，除非妨碍了他，她才会受他注意。要是她妨碍了他，像是晚餐没准备好、书房地板看起来很脏，甚至早餐要看的报纸版面没按顺序放置，他都会骂她蠢猪。他说，要是她的屁股不见了，她也不会知道去哪儿找。他还说，如果她的脑袋装的不是脑浆而是黑色火药，没有起爆雷管，她连鼻涕都擤不出来。一开始，她会尽力反驳这些恶言，但这些辩解之词脆弱得像玩具城堡的纸板墙壁，一下就被他劈成两半。如果她也生气，他会以更大的怒火把她压下去，让她吓得不敢作声。因此她不再生气，而是陷入无尽忧思。近来，面对丹的怒气，她只有无奈地微笑赔不是，保证下次会做得更好，然后走回他们的卧房，躺在床上哭泣，想自己以后会变成什么光景，然后好希望好希望有个朋友让她吐吐苦水。

她没去找朋友，而是跟自己的洋娃娃谈心。结婚头几年，默特尔开始收集洋娃娃，不过都收在盒子里放在阁楼上。从去年开始，她才把娃娃拿到缝纫室。有时她哭完后，会悄悄走进缝纫室玩玩这些娃娃。它们从不对她咆哮，它们绝不会冷落她，它们绝不会问她为什么那么蠢，是天生的还是后天训练出来的？

就在昨天，她发现了全世界最美丽的娃娃，就在那家新开的店里。

结果今天一切都改变了。

准确来说，是今天上午。

她的手滑到桌子底下，捏了捏自己的大腿（已经不是今天第一次），只是想确定自己不是做梦。她发现自己仍在莫里斯餐馆，坐在照进来的十月秋阳里，而丹依旧坐在她对面大快朵颐。他的脸上满是笑容，让她觉得有点陌生，因为她已经好久好久没看过这样的笑容。

她不知道为何有这样的转变，但又不敢开口问。她知道昨晚他去了刘易斯顿赛马场，跟平常晚上没什么不同（大概他在赛马场认识的人，要比在城堡岩每天见面的人——例如他太太——来得有趣）。她今天早上醒来时，料想床的另一边已经没人（或者一夜都是空的，他一整晚都在书房椅子上打瞌睡），只会听到他在楼下没好气地自言自语。

然而出乎意料，他睡在她身旁，身上穿着她去年送他的圣诞礼物，那件红色的条纹睡衣。这是她第一次看见他穿，大概也是睡衣第一次从盒子里拿出来吧。他已经醒了，侧过身面对她，脸上带着微笑。刚开始，这抹微笑吓了她一跳，以为他准备好要杀掉她了。

他伸手摸了摸她的胸部，眨了眨眼说："想要吗，默特尔？还是你觉得太早了？"

于是他们做了爱，这是五个月来他们第一次做爱，而他雄风再现。现在他们来到莫里斯吃午餐，在周日的午后，两人就像对年轻情侣。她不知道是什么让丈夫出现这样美好的转变，但她也不在乎了。她只想好好享受，希望这一切能维持下去。

"还好吧，默特尔？"基顿抬起头，边问边用纸巾用力擦嘴。

她娇羞地把手伸过桌面摸他的手说："很好，真的……真的太美好了。"

她又连忙把手收回来，好用纸巾匆匆轻拭双眼。

2

基顿仍旧大口大口咬着那勃什么的红酒炖牛肉，管法国佬给它取了什么名字。他如此开心的理由很简单，昨天下午，"独赢彩票"挑出的马匹晚上全都中了，就连第十场比赛一赔三十的神速财星也不例外。

回城堡岩的路上，与其说他开车，不如说他飘在空中，因为外套口袋里塞满了超过一万八千元的钞票。他的庄家可能还想不透钱去了哪里，但基顿知道，就放在一个信封里，塞在书房橱柜里的后面。那个信封就放在"独赢彩票"的盒子里，跟那珍贵的游戏放在一起。

几个月来，他终于能好好睡上一觉。醒来时，对查账这档事闪现了新点子。虽然只是一点灵光，不过仍比收到那封可怕的信后，陷入混乱的黑暗中好很多。看来要让脑袋精明起来，只需在赛马场好好赢上一晚。

他无法在最后期限内归还所有钱，理由显而易见。一来，刘易斯顿赛马场是秋季唯一每晚开赛的地方，但即使在那里赢了钱，也不过是九牛一毛。他可以去城堡岩的各处博览会，通过那里的比赛赚个千把块，但还是不够。而且他不能每晚都像昨晚一样，即使是在刘易斯顿赛马场也不行，否则他的庄家会起疑，完全拒绝他下注。

不过他认为还是能够归还部分，并且把篡改程度降到最低，他还可以编个故事自圆其说。这么大的事不可能一次就完全解决。这是个严重的错误，不过他已经负起所有责任并且在补救。

他可以辩称，一个真正的无耻之徒，如果碰到这种情况，或许还会利用宽限期挖走镇上更多经费，能挖多少就多少，然后远走高飞(去某个阳光普照的地方，有许多棕榈树、一大片白沙滩，还有数不清的比基尼辣妹)，要抓他回来简直是难上加难。

他可以扮成耶稣基督的样子，请众人中完全清白的人丢第一块石头，这应该会让他们裹足不前。如果他们之中有人完全没有染指州政府财物这块大饼，基顿就把那家伙的内裤吞掉，而且什么调味料都不加。

他们将不得不给他时间。现在基顿终于有办法把失去理智的一面暂时抛开，以非常理性的态度看待整个情况，他很确定他们会给他时间，毕竟他们也是政客。他们知道，新闻媒体一旦对丹·基顿大肆挞伐后，就会把矛头指向他们这些理应维护公共信任的人。他们知道在公开调查或盗用公款(但愿不会)的审判后，会浮现哪些问题。例如基顿的小动作搞了多久(各位如果愿意，可以用会计年度来算)？还有为何缅因州税务局没有及早发现任何问题，一直蒙在鼓里？对于有心往上爬的政客来说，这类问题实在叫人泄气。

他相信他可以逃过一劫。虽然不敢保证，但看来还是颇有希望。

这全都要感谢利兰·冈特。

老天，他爱死了利兰·冈特。

“丹?”默特尔娇羞地叫道。

他抬头看她。“嗯?”

“今天是这几年来最棒的一天了。我只想告诉你，我真的很感谢能有这么美好的一天，跟你在一起。”

“哦!”他应了声，然后霎时间，他竟然没办法想起坐在对面那女人的名字，真是极其诡异，“嗯，默特尔，我也觉得很棒。”

“你今晚会去赛马场吗?”

“不了，”他回答，“我应该会待在家里。”

“太好了。”她说。她觉得实在太好了，于是又拿起纸巾轻拭眼角。

他对她一笑，虽然不是当初向她求爱且赢得她芳心的温柔笑容，不过也差不多了。“对了，默特尔，想吃甜点吗?”

她咯咯笑了起来，朝他挥挥纸巾，娇嗔道:“你呦!”

3

基顿家位于景观丘，是栋错层式平房。对妮蒂·科布而言，那是条很长的上坡路。她走到时，双腿发软，全身发颤。一路上，她只遇见三四个路人，没有一个人看她，他们都把脸蒙在大衣领子里遮蔽那刺骨强风。妮蒂转进基顿家的车道时，不知哪家订阅的《周日电讯报》里的夹页广告飞滚到街上，然后像某种怪鸟冲上蔚蓝的天空。冈特先生跟她说浑蛋基顿与默特尔不会在家，而冈特先生无所不知。车库门是打开的，而那招摇的凯迪拉克不在里面。

妮蒂向前走，在前门停下，从大衣左边的口袋里拿出那本警告单与胶带。她很想回家看“周日电影院”，让奇兵趴在脚边陪着她。只要一做完这件事，她就可以回家了。也许看电视时，毛线也不用打了，只要坐在椅子上，大腿上放着七彩玻璃灯罩就够了。她撕下一张粉红色警告单，用胶带黏在门铃旁浮雕着“基顿宅”还有“谢绝推销”这几个字的牌子上。她把胶带与那本警告单放回左口袋，然后从右口袋拿出钥匙开门。转动钥匙前，她先迅速检查刚才那张警告单有没有黏好。

尽管她又累又冷，还是禁不住露出一抹微笑。这玩笑开得真好，尤其是想到那浑蛋开车的德行，他没撞死过人还真是奇迹。不过她并不想当那个开单的警员，那个在单子底部签名的人可衰了，浑蛋基顿看到可能会超级不爽，他从小就开不起玩笑。

她转动钥匙，轻松打开大门，走了进去。

4

“还要咖啡吗?”基顿问。

“喝不下了，”默特尔回答，“我肚子鼓得像吸饱血的蚊子。”她微笑。

“那我们回家吧。我想看爱国者队的比赛，”他说，然后看看手表，“如果快一点，应该还赶得上开球。”

默特尔点点头，感到前所未有的快乐。电视在客厅里，如果丹要看球赛的话，那就表示他不会整个下午都窝在书房。“那走吧。”她说。

基顿威风凛凛地举起一只手指说：“服务生，结账。”

5

妮蒂不再急着回家；她很喜欢待在浑蛋基顿与默特尔家里的感觉。

一来，里面很温暖。二来，待在这里让她有种意想不到的权力感，这就像是从幕后看着两个人生活的一切。于是她跑上楼，看遍所有房间。以他们没有孩子的状况来看，房间实在很多，不过就像她母亲那句口头禅：富者越富，贫者越贫。

妮蒂打开默特尔的梳妆台抽屉，翻看她的内衣裤。有些是丝质，品质很好，但她觉得大部分的好衣裤看起来都很旧，默特尔衣柜里挂的洋装也一样。接着，妮蒂走进浴室，翻看药柜里的药，然后又走去缝纫室，看到洋娃娃时赞叹不已。房子很棒，也很漂亮。只可惜，住在里头的男人是个烂货。妮蒂瞧了一下手表，心想应该开始贴那些警告单了。

参观完楼下后就开始贴。

6

“丹，你开得会不会太快了点?”默特尔喘着气问道。为了超过一辆开得很慢的运材卡车，他们的车子闯入对向车道，迎面而来的汽车朝他们用力鸣了一声。

“我赶着看开球。”他回答，接着左转到枫糖路，驶过一个标志，上面写着“距城堡岩八里”。

7

妮蒂打开电视——基顿家的电视可是台三菱彩色大电视——看了一下“周日电影院”播的电影，由艾娃·嘉德纳与格里高利·派克主演。格里高利好像爱上了艾娃，但也不一定，搞不好他爱的是另一个女人。核战争爆发了，格里高利·派克驾着一艘潜水艇。妮蒂对这些没什么兴趣，于是关掉电视，然后在屏幕上贴了张警告单。她走进厨房，看看碗橱里的餐具，餐具都是康宁牌的，很好看，不过煮锅和平底锅就没什么稀奇了。她又打开冰箱，皱了皱鼻子，里面一堆剩菜剩饭，可见持家无道。浑蛋基顿铁定没发觉，这点她敢用自己的靴子打赌。像浑蛋基顿这种男人，就算给他地图外加一只导盲犬，还是会在厨房里迷路。

妮蒂又看了看手表，然后开始行动。她已经花了太多时间闲逛，太多了。她加快速度，撕下一张张警告单贴到各种东西上，冰箱、炉子、厨房内、车库房门旁、墙上的电话、餐厅的展示柜等。而她动作越快，心里就越紧张。

8

妮蒂开始行动时，基顿红色的凯迪拉克正驶过丁桥，开上通往景观丘的水磨道。

“丹?”默特尔突然问道，“可以让我去一下阿曼达·威廉斯家吗？是有点不顺路，可是我想去拿回我的奶酪小火锅，我想——”一抹娇羞的微笑又出现在她脸上，“我想为你，我们，做点好吃的，看球赛吃的。你在她家放我下来就行了。”

丹张嘴想回道，威廉斯家可是非常非常不顺路，而且比赛就快开始了，那个烂火锅明天再去拿就可以了。他不喜欢又烫又到处乱滴的融化奶酪，那恶心的东西铁定满是细菌。

但他后来又改变了想法。除了他自己外，城堡岩镇务委员里还有两个浑账和一个臭婆娘。阿曼达·威廉斯就是那臭婆娘。星期五那天，基顿好不容易勉强自己去拜访理发师弗勒顿，还有城堡岩唯一的殡葬业者哈利·塞缪尔斯。他也很努力表现出自己只是来串门子，但其实不是。城堡岩税务委员会总有可能会寄信给他们，不过至少他们现在都还没接到，这让他安心不少，可是姓威廉斯的臭婆娘星期五出城去了，没问到。

“好吧，”他说，接着又加一句，“顺便问她一下，有没有重要的镇务消息需要跟我商谈。”

“哦，亲爱的，你也知道我这种事总是说得拉里拉杂——”

“我当然知道，但你总会开口问吧？你还没蠢到连问问题都不会吧?”

“没有。”她犹豫着小声回答。

他拍拍她的手说：“对不起。”

她看着他，脸上满是讶异。他竟然向她道歉。在默特尔印象中，他们结婚这些年来，他可能向她道过歉，但那是什么时候已记不得了。

“你就问她，最近州政府那边是不是又来管东管西，”他说，“土地使用规范、可恶的下水道工程……也许还有税务。应该是我自己去问的，可是我真的很想赶上开球。”

“我会帮你问，丹。”

威廉斯家位在景观丘的半山坡上，基顿把凯迪拉克开进车道，停在那女人的车子后方。那是辆进口轿车，不出意料。一辆沃尔沃。基顿猜想她要不是个秘密共产党员，就是个蕾丝边，或者是蕾丝边共产党员。

默特尔开门下车时，给了丹一个害羞、怯生生的微笑。

“半小时内我就会到家。”

“好。别忘了问她有没有新镇务。”他叮咛道。要是默特尔的回报中——定是杂乱无章——阿曼达·威廉斯说的话让他脖子上竖起一根寒毛，他就要亲自去拜访那臭婆娘……明天，不是今天下午，这个下午是属于他的。他心情太好，好到不想见阿曼达·威廉斯，更别说找她谈天了。

默特尔门还没关好，基顿就迫不及待地倒车开回街上去。

9

妮蒂刚在基顿书房的橱柜门上贴完最后一张警告单，就听到车子开进车道，她顿时全身僵硬、动弹不得。

被抓包了！听到那辆凯迪拉克大引擎发出轻柔浑厚的声音，她的心里尖叫着。*被抓包了！耶稣救主心怀慈悲，我被抓包了！他会把我给杀了！*

冈特的声音出现了，听起来不再亲切，而是冰冷的命令口吻，从妮蒂脑袋深处传来。*妮蒂你要是给抓包，他很可能会杀了你。你一慌张，铁定就会被抓包。方法很简单：不要慌张。快离开书房。现在就走。不要用跑的，走快点。尽量不要发出声响。*

她快速走过书房地板上的二手土耳其地毯，双脚僵硬得有如两根木棍，嘴巴反复低声念着：“冈特先生无所不知。”她走进客厅后，看到长方形的警告单似乎贴满了所有物品表面，其中一张甚至用一段长长的胶带，从天花板中央的吊灯上垂挂下来，一张张全都怒视着她。

现在引擎声变得低沉，出现回音，表示浑蛋已经开进车库。

快走，妮蒂！现在就走！这是你唯一的机会！

她快速走出客厅，不小心给脚凳绊倒，结果四肢扑地、头撞地板，要不是有地上那层薄薄的小地毯，她肯定会昏过去。她眼冒金星爬了起来，隐约感觉到额头在流血，然后听到引擎声停止了，手忙脚乱地要转动大门门把。她提心吊胆地回头看了厨房一眼，看见通往车库的门，也就是基顿要走进来的那扇门。一张警告单正贴在那道门上。

妮蒂转动门把，可是门却打不开。看来是卡住了。

基顿甩上车门，传来沉重的砰的一声，车库的自动门向下关闭，发出轰隆轰隆的震动声。她可以听见浑蛋在水泥地上嗒嗒走来的脚步声，而且竟然还吹着口哨。

妮蒂额头伤口流下的血液模糊了视线，不过她狂乱的双眼还是看到了门闩。门闩锁住了，难怪门打不开。她一定是进门时就扣上的，可是却一点印象也没有。她啪的一声把门闩往上转，推开门走了出去。

不到半秒钟，厨房内通往车库的那道门打开了，丹·基顿走了进来，解开大衣纽扣，可是动作却突然止住，口哨也不吹了。他站在原地，正在解开大衣下排纽扣的那双手僵在那边，嘴唇仍然噘着，他看看厨房四周，瞪大了双眼。

要是他现在走到客厅窗边，就会看见妮蒂狂奔过他家的草坪，身上没扣好的大衣像蝙蝠翅膀在她周围拍打着。基顿要是看见，未必认得出是谁，但可以确定是个女的，若真如此，那以后发生的事可会相差十万八千里。然而，他看到那些警告单时，整个人呆若木鸡，受到惊吓的心里只能想到三个字，只有三个字。它们闪烁不已，仿佛巨型霓虹灯上三个触目惊心的血红大字：迫害者！迫害者！迫害者！

10

妮蒂跑到人行道上，拼了老命冲下景观丘。她脚下休闲便鞋的鞋跟在地上发出可怕的咔嚓咔嚓声，而她相信自己听到了其他人的脚步声——浑蛋基顿在后头追她。若是给浑蛋追上，他可能会伤害她……但这没什么大不了，因为浑蛋会对她做出更糟的事。浑蛋是堂堂镇长，若要把她送回“杜松岭”，她就得乖乖听话，因此她像见了鬼一样死命奔跑。血滴滑过额头流入眼睛，顷刻间她仿佛是以淡红色镜头看着世界，景观丘上的华屋开始渗血。她用大衣袖子把血擦掉，继续往下飞奔。人行道上空空如也，周日下午待在家中的人大多目不转睛地盯着电视上新英格兰爱国者队对抗纽约喷射机队的美式足球赛，只有一个人看到妮蒂。

坦瑟·威廉斯跟妈妈去波特兰外公家住了两天，今天才刚回来。妮蒂飞也似的跑下景观丘时，她正在客厅看着窗外，一边吃着棒棒糖，左手臂夹着一只叫欧文的泰迪熊。

“妈咪，有个阿姨刚刚跑过去。”坦瑟跟妈妈报告。

阿曼达·威廉斯正在厨房餐桌旁跟默特尔·基顿喝咖啡，小火锅就放在两人之间。默特尔问有没有镇务要知会丹，阿曼达觉得这问题很奇怪。如果浑蛋基顿想知道什么，干吗不自己来问？这个不提，光是周日下午谈镇务就够奇怪了。

“宝贝儿，妈咪正在跟基顿太太说话。”

“她脸上在流血耶。”坦瑟又补充。

阿曼达对默特尔笑着说：“我跟巴迪说，如果他要租什么《致命的吸引力》来看，要等坦瑟睡觉后才能放。”

妮蒂继续飞奔，来到景观丘与月桂街的交叉口时，她停了下来。公共图书馆就在这里，草坪周围绕着弯曲的石墙。她靠着墙壁喘气、啜泣，强风呼啸而过，拉扯她的大衣。她的双手紧压住身体左侧疼痛不堪的地方。

她抬头往山丘看，街上没有半个人影。浑蛋没来追她，那不过是她自己的想象。过了一会儿，她摸索大衣口袋，想找张面纸把脸上的血迹擦掉。她摸出一张，同时却发现浑蛋家的大门钥匙不见了。可能是她奔跑时掉了出来，但更可能是她把钥匙留在门锁上。但这又有什么关系？她已经逃出浑蛋家，没让他发现，这才要紧。她感谢上帝让冈特先生的声音及时出现，不过却忘了要她去浑蛋家恶作剧的正是冈特先生。

她看了一下面纸上的血迹，猜想伤口没有多严重，血流得比较少了，侧腹的疼痛也慢慢舒缓。她挺身向前，离开石墙，拖着缓慢沉重的步伐往家里走，她头垂得很低，以免让人看到伤口。

家，可以好好想家了。家里有漂亮的七彩玻璃灯罩，家里有“周日电影院”可看，家里有奇兵陪伴。等回到家，把门锁上，窗帘放下，打开电视，奇兵睡在脚边，那么刚刚经历的一切将只是噩梦一场，就像她杀夫后关在“杜松岭”里会做的噩梦。

家，才是属于她的地方。妮蒂加紧脚步。很快就要回到家了。

11

皮特与维尔玛·耶日克和普瓦斯基夫妇在弥撒后吃了简单的午餐，饭后皮特与杰克·普瓦斯基坐在电视机前观赏爱国者修理纽约喷射机。维尔玛对美式足球没什么感觉，不只如此，她对棒球、篮球、曲棍球等也兴趣缺乏。她唯一感兴趣的职业运动是摔跤，而且要是可能的话，她会毫不犹豫地抛弃皮特，转而投向摔跤大王“强弩酋长”，虽然皮特完全不知道维尔玛有这点心思。

维尔玛帮弗里达清洗碗盘后，跟她说要回家看“周日电影院”——今天播出的是《海滨》，格里高利·派克主演。她跟皮特说她要开车回去。

“你开吧，”他说，视线完全没离开电视机，“我不介意走路回家。”

“你最好是多走点路。”她边咕哝边走出去。

维尔玛的心情其实不错，主要是“赌场之夜”的关系。她以为约翰尼神父会因为浸信会教徒持续激烈反对而打退堂鼓，结果神父还是坚持办下去，从他当天早上布道时讲的“让我们耕耘自己的花园”就看得出来。此外，维尔玛也很欣赏神父讲这段话时的神情；他的语调一如往常非常轻柔，但那双蓝色眼睛或突出的下巴却一点也不温和。维尔玛和其他人听到他新颖的园艺隐喻，也都能心领神会，他们都了解神父真正的意思：要是浸信会教徒坚持插手管天主教的胡萝卜园，天主教徒会把他们狠狠修理一顿！

一想到修理这档事（尤其是修理一大群人），维尔玛心情都会特别好。

不过周日时光之所以愉快，倒也不全是在盼望把浸信会修理一顿，还因为她总算不用准备一顿丰盛的星期天大餐，加上皮特又乖乖跟杰克与弗里达在一起。如果运气够好，皮特一整个下午都会待在那里，看着球员努力冲撞彼此的脾脏，而她就能安安稳稳地看个电影。

不过在那之前，或许可以先打电话给老朋友妮蒂。疯子妮蒂应该已经吓得发抖了吧，好极了……好的开始，不过这只是开始。妮蒂还要为那些被泥巴弄脏的床单付出代价，不管她知不知道。该对一九九一年度“神经病小姐”展开后续行动了，这让维尔玛满心期待，于是飞快地开车回家。

12

丹·基顿梦游般地走近冰箱，把贴在上面的警告单撕下来，单子最上面印着黑色的粗体字：

交通违规警告

下面另写着一段话：警告单——请详阅并遵守！

阁下已违反一项或多项交通法规。开单警员此次以“警告单”劝说，不过已记下违规车辆的式样、型号及驾照号码。再犯者必须缴纳罚款。请记得交通法规需要大家共同遵循。

谨慎驾驶！平安回家！地方警局感谢您的合作！

这段劝导语下方是几栏空格，标示着式样、型号与驾照号码。在头两个空格里，分别注记着凯迪拉克与塞维利亚。在驾照号码那栏中则整齐地印着：浑蛋一号。

警告单下半部是常犯违规事项的勾选表，例如未打方向灯、未停车受检及违规停车，不过这些都没有勾选。警告单底下印着“其他违规事项”，紧接着是两行空白栏。“其他违规事项”倒是打了个勾，描述违规事项的栏位里则工整地印着：城堡岩头号浑球。

最底下是开单警员的栏位，上头盖的橡皮章是诺里斯·里奇韦克。慢慢地，非常缓慢地，基顿把警告单揉进掌心，单子在他手里变形、翻折、抓皱，最后消失在那硕大的拳头里。他站在厨房中间，环顾贴在四周的警告单，额头中央一条血管有节奏地跳动着。

“我要杀了他，”基顿轻声说，“我向上帝、所有圣人发誓，我一定要杀了那瘦巴巴的小王八蛋。”

13

妮蒂回到家时才一点二十分，不过她觉得已经过了好几个月，甚至好几年。她走上通往前门的水泥小径，恐惧感顿时消失，仿佛肩头卸下无形的重担。她的头还在痛，但想到能够安全回家，又不让人发现，这点代价算不了什么。

她家里的钥匙没丢，还在衣服口袋里。她把钥匙拿出来插进门锁。“奇兵？”她边转动钥匙边喊道，“奇兵，我回家啦！”

她打开门。“妈咪的宝贝儿狗在哪儿啊？它在哪儿啊？它肚子饿了吗？”玄关一片漆黑，一下子没法看见地板上躺着一小团物体。她拔出钥匙，走了进去。“妈咪的宝贝儿狗是不是饿坏啦？它是不是超级饿——”

她踢到一样东西，有些僵硬却又带着些柔软，令她的童言童语戛然止住。她低头往下一看，看到了奇兵。起初，她努力告诉自己，眼前的景象不是真的——不是、不是、不是。躺在地板上、胸口插着某个东西的不是奇兵——这怎么可能？

她关上门，慌乱地拍打墙上的开关。玄关的灯亮了，而她也看清楚了。奇兵就躺在地板上，四脚朝天，就是想要人抓痒的姿势。有个红红的东西从它身上凸出，看起来有点像……有点像……妮蒂尖声哀号，尖到像只巨蚊嗡嗡叫，接着双膝一落跪在奇兵身边。

“奇兵！哦，基督救主心极慈悲！哦，我的老天，奇兵，你没死，你没有死！”

她的手——非常冰冷的手——拍打那个插在奇兵胸前的红色物体，一如她刚刚拍打墙上的开关，最后终于抓住那个东西，用一股来自内心最深处的悲伤与恐惧的力量拔了出来。钻孔锥拔出来时，发出一个混浊的撕裂声，连带拔出几块肉、小团血块，还有几绺纠结的狗毛。伤口像个边缘粗糙的黑洞，跟点四一猎枪子弹大小一样。妮蒂又放声尖叫；她丢下沾着血渍的钻孔锥，把那瘦小而僵硬的身体抱在怀里。

“奇兵！”她哭喊道，“哦，我的宝贝儿狗！不可能！哦，不可能！”她把它抱在胸前，身体前后摇晃，想用身上的体温将它救活，然而她似乎没有温度可暖和它。她好冷，好冷。

过了一会儿，她把奇兵的身体放回地板上，一只手在地板上胡乱摸索，摸到了那把瑞士军刀，凶器钻孔锥从军刀握把伸出来。她面无表情地捡起刀子，但一看到刺穿在凶器上的字条，脸上出现了一些变化。妮蒂用麻木的手指把纸条取下，拿到面前看仔细。那张字条沾了可怜小狗的血而变得干硬，不过她还是认得出那些潦草的字：

谁都不准朝我的干净床单丢泥巴。我说过我会要你好看！

惊恐烦忧的神情慢慢在妮蒂眼中消失，取而代之的是带着某种阴森的精明，就像泛黑的银器微微闪烁。当她看清发生了什么惨事时，她的双颊苍白如牛奶，但现在转成了暗红色。她的嘴唇慢慢掀开，露出的白牙狠狠对着那张纸，吐出五个严厉的字，激动、粗哑而刺耳：

“你这个……贱人！”

她把字条揉成一团丢向墙壁，纸团弹回奇兵附近。妮蒂上半身猛扑过去、捡起来、朝上面吐口水，然后又把纸团丢开。她站起身，慢慢走向厨房，双掌张开，啪的一声快速握成拳头，又弹开双掌，好再度啪的一声握成拳头。

14

维尔玛·耶日克开着黄色小优果进入车道。她下了车，急匆匆地走向前门，一边在皮包里搜索钥匙，嘴里还轻轻哼着老歌《爱让世界转动》。她找到了钥匙，插进门锁……然后眼角瞄到有东西在乱动，她停了下来，往右边一看，眼前的景象令她目瞪口呆。

客厅的窗帘在午后的清冽寒风中翻飞，在屋子外面翻飞，原因是观景窗破了。三年前克鲁尼夫妇的笨蛋儿子用棒球打破后赔了四百块换装的窗户，如今又破了。窗框上的尖刺玻璃各自瞄准中央的大破洞。

“妈的怎么回事？”维尔玛惊呼，同时用力转动钥匙，差点把它扭断。

她冲进家里，把门甩上，然后呆立原地。长大以来，这是维尔玛·耶日克头一次吓得完全动弹不得。

客厅里一片混乱。那台还有十一期分期付款要缴的漂亮大屏幕电视机给砸碎了，里头是一片黑，而且还冒着烟。映像管碎成千片，撒落在地毯上闪闪发光。对面墙上也砸出一个大洞，其下有个形如面包的大包裹，厨房门前也有一个。

她走向厨房门前的那个物体，心里突然冒出一个声音，告诉她那可能是炸弹包裹，要非常小心。她经过电视机时，闻到一股难闻的热气，味道介于烧焦的电线与培根之间。

她蹲下查看，发现那根本不是包裹，至少不是平常所谓的包裹，而是块石头，外面包着印有横线的笔记本纸张，用橡皮筋绑住。她取下纸张，看了上面的字：

我叫你别来烦我。这是最后一次警告。

她又看了一次，接着瞄向另一块石头，走过去把绑着橡皮筋的纸张取下，发现是一模一样的纸张，一模一样的内容。她站起来，两只手上各拿着一张皱巴巴的纸，眼睛在两张纸上来来回回地看，像是在观看一场激烈的乒乓球赛。终于，她说出了几个字：

“妮蒂，你这个贱货！”

她走进厨房，倒抽了一口气，使得牙缝发出刺耳的嘶嘶声。她拿出微波炉里的石头时，被玻璃刺到了手，她心不在焉地拔出碎片，再把石头上用橡皮筋绑住的纸张取下。还是同样的内容。

维尔玛加快脚步，查看了楼下各个房间，发现那里也遭到破坏。她取下所有纸张，每张都一样。她又走回厨房，不可置信地看着这幅惨状。

“妮蒂！”她又叫了一次。

她如冰山般的震惊终于渐渐融化，取而代之的第一种情绪不是愤怒而是难以置信。老天，她心想，那女人可真疯了。她一定是疯了，以为对我——对我耶——做出这种事后还可以活着见到太阳下山？她以为她对付的是谁？清秀蠢佳人？维尔玛的手猛握成拳，使得手中的纸张皱缩如康乃馨，接着弯下身，把纸张使劲摩擦她硕大的臀部。

“去你的最后一次警告，只配用来擦我的屁股！”她喊道，接着把纸团丢开。

她再次环顾厨房，有如儿童般充满好奇心地看着。微波炉给砸了个洞。艾尔玛冰箱也有个凹洞。玻璃碎片撒满一地。客厅里，那台花了一千六百块钱的电视机，闻起来就像炸了一堆狗屎的油炸锅。是谁搞的鬼？是谁？

还有谁？妮蒂·科布，就是她。一九九一年度“神经病小姐”。

维尔玛脸上露出笑容。跟维尔玛不熟的人，或许会以为那是温和、亲切、友爱的笑容。她的双眼充满强烈的情绪，粗心的人或许还会把那误认为欣喜。皮特·耶日克最了解维尔玛，要是他在场看到维尔玛的表情，肯定会拔腿狂奔。

“你错了，”维尔玛温柔地说，简直像在安慰人，“噢，你错了，宝贝。你不懂。你不懂跟维尔玛作对是什么下场。你完全不懂跟维尔玛·瓦洛斯基·耶日克杠上的下场。”

她笑得越来越灿烂。

“但你会懂的。”

微波炉附近的墙面上，架着两道磁化钢条，原本吸附在钢条上的刀子，在布赖恩砸到微波炉时，几乎全给打了下来，散落在料理台上，杂乱无章的样子像是准备要玩抽木棍游戏。维尔玛拾起最长的一把刀，金师傅牌切肉刀，她握住那白色骨质握柄，刺伤的手掌缓缓滑过刀刃，刀刃上顿时染了一层红晕。

"我要你记住所有的教训。"维尔玛紧握着那把刀，穿过客厅，脚下那双上教堂的黑鞋嘎吱嘎吱地踏过窗户和映像管的碎片。她门也不关就走出去，直直穿过草坪，往福特街走去。

15

正当维尔玛从料理台上的刀子堆里选刀时，妮蒂·科布也从厨房的抽屉里拿出一把大菜刀。她知道那把刀锋利无比，因为不到一个月前，理发店的比尔·弗勒顿才帮她磨过。

妮蒂转身，慢慢走向前门。到了玄关，她停下来跪在奇兵身边一会儿，心想她可怜的狗儿根本没有伤害过任何人。

"我警告过她了，"她轻柔地说，一边抚摸着奇兵的毛，"我警告过她。那个波兰疯女人我已经给过她机会了。我给了她无数次机会。我的宝贝儿狗，你等着。你等着，我很快就来陪你了。"

她站起来，然后跟维尔玛一样，门也不关就离家出门。此刻，安全感对妮蒂而言已不再重要。她站在门前的台阶上，深吸几口气，接着直直穿过草坪，往柳树街走。

16

丹·基顿跑进书房，用力拉开橱柜门，门一开，直接把手伸到后方。有那么可怕的一瞬间，他以为游戏不见了，该死的迫害者王八蛋警员闯进家门把游戏带走了，也把他的未来一并带走了。不过他的双手摸到了游戏盒子，他连忙掀开盖子，摸一摸，锡制跑道仍在那里，底下仍塞着信封。他把信封前后弯折，听见里面的钞票窸窸窣窣的声音，接着放回原处。

他快速冲到窗户旁，看看默特尔回来没。绝不能让她看到这些警告单，得在她回来前把所有警告单通通撕掉。到底有多少张？一百张？他四处张望，发现所有地方都贴了警告单。一千张？或许真有一千张，两千张也不无可能。要是默特尔在他清理完之前回来，也只能让她在门外等了，绝不让默特尔踏进家门半步，他要先把这些该死的迫害东西通通拿去厨房的柴炉烧掉。烧掉……该死的……每一张。

他把悬垂在客厅中央吊灯上的警告单抓了下来，胶带粘到他脸上，他一把抓开，发出小小一声怒吼。这张警告单上，在“其他违规事项”一栏中出现了四个字，特别刺眼：盗用公款。

他跑去安乐椅旁的阅读灯前，把灯罩上的警告单撕了下来。

其他违规事项：侵吞镇用经费。

壁炉上“狮子会优良公民奖”玻璃护罩上的警告单：干你娘。

厨房的门上：在刘易斯顿赛马场疯狂撒钱。

厨房里通往车库的门上：心理变态、饥不择食的偏执狂。

他迅速把这些警告单通通撕下来，从那张肥肿脸庞上凸出的双眼睁得老大，日渐稀疏的头发七横八竖。不久，他开始喘气、咳嗽，脸颊开始变成丑陋的绛紫色。他看起来就像有张成人脸孔的胖小孩，正在进行一场怪异却至关重大的寻宝游戏。

他在瓷器餐具的橱柜门上又撕下一张：窃取镇退休经费玩小马。

基顿右手抓着一叠警告单冲回书房，速度快到单子上一条条的胶带在拳头后方飞舞，他继续扯下其他警告单。扯下的这几张，全是同一项指控，精准得吓人：

盗用公款　小偷　窃取　盗用公款　欺诈　侵吞　坏公仆　盗用公款

所有用词中，那个最刺眼、最震耳的谴责——其他违规事项：盗用公款。

他觉得外面好像有声音，于是赶紧冲到窗前。可能是默特尔回来了，或者是诺里斯·里奇韦克跑来嘲笑他，幸灾乐祸一番。如果真是他，基顿会拿枪把里奇韦克毙了。不过他不会对准头射。对着头射，他会死得太快，对里奇韦克这种人渣不需要便宜他。他会一枪一枪在里奇韦克身上开洞，让他在草坪上尖叫到死。

结果只是加森家的车正慢慢开下景观丘前往镇上。斯科特·加森是镇上最重要的银行家，基顿夫妇有时会和加森夫妇共进晚餐。加森夫妇人不错，而斯科特本人对他的仕途生涯又扮演不可或缺的角色。如果斯科特看到这些警告单会做何感想？他会怎么想“盗用公款”这四个字？粉红色的违规警告单上，这几个字令人触目惊心，仿佛一遍又一遍对他大叫大嚷,就像半夜被强暴的女人拼命尖叫。他跑回餐厅,气喘吁吁。还有单子没撕掉吗?应该没有了。他已经撕掉全部的警告单了,至少楼下的都已经——

不会吧!还有一张!就在楼梯的扶手立柱上还有一张!如果他没看到这张会怎么样?天哪!

他跑过去撕掉那张警告单,上面写着:

式样:烂车　型号:又老又旧　驾照号码:老浑球一号　其他违规事项:金融变态

还有吗?还有其他张吗?基顿拼命在楼下的房间里来回穿梭。他的衬衫下摆从裤子里跑了出来,皮带扣上方,毛茸茸的肥肚腩上下不停抖动。他没看到其他张了……至少楼下已经没有了。

他又慌乱地跑去窗前查看,确定默特尔还没回来,然后火速冲上楼,心脏狂跳不已。

17

维尔玛和妮蒂在柳树街与福特街转角相遇。两个人停下脚步,怒瞪对方,宛如意大利式西部片的枪客。风把两人的大衣吹得激烈飞扬。太阳在云层间忽隐忽现,两人的影子也时隐时现。

街上没车开过,人行道上也无人走来。她们两人拥有秋日午后的这个小角落。

"你杀了我的狗,贱人!"

"你砸坏我的电视!你砸坏我家窗户!你还砸坏我的微波炉,你这疯婆娘贱胚!"

"我警告过你!"

"把你的烂警告塞进屁眼吧!"

"我要杀了你!"

"再走一步就有人要死在这里,那人不会是我!"

维尔玛说这番话时,心中亮起红灯,也着实吃了一惊;妮蒂的表情让她开始明白,这次两人或许不只是互拉头发、互扯衣服,可能会发生更严重的事。但妮蒂怎么会出现在这里?妮蒂看到她怎么一点都不惊讶?事情怎么一下就搞到这种不可挽回的地步?

然而维尔玛天生拥有波兰的哥萨克骑兵队的强烈性情，使她觉得这种问题无关紧要。这里即将发生一场决斗，这才是重点。

妮蒂跑向维尔玛，手中高举着大菜刀。她的嘴唇向后拉开，发出一声长长的怒吼。维尔玛蹲了下来，双手紧握住她的刀，尖端朝向正前方，整个人看起来就像一把巨大的弹簧折刀。妮蒂接近时，维尔玛把刀向前刺出。刀子深深插入妮蒂的肚子，接着往上一提把妮蒂的胃给划开，喷出一股恶臭的液体。维尔玛看到自己做的事，升起短暂的恐惧——把刀插进妮蒂肚子的人真的是维尔玛·耶日克吗？——于是她手臂放松下来，原本往上用力砍的刀刃在妮蒂狂跳的心脏下方停住。

“哦！哦！你这贱婆娘！”妮蒂尖叫道，大菜刀往下砍，直入维尔玛肩膀，咔嚓一声钝响，把维尔玛的锁骨砍断，只剩刀柄留在外头。像一大块厚木板压在身上的疼痛，把维尔玛心中的任何客观想法全都驱逐殆尽，只剩下疯狂怒吼的骑兵。她猛力抽出切肉刀。

妮蒂也两手齐用，使劲想把大菜刀拔出来。好不容易终于把刀从骨头中扭出来时，那力道也迫使一坨松脱的肠子从衣服上血淋淋的洞口中溜出来，像个闪闪发亮的绳结挂在身前。

这两个女人缓步绕圈，脚下踩着自己的鲜血，踏出一个个脚印，使得人行道上出现像亚瑟·莫瑞编写的怪异舞步。妮蒂感到周遭世界开始忽隐忽现地绕着缓慢的大圈子——所有东西的颜色都褪去，让她身处一片惨白中，然后所有东西又再次恢复色彩。她的耳朵听到她的心跳，有如马口铁缓慢而大声地碰撞着。她知道自己受了伤，但一点都不觉得痛，还以为维尔玛只是在她身侧或其他部位刺出点小伤。

维尔玛明白自己伤势严重，右手再也举不起来，而衣服背后让鲜血浸湿了一大片。然而她并不打算逃走。她这辈子从没有逃避过什么，现在也不会。

“嘿！”对街传来微弱的喊叫声，“嘿！两位女士在那里干吗？不管在干吗，赶快住手！现在就住手，不然我要报警了！”

维尔玛看向对街，就在她注意力分散之际，妮蒂向前一步，大菜刀一挥，横砍维尔玛突出的髋骨，铿的一声击碎她的骨盆，鲜血喷涌而出。维尔玛惊声尖叫，狂乱地后退，拿着刀子在空中挥舞不停。她的双脚打结，砰的一声跌倒在人行道上。

“嘿！嘿！”出声的是个老妇人，站在门口台阶上，手紧抓着脖子上的灰褐色披肩。她惊惧的双眼在老花镜片的放大作用下，成了两道水汪汪的轮子。这次她用清楚而尖锐的老女人嗓音喊道：“救命啊！警察！杀人了！杀人了！”

在柳树街与福特街转角的两个女人毫无反应。全身血淋淋的维尔玛刚才倒在停让标志旁，现在看到妮蒂摇晃地走向她，奋力把自己推坐起来，背靠着标志杆，把切肉刀拿在大腿上，直指天空。

“来啊，贱婆娘，”她咆哮，“来啊，来我这儿啊！”

妮蒂走了过来，口中念念有词，露出来的一坨肠子挂在衣服外左右晃动，像早夭的胎儿。她的右脚踢到维尔玛伸出的左脚而往前一扑，长长的切肉刀正好刺进她的胸骨。她哇地吐出一口鲜血，举起大菜刀往下砍，刀锋没入维尔玛·耶日克的头颅，发出低沉的铿的一声！维尔玛开始抽搐，身体在妮蒂的身躯下激烈挣扎摇晃。维尔玛越是挣扎扭动，妮蒂胸前的切肉刀就越刺越深。

“杀了……我的……狗。”妮蒂喘道，每吐出一个字，维尔玛朝上的脸孔就给喷上一层血雾。妮蒂全身一阵颤抖，然后松软下来，身体往前倾倒，头撞上标志杆。

维尔玛伸出的脚滑进排水沟，脚上那只上教堂穿的黑色鞋子飞了出去，掉在一堆落叶上，低矮鞋跟指着天空中汹涌变化的云。她的脚趾抽动了一次……又动了一次……然后完全静止。

两个女人像爱人般交叠在彼此身上，鲜血把排水沟里肉桂色的叶子染成一片红。

“杀——人——啦！”对街的老妇人再度尖叫，紧接着整个人往后一倒，在自家的玄关地板上晕了过去。

附近邻居开始跑到窗前或打开大门探查，询问彼此发生了什么事，大家走下门口台阶，来到前院草坪，小心翼翼接近事发现场，结果看到的不只是两个死人，还有那触目惊心的惨状，吓得手捂着嘴连忙后退。终于，有人报了警。

18

波莉·查默斯慢慢沿着主街走向“必需品专卖店”，疼痛的双手裹在最保暖的手套里，这时她听到了警笛声。她停下脚步，看着一辆郡警局的棕色普里茅斯警车（城堡岩警局共有三台这种警车）疾驰过主街与月桂街路口，警示灯旋转闪烁。车速已有五十里，但仍在加速，紧跟在后的是另一辆警车。她看着两辆车消失在前方，皱了皱眉头。不管是警笛声还是开得飞快的警车，在城堡岩都相当罕见。她心想到底发生了什么事，一定是比猫咪卡在树上还要严重，反正艾伦晚上打电话来时会跟她报告。

波莉转头看向主街，瞧见利兰·冈特站在店门口，略带好奇地看着呼啸而过的警车。不过看到他站在店门口，倒是说明了他待在店里没有外出。妮蒂离开后并没有打电话给波莉，跟她报告"必需品专卖店"的情况，不过波莉不怎么惊讶，因为妮蒂常常丢三落四，仿佛她的意识表层是片滑溜无比的地板，留不住任何东西。

她继续往前走。冈特先生看到波莉时，脸上露出笑容。

"查默斯女士！看到你来真好！"

她恹恹地笑着。手上的疼痛早上缓解了一阵子，现在又悄悄袭来，撒下那张残酷的金属细网，直透她手上的每寸肌肉，令她痛苦难当，但她还是忍着痛说："不是说好叫波莉吗？"

"波莉，进来吧。见到你我实在太高兴了。刚刚是怎么回事啊？"

"不知道。"她回答。冈特替她扶着门，她走过冈特身旁进到店里："大概是有人受伤要送去医院吧。挪威镇的医援部在周末特别慢，但调度员怎么会派两台警车……"

冈特先生关上门，铃铛叮叮作响，门上的帘子已拉下来。由于是下午时分，"必需品专卖店"里颇为昏暗，不过波莉认为世上若有令人感到愉快的昏暗，非此莫属。一小盏阅读灯在冈特先生柜台上的旧式收银机旁投射出金色光圈，光圈中摊着一本书，是罗伯特·刘易斯·史蒂文森的《金银岛》。

冈特先生仔细打量着波莉，波莉看到他关心的眼神，不得不回以微笑。

"这几天我的手把我折腾得要死，"她说，"我应该没那么像黛米·摩尔了吧。"

"你看起来像个非常疲累、非常不舒服的女人。"他说。

波莉脸上的笑容有些颤抖。冈特的声音带着理解与深刻同情，波莉生怕一不小心就会哭出来。但她没有掉泪的原因颇为奇怪：*他的双手。如果我哭了，他会想办法安慰我，他就会用手碰我。*

她稳住了笑容。

"我熬得过去的，我一向如此。请问妮蒂·科布有没有来？"

"今天吗？"他皱皱眉头，"没有，今天没有。如果她来，我会让她看看新的七彩玻璃灯罩，昨天才送到的。不比上周卖给她的好，不过她应该会有兴趣瞧瞧。怎么了？"

"哦……没什么，"波莉回答，"她说她可能会来，不过妮蒂……妮蒂常常忘东忘西。"

"她给我的印象是她饱受风霜。"冈特先生严肃地说。

"是啊，是啊，她曾经过得很辛苦。"波莉缓慢而机械地说着。她似乎没办法不看冈特的眼睛。她一手轻擦过玻璃展示柜的边缘，让她分了心，这才离开他的眼光，她痛得倒抽一小口气。

"你没事吧？"

"没事，我很好。"波莉回答，其实她在说谎，好这个字她连八竿子都够不着边。

而冈特先生也明白她没说实话。"你不舒服，"他肯定地说，"那我就不再跟你闲扯了。我跟你提过的东西已经到了，我去拿给你然后送你回家。"

"给我？"

"哦，那可不是礼物，"他边说边走到收银机后方，"我们还没熟到那个程度吧？"

她微微一笑。他人真的不错，这种人自然会想回报城堡岩里第一个对他示好的人。不过她现在痛苦得无法回应什么，甚至继续谈话都有问题。双手的疼痛剧烈无比，早知道就不过来了，不管店主是不是要给她优惠，她现在只想赶紧回家吞颗止痛药。

"这种东西商人得提供试用期，要是他够正直，就该这么做，"他拿出一串钥匙，选了其中一把打开收银机下方的抽屉，"你拿回去试用几天，如果觉得没用，这个嘛，我得先声明很可能真的没什么用，那你再拿来还我。但是如果有用，让你觉得舒缓了些，我们再来谈价钱，"他对她笑了笑，"至于给你的价格，我保证绝对是最低价。"

波莉看着他，有些疑惑。舒缓？他在说什么？

他拿出一个白色小盒子放在柜台上，用那双修长的怪手打开盖子，从棉絮里取出一个系着精致链子的银色小东西，看起来像是项链坠饰，可是当冈特先生用手指捏起链子时，垂挂下来的物体看起来却像个滤茶球，又有点像超大尺寸的顶针。

“这是从埃及来的，年代相当久远，当然没有金字塔那么老，怎么可能，不过历史相当悠久。里面有样东西，应该是种草药，我不是很确定。”他上上下下抖动手指，银色滤茶球（姑且称之吧）在链子尾端震动。里面有东西晃动，发出沙沙声，令波莉觉得有点不舒服。

“这个叫‘阿兹卡’，或‘阿札卡’，”冈特先生说，“反正是个护身符，可以驱逐疼痛。”

波莉勉强笑了一下，她不想表现得没礼貌，但也真是的……她大老远跑来就为了这玩意？这东西还一点都不好看，老实说，简直是丑死了。

“我真的不觉得……”

“我也不认为，”他说，“不过人在绝望时总会孤注一掷。我向你保证这是真品，至少不是台湾制的。这是货真价实的埃及古物，虽然称不上什么圣物，但绝对是古董，是王朝衰败时期留下来的，还附有来源证明书，证明这是种‘班卡里提斯’，也就是白巫术的工具。我希望你能拿去戴上。听起来蛮可笑的，搞不好真的很可笑，不过世界之大，无奇不有，是我们在梦中，甚至是最狂野的思维中都想不到的。”

“你真的相信这种事？”波莉问道。

“是啊。我这辈子看过的事太多了，什么有治疗效果的徽章或护身符对我来说都再平常不过，”他的淡褐色双眼中快速闪过一道微光，“这种东西我看多了。世上有很多地方净是些看起来很炫但其实没用的废物。不过别管那些了，波莉，你才是重点。开张那天，你的手虽然没有现在这么痛，但那时候我就很清楚你不好受，所以我想这个小……东西……或许值得一试。反正你也没什么好损失的。你试过的其他东西都没效吧？”

“冈特先生，我很感谢你那么为我着想，真的。可是——”

“叫我利兰吧。”

“好。我真的很谢谢你为我着想，利兰，但我不太迷信。”

她抬头一看，只见冈特那双明亮的淡褐色眼睛直盯着她。

“这跟你迷不迷信没有关系，波莉……跟这个东西才有关。”他动动手指，“阿兹卡”轻轻在链子尾端上下跳动。

波莉又张开嘴，却吐不出半个字。她想起去年春天的某一天，妮蒂回家时忘了把《见闻》杂志带走。波莉无聊地翻了翻，看到克里夫兰的狼人婴儿报道，还有月亮上的地质形态看起来像约翰·肯尼迪的脸，后来又看到广告页，推销某个叫“先人祷告专线”的东西，可以治疗头痛、胃痛，还有关节炎。

广告主要是幅黑白图画，上头一位留着长胡子、戴着魔法师帽的人（波莉猜想可能是大预言家诺查丹玛斯或巫师甘道夫），在一位轮椅人士的身体上方举着看似小孩玩的纸风车。那个像纸风车的玩意投射出一束圆锥形光线，照在那位肢障人士身上。虽然广告没有明说，但应该是指坐轮椅的家伙不出一两天，就可以在美洲杯上生龙活虎地踢美式足球了。那当然很可笑，根本是迷信，专门骗那些长期受疼痛、残疾折磨而心智不坚甚至早已崩溃的人，不过话又说回来……

波莉当时坐在椅子上，把那页广告看了好久，尽管觉得很可笑，她却差点打了底下的免付费电话去订购。因为迟早——

“迟早有病痛的人都会去寻求偏方，只要有可能减轻痛苦，他们都愿意试试，”冈特说，“我说得对吧？”

“我……我不……”

“冷疗、保暖手套，还有放射线疗法，没一样对你有用吧？”

“怎么这些你都知道？”

“好商人会用心了解顾客需求。”冈特先生用催眠般的温柔声音说。他撑开挂着“阿兹卡”的银色长链走向波莉，她向后避开那双指甲如皮革般光滑的长手。

“别害怕，我的好女士，我绝不会碰到你一丝头发，但你要先静下来，乖乖地别动……”

波莉真的静下来了，也真的不动了。她戴着羊毛手套的双手端庄地交叉在身前，让冈特先生把银链子从头上挂下来。他的动作很温柔，就像父亲帮出嫁的女儿盖上头纱一样。波莉觉得自己离冈特先生好远、离“必需品专卖店”好远、离城堡岩好远，甚至离自己也好远。她觉得自己仿佛矗立在一片尘沙覆盖的平原，头上是一片无边无际的天空，方圆数百里内独有她一人。

“阿兹卡”垂落下来，碰到她皮制短外套的拉链，发出小小的一声。

“放进你的外套里，回家后再放进你的衣服里，这个一定要与肌肤接触才能发挥最大功效。”

“我放不进外套里，”波莉缓慢、恍惚地说，“拉链……我拉不下来。”

“是吗？试试看？”

波莉脱下一只羊毛手套，试着把拉链拉下。令她惊讶的是，她的右手拇指与食指可以活动，刚好能抓住拉链头往下拉。

“看到没？”

那个银色小球掉进外套里，对她来说有点重，而且戴着的感觉不是很舒服。她很想知道里面到底装了什么东西会沙沙作响。冈特说那是种草药，可是听起来不像叶子也不像粉末，里面的东西似乎会自己移动。

冈特先生看出波莉的不安，对她保证说：“你会习惯的，一下就习惯了，相信我，真的。”

她听到外头有警笛声，仿佛在数千里外，听起来很像烦躁难安的游魂。

冈特先生转身，双眼不再盯着波莉，而波莉也感觉自己回过神来。她觉得有点困惑，但也感到舒服，好像刚睡了一个短暂而满足的午觉，身上那种焦虑已消失不见。

“我的手还在痛。”她说，这是真的……可是还那么痛吗？她似乎感到有些舒缓了，但这可能是心理作用——她觉得冈特为了要她接受“阿兹卡”，对她进行了某种催眠，不过也可能只是店里比外头温暖造成的效果。

“我不觉得效用会马上出现，”冈特淡淡地说，“但你就试试吧，好吗，波莉？”

她耸耸肩说：“好吧。”

毕竟，她会有什么损失？那颗球的大小不会在衣服或毛衣里凸起，没人看到，她也就不用多做解释，这正合她的心意。罗萨莉·德雷克会觉得好奇，艾伦嘛，他迷信的程度就跟树墩一样拔也拔不起，大概会觉得很有意思。妮蒂呢？嗯，要是她知道波莉戴着如假包换的魔法护身符，就像她爱看的《见闻》里卖的那些商品，可能会心生敬畏而惊讶得说不出话来。

“不用拿下来，洗澡也不用，”冈特先生说，“没有必要，这颗球是银制的，不会生锈。”

“要是我拿下来呢?”

他往手里轻咳了一下，似乎有点尴尬:“这个嘛，‘阿兹卡’的功效是累积的。戴的人今天觉得好一些，明天又会更好一些，每天都会好一些，最起码这是别人告诉我的。”

别人是谁？她心想。

“如果拿下‘阿兹卡’，原先的疼痛会马上回来，不是慢慢地哦。重新戴上后，也要等个几天，甚至好几个星期才能回到先前改善的状态。”

波莉忍不住微微笑了一下，幸好利兰·冈特也跟着笑了。

“我知道听来有些好笑，”他说，“不过我只是想尽份心力而已，你相信吗?”

“我相信，”她回答，“而且很谢谢你。”

就在冈特引她走出店门时，波莉发现还有其他事令她不解。像是他帮她戴上项链时，她一直处在近似催眠的状态，还有就是她非常不喜欢他来碰她，这种感觉跟他展现的友情、关心与同情产生了矛盾。他该不会真的对她催眠吧？不过这样想也未免太可笑了，她努力回想他们在聊“阿兹卡”时，她的感觉到底如何，但就是想不起来。要是他果真施了催眠术，也只是碰巧，而且她自己还帮了这个忙。很可能只是她进入了茫茫然的状态，吃太多止痛药有时就会这样，这是她最讨厌的地方。不不，应该是第二讨厌，她最讨厌的是止痛药已经不再像以前那样有效了。

“如果我会开车，我会送你回去，”冈特先生说，“但我从来没学过开车。”

“没关系，”波莉说，“我非常感谢你的美意。”

“有效的话再谢谢我吧，”他回答，“祝你有个愉快的下午，波莉。”

远方又传来阵阵警笛声。声音从镇东边传来，一路往榆树街、柳树街、池塘街、福特街过去。波莉往那方向看去，觉得警笛声听来有些奇怪，尤其在这么安静的午后，让人隐约产生不祥的预感，虽然还没到心中呈现清晰影像的地步，但觉得毁灭即将到来。警笛声渐渐消失，像隐形的时钟发条在阳光灿烂的午后慢慢停下来。

她转身想跟冈特先生说说她的感觉，可是店门已经关上，牌子变成休息中，在拉下的帘子与玻璃间轻轻左右摇晃。波莉转身后，冈特就回到店里，安静得让波莉听不到一点声音。波莉慢慢往回家的路上走，还没来到主街尽头，又一辆警车（这次是州警车）从她身边呼啸而过。

19

“丹？”

默特尔·基顿走进家门，一边忙着把基顿留在门上的钥匙拔出来，一边把左手臂下的火锅夹稳。

“丹，我回来了！”

没有回应，电视机也没开。奇怪，他不是一心赶着回来看开球？他该不会去了别的地方，也许去加森家看球赛了，可是车库门已经关上，表示车停在里面，而丹又不喜欢走路，更别说沿着景观丘的陡坡往上走。“丹，你在家吗？”

仍然没有回音。餐厅里一把椅子翻倒在地，默特尔看了眉头一皱，把火锅放在餐桌上，然后把椅子扶正。一股像蜘蛛网细丝般的忧虑飘过心里。她走向书房，看见门是关上的。来到书房门前，她侧耳贴着木门，确定听到了椅子轻微的嘎吱声。“丹？你在里面吗？”

没有回应……但她听到微微的一声咳嗽。担忧变成了警觉。丹最近压力一直很大，所有镇务委员中他是最卖力工作的，而且他又过胖。要是他心脏病发作？要是他已经倒在地上？要是她听到的不是咳嗽声，而是丹快窒息的声音？他们共度的美好早晨与午后时光，让她觉得事情很可能如此骇人：先是渐入佳境，接着就是彻底崩解。她伸手想转动门把，但又缩了回来，紧张地拉扯喉咙下松弛的肌肤。经过丹几次严厉的教训，她才学会进书房前一定要先敲门，还有，没有他的允许，千万千万千万不要擅自闯入他的圣殿。

是这样没错，可要是他真的心脏病发……或者……或者……

她想到翻倒的椅子，又升起一阵惊慌。

若是他回家时遇上闯空门的贼？要是窃贼把丹敲昏，把他拉进书房？

她用指关节连续在门上猛敲了好几下，叫道：“丹？你没事吧？”没有回应。除了客厅的落地老爷钟滴答作响外，整个屋子安静无声。接着，她很确定听到书房里椅子咯吱的声响。

她又慢慢伸手去握门把。“丹，你在……”

她的指尖才刚碰到门把，丹就发出怒吼，把她吓得尖叫一声，往后一跳。

“别来烦我！你难道就不能让我耳根清净一会儿吗？你这头蠢猪！”

她难过地发出呻吟，心脏在喉头上疯狂跳动。丹的声音里带着怒气与无尽厌恶。经过那么平静愉快的上午，就算他拿着好几把刮胡刀划过她的脸颊，都不会像现在伤得她这么重。

“丹……我以为你受伤了……”她小声喘着说，小声到连自己都快听不见。

“别来烦我！”听这声音，他现在就在门的另一头。

哦，天哪，他听起来好像要抓狂了。真的吗？怎么会这样？他把我放在阿曼达家后发生了什么事？

然而这些疑问都没有解答，只有无尽的痛苦，于是她爬上楼，到缝纫室里的衣柜拿出新买的美丽洋娃娃，然后走进卧房。她松掉鞋子，往床上她睡的那边躺下，怀里抱着那个洋娃娃。

很远的地方传来不和谐的警笛声，她完全不曾留意。

白天的这个时候，他们的卧房很舒适，十月灿烂的阳光充满室内。默特尔没看到这亮光，她眼前只有一片黑暗。她只觉得悲哀，深沉又痛苦的悲哀，就连那美丽的娃娃都无法减轻。这股悲情仿佛溢满她的喉咙，让她喘不过气来。哦，她早上还那么快乐，无比快乐，而他也很快乐，这点她很确定。可是现在，一切变得比先前还糟，糟上不知几百倍。发生了什么事？哦，老天，发生了什么事，又是谁造成的？默特尔紧抱着洋娃娃，盯着天花板，一会儿过后开始大声啜泣，全身颤抖不停。

第十一章

1

十月的这个漫长星期日，离午夜还有十五分钟，在肯纳贝克河谷医院的“国家楼”地下室，一道门打开来，警长艾伦·潘伯恩步履蹒跚地走出来。他头垂得老低，双脚套着医院专用的弹性拖鞋，在油地毡上拖着脚步。身后的门关上时，可以看到门上的挂牌写着：太平间，非请勿入。

走廊另一头，一名穿着灰色工作服的工友正拿着打磨机散漫地打磨地板。艾伦走向他，边走边把手术帽脱掉，拉起身上穿的绿色手术衣，把帽子塞进蓝色牛仔裤后口袋。打磨机轻柔的嗡嗡声令他昏昏欲睡。奥古斯塔这家医院是他今晚最不想待的地方。

工友瞧见他走过来，关掉打磨机。

“老兄，你脸色很差哦。”他向艾伦打招呼。

“我知道。你有烟吗？”

工友从胸前口袋掏出一包好彩香烟，抖出一根给艾伦。“可你要到别的地方抽，”工友把头往太平间的门靠近一点，“要不然莱恩医生会抓狂。”

艾伦点点头问：“去哪儿抽？”

工友带他到走廊交叉口，指着另一条走廊中间的一扇门。“打开门就是小巷子，用个什么东西卡住，门才不会阖上，不然你得绕一大圈从前门进来。有火柴吗？”

艾伦开始走过去。“我有打火机，谢谢你的烟。”

“听说今晚里面是双尸。”工友在他背后叫道。

“没错。”艾伦头也不回地说。

“验尸很恶吧？”

“是啊。”艾伦回答。

艾伦身后，打磨机轻柔的嗡嗡声再次响起。验尸很恶，没错。妮蒂·科布与维尔玛·耶日克是他加入警界以来第二十三与第二十四次陪同验尸，每次解剖验尸都很恶，但今天这两个是最糟的。

工友指的那道门装了紧急推把。艾伦看看四周，发现没有东西可以拿来把门卡着，于是将身上的绿色手术衣脱掉，揉成一团，把门打开。夜晚的空气涌入，有点冷，但在充满浓浊酒精味的太平间与紧邻的验尸室待了一阵子，这冷空气新鲜得不得了。艾伦把皱成一团的手术衣放在门角边，然后走了出去。他小心地把门关回去，确定手术衣能让门无法扣上，接着就不管了。他靠着空心砖墙，点了烟，旁边的门缝透出一道细细的光线。

吸了第一口，他感觉有些晕眩。他已经努力戒烟快两年，而且还在努力中，但总会发生什么事情。这是当警察的好处与坏处，总会有事发生。

看看天上的星星通常能让艾伦平静下来。此时他抬头往上看，却看不到满天繁星，医院四周的强光灯减弱了星星的光亮。他可以辨识出北斗七星、猎户座，还有一颗淡红色的小点，可能是火星，其他的就看不到了。

火星，艾伦想。没错，肯定就是这样。火星战神在中午时分降临城堡岩，遇见的头两个人就是妮蒂与贱人耶日克。战神咬了她们，让两人染上狂犬病。只有这样才说得通。

他在想要不要走进去跟缅因州首席法医亨利·莱恩说，*医生，这件事是外力介入所致，可以结案了。*莱恩听了大概不会觉得有趣，这晚对他来说也够长了。

艾伦深深吸了口烟，感觉舒服极了，会不会头晕一点也不影响。他现在完全了解为何全美所有医院的公共场所都禁止吸烟。约翰·加尔文说得对极了：会让你这么舒服的东西都对身体不好。不过此刻，别管了，老大，快给我尼古丁那玩意儿，这感觉实在太棒了。

他无聊地想，要是能买一整条好彩香烟，撕掉两头，用打火机点燃这整条好东西，那种感觉会有多爽。他也想到喝醉酒会有多爽，但心里知道这不是醉酒的好时机。生活的另一条铁律——越想喝醉的时候，越没这本钱去喝。艾伦茫然地想：也许世上并不是只有酒鬼才能真正把事情的轻重缓急搞清楚。

他脚边细细的光线慢慢变宽，他往旁边一看，只见诺里斯走了出来，靠在他旁边。他仍戴着手术帽，不过已是歪七扭八，系带垂挂在手术衣后面。他的表情就跟身上的手术衣一样青绿。

“我的老天哪，艾伦。”

“这是你头一回跟着验尸？”

“不是。以前跟过一次，在北温德罕，给浓烟呛死的。可是这次……我的老天，艾伦。”

“是啊，”艾伦说，呼出一口烟，“我的老天。”

“你还有烟吗？”

“抱歉没有，这是向工友讨来的，”他有点好奇地看了诺里斯一眼，“我不知道你抽烟呢，诺里斯。”

“我是不抽，不过看来需要一根了。”

艾伦轻笑一声。

“天哪，我真等不及明天出去钓鱼。还是说得把这件事搞定才能休假？”

艾伦想了一下，摇摇头。这跟火星战神降临没关系，整件事其实很单纯，正因为如此，这件案子从某方面来看颇为骇人。他认为没理由取消诺里斯的休假。

“太好了，”诺里斯说，接着又补上一句，“不过只要你一声吩咐，我就过来，没问题。”

“应该不用，”艾伦说，“约翰和安迪都在帮忙调查。安迪跟着刑调局去找皮特·耶日克，约翰也和刑调局的人去调查妮蒂那头。他们都回报了，一切都很清楚，让人难受，但很清楚。”

而且也……但他还是想不透，他内心深处确实很困扰。

“那怎么会这样？我是说耶日克那泼妇迟早会有报应，但我以为哪天要是有人不信邪，偏要看她是不是真有那本事，她顶多也只是给人捶一拳带个熊猫眼回来，不然就是手臂骨折……没想到会是这种情形。会不会找错对手啦？”

“可以这么说，”艾伦说，“城堡岩里，维尔玛想找人斗的话，再没有比妮蒂更差的人选了。”

“斗？”

“去年春天，波莉送妮蒂一只狗。一开始小狗乱叫，维尔玛为这件事吵了很多次。”

“真的？我怎么不记得接过申诉单？”

“她只提过一次正式申诉，是我接的。波莉问我会不会受理，她觉得自己也有责任，毕竟小狗是她送的。后来妮蒂说她会把小狗尽量关在家里，我觉得这样就够了。狗不再吵了，可是维尔玛继续找妮蒂的碴。波莉说，每次在街上看到维尔玛迎面而来，妮蒂就赶快过马路到对街，哪怕是维尔玛还在两条街外。妮蒂已经尽力避开维尔玛，最多只是恶狠狠瞪她一眼。但就在上星期，她做了点过分的事。她趁耶日克夫妇外出上班时跑去他们家，看到外头晾着床单，就从菜园里抓泥土往床单上丢。”

诺里斯吁了一声。“艾伦，我们接到那件申诉了吗？”

艾伦摇摇头。“从那次事件后一直到今天下午，只有那两个女人知道自己在干吗。”

“那皮特·耶日克呢？”

“你知道皮特是怎样的人吧？”

“这个嘛……”诺里斯停下来，想想皮特，又想想维尔玛，再想想这两个人，然后慢慢点了点头。“他害怕要是去当和事佬，维尔玛会一口气把他给吞了……所以他就罢手不管，是不是这样？”

“差不多。不过他刚开始至少尽量化解。安迪说皮特告诉刑调局那些人，维尔玛一看到晾着的床单布满泥巴，就想直接去找妮蒂算账。她已经准备好大干一场了，看样子她还打过电话给妮蒂，威胁要让她脑袋搬家。”

诺里斯点点头。看完维尔玛的解剖，在妮蒂验尸开始前，他打给城堡岩的调度员，询问跟那两个女人有关的申诉记录。妮蒂的很短，只有一项，就是她突然发飙把丈夫杀了，就这样。在这件事的前后都没有其他疯狂记录，包括过去这几年回到城堡岩后的生活也是如此。维尔玛则恰恰相反，她从没杀过人，可是她的申诉纪录却长得不得了，有些是她申诉别人，有些是别人申诉她，最早的还可倒回城堡岩中学时期，那时一名代课老师罚她放学留校，她就把老师揍成熊猫眼。另外还有两位妇女提出申诉，她们不知是走霉运还是看走眼，上了维尔玛的黑名单，因此担心到来申请警方保护。这些年，维尔玛还有三件针对她的攻击申诉，但最后都不了了之。不过用膝盖想也知道，没一个正常人敢去招惹维尔玛·耶日克。

“这两个冤家。”诺里斯喃喃说道。

“超级冤家。”

“她先生在她第一次要去找妮蒂时劝过她吗？”

“他有更好的方法。他跟安迪说，他在茶杯里放了两颗赞安诺，好把她身上的自动调温器降低一些温度。皮特·耶日克说他以为这样就没事了。”

“你相信他的话吗？”

“相信啊。没当面谈过的人，也就姑且信之。”

“他在杯子里放了什么东西？麻药？”

“镇静剂。皮特·耶日克告诉刑调局，之前维尔玛有几次发飙，他都这么做，而且效果还不错，都让她冷静了下来。他说他以为这次也会同样有效。”

“可是没有。”

“我觉得一开始有，因为维尔玛不是直接去找妮蒂麻烦，可是我很确定她继续骚扰妮蒂，从上次为了小狗争执的事就可看出这是维尔玛的模式：打电话、开车在妮蒂家前面徘徊，诸如此类的事。妮蒂的神经很敏感，那类行为很容易刺激她。约翰·拉普安特和刑调局大概七点左右去找波莉，波莉说她很确定妮蒂在担心某件事。今天早上妮蒂去波莉家，透露了一些信息，只是波莉当时不很明白，”艾伦叹了口气，“我想她现在一定很希望当初能听仔细点。”

“波莉反应如何？”

“还算稳定。”他和她通了两次电话，一次是在凶杀现场附近的屋里，另一次是在肯纳贝克河谷医院，就在他和诺里斯抵达没多久后。两次谈话下来，波莉的声音都蛮平静稳定，但他可以察觉那努力克制的表面下充满着泪水与不解。艾伦第一次打给波莉时，波莉就已知道这件事，艾伦并不惊讶，在小镇上，消息传得很快，坏消息更不用说。

“到底是怎样搞得那么惨？”

艾伦颇感诧异地看着诺里斯，后来才想到他还不知道。艾伦在两场验尸之间，得到约翰·拉普安特算是完整的回报。那时诺里斯正在另一部电话上，吩咐雪菈·布理格姆调出两个女人的申诉记录，所以不知道到底怎么回事。

“她们其中一个决定把事情搞大，”艾伦解释，“我想应该是维尔玛，不过细节还不很清楚。很明显的是今天早上维尔玛趁妮蒂去找波莉时跑去她家。妮蒂没锁门，或者根本没关好，风一吹就开了。你也知道今天的风有多大。”

“是啊。”

“所以很可能一开始又是维尔玛开车在妮蒂家附近晃，让妮蒂提心吊胆。后来维尔玛看到大门敞开，就决定试点别的。或许不完全是这样，不过我看还挺合理的。”

最后一句话还没出口，艾伦就知道自己说了谎。根本不合理，这正是困扰所在。应该要合理的，他希望那是合理的解释，但并非如此。他受不了的是，又没有理由能支持这种不合理的感觉，起码他找不到。他所能想出最接近理由的说法是，妮蒂如果像表面那样，对维尔玛·耶日克那么恐惧，她怎么可能粗心大意到忘了锁门甚至没把门关好……可是这也不足以构成疑点，因为妮蒂头脑的零件装得不是很牢固，没办法假定这种人会做什么、不会做什么。可是……

“维尔玛做了什么？”诺里斯问道，“破坏她家？”

“杀了妮蒂的狗。”

“啊？”

“我已经说了。”

“天哪！那个恶婆娘！”

“唉，她就这样子，不是吗？”

“是啊，但也……”

看吧。诺里斯·里奇韦克那么多年来负责的文书作业，每一份至少有十分之二会出错，但这次连他都觉得不太对劲：是啊，但也……

“她拿了把瑞士军刀，用里面的钻孔锥刺死小狗，上面还插了张字条，说这是妮蒂用泥巴弄脏她床单要付出的代价。后来妮蒂就带着一堆石头跑去维尔玛家。她在石头上用橡皮筋绑上字条，上面写着这些石头是对维尔玛的最后警告，然后用石头把维尔玛家一楼和地下室的窗户全部砸破。”

“我的妈呀。”诺里斯发出惊叹，声音里带着些许佩服。

“耶日克夫妇大约十点半一起出门参加十一点的弥撒。结束后，又跟普瓦斯基夫妇吃午餐。皮特·耶日克留在普瓦斯基家和杰克看球赛，所以这次他根本不可能有办法让维尔玛冷静下来。”

“她们俩是刚好在街角遇到吗?”诺里斯问。

“我不这么认为，我觉得应该是维尔玛回家后看到屋里的惨状，就把妮蒂叫了出来。”

“你是说决斗?”

“没错。”

诺里斯吹了声口哨，静静站了一会儿，双手在背后紧扣，眼睛注视着黑夜。“艾伦，为什么我们要跟着看那什么鬼验尸?”他开口问道。

“规定吧，我猜。”艾伦回答。但不只如此，至少对他来说不只如此。要是一件案子看起来有蹊跷，或是感觉起来不对劲(就像他认为这案子看起来有蹊跷，感觉起来也不对劲)，那你可能就要看些刺激脑袋的东西，或许就能找到着力点。

“这样啊，那我看城堡岩要雇用个陪同警员了。”诺里斯咕哝着，艾伦一听也笑了。

可是他心里笑不出来，不只因为波莉接下来几天会备受打击，还因为这件案子怎么看都不对劲。从表面上看来一切解释都很合理，但以他内心深处(而且通常隐晦难明)的直觉来看，火星战神那套理论似乎还比较说得通，最起码他这么认为。

嘿，你帮帮忙！你刚才不是花了一根烟的时间，一五一十地解释给诺里斯听了吗?

没错，他是解释了，但那也是让他困惑的地方。这两个女人，一个脑筋有点问题，一个凶悍恶毒，在街角相遇，两人像吸完古柯碱，兴奋到把双方砍碎，就只为了这种小事?

艾伦不明白，而正因为不明白，他把香烟弹开，开始把整件事彻头彻尾再走一遍。

2

对艾伦来说，整件事的开端始于安迪·克拉特巴克打来的电话。他本来正在看美式足球赛，但因为爱国者队让对手以一达阵、一射门领先，而第二节赛事不到三分钟就结束，他不爽到把电视关掉，正穿上外套准备外出，这时电话响了。艾伦原本要去“必需品专卖店”看看冈特先生是否在店里，搞不好还会在那里见到波莉，然而安迪一通电话改变了所有计划。

安迪说，他吃完午餐刚回到警局时，看见埃迪·沃伯顿挂上电话，说“柳树街”那一带正发生争吵，女人打架什么的。埃迪还说，安迪最好打电话通知警长。

“搞什么，让埃迪·沃伯顿接听警局办公室的电话？”艾伦不快地问道。

“这个，我猜应该是调度员不在，他觉得——”

“他熟知所有程序，调度员不在，就启动‘小子’转接电话啊。”

“我真的不知道他怎么会接电话，”安迪不耐烦地说，“但这不是重点吧。四分钟前，又来一通电话报案，那时我正在跟埃迪说话。是个老妇人打来的，我没留下她的名字，不是她自己太慌乱忘了报上来，就是不想透露。反正，她说福特街与柳树街转角发生了激烈斗殴，是两个女人在打架，老妇人还说两人都拿了刀子，而且还在那里。”

“还在打？”

“不是，已经倒下了，两个都倒了，没在打了。”

“好，”艾伦的心开始越跳越快，仿佛一列特快车不断加速，“你记录了那通电话吗？”

“那还用说。”

“很好。希顿下午值班吧？立刻派他过去。”

“已经派了。”

“做得好。现在通知州警。”

“要叫刑调局来吗？”

“先不用。就先知会他们发生了这件事，然后等我去案发现场跟你会合。”

艾伦来到案发现场，看到事情非同小可，连忙用无线电呼叫州警牛津分局，请他们立刻派一组刑调局人员……如果他们分得出人手的话，派两组好了。那时安迪与希顿·托马斯正在两具倒卧的尸体前，张开双臂叫围观群众回家。诺里斯来到现场，看到这情形，从警车后车厢里拿出一卷黄色胶带，上面写着“刑案现场禁止进入”。那胶带上有一层厚厚的灰尘，稍后他跟艾伦说，他当时不确定胶带黏不黏得住，因为已经放很久了。

结果胶带还能用。诺里斯把胶带绕在栎树的树干上，围出一个大三角形，里面的两个女人似乎在停让标志杆底下拥抱着。看热闹的人没有乖乖进屋，不过都退到自家前院的草坪上，大概有五十人左右，但随着电话不断通知，有越来越多附近的居民跑来凑热闹。安迪·克拉特巴克与希顿·托马斯看来非常紧张，似乎就快拿起配枪对空鸣枪了。这两人的感觉，艾伦完全能够理解。

在缅因州，州警的刑事调查局负责调查凶杀案件，对于无足轻重的小警员（他们几乎都是）来说，最可怕的时刻莫过于凶案发生后等待刑调局来临的空当。地方警员与郡警清楚地知道，“证据链”最常在这段时间出现断裂。大部分警员也知道，他们在那段期间的所作所为，事后都会受到司法部门与检察总长办公室的严密检视。这些人坚信地方小警员，甚至是郡警，都只是群笨手笨脚的糊涂警察，因此喜欢凭借感觉来对地方警员的小小疏漏大做文章。

此外，那一大群站在对街的好事者也让人起鸡皮疙瘩，令艾伦联想到电影《生人勿近》里大卖场的活尸。

他从警车后座拿出扩音器，叫大家赶快进屋里。围观群众开始听话散去。艾伦在心里又把程序温习一遍，然后无线电呼叫调度员。现在值班的是桑德拉·迈克米伦，她不像雪菈·布理格姆那么可靠，不过有人代班就不错了，而且艾伦心想雪菈应该已经听说这件事，不久后就会出现，如果不是责任心使然，至少好奇心会把她带来。

艾伦吩咐桑德拉联络雷·范·艾伦，他是城堡岩的随传法医以及验尸官，艾伦希望，如果可以的话，刑调局抵达时范·艾伦也能在场。

“收到，警长，”桑德拉自以为是地答应，“清楚明白。”

艾伦回到命案现场问他的同僚：“你们哪个确认两名女性已经死亡？”

安迪与希顿面面相觑，感到讶异不安，艾伦见到这场面，一颗心不禁沉了下去。给那些放马后炮的人抓到把柄了，不过也不一定。虽然警笛声不断传来，但第一组刑调小组还没抵达。艾伦弯身穿过黄色胶带，踮着脚尖走向停让标志，就像小孩在熄灯就寝的时间准备偷溜出去的样子。

血溅四处，大部分血液都聚积在两名死者身体间与旁边堆满叶子的排水沟里，但尸体周边粗略地围成一圈喷雾状的细微血滴，这在法医学上叫“向后喷溅”。艾伦在这圆圈外一膝跪地，伸出手臂，弯身向前，但维持在不会倒下的状态，发现如此可以够得着尸体——他自然知道那是两具死尸。

他回头看了看希顿、诺里斯与安迪，这三人挤在一起，瞪大双眼看着艾伦。

“帮我拍照。”艾伦说。

安迪与希顿仿佛把艾伦的吩咐听成菲律宾土话，仍是怔怔地看着他，只有诺里斯跑向艾伦的警车，在后座东翻西找摸出那台老旧的拍立得。整个警局只靠着两台拍立得记录案发现场，等拨款委员会开会时，艾伦打算要求换新相机，不过看来，今天下午那场会议完全无关紧要了。

诺里斯拿着相机快跑回来，对焦、按下快门。快门装置发出嘎嘎声。

“最好再照一张以防万一，”艾伦说，“尸体也要照，我可不想让那些家伙说我们破坏了证据链，要是还给挑出毛病我就是猪。”他知道自己的口气像在抱怨，但也没办法了。

诺里斯又照了一张，拍下艾伦在血圈外的位置，还有尸体躺在停让标志杆底下的样子。接着艾伦又小心翼翼屈身向前，用手指按着上方尸体血淋淋的颈部，自然是摸不到脉搏了，但忽然间，尸体的头在他手指的力道下离开了标志杆，转了过来。艾伦一眼就认出那是妮蒂，随即想到了波莉。

老天，他悲哀地想着。接着又去触摸维尔玛检查脉搏，即使她的头上仍牢牢插着那把大菜刀。她的脸颊与额头上布满点点血迹，仿佛纹了黥面。

艾伦站起来退到警戒带外。他一直想着波莉，停不下来，但他知道这样并不妥当。他必须撇开波莉，否则肯定会搞砸这案子。他不晓得那些只会伸长脖子在那里呆看的民众是否有人已经确认妮蒂的身份，若是，那么在他抽空打给波莉之前，波莉一定早就听说了这件事。他深切希望波莉不要亲自到现场来。

你现在没空担心波莉了，艾伦提醒自己。看这情形，你现在要处理的是双尸命案。

“把笔记本拿出来，”他吩咐诺里斯，“当一下秘书。”

“拜托，艾伦，你不是不知道我常写错字。”

“写就是了。”

诺里斯把拍立得递给安迪,从后裤袋掏出笔记本。一本“交通违规警告单”跟着掉了出来,每一张警告单最底下都盖着他的名字。诺里斯弯腰把簿子从人行道上捡起,漫不经心地塞回裤袋。

“我要你记下,上方这名女子,一号受害者的头颅,原本靠着停让标志杆。为了检查脉搏,我一时大意将其推落。”

说起警方用语还真是容易,艾伦心想;汽车变成“交通工具”,坏蛋成了“行凶者”,而死亡镇民成了编号第几号的“受害者”。警方用语,最佳的玻璃屏障。

他转向安迪,叫他把移动过的尸体拍张照,心里庆幸刚才碰尸体前叫诺里斯把原先的位置照了下来。

安迪拍了照。

艾伦转回诺里斯。“我还要你记下,一号受害者的头颅移动时,我认出她是内蒂娅·科布。”

希顿倒抽一口气。“你说她是妮蒂?”

“是,就是妮蒂。”

诺里斯在笔记本上记下这些话,然后问艾伦:“接下来我们要干吗?”

“等刑调局的调查小组来,还有振作一下你们的精神。”

不到三分钟,刑调小组开了两辆车抵达现场,后面跟着雷·范·艾伦那辆摇摇晃晃的斯巴鲁老货车。五分钟后,州警身份辨识小组也开着一辆蓝色旅行车抵达。所有州警成员接着点起雪茄。艾伦早料到他们会这么做。凶案刚发生,尸体还温热,而且又在户外,但抽雪茄的仪式并不会有所改变。

警方用语中“保存现场”这项恼人的工作开始进行,一直到天黑才结束。艾伦与亨利·佩顿合作过多次,他是牛津分局的局长(因此名义上负责这件案子,实际上则是由刑调小组操刀)。艾伦从没在亨利身上瞧出任何一丁点想象力,这人是个闷头苦干的家伙,但相当细心尽职。因为是亨利领头,所以艾伦颇为放心,于是悄悄溜到一旁打电话给波莉。

等艾伦回到现场时,两具尸体的双手已经用一加仑容量的密保诺密封袋套起来。维尔玛·耶日克掉了一只鞋,因此穿着丝袜的那只脚同样也以密封袋套起。身份辨识小组进入现场,拍了近三百张照片,这时又有其他州警抵达,有些制止再度靠近的围观群众,其他的则把前来的电视媒体引到镇公所。一名刑事模拟画像专家在方格纸上绘制事故现场方位图。

最后终于要处理两具尸体了，只待一件事解决。佩顿拿着一双抛弃式手术用手套和一个密封袋。“你要大菜刀还是切肉刀?”

“我拿大菜刀。”艾伦回答。那是比较难处理的凶器，因为刀子还卡在维尔玛·耶日克的脑袋里，可是他不想去碰妮蒂，他喜欢这个朋友。

凶器取下、贴上标签、装袋，准备送到奥古斯塔，两队刑调小组接手，开始勘查尸体周围区域，此时两具尸体仍保持着最后的互拥姿态，而她们之间的血泊已经凝结，宛如珐琅一般。雷·范·艾伦终于吩咐将尸体抬进医护车里，这时的命案现场被警车的远光灯照得通亮，而勤务员搬动尸体前必须先把维尔玛与妮蒂的身体分开。

在处理尸体的过程中，城堡岩的警员都站在周围，看起来就像木头上的凸瘤。

“现场勘查”就像场异常细腻的芭蕾舞剧，即将结束前，亨利·佩顿走去找站在命案现场外的艾伦说:“好好一个星期天下午就用这烂方式过了。”

艾伦点点头。

“很遗憾你移动了死者的头，运气不好。”

艾伦又点点头。

“不过应该没人会找你碴，至少有张照片清楚记录了原先的位置。”艾伦转头看看诺里斯，他正在和安迪与刚到的约翰·拉普安特说话。“幸好那家伙的手指没挡住镜头。”

“哦，诺里斯还不错。”

“润滑剂也是……只要用对地方。反正整件事看起来很单纯。”

艾伦同意，但这正是令他困扰之处。他和诺里斯还没在肯纳贝克河谷医院后头的小巷抽烟讲话时，就已经明白这点。整件事就是那么单纯，也许吧。

“你要去切割派对吗?”亨利问道。

“对。是莱恩负责吧?”

“应该是。”

“我应该会带着诺里斯一起去。尸体会先送去牛津郡吧?”

“嗯。尸体会先送到那里。”

“那我和诺里斯现在出发，可以比他们先到奥古斯塔。”

亨利·佩顿点点头。“也好。我想这里也差不多了。”

“我想各派一个人跟着你们刑调小组观察进度,可以吗?”

佩顿想了一下。“没问题,不过谁来维安?哎呀,希顿·托马斯?”

艾伦突然有种强烈的感觉,说是心头一阵烦还太温和了。这是漫长的一天,他已经听够亨利教训他的属下,但他必须站在亨利这边,以便在这严格来说属于州警的案子里插上一脚,于是只好忍住不发飙。

“拜托,亨利,现在是星期天晚上,就连柔虎酒吧都关了,这里不会有什么事的。”

“艾伦,你为什么那么想管这件事?有什么不对劲吗?我清楚这两个女人之间的恩怨,而且趴在上面的女人已经宰过人了,就是她先生。”

艾伦想了想说:“没什么不对劲,据我所知是没有,只是……”

“来龙去脉还没想清楚?”

“差不多。”

“好啦,只要你的人乖乖听话别插手。”

艾伦笑了一下。他本来想告诉佩顿,如果吩咐安迪与约翰·拉普安特发问,这两个人反而什么都不会问,不过这种话还是别说好了。“他们会一声不吭,”艾伦说,“你放一百个心吧。”

3

于是艾伦与诺里斯来到医院,这是他们有生之年最漫长的星期天。然而这一天与妮蒂和维尔玛的生命有着共同点,那就是已经结束了。

“今晚你要在这里找旅馆休息吗?”诺里斯有点迟疑地问。艾伦不用会读心术就能知道诺里斯在想什么:明天他不能去钓鱼了。

“才不要,”艾伦弯身拿起挡住门的手术衣,“我们闪吧。”

“好主意。”诺里斯应和,这是他在命案现场与艾伦碰面后头一次感到开心。五分钟后,他们沿着43号公路开往城堡岩。郡警车的头灯在刮风的黑夜里射出两道光芒,仿佛在空气中挖出两个洞。等两人回到镇上时,已是星期一凌晨三点左右。

4

艾伦在镇公所后方停妥车后下车。他的旅行车跟诺里斯那辆老旧的甲壳虫车一起停在停车场另一头。

“你要直接回家吗?”他问诺里斯。

诺里斯回了个尴尬的浅笑,然后往下看看自己的衣服说:“等我换好便服就走。”

“诺里斯,要换衣服去男厕换,跟你讲过多少次了?”

“通融一下,艾伦,我又不是天天这样。”但他们两人都知道诺里斯天天这样。

艾伦叹了口气:“算了,今天也够你受的,抱歉。”

诺里斯耸耸肩。“这可是件命案,这里也不常见,可是一旦发生,我想大家都会同心协力。”

“如果桑德拉或雪菈还在的话,叫她们帮你填张加班表。”

“又给浑蛋机会在那边碎碎念?”诺里斯有些挖苦地说,“加班表就不用啦,这次免费奉送。”

“他还在找你碴吗?”艾伦最近这几天完全忘了还有镇长的事。

“没,不过在街上遇到他时,他狠狠瞪了我一眼。要是那眼神可以杀人,我大概已经跟妮蒂和维尔玛一样挂了。”

“我明天再帮你填加班表好了。”

“如果是你的名字,那就没问题了,”诺里斯边说边走向“非员工勿进”的那扇门,“晚安啦,艾伦。”

“祝你明天大丰收。”

诺里斯一听马上展开笑颜。“谢了。应该要给你看看我在新店里买的那根钓竿,赞得不得了。”

艾伦笑了笑:“一定是。我一直想去见见那老板,好像每个人想要的东西他都有,应该也会有我需要的东西吧?”

“搞不好哦,”诺里斯应道,“他有各式各样的东西,你肯定会吓一跳。”

“晚安,诺里斯,再跟你说声谢谢。”

“别客气。”说是这么说,但听了这句话的诺里斯仍掩不住心里的愉快。

艾伦坐进他的车里,倒车出了停车场,往主街开下去。他不自觉地察看两旁的房子,甚至没发觉自己正在观察,不过仍旧把看到的情况存入脑海的资料库。他留意到一件事,“必需品专卖店”楼上的作息区还亮着灯。

在这种小镇里，不大有人那么晚还醒着，他想该不会是利兰·冈特有失眠症吧，然后他又提醒自己要去拜访这位店主，不过不急于现在，等妮蒂与维尔玛的事有满意的结果再说。

他来到主街与月桂街转角，打了左转方向灯，但在十字路口中间停了一下，接着却转向右边。回什么鬼家，剩下的唯一一个儿子这几天也住在鳕鱼岬的朋友家。这个家不过是个寒冷空洞的地方。屋里有太多道门的背后潜藏着满满的回忆。在镇上另一边，有个活着的女人现在也急需他陪伴，或许这活着的男人也急需这女人陪伴。五分钟后，艾伦关掉头灯，安静地开进波莉家的车道。门已上锁，但他知道门阶的某个角落下有他需要的东西。

5

"桑德拉，你怎么还在这里？"诺里斯走进办公室，一边松开领带一边问道。

头上金发已失去昔日光彩的桑德拉·迈克米伦，担任城堡岩的兼职调度员将近二十年。她正穿上外套，看起来非常累。

"雪菈有比尔·考斯比在波特兰的脱口秀门票，"她跟诺里斯说，"她原本说要留在这里，但我叫她走，而且是硬把她推出去。你想想，比尔·考斯比来缅因州的机会有多少？"

两个女人为了一只狗互砍的机会又有多少？况且这条狗搞不好只是城堡岩动物收容所捡来的流浪狗。诺里斯心里这么想，但没说出口。"机会是不大。"

"是几乎不可能，"桑德拉深深叹了口气，"既然事情都差不多了，就告诉你个秘密吧，我真希望当时让雪菈留下来。今晚够疯狂，大概全州的电视台都打电话来，而且每家至少都打了九通，这里简直像百货公司圣诞夜大折扣一样热闹，一直到十一点左右才安静下来。"

"回家吧，我让你回去。你启动'小子'没？"

"小子"是电话转接器，如果局里没有调度员，就会把电话转接到艾伦家。转到艾伦家后，要是响了四声没人接听，"小子"就会接听并告诉打电话的人转拨州警牛津分局。这种应急系统不会用在大城市，但在城堡岩，这个缅因州十六个郡中人口最少的地方，这套系统运作得还算不错。

“启动了。”

“那就好。我想艾伦应该不会直接回家。”

桑德拉会意地挑挑眉毛。

“佩顿警官有什么消息吗?”诺里斯问。

“还没,”她说完停了一会儿,“诺里斯,很恐怖吗? 我说……那两个女人?”

“够恐怖。”他答道。他的便服整齐地挂在档案柜门把上的衣架,他把衣架拿下走进男厕。大概从三年前开始,他就每天在局里换衣服,已经养成习惯了,不过他很少三更半夜还在这里换。“回去吧,桑德拉。等我换好我会锁门的。”

他把男厕门推开,把衣架挂在厕所隔间的门上,然后开始解制服纽扣,此时却传来轻轻的敲门声。

“诺里斯?”桑德拉唤道。

“你还没走。”他回应。

“我差点忘了,有人送礼物给你,就放在你桌上。”

诺里斯正在解裤子,一听便停了下来。“礼物? 谁送的?”

“我不知道,今晚真的够乱的。但是上面附了张卡片,还绑了蝴蝶结,一定是你的秘密情人。”

“我的情人还真神秘,连我自己都不知道。”诺里斯说这话时还真有些遗憾。他把裤子脱下挂在厕所隔间的门上,接着穿起牛仔裤。

门外,桑德拉·迈克米伦不怀好意地笑了笑。“基顿先生今晚来过,”她说,“搞不好是他送的,想跟你讲和。”

诺里斯大笑:“想得美。”

“对了,明天别忘了告诉我里面是什么东西,我超想知道,包装很精美呢。晚安啦,诺里斯。”

“晚安。”

谁会送我礼物? 诺里斯猜疑着,一边把裤子拉链拉上。

6

桑德拉离开办公室,走出镇公所时把大衣领子翻了上来,夜里非常冷,令她不禁想到冬天的脚步近了。律师太太辛迪·罗丝·马丁今晚也来过，大概是傍晚时来到警局，不过桑德拉没想跟诺里斯讲这件事，毕竟诺里斯不属于马丁先生那个高尚的律师社交圈。辛迪·罗丝说她来找先生，桑德拉觉得很正常，因为艾伯特·马丁在警局负责镇上一些法律事务（不过这个晚上实在太混乱，因此要是辛迪·罗丝说要来找芭蕾舞蹈家巴瑞辛尼科夫，桑德拉大概也不会奇怪）。

桑德拉说她晚上没看到马丁先生，不过还是告诉辛迪·罗丝，如果她不嫌麻烦的话，可以上楼去看看马丁先生是否跟基顿先生在一块。辛迪·罗丝说她会上楼看看。等到电话总机又像圣诞树一闪一闪发亮时，桑德拉忙得没看见辛迪·罗丝从她的大手提袋里拿出长方形包裹放在诺里斯·里奇韦克桌上；包裹外头是层明亮的包装纸，还绑着蓝丝绒蝴蝶结。辛迪·罗丝漂亮的脸蛋漾起一抹微笑，然而这抹微笑一点都不漂亮，事实上，还非常阴险。

7

诺里斯听见外头的门关上，隐约还听到桑德拉在发动车子。他把上衣塞进牛仔裤腰里，换上休闲便鞋，接着细心地整理挂在衣架上的制服。他闻了闻制服腋窝，觉得还不用送洗。这是件好事，省一块就是赚一块。

离开男厕时，他把衣架挂回原来的档案柜门把上，这么一来他离开办公室时一定会看到。这也是件好事，因为艾伦不满意他在警局到处乱挂衣物，他说那样搞得警局跟自助洗衣店没两样。

诺里斯走向办公桌，看见桌上真有个礼物，外面包着淡蓝色亮光包装纸，绑在上头的蓝丝绒缎带展开成蓬松的蝴蝶结，缎带下塞着一只白色信封。他现在可是非常好奇，拿起信封打开后，发现里面有张纸卡，上面打印着简短的谜样短句："!!! 小小叮咛!!!"

他皱了皱眉头，心想除了艾伦和他妈妈外，还有谁会老是给他叮咛？而且老妈五年前就去世了。他拿起包裹，解开缎带，把蝴蝶结小心放在一旁。接着拆掉包装纸，里头是个纯白纸盒，大约一英尺长，宽高大约都是四英寸，盒盖用胶带封着。

诺里斯撕掉胶带打开盒子，有层白色薄纸覆着里面的物品，隐约可看出一块平面物体，上面有些长条状凸起的东西，但还是看不清楚是什么。

他伸手进去掀起薄纸，食指碰到坚硬的东西，某种金属舌状物，接着一个沉重的铁夹用力一合，把薄纸和诺里斯的前三根手指夹住。一阵剧痛直窜手臂，痛得他边哀号边往后退，左手紧抓着右手腕。白色纸盒跌落地上，薄纸皱了起来。

他妈的，痛死人了！薄纸像条垂挂下来的皱纹缎带，他一把拉开，结果发现夹住手指的是个大型捕鼠器，有人已经设定好，把它装进盒子，再盖上一层薄纸，最后用漂亮的蓝色包装纸包起来。他右手的三根手指被夹住，连食指的指甲都被拔掉了，只见新月形的指甲肉不停渗血。

“死王八蛋！”诺里斯大吼。他又疼又惊，先是把捕鼠器往约翰·拉普安特的桌边一撞，而不是先把铁夹扳开，结果受伤的手指撞到桌子的金属边角，手臂立即又感到一阵狂痛。他又大叫一声，马上抓住捕鼠器的铁夹往后拉，把手指松开。捕鼠器被甩到地上，铁夹又啪地弹回木板座。

诺里斯站着发抖了好一会，赶紧冲回男厕，左手打开冷水，急忙把右手放到水龙头下。受伤的手指就像刚补好的智齿抽痛着。他站在那里，双唇紧抿，脸上是痛苦扭曲的表情。他看着血丝旋转着流进排水孔，想起桑德拉说过的话：基顿先生今晚来过……也许是要跟你讲和。

还有那张纸卡：小小叮咛。

哦，原来是浑蛋基顿，好呀。诺里斯不作他想，立刻认定这是浑蛋才有的作风。

“你这下三烂。”诺里斯边咆哮边呻吟。

冷水麻痹了他的手指，减缓那难受的抽痛，不过他知道一到家又会开始。阿司匹林也许可以缓和一些，但他想今晚大概没法睡个好觉，更别说明天去钓鱼了。

不行，我要去。就算我的烂手断掉也要去钓鱼。我可是计划好的，我已经等很久了。丹·烂人·浑蛋·基顿阻止不了我的。

他把水龙头关掉，拿了张纸巾轻轻擦拭。被夹的那几根手指没有断掉——至少他认为没有——可是全肿了起来，冲了冷水还是一样。捕鼠器的铁夹在那几根手指的第一和第二关节之间，留下一道黑紫色的伤痕。食指上暴露出的指甲肉渗着一滴滴小血珠，而那难受的抽痛又开始了。

他走回空荡荡的办公处，看着侧躺在约翰桌旁合上的捕鼠器，把它捡起来走向自己的办公桌，放回纸盒里，收进桌子第一个抽屉，接着又打开下层抽屉拿出阿司匹林，抖出三颗丢进嘴里。他又拿了薄纸、包装纸、缎带还有蝴蝶结，把这些全塞进纸篓，再把废纸团盖在上层。

诺里斯不打算告诉艾伦或其他人浑蛋基顿搞的烂把戏。他们不会嘲笑，可是他知道他们会怎么想：只有诺里斯·里奇韦克会上这种当，让手给设好的捕鼠器夹住，你能想象吗？

一定是你的秘密情人……基顿先生今晚来过……要跟你讲和。

“我自己会解决，”诺里斯低沉的声音坚决地说，他左手抓着受伤的右手抵在胸前，“照我自己的方法，照我自己的时间。”

突然他心中一惊：要是浑蛋基顿搞了个捕鼠器还不满足呢？毕竟这很可能失败。要是他跑去诺里斯家呢？那根贝增牌钓竿就放在家里，而且也没上锁，只是靠在库房角落，在鱼篓旁边。

如果让浑蛋发现，打算把钓竿断成两截怎么办？

“要是他那么做，我就把他也断成两截。”诺里斯低声咆哮，亨利·佩顿和警局其他同僚如果听到，一定认不出那是他的声音。他离开时完全忘了把办公室上锁，甚至暂时忘了手上的伤痛。最重要的事就是赶紧回家，确认贝增牌钓竿是不是还好好放在那里。

8

艾伦轻巧地走进房间，发现床上被子底下的身躯没有移动，让他以为波莉已经睡着，或许是睡前吃了止痛药的关系。他悄悄脱掉上衣，溜进被子里。才一躺下，就看到波莉双眼圆睁，正盯着他看。这把他吓了一跳，不禁抽动一下。

“是什么人敢上本小姐的床啊？”她轻柔地问道。

“是我，”他答道，同时浅浅一笑，“小姐，抱歉吵醒你了。”

“我没睡着。”她边说边将手臂环着艾伦的脖子，而艾伦也用手圈住她的腰。被窝里，她身上暖暖的温度让他觉得舒服，她就像个爱困的暖炉。他觉得有个坚硬的东西碰着他的胸部，随即领悟她棉质睡衣下可能戴了什么东西。接着那个细致银链上的东西动了一下，滚进波莉的腋下。

“你还好吗？”艾伦问道。

波莉侧着脸贴着他的脸颊，双臂仍圈着他的颈子，他可以感觉到她的双手在颈背扣住。“不好。”她回答，伴着一声颤抖的叹气，开始啜泣。

他抱住她，轻抚她的头发。

"艾伦,为什么她不告诉我那女人对她做的事?"波莉终于开口发问,身体向后退了一点。此时,艾伦的双眼已适应黑暗,可以看清波莉的脸——黑色的双眼,黑色的发丝,苍白的肌肤。

"我不知道。"他说。

"如果她早跟我说,我一定会处理的!我会亲自去找维尔玛·耶日克,然后……然后……"

这时候不太适合告诉她,妮蒂也耍了些手段,激烈恶毒的程度不比维尔玛逊色。也不太适合告诉她,妮蒂·科布的问题总有无法解决的一天,他想维尔玛·耶日克大概也一样。她们俩的恩怨总有一天会闹到没人能化解的地步。

"现在是凌晨三点半,"他说,"不适合说这种早知如此、何必当初的话。"他犹豫了一会儿才又开口说:"约翰·拉普安特说,妮蒂今天早上——已经是昨天早上了,跟你提过维尔玛。是什么事?"

波莉想了一会儿才说:"嗯,我不知道她讲的是维尔玛,那时真的不知道。妮蒂带给我一盘千层面。我的手……我的手痛得要命。她马上看出来了。妮蒂很……向来……或许一直——我不知道——对某些事很迷糊吧,但我在她面前藏不住任何事。"

"她非常爱你。"艾伦沉重地说,波莉一听,又一次泪如雨下。他也知道这会惹得波莉再次痛哭,但他也知道不管时机恰不恰当,有些泪水就是要流出来,否则只能在内心怒号、灼烧。

过了一会,波莉情绪平复了,说话时双手又圈住艾伦的颈子。

"她把那双很逊的电暖手套拿来,但这次是真的管用,至少目前的状况好多了,然后她又煮了咖啡。我问她要不要回家做事,她说不用,又说奇兵会看家,然后就说了'我想她不会再来烦我。这几天她都没在附近出没,也没打电话来骚扰,大概她终于把我的话听进去了'。我记得不是很完整,但大概是这样。"

"她几点过来的?"

"大概十点十五分吧,也许更早或更晚,但差不多是这个时间。怎么了,艾伦?有什么问题吗?"

艾伦刚爬进被子里时,觉得只要一碰到枕头,大概十秒内就能呼呼大睡,但现在他清醒得很,而且很努力地思考事情。

“没什么，”过了一会他开口回答，“我不觉得有什么问题，只是妮蒂心里想着维尔玛。”

“我真的没办法相信。她看起来好很多了，真的。记不记得我跟你说过，上星期四她还鼓起勇气一个人跑去必需品专卖店？”

“记得。”

她放开双手，焦躁地转身平躺，此时艾伦听到金属叮的一声，然后也没多想。他正思考着波莉刚才告诉他的事，左思右想，像是珠宝商拿着宝石反复观察鉴定。

“我要打理葬礼的事，”波莉说，“妮蒂在雅茅斯有些熟人，一些而已。不过这些人平常也都没跟妮蒂往来，现在她走了，他们更不会想扯上什么关系，可是等到早上我还是会通知他们。我可以去妮蒂的家吗？她应该有通讯录。”

“我帮你拿来。其实不能拿走任何东西，至少要等莱恩医生公布验尸报告后才行，不过你只是抄些电话号码，应该没什么关系。”

“谢谢你。”

艾伦突然想到一个问题。“波莉，妮蒂是几点离开你这儿的？”

“十点四十五分，应该是。也可能是十一点。她在我这儿待了不到一小时。怎么了？”

“没事。”他答道，脑中闪过一个想法：如果妮蒂在波莉家待得够久，那么她就根本没时间回家发现小狗死掉，然后收集石块、写字条，再把纸条绑在石头上，最后跑去维尔玛家砸破窗户。但她如果在快十一点时离开，她就有两个多小时，非常够用了。

嘿，艾伦！那个声音——通常只在艾伦想到安妮与托德时才会出现的假装开心的声音——又来了。*你怎么搞的，想蹚这浑水啊，我的好兄弟？*

艾伦不知道自己是怎么搞的，还有件事他也不知道：妮蒂是怎么把那些石头弄到维尔玛家去的？她没有驾照，而且根本不会开车。

*别想太多，好兄弟，*那声音劝道。*她在家里把纸条写好，搞不好就在小狗尸体身边写的，然后拿了厨房抽屉的橡皮筋。她用不着搬石头到那里，维尔玛家后院的菜园里多的是。我说得对吧？*

没错。可是艾伦还是认为那些石头是包着纸条带去的。他没有具体的理由，可是感觉就是那样……小孩或想法跟小孩一样的人就是会那么做。

比如像妮蒂·科布这样的人。够了……别想了！可是他停不下来。

波莉摸摸艾伦的脸颊说："我很高兴你来了，艾伦。这一整天也够你难受的了。"

"已经好多了，而且事情也告一段落。你也别再去想了，好好睡觉，明天还有很多事等着你处理。要不要我拿颗药给你？"

"不用，我的手好些了。艾伦——"她停下来，身体在被子底下不停扭动。

"怎么了？"

"没事，"她回答，"不是很重要。我应该睡得着，因为你在我身边。晚安。"

"晚安，亲爱的。"

她转身平躺，把被子拉上，接着就静静地睡着了。一时间，艾伦想起她是怎么抱他，她的双手在他颈背扣住的感觉。如果她的手指可以灵活到互相扣住，那就表示她真的好多了。这是件好事，大概是从安迪打电话来后最好的一件事。真希望事情都会好转。

波莉有轻微的鼻中隔偏曲，所以睡觉时会轻轻打鼾，这声音艾伦觉得很好听。能和另一个人共享一张床真好，一个真实的人发出真实的声音，而且有时还会拉走他的被子，他在黑暗中笑了起来。

但一想到凶杀案，他的笑容渐渐消失。我想她不会再来烦我了。这几天她都没在附近出没，也没打电话来骚扰，大概她终于把我的话听进去了。

这几天她都没在附近出没，也没打电话来骚扰。大概她终于把我的话听进去了。

这样一个案子不需要花心思解决；就连戴着三焦眼镜的希顿·托马斯只要看命案现场一眼，只一眼，就能清楚说出到底发生了什么事。她们用的是厨具，又不是拿着手枪在清晨火并对决，但无论如何，结局都一样：两具尸体躺在肯纳贝克河谷医院的太平间，身上有着 Y 字形解剖痕迹。唯一的问题是为什么会发生这种事。他心里一直存着一些问题、一些隐隐的忧虑，但这些问题与忧虑等不到维尔玛与妮蒂入土就会烟消云散。

所以现在这些忧虑变得更迫切了，而且其中一部分（大概她终于把我的话听进去了）可以明确指出问题在哪里。对艾伦而言，刑事案件就像一座围有高墙的花园，要进去就要先找到门。有时会有好几扇门，但根据他的经验，一定至少会有一扇，当然要有，否则园丁如何进去施肥播种？那扇门或许很大，不但有箭头指引，还有闪着“由此进入”的霓虹标志；但也可能是扇小门，布满爬藤植物，必须花一阵子才能找到，但那扇门会一直在那里，只要找得够久，而且不怕扯开藤蔓刺破手，就一定找得到。

有时这扇门是在犯罪现场找到的证物，有时是目击证人，有时是基于各个事件与逻辑推理得到的有力假设。他对这件案子的假设是：一，维尔玛长期以来都有一套骚扰玩弄他人的模式；二，这次她找错了对象玩心理战；三，妮蒂再次精神崩溃，就像当初杀了她丈夫一样。但是……

这几天她都没在附近出没，也没打电话来骚扰。

如果妮蒂真的那么说，上述假设又会有何不同？有多少假设会因为这句话而站不住脚？他不知道。

他望着波莉黑暗的卧房，也不知自己到底找到了门没。也许波莉记错了妮蒂所说的话也不一定。这很有可能，可是艾伦不这么想。妮蒂的举动，起码就某个程度来看，证实波莉所言无误。妮蒂上周五没去波莉那里工作，她说生病了。也许是真的病了，但也许是在躲避维尔玛，这样就说得过去。皮特·耶日克说过，维尔玛发现床单被弄脏后，至少打了一通电话去恐吓妮蒂，或许隔天又继续打，只是皮特不知道。可是星期天早上，妮蒂却带着千层面来看波莉。要是维尔玛继续恐吓她，她还敢出门吗？艾伦认为她不会。

再来是砸破维尔玛家窗户的石头。上面的每张纸都写着同样的话：*我叫你别来烦我。这是最后一次警告。*通常警告的意思是给对方时间改善，但维尔玛与妮蒂的时间已经到了。丢完石头后仅仅两个小时，两个女人就在街角相遇。

事情虽然进展太快，但也说得通：妮蒂发现小狗被杀，自是非常愤怒，同样地，维尔玛发现家里被砸得乱七八糟，也一定暴怒异常。接下来只要一通电话就能激起最后的火花。她们其中一个打了那通电话，结果引发了最后的反应。

艾伦转向侧边，希望能回到从前的日子，那时还能取得当地的通话记录。要是能够证明维尔玛与妮蒂见面前确实通过电话，他会觉得踏实许多。不过，就算有了最后的通话记录，她们留下的字条又如何解释？

一定是这样，艾伦想道。妮蒂离开波莉家后，回到家发现小狗死在玄关地板上，她看了钻孔锥上的字条，于是写了十五六张同样的字条，放进大衣口袋，另外抓了把橡皮筋。她来到维尔玛家，进入后院，捡来十五六块石头，用橡皮筋把纸张绑在石头上，她一定是全部绑上纸张后才开始丢的，不然丢到一半还要停下来找石头绑字条，会花太多时间。等丢完后，她回到家，又为死去的小狗哀伤了一阵子。

然而艾伦觉得这一点都不合理。这实在太差劲了。

这一连串假设的想法与举动都跟他所认识的妮蒂·科布不合。杀夫是她长期受虐的结果，但杀夫事件是个失去理智的女人一时冲动犯下的。如果前任警长乔治·班纳曼的旧档案记录无误，那么妮蒂在杀夫前并没有事先写字条警告她先生阿尔比安·科布。

他觉得合理的假设其实很简单：妮蒂去了波莉那边后直接回家，结果发现小狗死在玄关，于是从厨房抽屉里拿了大菜刀，直接来到街上，亲手在波兰恶婆娘的屁股上砍了一大刀。

如果是这样，那又是谁打破维尔玛家的窗户？

“还有时间点也很奇怪。”艾伦喃喃自语，然后又翻到另一边。

约翰·拉普安特和刑调小组在一起，花了整个星期日下午与晚上查清妮蒂所有行踪。她带了千层面去波莉家，告诉波莉回家路上她可能会绕到必需品专卖店，跟老板说波莉的情况。波莉说利兰·冈特请她那天下午过去看样东西，如果他在的话，妮蒂会跟他说波莉不管手有多痛，应该都会过去。如果妮蒂去了必需品专卖店，又在那里待了一会儿，看看商品，跟那位大家都认为很迷人但艾伦到现在却无缘一见的老板聊聊天，那妮蒂就没什么机会去维尔玛家砸窗户了，也就是丢石头的另有其人。可是必需品专卖店没有营业，妮蒂当然不会在那里停留。冈特告诉波莉（她后来真的过去了）以及刑调局的人，说妮蒂那天买了七彩玻璃灯罩后，就再也没看过她。无论如何，他一整个早上都待在店面后面的房间，听着古典音乐、为商品编目，要是有人来敲门，他大概也听不见。所以妮蒂一定是直接回家，那她就有充裕的时间准备一切，然而这是艾伦觉得不太可能的情况。

维尔玛的作案机会又更小了。她先生在地下室放了些木工用具，星期天从八点到十点左右，他都待在那里。他发现时间有点晚了，于是关掉机器，到楼上换装准备参加十一点的弥撒。他跟警官说，他走进卧房时，维尔玛正在洗澡，对个刚丧偶的鳏夫，艾伦觉得没有理由质疑他的供词。

那一定是这样：维尔玛大概在九点三十五或四十分左右，开车去妮蒂家绕绕，刚好这时候皮特在地下室，制作鸟屋之类的玩意，所以根本不知道维尔玛出去。维尔玛在九点四十五分左右来到妮蒂家，就在几分钟前，妮蒂才刚出门去找波莉，维尔玛发现大门敞开，这简直就是高级请帖。她把车停好，进入妮蒂家，杀了小狗，临时起意留下字条，最后离开那里。但是没有半个邻居记得看到维尔玛鲜黄色的优果小车，这就有点可惜了，不过也不能证明车子没到过妮蒂家。大部分邻居都不在家，不是上教堂就是出城去了。

维尔玛开车回家，上楼换衣服，这时皮特才刚关上刨床、线锯之类的器具。皮特进了主卧浴室洗手，准备等一下穿戴西装外套和领带，而维尔玛才刚踏进淋浴间，搞不好水还没冲遍全身。

皮特·耶日克发现太太在洗澡，就艾伦看来是这整件事最合理的一环。钻孔锥拿来对付一条狗绰绰有余，只是短了点。维尔玛洗澡是为了洗掉沾在手或手臂上的血迹。

维尔玛刚好遇到妮蒂外出，又在紧要关头没让丈夫看到她血淋淋的手臂，可能吗？可能，虽然可能性微乎其微，但还是不无可能。那就别想了，艾伦。别再想了，快睡吧。可是他无法停止思考，因为整个推论还是说不通，简直是烂透了。艾伦又翻了个身面朝天花板，听见楼下客厅的时钟轻轻地当当响了四声。看来根本没什么进展，但他就是没办法静下心来。

他试着想象妮蒂坐在厨房餐桌前，耐心地写了一次又一次的“这是最后一次警告”，而她死掉的爱犬就躺在二十尺远处。可是艾伦再怎么努力，还是想象不出这幅画面。本来以为找到了这座花园的大门，现在却越来越觉得那只是栩栩如生的立体画，是用视觉幻象在坚固的高墙上画出来的。

妮蒂是否走到柳树街的维尔玛家砸破窗户？艾伦不知道，可是他知道妮蒂·科布仍是城堡岩的话题人物：杀了丈夫的疯妇，还在“杜松岭”精神病院待了好几年。只要她经过平常不走的路线，一定会有人注意到她。

如果她在星期日早上昂首阔步地走去柳树街，或许还自言自语，而且肯定是泪流满面，不会没人注意到的。明天艾伦会走访住在这两个女人家之间的邻居，问些问题。他终于要滑入梦乡，这时脑海里浮现的景象是一堆绑上字条的石头，于是他又开始纳闷：如果不是妮蒂丢的，会是谁？

9

星期一的下半夜一分一秒过去，现在已是黎明时分，有趣的新的一周即将展开。一个名叫里基·比索内特的年轻人从浸信会牧师寓所周围的树篱钻了进来。在这栋整洁有致的屋子里，威廉·罗斯牧师正在酣睡。

里基在桑尼·贾基特的桑诺可修车站工作，是脑筋不怎么灵光的十九岁小子。他几小时前关了修车站，但仍在办公室闲晃，等到够晚（或是够早）的时候去整整罗斯牧师。上星期五下午，里基经过新开的店，和店主聊了聊，觉得对方是个有意思的老家伙。他们的话题聊不完，后来里基才发现他正在跟冈特先生说他最隐秘、最深切的愿望。他提到一名年轻女演员兼模特儿，真的非常年轻，然后告诉冈特先生，他愿意付出任何代价来换取这名妙龄女子的裸照。

“告诉你，我有样东西你可能会感兴趣。”冈特先生说。他环顾四周，似乎在确定店里只有他们两人，然后走到门口把“营业中”的牌子翻到“休息中”。他走回收银机，在柜台下翻找，然后拿出一封空白的马尼拉纸制信封。“看看这些，比索内特先生，”冈特说完，世故地使了个色眯眯的眼色，“我想你会很惊讶，搞不好会觉得不可思议。”

傻眼大概是比较贴切的形容。信封里装的正是里基渴望的女演员模特儿，百分百是她！而且照片里的她不只是光溜溜而已。有些照片里有她和一个知名男演员，其他的甚至是和两个知名男演员，而其中一个已经老到可以当她爸了。还有其他的——可是就在里基继续往下看时（照片看来有五十张以上，全是八乘十的光面彩色照片），冈特先生一把将照片抢回。

“那是——”里基惊呼，正准备说出一个人名，通俗小报的读者与内容浮浅的脱口秀观众一定耳熟能详。

“哦，才不是。”冈特先生说，然而他翡翠般的双眼却在说“哦，没错”。“我敢说绝对不是……不过长得真是太像了，对吧？买卖这种照片可是犯法的，不说性爱画面，这个女的连十七岁都不到，所以不管她是谁都一样。不过如果你有能耐，我还是可以做这笔买卖，比索内特先生。在我血液里沸腾的不是疟疾，而是交易。那么，来议个价吧？”

两人讨价还价一番。里基·比索内特最后买了七十二张色情照片，付了三十六块……外加一场小恶作剧。他弯着腰跑过寓所草坪，躲进门廊的阴影下，确定没人发现他，然后往阶梯上走。他从裤子后口袋拿出一张白纸片，推开门上信箱口的盖子后塞入，再用指尖抵住盖子，让它慢慢落回原位，以免发出碰撞声。然后他一跃而过门廊的栏杆，飞快跑过草坪。这是星期一的清晨，离日出还有两三小时，在这段时间里，里基还有其他重要的计划进行。这可是关系到七十二张照片与一大瓶“紫晶”护手乳液。纸片从信箱口飘然落到寓所门口褪色的脚踏垫上，宛如一只白色飞蛾。写字的那面朝上：

> 你这只浸信猪会的死老鼠过得怎样啊？
>
> 我们是要告诉你，最好住嘴别再反对“赌场之夜”。我们只想快活一下，不会碍到你。只是我们这群忠心耿耿的天主教友已经受够了你浸信会的屁话。你们这些浸信会教徒不过是群下流胚子。接下来你最好给我听清楚，“汽船威利牧师”。要是你再啰唆多管闲事，我们铁定把你和你那群下三烂同伴搞得臭名远播，让你们遗臭万年！
>
> 别来骚扰我们了，浸信猪会的死老鼠，否则你这狗杂种会悔恨一辈子。
>
> “纯属警告”！
>
> 关心你的城堡岩天主教友

罗斯牧师穿着浴袍下楼拿早报时，看见地上的这张纸片。他的反应用想象的就好，还是别说出来。

10

利兰·冈特在“必需品专卖店”楼上的前侧房间。他站在窗边，双手紧握在背后，向外凝望整个城堡岩。

他身后的这层四房公寓定会引人侧目，因为这里空空如也，什么都没有。没有床、没有家电，连半张椅子都看不到。衣柜门打开着，里头没放半点东西。不少灰尘毛屑散布在没铺地毯的地板上，一阵气流抚过脚踝高度，使这些毛屑懒洋洋地滚动着。这里仅有的装潢，就是名副其实的橱窗设计：温馨的格子花纹窗帘。这是唯一重要的布置，因为街上的人只会看到窗帘。

整个小镇尚在沉睡，所有商店漆黑一片，所有房舍漆黑一片，唯一在动的是主街与水磨道的路口交通警示灯，正昏沉沉地闪着黄光。冈特用充满温柔与关爱的眼神望着这个小镇。小镇还不属于他，不过就快了。他已经取得留置权了。镇民并不知道，但他们会知道的。终究会知道的。

开张活动进行得非常、非常顺利。

冈特先生觉得自己就像人类灵魂的电工。在城堡岩这种小镇，所有的保险丝盒一个接一个整齐排列着，你只需要打开保险丝盒……把保险丝错接。这么说好了，你要发动维尔玛·耶日克和妮蒂·科布的引擎，用的是另外两条保险丝，也就是像布赖恩·鲁斯克这种小伙子与休·普利斯特这种酒鬼。你用同样的方式来发动其他两人的引擎，例如浑蛋基顿与诺里斯·里奇韦克、弗兰克·朱伊特和乔治·纳尔逊，还有萨莉·拉特克利夫和莱斯特·普拉特。

然后就来测试你绝妙的接线效果，以确保运作正常，就像今天这样成功。接下来就静待时机，隔一阵子再把线路通电，让情况常保新鲜有趣。但大部分时候都要按兵不动，等万事俱备……才打开电流。所有电流。

突如其来地。完成这一切只需要了解人性，还有——

“当然，这完全是供需问题。”利兰·冈特一边看着沉睡的小镇一边思忖。

可是为什么？这个嘛……不为什么。老实说。不为什么。

大家总认为人有灵魂，而他最后歇业时，当然带走越多灵魂越好。他们之于利兰·冈特，如同战利品之于猎人，如同墙上展示的鱼类标本之于钓鱼迷。近来，从实用方面来看，他们对他已经没什么价值，不过他仍旧尽可能放宽限度，不管他是不是矢口否认，因为如果做得不够，游戏就玩不下去了。其实他如此坚持，一切都是为了乐趣，而非灵魂。纯粹的乐趣。一段时间过后，只有乐趣才重要，因为来日方长，你总得找些事情来消遣消遣。

冈特先生的双手(任何人不幸被这双仿若带着静电的手触摸到时都会很反感)从背后收回来,在身前紧紧扣住,两只手的指关节相互压进左、右掌里。他的指甲又长又厚又黄,而且尖锐无比。不一会,指甲刺入手指,开始汩汩流出暗红色的黏稠血液。

布赖恩·鲁斯克在梦里哭号。

迈拉·埃文斯把双手伸入自己的下体开始自慰——她正在梦里与猫王做爱。

丹·基顿梦见自己躺在刘易斯顿赛马场终点直线跑道中央,马群正朝他奔驰而来,他用双手蒙住脸。

萨莉·拉特克利夫梦到她打开莱斯特·普拉特的福特野马车门,发现里面挤满了蛇。

休·普利斯特在梦里高声尖叫,把自己惊醒。梦里,柔虎酒吧的酒保亨利·博福特把打火机瓦斯液淋在他的狐狸尾巴上,点火引燃。

雷·范·艾伦的助理医师埃弗里特·弗兰克尔,梦见他正把新买的烟斗往嘴里送,却发现斗嘴变成了刮胡刀片,割掉了自己的舌头。

波莉·查默斯开始轻声呻吟,而她戴的银色小护身符里,有东西在沙沙翻动,就像只小粉蛾拍动翅膀,还散发出淡淡清香……像抖动一簇紫罗兰发出的香气。

利兰·冈特慢慢松开双手。他那些参差不齐的大牙在笑容中暴露出来,那抹笑意看起来很愉快却丑陋至极。整个城堡岩,所有梦境都消散了,睡不安稳的人又得以安眠。

只是暂时而已。

很快太阳就要出来了,不久新的一天即将开始,将会充满惊喜与奇事。他想该是请个助理来帮忙的时候了,他的计划已经启动,这个助理也无法幸免。拜托,怎么可能。

不然会破坏所有乐趣。

利兰·冈特站在窗边,看着底下的城镇在美好的黑暗中延展,毫无抵抗能力。

第二部　超级大富翁

第十二章

1

十月十四日星期一是哥伦布纪念日，城堡岩一大清早就相当晴朗炎热。居民有的聚在公共广场，或纳恩餐馆，或者坐在镇公所前的长椅上，一个个都在发牢骚，说天气热得不像话，相当反常。或许是该死的科威特油田大火之类的原因造成，又或是电视常在那边胡说八道什么臭氧层破洞的。几个老头说他们年轻时的十月的第二个星期，早上七点的气温从来没有华氏七十度那么高过。

才怪。而且就算不是所有人，绝大多数人也都知道，每隔两三年，秋老虎就会稍微发威，所以大概有四五天的时间，天气热得跟七月中一样。不过就在你某个早晨起床觉得自己得了花粉症时，却发现前院的草坪覆上一层霜而变得僵硬，寒冷的空气中飘起阵阵细小的雪花。这些居民都知道，但天气是绝佳的聊天话题，千万不要直接点明而坏了兴致。大家都安安分分，没人想要拌嘴，当天气突然反常变热，吵架不是明智之举。这时人都很容易失控，而城堡岩的居民若想看看最直接、最赤裸的失控情况，不用多远，只要走到柳树街与福特街转角即可。

“那两个吕人是佛该自找。”伦尼·帕特里奇说。他是镇上最老的居民，也是八卦大王。他站在镇公所西翼的圆形郡法院大楼阶梯上继续说：“她们两个比马桶塞住的厕所里的臭老鼠还轰。那个叫科布的吕人在她男人身上插了一把肉叉，这你们也知道，”伦尼拉了拉宽松裤子里头的疝气带，“把他当猪一样刺，真的是这样。天杀的！这些吕人难道不是轰子？”他抬头看看天空，又说：“像这样的热天，大家粉容易没事就吵架，我可见多了。潘伯恩警长先要做的事就是下令亨累·包福特停止酒吧营业，等天气非户正常再开始①。”

“老头，我不在乎的啦，”查理·福廷说，“我可以去超市买上一两天的啤酒回家喝。”

这话一出口，立刻引来周围的居民发笑，但帕特里奇先生脸上则是怒气难抑。然后大伙儿散开，这些人多半要去工作，连假日也一样。几辆停在纳恩餐馆前破旧的运材卡车已经离开，准备前往瑞典镇、诺茨里奇镇还有城堡湖边进行伐木作业。

2

丹·“浑蛋”·基顿坐在书房里，身上只穿着内裤，内裤已经湿透。他昨晚去了趟镇公所，只是拿个税务局档案就回家了，然后就一直待在书房没有离开过。城堡岩的镇长正在帮他那把柯尔特左轮手枪上油，这已经是第三回了。今天早上他原本要把枪上膛，先杀了他太太，再去镇公所找贱人里奇韦克把他毙了（不过他不知道里奇韦克今天休假），最后再把自己锁在办公室里举枪自尽。他相信唯有如此才能一劳永逸地逃离迫害者，他先前一直以为还有其他方式，真是太傻了。即便是可以神准地挑出赛马冠军的纸盘游戏也阻止不了“他们”，阻止不了。昨天他回家后，看到贴满整屋子的可恶粉红单子时，就明白了这点。

书桌上的电话响了，基顿吓了一跳，扣了手枪扳机，啪地空击了一枪。如果这把枪已经上膛，那子弹大概已经射穿了书房门板。

他抓起电话筒愤怒地吼道：“你们就不能让我静一下吗？”

电话那头平静的声音立刻让他安静下来。是冈特先生的声音，对基顿而言，冈特的声音就像润肤油倾注而下，滋润了他布满水泡的心灵。

“基顿先生，我卖给你的玩具给你带来什么样的好运呀？”

“真的有用！”基顿声音轻快活泼地说。至少在这当下，他忘了刚才还在大肆策划杀人步骤。“每一场比赛我都中了，上帝垂怜啊！”

“这样啊，很好啊。”冈特先生热情地说。

基顿的脸马上沉了下去，说话也变得轻声细语：“后来……昨天……我回家后……”他觉得无法再说下去。但过了一会，他又是惊讶又是欢喜

---

① 伦尼·帕特里奇牙齿漏风，所以说话吐字不清。

地发现自己根本不用说出口。

“你发现‘他们’来过你家?”冈特先生问道。

“没错！你说对了！你怎么会知——”

“这个镇上到处都有‘他们’,”冈特先生说,“上次我们见面时不是告诉过你了吗?”

“是啊！还有——”基顿突然停顿下来,心中一阵惊慌,脸部也跟着扭曲,“‘他们’可能正在监听,你明白吗,冈特先生?‘他们’很可能正在监听我们的谈话!”

冈特先生仍旧保持镇静地说:“没错,但现在没有。别把我想得太单纯,基顿先生。我可是跟‘他们’交手过,好几回了。”

“这我相信。”基顿说。他发觉得到“独赢彩票”的狂喜,一点都比不上此刻发现了同病相怜之人,何况先前经历了仿佛数百年之久的挣扎与黑暗。

“我的电话线上装了个电子仪器,”冈特先生继续用平静柔和的声音说,“要是电话被监听,有个小灯会闪。我现在正看着那个小灯,黑乌乌的没有动静,就跟镇上某些人的心一样黑。”

“你是真的了解对不对?”丹·基顿的声音激动得颤抖,他觉得自己快要哭了。

“没错,而我打电话来是叫你不要鲁莽行事,基顿先生。”冈特的声音既温柔又平缓。基顿一边听着,一边觉得自己的心开始飘浮,就像小孩玩的氦气球缓缓升空。“这样就太便宜‘他们’了。何必呢?你知道要是你挂了他们会怎么样?”

“不知道。”基顿小声回答。他看着窗外,双眼空洞恍惚。

“‘他们’会开派对!”冈特先生轻呼,“‘他们’会到潘伯恩警长的办公室喝个不醉不归！然后还会去家乡墓园在你坟上撒尿!”

“潘伯恩警长?”基顿有些不确定地问。

“你该不会真以为像里奇韦克这种寄生虫,没有上级撑腰敢做出这种事?”

“才不会。”基顿开始看懂了这件事。“他们”,向来都是“他们”,像团乌云包围着他、折磨着他,当你伸手去抓这团乌云时,却什么都抓不着。如今他总算搞清楚“他们”的长相和名字。“他们”搞不好也很脆弱。知道这个消息，令基顿大大松了口气。

“潘伯恩、弗勒顿、塞缪尔斯、威廉斯婆娘还有你自己的老婆，他们全加入了，基顿先生。可是我猜潘伯恩警长才是带头的，这点很有可能。如果真是这样，他倒是乐意看见你杀了他底下一两条走狗，然后让你自己玩完。噢，我想这就是他长久以来的目的。所以基顿先生，你应该要整整他吧?”

“一定要!”基顿凶狠地轻声说。“那我该怎么做?”

“今天还不用。就照往常一样做你的事，晚上想赛马就去吧，然后好好赌一把。如果你表现得跟平常一样，‘他们’一定会不知所措，陷入迷惘与混乱的迷雾中。”

“迷惘与混乱。”基顿慢慢吐出这几个字，咀嚼其中的意义。

“没错。我自有计划，等时机成熟，我会告诉你的。”

“你保证?”

“哦，那是当然，基顿先生。你对我相当重要呢。事实上，我可以说，要不是有你，事情绝对办不成。”

冈特先生挂掉电话。基顿把手枪和清洁工具箱收起来后，走上楼去，把身上的脏衣服丢进洗衣篮，冲个澡，穿上干净的衣服。他下楼时，默特尔先是想要闪躲，但基顿对她温和地说了些话，并亲了她的脸颊，她才慢慢放松下来。不管是什么样的危机，现在看来已经过去了。

3

埃弗里特·弗兰克尔是个魁梧壮硕的红发男子，长得有点像爱尔兰的科克郡人，不过这没什么稀奇，因为他母亲的祖先就是来自科克郡。他一从海军退役，就开始担任范·艾伦的助理医师，至今已有四年。星期一早上七点四十五分，他来到城堡岩家医诊所，护士长南希·拉梅奇立刻请他前往布格梅尔农场，她说海伦·布格梅尔昨晚可能癫痫发作，如果埃弗里特诊断也是如此，就直接把她带过来，等一下医生到了就可以帮她检查，再决定是否送往医院做检验。

要是平常，埃弗里特很讨厌一大早就给派去出诊，尤其是去遥远的乡间，不过在这反常的热天里，一早开车到乡间倒是件好事。

除了天气的缘故，还有就是他的烟斗。只要一坐上他的普利茅斯轿车，他就会打开置物箱把烟斗拿出来。那是支海泡石烟斗，烟钵又深又宽，上面的雕刻还出自大师之手。花朵、小鸟、葡萄藤围绕着烟钵构成特殊的图案，从各个角度看似乎都有不同的景象。他把烟斗留在置物箱里，一方面是诊所里禁止吸烟，另一方面是不想让其他人知道（特别是南希·拉梅奇这种鸡婆）。若给他们知道，一定会先问你在哪里买的，然后就会问你花了多少钱。

不只如此，有些人可能还想把他的烟斗据为己有。

他把斗柄放进嘴里，再次惊讶于它在嘴里那恰到好处的感觉，那种吻合的感觉。他把后视镜往下扳，看见自己的模样，满意到了极点。他觉得这支烟斗让他看起来更成熟、更睿智、更潇洒。他嘴里咬着这支烟斗时，烟钵微微上翘，角度刚好给人一种温文尔雅的感觉。埃弗里特真的觉得自己更成熟、更睿智、更潇洒了。

他沿着主街往下开，原本要穿过丁桥前往乡间，但接近“必需品专卖店”时却慢了下来。那顶绿色遮阳篷就像鱼钩一样把他钓起。突然间，停下车来好像变得很重要，事实上可说是不得不做。

他停好车，开了车门出来，想到嘴上还叼着烟斗，于是拿了下来（这让他感到一阵惋惜），锁进置物箱中。然后他走上人行道，却又回去把四道车门锁上。车上有这么精美的烟斗，实在不该冒险。任何人都可能忍不住把这么精美的烟斗偷走。任何人都可能！

他走到商店前停下脚步，不觉一阵失望。门窗上挂着的牌子写着：哥伦布纪念日公休。

埃弗里特正要转身离去，店门打开了，冈特先生站在门口，身上穿着手肘有补丁的淡黄褐色外套及深灰色长裤，看起来容光焕发、风度翩翩。

“请进，弗兰克尔先生，”他说，“真高兴见到你。”

“我正要出城看病人，想顺便进来告诉你，我真的很喜欢那支烟斗。那一直是我梦寐以求的。”

笑容满面的冈特先生说道：“我知道。”

“可是你没营业，那我就不打扰——”

“我绝不会把我喜欢的客人拒之门外，弗兰克尔先生，而你是其中一位，还排在很前面哩。进来吧。”冈特伸出手来。

埃弗里特避开了他的手。利兰·冈特对此付之一笑，然后退到一旁好让这位年轻的助理医师进来。

“我真的不能待——”埃弗里特开口，但他觉得自己的双脚似乎比较了解他真正的心思，直接把他带入幽暗的店里。

“当然不能，”冈特先生说，“医生一定要恪尽职守，解开捆绑病人身体的疾病枷锁……”他露出笑容，但与其说是笑容，不如说是眉毛挑高，露出上下闭合的凌乱牙齿，“还有驱散束缚心灵的恶魔。我说得没错吧？”

“应该是。”埃弗里特答道。他看到冈特先生把门关上，心里一阵不安，他希望他的烟斗安然无恙，谁知道会不会有人撬开车门，有时候他们甚至大白天都敢这么做。

“你的烟斗不会有事的，”冈特先生安抚道，接着从口袋里拿出一个素面信封，上面只写着“亲爱的”三个字，“弗兰克尔医生，你还记得答应过帮我搞个小恶作剧吗？”

“我不是医——”

冈特先生的眉毛皱起来，令埃弗里特立刻闭嘴把话吞下去，还往后退了一步。

“你是记得还是不记得？”冈特先生严厉问道，“你最好快点回答，年轻人，现在我可不确定烟斗是否还在了。”

“我记得！”埃弗里特急促慌乱地答道，“萨莉·拉特克利夫！那个语言老师！”

冈特先生的眉头本来几乎皱成一条直线，现在松开了，埃弗里特·弗兰克尔也随之松了口气。“没错，搞这小小恶作剧的时候到了。医生，请拿去。”

冈特把信封递了过去，埃弗里特接了下来，小心翼翼避免碰触冈特先生的手。

“今天学校放假，但这位年轻的拉特克利夫老师仍在办公室整理她的档案，”冈特先生对他说明，“我知道学校不在布格梅尔农场的方向——”

“怎么连我要去哪里你都知道？”埃弗里特模糊地问道。

冈特先生不耐烦地把手一挥说：“可是你回来的路上可以绕去一下吧？”

“我想——”

“学生不在，随便进去会引人起疑，那就解释你要到学校保健室，知道吗?”

“如果护士在,我可以这么做,”埃弗里特应道,“说实在的我也该去一趟,因为——”

“你还没去拿疫苗注射记录,”冈特先生帮他把话说完,“很好。其实她不会在那里,可是你不知道,对吧?就去保健室看看,然后离开。可是呢,在你进去或出来的路上,要把这封信放进拉特克利夫老师向她的小男人借来的车里。我要你塞在驾驶座下……但不要完全塞进去,要露出一角。”

埃弗里特清楚知道谁是“拉特克利夫老师的小男人”,那家伙就是高中体育老师。如果可以选择,埃弗里特还比较情愿去整整莱斯特·普拉特。普拉特是个年轻健壮的浸信会教徒,常穿着蓝色T恤、蓝色运动裤,裤子两边还有白色条纹。他骨子里散发出对耶稣的坚定信仰,就像他毛孔渗出的汗水一样庞大。埃弗里特对他不怎么有兴趣,只是隐约会想到莱斯特是不是已经和萨莉睡过了,说到这儿,萨莉真是甜美诱人啊!不过他觉得应该还没,然后又想到,要是莱斯特和萨莉在门廊的秋千椅上抱抱亲亲,就要把持不住的时候,萨莉大概会叫他去后院做仰卧起坐,再不就是绕着房子快跑上几十圈。

“萨莉又借了‘普拉特车’啊?”

“没错,”冈特先生回答,这下他火气开始上来了,“你幽默要够了没,弗兰克尔医生?”

“够了。”他回答。事实上,他大大松了口气,自己也颇感讶异。他原本有点担心冈特先生要他做的“恶作剧”是什么大坏事,不过现在看来是想太多了。反正又不是要他把鞭炮放进老师的鞋里,也不是在她的巧克力牛奶或其他饮料里加泻药。一个信封能有多大本事?

冈特先生又绽开灿烂耀眼的笑容说:“非常好。”接着走向埃弗里特,而埃弗里特惊恐地发现冈特先生打算把手臂搭在他身上。

埃弗里特仓皇地往后退,如此一来,冈特先生就顺势把他引到店门口,然后打开门。

“好好把玩那支烟斗啊,”冈特说,“我跟你说过那原来是柯南道尔的烟斗吗?就是那个福尔摩斯的作者。”

“没有啊!”埃弗里特·弗兰克尔惊叹道。

“当然没有,”冈特先生笑着说,“那是骗人的……而我从不做骗人的生意。弗兰克尔医生，别忘了你的小任务。”

“不会的。”

“那就祝你有个美好的一天。”

“你也——”话还没说完，帘子拉下的店门已经在他身后关上。

他对着店门看了一会儿，然后慢慢走回车上。如果有人问他，刚才跟冈特到底说了什么、冈特又跟他说了什么，他大概答不出来，因为那段记忆模模糊糊，好像他被打了些麻醉剂。

他一坐上车，就打开置物箱，把写着“亲爱的”的信封放进去，接着拿出烟斗。有件事他倒是记得，就是冈特先生开他玩笑，说这支烟斗原来的主人是柯南道尔，而他差点就相信了，真是够蠢！只要把烟斗放进嘴里叼着，就能清楚知道原来的主人其实是希特勒指定的接班人赫尔曼·戈林①。埃弗里特·弗兰克尔启动车子开往乡间的布格梅尔农场，一路上他只在路边停了两次，好好欣赏那支烟斗如何修饰了他的外貌。

4

阿尔·金德伦的牙医诊所开在城堡大楼里，这栋难看的大楼位于镇公所及城堡岩华特区公所（一幢扁平的碉堡型水泥建筑物）对面。城堡大楼建于一九二四年，就在城堡河与丁桥旁；镇上的五家律师事务所有三家开在里面，此外，还有个验光师、一个听觉治疗师、五六个独立房地产经纪人、一个信用顾问、一名总机小姐还有一家裱框店。大楼里还有六七间办公室空着。

阿尔从老神父奥尼尔时代就一直是静水圣母堂的忠诚信徒，现在年纪大了，曾经乌黑的头发已变得花白，年轻时宽大的肩膀如今也已渐渐垮下，不过他还是身材魁梧，身高六英尺七英寸，体重两百八十磅，如果不跟整个城堡岩的人比，他就是镇上个头最大的。

他缓慢地爬着狭窄的楼梯前往四楼顶楼，想到范·艾伦医生说过他现在有心杂音，因此停在平台上喘了口气再继续。最后一段楼梯爬到一半，他看见办公室门的毛玻璃上贴了张纸条，几乎遮住了“阿尔·金德伦牙科医生”这几个字。他离办公室还有五道阶梯，但已经可以看到纸条上

---

① 纳粹德国空军元帅。

的称呼语，而他的心开始怦怦跳，管他是不是杂音。不过让他心跳加速的并非爬楼梯，而是怒气。

听好了你这吃鱼的家伙！这几个字用鲜红色记号笔写在第一行①。

阿尔扯下纸条快速往下看，边看边大声呼吸，鼻子呼噜呼噜发出刺耳声音，听起来好像一只斗牛正准备冲刺。

听好了你这吃鱼的家伙！

我们已经跟你讲过道理了——“凡有智的应当听”——但是没用。你们已走上天谴之路，凭着他们的杰作，就可以认出他们。

我们一直忍受你那天主教式的盲目崇拜，甚至还有你们对巴比伦淫妇有违道德的信奉。但现在你们得寸进尺，城堡岩里绝不容许跟恶魔掷骰子！

今年秋天，正直的基督徒嗅到城堡岩飘出地狱之火及硫黄的味道。如果你没嗅到，那是因为你的鼻子被自己的罪恶与堕落塞住了。以下是我们的警告，给我留心听好：别再妄想把这小镇变成小偷与赌徒的渊薮，否则你就会嗅到地狱之火！你就会嗅到硫黄！

“恶人，就是忘记神的外邦人，都必归到阴间。”《诗篇》9：17。

好好给我听从，不然就让你大声哀号。

城堡岩关心你的浸信会教友

“满纸屁话，”阿尔好不容易挤出这几个字，然后把纸条揉进硕大的拳头里，“那个浸信会的白痴鞋子推销员总算抓狂啦！”

他进办公室的第一件事，就是打电话给约翰尼神父，跟他说在“赌场之夜”来临前，这场游戏会变得有点激烈。

“别担心，阿尔，”布理格姆神父冷静地说，“要是这群白痴向我们挑衅，就让他们尝尝我们这些吃鱼家伙的威力……对不对？”

“你说得对，神父。”阿尔回答。他手里仍握着那张皱成一团的纸条。他往下看，海象胡须下出现一抹难看的浅笑。“你说得对。”

---

① 天主教会规定斋戒日以鱼代肉。

5

这天早上十点十五分，银行门口的数位显示器显示城堡岩的气温为华氏七十七度。在丁桥另一头，反常的炽烈阳光下出现闪光，一颗闪亮的星星出现在117号公路的地平线上，并向镇中心前进。艾伦·潘伯恩在办公室里翻阅科布与耶日克命案的报告，没看见阳光下金属与玻璃的反光，不过就算注意到了，也未必会引起他的兴趣——不过就是辆车子经过而已。然而，镀铬车身与玻璃猛烈的闪光，仍以时速超过七十里的速度直奔丁桥，宣告艾伦·潘伯恩命运的重要时刻……同时也是整座小镇命运的重要时刻即将来临。

“必需品专卖店”的橱窗里，原本挂着哥伦布纪念日公休的牌子，现在一只修长的手从淡黄褐色休闲外套的袖口伸出把牌子取下，换上新的牌子，上面写着：诚征助手。

6

车子驶入丁桥后，在二十五里限速下，仍以五十里时速行驶而过。这辆车大概会引起高中生的敬畏与钦羡：莱姆绿的“道奇挑战者”车尾架高，车头因此指向路面。透过烟灰色玻璃的车窗，只能隐约看出弧形的翻车保护杆穿过前座与后座间的车顶。车尾贴满贴纸：“赫斯特”“大油门”“富兰机油滤清器”“快克速达”“固特异轮胎”“公羊驾驭者”。排气管满足地轰隆轰隆响，这种车要吃大量的九六高辛烷值汽油，若是进入波特兰以北地区，只能在牛津平原赛车场买到。车子到了主街与月桂街路口处稍微减速，接着轮胎发出低沉的刹车声，车子停进“大剪刀理发厅”前的斜向停车格。这时理发厅还没有半个客人，比尔·弗勒顿与副手亨利·金德伦坐在“百利发乳”和“槐如发油”两个老旧招牌底下的理发椅上，正看着同一份早报的不同版面；驾驶人加大油门让引擎空转，使得废气噼里啪啦地从排气管喷出，最后又发出砰的一声，两人抬起头来看。

“一辈子没见过这么凶神恶煞的车。”亨利说。

比尔点点头，右手大拇指与食指扯着下唇说：“就是啊！”

他们满心期待等着引擎熄火、车门打开。“道奇挑战者”的黑暗内部，首先踏出一只穿着破旧黑色机车靴的脚，与其相连的是条穿着褪色牛仔裤的腿。接着驾驶者整个人下车，站在异常炎热的阳光下。他一脸不屑地慢慢环顾一番，同时摘下太阳眼镜，挂在衬衫的V领上。

“糟糕，”亨利出声，“看来坏家伙上门了。”

比尔·弗勒顿的报纸体育版搁在大腿上，目瞪口呆地看着这位不该出现在这里的人物，接着说：“是埃斯·梅里尔，活见鬼啦。”

“他来这里想干啥？”亨利愤慨地问，“我以为他去了麦坎尼佛镇，糟蹋那里人的生活去了。”

“不知道，”比尔说，接着又拉拉下嘴唇，“看看他，灰得像只老鼠，搞不好比老鼠还凶恶！他几岁啦，亨利？”

亨利耸耸肩说：“我猜有四十了，但不到五十。不过管他几岁，在我看来都是个麻烦精。”

埃斯似乎听到他们的对话，转向厚玻璃板窗户，举起手慢慢挥了挥，颇有嘲讽的意味。两个男人先是全身一震，反应过来后愤愤地不住抖动，就像两个女人经过弹子房门口，见到有人对着她们无礼地吹着口哨挑逗。埃斯把手塞进低腰牛仔裤的口袋踱步走开，一副“老子有的是时间、老子全宇宙最酷的样子”。

“你说要不要打电话通知潘伯恩警长？”亨利问。

比尔·弗勒顿又扯扯他的下唇，最后摇摇头说：“他很快就会知道埃斯回来了，用不着我说，也用不着你说。”

两人安静地坐在椅子上，看着埃斯沿着主街走去，直到再也看不见为止。

7

大家看到埃斯·梅里尔大摇大摆在街上闲晃，绝对不会想到他捅了个大娄子。这个娄子，浑蛋基顿也颇能体会。埃斯欠了一屁股债，确切说来，超过八万块钱。不过浑蛋的债主顶多只是把他弄进监狱，不过埃斯要是没法在十一月一号把钱还清，他的债主可是会把他送进坟里！

当年被埃斯·梅里尔恐吓过的男生，像是特迪·迪尚、克里斯·钱伯斯与维恩·泰西厄这几个人，要是见到满头灰发的埃斯，还是一眼就能认出，不过回到埃斯·梅里尔待了几年的当地纺织厂（大约五年前关闭），那些同事大概就认不出他来了。那些日子，他染上酗酒与小偷小摸的恶习。

因为嗜饮啤酒，他体重直线上升，而小偷小摸让已故警长乔治·班纳曼盯上他。接着埃斯就迷上了古柯碱。

他辞去纺织厂的工作，在短时间，不，极短的时间内掉了五十磅，最后还因为这了不起的毒品，犯下一级盗窃罪。他的财务状况开始不稳定，时好时坏的夸张程度，只有股市中玩高报酬交易的炒手及古柯碱毒贩才能体会。搞不好月初时还身无分文，到了月底竟然就有五六万块塞在他位于小红莓泥塘路住处后方一棵死掉的苹果树根下；搞不好前一天还在莫里斯餐馆享用七道菜的法式料理套餐，隔天就窝在他的拖车厨房里吃着卡夫奶酪通心粉。一切都要看市场供需而定，因为埃斯就像绝大多数的古柯碱毒贩，自己就是最捧场的客户。

埃斯有了新样貌——瘦长、灰发，极度沉迷毒品，不再是那个离开学校后满身肥肉的样子。一年后他遇上几个康涅狄格州来的家伙，这些人专门从事军火与古柯碱交易。埃斯和他们一拍即合。这些人中有对科森兄弟跟埃斯一样，是他们自己最捧场的客户。他们愿意提供埃斯一大笔军火，数量庞大到足以在缅因州中部开家大口径枪支高级专卖店，于是埃斯欣然接受。这纯粹是个生意决定，就跟当初买卖古柯碱的决定一样，是个纯粹的生意决定。这世上除了汽车与古柯碱外，就属枪支最得埃斯喜爱。

有次他手头紧，跑去找他叔叔。镇上大概一半的人向他叔叔借过钱，他叔叔可是出了名的大财主。埃斯不明白他为何不符合借钱资格，他还年轻(这个嘛……四十八岁……相对来说是年轻啦)，他有前途，另外他有的是精力。

他叔叔的看法却跟他有天壤之别。

“不借，”雷金纳德·梅里尔老爹一口回绝，“我晓得你的钱打哪儿来，当然是指你有钱的时候。你的钱都靠卖白屎赚来的。”

“哎呀，雷金纳德叔叔——”

“别跟我叔叔这个、叔叔那个，”老爹说道，“你现在鼻子上就沾了一小点白屎。粗心大意。吸白屎、卖白屎的个个粗心大意。粗心大意的最后都进了肖申克监狱，那还算走运呢。倒霉的就被丢到六英尺长、三英尺宽的沼泽底下当肥料去了。要是借钱的人死了或坐牢去，我钱就讨不回来啦。我一块屁钱都不会给你，这就是我要说的。”

这次借贷却碰了一鼻子灰的糗事就发生在艾伦·潘伯恩接任城堡岩警长后没多久。艾伦破获的第一件大案子，就是当场逮到埃斯和两个同伙在柔虎酒吧试图撬开亨利·博福特办公室的保险箱。案子破得相当漂亮，就像教科书上的范例一样。叔叔的警告还不满四个月，埃斯就进了肖申克。抢劫未遂的指控因认罪协商而撤销，不过他还是因为夜闯空门的罪行在牢里蹲了好一段苦日子。一九八九年春天，埃斯假释出狱，搬到麦坎尼佛镇。他找到一份工作，由牛津平原赛车场提供。车场参与州政府的“释放前外出”计划，于是约翰·埃斯·梅里尔担任维修人员及赛车修理站的兼职技工。

他那群老朋友中还有许多人联络得上，更别说老客户了，于是他重操旧业，结果又沾了一身腥。他在赛车场一直做到刑期正式届满，并且在期满当天立刻辞职。他接到飞人科森兄弟的电话，那时他们在康州丹伯里，于是埃斯很快又干起军火买卖和古柯碱交易。看来在蹲苦窑期间，他玩的东西越来越大；他玩腻了手枪、来复枪、连发猎枪，转而改卖自动与半自动武器，结果生意做得呱呱叫。今年六月，他碰上一个豪气买家，他把地对空长程飞弹卖给这个操南美口音的航海家，那人把飞弹收进船舱底下，给了埃斯一万七千块钱，全是不连号的百元新钞。

“你拿那种东西要做什么？”埃斯颇有兴味地问他。

“任何事，先生。”航海家板着脸回答。

接着到了七月，一切都搞砸了。埃斯到现在仍不了解为什么会这样，只知道当初要是乖乖跟着飞人科森兄弟搞古柯碱和枪支买卖就好了。他从波特兰某个家伙那里进了两磅“哥伦比亚雪花”，由科森兄弟迈克和戴夫出资，砸下大约八万五千块钱。那种古柯碱的价值似乎比要价高出两倍——尝起来是绝品好货。埃斯晓得八万五的大单远超过以前他经手过的货，但他自信满满，准备更上一层楼。那些日子里，“没问题”成了埃斯·梅里尔的主要生活标杆。但那次之后，一切都变了，彻底改变了。

所有变化始于戴夫·科森从丹伯里打电话来，他问埃斯到底在搞什么鬼，竟然想用小苏打蒙混古柯碱。埃斯说尝起来明明是绝品好货，一定是波特兰那个老兄耍了他。戴夫·科森一听之下，口气不再和善，事实上，他的口气已经非常不和善了。

埃斯本来可以速速闪人，但他却鼓起所有勇气——即使人已迈入中年，他的勇气还是颇有看头——跑去见飞人科森兄弟，把他的看法告诉他们。他坐在道奇厢型车后座对两人解释。车内全铺了地毯，设有一张温控的结实水床垫，车顶还有面镜子。埃斯说得头头是道，他必须说得头头是道，因为这辆车就停在一条布满车轮痕迹的泥泞小路上，在丹伯里以西好几里外的荒凉地方。驾驶座上坐着一个名叫高塔蒂米的黑人，而迈克与戴夫两兄弟把埃斯夹在中间，手上都拿着一把德国 H&K 无后坐力炮。

他解释事情时，想到叔叔在柔虎酒吧事件前跟他说的那些话：粗心大意的人最后都进了肖申克监狱，那还算走运呢。倒霉的就被丢到六英尺长、三英尺宽的沼泽底下当肥料去了。老爹倒是说中了前半部，而埃斯则想尽办法靠他的三寸不烂之舌避免后半段成真。进了沼泽就别妄想释放前外出了。

他的确说得头头是道，而且还提到一个充满魔力的人名：鸭子莫林。

“那些货是你跟鸭子买的？”迈克·科森问，布满血丝的双眼瞪得老大，“你确定是他？”

“确定，绝对是，”埃斯回答，“怎么了？”

飞人科森兄弟互望一眼，接着放声大笑。埃斯虽然不知道他们在笑什么，但还是高兴看见两人笑得那么开心。看来是个好兆头。

“他长得什么样？”戴夫·科森问道。

“他很高，没他那么高。”埃斯用拇指斜比向前座的司机。司机戴着耳机，跟着只有他听得到的节奏前后摇晃身体。“可还是很高。他是法裔加拿大佬，讲话有法国腔，还戴着一个小金耳环。”

“啊，真的是达菲鸭。”迈克·科森附和。

“说实在的，还没有人把这家伙撂倒过，超扯的。”戴夫·科森说。他看看迈克，两人同样纳闷地摇摇头。

“我以为他很可靠，”埃斯说，“鸭子一向很可靠。”

“不过你离开过现场，是吧？”迈克·科森问。

“是去横木宾馆小玩一下了吧。”戴夫·科森替埃斯接话。

“当时鸭子拿了纯货出来，你就该全程紧盯，”迈克说，“他就是趁你不在时耍了手段。”

“鸭子最近老喜欢玩些小把戏，”戴夫说，“你知道什么是‘上钩调包’吗，埃斯？”

埃斯想了一下，摇摇头表示不知道。

“你一定知道，”戴夫说，“都是因为那个，你才会把自己搞得那么惨。鸭子一定给你看了好几袋。其中一袋是真的上好货色，其他全是狗屎，就跟你一样，埃斯。”

“我们尝过了！”埃斯辩解，“我随便挑了一袋，亲自尝过了！”

迈克与戴夫邪邪地笑望彼此一眼。

“他们也尝过了。”戴夫・科森说。

“他随便挑了一袋。”迈克接话。

两人眼珠朝上在车顶的镜子里互看。

“所以？”埃斯看看左右这两个人问道。他很庆幸两人知道鸭子是谁，而且也很庆幸两人相信他不是故意蒙他们，但仍然痛苦万分。两人把他当作大蠢蛋，而埃斯・梅里尔绝对不让别人当他是大蠢蛋。

“所以什么？”迈克・科森问，“要不是你以为自己随便挑一袋来尝就没事，这笔生意大概也不会搞砸。鸭子就跟魔术师一样，老是耍这些逊爆的换牌把戏。‘挑张牌，随便一张。’这句话你总该听过，哎，死屁蛋。”

管他身边有没有枪，埃斯听了一肚子火，他说：“你们敢那样叫我！”

“我们爱怎么叫就怎么叫，”戴夫说，“你欠我们八万五千大洋，埃斯，这么一大笔钱换来的是什么，是一整袋‘铁锤牌’鬼小苏打，可能连一块五都不到。只要老子爽，叫你操你妈的王八蛋也行。”

两兄弟又彼此互看，进行无言的沟通。戴夫起身拍拍高塔蒂米的肩膀，把手上的武器交给他，接着两兄弟下了车，站在农地边的漆木堆旁，凑着头认真讨论。埃斯听不到他们在说什么，但明白他们在决定要如何处置他。

他坐在水床边缘，汗流得像只猪，等着两兄弟回到车上。高塔蒂米笨手笨脚爬到迈克・科森刚才坐的软垫座椅上，拿着那把 H&K 指着埃斯，头还在不停前后摇晃。埃斯可以隐约听到耳机里传出的音乐，那是马文・盖伊与黛米・泰瑞尔的歌，两个都是已故的杰出歌手，他们正在唱《都是我的错》。迈克与戴夫回到车上。

“我们给你三个月把钱搞定。”迈克说。埃斯听了以后，整个人松了口气，软绵绵地瘫在座位上。“现在对我们来说，拿到钱比把你做掉要紧，而且还有一个原因。”

“我们想干掉鸭子莫林，”戴夫补充，“他那笔烂账已经拖很久了。”

“害得我们得背这臭名。”迈克说。

“我们觉得你找得到他，”戴夫说，“他应该也知道，他把你当死屁蛋要了一次，难保你不会继续当个死屁蛋害死他。”

“有什么话要说吗，死屁蛋?”迈克问。

埃斯没话要说，他已经很高兴自己还可以见到明天的太阳。

“十一月一号是最后期限，”戴夫说，“十一月一号把钱拿来，然后我们三个再一起去把小鸭子解决掉。要是你没做到，那就等着我们把你的肉一片片剥下来，玩你玩到死。”

8

麻烦开始时，埃斯手上还有十几枝各类大口径的自动与半自动枪支。三个月的宽限期间，他设法把枪支卖掉，把赚来的钱再拿去买古柯碱。要想在短时间内捞到大笔金钱，卖古柯碱是最快的捷径。

然而当时枪支市场买气低迷，虽然已经卖掉半数，不过都是些小枪，没什么赚头。九月第二周，他在刘易斯顿的杰作酒吧遇上一个大买家，对方暗示埃斯，如果埃斯能够顺便透露可靠的军火贩名字，他最少会买六到十把自动手枪。这没问题，飞人科森兄弟是埃斯所知最可靠的军火贩子。

埃斯走进肮脏的厕所，想在搞定这笔生意前爽一下。军火这种生意成交时的快乐，已经为几任美国总统带来不少麻烦；他认为自己看见了隧道尽头的亮光。他从衬衫口袋里拿出一面小镜子放在马桶水箱上，把古柯碱舀到上面，此时，紧邻埃斯那间厕所的小便斗传来一个人的说话声。埃斯一直没查出说话者是谁，只知道那个人帮他省了在联邦监狱蹲十五年的时间。

“跟你谈生意的那个人戴着隐藏式收听器。”站在小便池前的那个人说。埃斯从厕所出来后，从后门离开酒吧。

9

自那次差点失风后(他从来没想过，那个从未谋面的线民，也许只是找人消遣一下而已)，埃斯浑身上下有种奇异的麻痹感。他什么事都不敢做，除了偶尔买点古柯碱来嗑。他从未经历过这种停滞不前的感觉，他很讨厌这样，却无可奈何。他每天第一件事就是看日历；十一月似乎正快速向他冲来。今天早上，他在天亮前就醒了过来，有个念头像某种奇怪的蓝光在心中烈焰四射：他必须回家，他必须回到城堡岩，那边有个答案等着他去寻找。回家是不错，就算后来发现是个错误的抉择，改变一下环境或许会打破他脑中那个怪异的无形枷锁。

在麦坎尼佛镇，他只是名叫约翰·梅里尔的前科犯，住在简陋的木屋里，房间的窗户用塑胶板封起来、门上盖着硬纸板。在城堡岩，他一直是埃斯·梅里尔，三十年来，他一直是小孩噩梦中大步行走的妖怪。在麦坎尼佛镇，他是个穷困潦倒的废物，拥有一辆道奇改装车，却没车库可停。在城堡岩，他却一直像个国王，虽然只当了一下下。

因此他回来了，回到城堡岩，但接下来呢？

埃斯不清楚。这座镇看起来比他记忆中更渺小、污秽，也更荒凉了。他想潘伯恩应该在某个地方，比尔·弗勒顿很快就会通知他谁回来了。然后潘伯恩就会来找他，问他在这儿做什么，还会问他有没有工作。没工作就算了，连回来探望叔叔这个借口都用不得，因为梅里尔老爹早在他的二手杂货店里给活活烧死。潘伯恩会说：那好吧，埃斯，何不回你车上，然后离开这里？

他要如何回应呢？埃斯不知道，他只知道唤醒他的深蓝光芒还在内心某处闪烁着。

他看到光荣商店的所在地仍空旷一片，除了杂草、一些焦黑的板块碎片与垃圾外，什么都没有。破碎的玻璃在阳光下闪烁着耀眼的炽烈光芒。那块空地没什么好看的，但埃斯就是想看看。他开始过马路，快走到对面时，商场空地往上数第三家店面的绿色遮阳篷攫住了他的目光。

必需品专卖店。

遮阳篷上这么写着。什么店会取这种名字？埃斯走了过去，心想等下再去看那块少了引诱观光客商店的空地好了，反正没人会把那块地移走。

他第一眼看到的是块牌子，上面写着*诚征助手*，但他看了一眼就转开了。他不知道自己回城堡岩来干吗，但绝对不是回来干售货员这种差事。

橱窗里放着不少高档货。要是他晚上闯进有钱人家，看到这些东西肯定会搜刮而去。这些东西包括西洋棋，棋盘上的棋子都是手雕的丛林动物。还有条黑珍珠项链，在埃斯看来非常昂贵，不过他猜那可能只是人工珍珠。当然喽，这种鸟不生蛋的小镇，没人买得起一条真正的黑珍珠项链。不过做工真精细，看起来很逼真。而且——埃斯眯着眼看到珍珠项链后面的一本书。那本书直立陈列，浏览橱窗的人一眼就能看到封面；封面上描绘黑夜里站在山脊上的两个人影，一人拿十字镐、一人执铲子，好像在挖洞。书名叫《新英格兰的失落宝藏》，图片下方用细白字体印着作者的名字。作者叫作雷金纳德·梅里尔。

埃斯走向门口转动门把，一转即开，铃铛叮咚作响。埃斯·梅里尔走进了必需品专卖店。

10

“不对哦，”埃斯说，他看着冈特先生从橱窗拿来后交到他手上的那本书，“不是这本，你拿错了。”

“这是橱窗里唯一的一本书，没骗你，”冈特先生有些困惑地说，“如果你不信，可以自己看看。”

埃斯差点就要过去看，但他焦躁地叹了一小口气说：“唉，算了。”

店主人拿给他的书是《金银岛》，作者是罗伯特·刘易斯·史蒂文森。那刚才是怎么回事？他清楚得很——他心里惦记着老爹，所以才会看走眼。然而真正的错误却是回到城堡岩这鬼地方。妈的，他到底回来干啥？

“我说，你这里挺有趣的，不过我得走了，改天再来，您是——”

“冈特，”店主伸出手说，“利兰·冈特。”

埃斯也伸出手，给对方整个握住。就在双手接触的刹那，一股强大、如电流般刺激的力量似乎在他体内流窜。他的心再次出现那团深蓝色闪光，这次是一整片巨大的火光。

他把手缩回来，变得恍恍惚惚、双脚发软。

“刚才是怎么回事？”他轻呼道。

“我想他们把那叫作‘注意力集中法’，”冈特先生相当平静地回答，“你以后要注意听我的话，梅里尔先生。”

“你怎么知道我的名字？我又没跟你说。”

“哦，我知道你是谁，”冈特先生微笑说，“我一直在等你。”

“你怎么会等我？我上了车才知道要来这里。”

“对不起，失陪一下。”

冈特走向橱窗，弯身把靠在墙上的牌子拿起来，接着弯身进橱窗里，拿走原来的牌子诚征助手，接着换上哥伦布纪念日公休。

“你这是在干吗？”埃斯觉得自己仿佛误闯入铁丝围栏，围栏上还通了些许电流。

“店主找到合意人手就把征人启事拿下，这很正常，”冈特先生有些严厉地说，“我在城堡岩的生意开展得很快，需要一个得力助手，最近我动不动就很累。”

“嘿，我不——”

“而且我也需要个司机，”冈特先生说，“开车嘛，我相信那是你的专长。埃斯，你第一项工作就是开车去波士顿一趟，那里有间车库停着我的车。你会有兴趣的，那可是辆塔克轿车。”

“塔克？”这时埃斯已忘了自己不是回来镇上当什么点货员，更别说做什么司机，“你是说像电影里的那种？”

“不完全一样。”冈特先生说，一边走到老式收银机柜台后方，拿出一把钥匙打开下方的抽屉。他拿出两个小信封，一封放在柜台上，另一封交给埃斯：“有些地方改装过。这给你，车子的钥匙。”

“嘿，等一下！我说过——”

冈特先生的双眼变成怪异的颜色，埃斯无法辨别，然而看到那双眼睛，由一开始幽暗无光转而目光炯炯地瞪着他，埃斯又开始双腿发软。

“你有财务问题，埃斯，如果你继续像只鸵鸟把头埋在沙里，我想我不会有兴趣帮你。能够做门市助理的，街上就有一堆，这我了解。但相信我，这些年我已经雇用过几百个助手，搞不好几千个。所以，别再拖拖拉拉，快把钥匙拿去。”

埃斯伸手去拿小信封，指尖碰触到冈特先生的指尖，那一大片深色火焰又再次充斥脑中，他不禁轻吟了一声。

“把你的车开到我给你的地址，”冈特先生说，“然后停在我车库，再把我的车开回来。最晚午夜前要回到这里，不过早一点回来更好。”

“我的车可快了，比外表中用。”

冈特笑了笑，露出两排牙齿。

埃斯再次抗拒，他说：“听着，您是——”

“冈特。”

埃斯上下猛点头，就像是新手木偶师傅拉扯操纵的木偶。“其他情况下，我会接受。你……很有意思，”这不是他想用的字眼，不过现在能想到这个就不错了，“不过你说对了，我的确中了大奖，而且两周内要是没弄到一大笔钱就——”

“这本书怎么样?”冈特先生好气又好笑地问，“这不是你进来的原因吗?”

埃斯发觉自己还拿着那本书，又低头往下看。书上的图片没变，可是书名又变回一开始看到的那个名称——《新英格兰的失落宝藏》，雷金纳德·梅里尔著。

“这是什么鬼?”他口齿不清地问道。但突然间，他懂了。他现在根本不在城堡岩，他在麦坎尼佛镇的住处，躺在那张脏兮兮的床上，梦着这一切。

“看起来是本书啊，”冈特先生说，“你叔叔不是叫雷金纳德·梅里尔吗? 可真巧。”

“我叔叔这辈子只会写收据和借据。”埃斯仍用那模糊呆滞的声音说。他抬起头来看着冈特，发觉自己无法离开他的眼睛。冈特的眼睛不断变换颜色，蓝色……灰色……淡褐色……棕色……黑色。

“这个嘛，”冈特先生应和道，“说不定书上的名字是笔名。说不定是我写的大部头。”

“你?”

冈特先生用指尖顶着下巴:“说不定那根本不是书，说不定所有我卖的特殊物品都不是表面的样，说不定全是些无聊东西，只不过具有某种神奇特性，一种变形能力，能变成大家梦里一直牵挂着的东西。”他停下来，又若有所思地补上一句，“说不定它们本身就是梦。”

“你说什么我一点都不理解。”

冈特先生微笑说:“我明白，不懂没关系。如果你叔叔真的写了本书，或许跟埋藏的宝藏有关呢! 你难道不觉得宝藏，不管是埋在地下或是藏在镇民的口袋里，一直是他深感兴趣的主题?”

“他的确爱钱。”埃斯厌恶地说。

“这样啊，那些钱怎么了?”冈特先生叫道，“他有没有留下一丁点给你？一定会的，你不是他世上唯一的亲人吗？"

"他一毛屁钱也没留给我！"埃斯火大地高声回应，"镇上所有人都说他这老浑球一毛不拔，可是他死的时候，银行账户里还不到四千块。然后那些钱全都拿去付丧葬费、火场清理费。还有他的保险箱里装了什么，你知道吗？"

"知道，"冈特先生尽管严肃地回答，甚至带着同情，他的双眼却满是笑意，"是集点兑换券。六本'格子集点簿'，还有十四本'黄金债券集点簿'。"

"一点也没错！"埃斯说。他愤恨地往下看着那本《新英格兰的失落宝藏》。他的不安与梦境般的迷惘暂时消退，取而代之的是满腔怒火。"还有跟你说，你甚至没办法兑换'黄金债券集点簿'，那家公司倒了。城堡岩镇上的每个人都怕他，连我都有点怕。大家都以为他跟唐老鸭的吝啬鬼舅舅一样有钱得要命，谁知道死的时候竟然是个穷光蛋。"

"也许他不信任银行，"冈特先生说，"也许他把财产藏起来了。你觉得有可能吗，埃斯？"

埃斯张开嘴，又闭起来，张开嘴，又闭起来。

"够了，"冈特先生说，"你看起来活像水族箱里的鱼。"

埃斯看了看手上的书，把它放在柜台上迅速翻了翻，书页上印了密密麻麻的小字。然后有样东西飘了出来，是一大张购物纸袋的碎片，破破烂烂，随便折着，他一眼就认出那是亨普希尔超市的购物袋。埃斯记不得小时候曾有多少次，看着叔叔在他那台老式收银机下方扯下这种购物袋；不记得有多少次看着他叔叔在这种纸袋碎片上算钱……或写借据。

他双手颤抖着打开纸片。

那是张地图，看得出是张地图，可是他却看不懂，上面画着许多条直线、十字记号与弯弯曲曲的封闭曲线。

"这是什么鬼画符？"

"你只不过需要一样东西来集中精神而已，"冈特先生说，"或许这会有帮助。"

埃斯抬起头来，看着冈特先生拿出一面镶着精美银边的小镜子，放在收银机旁的展示玻璃柜上，接着冈特又打开先前从抽屉里拿出来的另一个信封，倒出大量古柯碱在镜子上。凭埃斯的老到经验，那看起来是极品高档货。

展示柜的聚光照耀着雪白的粉末，反射出一闪一闪的无尽光芒。

“妈呀，这位先生！”埃斯的鼻子已经蠢蠢欲动，“是哥伦比亚雪花吗？”

“不是，是特别的混合配方，”冈特先生回答，“从‘冷原’来的。”他从淡褐色外套的内层口袋里拿出一把金色拆信刀，开始把这堆古柯碱分成几束又长又粗的线条。

“那是什么地方？”

“在遥远的山丘上，”冈特先生头也不抬地回答，“别问问题，埃斯。欠钱的人只管好好享受免费得来的好东西就行了。”

他把拆信刀放回口袋，接着又拿出一根短玻璃吸管交给埃斯：“请享用。”

那根吸管超乎想象地重，埃斯猜想应该不是玻璃而是结晶矿石之类的。他把头伸向镜子，迟疑了一会儿。要是这老家伙有艾滋病什么的怎么办？

别问问题，埃斯。欠钱的人只管好好享受免费得来的好东西就行了。

“阿门。”埃斯大声说道，然后鼻子一吸，他整个头充满了微微的香蕉柠檬味，似乎高档古柯碱都会有这种味道，不刺鼻却强而有力。他感到心脏开始怦怦直跳，同时，思绪也越来越敏锐，就像抛光的镀铬刀锋那样锐利。他想起刚迷上这玩意不久后，有人跟他说：*等你古柯碱吸多了以后，事物会有很多不同的名字。很多很多的名字。*

当时他不懂这话的含意，不过他现在懂了。

他把吸管递给冈特，冈特摇摇头说：“五点之前绝对不碰，你尽管好好享受。”

“谢了。”埃斯说。

他又看看那张地图，竟然全看懂了。十字记号两边的平行线清楚代表着丁桥，而看出这点，其他地方就可以对号入座了。两条平行线间有条弯弯曲曲的线，穿过十字记号延伸到地图最上方，那是117号公路。小圈圈后面跟着大圈圈的一定是加维诺克斯奶牛场：大圈代表牛舍。这下全都看得晶莹剔透、清澈明白，就如同这个老雅痞从信封袋里倒出的新鲜好货。

埃斯又低向镜子。“准备发射。”他自言自语，接着吸了另外两条。砰！嗖！“我的老天，真是够劲！”他上气不接下气地说。

“还用你说。”冈特先生严肃地附和。

埃斯抬头看到冈特，突然确定这个人在笑他，可是冈特先生的表情却平静而锐利。埃斯再次埋头看地图。

那些十字记号让他眼睛一亮。总共有七个记号，不对，应该有八个。其中一个看起来像是特雷博霍恩老头那块贫瘠的泥泞地……只是老头已经死了，好几年了。不是有阵子有人说雷金纳德叔叔拿到那块地的大部分，算是那老头清偿贷款？

还有个记号，如果他对地理位置的推断没错，应该就在景观丘另一边的“自然保育区”边缘。另外两个记号在三号市镇路上，靠近一个圈圈，这圈圈应该是乔·坎贝尔的住处“七栋树农场”。又有两个记号在城堡湖西岸的土地上，那是戴蒙德·马奇的土地。

埃斯睁大遍布血丝的双眼盯着冈特。“他把钱埋起来了？这些记号是这个意思吗？这些记号代表埋钱的地方？”

冈特先生优雅地耸耸肩：“我不晓得，但看来还满符合逻辑，只是人类通常不照逻辑行事。”

“但还是很有可能。”埃斯说，兴奋感与超量的古柯碱让他狂喜不已；就像一捆捆僵硬的铜线在他手臂和腹部的大块肌肉里爆炸开来一样。他那张布满坑洞痘疤的灰黄色脸孔，此时转成暗红色。“很有可能！这些记号所在的地方……很可能全是老爹的财产！你明白吧？他可能把所有土地都保密信托了，反正是什么鬼信托就对了……所以没人能买下来……所以也没人发现他在这些地方藏了什么……”他把剩下的古柯碱全部吸光，然后俯靠在柜台上。他鼓胀凸出的血红双眼在脸上紧张地迅速转动。

“我不只能收拾我的烂摊子，”他颤抖地小声说，“还会变得超有钱！”

“没错，”冈特先生说，“那很有可能。不过要记得，埃斯。”他用拇指斜指向墙上挂着的牌子：恕不退款亦不换货，买主自行小心！

埃斯看着那块牌子问：“那在说啥？”

“是说很多人都以为自己在一本旧书里找到了巨大宝藏的钥匙，你可不是头一个，”冈特先生说，“也表示我还缺个点货员跟司机。”

埃斯看着他，差点吓呆了，接着又笑了出来。“你在说笑吧？”他指着地图，“我有很多东西要挖呢。”

冈特先生遗憾地叹了口气，把那只购物袋纸片折起来，放回书中，又把书放进收银机底下的抽屉里，从头到尾速度快得惊人。

“嘿！”埃斯喊道，“你在干吗？”

“我只是想起，这本书已经答应卖给另一个人，梅里尔先生，我很抱歉。今天真的是公休日，你也知道，哥伦布纪念日。”

“等等！”

“不过，要是你能接下这份工作，我想会有办法解决的。只是我知道你很忙，在科森兄弟把你变成什锦冷盘前，一定要把事情搞定。”

埃斯的嘴又再度开开合合。他努力想记起那些小十字记号，却完全没辙。所有的小叉叉好像都聚在一起，在他兴奋、飞扬的心里成了个大十字架……在墓园才会看到的那种十字架。

“好啦！”他叫道，“好啦，我接下就是了！”

“这样的话，那这本书其实是可以卖的，”冈特先生说，一面把书从抽屉里拿出来，看了一下扉页，“价格是一块半，”在他咧嘴露出的灿烂笑容中，杂乱的牙齿一览无遗，“但我卖你一块三毛五，员工价。”

埃斯拿出皮夹，却掉在地上，弯身去捡时头差点撞到玻璃柜边缘。

“可是我要休几天假。”他跟冈特先生说。

“那当然。”

“我有很多东西要挖。”

“当然。”

“没时间了。”

“你还挺聪明的。”

“等我从波士顿回来就开工？”

“那不是很累？”

“冈特先生，我没有累的本钱。”

“我或许能帮得上你，”冈特先生说，这回笑得更灿烂，乱牙从嘴里凸出，活像骷髅上的牙齿，“我要说的是，或许我可以给你些醒脑酒。”

“什么？”埃斯问，双眼瞪得老大，“你在说什么？”

“你又在说什么？”

“没事，”埃斯说，“算了。”

“很好。我给你的钥匙还在吗？”

埃斯讶异地发现他早已把装着钥匙的信封放进后裤袋。

“很好。”冈特先生在老收银机上打上一点三五的数字，收了埃斯放在柜台上的五元钞票，把三块六毛五的零钱找给他，埃斯像梦游般接下零钱。

“好，”冈特先生说，“我来给你些指示，不过你要先记住：我要你午夜以前回来。如果午夜前你没回来，我可是会不高兴的。我不高兴，有时就会大发脾气。你不会想见到我生气的样子。”

“像绿巨人浩克一样吗？”埃斯开玩笑地问道。

冈特先生龇牙咧嘴凶狠地瞪着埃斯，把埃斯吓得后退了一步。“没错，”冈特回答，“我就是会变成那样。我会像浩克一样抓狂，我不骗你。现在给我听好了。”

埃斯认真聆听。

11

上午十点四十五分，艾伦正要去纳恩餐馆小喝一杯咖啡，这时雪菈·布理格姆用电话通知他，说桑尼·贾基特在一线上。桑尼坚持要找艾伦，不要其他人代接。

艾伦拿起电话询问：“哈喽，桑尼，什么事需要帮忙？”

“是这样，”桑尼用他那口慢声慢气的缅因腔说，“警长，昨天你已经为了两个人搞得一个头两个大，现在我又要再给你添个麻烦。你有位老朋友回到镇上啦。”

“是谁？”

“埃斯·梅里尔。我看见他的车停在上街区。”

*妈的，怎么坏事没完没了？*艾伦心想。“你看见他了吗？”

“人没见着，不过车子是不会搞错的。绿色道奇挑战者，小鬼都管那叫‘通枪杆’。我在平原赛车场看过。”

“好，谢谢你，桑尼。”

“别客气。你觉得那个小人渣回城堡岩干啥？”

“不知道。”艾伦答道，他一边挂上电话一边想：*我最好快点弄清楚。*

12

那辆绿色的挑战者隔壁有个空位。艾伦把警车开进去。下车后他看见比尔·弗勒顿与亨利·金德伦从理发厅的窗户兴致盎然地向外张望，于是向两人举手打个招呼。亨利指向对街，艾伦点头，过了马路。维尔玛·耶日克与妮蒂·科布昨儿个才在街角互砍，今天埃斯·梅里尔就出现，这座小镇看来快变成马戏团了。

艾伦已经来到对街的人行道上，看见埃斯从必需品专卖店的遮阳篷阴影下漫步出来，还看见他手上拿了样东西，刚开始还看不出是什么，然而埃斯慢慢走近，艾伦很确定他看到了什么，只是无法置信。埃斯·梅里尔才不是那种手上会捧着书的家伙。

两人在光荣商店过去所在的空地上打了个照面。

“哈喽，埃斯。”艾伦说。

埃斯看来早有准备会在这儿见到艾伦。他单手把挂在V领衣上的太阳眼镜拿下来，甩开后戴上。“哟，看看是谁来啦。老大，大家混得可好？”

“埃斯，你回城堡岩干什么？”艾伦平静地问道。

埃斯以过度浓厚的兴致抬头看向天空，脸上那副雷朋眼镜的镜片发出点点闪光。“适合兜风的好天气，”他说，“跟夏天一样。”

“天气是很好，”艾伦附和，“可是你拿到有效驾照了吗？”

埃斯没好气地看着他说：“如果没有，我怎么可能在外头开车？那是违法的，不是吗？”

“这不算回答吧。”

“我一收到罚单，就重考驾照，”埃斯说，“我是合法上路。怎么样，老大？这算回答你了吧？”

“我还是自己看看好了。”艾伦边说边伸出手。

“干吗，你不信我！”埃斯说道，语气中仍是打趣、逗弄，可是艾伦听得出里头的愤怒。

“就当我是密苏里州来的，倔得很。”

埃斯改用左手拿书，用右手把裤袋里的皮夹拿出来，艾伦乘机瞄清书的封面，是罗伯特·刘易斯·史蒂文森的《金银岛》。

艾伦看了看驾照，上面签了名，确实有效。

“登记证在车里的置物箱，要看的话就跟我走去对面拿。”埃斯说。这次艾伦更听清楚了他声音里的愤怒，还有一如往昔的傲慢。

“那个我就信你了，埃斯。为何不告诉我你回来的真正原因？”

“我是来看这个的，”埃斯指着空地回答，“我不知道为什么想来看，但就是来了。你大概不会相信，但我没骗你。”

怪的是，艾伦信了他。

“你还买了本书。”

“我识字好不好，”埃斯说，“不过你大概也不信。”

“这样啊，”艾伦把两只大拇指扣进皮带，“好啦，空地也看了，书也买了。”

“没想到你还会作诗。”

“哦，我是会作诗没错，不过听你这么说真好。你该离开镇上了吧？”

“要是我不走呢？你大概会想办法找个罪名逮捕我。你的字典里有‘改过向善’这个词吗，潘伯恩警长？”

“有啊，”艾伦回答，“不过定义里不包括埃斯·梅里尔。”

“别逼我，老兄。”

“我没有，要是真逼你，你会知道的。”

埃斯拿下太阳眼镜说：“你们这群家伙就是不肯放手，对吧？你们……妈的……从不放手。”

艾伦不出声。

过了一会，埃斯看来恢复了冷静，又把太阳眼镜戴回去。“跟你说，”他说，“我会离开，我还要去别的地方忙。”

“那好。有事做才快乐。”

“不过要是我想回来，我会回来的。听清楚了吗？”

“听见了，埃斯。我也要告诉你，回来不是明智之举。你听清楚了吗？”

“你吓不了我的。”

“要是没吓着你，”艾伦说，“那你可比我想的还笨。”

埃斯透过黑色的镜片盯了艾伦一会儿，笑了出来。尽管他的笑声诡异夸张、令人毛骨悚然，但艾伦决定由他去。他站在原地看着埃斯用过时的流氓走路方式趾高气扬地过了马路。埃斯打开车门坐了进去，不一会儿，引擎发动，排气管扑扑喷出废气，让街上的人都驻足观看。

那是不合法的消音器，艾伦心想。玻璃丝消音器，我可以给他开张单子。可是这又如何？他还有更重要的事要做，反正埃斯·梅里尔马上就要离开，艾伦希望他这次一去不回。

艾伦看着那辆绿色的挑战者在主街上违规回转，往城堡河与镇边界驶去。艾伦转过头来,若有所思地望着前方那顶绿色遮阳篷。埃斯回到镇上后买了本书,精确地说,买了本《金银岛》,而且是在“必需品专卖店”买的。

我以为这家店今天公休,艾伦心想。牌子不是这样写的吗?他往前走向“必需品专卖店”,没错,牌子上写着哥伦布纪念日公休。如果他看到埃斯,那也会看到我,于是他准备敲门。然而拳头还没落下,扣在腰间的呼叫器就开始哔哔作响。艾伦压了个按钮,把这讨人厌的鬼玩意关掉,然后站在店门口,犹豫不决了好一会儿,可是他该怎么做没什么好犹豫的。律师或公司主管或可暂且抛开手上的文件,可是身为郡警长,而且又是民选而非上级指派,什么事该优先处理自是毫无疑问。

艾伦往对面走,但没走几步就停了下来,快速回头一看。他觉得好像在玩“红绿灯”,当鬼的要去抓其他跑动的人,抓到别人后,鬼才能换人当。那种被人监视的感觉又回来了,而且非常强烈。他很确定看到了店门上放下的帘子突然惊得抽动一下。

但他没听到任何动静。商店就在这反常炎热的十月天里睡着,要不是亲眼看见埃斯从里头走出来,艾伦绝对相信里面空无一人,有没有那种被监视的感觉都一样。

他走向停在对面的警车,弯身拿起通话器接收无线电。

“亨利·佩顿打电话来,”雪菈说,“他已经从亨利·莱恩那里拿到妮蒂·科布与维尔玛·耶日克的初步验尸报告。待命?”

“收到。待命。”

“亨利说如果你要他重点说明,他现在就回办公室待到中午。待命。”

“好的。我在主街,马上回去。待命。”

“嗯,艾伦?”

“请说。”

“亨利还问,我们在这世纪过完前到底会不会弄台传真机来用,这样他就可以直接把资料传进来,不用整天打电话跟你说明。待命。”

“跟他说,请他写信给镇长,”艾伦不高兴地说,“预算又不是我审的,他又不是不知道。”

“这个嘛,我只是转达他的说法而已,不用那么冲。待命。”

艾伦这才觉得雪菈听起来很冲。“通话完毕。”他说。

他坐进警车,挂回通话器。他瞄到银行门上方硕大的数位显示器正显示十点五十分，气温八十二度。老天，别再热了，艾伦心想。镇上每个人都热得长痱子了。

艾伦慢慢开回镇公所，陷入沉思中。他一直觉得城堡岩有某件事正在暗地里进行，而且已经濒临失控边缘。这想法很疯狂，疯狂得不得了，但这感觉就是挥之不去。

第十三章

1

今天是哥伦布纪念日，城堡岩的学校都放假，但即使没放假，布莱恩·鲁斯克也不会去上学。

布赖恩生病了。他身体没有不舒服，没出麻疹，没长水痘，也没拉肚子，喷出像巧克力泥浆的稀屎，但也不能说他得了精神病。他的精神是受到影响没错，但好像只是副作用。他生病的地方比心还要深；某个没有针头刺得到、没有内视镜照得到的根本处，那里已经变得闷昏昏病恹恹。他一直是个阳光男孩，但现在那颗太阳已被不断增厚的云层遮住了。

他把泥巴丢向维尔玛·耶日克床单的那个下午，云朵就开始聚积。身着道奇队制服的冈特先生进入他梦中，告诉他桑迪·柯法斯的球员卡还没付清时，云层开始增厚，但到了今早下楼吃早餐时，云层则完全遮蔽他头顶上的阳光。他父亲穿着南巴黎市"狄克·派里墙板门板公司"的灰色工作服，坐在厨房餐桌旁看着《波特兰先锋报》。

"爱国者队在搞什么鬼呀！"他从张得全开的报纸后面说，"难道要等天塌下来再去找个真正会丢球的四分卫吗？"

"孩子面前别说脏话。"站在炉子前的科拉说，不过她的声音缥缈、心不在焉，不如往常那样怒气冲冲。

布赖恩悄悄坐到餐桌旁，把牛奶倒入玉米片中。

"嘿，哥！"肖恩开心地叫道，"今天要不要去镇上？打一下电动？"

"再看看，"布赖恩说，"应该可——"然后他看到报纸头版标题，就再也说不下去。

致命口角　城堡岩二女双亡　"那是场决斗。"州警消息人士表示上头并排着两名女子的照片，布赖恩都认得，一是住在福特街转角的妮蒂·科布。他妈妈说那女人是疯子，可是布赖恩总觉得她看起来没什么问题。她遛狗的时候，布赖恩有几次停下来摸摸那只狗，觉得妮蒂看起来跟大家没两样。另一位是维尔玛·耶日克。

他用汤匙搅着玉米片，但一口也没吃。父亲上班后，布赖恩把泡软的玉米片倒进垃圾桶，然后爬上楼回到房间。他以为妈妈会在他身后碎碎念，问他为什么要把好好的食物丢掉，非洲小孩都饿得只剩把骨头（仿佛一讲到没东西吃的小孩就能提升食欲一样），但她没有；她今天早上好像迷失在自己的世界里。不过肖恩跟着他一块爬上楼，还是跟平常一样一直烦他。

“哥，你说怎么样嘛！要不要去镇上？要不要嘛！”肖恩兴奋得几乎是两脚起舞，“我们打完电动，也许还可以去那家新店逛逛，橱窗里有好多很赞的东西——”

“你不准去！”布赖恩大吼，肖恩缩了一下，满脸惊慌。

“嘿，”布赖恩说，“对不起。但你不会想进去的，肖恩，那家店烂透了。”

肖恩抖着下唇说：“可是凯文·佩尔奇说——”

“你要相信谁？那傻乎乎的臭小子还是你哥哥？肖恩，去那里没好处，去那里……”他舔舔嘴唇，然后说出他认为最基本的事实，“去那里会害了你。”

“你是怎么搞的？”肖恩问，他的声音既愤怒又微微发颤，仿佛就要滴下眼泪，“你这两天怎么像吃错药一样怪里怪气的！妈妈也是！”

“我只是不太舒服。”

“那……”肖恩想了想，然后绽开笑容说，“也许打个电动会让你舒服点。哥，我们可以玩‘喋血珍珠港’！他们有‘喋血珍珠港’哦！就是你坐在里面，然后会摇摇晃晃那种！很赞耶！”

布赖恩思忖了半晌。不，他没办法想象自己去电动游乐场，今天不去，也许再也不会去了。其他小孩都会在那里，像“喋血珍珠港”这种热门游戏，今天肯定要排好久才玩得到，但他现在跟他们不同，而且可能从此再也不一样了。

毕竟，他有一九五六年的桑迪·柯法斯球员卡。

不过，他还是想疼疼肖恩，想要对任何人做点好事，好稍微弥补他对维尔玛·耶日克所做的恶毒事。所以他跟肖恩说，也许下午会想去玩一下电动，不过现在还是先给他几个硬币以防万一，于是从塑胶可乐瓶大扑满甩出一些硬币。

“天哪！”肖恩睁圆着眼睛说，“八……九……十个两毛五硬币耶！看来你真的是生病了！”

“嗯，应该是。好好去玩吧，肖恩，不要跟妈说，要不然她会逼你放回去。”

“妈在房间，整天戴着那乌漆抹黑的眼镜晃来晃去，”肖恩说，“我看她连我们还活着都不知道。”他停了一下，又说：“我讨厌那副黑乎乎的眼镜，看起来可怕死了。”他更仔细地打量他哥哥，“哥，你看起来真的很不好。”

“我不太舒服，”布赖恩老实说，“等一下躺躺好了。”

“哦……那我就等你一下，看躺一躺会不会好一点。我去看五十六台的卡通，你好一点就下来哦。”肖恩摇摇捧在手里的硬币。

“好。”布赖恩答道，然后在他弟弟离开后轻轻关上房门。

不过他后来并没有好一点。随着这天一分一秒过去，他只觉得（头上的云更多了）越来越糟。他想到冈特先生，想到桑迪·柯法斯，想到那触目惊心的新闻标题——致命口角，城堡岩二女双亡。他想到那两张照片，那两张熟悉的脸孔从密密麻麻的黑字中浮现出来。

有片刻他差点睡着，不过主卧房的小型黑胶唱机传来音乐声，让他无法入眠。老妈又在听她那会发出杂音的猫王四十五转黑胶唱片，她几乎整个周末都在听。

思绪在布赖恩脑中飞旋乱窜，有如地面上乱七八糟的东西被龙卷风卷起。

致命口角。

“你知道，他们说你是模范学生……看来不过是骗人的……”

那是场决斗。

致命：妮蒂·科布，那个养狗的女士。

“你怎么样也抓不到兔子……”

你跟我打交道，要记住两件事。

口角：维尔玛·耶日克，那个晒床单的女士。

风特先生无所不知……

“……跟你一刀两断。”

……还有成不成交，风特先生说了算。

这些念头纷飞不已，他的内心百味杂陈，恐惧、内疚和痛苦随着猫王精选集的节奏跳动。到了中午，布赖恩的胃开始翻滚纠结，他穿着长袜的脚连拖鞋都来不及套上，就匆忙跑去走廊尽头的浴室，关上门，尽量小声地往马桶里吐。他母亲没听到，她还在主卧室里，摇滚之王正告诉她要当她的泰迪熊。

布赖恩慢慢走回房里，感觉比之前更糟，这时他突然很肯定桑迪·柯法斯球员卡不见了，有人趁他昨晚睡觉时把它偷走了。他因为那张球员卡而成为杀人案的帮凶，那张卡现在却不见了，这股可怕的确定感挥之不去。

他跑了起来，差点在卧房小地毯中间滑倒，他来到衣柜旁往最上层猛力拉出集卡册，恐惧地快速翻阅，还扯破了其中几页的活页孔。不过球卡——那张球员卡——没有不见；最后一页塑胶套下方的狭长脸孔正望着他。球员卡还在，布赖恩难受得松了一大口气。

他把球员卡从塑胶套中拿出来，回去床上躺着，手中仍握着卡片。看来他再也离不开这张球员卡了，这是从这场梦魇中唯一得到的东西，再也没有别的了。他虽然不再喜欢球员卡，但这卡片是他的。要是把它烧掉，就能让妮蒂·科布和维尔玛·耶日克复活，他会立刻去找火柴(他真的认为自己狠得下心)，不过他没办法让她们复活，既然如此，就没理由要他放弃球员卡而一无所有。于是他手握着球员卡，瞪着天花板，耳中听着模糊的猫王歌声，现在已经唱到《无情的心》。肖恩说他脸色很差也难怪，因为他脸色苍白，幽黑无神的眼睛瞪得老大，而且又听猫王这么一唱，真觉得自己的心的确麻木无情。

突然间，一个新念头，一个超级可怕的念头，以彗星般慑人的明亮划过他脑中的一片黑暗：有人看到他了！床上的他连忙坐正，惊惧地瞪视衣柜门上镜中的自己。亮绿色浴袍！包着一堆发卷的鲜红头巾！米斯拉博夫斯基太太！

小弟，发生了什么事？

我不是很清楚，应该是耶日克夫妇在吵架吧。

布赖恩下床走到窗前，有点担心会在这一刻看到潘伯恩警长开着警车转上他家车道。结果没有，不过他很快就会来了，因为两个女人起了口角而互相残杀，警方一定会展开调查。警方会侦讯米斯拉博夫斯基太太，她会说曾经看到一个男孩去过耶日克家，她会跟警长说那男孩就是布莱恩·鲁斯克。楼下传来电话铃响。虽然主卧房里装了分机，不过他妈妈没有接，还是继续跟着音乐唱歌。后来肖恩接了电话："喂？请问您找谁？"

布赖恩平静地思索：他会把我问出来的。我不会说谎，在警察面前我说不了谎。上次勒鲁老师要去教职员室的时候，我连骗她说是别人打破她办公桌上的花瓶都不会。他会把我问出来的，我会因为杀人去坐牢。那是布赖恩第一次起了自杀的念头。自杀念头对他来说既不可怕也不浪漫，而是非常平静理性。他爸爸在车库里有把猎枪，这时候，猎枪似乎是最合理的东西，猎枪似乎是解决一切的答案。

"布赖恩——电话！"

"我不想跟斯坦利说话！"他喊道，"叫他明天再打来！"

"不是斯坦利，"肖恩喊道，"是个男的，是大人。"

冰冷的大手攫住布赖恩的心脏，狠狠挤捏着它。果然，潘伯恩警长打电话来查问了。

布赖恩吗？我有几个问题要问你，是非常重要的问题，要是你不立刻过来警局回答，恐怕我得过去抓你了，而且是开警车过去。布赖恩，你的名字很快就会出现在报纸上，你的照片会出现在电视上，你所有的朋友都会看到。你爸妈也会看到，还有你弟弟。播报员在电视上秀出你照片的时候，会说："这位是布赖恩·鲁斯克，维尔玛·耶日克和妮蒂·科布互相残杀的导火线。"

"嗯嗯，谁啊？"他尖着嗓子往下叫道。

"不知道啦！"肖恩看《变形金刚》正在兴头上，却被电话打断，听起来有点不耐烦，"他好像说他是克飞斯什么的！"

克飞斯？布赖恩站在房门口，心脏怦怦直跳，苍白的脸上烧出两大块红晕，就像个小丑。不是克飞斯。是柯法斯。桑迪·柯法斯打电话来找他，不过布赖恩很清楚那是谁。

他走下楼梯，双脚如铅块般沉重，而电话听筒似乎有五百磅重。

"布赖恩，你好。"冈特先生轻声说。

"嗯嗯，你好。"布赖恩跟刚刚一样，尖着嗓子回答。

“你千万别担心，”冈特先生说，“要是米斯拉博夫斯基太太看到你丢那些石头的话，就不会问你耶日克那边怎么回事，对不对？”

“你怎么知道？”布赖恩觉得自己又快吐了。

“那不重要，重点是你回答得很正确，布赖恩，就是要那么回答。你说大概是耶日克夫妇在吵架。要是警察真的找上你，他们只会以为你听到那个人丢石头的声音，他们会以为你没看见他，因为他在房子后头。”

布赖恩看看拱门另一头的起居室，确定肖恩没在偷听。肖恩没有，他正盘腿坐在电视机前，大腿上放着一袋微波爆米花。

“我不会说谎！”他对着电话轻声说道，“我每次说谎都会被抓到！”

“布赖恩，这次不会，”冈特先生说，“这次你会像说谎专家一样成功。”

最可怕的是，对于这点，布赖恩认为冈特先生也没说错。

2

布赖恩·鲁斯克打算自杀，然后在电话上绝望地与冈特先生窃窃私语之际，母亲科拉·鲁斯克却穿着家居服，静悄悄地在主卧房里翩然起舞。

其实说主卧房也不对。她一戴上冈特先生卖给她的太阳眼镜，就仿佛置身猫王故居“优雅园”。她舞过散发清洁剂和油炸食物味道的气派房间，还有那种安静得只能听到空调嗡嗡声的房间（“优雅园”的窗户只有几扇敞开，很多是钉死的，但每一扇都拉下了卷帘），脚下发出踏在厚地毯上的沙沙声，而猫王正深情地唱着《梦想成真》，歌声萦绕在她心头。她在餐厅里堂皇的法国水晶吊灯下摇摆着身体，舞过猫王故居的标志性装饰——孔雀图案的彩色镶嵌玻璃。她轻抚过蓝丝绒缝制的豪华窗幔，眼里净是法国乡村风格的家具与鲜红墙壁。

这场景像电影中的画面慢慢消失，然后科拉发现自己置身猫王在地下室的专属空间。一面墙上挂着各式兽角，另一面墙上是一排排裱框的金唱片，第三面墙上装着好几台电视。弧形长吧台后方的架子上摆着开特力运动饮料，有橘子、青柠和柠檬口味。

科拉那台老旧唱机是携带式的，塑胶外壳上贴了张猫王相片，现在唱机上的换片器咔嗒响了一声，换成另一张四十五转黑胶唱片，猫王开始唱《蓝色夏威夷》，于是科拉跳着草裙舞进入“丛林室”，里头摆着扬眉怒目的提金神像、怪兽扶手的长沙发，以及边缘装饰着活雉鸡胸羽的镜子。她继续跳着舞，戴着“必需品专卖店”买来的太阳眼镜跳着舞，她在“优雅园”里婆娑起舞，而她儿子正慢慢爬上楼，再度躺回床上，看着桑迪·柯法斯瘦长的脸孔，想着脱罪的说辞和猎枪。

3

城堡岩中学是栋红砖建筑物，坐落在邮局和图书馆间，看起来冷漠严峻，因为当初兴建时，老一辈镇民非得看到学校盖得像少年感化院才放心。中学建于一九二六年，此后一直没有改建，而且长得跟感化院真的没什么两样。镇民年年讨论要不要兴建新学校（要有真正的窗户而不是洞孔，一个不像监狱操场的运动场，还有冬天能够确实保暖的教室），而每年都朝这目标迈进一点。

萨莉·拉特克利夫的语言治疗教室是后来才在地下室安排出来的，其中一边是暖气炉室，另一边是杂物柜，里头堆放着纸巾、粉笔、吉恩公司出版社教科书，以及好几大桶散发香味的红色锯木屑。教室里有萨莉的办公桌和六张学生课桌椅，挤得连转身都有困难，不过她还是尽量让这地方充满欢乐。她知道大多送来语言治疗班的学生，不是口吃、大舌头，就是识字困难或鼻阻塞，他们因为这些缺陷而畏畏缩缩、闷闷不乐。他们受同学戏弄嘲笑，被父母怀疑头脑不好，生活已经够不如意了，何必再把学习环境搞得没人性！

因此，天花板上的肮脏水管吊着两个活动雕塑品，墙上挂着电视明星和摇滚歌手的照片，门上贴着加菲猫的大海报，加菲猫的对话框里写着：“像我这样的酷猫都能吹牛皮，何况是你！”

虽然现在才开学五周，不过她建档的进度已经严重落后。她本来打算今天一整天一次更新完毕，但下午一点十五分，她就把档案收齐再塞回档案抽屉里，关上抽屉并上锁。她说服自己提早收工是因为今天天气宜人，关在这地下室里实在太对不起自己，尽管暖气炉室一反常态安静无声。不过这不是全部的理由，她今天下午其实有明确的计划要执行。

她要回家，她要坐在窗边，让阳光洒落在大腿上，手中握着“必需品专卖店”买来的美妙木条，好好冥想一番。她越来越肯定这木条是真真切切的奇迹，是上帝散落人间的神圣宝藏，是他要忠实信徒找到的小宝物。握着木条，就好像大热天里舀了一勺井水冲凉，就好像饥饿时吃了东西，会感到……这个嘛，会感到一阵狂喜。不过她心里还是有隐忧。她把那木条藏在卧室衣柜底层抽屉的内衣下方，而且出门时总是留心把大门锁好，不过她还是非常不安，担心有人会破门而入，偷走(非常神圣的圣物)木条。她知道这么担心毫无道理，小偷就算发现这根年代久远的灰木条，也不屑把它偷走。可是小偷要是刚好摸到木条的话……要是她每次握住木条时，心中浮现的那些声音影像也在小偷心中出现的话……会怎么样就很难说了……所以她要回家，她要换上短裤和露背背心，安安静静坐上一小时(享受狂喜的感觉)冥想，感受脚下的地板变成上下起伏的甲板，倾听牛儿哞哞叫、羊儿咩咩叫，沐浴在另一世界的阳光里，等待这艘庞大厚重的木船停靠在山顶时发出的低沉磨碾声——要是她握着木条够久，要是她无比安静、诚心祈求地坐着，这个到达终点的神奇时刻肯定会来临。世上虔诚的信徒那么多，她不晓得自己何德何能有幸获得上帝垂怜，亲身体验这场闪亮光明的奇迹，不过上帝既然选中了她，她就要尽可能全身心体验这个过程。

这位金褐色头发、双腿修长、年轻貌美的高挑女子从侧门出来，穿越操场，进入教职员停车场。每当萨莉·拉特克利夫穿着低跟鞋，一手拿着手提包，另一手抱着夹着一堆传单的《圣经》，漫步走过理发厅，那双长腿通常会引起里头一阵热烈议论。

“老天，那女人的腿长到碰着下巴啦！”有一次博比·杜加斯这么说。

“你担什么心！”查理·福廷回道，“你一辈子也甭想让那双腿包住你屁股。她是属于耶稣和莱斯特·普拉特的，而且耶稣放在第一位哦！”

那天查理讲完这个真让人笑到拍大腿的俏皮话，理发厅里的男人爆出开怀的笑声。而理发厅外头，萨莉正走去参加罗斯牧师星期四晚间的社青查经班，完全不知道也不在乎那些男人的嬉笑嘲弄，只是安全地包裹在自己愉悦的纯洁与美德当中。莱斯特·普拉特在“大剪刀理发厅”时(他至少每三周去一次，好让平头的粗硬短发保持利落)，没人会拿萨莉的美腿或萨莉的任何事情开玩笑。镇上对这种事有兴趣的人大多清楚，莱斯特一心一意认为萨莉放的屁是香的，拉的屎是牵牛花，面对莱斯特这种体格无比壮硕的男人，这种事还是别跟他争才好。他虽然亲切和善，但在上帝和萨莉·拉特克利夫这两个主题上，他总是正经八百、神色凝重。像莱斯特这种男人，要是发起狠来，能把你四肢扯断，然后再把你的手啊、脚啊用新鲜好玩的方式拼回去。

他和萨莉当然有亲热到非常火辣的时候，但从来没有“回过本垒”。他在历经这些火辣激情的时段后，通常是心里一团乱地回家，他的头脑兴奋过度，但他的睾丸却爆满垂头丧气的精子；他会幻想着再也不用强忍的那个晚上，而那天就快到来了。他有时会纳闷，他们第一次“做”的时候，他的精子会不会把萨莉给淹没。

萨莉也很期待婚姻生活，不用再克制熊熊欲火……不过这几天，萨莉觉得莱斯特的拥抱好像没那么重要了。她一直在考虑要不要告诉莱斯特从“必需品专卖店”买来的圣地木条，那根藏着奇迹的木条，但终究还是作罢。她当然会跟他说，毕竟奇迹是要分享的，不分享绝对是个罪过，可是每次想到要把木条拿给莱斯特看，并请他握一握，心中就会生起一股嫉妒的占有欲，令她又惊讶又有点难过。

不要！她第一次想到要跟莱斯特分享时，那个任性的声音愤怒地叫道。*不要，那是我的！这对他来说哪有那么稀罕！他不会像我一样视如珍宝！*

她终有一天会跟莱斯特分享，就像她终有一天会跟他分享自己的身体，不过现在这两个日子都还没到。这炎热的十月天是完全属于她的。

教职员停车场内只停着几辆车，而莱斯特的福特野马是最新、性能最好的。她自己的车一直出问题（传动系统的某个零件老是坏掉），不过这不是大问题。她今早打给莱斯特，问可不可以再跟他借车（其实她已经跟他借了六天，昨天中午才还他），他答应马上开过来。他说他可以慢跑回去，然后晚一点会和一群“兄弟”打触身式美式足球。萨莉认为即使莱斯特需要用车，也会坚持借给她开，于是她也就受之无愧了。她也隐约知道（透过直觉而不是经验），莱斯特会为她做任何事，因此她也不多想，只是心满意足地接受这一连串的爱慕举动。莱斯特仰慕她，他们都信奉上帝，事事如意，世界永无止境，阿门。

她坐进野马，把手提包放进前座间的置物箱时，眼角瞥到乘客座下方有个白色的东西凸出一角，看起来像个信封。

她弯腰把信封抽出来，觉得在莱斯特的车里找到这种东西可真奇怪，莱斯特通常会把车子保持得整洁无比，就跟他的人一样。信封上只有三个字，可是却让萨莉心头一震。这三个字是“亲爱的”，字迹轻巧流畅。是女性的字迹。她翻过来看，背面没写什么，信封封了起来。

“亲爱的？”萨莉疑惑地自问，突然惊觉自己满头大汗地坐在莱斯特车里，四扇车窗紧闭。她发动引擎，摇下驾驶座车窗，然后身子越过置物箱，把乘客座的窗户也摇下。就在这时，她似乎闻到一丝丝香水味，不过要真是香水，那也不是从她身上传来的。她不擦香水，也不化妆，她的宗教信仰教导她，这些肤浅的东西是妓女的工具，况且她也不需要这些来增添姿色。

无论如何，这不是香水味，只不过是操场篱笆上绽放的最后一批金银花，你闻到的不过是金银花的香味。

“亲爱的？”她又自问一声，眼睛盯着信封不放。

信封上没透露什么信息，只是沾沾自喜地躺在她手里。她的手指在信封上焦急地乱摸一阵，然后又来回折一折，判断里头有张纸，至少一张，但还有另一样东西，感觉起来是照片。

她把信封举到挡风玻璃前方，但没有用，太阳已经绕到后方了。她内心交战了好一会儿，最后心一横，走下车，把信封对着太阳，隐约只看到一张浅色的长方形纸（应该是信），还有一张颜色较深的正方形纸，大概是（*亲爱的*）寄信给莱斯特的那个人附上的照片。

只不过这封信不是寄的，上面没有邮戳或地址，只有三个折磨人的字。信封也还没拆开，这代表……代表什么？代表有人趁萨莉更新档案时偷偷把信塞入莱斯特的车里？

可能吧，但也可能代表有人昨晚（甚至昨天白天）偷偷溜进车里，而莱斯特没看见。毕竟，信封只露出一角，可能是她今早开来学校时，本来藏在座位底下的信封往前滑出了一点。

“老师好！”有人叫道。萨莉一惊，连忙把手放下，把信封夹在大腿间的裙子皱褶里，搞得她惭愧得心脏怦怦直跳。

是小比利·马钱特，他腋下夹着滑板穿越操场。萨莉对他挥个手，然后匆匆回到车上，脸颊发烫，看来是脸红了，这实在很蠢，不，应该是疯了，她表现得好像比利抓到她在做什么坏事。

嗯，难道不是吗？你不是想偷看并非写给你的信吗？

她感到第一阵强烈的嫉妒。也许这封信是给她的，镇上很多人都知道过去这几个星期，她简直是把莱斯特的车当成自己的开。就算信不是给她的，莱斯特也是属于她的。她不是刚刚才想到莱斯特会为她做任何事吗？那种具体又愉悦的满足感，是年轻貌美的女性基督徒才能深刻体会的。

亲爱的。这封信不是给她的，这点她很清楚。她的女性朋友中没人会叫她甜心或宝贝或亲爱的。这封信是给莱斯特的，而且——

她灵光一闪，想到了答案，不禁轻叹一口气，整个人往后瘫在浅灰蓝色的驾驶座上。莱斯特是城堡岩高中的体育老师，他当然只教男学生，但很多女学生——年轻的女生、见一个爱一个的女生——天天看到他，而莱斯特又是个年轻帅哥。

某个暗恋他的高中小女生偷偷把字条塞进他车里，答案就这么简单，她甚至不敢夹在挡风玻璃上，免得莱斯特一眼就看到。

“我打开他不会生气的，”萨莉大声自言自语，然后整齐地撕掉信封一头，把撕下来的纸条放进从来没装过烟蒂的烟灰缸里，“晚上我们俩还会为这件事笑破肚皮呢！”

她把信封开口对着手掌，一张相片滑了出来，一看之下，她狂跳不已的心脏乍然止住，然后倒抽一口气，双颊通红，手捂着受到惊吓而噘成小圆圈的嘴。

萨莉从来没去过柔虎酒吧，因此不知道照片是在那里拍的，不过她也不至于纯洁到像张白纸，她看过够多的电视和电影，知道酒吧长什么样子。照片上是个宽广的空间，一男一女看来是坐在一个角落（温馨的角落，她心里坚持这么形容），他们桌上有瓶啤酒和两个细长啤酒杯，后方和周围的桌子都有其他客人，背景是舞池。

那一男一女吻着彼此。女的穿着闪闪发亮的紧身套衫，露出腰肚，裙子看起来是白色亚麻布，非常短。那男的一手亲热地摸着她的腰，另一只竟然在*裙子底下*，把已经够短的裙子掀得更高了，萨莉甚至隐约看得到她的内裤。*那个小荡妇*，萨莉又惊又气地想。

那男的身体背对镜头，头微微侧着，萨莉只能看到他的下巴和一只耳朵，但看得出他非常健壮，而且他的黑发理成极短的平头。他上身穿着蓝色运动衫（学生都戏称为肌肉衫），下身是两旁有白色线条的蓝色运动长裤。莱斯特。莱斯特摸索那贱人的裙下世界。

不可能！她心里惊慌地否认。不可能是他！莱斯特不会上酒吧！他滴酒不沾！他也从来不会亲别的女人，因为他爱的是我！我知道他爱我，因为……

“因为他说他爱我。”她说这句话的声音沉闷无劲，连自己听了都吓一跳。她想把照片揉成一团丢出车外，但不能那么做，别人可能会发现，那个人看了会怎么想？

她又低下头，以充满妒意的眼神细细打量照片。

那男人的脸把女的遮住大半，不过萨莉看得到她额头的线条、一只眼睛的眼角、左边脸颊，还有下巴的线条。更重要的是，她看得出那女人的深色头发剪得乱蓬蓬，前额有排刘海。

朱迪·利比的头发是深色的，朱迪·利比的头发故意剪得乱蓬蓬，前额有排刘海。

你搞错了，不，比搞错更糟，你简直是疯了。朱迪离开教会后，莱斯特就跟她分手，然后朱迪离开城堡岩，去波特兰或波士顿之类的大城市。这根本是某人没良心的恶作剧，你知道莱斯特永远不会——但她真的知道吗？她确定吗？

她之前的那种满足感，现在全部浮上来嘲笑她，内心深处传来她从没听过的声音：*纯洁之人的信任，是骗子最有用的工具。*那不见得是朱迪，也不见得是莱斯特，毕竟两人在接吻时，你应该认不出他们是谁吧？电影中亲吻的男女就算是大明星，但要是太晚进场的话也没办法一下认出来。你得等到他们停下来，再度面对镜头时，才会知道谁是谁。

*这不是电影，*那个新的声音向她保证。*这是真实人生，如果不是他们，车里怎么会有那封信？*现在萨莉的眼睛紧盯着那女人的右手，那只手轻轻扶住（*莱斯特的*）她男友的脖子。她长长的指甲修剪得很漂亮，还涂着深色指甲油。朱迪·利比的指甲就像那样，萨莉记得朱迪不再上教堂时，她一点也不惊讶。她还记得当初想过：指甲留成那样的女孩，心里大概已经容不下“万军之耶和华”了。

好吧，所以那个女的可能是朱迪·利比，但不表示那男的就是莱斯特，这可能是朱迪用来报复我们俩的下流手段，因为莱斯特最后发现朱迪跟犹大一样是基督的叛徒后，就把她给甩了。毕竟剪平头的男人到处都是，而且谁都可能穿着蓝色运动衫和两旁有白线条的蓝色运动长裤。

不过萨莉的眼睛瞥到某样东西,霎时心里似乎装满了铅弹,沉重无比。那个男的手上戴着手表,是电子表。那只表虽然拍得不是很清楚,但她还是认得出来。她应该要认出来的,那不就是上个月她送给莱斯特的生日礼物吗?

可能是个巧合,萨莉心里无力地坚持着。那不过是块日本精工表,我只买得起那种表,任何人都可能戴那种表。不过那个新声音刺耳难听地拼命大笑。那个新声音问她以为是在跟谁开玩笑啊。不只手表,她还看到别的。虽然看不到裙子底下的那只手(感谢上帝的小小恩典),但她看得到那只手臂,就在手肘下方有两颗大痣,几乎快碰在一起,差不多跟阿拉伯数字 8 一样。

每次她和莱斯特坐在门廊的秋千上时,她是多么深情地摸着那两颗痣?莱斯特爱抚她胸部(她穿着精心挑选的厚重胸罩作为保护,以防真的在后院的门廊上做爱),喘着大气在她耳里倾诉至死不渝的爱意和忠诚时,她是多么温柔地亲吻那两颗痣?

好吧,那是莱斯特没错。手表可以戴上又脱掉,但痣永远存在。这时她心里响起一小段八十年代迪斯科舞曲的歌词:“坏女孩……嘟嘟……哔哔……”

“贱人、贱人、贱人!”她突然恨恨地对着照片低声骂道。他怎么可能回到她身边?怎么可能?

那声音说:也许是因为你不让他做的事,她让他做了。

萨莉惊恐地倒抽一口气,空气嘶嘶钻过牙齿,冲下喉咙,使得胸口猛然一胀。

可是他们在酒吧里!莱斯特不会——然后她发觉这只能算小事,如果莱斯特跟朱迪幽会,如果他瞒着她偷腥,那么他说滴酒不沾是真是假也没那么重要了吧?

萨莉的手颤抖着把照片放到一旁,不太灵活地从信封里摸出一张折起的信,那是橘粉色毛边信纸,拿出来时,飘出粉粉淡淡的香甜味。萨莉把信纸凑到鼻前,深吸一口气。

“贱人!”她痛苦地哑着嗓子低声叫道。这时候要是朱迪·利比刚好在她面前,她会用指甲攻击朱迪,尽管自己的指甲短得可怜。她真希望朱迪就在面前,希望莱斯特也在,哼,莱斯特被她教训过后,肯定好一阵子都不能去打触身式美式足球，慢慢等吧！她把信打开，写得不多，是花哨的草写体，但像个女学生写得不太熟练。

我的亲亲小莱：

这是那晚在“柔虎”费利西娅帮我们拍的，她还说不用这个来敲诈我们实在太可惜了！她只是开玩笑的啦。她把照片给我，但我把它送给你，作为我们激情之夜的纪念品。你实在够顽皮，竟然敢在“公共场合”把手伸到我裙子底下，不过那让我热到了极点。还有啊，你实在很壮耶！我越是看这张照片，欲火就烧得越“旺”。你要是仔细看，甚至看得到我的内裤！幸好费利西娅后来就走了，要不然我脱光光的样子就曝光啦！我们很快就会见面，不过呢，请把照片收好，“为的是纪念我”。你和你的那一大根，我会朝思暮想的。好了好了，要停笔了，否则越想越火热，我可就把持不住啦！还有，请别担心那个人，她茫着跟耶稣谈恋爱，没时间为我们操心。

你的朱迪

萨莉坐在莱斯特野马的驾驶座上足足半小时，反复读着这封信，愤怒、嫉妒和伤痛在心里闷烧，但底下还有性欲在骚动，不过这点她永远不会向任何人承认，更不会对自己承认。

这白痴荡妇，连“忙”都不会写，她这么想。

她的眼睛一直寻找着醒目的词语，大多是加引号强调的那种：我们激情之夜。够顽皮。热到了极点。很壮。你的那一大根。

不过一直引起她注意而且最让她气愤的，是那句亵渎圣餐礼精神的话：

……请把照片收好，“为的是纪念我”①。

萨莉心中不由自主生起淫秽的画面。莱斯特吸吮朱迪·利比的乳头时，朱迪柔情低吟：“你拿去喝吧，为的是纪念我。”莱斯特跪在朱迪·利比

① 《圣经》中，耶稣在最后的晚餐时，以无酵饼和葡萄汁对门徒说：“你们拿着吃，这是我的身体。”以及：“你们都喝这个，这是我立约的血。”这便是基督教的圣餐仪式由来。此处所指亵渎圣餐礼精神，便是指以上这段描述碰巧或刻意模仿最后的晚餐情节。

敞开的大腿间时，朱迪跟他说："你拿去吃吧，为的是纪念我。"她把橘粉色信纸揉成一团，用力甩到车地板上，身子笔直坐着，用力呼吸，头发被汗水浸湿，纠结成团(她在读信时，一只手心不在焉地不停抚弄着头发)。然后她弯下腰，把纸团捡起来，摊开平整，连同照片一起塞回信封。她双手颤抖得太厉害，足足试了三次才塞进去，然后把整封信撕成两半。

"贱人!"她又吼了一声，然后放声大哭。泪水是滚烫的，简直像硫酸一样烧灼。"*荡妇！还有你！你！这劈腿的混蛋!*"她把钥匙狠狠插入钥匙孔发动引擎，野马轰的一声醒了过来，听起来跟她一样愤怒。她把变速排挡杆推到启动位置，车子在一团蓝烟和轮胎急转的尖锐声中冲出教职员停车场。正在操场上练滑板的比利·马钱特惊得抬起头来。

4

十五分钟后，萨莉回到她房间，在内衣裤中拼命翻找，却找不到那根木条。她对朱迪和那劈腿混蛋的怒火已经被越来越强烈的恐惧淹没——木条要是不见了怎么办？要是被偷了怎么办？

萨莉进来时手上仍拿着撕成两半的信，现在才发觉信一直紧抓在左手上，妨碍她搜寻，因此把信丢到一旁，开始用两手大把大把地把朴素的棉制内衣裤扯出来四处乱甩。就在她觉得惊慌、愤怒和沮丧快逼得自己大叫发泄时，她看到了木条。刚才她太用力把抽屉拉开，木条滑溜地滚到抽屉的左后方角落。她一把抓起木条，立刻觉得平静与祥和涌入心中。她用另一只手抓起信封，然后两手举在胸前，一善一恶，一圣一邪，一始一终。她把撕成两半的信封放入抽屉，把内衣裤乱七八糟地丢进去盖住。她坐下来，盘起双腿，握着木条低头冥想。她闭上双眼，期待感觉脚下的地板轻轻摇晃，期待听到动物鸣叫时带来的平静，这群可怜、不会说话的动物，在面临恶劣的情况时，由上帝的恩典救赎。不过她却听到卖给她木条的店主的声音。*你知道吗，你一定要把这件事处理处理*，冈特先生的声音从木条深处传来。*你一定要把这件事处理处理……这件下流的事。*

"没错，"萨莉说，"没错，我晓得。"

她在她闷热的淑女闺房中坐了一整个下午，在木条撒下的黑暗圈子里思考、幻想，那圈黑暗就像眼镜蛇颈扩张成兜帽般包围住她。

5

“你看我们酋长，他一身绿装……艾可、艾可我们会胜利……他不是人，他是爱人的机器……”萨莉·拉特克利夫在前所未有的黑暗中沉思时，波莉·查默斯正坐在店里的窗边，沐浴在一道灿烂的阳光中。窗户是打开的，好让屋里感受一点十月异常温暖的午后氛围。她一边缝制衣服，一边用她纯净甜美的女低音嗓子唱着《艾可艾可》。

罗萨莉·德雷克走到她身旁说：“看来今天心情比较好，而且听这声音，应该是好了很多。”

波莉抬起头来，给罗萨莉一个五味杂陈的笑容说：“好了一点，但也没有。”

“你的意思是的确好多了，对此你无法控制。”

波莉思考了一会儿，然后点点头。这个解释不完全正确，但也还说得通。昨天一起死亡的两个女人，今天还一同安放在塞缪尔斯葬仪馆里，明天早上她们会由不同的教会安葬，但到了下午，妮蒂和维尔玛将再度成为邻居……这次是在家乡墓园。波莉认为自己对她们的死要负部分责任，毕竟要不是她，妮蒂不可能回来城堡岩。她帮妮蒂写必要的推荐信，出席必要的听证会，甚至帮她找了栋房子，到底是为了什么？糟糕的是，波莉现在记不太清了，只知道当时觉得那是基督徒应做的善事，也是看在世交的情分上所尽的最后一项责任。

她不会逃避罪责，也不允许任何人劝她说错不在她（聪明的艾伦甚至连试都没试），但要是再重来一遍，她应该还是会那么做。妮蒂精神失常当然不是波莉所能掌控或改变的，不过妮蒂的确在城堡岩度过三个愉快又丰富的年头。也许拥有这样的三年，也胜于在精神病院度过漫长的灰暗岁月，然后不是老死，就是无聊到死。要是波莉因为她对妮蒂的友情帮助，而在维尔玛·耶日克的死刑执行令上签了字，可是在执行令上写下处死方式的不是维尔玛自己吗？毕竟用钻孔锥把妮蒂活泼又和善的小狗刺死的人是维尔玛而不是波莉。不过还有一部分的波莉，比较单纯的波莉，只是纯粹为好友去世而难过，但也想不透妮蒂一直在进步，怎么会做出这种事。

她今天早上几乎都在安排葬礼事宜以及打给妮蒂寥寥无几的亲戚，

正如波莉所料，他们全都表示无法参加葬礼。而办理丧事这项工作让她全心专注在哀痛中……好像葬礼的种种仪式本来就会让人如此。不过有些事情她还是忘不了。

比如千层面还在冰箱里，上面仍包着那层锡箔纸才不会干掉。要是今晚艾伦能够过来的话，他们应该会一起吃掉。她不愿自己一个人吃，那会让她受不了。她不断想到妮蒂一眼就看出她手很痛，而且还清楚知道到底有多痛；妮蒂帮她把电暖手套拿来，坚持这次戴上也许会有效；当然，波莉还想到妮蒂对她说的最后一句话："我爱你，波莉。"

"呼叫波莉，呼叫波莉，小波请回答，听到请回答。"罗萨莉念道。今早，她和波莉才你一言我一语地回忆妮蒂的种种往事，也在后面堆放布卷的休息室里相拥流泪，不过现在罗萨莉的心情似乎也还不错，可能只是因为她听到波莉唱歌吧。也可能是因为妮蒂对我们俩来说似乎都有点像幻影，波莉这么思忖。妮蒂笼罩在一层阴影中，但其实这片阴影并不是一团黑，只是刚好厚到不容易看清她，而这才是让我们的哀伤那么短暂的原因。

"听到啦，"波莉说，"我的确好多了，对此我无法控制，而且我还是心存感激，这样回答满意了吗？"

"满意，"罗萨莉同意，"进来看到你，我大吃一惊，但不知道是因为听到你唱歌还是看到你在缝衣服。手抬起来我瞧瞧。"

波莉照做。这双手的手指弯曲，指关节布满肿胀结节，怪异至极，绝对没人会误把这当成绝世美女的手，不过罗萨莉看得出跟上星期五比起来，波莉的双手的确消肿许多，那天波莉还因手疼痛不止而提早下班。

"哇！"罗萨莉说，"到底会不会痛啊？"

"当然会，不过是一个月来情况最好的一次，你看。"

她慢慢把手指握成松松的拳头，然后又同样小心地张开说："我至少一个月不能这么做了。"不过波莉心里明白，情况其实更严重，她自从四月或五月开始，只要握起拳来就痛彻心扉。

"哇！"

"我好了点，"波莉说，"要是妮蒂也能在此分享这个好消息，那就太好啦！"

店门打开了。

“你去看看是谁好吗？”波莉说，“我想把这条袖子上好。”

“没问题。”罗萨莉正要离开又停下脚步回头说，“你知道吗，妮蒂不会介意你心情好些的。”

波莉点点头，沉重地表示：“我知道。”

罗萨莉走去前面招呼客人。波莉等她一离开，左手就不由自主放到胸前，摸摸跟橡实大小差不多的凸块，就在粉红色毛衣下的双乳之间。

阿兹卡——她寻思，真妙的名字，然后又继续缝衣服，她在快速上下穿刺的银色针头下，把这件去年夏天以来第一件自己设计的洋装来回车缝。她漫不经心地想着：不知道这个护身符冈特先生想卖多少钱。她告诉自己，不管冈特卖多少都会亏本。不过讨价还价的时候，我不会（我可不能）这样想，但事实就是如此。他不管卖多少，稳亏不赚。

第十四章

1

城堡岩的镇务委员共用一位全职秘书，她的名字充满异国风味，叫阿里亚德妮·圣克莱尔。她是位快乐的年轻女子，头脑不怎么灵光，不过相貌还算漂亮，令人百看不厌。她的胸部非常丰满，仿佛两座柔软陡峭的山丘，覆盖在多到永远不重复的安哥拉毛衣下。她皮肤细嫩，不过视力极差，戴着角制粗框的眼镜，两只被放大的棕色眼睛在后方滴溜溜转动。浑蛋基顿喜欢她，而且认为她太笨，不可能是“他们”其中一员。

下午三点四十五分，阿里亚德妮把头探进浑蛋的办公室问：“基顿先生，德凯·布拉德福德来访，他有份请款单要签名，您能帮他签吗？”

“哦，把单子送进来。”浑蛋说时，神不知鬼不觉地把当天的《太阳日报》翻到赛马资料的体育版塞进书桌抽屉里。

他今天觉得好些了，目标清楚又思绪灵敏。那些可恶的粉红色警告单已经在厨房火炉上烧得精光，默特尔看到他走近，也不再像曾被灼伤的猫一溜烟躲起来。（他已经不怎么在乎默特尔了，不过当同住的女人把你当成“波士顿勒杀魔”①，还是很让人厌烦。）他预期今晚又能在赛马场捞走一大沓钞票；假日赌马的人会更多，赢得的钱当然也跟着水涨船高。

其实他已经在考虑赌连赢和三重彩了。至于那王八警察和乌龟警长，还有跟他们同伙的那群走狗……这个嘛，他和冈特先生知道“他们”的底细，他也相信他和冈特会是最佳拍档。

基于以上种种理由，他能平心静气地欢迎阿里亚德妮进办公室来，甚

---

① 指的是二十世纪六十年代初期在波士顿及周边地区连续奸杀十三人的连环杀手，是当年轰动一时的大案。

至还颇有心情享受老乐趣:观察她胸部在波霸胸罩下轻柔摆动。

阿里亚德妮把请款单放在浑蛋桌上,浑蛋拿起来,往旋转椅的椅背一靠,开始从头看起。金额写在最上方的框格里,一共是九百四十元。收款人是刘易斯顿的"卡司营建与供材公司"。在"财务/劳务名称"这栏中,德凯打上十六箱炸药。其下是"备注"栏,德凯写道:

> 五号市镇路采砾场的花岗岩脉终于得以开凿。尽管州政府的地质学家在五年前提出警告(详情请看我的报告),但岩脉后方还有更多砾石,必须先炸掉岩脉才行,这要在天气变冷和下雪前动工。要是我们冬天所需的砾石得向挪威镇购买,纳税人可是会大声抗议。炸个两三次应该就成了,我查过"卡司"手上有大批"塔葛高威力炸药"。我们要的话,明天中午前就会送到,星期三即可进行引爆作业。我已经把引爆地点做了记号,任何一位镇务委员如有需要都可前来察看。

这段文字之下是德凯潦草的签名。

浑蛋把德凯的备注看了两遍,一边若有所思地轻扣门牙,阿里亚德妮则一直站在旁边等着。终于他肥硕的身子往前一倾,在请款单上稍作修改,又加了一句,然后在这两处草草签了姓,最后在德凯的签名下方用花体字签了全名。他把这张粉红色请款单交给阿里亚德妮时,脸上挂着微笑。

"拿去吧!"他说,"大家竟然还说我是小气鬼!"

阿里亚德妮看看请款单,发现浑蛋把九百四十元的金额改成一千四,然后在德凯购买炸药的备注下方加了一句:趁现货充足,至少买个二十箱备用。

"基顿先生,您要去采砾场看看吗?"

"不用不用,不需要,"浑蛋又往椅背一靠,双手搭在颈后说,"不过货到后,请德凯打个电话给我。炸药那么多,我们可不希望被人拿去做什么坏事,是吧?"

"没错。"阿里亚德妮说完后赶紧离开,她可不想继续待在那里,基顿先生的笑容有点令人……嗯,不寒而栗。

阿里亚德妮离开时,浑蛋把椅子转向主街,跟他星期六早晨绝望地看着整个镇上比起来，这时街上繁忙许多。很多事情在那天之后都改变了，他猜想接下来几天，还会有更多事情发生。这个嘛，有二十箱“塔葛高威力炸药”存放在公共工程部的仓库里（而他当然有仓库的钥匙），几乎什么事情都可能发生。任何事情。

2

埃斯·梅里尔当天下午四点驶过托宾桥进入波士顿，但过了五点才抵达目的地，心里希望没搞错地方才好。地点在剑桥市里一个几乎无人居住的怪异贫民窟中，接近一堆街道蜿蜒交错的中心。这些街道似乎有一半标示着单行道，另一半则是死巷子。这个凋败苍凉的地方满是损毁的建筑物，狭长的阴影笼罩着曲折街道。

埃斯在惠普街一栋空心砖建筑物前停下，这栋空房子只有一层楼，位于杂草丛生的空地中央。这块空地四周围着铁网，不过碍不了事，大门早被偷了，只剩下铰链，埃斯看看铰链上的割痕，判定是用铁钳干的。他把挑战者轻轻驶入原本安装大门的缺口，然后慢慢开向空心砖建筑物。

房子四面墙壁毫无装饰，而且没有窗户。他开进来的这条小径满是车轮印，延伸至建筑侧面的车库。车库门是拉下的，也没有窗户，面对着查尔斯河。在可能铺过柏油但现在已经坑坑洞洞的车道上，挑战者不太顺畅地摇晃颠簸着。他经过一台废弃的婴儿车，下方散落着碎玻璃。一个烂洋娃娃，半张脸往内凹陷，用一只发霉的蓝眼睛瞪着他开过。他停在车库门前方，心想现在到底要干吗？这栋空心砖建筑物好像从一九四五年起就没人住了。

埃斯下车，从胸前口袋掏出一张纸片，上面写着冈特停放车子的地址。他又一脸狐疑地看看纸片。依照刚刚经过的几个门号来看，这栋大概是惠普街八十五号，但他妈的谁又能确定？像这种地方从来就没有门号，附近也没人可问。其实，这整个地区有种荒凉阴森的感觉，埃斯不太喜欢。空地；汽车空壳，里头每个有用的零件都被拆走，每一公分的铜线都被剪下；无人廉价公寓，等政客红包收够了，就等着给大铁球撞毁；崎岖小巷，不是带你到肮脏庭院就是垃圾满地的死路。他花了一小时才找到惠普街，现在找到了，但他可真希望一辈子都找不到。就在这区，剑桥市警察有时会在生锈垃圾桶和废弃冰箱中发现死婴。

他走到车库门前看看有没有电动门按钮，可是遍寻不着。他贴近生锈的铁板，侧耳倾听里头的动静。他猜这里可能是赃车拆卸大本营，像冈特这种买得起高档古柯碱的家伙，当然很有可能认识那些天黑交易、只收现金的保时捷和兰博基尼赃车业者。

但里头阒静无声。

也许根本不是这里，他心想，不过他已经在这该死的惠普街颠簸了好一阵子，而且这间是街上唯一够大（也够坚固）的车库，经典车款不放这儿会放哪儿？要不然就是他完全搞错，车子根本不是停在剑桥市的这区。想到这里他心头一凛。冈特先生说：*我要你午夜以前回来。如果午夜前你没回来，我可是会不高兴的。我不高兴，有时就会大发脾气。*

放轻松放轻松，埃斯不安地告诉自己。冈特不过是个满口烂假牙的老头，搞不好还是个同性恋。但他轻松不了，而且不觉得冈特先生只是个满口烂假牙的老头。不过他到底是不是这样的人，埃斯并不想搞清楚。

不管如何，现在的重点是天很快就要黑了，天黑之后，埃斯可不想继续待在这区。这里不太对劲，不是因为那些阴森的廉价公寓，布满空洞的窗户如一只只眼睛瞪着他，也不是因为路边弃置了一堆没轮胎的汽车空壳，而是从他开进惠普街到现在，还没看到半个人影走在人行道上、坐在门阶上，或在窗边往外看，然而他还是觉得有人在监视他。其实到现在这种感觉一直都在，令他颈背寒毛直竖。

他觉得自己似乎根本不在波士顿，这地方比较像是那要命剧集《阴阳魔界》中的场景。

如果午夜前你没回来，我可是会不高兴的。

埃斯握起拳头，用力敲着不起眼的生锈车库门喊道：“嘿，里面有人要看特百惠餐具吗？”

没有回应。

车库门底部有个把手，他试着往上拉，没用，铁门连晃都没晃，更不用说沿着轨道往上卷。

埃斯叹了口气，慌张地左右张望。挑战者就停在旁边，他这辈子从来没那么想跳上车走人，但他没这个胆。他绕着房子走了一圈，可是什么也没有，半点东西都没有，就只有这栋占地广阔的空心砖建筑，而且还漆成难看的鼻涕青。车库的后墙上喷着古怪的涂鸦，埃斯看了一会儿，搞不懂自己为何会起鸡皮疙瘩。

约格·索托斯统领宇宙。这几个红字已经褪色了。他又回到车库门前，心想：现在要怎样？

他想不出其他法子，所以回到车上，呆坐在那里看着车库门。最后他两手用力一按，车子发出长而无奈的喇叭声。说时迟那时快，车库门立刻静悄悄地往上卷起。

埃斯目瞪口呆地看着，他第一个反应是想发动引擎，开得越远越好，先跑到墨西哥城好了。不过他又想到冈特先生，于是慢慢下车，走到车库前方时，门已经卷到室内天花板下方停住了。五六个两百瓦的灯泡垂挂在粗电线尾端，把室内照得灯火通明。每一颗灯泡都罩着圆锥形镀锡铁皮，在地板上投射出一圈圈光芒。水泥地另一头停了一辆车，上头盖着帆布。一张散放着工具的工作台紧靠着一面墙，另一面墙边则堆放了三个条板箱，箱子上头有台老式盘带式录音机。除此之外，车库空无人影。

"是谁打开门的？"埃斯干着嗓子小声问，"他妈的到底是谁开的门？"

不过没有回应。

3

他把车开进车库，在空间宽敞的后墙前方停下，然后下车走回门口，看见旁边的墙上装了个开关箱。他按下关的按钮，同时注意到这个谜样车库所在的荒地越来越暗，心里忐忑不安，一直觉得外头有东西在动。车库门静悄悄地放下，完全没发出吱吱嘎嘎的声音。埃斯趁着这空当，左右找找有没有声音感应器，是不是感应到喇叭声而自动开启车库门。他没看到，不过一定藏在某个地方，车库门是不会自己打开的。

话虽这么说，不过剑桥市要是会发生这种鬼事，惠普街大概是不二地点。

埃斯往搁着录音机的那叠箱子走去，脚在水泥地上发出空洞的摩擦声。约格·索托斯统领宇宙，他散漫地想着，然后打了一阵哆嗦。埃斯不知道约格·索托斯是何方神圣，大概是某个牙买加黑人民歌歌手，脏兮兮的脑壳上还顶着九十磅重的细发辫，不过埃斯还是不喜欢这个名字在他脑中回荡。在这种地方想这个名字似乎不是什么好主意，似乎还很危险。

录音机的其中一个转盘上贴着一张纸条，上面写着两个大字：播我。

埃斯撕掉字条，按下播放键，转盘开始转动，他听到里头的声音时，吓得跳了起来。要不然他以为会听到谁的声音？尼克松总统？

“埃斯，你好！”这是冈特先生录制的声音，“欢迎来到波士顿。请把我这台塔克轿车的帆布掀起来，把这三个箱子搬进去，里头装着相当特殊的商品，我很快就用得上。你可能至少要把一个箱子放在后座；还有行李厢里头有你一心盼望的东西。你的车停在这里很安全，你回程路上也会一路顺风。还有请记住，你越快回到这里，就能越快调查地图上画的地点。祝你旅途愉快。”留言播放完毕后，就剩空白带的嗞嗞声，以及主动轮低沉的嘎嘎转动声。

不过埃斯还是继续让转盘转了将近一分钟。这整件事太诡异了吧，而且还越来越诡异。冈特先生下午来过这里——铁定来过，因为他提到了地图，而埃斯是今天早上才头一次看到地图和冈特先生。这臭老头一定是搭飞机过来的，而他，埃斯，却在路上开着车。但这是为什么？妈的这到底是啥意思？

冈特下午并没有来这里，埃斯心想。不管说不说得通，反正他下午没有来这里就对了，看那台鬼录音机就知道，现在没有人会用那样的老式录音机。还有看看那转盘上的灰尘，字条也是脏兮兮的。这个布局已经等你好久啦！也许潘伯恩把你送到肖申克时，这些东西就已经放在这里积灰尘啦！噢老天，这未免太扯了吧！根本就是放他妈的狗屁。

尽管如此，他内心深处还是相信这一切是真的。冈特先生今天下午根本不曾来到波士顿这一带，埃斯知道冈特先生下午一直待在城堡岩，站在橱窗里头看着行人路过，也许还不时把哥伦布纪念日公休的牌子拿下，换成营业中，吸引那些对味的客人，那种会让冈特先生想做点生意的人。

那他到底是做什么生意？埃斯不确定自己想不想知道，但他倒是很好奇条板箱里装了什么。如果他要把箱子大老远送去城堡岩，他绝对有那鬼权利知道。

他按下录音机的停止键，把录音机搬开。他从工作台上的工具里挑了把铁锤，又拿了工作台旁边靠在墙上的铁棍，然后走回箱子旁。他把铁棍的一头伸进最上层箱子的木盖下，然后把木盖撬起，钉子轻轻发出吱的一声松开。箱子里的物品盖着一片方形厚油布，他掀开来放到一旁，结果看得目瞪口呆。

雷管。几十根雷管。

也许上百根雷管也说不定，每一根都安放在自己的温馨刨花小巢中。

老天，他想搞什么鬼？要搞第三次世界大战吗？

埃斯心脏沉重地怦怦跳，他把木盖钉回去，然后把这装有雷管的箱子搬到一旁。他打开第二个条板箱，以为会看到长得像信号筒的红色棍状物整齐排放在里头。

结果里头不是炸药，而是枪支。大概有二十几把枪，而且是高威力自动手枪，外壳涂抹的浓重油脂味直钻鼻孔。他不知道枪支型号（可能是德国枪），不过他知道这意味着什么：要是在麻省被抓到运送这些枪支的话，会被判至少二十年有期徒刑，不然就是无期徒刑。麻省、宾州、肯塔基州和弗吉尼亚这四州对枪支（尤其是自动枪支）抱持非常悲观的态度。

他把这箱子放到一旁，但没把盖子钉回去，接着打开第三个箱子，里面全是手枪的弹匣。

埃斯后退一步，左手掌不停搓揉着嘴巴，心里七上八下。

雷管。自动手枪。弹药。这些是商品？

"我可不干，"埃斯摇头小声说，"这种玩笑我可不干，不行不行，门都没有。"

墨西哥城越来越诱人，甚至里约热内卢也可以考虑考虑。埃斯不知道冈特是想以上等货色吸引大客户，还是想置人于死地，但不管怎样，他很清楚他不想蹚这浑水。他要离开，而且要马上动身。他眼睛直盯着自动手枪那箱，心想：我就带走一支宝贝吧，算是大老远跑来的小报酬或纪念品。

就在他要动手的当儿，录音机转盘又开始动了——按键并未压下。

"埃斯，你想都别想！"冈特先生的声音冷冰冰地传出，把埃斯吓得大叫。"要不然让你吃不了兜着走。要是你胆敢试试，那科森兄弟对你的惩罚，跟我的比起来只是小巫见大巫。你现在是我的人了，好好跟着我，我们会玩得很愉快。好好跟着我，城堡岩所有让你吃过苦头的人都有好受的了，而且你会带着大笔钞票离开。不过要是敢跟我作对，保准叫你生不如死。"录音机停了。

埃斯凸胀的双眼沿着录音机的电线看向插头。插头躺在地上，覆着薄薄一层灰尘。

更何况，这里看不到任何插座。

4

埃斯突然镇静了点，这倒也不怎么奇怪。他的情绪气压计稳定下来有两个原因。

一是他跟原始人很像。要是他住在洞穴里，不拿石头攻击敌人的空闲时刻，他会拉着女伴的头发到处走动，这样他也会非常自在。像他这种男人一旦碰上力量和权威远胜于他的人，反应是完全可以预料的。他不常碰到这种事，不过要是真的碰到，他几乎会立刻臣服。正是因为这一特点，当初才没有一味想逃离飞人科森兄弟，只是他自己不晓得而已。像埃斯·梅里尔这种男人控制欲极强，但唯一更强的深层欲望，就是在真正的领袖从群众中脱颖而出时，连忙滚上前去，谦卑地露出毫无保护的颈子。

第二个理由更单纯：他选择相信这是一场梦。虽然某一部分的他知道这不是梦，但这比感官察觉的证据更容易相信，他甚至不愿承认一个有冈特先生存在的世界。乖乖把思绪暂停一下，大步走向这件事的结论会比较简单，也比较安全。要是他乖乖这么做，也许最终会醒来回到他熟悉的世界。那个世界当然也不怎么安全，但至少他了解那个世界的运作情况。

他用铁锤分别把装手枪和装弹药的箱盖钉回去，然后走向冈特停放的那台车，把同样盖了一层灰尘的防水帆布拉下来……一瞬间，他又惊又喜，把一切烦恼抛到九霄云外。

的确是台塔克轿车，而且漂亮迷人。

烤漆是淡黄色，流线型车身闪闪发亮，两侧有镀铬门边饰条，车头前方也有镀铬格状保险杆，而车盖前缘中央装着第三车头灯，下方是个银色装饰物，看起来像未来特快车的引擎。

埃斯慢条斯理绕了车子一圈，细细品味眼前这幅美景。

行李厢盖两侧各有一个镀铬铁格栅，有什么用处他没概念。镶白圈的固特异宽轮胎干净得几乎在垂挂的灯光下发亮。行李厢盖立面部分，写着流畅的镀铬字体“塔克法宝”。埃斯从没听过这种型号，他以为“水雷”是普雷斯顿·塔克唯一生产的车型。

老兄，还有个问题呢！这家伙没有汽车牌照，你难道要把这台显眼得像竖起的肿痛拇指的车一路开回缅因州？没有牌照就算了，还装着一堆枪支和弹药！

是的，没错。当然，这是个烂点子，烂到不行，但另一个选择——跟冈特先生作对——看来更是糟糕透顶，何况这只是个梦。他把钥匙从信封里倒出来，然后绕向行李厢，却找不到钥匙孔。一会儿过后他才想起杰夫·布里吉斯的电影而恍然大悟。塔克跟德国甲壳虫和雪佛兰考威尔一样，引擎装在后方，行李箱在前方。

没错，他就在那古怪的中央车头灯正下方找到钥匙孔。他打开行李箱，里头看起来的确很舒适，不过只放了一样东西：一个装着白色粉末的小瓶子，瓶盖上用链条系了根汤匙。链条上贴了张小纸条，埃斯撕下来，读着上面极小的手写字：吸我。

埃斯听命照做。

5

冈特先生举世无双的古柯碱，让埃斯的脑袋像柔虎酒吧里的点唱机顿时发亮。他感觉舒服多了，于是把装着枪支和弹药的箱子放进行李厢，然后再把装着雷管的箱子放入后座，这时他停了一会儿深吸一口气。这辆车有那种无与伦比的新车气味，没有任何东西比得上（也许除了女人那里之外）。他坐上驾驶座时，发现冈特先生这辆塔克法宝的确是崭新的轿车，里程表上是一排的0。

埃斯把车钥匙插入钥匙孔后转动。“法宝”的引擎轰隆启动，声音低沉悦耳。引擎盖下有多少匹马力？他说不上来，不过感觉有一大群。监狱里有很多汽车相关书籍，埃斯读了大半。“塔克水雷”采用六缸引擎，引擎气门侧置，排气量大约是三百五十立方英寸（跟福特先生在一九四八和一九五二年间制造的汽车相似），输出马力好像是一百五十匹。不过这台感觉更大，而且大很多。

埃斯突然有股下车的冲动，想要绕到后头，检查车盖是否没关好，但这就像过度思索那个怪名字——约格什么的——实在不妙。看来所谓的妙主意，就是尽快把这台车开回城堡岩。

他正要下车去按车库门的开关时，却念头一转按了喇叭，只是想看看会不会发生什么事。果然，车库门安静地卷上去了。

这里一定装了声音感应器，他自言自语，不过他其实并不相信，甚至也不在乎了。他把排挡杆推到一挡，“法宝”低声隆隆地开出车库，正要沿着遍地辙痕的小径开往缺了大门的出口时，他又鸣了一声，然后从后照镜看到车库的灯光熄灭，车库门开始往下放。他还瞥见车头对着后墙停放的挑战者，原本盖着塔克轿车的防水帆布则落在一旁的地上。他突然觉得，以后再也看不到那台车了，真是奇怪的感觉，不过他不在乎。

6

法宝不只速度梦幻，仿佛还知道怎么回到河滨快速道路和北上收费道路。方向灯不时会自动亮起，这时埃斯只要依照指示在下一个路口转弯就行了。很快，剑桥市这阴森可怕的小贫民窟就已经远远甩在后头，托宾桥（更常被称为“神秘河桥”）的形状则隐约出现在前方，高架桥体在逐渐昏暗的暮色下显得黝黑。埃斯打开车头灯，前方立即闪出清晰的扇状光芒。方向盘转动时，扇状光芒也跟着转向，埃斯心想：这中央大灯可真炫得没话说，车红是非多，难怪其他人要把设计这款车的可怜家伙整垮。

他已经开到波士顿以北约三十里处，才发现油表指针停在底线之下。他开下最近的交流道，以缓慢的速度驶入刚下交流道的第一个加油站，然后停在加油机前方。加油员用他沾满污渍的大拇指把制服帽调正，一脸钦羡地绕了车子一圈，赞叹道：“好车！哪里买的？”

埃斯想也不想就脱口而出：“冷原。约格·索托斯经典车行。”

“啥？”

“小子，把油加满就对了，我可不是来参加‘二十问’益智游戏的。”

“噢！”加油员又看了埃斯一眼，立刻乖乖听话，“好！马上加！”于是加油员开始加油，可是价格显示屏幕才跳到一毛四，加油枪的扣阀就自动关闭了。加油员改用手动操作，想把汽油灌进去，不过汽油却溢了出来，沿着法宝的亮黄车身滴到柏油碎石路上。

“它好像不吃油。”加油员畏怯地说。

“看来是不吃。”

“可能你的油表坏了——”

“赶快把那流出来的汽油擦掉，难道你要烤漆起泡吗？你脑壳坏掉啦？”

小伙子连忙照做，埃斯趁这空当去厕所让鼻子爽一下，出来时，看到加油员一脸尊敬，与法宝保持一段距离，而且紧张得双手扭着抹布呆站在那里。

埃斯心想：他怕了，怕什么？怕我？

才不是，这个穿着加油站连身工作服的小子几乎没看埃斯一眼，而是一直盯着那辆车。

埃斯恍然大悟：他一定是想摸摸车子。

一定是如此，百分百如此，这让埃斯不怀好意地嘴角微扬。

他想摸车子，结果却出了状况，出什么状况不重要，重点是他得到了教训，知道车子能看不能碰，这点才重要。

“不用钱不用钱。”加油员说。

“算你聪明。”埃斯身子一弯，坐进车里，匆忙上路。他对于法宝有了崭新的看法。就某方面来说，这个看法有点恐怖，但从另一方面来说又绝妙无比。他认为油表指针可能永远显示没油……而油箱却永远是满的。

7

新罕布什尔州的小客车收费站是全自动式的，把总额一元的零钱（“请勿投入一分硬币”）投入钱箱，红灯就会变成绿灯，车子就可通过。不过当埃斯把塔克法宝开到竿子伸出的钱箱旁时，红灯却自动变成绿灯，小标牌亮出这几个字：费用已付，谢谢光临。

“好极了！”埃斯喃喃自语，继续往缅因州方向开去。

他离开波特兰后，时速维持在稍微超过八十英里，当然马力不只如此。就在他过了费尔茅斯交流道后开上斜坡时，他看到州警车埋伏在路旁，驾驶座窗户伸出鱼雷状的雷达测速枪。

完了，埃斯心想，被抓包了，死定了。老天，我载着这些鬼东西，干吗发神经超速呢？

但他知道为什么，不是因为吸了古柯碱。其他时候有可能真的是亢奋到超速，但这次不是。问题出在法宝，是它自己想开快的。他随时会察看时速表，把踏着油门的脚放轻一些，可是五分钟后，他发觉自己又快把油门踩到底了。他等着警车亮起一闪一闪的蓝灯，从后面火速追来，但什么事都没发生。埃斯以超过八十英里的时速一闪而逝，警车却动也不动。

见鬼了，那警察一定在打瞌睡。不过埃斯深知不可能。警车车窗伸出雷达测速枪，你就知道里头的家伙清醒得很，而且早已准备好全速进攻。州警不是在打瞌睡，而是看不到法宝。这听起来很扯，不过感觉就是如此。这台前方射出三道刺眼车灯的大黄车不仅高科技装备侦测不到，连警察也看不到。埃斯得意地笑了起来，然后把冈特先生的塔克法宝加速到一百一十里。八点十五分他抵达城堡岩，几乎还有四小时可以闲晃。

8

冈特先生从店里出来，站在遮阳篷下方，看着埃斯小心翼翼把法宝停进“必需品专卖店”前方一个斜向停车格。“埃斯，你时间抓得很好啊！”

“是啊，这车超赞。”

“那还用说，”冈特先生一手滑过倾斜的前车盖，“独一无二。你应该把我的货载来了吧?”

“载来了。冈特先生，我回程的路上，才大概认识到这部车有多特别，不过您还是要考虑申请汽车牌照，也许再弄个检验标签贴——”

“不需要，”冈特先生冷冷地说，“埃斯，请你把车停在店后面的小巷里，我等下再去处理。”

“怎么处理？停哪里?”埃斯想到要把车还给冈特先生，突然很不甘愿。不只是因为他自己的车留在波士顿，今晚没车就办不了事，更因为法宝让他所有开过的车(包括挑战者)相形见绌，简直像街上的垃圾。

“那是我的事，”冈特先生不为所动地看着埃斯说，“要是你把替我工作视为从军，事情会比较顺利。现在你有三种办事的方式：对的、错的和冈特先生的。要是你一直选择第三种，麻烦永远不会找上门，了解吗?”

“是，是，了解。”

“很好，现在去把车开到后门。”

埃斯驾着黄车转过街角，沿着主街西侧商业建筑后方的窄巷慢慢行驶。“必需品专卖店”的后门开着，冈特先生站在斜照的椭圆形黄光下等着。埃斯气喘吁吁地把沉重的条板箱搬进店面后方的储藏室，冈特只在一旁看着。埃斯看到储藏室时不以为意，不过许多客人要是看到的话会大吃一惊。这块存货区由一块丝绒幕帘与前方店面隔开，他们听过冈特先生在里头移动商品和搬运箱子的声音……但其实这里空无一物。埃斯在冈特先生指示下，把条板箱堆叠在角落，这才让储藏室有了货品。好吧，储藏室在放入条板箱之前，其实是有东西的：一只夹在大型捕鼠器里的褐鼠。它的头已断裂，嘴露前牙，一副嘶叫模样。

"做得好，"冈特先生摩擦着修长双手微笑着说，"整体而言，你今晚做得很好，我给你最高分，埃斯，最高分。"

"谢了，长官。"埃斯自己听了大吃一惊，他这辈子还没叫过人长官。

"来，这是慰劳你的，一点小意思。"冈特先生把一个棕色信封交给埃斯，埃斯用指尖压一压，感觉到里头有些许粉末。"相信你今晚会去调查一番吧？套用以前埃索机油的广告词：这会让你向前冲！"

埃斯突然咒骂："噢，糟了！可恶！我把书，那本夹着地图的书，留在我车里没拿来！在波士顿！真该死！"他握起拳头在大腿上用力一捶。

冈特先生微笑着说："不是吧，书应该在塔克里面。"

"才怪，我——"

"你何不去看看？"

于是埃斯把身子探进塔克，而书当然在那里，就放在仪表板上，书背紧靠着塔克的专利撞开式挡风玻璃。他拿起《新英格兰的失落宝藏》，用拇指快速翻动，看到地图还夹在里头。他望着冈特先生，感激得说不出话来。

"明晚大约这时候，需要你再来一趟，"冈特先生说，"我建议你白天都待在麦坎尼佛镇的住处，对你来说应该不难，相信你会睡得很晚。如果我没搞错的话，你今晚还有事情要忙。"

埃斯想到地图上的小十字记号，点点头。

"还有，"冈特先生又说，"接下来这一两天要小心行事，最好不要引起潘伯恩警长的注意。一两天过后，应该就无所谓了。"说到这里，冈特嘴唇后拉，露出参差不齐、杀气腾腾的大牙，继续说："不用等这星期结束，镇民平常非常关心的事都会变得无关紧要。埃斯，你认为呢？"

"您说会就会，"埃斯回答，他又掉入那种奇异茫然的状态，但他一点也不在意，"不过我现在没车，行动不太方便。"

"早就替你想到了，"冈特先生说，"店前停了一台车，钥匙就插在钥匙孔上，算是业务用车，那只是雪佛兰，非常普通的雪佛兰，不过性能稳定，不会引人注意，你大可安心地开。当然，你会更喜欢电视采访车，不过——”

“采访车？什么采访车？”

冈特先生不予回答，只说：“不过跟你保证，这台雪佛兰能满足你目前所有交通需求，只是不要被州警抓到你超速。这台可没那么神。”

埃斯听到自己说：“冈特先生，长官，我真想要台像你的塔克那样的车，实在够赞。”

“这个嘛，也许我们能做笔生意。埃斯，跟你说，我做生意的原则非常简单，你想知道吗？”

“那当然。”埃斯真心地说。

“所有东西都可以拿来卖，那就是我的原则，所有东西都可以卖。”

“所有东西都可以拿来卖，”埃斯如梦中呓语，“哇！酷毙了！”

“没错！酷毙了！好，埃斯，我现在要吃点东西，最近不管是不是假日，都忙到没时间好好吃饭。我很想邀你一块享用，不过——”

“啊，我真的没空。”

“那当然，你有地方要去，有洞要挖。我们明晚八九点左右见。”

“八九点左右。”

“对，天黑之后。”

“天黑之后没人知道也没人看到。”埃斯恍惚出神地说。

“一点也没错！晚安了，埃斯。”

冈特先生伸出手，埃斯正要上前去握时，发现冈特手中已拿了某样东西，竟然是储藏室捕鼠器上的褐鼠。埃斯恶心地咕哝一声，连忙缩手。他完全不晓得冈特先生是什么时候捡起那只死老鼠的。或者这是另一只？埃斯决定不管是哪只都无所谓，只知道自己不打算和死老鼠握手，不管冈特先生这家伙有多酷。

冈特先生笑着说：“抱歉，我一年比一年粗心，我刚刚差点把晚餐拿给你！”

“晚餐。”埃斯小声模糊地说。

“没错。”又黄又厚的大拇指指甲刺进覆盖褐鼠腹部的白毛中，不一会儿，充满黏液的肠子流入冈特先生毫无伤疤的手掌里。埃斯还没看到接下来的情况，冈特先生已经转身进屋把后门关上：“嗯，那块奶酪我放哪里了？”

后门上锁时，发出沉重的金属撞击声：咔嗒！埃斯身子前倾，几乎肯定会吐在自己的两脚间。他胃一紧缩，差点作呕……幸好又平抚下来。因为他看到的不是真的。“他在开我玩笑，”埃斯自言自语，“他可能在外套口袋里藏了只橡胶老鼠，他在跟我开玩笑。”

是吗？那肠子又怎么解释？还有那裹着肠子、绿色果冻般冷冰冰的东西？那难道是假的？

你只是累了，他心想，那只是你的幻想。那是橡胶老鼠，至于肠子什么的……哎哟，在哪里啊？不过有那么一刹那，所有事情（废弃的车库、自动导航的塔克轿车，甚至那邪里邪气的涂鸦约格·索托斯）一股脑涌入心里，然后一个强有力的嗓子大喊：离开这里！趁还有时间快离开这里！但离开这里未免也太离谱了。外头黑夜中有金钱在等着他，也许是一大堆呢！也许是他妈的一笔巨款呢！埃斯像没电的机器人，动也不动地在黑暗中站了好几分钟，然后对现实世界的知觉（*自己存在的感觉*）才一点一滴恢复过来。他告诉自己别管老鼠了，别管塔克轿车了，古柯碱才重要，地图才重要，冈特先生简单的做生意原则好像也很重要，但就只这三件事而已。他不允许其他事情凌驾其上。

他走出巷子，转过街角，到了“必需品专卖店”前方。“必需品专卖店”跟主街的其他商家一样，都是黑黢黢地关着。冈特先生说得没错，其中一个斜向停车格里果然停着一辆雪佛兰名流。埃斯努力回想刚才他开着“法宝”抵达店门口时，这台车是否就已停在这儿了，但脑筋一片空白。他只要一回想这几分钟前发生的事，就像碰到路障，怎么过也过不去；只记得自己上前去握冈特伸出的手，这是世上最自然不过的事，然后不知怎么搞的，冈特先生的手中竟抓着一只死掉的大老鼠。

我现在要吃点东西。我很想邀你一块享用，不过——

好吧，不过又是件不重要的事。现在雪佛兰就在眼前，这才重要。埃斯打开车门，把夹着珍贵地图的书放在座位上，把插着的钥匙拔出来，绕到车后方，打开行李厢。会看到什么，他心里明白得很，而且果然没让他失望。里头一把十字镐和短柄铲子整齐地交叉放着，埃斯更仔细地看了一眼，发现冈特先生甚至放了双干粗活用的手套。

“冈特先生，您真周到。”他说完，用力把行李厢盖上，这时看到后保险杆上有个贴纸，他弯腰一看，上面写着：*我爱古董*。

埃斯开始大笑，甚至开过丁桥还停不下来。他正往特雷博霍恩的土地开去，那里是他挖掘工作的第一站。过了丁桥，他沿着潘得利丘往上爬，此时对面一台敞篷车正往镇上开。敞篷车里头坐满年轻小伙子，正开怀高唱《耶稣恩友》，展现浸信会完美的一部和声。

9

其中一位年轻人就是莱斯特·伊凡荷·普拉特。他和一群朋友打完触身式美式足球，一行人坐上车开了二十五里左右到奥本湖。那里正在举办为期一周的野外奋兴布道会，维克·特里梅因说五点有一场哥伦布纪念日的特别祈祷会和唱诗活动。既然萨莉跟他借了车，晚上又没说要约会（没说看电影，也没说去南巴黎市的麦当劳吃晚餐），他就跟维克和其他人（都是好基督徒）一块去奥本湖了。他当然晓得这些男生为何迫不及待要跑这一趟，不是基于宗教理由，至少不全然是。每年五月到十月底间（州博览会举行最后一场拉牛比赛前），野外奋兴会在新英格兰北部地区来回举办，会场上总是美女如云，而悦耳的唱诗活动（激发人心的布道和耶稣圣灵的洗礼更不用说了）总是让这些男生开怀又激昂。

已有未婚妻的莱斯特，对于他朋友以宗教为名的钓马子计划，抱以纵容的态度，就像已婚的老男人看着一群年轻小伙子要白痴。他答应一同前往，主要是不想泼他们冷水，况且在一下午激烈的围抱推撞之后，他总是喜欢聆听触动人心的讲道和唱颂赞美诗。就他所知，这是缓和心情的最好方法。这场奋兴会办得不错，不过结束时想获得救赎的人多得恐怖，因此拖了点时间。莱斯特等得有点心急，他一直想回去后打电话给萨莉，看她想不想去威客喜比萨店喝个雪顶汽水什么的。他发现，女孩有时喜欢一时兴起享受一下。

过了丁桥，维克让他在主街与水磨道转角下车。

“小莱，今天打得过瘾吧！”后座的比尔·迈克法兰向他叫道。

“就是啊！”莱斯特愉快地回叫，“我们星期六再打，到时候你的手就不只是扭伤了，可能还要被我折断！”

车里四位青年听到这句俏皮话后放声大笑，然后他们唱着《耶稣是永远的朋友》离开，歌声在仍然异常炎热的空气中荡漾。即使是秋老虎威力最强的那天，日落之后也应该会有一丝凉意，但今晚没有。莱斯特慢慢爬上城堡丘走回家，觉得筋疲力尽、全身酸痛但又心满意足。一旦你把心交给耶稣，每天都是好日子，不过有些日子还是会比其他日子如意，像今天就是那种最快乐的好日子。他现在只想冲个澡，打电话给萨莉，然后倒头大睡。

他脚步轻快地转进自家车道时正抬头望着星空，看能不能找出猎户座，没想到身子撞上他那辆野马的车尾，最先遭殃的是他的蛋蛋。

“哎哟!”莱斯特·普拉特痛得大叫，他身子一退，弯下腰，双手护着他撞伤的睪丸。一会儿过后，他才有办法抬起头来，眼泪汪汪地看着他的车。见鬼了，车怎么会在这儿？萨莉的本田至少要等星期三才会修好，谁知道会不会又因为今天放假而拖到星期四或星期五。

突然间，他心中闪出橘粉色亮光：萨莉就在里头！他还没到家她就过来了，现在正等着他！也许她决定今晚就是献身之夜！婚前性行为当然是不对的，但有时候要成就好事，你总得牺牲点东西。要是她愿意做完再来赎罪的话，他也乐意得很。

“砰砰砰!”莱斯特·普拉特兴奋地叫着，“萨莉小甜甜光溜溜!”

他的手仍护着蛋蛋，心急地小跑步到门廊，不过现在睪丸不只是抽痛，还带着期盼的震动。他从门垫下方拿出钥匙开门进去。

“萨莉?”他叫道，“小莎，你在这儿吗？抱歉这么晚才回来，我和一些球友去奥本湖参加奋兴会，然后……”他停了下来，没有回应，这表示她不在，除非……

他以最快速度冲上楼，一时间很肯定她就睡在他床上。她会睁开眼睛坐起来，床单会从她美丽的胸部(他摸过，嗯，算是摸过，但从来没有亲眼看过)滑落，她会展开双臂欢迎他，那双睡意蒙眬的动人蓝眼会大大睁着，而时钟敲十下前，他们就再也不会是处男处女了。砰砰!

不过卧室跟厨房和客厅一样空无一人。床单和毛毯一如往常散落在地板上；莱斯特是那种精力充沛、圣灵充满的人，早上就是没办法乖乖坐起来好好下床，而是一骨碌跳下床。他巴不得赶快迎接新的一天，还要跟这天来个闪电战，把它撞倒在草地上，逼它把球交出来。

不过现在他走下楼梯时，纯真无邪的宽脸紧蹙着眉头。车子在这儿，但萨莉不在。这是什么意思？他不晓得，他不喜欢这种感觉。他啪嗒一声打开门廊的灯，打算走到外面，去车里看看萨莉是否留了字条给他，不过还没走下门廊台阶，他整个人就僵住了。没错，的确有个留言，用桃红色喷漆（可能是从他车库里拿的）横写在野马的挡风玻璃上。这几个大字怒瞪着他：

你这花心王八蛋，下地狱吧！

莱斯特在门廊上站了良久，反复不停地读着他未婚妻的留言。是奋兴会吗？只因为这样吗？她以为他去奥本湖的奋兴会跟某个狐狸精幽会吗？在这伤心的当下，只有这个理由说得通。

他走进屋里打电话到萨莉家，电话响了二十几声，没人接听。

10

萨莉知道他会打来，于是问艾琳·吕特廷斯可否去她家住一晚，一肚子好奇的艾琳直说好。艾琳看到萨莉为某件事难过到形容憔悴，简直不敢相信萨莉也会有变丑的一天，但事实就是如此。萨莉并不打算告诉艾琳或其他人发生了什么事，这实在太可怕、太可耻了，她死也不会说，因此前半个多钟头她都拒绝回答艾琳的问题。不过突然间，她热泪溃堤，把整件事全盘托出。艾琳抱着她听她哭诉，眼睛越睁越大、越睁越圆。

"没关系，"艾琳抱着萨莉左右摇晃，轻声安慰，"萨莉——就算那王八蛋不爱你，耶稣爱你，我也爱你，罗斯牧师也爱你，而且你也给了那肌肉人渣一点教训，让他永远忘不了你，对不对？"

萨莉频频吸着鼻子点头，艾琳轻抚着萨莉的头发，发出安抚的声音。艾琳恨不得明天赶快到来，好打电话给其他好姊妹。她们一定不会相信！艾琳为萨莉难过，真的难过，但心中也偷偷高兴发生了这种事。萨莉美呆了，而且又圣洁得要命。能够看到她伤得这么惨实在不错，就这么一次也好。还有呢！莱斯特是浸信会里头最帅的男生，要是他跟萨莉真的分手，也许他会约我出去也说不定。有时候，他看我的样子，好像很想知道我穿的是什么内衣，所以应该也不是不可能……

"我觉得好可怕！"萨莉啜泣，"好下——下——下流！"

"你当然会这么觉得，"艾琳继续抱着她摇晃，不停抚摸她的头发说，"那封信和照片你该不会还留着吧？"

"我烧——烧——烧掉了！"萨莉把头埋在艾琳被泪水濡湿的胸前哭喊，然后又一阵强烈的悲痛和失落感席卷了她。

“那当然，”艾琳喃喃地说，“你本来就应该烧掉。”但她心想：不过你至少可以给我看上一眼再烧吧，爱哭鬼。

萨莉那晚住在艾琳的客房，但她几乎整夜没睡。她总算渐渐停止啜泣，然后干着眼望着黑暗，心中充满邪恶又痛快的报复幻想，只有原本幸福美满但后来被抛弃的一方，才能把那些画面想象得如此淋漓尽致。

第十五章

1

冈特先生第一位通过预约的客人，在星期二早上八点整准时到达。这位客人是纳恩餐馆的服务生露西利·邓纳姆。露西利前几天看到“必需品专卖店”展示柜中的黑珍珠项链，当下觉得希望渺茫而心痛不已。她深知一辈子也别奢望买下那种珍贵饰品，一百万年都不可能；靠着小气鬼纳恩·罗伯茨发的那点薪水，想都别想！不过冈特先生提议选个早上，镇上不会有一半的人来凑热闹、管闲事时，他们可以来谈一下，露西利听了马上答应，有如饥肠辘辘的鱼看到闪亮钓钩上的诱饵，一跃而起一口咬住。

她八点二十分离开“必需品专卖店”，脸上洋溢着茫然梦幻的快乐之情。她以不可思议的低价（三十八块半）买下黑珍珠项链，并答应对那道貌岸然的浸信会威廉·罗斯牧师开个无伤大雅的小玩笑。对露西利来说，恶作剧一点都不是苦差事，反而是个乐趣。那个老是引用《圣经》的讨厌鬼从来没给过她小费，连个扁扁的一角硬币都没有。露西利是个卫理公会派的好教徒，但她丝毫不介意星期六晚上在舞厅里随着节奏强烈的迪斯科音乐扭腰摆臀。她听《圣经》上说，要把财宝积攒在天上，不禁纳闷罗斯牧师到底有没有听过施比受更有福这句话。

不管了，现在她要给他个小小报复，而且冈特先生说绝对无害。

冈特看着露西利离开，心里相当得意。他把今天的活动排满档，大约每半小时就有个预约，而且还要打好几通电话，他真的会忙翻天。他这场嘉年华会规划良好：重头戏大受欢迎，把人潮吸引过来后，差不多就可以一次启动所有的云霄飞车了。不管是在黎巴嫩、土耳其首都安卡拉、加拿大西部省份，或是美国纽约长岛的希克斯维尔，每当他走到这一步，都觉得一天真不够用，不过还是要全力以赴达成目标，因为忙碌的人才快乐，努力奋斗才叫高贵，而且……要是他没看错，今天的第二位客人伊芙·金德伦，正从人行道快步走向必需品专卖店的遮阳篷。

“忙啊忙啊忙。”冈特先生喃喃低语，然后堆起一个欢迎光临的大微笑。

2

艾伦·潘伯恩八点半到达警长办公室，他的电话侧边已经贴上一张字条。州警局的亨利·佩顿七点四十五分来电，要艾伦尽快回电。艾伦在办公椅上坐下，把听筒夹在耳朵与肩膀之间，按下速拨按钮，电话自动拨到牛津分局。他从办公桌最上层的抽屉里拿出四枚一元银币。

“哈喽，艾伦，”亨利说，“关于你的双尸案，恐怕有个坏消息要跟你说。”

“噢，所以突然间那变成我的双尸案了。”艾伦说完，握起拳头用力一挤，然后又张开手掌，银币现在只剩下三枚了。他往椅背一靠，脚跷到桌上：“看来真的是坏消息。”

“你的口气不怎么惊讶。”

“没错。”他又把拳头握紧，用小指头把最下方的银币“用力一推”。这个动作需要些技巧，但艾伦驾轻就熟。银币从拳头中滑了出来，沿着袖口落到手肘，碰到第一枚银币时发出小小的一声铿！真正表演魔术时，魔术师连珠炮似的行话会把那撞击声盖住。艾伦又张开手掌，现在只剩两枚银币。

“跟我解释一下可以吧？”亨利听起来有点不耐烦。

“这个嘛，我这两天几乎都在想这件事。”艾伦说，但实际状况不只如此。星期天下午，他认出横尸于停让标志下方的其中一名女子就是妮蒂·科布的那一刻起，就很难去想其他事了，连做梦都没得休息。他越来越确定事有蹊跷，这让他心烦意乱，因此亨利来电不仅没有打扰到他，反而让他松了口气，而且省得他主动打给亨利谈这件事。

他把手里的两枚银币用力一挤。铿！张开手后，只剩一枚。

“什么事让你这么烦？”亨利问。

“每件事，”艾伦声音平平地说，“第一就是竟然发生这种事，而最怪的是案发的时间顺序,既说得通也说不通。我一直努力想象妮蒂·科布发现她的狗被杀之后,坐下来写那些字条的样子。结果你知道吗?我就是想象不出来。而每次我想不出来,就会纳闷这码子荒唐鬼事到底有多少是我看不清的。"

艾伦把拳头狠狠握紧,张开时,半枚银币也不剩了。

"好吧,那我的坏消息也许是你的好消息。艾伦,凶手另有其人。我们不知道是谁杀了科布那女人的狗,但几乎可以肯定不是维尔玛·耶日克干的。"艾伦连忙把脚放下办公桌,手放在桌上,使得一元银币从袖口滑出,像银色细流般冲撞桌面,其中一枚滚得太急,就快掉下桌缘,艾伦神速伸手抓回。"亨利,我看你最好快说。"

"好,我们先从狗开始。狗的尸体转送到南波特兰的兽医师约翰·帕林那边。他对动物解剖就像亨利·莱恩对人体解剖一样精通。他说钻孔锥刺穿狗的心脏,让它几乎立刻毙命,所以他可以给我们相当精确的死亡时间范围。"

"这个转折倒是不错。"艾伦说。他想到克里斯蒂的推理小说,安妮生前看了十几本。小说中好像总是会有位老态龙钟、步履蹒跚的乡村医生,他估计的死亡时间总是下午四点半到五点十五分之间。然而艾伦在警界待了近二十年,知道问到死亡时间时,比较实际的回答通常是:"可能是上星期的某个时候。"

"就是啊!好,反正这位帕林医师说那只狗是在十点到中午之间死的。皮特·耶日克说他进入主卧室梳洗穿衣准备上教堂的时候,也就是十点刚过,他太太正在冲澡。"

"没错,我们知道时间点卡得很紧,"艾伦有点失望地说,"但帕林这家伙又不是上帝,一定得留个误差值,差个十五分钟就足以让维尔玛脱罪了。"

"是吗?你觉得她无罪的概率有多大?"

艾伦思索一番,然后沉重地表示:"老兄,跟你说实话,没那么大,她一直都是恶名昭彰。"艾伦又勉强自己说,"不过呢,只因为某个狗法医的验尸报告和几分钟来看,嗯,十五分钟的落差,让这案子没办法了结,人家会笑掉大牙。"

"好吧,那我们来谈钻孔锥上的字条,你还记得那字条吧?"

"'谁都不准朝我的干净床单丢泥巴。我说过我会要你好看!'"

"就是那个。奥古斯塔笔迹鉴定专家还慢吞吞地不知在做什么,不过皮特·耶日克拿了他老婆的笔迹样本给我们。我现在桌上就摆着字条影本和那个样本,两个完全不符,门儿都没有。"

"这是什么鬼话!"

"哪是什么鬼话! 我以为你不会被吓着。"

"我知道事有蹊跷,不过一直在我脑中徘徊的是绑着字条的那些石头。时间顺序实在很怪,这让我觉得不太对劲是没错,不过我应该还是愿意乖乖接受事实就是如此,最主要是维尔玛·耶日克就像会做这种事的人。你确定她没有伪装笔迹?"其实他不相信维尔玛·耶日克会如此——改名易容好让人认不出来从来就不是她的作风——不过还是得考虑这个可能。

"我确不确定? 很确定,不过我不是专家,我的想法在法庭上站不住脚,这就是为什么要把字条送去做笔迹分析。"

"笔迹鉴定报告什么时候会出来?"

"谁知道? 不过呢,艾伦,相信我的话,那两种笔迹就像苹果和橘子,不同就是不同。"

"好吧,如果不是维尔玛,犯案的那个人肯定是要妮蒂相信是维尔玛干的。到底是谁? 还有为什么? 到底是为什么?"

"老弟,我哪知道,那是你管的镇,不过我还有两件事要跟你说。"

"说吧。"艾伦把银币放回抽屉,然后开始玩手影,一位瘦巴巴、戴高礼帽的高个儿走过墙面,走回来时,高礼帽变成了手杖。

"杀了那条狗的人,在妮蒂家的前门内侧门把上留下一组血指纹,这可是头号线索。"

"好极了!"

"也没那么好。指纹模糊不清。凶手大概是抓着门把出去时留下来的。"

"完全没用吗?"

"我们分析出一些可能有用的局部指纹,只是在法庭上当作证据的机会不大。我已经把这些局部指纹送到弗吉尼亚州联邦调查局的指纹辨识小组,他们在重建指纹这方面现在做得很厉害,不过速度比蜗牛还慢,可能要等一周,甚至十天才会给我回复。刚好昨晚总是那么贴心的法医办公室送来耶日克的指纹，所以我就先把这些局部指纹跟那女人的比对一番。”

“不合？”

“这个嘛，艾伦，跟笔迹一样，这都是拿局部跟全部做比对。要是我拿这种证据出庭做证，被告和他的辩护律师会把我咬出另一个屁眼。不过呢，反正我们只是坐在‘笨’公桌前，我就跟你说吧：不像，两种指纹一点都不像。首先是大小问题。维尔玛·耶日克的手算小，可是局部指纹是来自手很大的人，就算模糊不清，大手就是大手。”

“是男人的指纹？”

“我确定是，不过这在法庭上还是站不住脚。”

“管他个屁！”墙上突然出现一座影子灯塔，然后变成一座金字塔。金字塔像花一样展开，变成一只在阳光下飞翔的鹅。艾伦努力想象这名男子的脸（不是维尔玛·耶日克而是某个男人），这星期天早上趁妮蒂离开后闯进她家的男人，用钻孔锥刺死奇兵然后嫁祸维尔玛的男人。艾伦努力想象，但除了影子之外，什么也看不到。“亨利，如果不是维尔玛，还有谁会干这种事？”

“不知道，不过丢石头这件事，可能有位目击者。”

“什么？谁？”

“请记得我是说可能。”

“我知道你说什么，别在那里吊胃口了。快说是谁！”

“一个小子。住耶日克隔壁的女人听到声音，就出来看看发生了什么事。她说她以为‘那个恶婆娘’——这是她说的——终于气得把老公丢出窗外，结果却看到那小子从耶日克家骑脚踏车出来，一脸恐惧的样子。她问他发生了什么事，小子说可能是耶日克夫妇在吵架。这个嘛，其实她也这么认为，因为那时候已经没有声音，所以她也就不以为意了。”

“你说的她一定是吉莉安·米斯拉博夫斯基，”艾伦说，“耶日克家的另一边没人住，正在出售。”

“对对对，吉莉安·米什么斯基，我这里就是这样写的。”

“那小子是谁？”

“不知道，她认得但想不起名字。不过她说那小孩住附近，可能就在同一个街区，我们会找到他的。”

“年纪多大?”

“她说十一到十四岁之间。”

“亨利? 你就行行好,让我去找这个小子,可以吗?”

“好,”亨利立刻答应,艾伦顿时轻松不少,“实在搞不懂这件案子明明就发生在郡政府所在地,却还要我们负责调查。波特兰和班戈市就可以管自己的事,为什么城堡岩不行? 老天,我本来还不知道那女人的姓怎么念,听你说才知道呢!”

“城堡岩有很多波兰人。”艾伦心不在焉地说。他从桌上的粉红色警告单簿撕了一张下来,在背面草草记下吉莉安·米斯拉博夫斯基和男孩,11—14 岁。

“要是我属下去找这小子,他看到三辆州警的大车可能会吓得脑袋一片空白,”亨利说,“他大概认识你。你不是会去学校演讲吗?”

“嗯,去学校讲反毒教育,‘法律与安全日’也会去。”艾伦说。他正努力回想耶日克和米斯拉博夫斯基住的那个街区有哪几家有男孩。如果吉莉安·米斯拉博夫斯基认得他却又不知道他叫什么,表示那小孩可能就住在转角,或是池塘街。艾伦在那张警告单上匆匆写下三个名字:德卢瓦斯、鲁斯克、贝林厄姆。年龄在那范围内的男生大概还有别家,只是他一下想不起来,不过先从这三家开始也就够了。很快问一下,一定就能查出是哪个小子。

“吉莉安知道她什么时候听到声音和看到那小子的吗?”

“她不确定,但觉得是十一点过后。”

“那就不是耶日克夫妇在吵架了,他们那时候已经去做弥撒了。”

“没错。”

“那就是丢石头的人弄出的声音。”

“你又说对了。”

“亨利,这可真奇怪。”

“连对三题,再对一题你就可以把小烤箱带回家了。”

“那小子看到丢石头的人了吗?”

“平常我会说‘想得美’,不过米斯拉博夫斯基说他看起来一脸恐惧,所以也许他看到了。要是他真的看到,我跟你打包票那一定不是妮蒂·科布。老弟,我觉得是有人故意要她们俩对上,而且可能只是为了好玩,寻她们开心而已。”

不过永远都比亨利了解城堡岩的艾伦，觉得这个想法不太合理。“也许是那小子丢的，”他说，“也许他一脸恐惧就是因为这样，也许这件案子就只是一场恶搞。”

“在一个有迈克尔·杰克逊和艾克索·罗斯[①]这种混蛋的世界里，我猜什么都有可能，”亨利说，“不过十六七岁的小子比较可能恶搞吧。”

“嗯。”艾伦说。

“你又不是找不到那小子，何必在这儿瞎猜？你找得到吧？”

“没问题，不过要是你同意的话，我希望等放学后再去找他。就像你说的，吓着他没好处。”

“我没问题，两位女士除了去地底下之外哪里也跑不了。这里记者一堆，实在讨厌，我把他们当苍蝇一样赶。”

艾伦往窗外一看，即时瞥见“缅因州电视台”的采访车慢慢开过，大概是要去法院大楼转角处的正门口。

“没错，他们也在这里。”他说。

“你五点前再打给我好吗？”

“四点前，”艾伦回答，“谢了，亨利。”

“哪里。”亨利·佩顿说完便挂上电话。

艾伦第一个念头是想把诺里斯·里奇韦克叫进来，把刚刚听到的都告诉他（诺里斯就算没其他好处，也是当听众、给意见的不二人选），不过接着想到诺里斯现在大概乘着小船停在城堡湖中央，手上拿着那根新钓竿。

他又玩起手影，在墙上比了几只动物，然后起身，心里异常不安。去凶案发生的那个街区绕绕有益无害，等他实际看到那些房子，也许会想起还有哪几家有那年纪的男孩……而且亨利说把小孩吓着反而问不出所以然，说不定在大尺码女装专卖店买衣服的中年波兰女士也是如此。要是吉莉安·米斯拉博夫斯基看到回答她问题的是熟人，也许会记得更清楚。

他正要伸手拿下门边衣帽架上的制服帽时，又决定把帽子留在原位，觉得今天看起来不要太正式比较好。既然如此，我今天开旅行车也说得

---

① Axl Rose，枪炮与玫瑰乐团主唱，以性情喜怒无常并常有恶劣行径闻名。

过去。

他打开警长办公室的门，结果看到警员办公处的景象，不禁呆站了一会。约翰·拉普安特把自己的办公桌和周遭环境搞得仿佛需要“红十字水灾救援队”救助。纸张文件东一叠西一堆，抽屉层层叠起，使得约翰的桌垫上矗立起一座巴别塔，看起来随时会倒塌。平常是警员里头最开心的约翰，现在涨红着脸粗声咒骂。

“约翰，我可要用肥皂洗洗你的嘴喽！”艾伦笑着说。

约翰吓得跳起来，然后转过身，一脸惭愧又心神不宁地对艾伦苦笑说：“抱歉，艾伦，我——”

约翰话还没说完，艾伦就开始往前移动，他以星期五晚上让波莉·查默斯印象深刻的速度，流畅轻巧地走过办公处，这让约翰·拉普安特也看得目瞪口呆，不过就在这时，他用余光瞄到艾伦靠近的东西——他层层堆叠的抽屉最上面的两个开始摇摇欲坠。

艾伦反应够快，避免了一场大灾难，但还没快到接住掉下来的第一个抽屉。这个抽屉打在他脚上，里头的纸张、回纹针和没收好的订书针四处飞散。他及时用手掌把另外两个掉下来的抽屉按在约翰的办公桌侧面。

“老天！你那速度未免也太神了吧！”约翰惊叫。

“谢谢夸奖。”艾伦苦笑着说。他按住的抽屉开始往下滑落，再用力都一点没用，只会把办公桌也推得开始移动，更何况他脚趾头痛得很：“有什么恭维的话尽管说，不过你中间停下来的时候，应该可以帮我把脚上的抽屉移开吧？”

“噢！该死！对对对！”约翰连忙动手，不过他急于把抽屉移开，不小心往艾伦身上撞了一下，艾伦及时稳住的那两个抽屉本来就快滑下来，被这么一撞，也就全落在他脚上了。

“哎哟！”艾伦大叫，他正要抓起右脚，却又发现左脚比较痛，“王八蛋！”

“我的天，艾伦，真对不起！”

“你里头装的什么？”艾伦一边问，一边抱着左脚单脚跳开，“半座‘城堡采砾场’吗？”

“应该是一阵子没清了。”约翰愧疚地苦笑，匆匆忙忙把纸张和办公用具塞回抽屉里，他平常还算俊俏的脸孔整个赤红。跪着的他转身去捡掉在克拉特巴克办公桌下的回纹针和订书针时,脚不小心踢到他堆放在地板上的一大沓表格和报告。现在警员办公处像是飓风过境,惨不忍睹。

“哎呀!”约翰叫。

“哎呀!”艾伦坐在诺里斯的办公桌上,努力按摩包在厚重警用黑鞋里的脚趾,“约翰,你‘哎呀’可叫得真好,非常精确地描述了当下的情况,现在用‘哎呀’来形容是最贴切了。”

“抱歉。”约翰又说了一声,然后整个肚子贴到地上,开始像虫一般蠕动前进,把散在他办公桌下的回纹针和订书针用手横扫到自己身边,艾伦看了不知该哭该笑。约翰的手一边动,脚一边左右摇摆,使得地板上的纸往外均匀散开。

“约翰,出来出来!”艾伦叫道。他拼命忍住笑意,不过心里明白根本办不到。

拉普安特听了身体猛然一抽,结果后脑勺咚一声撞到办公桌底部,原本为了挪位给抽屉而半边悬空的纸堆从桌缘跌落。大部分纸张直直落地,不过还是有几十张懒洋洋地从空中左摇右晃地飘下来。艾伦心里替他可怜:要整理这些,可要忙上一整天,也许花上整个星期也说不定。然后他再也忍不住了,仰头放声大笑。调度员室里头的安迪·克拉特巴克连忙走出来,看看发生了什么事。“警长?”他问,“没事吧?”

“没事没事,”艾伦说,然后又看了地上乱到不行的报告和表格一眼,又开始放声大笑,“约翰只是换个花招写公文,不要紧的。”

约翰从办公桌下爬出来,站起身子,一副极度渴望有人命令他立正,或趴下来做四十个俯卧撑的样子。他的制服原本干净整洁,现在前面沾满一大片灰尘,艾伦看了尽管好笑,却也暗暗提醒自己——埃迪·沃伯顿已经好久没清理办公处桌子下的地板了。然后他又笑了,就是没办法。安迪看看约翰又看看艾伦,然后又看看约翰,一脸茫然。

“好了好了,”艾伦说,他终于控制下来,“约翰,你到底在找什么?圣杯?失落的和弦?还是什么?”

“我的皮夹,”约翰说,他想把制服上的灰尘拍掉,但越拍越脏,“我找不到那可恶的皮夹。”

“你去车上找过了吗?”

“两辆都找了,”约翰说,他办公桌的四周围了一圈有如小行星带的垃圾，他厌恶地瞥了一眼，“我昨晚开的警车还有我的庞蒂亚克。不过我在办公处有时候会把皮夹放在抽屉里，要不然坐下来总是有个东西顶着屁股，所以我就检查——”

“谁叫你把自己的一生都放在里头，要不然屁股哪会有感觉。”安迪·克拉特巴克明理地说。

“安迪，”艾伦说，“你去玩吧。”

“啥？”

艾伦翻白眼，说：“去找事情做，这里有我和约翰就行了，我们可是训练有素的调查员呢！要是最后发现我们办事无能，一定会跟你说。”

“噢，没问题，我只是想帮忙而已。我看过他的皮夹，简直是塞了整个国会图书馆，说实话——”

“安迪，谢谢你提供信息，待会见。”

“好吧，”安迪说，“要帮忙就叫我。两位，待会再聊。”

艾伦翻翻白眼，他又想笑了，不过还是忍了下来。从约翰不太爽快的神色来看，这对他可不好笑。约翰当然很糗，但不只如此。艾伦自己也丢过一两次皮夹，知道那种感觉有多讨厌。丢了现金、信用卡，一张张挂失都还算小事，最惨的是你一直想起皮夹里放的东西，那种对其他人可能是垃圾，但对你却是无可取代的东西。

约翰正闷闷不乐地蹲在地上捡纸张，然后分类堆叠，艾伦帮他。

“艾伦，你的脚趾真的受伤了吗？”

“没有啦，你也知道这些鞋子，简直等于在脚上穿了装甲车。你皮夹里放了多少？”

“唉，应该不到二十，可是我上星期才拿到的打猎许可证就放在里头，还有我的万事达卡。要是我找不到那可恶的皮夹，就得给银行打电话挂失，但我真正想拿回来的是照片，我妈、我爸、我姊妹的……你知道，就是那种东西。”

但约翰真正在乎的不是父母或姊妹的照片，最重要的其实是他和萨莉·拉特克利夫的合照。安迪帮他们在弗赖堡州博览会照的，那时候大约是萨莉与他分手前三个月，后来萨莉就跑去跟头脑简单四肢发达的莱斯特·普拉特在一起了。

“这个嘛，”艾伦说，“照片会出现的，钱和信用卡可能会被偷，但皮夹和照片很可能会物归原主,通常是这样,你也知道。”

“知道是知道,”约翰叹口气说,“只不过……可恶,我一直在想今早来上班的时候皮夹还在不在,可就是想不起来。”

“好吧,希望你找到。何不在布告栏上贴张失物单?”

“我会去贴,也会把这一团乱整理整理。”

“我知道你很负责,放轻松慢慢弄吧。”

艾伦摇着头走向停车场。

3

“必需品专卖店”门上方的小铃铛叮叮作响,白蜡树街桥牌俱乐部的常态会员芭芭拉·米勒略为胆怯地走进来。

“米勒太太!”利兰·冈特欢迎她,然后核对一下收银机旁的名单,在上面打了个小勾,“你能来真是好极了!而且还很准时!你看中音乐盒对不对?那真是相当美丽的工艺品。”

“没错,我就是要来问你音乐盒,”芭芭拉说,“应该卖掉了吧?”对她来说,这么美丽的东西还没卖掉实在很难想象,不过她一想到可能卖掉,心仿佛就碎了一点。音乐盒的曲调,那个冈特先生说他记不得的曲调……她很肯定是哪一首。她曾经在“老兰花海滩”的户外舞台上,与美式足球队队长随着那首曲子翩翩起舞,而且当晚在美丽的五月月光下,她心甘情愿地把第一次献给了他。他让她经历这辈子第一次也是最后一次高潮,就在她血脉贲张时,那首曲子就像燃烧的电线般在她脑中缭绕。

“还没,在我这儿。”冈特先生说。音乐盒隐藏在玻璃展示柜中拍立得相机的后面,冈特拿出来,放在展示柜上方,芭芭拉·米勒的脸顿时发亮。

“我一定买不起,”芭芭拉说,“我是说没办法一次付清,不过冈特先生,这个音乐盒我真的喜欢得不得了,要是有可能分期付款的话……有一点点可能的话……”

冈特先生微笑了,那是让人喜欢又放心的浅浅一笑,他说:“你白担心了,米勒太太,这个美丽的音乐盒价格合理,会让你大吃一惊。请坐,我们来商量商量。”

于是她坐了下来。他向她走近。她完全被那双眼睛迷住。

那首曲子又在她脑中响起。然后她不知身在何处。

4

“我想起来了，”吉莉安·米斯拉博夫斯基跟艾伦说，“是鲁斯克家的男孩，叫比利，或是布鲁斯。”

他们站在米斯拉博夫斯基家的客厅，里头最主要的摆设就是索尼电视，以及电视后方墙上巨大无比的耶稣受难石膏像。戴着荆棘头冠的耶稣两眼上翻，仿佛对电视上正在主持脱口秀的奥普拉相当不满，艾伦猜想他可能还比较喜欢看名记者吉拉德主持的脱口秀，或电视剧集《离婚法庭》。米斯拉博夫斯基太太问艾伦要不要喝咖啡，艾伦婉谢。

“是布赖恩。”艾伦说。

“没错！”她说，“就是布赖恩！”

她穿着亮绿色浴袍，不过今早没绑上红色头巾。她鬈发的鬈度跟卷筒卫生纸里头的圆筒差不多，满头都是，像戴了顶模样古怪的皇冠。

“你确定是他？”

“确定，我今早起来的时候想到他是谁。他爸爸两年前帮我们家装铝制墙板，那时候他曾经过来帮过忙，他看起来是个乖孩子！”

“你知道他到耶日克家做什么吗？”

“他说他要问耶日克夫妇，今年冬天要不要请人铲车道上的雪，好像是这样。他说等他们吵完，他还会再过来。那小孩好像吓死了，这不能怪他，”她摇摇头，头上的大鬈发轻轻弹跳，“她那种死法，我虽然看了难过……”吉莉安透露秘密似的把嗓子压低说，“不过也替皮特高兴。他娶了那种女人，没人知道他得忍受到什么地步。”她意味深长地看了墙上的耶稣像一眼，然后视线又回到艾伦身上。

“好，”艾伦说，“你还注意到什么吗？任何跟耶日克家、那些声音或那个男孩有关的地方？”

她一只手指放在鼻子上，歪着头说：“倒没什么。那个男孩——布赖恩·鲁斯克——的脚踏车篮子里有个保冷箱，这我是记得，但应该不是什么——”

“慢着慢着，”艾伦灵光一闪，举手示意她停止，“保冷箱？”

“你也知道，就是野餐或参加停车场野餐派对时会带的那种保冷箱。我会记得只是因为那箱子很大，根本放不进他的脚踏车篮子里，只能歪着放，好像随时都会掉出来。”

“米斯拉博夫斯基太太，谢谢你，”艾伦慢条斯理地说，“非常感谢你。”

“这代表什么吗？是线索吗？”

“噢，应该不是。”不过他觉得奇怪。

亨利·佩顿之前说：十六七岁的小子比较可能恶搞吧。艾伦也这么觉得，可是他曾经碰到过十二岁的小孩蓄意破坏，而且他猜想那种野餐保冷箱可以装相当多的石头。

突然间，他有股更强烈的兴趣，想在今天下午去和年轻的布赖恩·鲁斯克谈谈。

5

小铃铛叮叮作响，桑尼·贾基特战战兢兢地走进“必需品专卖店”，手中不停揉捏沾满污渍的“桑诺可”制服帽。

从他的举手投足来看，仿佛他深信自己是个大老粗，用不了多久就会打破许多贵重物品，尽管他衷心期望自己不那么笨手笨脚，他的脸却清楚表示：打破物品虽然不是他的渴望，却是他的业障，避也避不了。

“贾基特先生！”利兰·冈特以他惯有的活力叫道，这是他惯有的迎客方式。他在收银机旁的名单上打了个小勾，然后说：“真高兴你能过来！”

桑尼又往店内踏了三步后停下来，眼光谨慎地从玻璃展示柜移向冈特先生。

“这个嘛，”他说，“我进来可不是要买什么东西，这我一开始就得跟你说明白。哈利·塞缪尔斯那老兄说你希望我今早抽空来一趟，他说你有一组套筒扳手还不赖。我是一直在找啦，不过我这种老粗可不是你这种店的客人。先生，我只是基于礼貌，过来跟你打个招呼。”

“唔，谢谢你那么诚实，”冈特先生说，“不过贾基特先生，话别说得太早，这组套筒扳手相当好用，是调整式双规格的。”

“是吗？”桑尼的眉毛扬起，他知道世界上有这种东西，同一组套筒扳手就能修理进口车和国产车，不过他可没亲眼见过，“是这样吗？”

“是的，我一听到你在找这样的工具，就赶快收到后头的储藏室里，要不然一下就卖掉了。我要你至少先看看，不要的话再卖给别人。”

桑尼·贾基特听了，北方佬的疑心立刻生起：“哦，你干吗要这样？”

“因为我有台经典老车，这种车常需要修理，我听说你是德里市这一带技术最好的修车技师。”

“噢，”桑尼顿时放松，“是哪个厂牌的啊？”

“塔克。”

桑尼的眉毛往上一冲，看着冈特先生的表情又多了分崇敬：“塔克水雷！真炫哪！”

“不是，我的是法宝。”

“是吗？我从来没听过塔克法宝。”

“他们只出了两台，一台是原型，一台就是我这辆，一九五三年出厂，不久后塔克先生就搬到巴西，在那里度完余生。”冈特先生露出微笑，仿佛神游到过去，“普雷斯顿人很好，是设计汽车的奇才，不过经商之道他可就不怎么通了。”

“是这样吗？”

“是，”冈特先生的眼神又清明了，“不过那是往事，今天才重要！翻页，呃，贾基特先生，你懂吗？我总爱说翻页——面向前方，开开心心迈向未来，永不回头！”

桑尼有些不安地斜眼看着冈特先生，不置可否。

“我来拿套筒扳手组给你看。”

桑尼并没有立刻说好，而是又一脸狐疑地看着玻璃橱窗内的物品说：“太好的我可买不起，账单多得都堆到天上了，有时候我真觉得生意管他去死，去郡政府做做事还差不多。”

“就是说嘛，”冈特先生表示，“都是那些该死的共和党员的错，我就是这么认为。”

桑尼原本还不信任冈特，脸都纠成一团，现在顿时松开，惊叹道：“老兄，你说得没错！那该死的乔治·布什快把国家给毁了……都是因为他还有他发动的那场鬼战争！不过话又说回来，你觉得民主党生不生得出对手，明年可以打败他？”

“我怀疑。”冈特先生说。

“像是杰西·杰克逊，黑鬼一个。”

他瞪着冈特，仿佛在说你要说我有歧视就来啊！不过冈特微微点头，好像在说没关系，我的朋友，畅所欲言吧，我们都是阅历丰富、直言不讳的人。桑尼·贾基特又放松了点，不那么在意手上的污渍，也比较自在了些。

“当然，我对黑人没什么不满，不过想到黑鬼进入白宫——白宫！——就会全身发抖。”

“的确。”冈特先生附和。

“还有那纽约来的意大利佬，马里奥·狗什么毛的！你难道认为叫那种名字的人有办法赢过白宫那个四眼田鸡吗？”①

“我不认为，”冈特先生说，他举起右手，修长的食指与匙形的丑拇指几乎捏在一起，“更何况我不信任小脑壳的人。”

桑尼愣了好一会，才猛拍膝盖，发出气喘吁吁的大笑声说：“不信任小——哎呀呀！先生，说得好啊！真是超级好！”

冈特先生咧嘴而笑。两人看着彼此咧嘴而笑。冈特先生把衬有黑丝绒的皮盒拿来，套筒扳手组就放在里面，这是桑尼·贾基特看过最美丽的铬钢合金套筒扳手组。

他们在套筒扳手组上方又相视而笑，牙齿露得像准备要打架的猴子。

桑尼当然买了下来，价格低得不可思议——一百七十元，外加对唐恩·亨普希尔和罗斯牧师各玩一次超有趣的恶作剧。桑尼对冈特先生说那是他的荣幸，他很乐意去整整爱唱圣歌的共和党龟儿子，把他们搞得臭兮兮。两人想着恶作剧又相视而笑。桑尼·贾基特和利兰·冈特——阅历丰富、得意扬扬的绝佳拍档。店门上方的小铃铛又响了。

6

柔虎酒吧老板兼酒保的亨利·博福特，就住在他做生意的地方附近，大约四分之一英里而已。迈拉·埃文斯把车停在柔虎的停车场（在炎热异常的早晨阳光下不见其他人的车），然后走去博福特的家。就她这趟任务的性质来看，这么做算是合理的预防措施。她不需担心，柔虎凌晨一点才打烊，而亨利几乎下午一点才起床。亨利家上下楼的卷帘都拉了下来，他的车停在车道上，那是一九六〇年出厂的福特雷鸟，保养极好，是他的荣耀与快乐。

---

① 此处所指应为一九八三年至一九九四年间担任纽约州长的马里奥·科莫（Mario Cuomo），曾数度参加民主党总统候选人党内初选。

迈拉穿着牛仔裤和老公的蓝色工作衬衫。衬衫下摆放出来，几乎长及膝盖，把她的腰带和挂在腰带上的刀鞘遮住。查克·埃文斯专门搜集第二次世界大战的纪念遗物（虽然迈拉不知道，不过查克已经在“必需品专卖店”买了那时期的收藏品），这把装有日本刺刀的刀鞘就是其中之一。迈拉在半小时前从查克地下室书房的墙上取下来。她每走一步，刀鞘就结实地撞着她的右大腿侧边。

她急着把这件事办好，才能回到她的猫王画像旁。她发现握着猫王画像，脑中就会出现一系列画面。那不是真实故事，但她认为大部分（其实是所有方面）都比真实的故事还好。第一幕是“演唱会”，猫王把她拉到舞台上共舞。第二幕是“演唱会后的休息室”，第三幕是“坐上豪华大礼车”。大礼车的司机是猫王的团员，穿着深色西装。在车上，猫王甚至懒得用黑色玻璃把驾驶座隔开，就在这趟去机场的路上，跟她在后座轰轰烈烈地做起爱来。

第四幕叫作“在飞机上”，场景是猫王的康维尔喷射机“丽莎玛丽”……精确地说，他们其实是在客舱后方用隔板隔开的一张双人大床上。这是迈拉昨天和今早都在幻想的一幕：搭着“丽莎玛丽”在三万两千英尺高空飞行，跟猫王在床上遨游。她并不介意永远跟猫王待在飞机的床上，不过她知道这一幕终将结束，因为他们正飞往第五幕的场景“优雅园”。一旦到了那里，事情只会更好。不过她首先要把这小小差事处理处理。

今早查克出门后，她就一直躺在床上，全身赤裸，只剩下吊袜带（猫王明白指示不要她脱掉），手中紧抓着猫王画像，在床单上慢慢扭动呻吟。然后一瞬间，双人床不见了，“丽莎玛丽”轻柔的引擎声消失了，猫王身上的男性香水味也消散了。

取代这些美妙幻觉的是冈特先生的脸，只不过他不再像店里时的模样。他的脸皮好像给某种惊异神秘的高温灼烧起了水泡，痛苦地抽动扭曲，仿佛下方有什么东西奋力想破皮而出。冈特展开笑容时，他上下两排方形大牙变成了利齿。

“迈拉，时候到喽！”冈特先生说。

“我要跟猫王在一起，”迈拉哀叫，“我会去做的，但现在不行，求求你不要现在。”

“不行，就是现在。你答应我的，你要信守诺言。迈拉，要是你失信，可会悔不当初哦!”

她听到刺耳的碎裂声,连忙低头一看,惊恐地发现相框玻璃出现一道锯齿状裂痕,把猫王的脸分成两半。

“住手!”她大叫,“不要这样!”

“不是我弄的,”冈特先生笑着回道,“是你弄的,是你喜欢当个愚蠢懒惰的小贱人才把它弄坏的。迈拉,这里是美国,只有妓女才在床上交易。在美国,可敬的人是要下床赚取自己需要的东西,不然一辈子也休想得到,你大概忘记这点了。当然,要找其他人去整整博福特先生也行,不过你跟猫王的美丽恋情——”

另一道裂痕像银色闪电般急速冲过画像上的玻璃,迈拉看到渗透进去的空气产生腐化作用,使得猫王的脸逐渐变得又老又皱又红,她心里越来越恐惧。

“住手!我去做!我现在就去做!我现在起来了,看到没?只求你住手!住手!”迈拉跳下床的速度,像是突然发现自己和一窝毒蝎同床而眠。

“迈拉,你信守诺言,我就住手,”现在冈特先生在迈拉心中某个深陷的空洞里说话,“你应该知道怎么做吧?”

“知道,我知道!”迈拉绝望地看着画像——猫王现在变成一个病老头,因为多年来饮食无度又耽溺恶习而脸部肥肿,握着麦克风的手却干瘦得像秃鹰的爪子。

“你任务完成回来后,”冈特先生说,“画像就会完好如初。不过迈拉,你唯一要小心的是不能让任何人看到你。要是你被发现,就再也看不到他了。”

“我不会被发现的!”她模糊不清地说,“我保证不会!”

现在迈拉已经接近亨利·博福特的家,她想起那个警告,于是左右张望,看看有没有人往这里走来,结果发现路上两边都没有行人。一只乌鸦在一块十月休耕的田地上睡意浓浓地叫着,除此之外安静无声。白昼似乎像个有生命的生物,异常炎热的天气有如其缓缓跳动的心脏,大地则像昏厥了一样没有任何动静。迈拉边走上车道,边拉起蓝衬衫下摆,摸摸那把刺刀,确定刀鞘跟刀子都还在。汗珠沿着背脊从胸罩下方淌了下来,令她黏痒难耐。尽管她自己不知道,跟她说她也不会相信,不过在这万籁俱寂的乡村景色中,她呈现了短暂的美丽。平常她的脸并不清秀,又一副不用大脑的样子，现在（至少目前这几分钟）却深具前所未见的意志与决心。她颧骨的轮廓变得清楚分明，这是她高中以来第一次恢复这清秀模样，因为当时她决定人生的使命就是吃掉世上每一个巧克力奶油蛋糕、巧克力派和香草巧克力冰淇淋。在过去这四五天中，她忙着和猫王享受性爱，而且花招越来越怪，因此对于食物没什么心思。她的头发通常像小地毯一样直直垂挂在两侧，现在却梳成紧紧的小马尾，让她的额头完全露出。自她十二岁起，脸上开始长起痘痘，一颗颗就像蠢蠢欲动的火山又红又肿，但现在大多都消退了，大概是因为荷尔蒙激增，以及多年来每日摄取的糖分过多，而现在又一下减少大半，结果痘痘被这些突如其来的巨变给吓着了。更值得注意的，是她的眼睛变得又大又蓝，几近狂野。这不是梅拉·埃文斯的眼睛，而是随时会凶性大发的丛林野兽。

她走到亨利的车旁，突然惊觉一辆车正沿着117号公路开来，是辆吱吱嘎嘎响，往镇上开的农用老卡车。迈拉连忙溜到雷鸟前方，蹲伏在散热器护罩旁，直到卡车走远才站起来。她从衬衫的胸前口袋掏出一张折起来的纸，打开后小心顺平，然后夹在其中一支雨刷下，好让上头的简短留言一眼就能看得清清楚楚。

你这该死的法国佬，以后休想阻止我喝酒，然后又扣住我的汽车钥匙！

上面这么写道。接下来换刺刀上场。她又匆忙往四周一瞥，不过在这炽热的白昼世界里，唯一在动的是只乌鸦，可能就是刚刚在叫的那只。车道正对面有根电线杆，乌鸦振翅飞到上头，仿佛在监视她。迈拉把刺刀拿出来，用两手紧紧握住，弯下腰，然后往驾驶座这边的镶白圈轮胎使劲一刺，刀刃完全没入，只剩刀柄在外。她预期会听到轮胎砰一声爆开，所以眼睛紧闭、嘴巴张开，但轮胎只是突然发出急促的咻咻声！像个大块头被人出其不意往肚子猛力一揍会发出的声音。雷鸟明显往左侧倾斜。迈拉把刺刀用力一拉，把破洞扯得更大，感谢查克总是没事就把收藏的兵器打磨保养一番。

橡胶轮胎的气迅速外泄，她在上头割出一道歪歪斜斜的线后，又绕到乘客座，把那边的轮胎也捅了一刀。她虽然还是迫不及待要回到猫王画像旁，但也发现自己很高兴来了这一趟。做这种事还蛮刺激的。想到亨利看到他心爱的雷鸟遭破坏时的表情，竟让迈拉性欲高涨。天晓得为什么，不过她认为等下回到“丽莎玛丽”号时，也许会有一两个新花招可以秀给猫王看。

现在换后面两个轮胎。刺刀没那么锐利了，不过她的一股冲劲却弥补了这点不足，她活力充沛地锯着后轮胎的侧面。

大功告成，四个轮胎不只是刺破，而是整个毁掉，这时迈拉后退一步检视她的杰作。她呼吸急促，帅气地用前臂把额头汗水一把擦掉。亨利·博福特的雷鸟比她刚到时足足矮了六英寸，只靠轮胎钢圈支撑着。钢圈外围的辐射层轮胎相当昂贵，现在已是四分五裂，不规则块状的橡胶胎面皱不成形。接下来，迈拉自行决定再多加一道手续，这才真叫大功告成。她用刀尖划过车子侧面，晶亮的烤漆上出现一条歪七扭八的长长刮痕。

刺刀划在金属上，发出轻微但刺耳的尖锐声响，迈拉连忙看向屋子的方向，突然觉得亨利·博福特一定听到了，卧房窗户的卷帘一定会突然掀起，他会往外看到她。

结果什么也没发生，不过她知道该离开了。她在这里已经逗留过久，更何况猫王在卧房里等着她呢！迈拉连忙走出车道，把刺刀插回鞘里，然后又放下衬衫下摆，把刀鞘完全盖住。她还没走到柔虎酒吧，一辆车从旁经过，往前开去——假定驾驶没有从后照镜色眯眯地盯着她看的话，那应该只会看到她的背影。她快速钻进自己的车里，把绑着马尾的橡皮圈用力拉下，让头发像往常一般松垮垮地垂挂下来，然后开回镇上。她只用一只手控制方向盘，另一只手在腰下办事。她开门进屋，两步并作一步跳上楼去。猫王画像放在床上，位置跟她离开时一样。迈拉抖抖脚，把鞋子甩下来，再把牛仔裤从腰际用力往下推，一把抓住画像，抱着它跳上床。玻璃上的裂痕不见了，猫王又恢复原本年轻英俊的样子。迈拉·埃文斯也可说变得年轻美丽了……至少暂时如此。

7

门上的小铃铛唱起它的叮当小调。

“波特太太，你好！”利兰·冈特开心地叫道，然后在收银机旁的名单上打了个勾，“我正想说你大概不来了呢！”

“我差点不来了。”蕾娜儿·波特说，她看起来相当气恼。她的银发通常梳理得整整齐齐，现在只是随便用夹子固定成一个松垮的包包头。她昂贵的灰色斜纹布裙摆下方，露出一英寸的衬裙，眼睛下方也出现浮肿的黑眼圈。她的眼睛不停闪动，既愤恨又疑忌地四处扫射。

“你要看的是‘豪迪杜迪’木偶对不对？我记得你收集了好些儿童相关的珍藏——”

“我今天真的没心情看这种可爱东西，”蕾娜儿说，她是城堡岩最有钱律师的太太，说话也像个律师，咬字清晰，速度极快，“我心情糟糕透顶，今天是紫红色日，不是红色，是紫红！”

冈特先生脸上立刻充满关怀之情，从主要展示柜旁绕出来走向她说：“我亲爱的女士，怎么啦？你气色很糟啊！”

“当然糟透了！”她怒气冲冲地说，“我的气场中平日那股顺流全都被搅乱了——搅得一团糟！我整个卡拉瓦不是那种沉稳平静的蓝色，而是亮紫红色！这全是对面那个臭婆娘的错！那个犯贱的臭婆娘的错！”

冈特先生的手做出奇异的安抚动作，但并没有真正碰触到蕾娜儿·波特身上的任何部位。他问：“是哪位臭婆娘啊？”但他心知肚明。

“当然是那个姓邦森特的！邦森特！那可恶的骗子斯特凡妮·邦森特！冈特先生，我的气场从来就没有紫红色过！没错，有几次是变成深粉红色，还有一次在牛津郡的时候，我在路上差点给个醉鬼开车撞倒，我猜那时候大概变红了几分钟，但从来就没有紫红色过！我完全没办法这样过活！”

“当然不行，”冈特先生安慰道，“亲爱的，没人认为你应该这样过活。”

他的眼睛终于抓住了她。波特太太的眼睛是如此散乱地四处扫射，要能对上实在不容易，但冈特终究还是吸引了她的注意。这时，蕾娜儿几乎是立刻沉稳下来。她发现看着冈特先生的眼睛，几乎跟看着自己身心健康时的气场一样，也就是完成所有该做的运动、摄取正确的食物（大多是豆芽和豆腐），以及起床后和睡觉前各打坐至少一小时，把她“卡拉瓦”的表层护持完好。此时冈特的眼睛是沙漠天空般宁静的淡蓝色。

“来，”冈特说，“来这边。”他把蕾娜儿领到墙边放着的三张厚绒布高背椅，这一小排座位是上星期许多城堡岩镇民坐过的地方。她坐好时，冈特先生说：“从头说起吧！”

“她一直都讨厌我，”蕾娜儿悻悻地说，“她总认为她先生在公司升迁的速度不够快，都是因为我先生在那里阻挠，还说是我叫我先生这么做的。她这个女人心胸狭小，胸部却那么大，气场是肮脏的灰色，你也知道那种女人是什么模样。”

“没错。”冈特先生回应。

“但我是到今天早上才知道她有多恨我！”尽管冈特先生施展稳定力量，蕾娜儿还是又激动了起来，“我起床后，发现我的花圃全毁了！毁了！昨天还那么美丽的花儿，今天都快死了！所有能安定我的气场、滋养我的卡拉瓦的花，全都被人谋杀了！凶手就是那个臭婆娘！那个姓邦森特的下贱死婆娘！”蕾娜儿的手握成拳头，藏住了修剪得优雅高贵的指甲。两个拳头在椅子的雕饰扶手上猛敲。“菊花、升麻、翠菊、万寿菊……那贱人晚上偷溜进来，把它们全都从土里拔起来！然后到处乱丢！冈特先生，你知道我今早在哪里找到装饰用的甘蓝菜吗？”

“不知道，哪里？”他温柔地问，手仍沿着她的身体来回安抚，但没有碰到。

其实他很清楚在哪里，至于把“卡拉瓦”破坏成一团糟的幕后元凶究竟是谁，他也心知肚明，那就是梅莉莎·克拉特巴克。蕾娜儿·波特并没有怀疑这是警员克拉特巴克的太太干的好事，因为她跟她不熟——梅莉莎也跟蕾娜儿不熟，顶多在街上碰到打声招呼。梅莉莎破坏花圃并无恶意（不过冈特先生认为毁坏别人珍爱的财物时，任何人多多少少都会升起一股快感，人之常情啊）。她大肆摧残蕾娜儿·波特的花圃，是为了偿付一组利摩日瓷器的部分费用。如果你直探这些恶作剧的真正目的，会发觉其实重点还是做生意。很快乐没错，冈特先生心想，反正有谁说做生意一定要很无聊？

“在街上！”蕾娜儿咆哮，“就在景观丘的中央！而且她什么伎俩都使出来！连我的非洲雏菊也不放过！全都毁了！全都……毁了！”

“你看到是她吗？”

“看什么看！唯一恨我入骨、做得出那种事的就是她！而且花圃全都是她高跟鞋的鞋印。我敢说那贱女人连上床都穿着高跟鞋。”

“噢，冈特先生，”她哀号着说，“我每次闭上眼睛，眼前全是紫色的！我该怎么办才好？”

冈特先生暂且默不作声，只是看着她、紧盯着她，直到她平静下来、略微出神。

“好一点没?”他终于问。

“嗯!”她松了口气,虚弱地回答,“我觉得又可以看到蓝色了……”

“但你气得连买东西的念头都没有。”

“嗯……”

“想到那贱女人对你做的好事,实在不可原谅。”

“没错……”

“她必须付出代价。要是她敢再动手,就让她吃不完兜着走。”

“说得好!”

“我可能有你要的东西。波特太太,请在这里坐着,我一会儿就回来。等我的时候,请想蓝色的念头。”

“蓝色。”她恍惚地附和。

冈特先生回来时,把埃斯从剑桥市拿回来的自动手枪放到蕾娜儿·波特的手里。手枪装满子弹,在展示灯的照耀下,发出油亮亮的蓝黑色光芒。蕾娜儿把枪举到眼前,开心地看着,宽心不少。

“好,我绝不会怂恿任何人去射别人,”冈特先生说,“至少没有非常好的理由,我是不会鼓励的。不过波特太太,你听起来好像理由非常充足,不是因为花的关系。我们都知道花不重要,花是可以再种的,不过你的业……你的卡拉瓦……嗯,那不是我们所有人的根本吗?”说完他不以为然地大笑起来。

“是啊,”她附和,然后把枪口对着墙壁,“砰,砰砰砰。这是送你的礼物,你这爱嫉妒又水性杨花的小贱人。希望你老公沦落到在镇上收垃圾,他做那个才配,你们俩只配去收垃圾。”

“波特太太,看到那个小杆了没?”他指着问道。

“有,看到了。”

“那是保险栓,要是那贱人又来破坏的话,你第一个动作是要推开保险栓,了解吗?”

“噢,了解,”蕾娜儿声音迷蒙地说,“我完全了解,砰。”

“没有人会怪你的,毕竟人要保护自己的财物,要保护自己的业。邦森特那贱女人大概不会再来找你麻烦,不过要是她来的话……”

他意味深长地看着她。

“她再来的话,也是最后一次了。”蕾娜儿把手枪的短枪管举到唇边,温柔地亲了一下。

“好,把枪放到皮包里,”冈特先生说,“然后直接回家。哎呀,你也知道,她也许正在你的院子里呢,搞不好已经在你房子里了。”

蕾娜儿听了心头一惊。邪里邪气的紫色细线开始缠绕她的蓝色气场。她站起身,把自动手枪塞入皮包。冈特先生的视线从她的眼睛移开,她的眼皮立刻快速眨动。

“冈特先生,真抱歉,我改天再来看木偶。我现在最好赶快回家,要不然我在这里的时候,那个姓邦森特的女人可能正在我的院子里,甚至在我屋子里也说不定!”

“想起来还真可怕。”冈特先生说。

“没错,不过财物就是责任,一定要保护。冈特先生,这是我们要面对的。我要付你多少?那个……那个……”但她想不起来冈特先生到底卖给她什么,虽然她确信很快就会想起来了,于是只好用手往皮包那儿一比。

“不用钱,那是今天的特价商品,就当作是……”他的嘴笑得更开了,“当作是见面礼。”

“谢谢你,”蕾娜儿说,“我觉得好很多了。”

“别客气,”冈特先生微微鞠躬说,“很高兴为您效劳。”

8

诺里斯·里奇韦克并没有去钓鱼。他正从休·普利斯特的卧房窗户往里看。

休·普利斯特四肢大开躺在床上,对着天花板打呼。他全身只穿着一条尿渍斑斑的四角内裤,指节突出的大手里紧握着一条纠结的兽毛。诺里斯看得不是很清楚(休·普利斯特的手非常大,窗户又脏得很),不过他觉得那是条蛀虫咬坏的旧狐狸尾巴。反正是什么不重要,重点是休·普利斯特在睡觉。

诺里斯穿过草坪,走回车道,他的私家车就停在休·普利斯特的别克后方。他打开乘客座车门,把身子探进去。他的鱼笼放在座位下方,贝增牌钓竿则放在后座——他觉得随时带着钓竿比较舒服,比较安心。钓竿还没用，理由很简单：他害怕用那根钓竿。他昨天把它带去城堡湖，一切都准备就绪，就在钓竿拉到肩膀后方，正要往前抛时，他犹豫了。

他心想：要是把一条肥嘟嘟的大鱼诱上钩可怎么办？比如“大烟”？

大烟是条棕色老鳟鱼，是城堡岩钓鱼迷传说中的巨鱼。据说它身长超过两英尺，跟黄鼠狼一样狡猾，跟鼬鼠一样有力，跟钉子一样强硬。老一辈的总是说，大烟的嘴里满是钓鱼线，都是那些把它诱上钩却拉不上来的垂钓者留下的战败品。

要是它力量大到折断钓竿怎么办？区区一条湖里的鳟鱼，尽管跟大烟一样大（如果大烟真的存在的话），要能够折断贝增牌钓竿，也是天方夜谭，不过诺里斯认为很有可能，而且依他最近的运势来看，这种事好像真的会发生。他脑中听得到钓竿断掉的清脆啪嗒声，心中看得到钓竿折成两半，一半沉到船底，一半漂浮在船边的光景，想到这里，他心就痛。钓竿一旦断掉，戏就没得唱了，因为不可能修得好，只能把它丢掉。

最后他还是用了萨克牌的老钓竿，结果昨晚没鱼吃，倒是梦见了冈特先生。

梦中，冈特先生脚上穿着防水长筒靴，头上戴着男式软呢帽，帽檐吊着轻快跳动的羽毛浮标。他坐在城堡湖里一艘划艇上，离岸边约三十英尺远，而诺里斯站在西侧岸上，身后是他老爸的小木屋，但屋子其实在十年前就已经烧掉了。冈特先生说话时，诺里斯站着聆听。冈特先生提醒诺里斯所做的承诺，诺里斯醒来时，心里完全肯定昨天把贝增牌钓竿放一边，用萨克牌老钓竿是明智之举。贝增牌钓竿太好了，珍贵得不得了，如果冒着折断的风险拿来用，简直就是犯罪。

现在诺里斯打开鱼笼，拿出一把又尖又长的杀鱼刀，然后走到休·普利斯特的别克旁边。

他告诉自己，没有人比这老是醉醺醺的邋遢鬼更罪有应得了，可是他内心却有个声音不同意。那个声音说他即将犯下一个极为可恶又可悲的错误，一辈子都无法弥补。他即将要做的事是恶搞别人的车，完全是恶搞，而恶搞的人总是坏人。但他身为警察，职责就是要逮捕坏人。

诺里斯，你自己决定，冈特先生的声音突然在他耳边响起，那是你的钓竿，要怎么做也是上帝赋予你的自由意志，你有权选择，你一直有权选择，但是——

诺里斯耳边的声音没有说完，倒也不需要，他很清楚现在反悔的结果会如何：他回到车上时，会发现贝增牌钓竿断成两截，因为每个选择都有后果；在美国，只要你付得起，想要什么就有什么，要是你付不起，或是拒绝支付，那就永远没办法满足。

诺里斯强词夺理地继续为自己辩驳：更何况换作休·普利斯特，他要对我恶搞可不会手下留情，而且不会像我是为了要买贝增牌钓竿这等好货。休·普利斯特会为了一瓶老公爵和一包好彩香烟而往自己老妈的喉咙抹上一刀。他就这么把自己的罪恶感驳斥回去。此时内心又有什么声音要反对，要请他三思而后行，但他把这声音强压下去。于是他弯下腰，开始动手划破那辆别克的轮胎。他跟迈拉·埃文斯一样，越破坏越有劲，还自行把别克的前车灯和后车灯砸碎，算是额外修饰。最后，他在驾驶座前方的雨刷下，放入一张字条，上面写着：

小小警告！休阿宝，那已经是你最后一次踢我的点唱机，再有下一次，我会让你知道我不是好惹的。给我滚得远远的，不准进我的酒吧！

任务完成后，他蹑手蹑脚慢慢走回休·普利斯特卧室的窗边，心脏在他窄小的胸膛内沉重地跳动着。休·普利斯特仍紧抓着那条破破烂烂的兽毛，正睡得酣熟。天底下谁会要那种又脏又旧的烂东西？诺里斯心里纳闷。看他紧抓成那样，还以为那是他心爱的泰迪熊呢！

他回到车上，把排挡杆推到空挡，让他的老甲壳虫无声无息地沿着车道滑出去，一直到街道上才发动引擎，然后尽速离开。他头很痛，胃也不舒服地翻腾着，他一直告诉自己没关系，他觉得很好，他觉得很好，该死，他好得很。但他怎么安慰自己都没用，一直到他左手往后座一伸，抓住修长有弹性的钓竿时，才又平静下来。

诺里斯就这么握着钓竿一路开回家。

9

铃铛叮叮作响。斯洛皮·多德走进必需品专卖店。

“哈喽，斯洛皮。”冈特先生说。

“哈——哈——哈喽，冈特先——先——先——”

“斯洛皮，在我面前不用结结巴巴。”冈特先生说，然后伸出两根手指，举到斯洛皮不怎么好看的脸上方，往下一划，斯洛皮感觉到某个东西，心中一个缠乱纠结的东西神奇地消失了。他目瞪口呆。

“你对我做了什么?”他倒抽一口气说。这几个字从他的嘴里顺利吐出,就像条珠串。

“一个拉特克利夫小姐绝对想学的把戏,”冈特先生说,他微笑着在名单上斯洛皮的名字旁打个钩,瞄一眼角落里滴滴答答响得不亦乐乎的落地钟,十二点四十五分,“告诉我,你是怎么提早离开学校的,会不会有人起疑?”

“不会,”斯洛皮仍是一脸惊奇,他努力往下看着自己的嘴,仿佛真能看到这些字句以前所未有的秩序一一滚出来,“我跟德威斯老师说胃不舒服想吐,她叫我去找健康中心的护士阿姨,然后我跟护士阿姨说我好多了,但还是不舒服。她问我能不能走路回家,我说可以,她就放我走了。”斯洛皮停顿一会儿,“我来是因为我在自习室睡着了,梦见你在叫我。”

“我的确在叫你,”冈特先生把他手指修长的手搭成金字塔状顶住下巴,对斯洛皮笑着说,“告诉我,你妈妈喜欢你送的白镴茶壶吗?”

一阵红晕爬上斯洛皮的脸颊,把他的脸染成红砖色。他欲言又止,只好低头盯着自己的双脚。

冈特先生用他最温柔亲切的声音说:“你是不是自己收起来啦?”

斯洛皮点点头,仍看着他的脚。他既羞愧又困惑,更糟的是他还感到一阵可怕的失落感和悲伤:冈特先生不知用什么方法,把他脑袋瓜里令人厌倦又气愤的结化开了,但这有什么用?他尴尬得一句话都讲不出来。

“拜托告诉我,一个十二岁男孩要白镴茶壶做什么?”

斯洛皮额前蓬乱的鬈发在几秒钟前本来是上下摆动,现在他摇头,发丝也跟着晃动。他不知道十二岁男孩要白镴茶壶做什么,他只知道想自己留下来,他喜欢那茶壶,真的真的很喜欢。

“……感觉。”他终于喃喃说出。

“请再说一遍好吗?”冈特先生说,挑起一边波浪般的眉毛。

“我说,我喜欢它摸起来的感觉!”

“斯洛皮啊斯洛皮,”冈特先生从柜台后走出来说,“你不用解释给我听。大家所谓的‘占有的得意感’是种奇怪的心理作用,但我了解得很,我的事业就建筑在这上面。”

斯洛皮看到冈特先生逼近,惊慌地缩身叫道:“别碰我!求求你不要碰我!”

“斯洛皮,我没打算碰你,也没想叫你把茶壶给你妈妈。那是你的茶壶,你想怎么处理就怎么处理,其实我还很赞同你把它留着呢!”

“你……你同意?”

“我同意!百分之百同意!自私的人才快乐,我全心全意相信这个说法,不过斯洛皮……”

斯洛皮微微抬起头来,眼睛从垂挂的红褐色刘海中恐惧地看着利兰·冈特。

“你该把茶壶的账付清了。”

“噢!”斯洛皮的脸顿时大为放松,“你要我来就只是为了这个?我还以为……”但他没办法或不敢把话说完,因为他不太确定冈特先生要做什么。

“没错,你记得答应过要去整谁吗?”

“当然喽,普拉特教练。”

“对,这个恶作剧有两部分——你要把某个东西放在某个地方,还要跟普拉特教练说几句话。要是你完全遵守指示,茶壶就永远属于你了。”

“我可不可以像这样说话?”斯洛皮急切地问,“我也可以一辈子说话不结巴吗?”

冈特先生一脸歉然地叹口气说:“斯洛皮,你一离开这里,恐怕就得恢复原来说话的样子。我仓库里的确有个治疗口吃的仪器,不过——”

“拜托你!拜托你,冈特先生!我什么都愿意做!不管是对谁,我什么恶作剧都愿意做!我讨厌讲话结巴!”

“我知道你愿意,不过问题就在这儿,难道你不了解吗?我的整人计划已经接近尾声,可以说约我跳舞的人几乎都排满了,所以你没办法再付我什么。”

斯洛皮犹豫了好一阵子才开口说话,声音低沉畏怯:“您不能……我是说,冈特先生,您有没有就只是把东西……送人过?”

利兰·冈特的脸显得非常悲哀,他说:“噢,斯洛皮!我是多么常想到这点,而且多么渴望把东西送人不求回报!我内心深处有口尚未开凿的仁爱之井,不过……这样就不是做生意了,”冈特先生把话讲完,然后对斯洛皮绽开慈爱的微笑,不过双眼却闪着狡猾的光芒,斯洛皮不禁倒退一步，“你了解吧？”

“呃……了解！当然了解！”

“何况，”冈特先生继续说，“接下来几小时对我来说无比重要。一旦事情真的开始启动，就很难停下来，不过目前我得谨慎小心，不能泄露我真正的目的。要是你突然不结巴，可能会让人起疑，那可就糟了，警长已经在问他不该管的事情了，”他脸色顿时一沉，不过马上又展露出那既丑陋又迷人的微笑和那两排彼此推撞的牙齿，“不过我打算把他处理处理，嗯，没错。”

“你是说潘伯恩警长？”

“没错，就是潘伯恩警长，”冈特先生又伸出两根手指，举到斯洛皮的额头前方，往下滑到下巴处，“不过我们从来没谈过他，对吧？”

“谈谁啊？”斯洛皮一脸不解地问。

“就是这样。”

利兰·冈特今天穿着深灰色麂皮外套，他从其中一个口袋里掏出黑色皮夹，伸手拿给斯洛皮，斯洛皮小心翼翼地拿过来，小心避开冈特先生的手指。

“你应该知道普拉特教练的车吧？”

“野马？当然知道。”

“把这放进去，放在乘客座位底下，只露出一角。现在就去城堡岩高中，要在放学钟声响起前放进去，了解吗？然后你要等到他出来，他出来时……”

冈特先生低声把话说完，斯洛皮抬头看着他，嘴巴微开，眼神迷蒙，不时点点头。

斯洛皮·多德几分钟后走了出来，衬衫里塞着约翰·拉普安特的皮夹。

第十六章

1

妮蒂躺在波莉·查默斯出资购买的灰色素面棺木里。艾伦之前说要分担一些费用，但波莉一口谢绝，这种简单又笃定的作风，艾伦已渐渐了解、尊重和接受。在家乡墓园里，妮蒂的棺木用钢制滚轴凌空吊在墓穴上方，离波莉亲人下葬那区很近。

墓穴旁的土堆上，覆盖着鲜绿色的假草皮，在炙阳下闪着刺眼的光芒。那层假草皮总是令艾伦不寒而栗，觉得既讨厌又可怕。比较起来，他还宁可看殡葬业者帮死者擦胭脂抹口红，然后替他们穿上最好的服装，让他们看起来像是要去波士顿参加大型商业会议，而不是给尸虫啃蚀，在树根间慢慢腐败。

汤姆·基林沃思是卫理公会牧师，他每周在杜松岭精神病院主持两次礼拜，对妮蒂相当了解，因此受波莉之请，为妮蒂主持葬礼。他的讲道简短而温馨，不时提到他所认识的妮蒂·科布，说她是位勇敢从精神失常的阴影慢慢走出来的女士，说她鼓起勇气，决定再次面对这曾经重伤她的世界。

"小时候，"汤姆·基林沃思说，"我母亲的缝纫室里放着一块牌子，上面有句很妙的爱尔兰谚语：'愿你在魔鬼知道你去世前半小时抵达天堂。'妮蒂·科布一生历经百般波折，在许多方面算是悲惨的一生，但尽管如此，我不相信她和魔鬼有过什么交集。虽然她惨遭横死，无法寿终正寝，但我由衷相信她去的是天堂，而且魔鬼还不知道她死去的消息。"基林沃思张开双臂，这是传统的祝祷手势，他说："让我们为她祈祷。"

山丘另一头正在举行维尔玛·耶日克的下葬仪式，这时传来群众此起彼落回应约翰尼·布理格姆神父的声音。参加耶日克葬礼的人很多,车子从坟地一路停到墓园东门,他们如果不是为死者维尔玛而来,也是为生者皮特·耶日克而来。而妮蒂这里的送葬者只有五位,分别是波莉、艾伦、罗萨莉·德雷克、老头子伦尼·帕特里奇(只要不是天主教宗信徒的葬礼,他一般来说都会参加),还有诺里斯·里奇韦克。诺里斯看起来脸色苍白,心不在焉。艾伦心想:一定是鱼儿不上钩。

“愿主祝福你,让你心里永远记着妮蒂·科布,而且记忆永不褪色。”基林沃思说。艾伦身旁的波莉又失声痛哭,于是艾伦伸出一只手抱着她,她感激地往他身上靠,然后找到他的手紧紧握住。“愿主抬起头看着你,愿主将其恩典沐浴在你身上,愿主鼓舞你的灵魂、赐你平安,阿门。”

这天甚至比哥伦布纪念日还热。艾伦抬起头,耀眼的阳光从棺木扶手反射到他眼里。他的前额直冒汗水,仿佛身处炎夏中。他用没抱住波莉的那只手往额头一抹。波莉往皮包里摸索,找到一张没用过的卫生纸,擦拭止不住泪水的双眼。

“宝贝,你还好吗?”

“还好……可是我得为她哭。可怜的妮蒂,可怜的妮蒂。为什么会发生这种事?为什么?”说完又开始啜泣。

同样想不透这件事的艾伦将她拥入怀中。从她肩膀上方,艾伦看到诺里斯漫步走到他们停车的地方,他好像不知道自己要走向哪里,要不然就是不太清醒,艾伦看了皱起眉头。后来他看到罗萨莉·德雷克走向诺里斯,对他说了些话,然后诺里斯抱了她一下。

艾伦心想:他跟妮蒂也熟,他只是难过罢了。你最近老疑神疑鬼的,也许真正的问题是你自己到底怎么了?

基林沃思走上前来,波莉转身向他道谢,尽量让自己沉稳下来。基林沃思伸出双手,波莉毫不畏缩地让自己的手被牧师的大手紧紧握住,艾伦见此相当惊奇,但也生起防备之心。在他记忆中,从没看过波莉如此自在且毫无顾虑地伸手与人相握。

她不是只好了一点,而是好非常多,到底发生了什么事?

山丘另一头,约翰尼·布理格姆神父以让人讨厌的鼻音宣布:“愿平安与你同在。”

“也与你同在。”送葬者齐声回道。

艾伦看着那块恶心假草皮旁边的灰色素面棺木，心想：妮蒂，愿平安与你同在，现在你终于可以好好安歇了。

2

家乡墓园的两场葬礼接近尾声时，埃迪·沃伯顿把车停进波莉家前方。他轻巧地走下车（这辆只是用来代步，不像“桑诺可”臭白鬼修坏的那辆车又新又好），然后谨慎地左右一看。一切似乎都很好，午后的街道仿佛在打瞌睡，而气温就像盛夏一般。

埃迪匆匆走上波莉家前的走道，手从衬衫里摸出一封公家机关样式的信。冈特先生十分钟前才把他叫过去，告诉他付清那枚纪念章的时候到了，所以他才会在这里出现……这是当然！冈特先生是那种说你是青蛙，你就得跳的人。

埃迪踏上波莉门前的三阶台阶，一股微微的热风吹动了门上的风铃，发出柔和的叮当声。那是天底下最悦耳舒适的声音，但埃迪还是惊得全身一颤。他又赶忙左右张望一番，看到没有人，才又低头看看信封。这封信是给“帕特里夏·查默斯女士”的——我的天！埃迪完全不知道波莉真正的名字是帕特里夏，不过他也不在乎。他的任务是完成这小小的恶作剧，然后闪人。他把信封投进门上的投信口。信封左右轻晃往下掉，落在其他邮件上方，分别是两份商品目录和一本有线电视节目单。这是一封商务书信大小的信封，波莉的姓名地址写在正中央，右上角有邮资机打的戳记，左上角是寄件人地址：94112　加州旧金山吉瑞街666号　旧金山儿童福利局。

3

“怎么了？”艾伦问道，他和波莉正慢慢走下山坡，往他旅行车的方向走去。他希望跟诺里斯至少打个招呼，不过诺里斯已经坐上他的甲壳虫开走了。大概是趁太阳下山前，再回到湖上钓些鱼。波莉抬起头，眼睛仍是哭红的，脸色也很苍白，但还是挤出一丝微笑问道：“什么怎么了？”

“你的手，你吃了什么药好得这么快？简直像魔术。”

“是啊，”她说时把手往前一伸，手指张开，好让他们俩都能看清她的手，“像魔术一样。”现在她的笑容稍微自然了些。

她的手指还是歪曲不平，指关节还是突出，不过星期五晚上严重的肿胀几乎全消了。

“小姐，拜托告诉我吧！”

“我不确定要不要告诉你，”她说，“其实我不太好意思。”

罗萨莉开着她老旧的蓝色丰田经过时，他们停下来挥手道别。

“快点嘛，”艾伦求道，“给我老实招来。”

“好吧，”波莉说，“我想总算碰上好医生了。”她的脸颊慢慢泛红。

“谁呀？”

“冈特医生，”她说完慌张地轻笑了起来，“利兰·冈特医生。”

“冈特！”他吃惊地看着她，“他跟你的手有什么关系？”

“载我去他店里，路上再跟你说。”

4

五分钟过后（艾伦有时觉得，住在城堡岩最棒的好处之一，就是几乎不管到哪里，都只要五分钟），他停进“必需品专卖店”前的斜向停车格。橱窗上那张标示艾伦早就看过了：每周二、四只接受预约。不过这次他才突然想到，在小镇上做生意，工作日的这两天还“接受预约”，可真是他妈的够奇怪，而他之前完全不以为意。

“艾伦？”波莉迟疑地问，“你好像很生气。”

“我不是生气，”艾伦回答，“我有什么好生气的？其实是我不知道现在有什么感觉。大概——”他笑了一下，摇摇头又说，“我大概是‘吓哑了’，这是托德以前常说的。不过波莉，狗皮膏药？这可真不像你的作风啊！”

波莉听了立刻紧抿嘴唇，转身面对艾伦，眼中射出一道警告的光芒：“我不会用‘狗皮’这个词，那明明就不是狗的皮……如果真要说某个偏方是骗人的，《见闻》封底广告上的西藏转经轮才算。艾伦，如果偏方有效，就不该说它是‘狗皮膏药’，我说得对不对？”

他张开嘴——要说什么也不确定——不过他还来不及吐出一个字，波莉又继续说。

“你看。”她把手举到胸前，在挡风玻璃透进来的阳光下，轻松地一张一握好几次。

“好吧，措辞不当，我的意思——”

“没错，我同意，措辞非常烂。”

“抱歉。”

波莉把身子整个转过来面对艾伦。她就坐在安妮以前常坐的位子上，坐在曾经是潘伯恩一家人的家庭房车里头。艾伦心想：我为什么还不把这辆车拿去卖掉，再买一辆？我到底怎么了？疯了吗？波莉轻柔地把手放在艾伦的手上说：“唉，气氛越来越僵了——我们从来就没拌过嘴，现在也不想开始。今天才帮好友举行葬礼，可不想又跟男友吵架。”

艾伦逐渐展开笑颜说：“我是什么？你的男友？”

“这个嘛……你是我的*朋友*，至少我可以这么说吧？”

他抱抱她，心里对于他们差点就要吵起来略微吃惊，而且导火线不是她情况转坏，而是变得*更好*：“宝贝，你想说什么就说什么，我好爱你。”

“而且不管怎么样，我们就是不能吵架。”

他认真地点点头说：“不管怎么样。”

“因为我也爱你。”

他吻一下她的脸颊，然后把她放开说：“让我看看他给你的什么啦叽卡。”

“不是啦叽卡，是*阿兹卡*。而且他不是*给*我，是借我试戴，所以我现在才要来这里跟他买，这我已经跟你说了，只希望他不要开天价。”

艾伦看一眼展示橱窗上的标示，再看一眼门上拉下的卷帘，心想：亲爱的，他恐怕真的是要开天价。这一切都令他不舒服。葬礼仪式时，他的视线一直很难离开波莉的手——他观察她轻松地把皮包的金属扣打开，伸进去找卫生纸，然后用指尖把金属扣扣上，而不是吃力地转动皮包，好用大拇指按下去，因为大拇指通常是最不痛的地方。他知道她的手好多了，不过听她讲冈特给的这个神奇护身符——神奇的部分赞叹完毕后，就要面对事实——让他非常不安，他嗅出诈骗的味道。

每周二、四只接受预约。不对劲——他来到缅因州后，除了几家像“莫里斯”这种高级餐厅外，他没看过任何一家商店只接受预约的。更何况要是不预约就直接去“莫里斯”，十次中有九次还是有位子，当然夏天游客爆满的时候除外。

只接受预约。尽管如此，他一整个星期都看到（可说是用余光就能瞄

到)客人在“必需品专卖店”进进出出。可能不是成群结队地进出,不过奇怪的是,冈特先生这种接受预约的经商之道,显然对他完全没损失。有时候他的客人是几个几个一起来,但独自前往的客人似乎更多……至少艾伦现在回想起来是如此。这不就是骗子的手法吗?他把你跟群众分开,趁你落单的时候接近你,取得你的信任,然后告诉你如何用这千载难逢的低价买下整条林肯隧道。

“艾伦?”波莉用拳头往他的前额轻轻一敲,“艾伦,你飘走啦?”

他眼光回到她身上,微笑着说:“我还在。”

波莉穿了件白色衬衫,外罩深蓝色无袖背心裙,还配上蓝色领巾参加妮蒂的葬礼。艾伦陷入沉思时,她已经把领巾解下来,灵巧地解开底下衬衫的头两颗纽扣。

“继续!继续!”他色眯眯地斜眼看波莉说,“乳沟!我们要看乳沟!”

“够了,”她正色说道,但还是露出一抹微笑,“我们坐在主街中央,而且现在是下午两点半,光天化日下你还敢乱来,还有,顺便提醒你,葬礼才刚结束呢。”

他吓了一跳,连忙问道:“已经那么晚了吗?”

“如果两点半叫晚,那的确是很晚了,”波莉轻拍他的手腕,“你戴在手上的东西,自己有没有看过啊?”

于是他看看手表,发现时间接近两点四十,而不是两点半。城堡岩中学三点放学,如果他要在布赖恩·鲁斯克出来前赶到那里,现在就得动身了。

“让我看看你的小玩意儿。”他说。

她抓住脖子上的精致银项链,把垂挂在尾端的银制小物体拉出来,然后用手掌捧着……艾伦伸手去碰时,她连忙把手合上。“呃……我不知道能不能给人碰,”她脸带微笑,不过艾伦的动作显然让她不自在,“磁场什么的可能会被破坏。”

“噢,波莉,少来了。”他不快地说。

“好,”她说,“我们就来把事情说清楚,好吗?要不要?”她的声音又含着怒意,她努力想控制自己,但还是听得出她老大不爽,“你说风凉话当然很容易,反正电话按键加大、吃一堆止痛药的人又不是你。”

“嘿,波莉!这太——”

“叫我嘿，波莉就算了。”她脸颊出现鲜明的红晕。稍后她冷静回想时，会知道她生气的部分原因非常单纯：星期天时，她的感受跟艾伦现在一模一样，然后某件事发生了，让她改变想法，处理这样的变化可不容易。“这东西有效，我知道很扯，但有效就是有效。星期天早上妮蒂来的时候，我痛得不得了，还开始想，真正能够解决所有问题的方法，可能就是把两只手都切掉。艾伦，我的手痛死了，所以我想：‘噢，对耶，截肢！我以前怎么没想过？这用膝盖想也知道啊！’这念头几乎让我吓了一跳。好，然后过了两天呢，就只听到范·艾伦医生说这是‘捉摸不定的痛’，但现在也不会捉摸不定了，好像完全好了一样。还记得一年前我有一星期都吃糙米，因为听说那个有效。难道这有那么不一样吗？”

她越说怒气越消退，现在她几乎是祈求地看着艾伦。

“我不知道，波莉，我真的不知道。”

她又张开手掌，这次是用拇指和食指捏着阿兹卡。艾伦俯身细看，但没有动手摸。那是个银制的小东西，不是很圆，下半部小洞密布，每个洞比报上构成照片的黑点大不了多少。它在太阳底下发出柔和的光芒。艾伦端详时，一阵强大、非理智的感觉席卷了他：他不喜欢这东西，一点都不喜欢。他突然有股强大的冲动，只想把它从波莉的脖子上扯掉，丢出车窗外，但还是忍住了。没错！老兄，这可真是妙点子啊！你扯下来丢掉吧，然后你就会被打得满地找牙！

“有时候里头像是有东西在动，”波莉微笑着说，“像墨西哥跳豆或什么的，我这样想是不是很可笑？”

“不知道。”他看着波莉把那东西塞回上衣里，心里着实担忧……不过那东西一旦离开视线，又看见她的手指（不可否认，现在的确是灵活多了）把前两个纽扣扣上时，不安的感觉开始消退，不过他却越来越怀疑利兰·冈特先生正在欺诈他的心上人……如果真是这样，那受害人不会只是波莉而已。

“你有没有想过可能是其他原因？”他现在话说得非常小心，仿佛踩着滑溜溜的踏脚石横越急湍，“你也知道，你以前也有症状减轻的时候。”

“我当然知道，”波莉急躁地说，“这是我的手。”

“波莉，我只是——”

“艾伦，我早就想到你大概会有这种反应，但事实简单得很：我知道关节炎症状减轻是什么感觉，但老兄，这不是症状减轻。我过去五六年来，的确有非常好的时候，但即便是最好的时候，也没像现在这么好。这次不一样，这次好像……”她停顿一会儿，思考一番，然后微微摊开双掌、耸耸肩，气馁地说，“这次好像要痊愈了。我不期望你能完全体会我的感觉，但这是我最贴切的形容了。”

他眉头微皱，点点头。他了解她的意思，也知道她说的是真的。也许阿兹卡开启了她内心潜在的疗愈能量。这有可能吗？虽说关节炎不是心理失调引起的，不过那些声称具有古传炼金秘术的玫瑰十字会会员认为以心治身是常有的事。L·罗恩·哈伯德撰写关于戴尼提心灵治疗术[①]的书，已经卖了上千万本，那些读者也认为身心是相通的。这种事是否可信，他不知道，但唯一可以肯定的是，他从来没看过盲人光靠心灵力量就可以恢复视力，或是受伤的人光靠专注力就可以止血。不过可以确知的一点：他嗅到不太对劲的地方，就像一条死鱼在炙阳下晒了三天后发出浓重的腐臭味。

“我们直接讲重点，”波莉说，“一直克制自己不生你的气让我很累。跟我一起进去，你自己跟冈特先生讲讲话，反正你也该见见他了。也许他能解释得更清楚这个护身符有什么功用……或没什么功用。”

他又看看手表，两点四十六分了。有那么一瞬间，他想听从波莉的话跟着进去，布赖恩·鲁斯克的事晚点再说。不过趁布赖恩放学时拦住他，趁他不在家时找他，直觉上这才是正确的行动。他妈妈不在旁边，比较能问出个所以然来，否则他母亲一定会像只母狮子，为了保护幼狮，在旁边徘徊不去，不时打岔，甚至叫她儿子不要回答。没错，至少可以确定，如果最后发现她儿子有所隐瞒，或甚至鲁斯克太太也认为她儿子有秘密，那么不趁放学时拦住布赖恩，大概就不容易甚至不可能得到他想要的信息。

目前这里可能有位骗子，而布赖恩·鲁斯克可能握有解开双尸案之谜的钥匙。

“甜心，现在不行，”艾伦说，“也许今天晚点可以。我得去中学跟某人谈谈，现在应该要出发了。”

“跟妮蒂有关吗？”

---

① 二十世纪美国作家L·罗恩·哈伯德创造的排除有害印象精神治疗法。

“跟维尔玛·耶日克有关……不过我的直觉准的话，跟妮蒂也有密切关联。要是我打听到什么消息，会再跟你说，不过你能帮个忙吗？”

“艾伦，我要买！这又不是你的手！”

“你误会了，我不是要阻止你，只不过我要你开支票给他。如果他真的是个好生意人，没有理由不收支票。住在小镇上，银行就在对面，方便得很。不过要是里头有鬼的话，你至少有几天的时间可以止付。”

“了解，”波莉的声音平稳，但艾伦心一沉，知道他终于从滑溜溜的踏脚石上失足，一头栽入急湍里，“你觉得他是骗子对不对？你觉得他把这些容易上钩的小女人骗得团团转，然后拿了钱就收摊，趁着夜里溜之大吉。”

“我不知道，”艾伦平静地说，“不过我*知道*的是，他在咱们小镇才开店一星期，所以用支票应该是个合理的预防措施。”

没错，他这样小心是合理的，波莉也知道，不过就在她认为这是个货真价实的奇迹疗方时，这种合理的作为、这种死不动摇的理性却让她火冒三丈。她真想对着艾伦的脸把手指弹得啪嗒作响，一边吼道：*艾伦，你看到没？你是瞎了不是？*不过她还是努力忍下这股冲动。艾伦说得没错，如果冈特先生光明磊落，绝对会收下她开的支票，但想到这点却更让她气得咬牙切齿。

不要大意，一个声音对她轻声说道。小心行事，不要冲动，要三思而后言，记得你爱这个男人。但另一个声音，比较冷淡的声音，差点令她认不出是自己的声音，反问：*是吗？我真的爱他吗？*

“好吧，”她僵硬地说，身子移向车门边，和艾伦离得远远的，“谢谢你替我着想。你看，有时候我会忘记我有多需要人家这样照顾。我一定会开支票给他的。”

“波莉——”

“好了，艾伦，别再说了，我今天没力气继续跟你生气了。”她打开车门，利落地跨出去，这时无袖背心裙翻了起来，露出长长一截大腿，令人心跳为之暂停。

他准备下车过去拦住她，再跟她说几句，把她的气消一消，让她了解他只是表达自己的疑虑，因为他关心她。不过他又看看手表，两点五十一分了，即使火速开去学校，也可能错过布赖恩·鲁斯克。

“我今晚再跟你谈。”他往车窗外叫道。

“好,”她冷冷地说,“就照你说的做吧。”她头也不转,径自走向遮阳篷下的店门。艾伦在倒车回到街上前,听到小铃铛的叮叮声。

5

“查默斯女士!”冈特先生开心地叫道,然后在收银机旁的名单上打了个小勾,现在已经接近名单尾端了,波莉是倒数第二位。

“不是说好叫我波莉的吗?”她说。

“抱歉,”他笑得更开了,“波莉。”

她也对他一笑,不过相当勉强。现在她在店里,想到她和艾伦气呼呼地分开,不禁感到难过。突然间,她发现自己强抑着即将决堤的泪水。

“查默斯女士? 波莉? 你不舒服吗?”冈特先生从柜台里走出来,“你脸色有点苍白。”他的眉头皱了起来,那是真心的关怀。波莉心想:这就是艾伦认为的骗子,要是他现在能看到冈特先生就好了——

“大概是太阳的关系,”她声音不太平稳地说,“外头太热了。”

“不过这里面很凉,”他以令人宽心的声音说,“波莉,来,来这边坐。”

他的手接近波莉的后腰,但又没碰着地把她带到其中一把红色绒布高背椅上。她坐了下来,膝盖紧紧靠拢。“我刚好往窗外看,”他边说边在波莉旁边的椅子上坐下,修长的双手交叠在大腿上,“你和警长好像在吵架。”

“那没什么。”不过她说完,一颗豆大的泪珠从左眼角溢了出来,沿着脸颊滚下。

“刚好相反,”他说,“那很有什么。”

波莉抬起头来,惊讶地看着他……然后冈特先生的淡褐色双眼攫住了她。以前是淡褐色的吗? 她记不得了,没办法确定。现在她只知道看着那双眼睛,今天所有的痛苦与烦恼(帮可怜的妮蒂举行葬礼,然后又很不明智地和艾伦吵了一架)都渐渐消散了。

“是……是吗?”

“波莉,”他柔声说,“只要你信任我,一切都会没问题的。你相信我吗? 嗯?”

“相信,”波莉回答,虽然内在某个声音,某个遥远微弱的声音拼命发出警告，“我相信，不管艾伦怎么说，我都全心信任你。”

“嗯，很好。”冈特先生说，然后伸手握住波莉的一只手。波莉的脸瞬间因嫌恶而扭曲，但又放松回到之前茫茫然的表情。“很好。跟你说，你的警长朋友根本不需担心，你的个人支票就跟黄金一样有保障。”

6

艾伦知道，如果不打开警灯放到车顶上，一定会来不及，可是他又不想闪着警灯开过去。他不想让布赖恩·鲁斯克看到警车朝他驶来，他要布赖恩看到的是辆有点破旧的旅行车，就像他老爸可能开的那种。在放学前抵达城堡岩中学已经来不及了，于是艾伦停在主街和中学路的交叉口。按逻辑推断，布赖恩最有可能朝这方向走来，艾伦只希望今天这逻辑行得通。

艾伦下车，斜靠在旅行车的保险杆上，手伸进口袋里，看找不找得到口香糖。他拆开口香糖的包装纸时，听到城堡岩中学三点放学的钟声响起，钟声在温暖的空气里显得缥缈虚幻。

他一跟布赖恩谈完，就要去找来自俄亥俄州阿克伦的利兰·冈特先生，不管有没有跟他预约……不过他又突然改变心意：先打电话到奥古斯塔的检察总长办公室，请他们查一查罪犯档案，看里头有没有冈特这个人。要是没有，他们可以再打到华盛顿去，请他们在“犯罪资料库”里查——艾伦认为尼克松政府做的好事寥寥可数，而这资料库恰巧就是其中之一。

第一批学生走出校门，他们蹦蹦跳跳、嘻哈笑闹地沿着中学路走下来，艾伦灵光一闪，他打开驾驶座车门，身子探进去，打开置物箱，在里头翻翻找找，结果托德的整人坚果罐掉了下来。

就在艾伦打算放弃时，他找到他要的东西。他拿出来，关上置物箱，身子退回到车外。那是个硬纸板做的小型信封，上面的标签写着：变花把戏　新泽西州派德森市吉尔街十九号　黑石魔术公司。艾伦从信封里倒出厚厚一叠小型彩色正方形薄纸，然后塞进手表带下。魔术师身上和衣服上都有几个“藏匿点”，而每个魔术师喜欢的藏匿点都不一样，表带下方就是艾伦的最爱。

他把这远近驰名的变花把戏准备就绪后，就继续留神注意布赖恩·

鲁斯克的踪影。他看到一个男孩骑着脚踏车，在一群群学童间快速穿梭前进，立刻提高警觉，结果发现那是汉隆家的双胞胎之一，于是又放松下来。

“慢慢骑，不然开你罚单！”男孩火速骑过时，艾伦板起脸叫道。杰伊·汉隆转头看他一眼，大吃一惊，差点撞上一棵树，然后放慢速度继续往前骑。艾伦看了他一会儿，心里觉得好笑，然后转身面对学校方向，眼光继续在人群中搜索布赖恩·鲁斯克的身影。

7

城堡岩中学的放学钟声响起后五分钟，萨莉·拉特克利夫从她的语言治疗小教室爬上一楼，沿着大走廊走到教职员办公室。走廊的人潮一下子就散去，天气暖和宜人的时候都是这样。学校外头，蜂拥成群的学童正大叫大嚷地穿越草皮，走向懒洋洋地停在路旁的二号和三号校车。萨莉的低跟鞋在地板上咔嗒咔嗒响着。她一只手拿着马尼拉纸制信封，收信人名字(弗兰克·朱伊特)那面紧贴着她柔软又丰满的胸脯。

她在教职员办公室隔壁的六号教室驻足了一会儿，透过夹丝玻璃窗往里头探视。里头朱伊特校长正在和五六位老师开会，讨论秋冬季运动比赛训练事宜。弗兰克·朱伊特身材矮胖，总是让萨莉想起“阿奇漫画”里头的韦瑟比校长。朱伊特的眼镜总是半挂在鼻梁上，这点也跟韦瑟比一样。坐在校长右方的是秘书爱丽丝·坦纳，好像在做会议记录。

朱伊特校长往左边一瞥，看到萨莉正从窗户往里头瞧，于是拘谨地对她浅浅一笑。萨莉跟他挥挥手，也对他挤出一抹微笑。她还记得脸上自然泛起笑容的那段日子；那时候除了祈祷之外，微笑是世界上最自然不过的事情了。

有些老师转过头来，看看这位勇往直前的领导者是在跟谁打招呼。爱丽丝·坦纳也抬起头来看，非常娇羞地对萨莉摇动手指，给她一个十分甜蜜的微笑。

他们听说了，萨莉心想。他们全都知道我和莱斯特已经成为过去。哼，艾琳昨晚还对我那么好……百般同情的样子……还急着要跟我透露心事，这个小贱人。萨莉立刻也对爱丽丝摇摇手指，感到自己的嘴唇展开一个娇羞却非常做作的微笑，心里咒骂着：你这骚狐狸，祝你回家的路上被垃圾车撞倒。然后萨莉继续往前走，那双朴实的低跟鞋咔嗒咔嗒作响。

冈特先生趁她没课的时候打电话给她，跟她说付清那块美妙木条的时间到了。她听到时反应相当热情，还有一种心怀不轨的快乐。她隐约知道对朱伊特校长开这个“小小玩笑”其实是很恶劣的，但是没关系，她今天就是想使坏。

她手放在教职员办公室的门把上……然后停顿了一会儿。你是怎么搞的？她突然纳闷起来。你有那块木条，那美妙神圣的木条，握着它时会出现美妙神圣的景象，这种东西不是应该让人感觉更美好吗？更平静沉稳吗？不是更能与全能的圣父同在吗？可是你的心情并没有更平静，也不觉得和谁同在，而是觉得有人把你的脑袋塞满带刺的铁丝网。

“对，但那不是我的错，也不是木条的错，”萨莉喃喃自语，“那是莱斯特的错，那个莱斯特·普拉特先生的错。”

一个戴着眼镜和沉重牙套的矮小女生原本仔细看着拉拉队的海报，现在一脸好奇地向萨莉瞧了一眼。“欧文娜，你在看什么啊？”萨莉问道。

欧文娜眨眨眼睛，慌张地回答：“老师，我没在看什么。”

“那就去别的地方看，”萨莉厉声说道，“放学了你不知道吗？”

欧文娜赶忙沿着走廊离开，疑神疑鬼地回头看了一眼。

萨莉打开办公室的门，走了进去。她手上的信封是冈特先生叫她去学校餐厅门外的垃圾桶后面拿出来的，不过朱伊特校长的名字是她自己写上去的。

她又匆匆往身后一瞥，确定爱丽丝·坦纳那个小狐狸精没跟着进来，然后打开校长室的门，快步走到校长的办公桌，把信封放在桌上。好，还有一件事要办。

她打开办公桌最上层的抽屉，拿出一把沉重的剪刀，然后弯下腰来，使劲把左边的下层抽屉一拉，结果打不开。冈特先生早已跟她说抽屉可能上锁了。她瞄了外头的教职员办公室一眼，还是空旷无人，通往走廊的那扇门还是关着。很好，好极了。她把剪刀尖端卡进锁住的抽屉上方空隙里，然后使劲往上扳。木制抽屉发出碎裂声，萨莉觉得自己的乳头变得异常硬挺，但是相当舒服。这实在很好玩。可怕归可怕，但也很有趣。

她重新调整剪刀，刀尖更深入细缝，然后再次把剪刀把手往上扳。锁啪的一声打开，抽屉沿着底下的小脚轮自动往外滑开，露出里头放着的东西。萨莉一看，惊得目瞪口呆，然后开始咯咯发笑，但却是大口呼吸、仿佛快窒息的声音，比较像是尖叫而不是在笑。

“噢，朱伊特校长！你这小子可真淘气！”抽屉里有一叠《读者文摘》大小的杂志，而最上面那本的刊名就是《淘气小子》。封面照片是位约莫九岁的男孩，已经过模糊处理。他除了头上戴着一顶五十年代样式的摩托车帽，全身一丝不挂。萨莉把抽屉里那叠杂志拿出来，大约有十一二本，可能还更多。《快乐儿童》《裸体可人儿》《风中吹拂》《鲍伯的农场世界》。她翻开其中一本，几乎不敢相信自己的眼睛。这种杂志从哪里来？药房绝不可能卖，连标示“限十八岁以上”的上层架子（也就是罗斯牧师布道时偶尔会谴责的那层架子）都不会摆。

她脑中突然响起相当熟悉的声音。*快点，萨莉，会议快结束了，你该不会想被逮到吧？*

不过又响起另一个声音，女子的声音，让萨莉几乎可以指名道姓的声音。这第二个声音就像是跟某人讲电话时对方那里传来的背景声音。

被抓到很好啊，第二个声音说，*好上天了*。

萨莉把这第二个声音关掉，然后遵照冈特先生的指示，把这些黄色杂志在校长室里四处乱丢。接下来她把剪刀放回原位，快速离开校长室，把门关上。她打开教职员办公室通往走廊的门，偷偷摸摸往外一窥。没有人……不过六号教室里头的声音更大了，而且还夹杂着笑声，看来准备要散会了，难得那么快就结束。

感谢冈特先生！她心里这么想，然后悄悄走出办公室。她沿着走廊，几乎快到正门时，听到后头那群老师正从六号教室走出来。她没有回头，不过突然发现，刚才这五分钟她完全没想到莱斯特·普拉特先生，这种感觉真棒。她现在最好赶快回家，洗个香喷喷的泡泡浴，握着美妙的木条好好浸个两小时，完全不去想莱斯特·普拉特先生，这会是多么美好的转换啊！没错，的确如此！没错，的确——

你在那里做了什么好事？那信封里头又是什么？是谁把那信封放在餐厅外头？什么时候放的？还有更重要的是，萨莉，你会不会酿成什么大祸？

她静静地站了好一会儿，感到额头上和太阳穴凹处渗出一滴滴小汗珠。她的眼睛睁大，充满惊恐之情，像是被吓着的雌鹿眼中才有的神情。

然后她的眼睛眯了起来，继续往前走。她腿上的宽松长裤摩擦着她的皮肤，异常舒服，跟她经常和莱斯特搂抱爱抚的那种感觉很像。

我才不在乎我做了什么好事，她心想。我倒希望这个恶作剧能把他整得很惨，反正也是他活该。看起来像个韦瑟比好好先生，却在看那些恶心的黄色杂志，我巴不得他一进校长室，就吓得没办法呼吸。

“没错，干他妈的没办法呼吸。”她低声说。这是她这辈子头一次说“干”，说完乳头变硬，又开始觉得刺刺痒痒了。她越走越快，模模糊糊地想着等一下在浴缸里，也许还可以做其他事。她突然觉得自己有些需求了，虽然不太确定要怎么满足……但又觉得会找到方法。

毕竟，天助自助者。

8

“这价钱不是很好吗？”冈特先生问波莉。

波莉正要回答时，又停了下来。冈特先生好像忽然分了神，他瞪视着前方的空间，嘴唇动了几下，仿佛在祈祷，但没发出声音。“冈特先生？”

他微微惊跳了一下，眼光又回到波莉身上，微笑着说：“抱歉，我有时候会出神。”

“这价钱好得很，”波莉说，“好上天了。”她从手提包里拿出支票簿，开始签写。她不时会隐约纳闷自己在这里做什么，然后又觉得冈特先生的眼睛在呼唤她。她抬头遇上那双眼睛时，疑问又消失了。波莉把支票拿给冈特，上头的金额栏位写着四十六元，冈特整齐地对折后，放入粗花呢外套的胸前口袋。

“记得把票根也填一填，”冈特先生说，“你那爱管闲事的朋友一定会想检查。”

“他会来找你的，”波莉边填写票根边说，“他认为你是骗子。”

“他可想得真多，计划也挺多的，”冈特先生说，“不过他的计划会改变，想法也会烟消云散，像早晨的雾被风吹散一般，你看着好了。”

“你……你不会要伤害他吧？”

“我？帕特里夏·查默斯，这可是天大的误会，我是和平主义者，世上最推崇和平主义的人之一。我绝不会想阻挠我们的警长，我刚刚会那样说，是因为他今天下午在桥的另一头会有事情要处理。他还不知道，不过他会知道的。”

“哦。”

“好，波莉？”

“嗯？”

“阿兹卡的价钱，你的支票只付了一部分。”

“只是一部分？”

“对。”冈特手中拿着一个白色素面信封，波莉完全不知道他是从哪里变出来的，不过这似乎一点也不奇怪。“波莉，你要帮我对某个人搞点恶作剧，才算把护身符付清。”

“对艾伦？”她突然心里一惊，就像森林中的兔子在炎热的夏日午后，闻到一丝丝火苗味，“你是说艾伦？”

“绝对不是，”他说，“亲爱的，请你去整一个你认识的人是不道德的，更何况是你爱的人。”

“是吗？”

“没错……不过波莉，我认为你真的要仔细思考你和警长的关系。你会发现，其实最后也只不过是选择的问题而已：晚痛不如早痛，就这么单纯。换句话说，匆匆结婚，时时悔恨。”

“我不了解你的意思。”

“我知道你不了解，不过你回去看看信件，就会比较了解了。跟你说，不是只有我被那爱管闲事又自命不凡的警长盯上。好，现在我们来谈正事：我要你开个小玩笑，对象是我最近雇用的一个家伙，姓梅里尔的。”

“埃斯·梅里尔？”

他收起笑脸说：“波莉，不要打断我，我讲话时绝对不要插嘴，除非你想让你的手像充满毒气的内胎一样胀起来。”

她身子往后一缩，恍神如做梦般的眼睛睁大，结结巴巴地说：“对……对不起。”

“好吧，我接受你的道歉……下不为例。现在听我说，仔细听好。”

9

弗兰克·朱伊特和中学地理老师兼篮球教练布里翁·麦金利跟随在爱丽丝·坦纳身后，从六号教室走进教职员办公室。弗兰克正笑着跟布里翁讲笑话，那是当天稍早一位教科书推销员跟他说的。内容是名医生在替个女病人看诊，但又很难诊断出是什么疾病，最后只好把范围缩小到两个可能，不是艾滋病就是阿尔茨海默病，但他的医术也就只有这么高明了。

“于是那女病人的先生跟医生借一步说话。”他们走进教职员办公室时弗兰克继续说。爱丽丝正低着头迅速翻阅她办公桌上的一小叠留言用笺，弗兰克压低声音。只要笑话稍微有点不雅，爱丽丝都会一副卫道士的样子。

“然后呢？”现在布里翁也笑得露出牙齿了。

“嗯，他心痛极了，说：‘老天，医生，你最多也只能这样吗？难道没有方法诊断她到底得了哪种病吗？’”

爱丽丝从这叠粉红色留言用笺中挑了两张，带去校长室里。她走到门边时突然刹住脚步，仿佛撞上一面无形的石墙，这两位咧嘴而笑的小镇中年白人都没注意到。

“‘当然有啰，简单得很，’医生说，‘把她带去森林，往里头走二十五里，然后把她留在那儿，要是她找得到路回来，就别再上她。’”

布里翁·麦金利目瞪口呆看着校长好一会儿，然后才放声大笑，朱伊特校长也跟着大笑。两人笑得太开怀，所以爱丽丝第一次叫弗兰克时两人都没听到，不过第二次听得很清楚，因为爱丽丝几乎是尖声大叫。

弗兰克连忙走到爱丽丝身旁问道：“爱丽丝？怎么——”然后他看到怎么了，一股可怕的惊恐之感遍布全身，让他头脑一片空白。他没办法说下去，他感到睾丸冒起鸡皮疙瘩，整个缩了起来，仿佛想躲回原本所在的腹股沟中。

是那些杂志。底层抽屉的秘密杂志。

它们散布整个校长室，像节庆时疯狂抛撒的五彩碎纸，只不过碎纸变成了穿学校制服的男孩、谷仓阁楼干草堆中的男孩、戴草帽的男孩、骑木马的男孩。

“老天！这是怎么回事？”这惊恐而嘶哑的声音从弗兰克左边传来。弗兰克连忙转过头去(脖子发出咯吱咯吱声，像是生锈的纱门弹簧吱吱作响)，看见布里翁·麦金利瞪着这些散落四处的杂志，只差眼珠没掉出来。*有人恶作剧，他想这么说。不过是有人无聊恶作剧罢了，那些杂志不是我的，你们只要看看我，就知道像那种杂志，不会……不会引起我……我这*

种人的兴趣。

他又是哪种人？他不知道，反正也不重要，因为他已经丧失说话的能力，完全丧失了。

这三位成年人站在那里，吓得说不出话来，只能呆呆望着中学校长弗兰克·朱伊特的办公室。一本杂志丢在访客座椅边缘快掉下来，一阵热风从半开的窗户吹进来，使得页面迅速翻动，最后整本杂志掉在地板上。"火辣小帅哥"，封面这么保证。

恶作剧，没错，我就说这是恶作剧，但他们会信吗？抽屉应该是被强行撬开的吧？是的话，他们会相信我吗？

"坦纳太太？"他们身后一名女学生问道。

朱伊特、坦纳和麦金利三人全都像做坏事被抓到一般连忙转身，两位穿着红白拉拉队队装的八年级女生站在那里。爱丽丝·坦纳和布里翁·麦金利几乎同时移动挡住校长室门口（弗兰克·朱伊特却仿佛变成了石头，站在原地无法动弹），不过还是慢了半拍。两位拉拉队队员双眼圆睁，其中一位叫达琳·维克里，还以双手捂住樱桃小嘴，不可置信地盯着校长。

弗兰克心想：好极了，明天中午前，全校学生都会知道，明天晚餐前，全镇的人都会知道了。

"你们两位离开，"坦纳太太说，"有人对校长开了个恶劣的玩笑，非常恶劣的玩笑，你们一个字都不准说出去，了解吗？"

"了解，坦纳太太。"另一个女孩埃琳·麦卡沃伊说。三分钟后她会跟手帕交唐娜·比利透露：整间校长室装饰着男生照片，他们除了戴着沉重的金属牙套外，几乎全身光溜溜的。

"了解，坦纳太太。"达琳·维克里说。五分钟后，她会跟好姊妹纳塔莉·普利斯特报告所见所闻。

"你们走吧，"布里翁·麦金利试着让声音听起来轻快利落，但他还是心有余悸而口齿不清，"可以离开了。"

两个女孩一溜烟跑掉了，拉拉队制服裙轻拍着她们强健的膝盖。

布里翁慢慢转头对着弗兰克说："我认为——"但弗兰克恍若未闻，只像梦游般，拖着步伐走进办公室。他把一笔一画写着"校长室"三个黑字的门关上，开始慢条斯理地把杂志捡起来。

你何不写个悔过书就好？心里一个声音如此大叫。

他不予理会。他内心更深处有个原始的求生之音现在也开始发言，说现在是他最脆弱的时候，要是去跟爱丽丝或布里翁解释只会越描越黑，反而害死自己。

爱丽丝敲门，但弗兰克听而不闻，只是继续在校长室里茫然地走着，把散落一地的杂志捡起来。这些杂志是他过去九年来慢慢搜集的，他一本一本订购，还大老远跑到盖兹弗镇的邮局收件，每次都觉得州警或邮政督察会像几十个砖块掉下来一般把他砸死，不过什么都没发生，现在却出这个岔子。他们不会相信杂志是你的，原始的求生之音这么说。他们不会让自己相信，要不然就会颠覆他们那种安和惬意的小镇人生观。你一恢复镇定，就可以想办法瞒天过海。不过……谁会做出这种事？谁有能力做出这种事？（弗兰克却从未想过扪心自问，自己到底发什么神经，当初把杂志带来这里，非带来办公室这里。）

弗兰克只能想到一个人选，城堡岩里唯一和他分享这秘密生活的人，那就是高中工艺课的老师乔治·纳尔逊。外表是硬朗男子汉的乔治·纳尔逊，骨子里是个实实在在的同性恋。弗兰克曾经和这位乔治·纳尔逊去波士顿参加派对，那种有一大群中年男子和一小群赤裸男孩的派对，那种会让你下半生都在蹲苦窑的派对，那种——

办公桌垫上有个马尼拉纸制信封，他的名字就写在正中央。他感到心头重重一沉，就像失去控制笔直下坠的电梯。他抬起头来，看到爱丽丝和布里翁几乎脸贴着脸、目瞪口呆地往里头盯着他瞧。弗兰克心想：现在我终于知道水族箱里的鱼是什么感觉了。

他挥手要他们走开，但他们动也不动，这点他倒不怎么惊讶。这是场梦魇，噩梦里，事情总是不如你意，所以才叫噩梦。失落和迷惘的感觉强烈得恐怖，但这层感觉底下某处燃起愤怒的蓝色小火焰，有如一堆潮湿的火种下方闪耀着一丝火花。他在办公椅上坐下，把收拾好的一沓杂志放在地板上。正如他所料，那格放杂志的抽屉是被撬开的。他撕开信封，把里面的东西倒出来，发现大多是照片，是他和乔治·纳尔逊在波士顿参加派对时照的。他们正在和几位小帅哥调情（年纪最大的小帅哥可能才十二岁），每张照片里，乔治·纳尔逊的脸都是模糊的，而弗兰克的脸却清晰得很。这也没让弗兰克多惊讶。信封里还有张字条，他拿出来看。

弗兰克老兄：

抱歉采取这样的行动，但我得离开镇上了，没时间跟你磨。我要两千块，今晚七点送到我家来。目前你要撇清这件事还来得及，只是不容易，不过对你这种狡猾的老狐狸来说，倒也构不成什么真正的问题。话虽如此，你倒要问问自己，要是这些照片的影本钉在镇上每一根电线杆上，而且就在“赌场之夜”的宣传单底下，你看了会不会高兴？老兄，他们会把你绑在横木上当街示众，然后把你轰出去。记得最晚在七点十五分前，带两千块来我家，否则叫你恨不得生下来就没那根东西。

你的朋友　乔治

你的朋友。你的朋友！弗兰克忍不住一直回到那个结尾署名上头，心里升起无法置信、难以理解的恐惧。

你这操他奶奶、出卖别人、跟犹大同一类的朋友！

布里翁·麦金利还在猛力敲门。终于，弗兰克·朱伊特抬起头来，注意力暂时脱离办公桌上那莫名的东西，然而布里翁的拳头霎时停在半空中；校长除了脸颊出现小丑般的红晕外，整张脸一片蜡白。他的嘴角往两旁拉开，呈现一抹细细的微笑。

他一点都不像漫画里的韦瑟比校长。我的朋友，弗兰克这么想。他一只手把字条揉成一团，另一只手把照片塞回信封里。现在，愤怒的蓝色火星变成橘色了，潮湿的火种也着火了。哼，我就准时赴约，去和我的朋友乔治·纳尔逊理论理论。

“没错，就这么办，”弗兰克·朱伊特自言自语，“没错，就这么办。”他露出微笑。

10

三点十五分了，放学人潮几乎已经散去，艾伦判断布赖恩·鲁斯克一定是走另一条路回家。然后，就在他摸索口袋里的车钥匙时，他看到一个孤单的人影沿着中学路往他的方向骑脚踏车过来。这男孩骑得很慢，好像是握着龙头在那里费力跋涉，他头弯得很低，艾伦看不到他的脸。

不过艾伦看得到脚踏车篮里装着什么东西——“好伴侣”保冷箱。

11

“清楚了吗?”冈特问手上拿着信封的波莉。

“嗯,清……清楚了,真的清楚了。”不过波莉恍惚的神情带着烦恼。

“你看起来不太开心。”

“这个……我……”

“像阿兹卡这种东西,在不快乐的人身上没办法发挥最好的疗效。”冈特先生说,然后指向贴着波莉皮肤的银球形成的小凸块,她似乎又感受到里头有什么怪东西在动。就在这时,一阵可怕的剧痛侵袭她的双手,像尖利的钢钩形成的网络蔓延开来,波莉忍不住大声呻吟。

冈特先生把那根手指一勾,仿佛是叫人过来的手势,她这次更清楚地感受到银球里有东西在动,然后疼痛就消失了。

“波莉,你该不会想回到之前那样吧?”冈特先生柔声问道。

“不想!”波莉叫道,她的胸口迅速起伏,双手好像拼命搓洗般互相揉搓,瞪大的眼睛直盯着冈特,“拜托,不要!”

“因为你的情形可能会越来越糟,对吧?”

“对! 对,可能会!”

“而且没有人能体会你的痛,对吧? 连警长都不了解。半夜两点被痛得像在地狱受苦的双手痛醒,这是什么滋味,他尝都没尝过,对吧?”

她点点头,开始啜泣。

“波莉,照我说的去做,你就再也不会半夜痛醒了。还有,照我说的去做,那么就算镇上有人知道你的小孩是在旧金山的公寓中烧死,也不是从我这里听到的。”

波莉发出一阵嘶哑的哀号,那是困在可怕的梦魇里,再怎么努力也无法逃脱的哀号声。

冈特先生脸上泛起微笑。“看来地狱还不止一种,对吧?”

“你怎么知道我的小孩?”她小声问,“没人知道,连艾伦也不知道。我跟他说——”

“因为我的职责就是打探消息,他的职责就是怀疑。波莉,你跟他说的那套故事,他从来就不信。”

“但他说——”

“我知道他说过各种话，但他从头到尾都没信过你。你请来的临时保姆是毒虫，对吧？那不是你的错，不过导致那种情况的种种原因，当然都是个人抉择，是不是？那是你的抉择。你请来照顾凯尔顿的那位年轻女子昏了过去，香烟（也许是根大麻烟）掉在废纸篓里。你可能会说扣下扳机的是她，但枪为什么会装满子弹，那都是因为你的自尊心，也就是在你父母和城堡岩其他好心人士面前，你没办法低下头来。”

波莉现在啜泣得更厉害了。

“女人没有权利保有自尊吗？”冈特先生柔声问道，“当她失去所有东西，至少还能保留自尊吧？没了自尊，就像皮包里一块铜板也没有，空无一物。”

波莉抬起泪流满面的脸颊，不服气地说：“当时我觉得那是我的私事，现在还是这么觉得。如果是自尊心作祟，那又怎样？”

“没错，”他用令人舒缓的声音说，“讲得好像自己是冠军……不过当初要是你低头，他们应该会接纳你吧？我是说你父母。也许不是开开心心地接纳——小孩的存在，会永远提醒他们这件丑事，而且在这种思想老旧又没什么新鲜事发生的小镇上，大家最爱七嘴八舌聊八卦。所以尽管不是敞开大门欢迎你，还是可能收留你。”

“没错，不过我每天就得死命躲开我妈的魔掌！”她破口大骂，声音愤恨刺耳，跟平常的语调相差十万八千里。

“了解，”冈特先生继续用令人平静的声音说，“所以你就继续留在那里。你和凯尔顿相依为命，那时你自尊心很强，凯尔顿死后，你自尊心还是很强……是不是？”

波莉万分痛苦地哀号，两手捂住泪水纵横的脸。

“这比你的手还痛对不对？”冈特先生问。波莉点点头，脸仍埋在手中。冈特先生把他丑恶的长手搭在后脑勺，用致颂词的语调说：“人类啊！多么高尚！多么愿意牺牲他人成就自己啊！”

“别说了！”她痛苦地说，“你别说了行不行？”

“帕特里夏，这是秘密对吧？”

“嗯。”

他触碰波莉的前额，波莉发出一声窒息般的呻吟，但没有退缩。

“那是通往地狱的一道大门，你希望继续深锁着，是吧？”

她点点头，脸还是埋在手里。

“波莉，那就照我的话做，”冈特轻声说道，然后把她遮住脸的一只手拿过来，开始轻柔抚摸，“照我的话做，也不准透露半点信息。”他仔细看她湿答答的脸颊和泪汪汪的红眼，霎时间嘴巴微微一皱，一副厌恶的模样。

“哭泣的女人或大笑的男人，不知哪个更让我讨厌。波莉，把你该死的脸擦一擦。”

波莉恍惚地从手提包中慢慢拿出花边手帕，开始擦拭脸颊。

“很好，”冈特说完站起来，“波莉，现在你可以回家了，你有事情要办。不过我要你知道，和你做生意相当愉快，我总是非常喜欢和有自尊心的女士做生意。”

12

“嘿，布赖恩，要不要看我变把戏？”

骑脚踏车的男孩猛然抬头，前额的头发往旁边飘扬，艾伦十分肯定那表情是纯粹且全然的恐惧。“把戏？”男孩颤抖着声音说，“什么把戏？”

艾伦不知道这小子在怕什么，不过他了解一件事——他通常借用魔术来打破和孩子间的隔阂，这次却因为某种原因行不通，反而还适得其反。最好赶快转变策略重新开始。

他举起戴着手表的左臂，对着布赖恩·鲁斯克吓得面无血色又充满戒备之情的脸孔微笑说：“你看我袖子里什么也没有，而且我的手臂跟肩膀是连在一起的，现在你看我……啪！”

艾伦把他张开的右手慢慢划过左臂，轻而易举地用右手大拇指把藏在手表带下的小纸片迅速推出来。他握起右掌时，神不知鬼不觉地把圈住纸片的微小环套推开，然后左手紧紧包住右手，两手分开时，本来除了空气外什么也没有的地方，霎时间绽放出一大束薄纸假花来。

这把戏艾伦已玩过数百遍，从来没像今天这个炎热的十月下午那么成功，但布赖恩的脸上并没有出现他预期的反应——先是大吃一惊，然后咧嘴而笑，笑里还带着一分惊叹、两分崇拜。布赖恩匆匆瞥了花束一眼（从他那短短一瞥来看，他似乎放心不少，仿佛本来以为这个把戏是要整人的），然后视线又回到艾伦的脸上。

“很酷吧？”艾伦问，他嘴角使劲往两旁拉成一个大微笑，虚假的程度不亚于爷爷的假牙。

“是啊。”布赖恩说。

“嗯，看你一脸佩服的样子。”艾伦双手合并，没两下就把花束收起，这很简单，真是轻而易举。变花把戏该去买新的了，实在不怎么耐用。手上这副的小弹簧已经有点松了，鲜艳的色纸很快就会破损。他又张开双手，这次笑得更充满希望。花束不见了，又变回藏在表带底下的小纸片。布赖恩·鲁斯克并没有回以笑容，他几乎面无表情。他夏天晒黑的部分还没有完全白回来，但这遮掩不了他毫无血色的脸庞。此外，他的脸正在经历青春期前不该出现的造反情况，包括密布前额的面疱，嘴角旁的一颗大痘痘，长满鼻翼的黑头粉刺，但这些也遮掩不了他苍白的脸孔。他眼睛下方是紫青色的眼袋，仿佛一夜好觉是很久以前的事了。

这小孩情况糟得很，艾伦心想。他有某个部位扭伤得很严重，甚至折断了也说不定。可能大概有两种：布赖恩·鲁斯克亲眼看到恶意破坏耶日克家的人，或者他就是那个坏蛋。不管是哪种情况，对艾伦来说都是重大进展，不过要是后者，他几乎无法想象现在折磨布赖恩的罪恶感有多么庞大、多么沉重。

“潘伯恩警长，你这魔术很赞，”布赖恩语调平板，不带感情地说，“真的。”

“谢谢，很高兴你喜欢。布赖恩，你知道我是来跟你谈什么的吗？”

“我……应该知道。”布赖恩回答。艾伦突然深信这男孩就要承认自己打破窗户了。就在这个街角，他就要认罪了，妮蒂和维尔玛的案子，就要往前跨一大步了。

不过布赖恩没有继续说下去，只是用他血丝微布的疲惫双眼往上盯着艾伦。

“孩子，发生了什么事？”艾伦依然轻声询问，“你在耶日克家时发生了什么事？”

“不知道，”布赖恩无精打采地说，“不过我昨晚梦见去他们家，星期天晚上也梦到，我只有在梦中才看到发出那些噪音的是什么。”

“是什么呢，布赖恩？”

“是怪物。”布赖恩说。他的声音仍是老样子，不过两只眼睛各涌出一滴豆大的泪珠，在下眼睑处逐渐扩大：“我在梦中是去敲门，而不像那天一样骑脚踏车离开。门打开来,结果是只怪物,它把我吃……掉……了。”泪水盈满眼眶,然后慢慢滚下布赖恩不平滑的脸颊。

艾伦心想:没错,也可能是这样——纯粹的恐惧而已。就像小孩没头没脑打开主卧室房门,刚好看到爸妈在做爱,也会出现那种恐惧,因为他年纪小到不知道做爱是什么样子,还以为他们在打架。要是父母还弄出一堆声音,小孩甚至会以为他们正拼着老命杀掉对方。

不过——不过还是不太对劲,就这么简单。这小孩在撒天大的谎,那憔悴的眼神分明透露出另一回事,仿佛在说我要把全部事实都告诉你。这种不一致到底代表什么?艾伦不能确定,不过凭过往经验,最有可能的结论是,布赖恩知道丢石头的是谁,也许布赖恩觉得有责任保护他。也可能是丢石头的人看到了布赖恩,而布赖恩也知道对方发现了他,所以害怕说出来会惨遭报复。

“有人把一堆石头丢进耶日克家。”艾伦低声说,希望这声音能让对方放松。

“是的,警长,”布赖恩几乎叹着气说,“我想是的,有可能是那样。我以为他们在打架,但也可能是有人丢石头。锵!砰!啪!”

这是猫王《监狱摇滚》的其中一句,艾伦在心里接着唱下一句“节奏乐手都是紫色帮的人”,然后问:“你以为他们在打架?”

“是的,警长。”

“你真的那么认为吗?”

“是的,警长。”

艾伦叹口气说:“好吧,你现在知道是有人丢石头,你也知道这是坏事。就算没酿成什么大祸,光是用石头砸人家窗户就很严重了。”

“是的,警长。”

“不过这次的确酿成了大祸,布赖恩,你应该知道吧?”

“是的,警长。”

那双眼睛从面无表情的苍白脸孔往上看着他。艾伦开始了解到两件事:这小孩的确想告诉他发生了什么事,但几乎是绝对不会说出口。

“布赖恩,你看起来很不开心。”

“是的,警长。”

“‘是的,警长。’……你是说你的确不开心?”

布赖恩点点头，眼睛又涌出两颗泪珠，滚下脸颊。艾伦感受到两种互相冲突的强烈情绪：深切的遗憾和狂暴的怒火。

“布赖恩，你在难过什么？告诉我。”

“我以前都会做个超棒的梦，”布赖恩的声音低得几乎听不到，“很蠢，但还是很棒。我梦见语言治疗课的拉特克利夫小姐。现在我知道那根本是天方夜谭，但我以前不知道，那时还比较好过。但你知道吗？我现在比以前知道更多了。”

那双难过到极点的黯淡眼睛又往上抬，与艾伦的双眼相遇。

“我这两天做的梦……有怪物丢石头的那个……让我很害怕，潘伯恩警长……但让我不开心的是，我现在知道一些事情，就好像知道魔术师是怎么变把戏一样。”

布赖恩的头微微低下，艾伦发誓他在看他的表带。

“有时候傻一点还比较好，我现在体会到了。”

艾伦把一只手搭在布赖恩肩上说：“布赖恩，我们废话就不说了好吗？快告诉我发生了什么事，告诉我你看到什么、做了什么。”

“我去那里，是问他们今年冬天要不要请人铲车道上的雪。”布赖恩像背书般机械式地说出来，让艾伦心头一寒。他就跟其他十一二岁的美国小孩一样，穿着匡威帆布鞋、牛仔裤和印有巴特·辛普森图案的运动衫，但他说话就像程式设计不当的机器人，而且正面临资讯超载的危险。这是艾伦第一次猜想，布赖恩该不会看到自己的父母在耶日克家丢石头？

“我听到很吵的声音，”布赖恩继续说，他讲的是陈述性的简单句，像是受过训练的刑警在法庭上的讲话方式，“那些声音听起来很可怕，乒乒乓乓的破碎声，所以我赶快骑脚踏车离开。隔壁的太太站在她门前的台阶上，问我发生了什么事，我猜她也很害怕。”

“没错，”艾伦说，“是吉莉安·米斯拉博夫斯基，我跟她谈过了。”艾伦伸手碰歪了放在布赖恩脚踏车篮里的“好伴侣”保冷箱，这时布赖恩的嘴紧紧一抿，但艾伦没注意到，只是问：“布赖恩，星期天早上你带这个保冷箱了吗？”

“是，警长。”布赖恩说，他用手背擦拭双颊，一脸戒备地看着艾伦。

“那时候里面装了什么？”

布赖恩没搭腔，但艾伦觉得他的嘴唇在颤抖。

“布赖恩，里面装了什么？”

布赖恩还是一声不吭。

“装满石头吗？”

布赖恩非常谨慎地慢慢摇头，表示不是。

艾伦又问第三次：“里面是什么？”

“就是现在里面装的东西。”布赖恩喃喃低语。

“我可以打开来看看吗？”

“可以，警长，”布赖恩用他有气无力的声音说，“应该可以。”

艾伦把保冷箱的盖子转到一边，往里头看。

里头装满球员卡，分别是塔普斯、飞雷尔和唐洛斯（Donruss）这几家公司发行的。

“这些是我要跟人交换的，我几乎随身携带。”布赖恩说。

“你……随身携带？”

“是的，警长。”

“为什么，布赖恩？你为什么随时载着一个装满球员卡的保冷箱？”

“跟你说过了，我要拿来跟人交换，你永远不知道什么时候会换到一张重量级的球卡。我还在找福伊的球卡，他是一九六七年‘美梦实现队’的，还有格林威尔的新人卡，他是我最喜欢的球员。”这时，艾伦觉得布赖恩眼中散发暗自窃喜的微光，甚至几乎听得到心电感应传来的声音：骗过你啦！骗过你啦！但这当然只是他自己的想象，是他的气馁在模仿布赖恩的声音嘲弄他。

可不是吗？要不然你*以为*保冷箱里装着什么？一堆绑着字条的石头？你是真的以为他正要去另外一家做同样的事吗？没错，他承认。部分的他真的这么想。布赖恩·鲁斯克是城堡岩的小捣蛋鬼，发神经的丢石头凶手。最糟的是，他很确定布赖恩·鲁斯克知道他心里在想什么。

骗过你啦！骗过你啦，警长！

“布赖恩，请告诉我到底发生了什么事。如果你知道，请告诉我。”

布赖恩闷不吭声地合上保冷箱的盖子，在沉寂的秋日午后发出微微的咔嗒一声！

“不能说吗？”

布赖恩慢慢点头——艾伦心想，这个意思是：没错，他不能说。

“好吧，那至少告诉我，你害怕吗？布赖恩，你害怕吗？”

布赖恩以同样缓慢的速度再次点头。

“好孩子，告诉我你怕什么，也许我能把它弄走。”他用一只手轻拍着制服衬衫左侧的警徽，“我猜这就是为什么他们付我钱，让我戴着这沉重的警徽到处走，因为有时候我能把可怕的东西赶走。”

“我——”布赖恩说，但就在此时，艾伦三四年前在福特旅行车仪表板底下安装的警用无线电突然嘎嘎大响，活了过来。

“一号警车，一号警车，这是总部，听到请回答，听到请回答。”

布赖恩的眼睛本来看着艾伦，现在猛然抽离，转向传来雪菈·布理格姆姆声音的旅行车。那是权威人士的声音、警察的声音。艾伦看得出来，布赖恩如果本来就要跟他透露什么事情的话（但这也许只是艾伦一厢情愿的想法），现在也不可能了。他脸上的表情就像蚌壳紧闭般不会透露半点信息。

“布赖恩，你现在回家去，我们……晚点再谈……谈你这个梦，好吗？”

“好的，警长，”布赖恩说，“应该可以。”

“还有，想想我说的：警长的主要工作，就是把可怕的事情赶走。”

“我得回家了，警长，如果不赶快回家，我妈会生气的。”

艾伦点点头说：“嗯，我们可不想让她发火。去吧，布赖恩。”

他目送布赖恩离开。布赖恩低垂着头，跟刚才一样，与其说在骑脚踏车，不如说他两脚在上头奋力跋涉。事情不对劲，不对劲到找出维尔玛和妮蒂砍杀的真相成了次要，探索这男孩烦恼疲惫、闷闷不乐的原因才是重点。毕竟那两位女子已入土为安，而布赖恩·鲁斯克还活着。

他走向这辆一年前就该卖掉的旧旅行车，身子探进车里拿起无线电通话器，按下信号传送按钮说：“好，雪菈，这是一号警车，我听到了，请说。”

“艾伦，亨利·佩顿打电话找你，”雪菈说，“他叫我跟你说事情很急，要我帮你们两个连线，请确认？”

“好！”艾伦说，他觉得心跳加快。

“可能要等一两分钟，请确认？”

“好，我就在这儿等，一号警车信号清楚。”他在叶隙间透下的斑驳光影中斜靠在车子侧边，手上拿着无线电通话器，等着看看亨利·佩顿的生命中，发生了什么紧急事件。

13

波莉到家时，已经是三点二十分了，这时她觉得自己被两股完全相反的力量撕扯开来。一方面，她感受到一个不断敲击的深层需求，想把冈特先生派给她的任务办好（她不喜欢称之为恶作剧，那是冈特先生的说法——恶作剧不是波莉·查默斯的作风），阿兹卡才会完全归她所有。不过她却没想到交易完成与否，是冈特先生说了算。另一方面，她也感受到一个不断敲击的深层需求，想跟艾伦联络，把刚刚的情形一字不漏地对他描述……至少把她能记得的全都说出来，也就是利兰·冈特先生憎恶波莉所爱的人，而且冈特先生正在做某件——*某件*——罪恶深重的事。想到这里她羞愧难当，也暗自恐惧，但这记忆就是萦绕不去。艾伦应该要知道。即使阿兹卡失去疗效，他还是应该知道。

你不是认真的。是——一部分的她正是如此认真。这部分的她想到利兰·冈特就害怕，虽然冈特到底做了什么让她这么恐惧，她也记不得了。

波莉，你想回到之前那样子吗？你想回到双手像被炮弹碎片穿刺割裂的日子吗？

不想……但她不希望艾伦受伤，也不想让冈特先生的计划得逞。她不清楚那计划是什么，但总觉得会害了整个小镇。她也不想成为这计划的推手，跑去三号市镇路尾端那间破旧又空无人居的坎贝尔家老宅，玩个连她都搞不清楚的恶作剧。

内心这两个互相冲突的想法在激烈拔河，它们各有一套盛气凌人的说辞。要是冈特先生用某种方式催眠她的话（她刚走出店里时，很肯定自己被催眠了，但随着时间流逝，她越来越不确定），现在也应该失去功效了（这点她倒是深信不疑）。她一辈子从没那么彷徨失措过，仿佛有人把她脑筋里控管决定机制的重要化学物质全偷走了。

最后她还是回家，遵照冈特先生的建议行动（虽然她记不清冈特到底给了什么建议）。总之，她会检查信件，然后打电话给艾伦，告诉他冈特先生要她做什么。

你要是打给艾伦，内在声音严肃地说，阿兹卡的疗效真的会停止，你自己心知肚明。

没错，不过是非还是要分明，事情还是有对与错。她会告诉艾伦，跟他道歉口气那么不好，然后告诉他冈特先生的指示，也许还会把冈特先生给她的信封拿给艾伦，那个她应该要放在锡罐里的信封。

也许吧。波莉这么想后，觉得舒服了点，把钥匙插入自家前门的钥匙孔中——这个动作容易到她几乎没去想，不禁又高兴了起来——然后转动钥匙。邮件跟往常一样，落在门前的地毯上，但今天不算多，通常邮局公休隔天会有较多垃圾邮件才对。她弯下腰，把邮件捡起，一份是有线电视的节目周刊，封面是帅到不行、面露微笑的汤姆·克鲁斯，然后是“霍尔秋豪华典藏家具”和“锐利影像电子用品”的商品目录。还有——

波莉看到唯一的一封信，顿时胃部深处生起一团恐惧。城堡岩的帕特里夏·查默斯女士收，寄自旧金山儿童福利局……吉瑞街666号。她去过吉瑞街666号，而且记忆犹新。她总共去了三次，和三位负责未成年子女补助款的公务员面谈。其中两位是男性，他们看她的方式，就好像看到自己最好的鞋子上黏了张糖果包装纸。第三位是身材非常壮硕的黑人女性，她既能听人诉苦，又能笑看人生，波莉就是从她这边得到核准。不过吉瑞街666号二楼，她记得更是清楚。

二楼走廊底端有扇大窗户，透进来的阳光洒落在亚麻油地毡上，形成一道乳白色的长形光影。她记得大门永远敞开的办公室里，传来打字机啪嗒啪嗒的回音。她记得走廊另一头装了沙子的烟灰缸旁，有群男人站着抽烟，他们看她的那副神情，她也记得一清二楚。但她印象最深的，是穿着唯一体面的套装（深色聚酯纤维裤装、白色丝质衬衫、“半裸美腿”丝袜和低跟鞋）的那种感觉，还有她是多么孤单害怕，因为吉瑞街666号二楼的昏暗走廊似乎是个没有心、没有灵魂的地方。虽然未成年子女补助款最后还是申请下来了，但她记得的是遭到拒绝的前两次经验，那是当然了——那两位公务员的眼睛是如何慢慢爬过她的胸部（他们是比快餐店的厨师诺维尔穿得体面，但除此之外，她认为没有多大不同）；在考虑凯尔顿·查默斯的情况时，他们的嘴是如何噘起，尽量有礼貌地表示不同意，毕竟那是眼前这位小妓女的私生子。这位刚走向社会就生了个孩子的小荡妇现在虽然打扮得不像嬉皮，噢一点都不像，不过她一离开这里，一定会马上脱下她的丝质衬衫和这套体面的裤装，胸罩更不用说了，然后换成上紧下宽的牛仔喇叭裤，套上展示她奶头的扎染上衣。他们的眼神把这些思绪表露无遗，而且想的还不只这些。

虽然儿童福利局是用邮件通知申请结果，但波莉当场就感觉得到不会通过。她这两次都是啜泣着离开办公大楼，而且现在还记得滑下脸颊的泪珠那种酸酸咸咸的味道。除了眼泪外，她还记得路上行人看她的神色。他们眼中完全没有关怀之情，只是露出淡淡的好奇心。

她从来就不想回忆那两次经验或那昏暗的二楼走廊，但现在记忆涌上心头，清晰到仿佛能闻到地板上蜡的味道、看到大窗户照映在地板上的乳白色光影、听到老旧的手动打字机发出的朦胧回声——打字机在那官僚气息浓厚的大楼深处，又把一天嘎吱嘎吱地咀嚼完毕。

他们写信来做什么？老天，都过了这么久了，吉瑞街666号的这些人还要她怎样？

*撕掉吧！*内心几乎尖声叫道。这道命令式语气是那么不容反抗，她差点就要乖乖把信撕成两半。不过她只是把信封撕开，里头有张纸，是复印本。虽然信封上的收件人是她，信却不是给她的，而是艾伦·潘伯恩警长，她看了大吃一惊。她直接看署名的地方，字迹潦草的亲笔签名下是印刷体的名字：约翰·L·珀尔马特。不是很耳熟。她又往下看，看到信的最下方写着“复写副本：帕特里夏·查默斯”。哼，这是复印的副本，不是用复写纸写的，不过这行字至少让她知道这封信是写给艾伦的没错，所以也确定这封信并不是送错。不过看在老天分上，这到底是……波莉坐在玄关的木制长椅上，开始读起这封信，这时，她脸上划过一连串鲜明情绪，有如云朵在风大的日子里飘忽变换：迷惑、了解、羞耻、恐惧、愤怒，最后是暴怒。她大声尖叫了一次“可恶”，然后回到信上，勉强自己慢慢再把信从头读到尾。

自：94112　加州旧金山吉瑞街666号　旧金山儿童福利局
致：04055　缅因州城堡岩镇公所二号　城堡岩警长办公室
艾伦·潘伯恩警长：

敬爱的潘伯恩警长：

兹收到您九月一日来信。在此告知您，对于您所询问之事，我们无可奉告。福利局规定，唯有收到有效的法院命令，才能提供未成年子女补助款申请者的资料。您的信已请本局首席法律顾问马丁·钟过目，他指示我告知您，您的信件影本已转寄加州检察总长办公室。钟先生寻求对方意见，评判您的要求是否合法。无论结果为何，我必须向您表示，您好奇打探这名女子在旧金山的生活，是有失允当且唐突冒犯的。潘伯恩警长，我建议您就此停止，以免陷入法律困境。

真诚的　副局长约翰·L·珀尔马特

一九九一年九月二十三日

复写副本：帕特里夏·查默斯

波莉把这封令人心寒的信读了四遍之后，才从长椅上站起，走入厨房。她走得缓慢优雅，像是在游泳而不是走路。起初她的眼神茫然困惑，不过她把安装在墙上的电话听筒拿下来，在大按键上按下警长办公室的电话号码时，那团迷雾消散了，双眼变得闪闪发亮，眼中没有别的，只有那强烈到几近愤恨的怒火。

她的爱人在打探她的过去——她无法相信这点，同时又有那种奇怪可怕的感觉，认为这很有可能。她过去四五个月来，经常把自己拿来和艾伦·潘伯恩做比较，这表示她经常觉得自己不如艾伦。他真情流露，她假装清高，把羞耻、伤痛和心底那份倔强的自尊心隐藏起来。他坦诚相见，她自欺欺人。他多像圣人般高尚啊！他的完美是多么让人相形见绌啊！她自己都忘怀不了过去，却坚持要他做到，她多么虚伪啊！而就在她自叹不如的期间，他竟然一直在打探她的隐私，想找出关于凯尔顿·查默斯的真相。

"你这混蛋！"她低声骂道。电话接通时，握着听筒的那只手太过用力，指关节全都发白了。

14

下课后，莱斯特·普拉特通常会和一群朋友一起离开城堡岩高中，去亨普希尔超市买些汽水，然后去某人的住宅或公寓，唱唱圣诗、玩玩游戏，或者只是射个飞镖，消磨一两小时才各自回家。不过莱斯特今天背着背包（他不屑提着传统教师用的公事包），闷着头独自一人离开学校。要是艾伦看到莱斯特慢慢穿过学校草坪,往教职员停车场方向走去,一定会吓一跳,因为这人的神情竟然跟布赖恩·鲁斯克那么像。

这天莱斯特试着跟萨莉联络了三次,想找出她气疯的原因。他最后一次打给萨莉是午休时间,他知道萨莉在中学,但得到的顶多是萨莉的好友,也是六七年级数学老师莫娜·劳利斯的回电。

"她现在不方便接电话。"莫娜跟他说,口气跟冷冻很久的冰棒一样冰。

"为什么?"他问,声音近乎哀号,"莫娜,你说嘛!"

"不知道,"莫娜的声音从冷冻很久的冰棒进展到言语上的液化氮,"我只知道她跑去找艾琳·吕特廷斯,看起来好像哭了一整晚,她说不想跟你讲话。"*这全是你的错*,莫娜冰冷的语调透露,*因为你是男人,而男人全是猪,你只是个具体例子,阐明一般情况而已。*

"我完全不知道出了什么事!"莱斯特喊道,"你至少帮我跟她讲这点好吗?告诉她我不知道她为什么生我的气!告诉她不管什么原因,一定是个误会,因为我实在搞不懂怎么会这样!"

接下来是好长一段静默。莫娜再次开口时,她的声音温暖了些,不多,但比液化氮好太多了:"好吧,莱斯特,我会跟她说的。"

现在走向停车场的莱斯特抬起头来,有点希望萨莉就坐在野马的乘客座上,准备等他进来时亲他一下,表示和好如初,但车里空空如也。唯一在车子附近的人是小笨呆斯洛皮·多德,他正踩着滑板溜来溜去。

斯蒂夫·爱德华兹走到莱斯特身后,在他肩上一拍说:"莱斯小子!要不要到我家喝可乐啊?一堆人要过来哦。最近天主教徒骚扰得太过分,我们得好好讨论讨论。今晚教会有大会要开,别忘了。我们社青团在决定采取什么行动方面,最好要团结一致站在前线。我把这想法告诉唐·亨普希尔,他说好啊,很赞,放手去做吧!"他看着莱斯特的样子,仿佛期待莱斯特会在他头上轻拍一下。

"斯蒂夫,我今天下午没空,改天吧。"

"嘿,莱斯,你还没搞懂吗?也许没有改天了!教宗底下那群人已经整军出击了!"

"我没空去你那儿。"莱斯特说。他的表情透露:你要是放聪明点,就不要一直逼我。

“哎呀，可是……为什么没空？”

因为我得知道我到底做了什么鸟事，让我女友气成这样，莱斯特心想。我要找出答案，即使得抓着她的肩膀猛力摇她，我也要找到答案。

不过他大声说出来的却是：“斯蒂夫，我有事情要办，重要的事情，真的。”

“如果是跟萨莉有关，莱斯——”

莱斯特的双眼闪烁着危险的光芒，严厉地说：“不准你提萨莉。”

本性温和、不会没事冒犯人的斯蒂夫，早已被“赌场之夜”一事燃起怒火，但还没旺到越过莱斯特·普拉特清楚划分的界线，不过他也不愿轻易放弃。社青策略研拟会不管有多少成员出席，没有莱斯特·普拉特，简直就是笑话。他冷静一点说：“你该知道威廉收到那张匿名卡片吧？”

“嗯。”莱斯特回应。罗斯牧师在牧师公馆玄关处的地板上，捡起这张臭名早已传遍全镇的“浸信猪会的死老鼠”卡片。罗斯牧师连忙召开全男性社青会议，让在场的人传阅这张卡片，因为他说除非你亲眼看到这么肮脏邪恶的文字，否则不可能相信会发生这种事。罗斯牧师又说，浸信会主持正义，反对天主教徒受撒旦感召而举办“赌场之夜”，但天主教徒为了扼杀浸信会的反对声音，会沉沦到什么地步，是很难揣测的，也许实际看到这么恶心污秽的东西，能让在座的“好青年”了解这场战争是在对抗什么。“不是有句谚语说预先知道，有备无患吗？”罗斯牧师做了个自以为气势磅礴的结论，然后拿出那张卡片（套在塑胶袋内，仿佛怕摸到的人受到感染）给大家传阅。

莱斯特看完之后，恨不得去天主教徒那边大闹一场，不过现在看来，这整件事似乎跟自己不怎么相关，也有点幼稚。天主教徒赌的是假钱，送的是些新轮胎和厨房用具，谁真的在乎这些啊？在天主教徒和萨莉·拉特克利夫之间做选择，莱斯特知道他要担心的是谁。

“——开会就是要看下一步怎么走啊！”斯蒂夫继续说，他又开始激动了，“莱斯，我们得先发制人……*这是必要的*！威廉牧师说他担心这些所谓的‘关心你的天主教徒’已经不甘于用嘴巴说说而已了，他们下一步可能是——”

“斯蒂夫，你听着，你们想怎么做就怎么做，*不要把我扯进去就对了*！”

斯蒂夫不再说了，只是一脸错愕地望着他，期望这位平常最温和的莱斯特会回过神来说声抱歉。后来发觉莱斯特无意道歉时，他开始往学校教室的方向走去，拉开他和莱斯特之间的距离说："老弟，你心情可真糟啊！"

"没错！"莱斯特呛回去。他的大手握起拳头，用力插在腰间。

但莱斯特不只是愤怒而已，他受伤了，可恶，他一身是伤，而且最痛的是他的心。他真想找个人揍揍，出出气，但不是可怜的好斯蒂夫·爱德华兹。只不过让自己生斯蒂夫的气，仿佛把内心的一个开关打开了，让电流流入平常大多漆黑一片、没有运转的内心装置。自从他和萨莉恋爱开始，这也是他头一次生她的气，而他平常是最温和的男人。她有什么权利叫他下地狱？她又有什么权利骂他是王八蛋？

她是在气什么吧？好吧，她的确是气疯了。也许他真的做了什么事让她火气这么大，虽然他一点头绪也没有，不过就假装他做了什么吧，才能继续提出下面的理由。好，姑且说他做了什么，难道她就有权利莫名其妙迁怒于他，而且连请他先解释的这点礼貌都没有？难道她就有权利跑去艾琳·吕特廷斯家住，害他不能直接冲去她那边问清楚？或是拒接所有他打来的电话？或是雇用莫娜·劳利斯当中间人？

我要去找她，莱斯特心想，我要知道是什么困扰着她。一旦找出来，我们就能言归于好，然后我要把篮球课上对高一生讲的话也跟她说一遍，那就是信任是团队精神的关键。他卸下背包，丢入后座，钻进车里，这时，他看见乘客座位下有东西露出一角。黑色的东西，好像是个钱包。

莱斯特迫不及待一把抓起，起先认定是萨莉搞丢的。要是她在这三天连续假期里把钱包留在车上，一定遍寻不着，心里焦急得很。要是他把这钱包带去给她，肯定会让她大松一口气，那么接下来谈论他们之间的事可能会容易些。不过他定睛一看，发现不是萨莉的。这是黑色皮夹，萨莉的是经过磨洗的蓝色绒面革钱包，而且小很多。

他好奇地打开来看，结果胸口像是被重重一击，里头放着约翰·拉普安特的警察证件。

约翰·拉普安特没事在*他*车里做什么？

萨莉整个周末都开这部车，他的内心低声说，你以为他在你车里做什么？

"不会吧，"他自言自语，"嗯嗯，不可能，她不可能这么做，她不可能跟他约会,见鬼也不可能!"

可是她以前也跟他约过会。尽管城堡岩天主教徒和浸信会教徒的关系日益恶化,她和警察约翰·拉普安特仍交往了一年多。他们在"赌场之夜"的战火点燃之前就分手了,不过——

莱斯特又踏出车外,翻动皮夹里头的透明夹袋,越来越觉得不可思议。这张是拉普安特的驾照,照片上的他留着两小撇八字胡,那是他跟萨莉交往时留的。莱斯特知道有人把这种八字胡称作搔阴胡,哼。这张是约翰·拉普安特的钓鱼许可证,然后是约翰·拉普安特父母的照片,然后是他的打猎许可证,然后……*然后*……莱斯特目不转睛地瞪着现在看到的快照。这是约翰和萨莉的照片,这是别的男人和他未婚妻的照片。他们好像站在博览会射击场的前方,四目相望,笑得合不拢嘴。萨莉手上拿着一只大型泰迪熊,大概是拉普安特刚刚赢到送给萨莉的。

莱斯特盯着照片,额头中央青筋暴露,稳定地搏动着。她骂他什么来着?*花心王八蛋?*

"哼,看谁才是花心王八蛋。"莱斯特喃喃低语。

他心中迅速燃起猛烈的怒火,而这时有人碰了碰他的肩膀,结果他手一松,皮夹掉在地上,连忙握起拳头转过身来,差点就把不会伤人、讲话结巴的斯洛皮·多德揍得不省人事。

"帕——普拉特教——教练?"斯洛皮问。他眼睛睁得又大又圆,充满关心之情,但不是害怕。"你——你——你还好——好——好吗?"

"还好,"莱斯特沙哑地说,"回家吧,斯洛皮,你不该在这个停车场溜滑板。"他弯下腰,打算把皮夹捡起,但斯洛皮离地面比他近两尺,所以速度比他快。他好奇地看一眼拉普安特驾照上的大头照,才把皮夹还给普拉特教练,他说:"嗯,就是这个人——人——人,没——没错。"

他跳上滑板,准备溜开,但莱斯特一把抓住他的运动衫。滑板从斯洛皮脚底下射了出去,自行滑动,最后撞进道路上的坑洞翻了过来。斯洛皮的 AC/DC 乐团运动衫上印着*准备摇滚的人,我们向你致敬*等字样,现在衣领已被撕裂。斯洛皮似乎毫不介意,甚至对莱斯特的举动不怎么讶异,更不用说畏惧了。莱斯特没注意到这点,他是不会注意细微差别的那种人。他这种男人身材魁梧、平时心平气和,但在这平静温和的表面下,其实是易怒暴躁的,仿佛有个破坏力强大的情绪飓风等着发威。有些男人过完一生，都没发现那个丑恶的暴风中心，不过莱斯特发现了（或是说暴风中心发现了他），他现在完全笼罩在这暴风里面。

莱斯特的拳头几乎跟罐装火腿一样大，紧抓住斯洛皮身上撕裂的衣领，他低下汗涔涔的脸，额头中央的青筋跳动得更快了。他对着斯洛皮问："你说'就是这个人没错'是什么意思？"

"他就是上——上星期五放——放学后来找雷——拉特克利夫小——小姐的那个人。"

"他放学后来找她？"莱斯特声音嘶哑地问，然后用力摇晃斯洛皮，大力到斯洛皮的牙齿都嘎嘎作响。"你确定？"

"嗯，"斯洛皮应道，"帕——普拉特教练，他们开——开你的车——车离开，那男——男的开——开车。"

"开车？他开我的车？约翰·拉普安特开我的车载萨莉？"

"是这个男——男——男的，"斯洛皮又指着驾照上的大头照说，"不——不过他们上——上车——车之前，他亲——亲——亲了她一下。"

"是哦，"莱斯特说，他的脸变得非常平静，"他亲她啊。"

"噢，千——千真万——万确。"斯洛皮说，脸上绽放出（有点色眯眯的）灿烂笑容。

莱斯特的声音变得轻柔丝滑，跟平常"嘿，老兄咱们上吧"那种粗糙大嗓门完全不同，他问："她有没有回亲他？你觉得有没有，斯洛皮？"

斯洛皮开心地眼睛滴溜溜转，说："我觉——觉得有！他们真——真的是在舌——舌——舌吻，帕——普拉特教练！"

"舌吻。"莱斯特用他新采用的轻柔丝滑声音若有所思地说。

"没错。"

"真的舌吻哪。"莱斯特用他新采用的轻柔丝滑声音惊叹道。

"真——真的！"

莱斯特放开斯洛皮蛋（斯洛皮仅有的两三个朋友都这么叫他），挺起身子。他额头中央搏动的青筋慢慢缓和，开始咧嘴而笑。那是让人看了不舒服的笑容，露出的白色方形牙齿似乎比正常人多很多。他的蓝眼眯成小三角形，他的平头式发型往四面八方竖立。

"帕——帕——普拉特教练？"斯洛皮问，"有什么不——不——不对吗？"

"没有，"莱斯特·普拉特的笑容丝毫未减，继续用他新的轻柔丝滑的声音说，"没有什么难得倒我。"他在心里已经把手掐住约翰·拉普安特这个花言巧语、爱戴教宗、赢得泰迪熊、偷人马子、爱扒粪吃的臭法国佬的脖子。这只披着羊皮的狼！这混蛋竟然教导莱斯特的心上人（莱斯特亲她时，这女孩顶多只会微微张开双唇）怎么舌吻！首先他会去找约翰·拉普安特算账，这没问题。账算完后，他就得和萨莉谈谈。总之要见个面。

"世上没什么难得倒我。"他用他轻柔丝滑的声音重复一遍，然后利落地回到野马的驾驶座上，车子因为他那两百二十磅重的结实身躯而明显往左倾斜。他发动引擎，连续猛力踩了好几次油门，发出笼里饿虎般的吼叫声，然后轮胎尖声一响地开走了。斯洛皮蛋边咳边夸张地挥开面前的灰尘，走去滑板翻过来的地方。

他这件旧运动衫的衣领圈完全跟其他部分裂开来，使得斯洛皮明显突出的锁骨上好像挂了条黑色项链。他笑得很开心，他完全遵照冈特先生的指示行动，而且进行得相当成功，普拉特教练看来是气得火冒三丈。现在他可以回家看看他的茶壶了。

"只希——希——希望不要再口——口——口吃了。"他自言自语。

斯洛皮踏上滑板溜开了。

15

雪菈在帮艾伦与亨利·佩顿连线时遭遇困难，有一次她确定心情激动的亨利已经断线，所以她必须打回去。好不容易完成这项技术上的非凡之举，艾伦的个人专线亮了起来，雪菈正要点燃香烟，只好放到一旁，接听这通电话："城堡岩警长办公室，潘伯恩警长专线。"

"你好，雪菈，我要跟艾伦说话。"

"波莉？"雪菈皱起眉头。她很确定这就是波莉·查默斯，可是她从来没听过波莉用这种声音说话——口气冷淡，咬字清晰，很像大型企业里的执行秘书。"是你吗？"

"是，"波莉回答，"我要跟艾伦说话。"

"老天，波莉，不行啦，他正在跟亨利·佩顿讲——"

"那就让我在这边等着，"波莉插嘴，"我不会挂断。"

雪菈开始慌了，结结巴巴地说："这个嘛……呃……好是好，不过有点复杂。跟你说，艾伦在……你也知道，在外头巡逻，所以我刚刚是帮亨利跟艾伦连线。”

“既然你可以帮亨利·佩顿连线，也可以帮我连线，”波莉冷冷地说，“对吧？”

“这个，话是没错，不过我不知道他们会讲多——”

“就算等到天塌下来我也不在乎，”波莉说，“让我在这儿等着，等他们讲完，就帮我跟艾伦连线。如果事情不重要，我是不会请你这么做的——雪菈，你也知道我不会乱要求人的吧？”

没错，雪菈很清楚，但她还认知到一件事：波莉开始让她害怕了。“波莉，你还好吧？”

停顿了好一阵子，波莉才用一个问题回答：“雪菈，你有没有帮潘伯恩警长打过一封信给旧金山儿童福利局？或是看到有信封寄到那个地方？”

雪菈心中突然亮起红灯——一连串红灯。她几乎是把艾伦·潘伯恩当偶像崇拜，而波莉·查默斯在指控她的偶像。她不确定是什么事，不过她听得出指责的语气是什么样子，她熟悉得很。

“这种信息我不能透露，”她说，语气骤降了二十度，“波莉，你最好自己问警长。”

“嗯，看来我最好自己问。请让我在这儿等着，可以的时候帮我连线。”

“波莉，出了什么事？你在气艾伦吗？因为你得知道，他永远不会做任何让你——”

“我现在对任何事情再也没把握了，”波莉说，“如果我问了什么太过分的事，请原谅。好，现在你会让我在这边等，他们一挂断就帮我连线，还是我得出门自己去找他？”

“不用，我会帮你连线。”雪菈说。她内心异常不安，好像发生了什么坏事。她跟城堡岩的许多妇女一样，都相信艾伦和波莉深爱着彼此，而且她跟城堡岩的许多妇女一样，都喜欢把他们当成带点黑暗色调的童话人物，也就是刚开始虽然困难重重，但终究会有圆满结局……爱情终究会胜利。但现在，波莉听起来不只是愤怒。她听起来痛苦难当，而且还不只如此。另一个成分，雪菈觉得是憎恨。“波莉，我要帮你保留通话了——可能要等一阵子。”

“没关系，谢谢你，雪菈。”

“不客气。”她按下保留通话的按钮，找到她那支香烟，点燃后深吸一口，皱着眉头看着这闪烁不已的小灯。

16

“艾伦？”亨利·佩顿叫道，“艾伦，你在线上吗？”他听起来像是一个广播员在大型空饼干盒里头说话。

“亨利，我在。”

“我半小时前才接到联邦调查局打来的电话，”亨利在他的饼干盒中说，“我们很幸运，指纹有了突破。”

艾伦的心跳仿佛猛力推到高速挡，赶忙回道：“妮蒂家门把上的指纹？那些局部指纹？”

“对，初步比对结果是你们镇上有人跟这指纹相符，他有一项前科纪录——一九七七年的轻盗窃罪，我们也查到他在服役时留下的指纹。”

“别吊我胃口，到底是谁？”

“那人的名字是休·普利斯特。”

“休·普利斯特！”艾伦惊呼。就算佩顿说是副总统奎尔，他的惊讶程度也不会比这夸张。就艾伦所知，这人跟妮蒂·科布是八竿子打不着的关系。“休·普利斯特干吗杀妮蒂的狗？或是打破维尔玛·耶日克的窗户？”

“我不认识这个人，没资格说，”亨利回答，“你何不去把他带来问呢？其实我想说的是，你何不现在就去找他？免得他做贼心虚，跑去某个鸟不生蛋的地方躲上好一阵子。”

“好主意，”艾伦说，“我晚点再跟你联络，谢了，亨利。”

“老弟，随时跟我报告最新情况就是了。你也知道，理论上这是我的案子。”

“好，我会跟你联络。”

连线结束时，传来叮一声刺耳的金属撞击。接下来艾伦听到电话断线的嘟嘟声，他心想纽约新英格兰电话科技公司和美国电话电报公司不知会怎么看待他们正在玩的连线游戏，但他马上回过神来，把通话器挂回托座上。这时，电话断线的嘟嘟声被雪莅·布理格姆姆的声音打断，她听起来犹豫不决，不像平常作风。

“警长，波莉·查默斯在等候接听，她说你一有空，就请我帮你们连线。请确认？”

艾伦眨眨眼。“波莉？”他突然心生恐惧，就像半夜三点听到电话声响，会知道大事不妙。波莉从没这样要求过，要是有人问艾伦，艾伦会说波莉永远不会这样要求，这不符合她所谓的正确行为，而对波莉而言，正确行为是非常重要的。“雪菈，她有没有说是什么事？请确认。”

“没有，警长，请确认。”

没有，她当然不会说。他早就知道波莉不会把自家事到处传，他竟会问这问题，表示他有多吃惊。

“警长？”

“雪菈，帮我们连线，请确认。”

“确认，警长。”

叮！他站在阳光下，心脏跳得又快又猛，他不喜欢这种感觉。又一声叮！然后是雪菈的声音，听起来很遥远，几乎就要听不见了：“波莉，请说吧，现在应该连上了。”

“艾伦？”声音大得让艾伦缩了一下。那是巨人……愤怒巨人的声音。光这么一声，就足以感受得到。

“波莉，我在，怎么了？”有那么片刻，波莉只是默不作声。在这静默的深处，传来无线电收到其他通讯的微弱说话声。在这片刻，他纳闷是否断线了……而且几乎希望断线了。

“艾伦，我知道这条线没有加密，”她说，“不过你知道我在讲什么。你怎么做得出这种事？你怎么做得出来？”

这段对话有某部分似曾相识。某个部分。“波莉，我不知道你——”

“哼，你应该知道。”她回答。她的声音越来越不清楚，越来越难听得懂，艾伦发现如果她没在哭，很快也就会哭了。“你以为你了解这个人，结果却发现根本不了解，那是很难受的。你以为你爱那张脸，后来发现那只是面具，那是很让人心碎的。”

没错，果然似曾相识，现在他知道是什么了。这就像安妮和托德死后，他一直做的噩梦。在噩梦里他站在路边，眼看着他们开着那辆斯柯达旧车从旁边经过。他们正走向死亡之路，他心里清楚却无法改变。他想挥舞手臂，但臂膀沉重得提不起来；他想把他们叫回来，但想不起要怎么张开嘴巴。他们从他身旁开过，仿佛他是隐形人。现在也一样，仿佛他以某种奇怪的方式，变成波莉看不到的隐形人。“安妮——”他恐惧地发现自己叫错名字，连忙改口，“波莉。我不知道你在讲什么，波莉，不过——”

“你明知道，”她突然对他大叫，“你知道的时候别说你不知道！艾伦，你为什么不能等我亲口告诉你？如果你等不及，为什么不开口问就好？你为什么偏要背着我行动？你怎么可以背着我做这种事！”

他紧紧闭上眼睛，努力止住奔驰不停的困惑念头，但没有用，反而出现一幅讨厌的画面：挪威镇《日志报》的迈克·霍顿，俯听报社的接收器，火速用混杂的符号速记他们这段夸张对话。

“我不知道你认为我做了什么，但你一定误会了，我们见个面，谈——”

“不用了，艾伦，我现在看到你会受不了。”

“你受得了的，而且你等一下就会看到我，我马上——”

然后亨利·佩顿的声音插进来。你何不现在就去找他？免得他做贼心虚，跑去某个鸟不生蛋的地方躲上好一阵子。

“你马上就要怎样？”波莉问，“你马上就要怎样？”

“我刚想起一件事。”艾伦吞吞吐吐地说。

“噢，是吗？是不是想到你九月初写的一封信啊？寄到旧金山的是吗？”

“波莉，我不懂你在说什么，我现在不能过去，因为另一件事有新发展，不过晚点——”

她不停大声啜泣，照说接下来说的话会难以理解，但还是很清楚：“艾伦，你还没搞懂吗？没有晚一点了，再也没有了，你——”

“波莉，别这样——”

“我就是要！你别管我！你别管我，你这爱管闲事、探人隐私的王八蛋！”

叮！突然间，艾伦又听到电话断线的嘟嘟声。他左右看看主街和中学路的交叉口，仿佛不知自己身在何处，也不清楚自己怎么来到这里。他的眼神迷惘困惑，看起来好像拳击手膝盖一松，倒在拳击场地板上，就要不省人事。这是怎么发生的？怎么发生得这么快？他一点头绪也没有。这几天镇上的人好像都有点疯了……现在波莉也受了感染。叮！

“呃……警长？”是雪莅，从她低声且吞吞吐吐的语气来看，艾伦知道她至少听到一部分他和波莉的对话，“艾伦，你还在吗？听到请回答。”

他突然有股强烈到不可思议的冲动，想把通话器从托座上扯下来，甩到人行道旁的树丛中，毅然决然地开走，去哪里都好，去追西下的太阳，只要不再想任何事情就好。

不过他没有那么做，而是集中所有力量，逼自己去想休·普利斯特。那是他得做的，因为目前看来，休·普利斯特可能是造成二女砍杀的原因。现在他要处理的是休·普利斯特，不是波莉……以休·普利斯特为借口，竟然让他大大松了口气。他按下信号传送按钮，说：“雪菈，我在，请确认。”

“艾伦，波莉那边好像断线了，我……嗯……我不是有意偷听，不过——”

“没关系，雪菈，我们结束了。（结束这个字让人害怕，但他现在拒绝多想。）现在有谁在你那儿？请确认。”

“约翰在，”雪菈说，相当庆幸能转移话题的样子，“安迪在巡逻，根据他最后一次回报的正确位置，在景观丘附近。”

“好。”波莉异于平常的愤怒脸孔试图游到他心思表面，他强压下去，想把心思回到休·普利斯特身上。但有那么一秒，他脑中没有任何脸孔，只是一片空白，相当吓人。

“艾伦？你还在吗？请确认。”

“嗯，当然还在。呼叫安迪，请他立即前往休·普利斯特在城堡丘路尽头的住处，他知道在哪儿。我猜休·普利斯特在上班，但如果他刚好休假，我要安迪把他带去质询。请确认。”

“艾伦，确认。”

“请他行事特别小心，告诉他把休·普利斯特带走，是要询问妮蒂·科布和维尔玛·耶日克的命案，这样他应该就知道接下来要怎么做了。请确认。”

“噢！”雪菈听起来又惊又喜，“警长，确认。”

“我正要去镇上的车辆调配场，休·普利斯特应该在那里。结束通话。”

他把通话器挂回托座（感觉好像握了至少四年那么久），心想：要是你把刚刚跟雪菈说的事情跟波莉说，情况可能就没那么糟。

也可能没什么帮助——他根本不知道现在跟波莉是怎么回事，又怎么能够透露警方机密？波莉指责他挖隐私、管闲事，是什么隐私、什么闲事，这范围可大了，可是都不符状况，更何况还有别的顾虑。请调度员派警员追拿犯罪嫌疑人是警长的职责，确保警员知道嫌犯可能很危险也是他该做的，但在电话与无线电临时连接的开放线路上给女友同样的资讯，那是两码子事。他不跟波莉说是对的，他很清楚。

但这没有舒缓他心里的伤痛，他又集中精神去想眼前的事——找到休·普利斯特，把他带到警察局，他要请该死的律师就帮他请一个，然后问他为什么用钻孔锥刺死妮蒂的小狗奇兵。

有那么一刹那，转移注意力发挥了效用，但他发动旅行车，从路边开到路上时，脑中浮现的仍是波莉的脸，而不是休·普利斯特。

第十七章

1

艾伦前往镇的另一头逮捕休·普利斯特时，亨利·博福特站在他家门前的车道上，看着他的福特雷鸟，一手拿着从雨刷下取出的字条。轮胎被那胆小如老鼠的死浑球破坏得面目全非，但轮胎可以换新，真正让亨利火冒三丈的，是那死浑球在他车子右侧刮出一道痕迹。

他又看着手上的字条，大声念道："你这该死的法国佬，以后休想阻止我喝酒，然后又扣住我的汽车钥匙！"

他最近把谁赶走了？噢，各种人都有。其实没把人赶走的晚上才叫稀奇呢！不过被他赶走，汽车钥匙还被他挂在吧台后方木板上的是谁？最近只有一位。

只有一位。"他奶奶的，"柔虎酒吧的老板兼酒保若有所思地轻声说，"你这脑壳坏掉、他奶奶的王八笨蛋。"他想转身进屋，去拿他的猎鹿步枪，但又想到更好的点子。这条路再走几步就到"柔虎"，他在吧台下放了个相当特殊的盒子，里头有把温彻斯特短筒双管猎枪。几年前，那个脑袋装满糨糊的下流胚子埃斯·梅里尔抢劫酒吧，差点让他得逞，打从那次起他就一直把这支枪放在吧台下。那支枪是非法武器，抓到可是要判重罪的，因此亨利从来就没用过。

不过今天也许会派上用场。他摸摸休·普利斯特在他雷鸟右侧弄的丑陋刮痕，然后把字条揉成一团，丢到一旁。这时，比利·塔珀应该已经在"柔虎"扫地、赶走一些搞不清楚营业时间的人，亨利等下就去拿那把双管猎枪，然后跟比利借庞蒂亚克来开。看来他有个小小的猎杀混蛋任务要执行。

亨利把揉成一团的字条踢入草丛，自言自语道："老休，你又嗑那些怪药了，不过今天以后你再也嗑不到了，这点我可以跟你保证。”他又摸了那道刮痕最后一次，他这辈子从来没有像这样被气炸过。“我跟你保他妈的证。”亨利快步往“柔虎”走去。

2

弗兰克·朱伊特大肆破坏乔治·纳尔逊的卧房时，在双人床的床垫下找到半盎司古柯碱。他把古柯碱倒入马桶中，眼看着粉末随水旋转冲走，顿时感到腹部一阵绞痛。他正要解开裤子，却又走回惨不忍睹的卧房中。弗兰克觉得自己已经疯得不成人样了，但他也管不了那么多。疯子不必想未来的后果。对疯子来说，未来不值得烦恼。乔治·纳尔逊的卧房里还有少数几样东西完好如初，其中之一就是墙上的一张照片，一位老女士的照片。照片裱在昂贵的金框里，可见这是乔治·纳尔逊已逝的老母。弗兰克的肚子又起了一阵绞痛。他从墙上取下相框，放在地板上，解开裤子，小心地蹲在照片正上方，然后让事情顺其自然地发生。今天实在糟糕透顶，这是到目前为止最令他爽快的时刻。

3

伦尼·帕特里奇是城堡岩年纪最大的居民，过去曾经属于艾薇·查默斯姑婆的“波士顿邮报拐杖”现在归他所有。他车子的老旧程度，在城堡岩也是数一数二。他的车是一九六六年出厂的雪佛兰贝阿尔，车身本来是白色，现在则脏不啦叽，什么颜色都不是，姑且称为“土路灰”吧！车子的状况也不是很好。后窗玻璃早在几年前就换成一片随风拍动、晴雨两用的塑胶布。门下围板严重生锈，伦尼开车时，还能透过复杂的网状铁锈看到路面。排气管则垂挂在车子后头，有如风干尸体的一只腐败臂膀。此外，油封也不见踪迹了。伦尼开着贝阿尔时，车子后头会喷出大朵大朵的“芳香”蓝烟，他每天从住家开往镇中心经过的片片田野，就像有杀人倾向的飞行员刚空洒了立效除草剂。贝阿尔一天要吞掉三夸脱的油（有时候要四夸脱），如此惊人的消耗量一点都没让伦尼烦恼。他从桑尼·贾基特那边购买五加仑经济桶装的再制钻石牌机油，而且每次一定会跟桑尼拗个九折……那是他的敬老优惠价。过去十年来，伦尼开车时速不超过三十五里，所以贝阿尔大概会比他活得还久。

正当丁桥另一头的亨利·博福特走向柔虎酒吧之际，伦尼在将近五里外的城堡丘顶上，驾着他锈迹斑斑的贝阿尔。

马路正中央站着一名男子，他双臂高举，一副来车非停止不可的样子。这人打着赤膊、光着脚丫，只穿一条拉链大开的卡其裤，脖子上围着一条破烂的细长毛皮。

伦尼急抽一口气，他的心脏在瘦巴巴的胸膛里猛然跃起，包在快四分五裂的高筒球鞋里的双脚连忙踩下刹车。刹车板发出一声诡异的呻吟，几乎陷入车厢地板。贝阿尔终于停了下来，离那个人只有三英尺不到，这时伦尼才认出是休·普利斯特。休·普利斯特毫不畏缩，车子停下来时，他大踏步急忙走到驾驶座。伦尼的双手紧按着胸前的保暖内衣，喘着大气，心想这该不会是他最后一次心脏病发作吧？“老休！”他气喘吁吁地叫道，“哎呀，你好死不死站在路中间干吗？我差点就撞上你了！我——”

休·普利斯特打开驾驶座车门，弯身进去。他脖子上挂着的细长毛皮往前一荡，惊得伦尼猛然一缩。那看起来像是半腐烂的狐狸尾巴，不仅秃了好几块，还散发着恶心的臭味。

休·普利斯特一把攫住伦尼罩衫的系带，硬是把他拖出车外。伦尼又恐惧又气愤地粗声大叫。

“老头，抱歉啦，”休·普利斯特心不在焉，仿佛心里有更大的烦恼在折磨他，“我需要你的车，我的车出了点状况。”

“你不可以——”

不过休·普利斯特把他拉出车外可是轻而易举。他把伦尼抛到路旁，仿佛这老人家不过是袋破布。伦尼落在地上，发出清脆的噼啪声，本来的粗声叫骂变成痛苦的哀号。他摔断了一根锁骨和两条肋骨。休·普利斯特毫不理会，径自钻进驾驶座，门砰一声关上，把油门踩到底。引擎惊叫一声，下垂的排气管喷出一团蓝色浓雾。伦尼·帕特里奇甚至还在努力翻身，休·普利斯特就以超过五十英里时速开下城堡丘。

4

安迪·克拉特巴克大约在下午三点三十五分转上城堡丘路。伦尼·帕特里奇的吃油老机器迎面而来，从旁经过，他丝毫不曾注意，他的心思完全放在休·普利斯特身上，生锈老旧的贝阿尔只是风景的一部分。安迪完全想象不到,休·普利斯特为什么或怎么会卷进维尔玛和妮蒂的残杀事件,不过没关系,他只是个步兵,至于调查原因和过程,那是别人的工作,有时他还真庆幸自己不用费心探讨那些,像今天就是这样。不过他倒是很清楚休·普利斯特是个讨人厌的酒鬼,岁月并没有磨掉他的棱角。这种人什么事都干得出来……尤其是发酒疯的时候。

不论如何,休·普利斯特现在应该在工作,安迪心里这么想。不过他接近休·普利斯特称为家的倾颓小屋时,还是解开警用左轮手枪的防滑扣带。紧接着,他看见休·普利斯特的车道上有玻璃和镀铬物品在阳光下闪闪发亮,神经越绷越紧,直到发出嗡嗡声,像是电话线在强风吹袭下发出的声音。休·普利斯特的车在,而车在家时,通常人也在家,生活在乡下就是这样。

休·普利斯特赤脚走出车道后,往右转,朝镇中心的反方向,也就是城堡丘顶方向走去。要是安迪往那方向望去,就会看到伦尼·帕特里奇在路边草地上翻动,有如鸡在泥中打滚,但他没有看往那方向,而是全神贯注在休·普利斯特的房子上。伦尼小鸟般的微弱叫声传入安迪的一只耳朵,直直穿过大脑,又从另一只耳朵出去,丝毫没有激起他的警觉心。安迪拔出了枪,走下警车。

5

比利·塔珀才十九岁,一辈子也不可能拿到罗德学者奖学金去牛津大学就读,不过还没笨到不会看人脸色。亨利在城堡岩真正存在的最后一天下午三点四十分进入柔虎酒吧,比利看到亨利的举动时,还没笨到不知道害怕;亨利跟他借庞蒂亚克的钥匙时,他也没笨到一口回绝,他知道那没好处。平时,亨利是比利碰到的最好的老板,但以他目前的心情来看,若不照他的话做,他应该会一拳把比利打昏然后抢走钥匙。

比利生平第一次(大概也是唯一一次)试着好言诱骗,他怯生生地说:“老板,您好像需要喝一杯,我是蛮需要的啦。要不要我们俩一起喝点威士忌,你再走啊?”

亨利消失在吧台后方,比利听到他在那边东翻西找、低声咒骂。终于亨利又直起身子,手上拿着一个长方形木盒,上头锁了道挂锁。他把盒子放在吧台上,开始在腰间那串钥匙中搜索。

他考虑了比利的建议，刚开始摇摇头，后来又重新考虑一下。喝一杯其实也不是什么太烂的主意，至少能把他的双手和神经稳定下来。他找到钥匙，啪一声打开挂锁，把锁头放在一旁的吧台上说："好吧，不过要喝就喝个过瘾。芝华士，你单份，我双份。"他手向比利一指，比利身子连忙一缩，以为亨利接着要说不过你得和我一起去，结果他只是说："别告诉你老妈我让你喝烈酒，听到没？"

"是，老板，"比利说，心情放松不少，然后趁转变心意前，赶忙去拿威士忌，"清楚得不得了。"

6

德凯·布拉德福德是城堡岩规模最大、耗资最巨的公共工程部主任，他现在可是气疯了。

"没看见，他不在这儿，"他跟艾伦说，"今天还没见着他人影，不过要是你比我先看到他的话，麻烦你传个话，叫他不用来上班了。"

"德凯，你为什么那么久都还没炒他鱿鱼？"

他们站在一号市镇库房外的艳阳下，左侧是间棚屋，停了辆"卡司营建与供材公司"的货车，三名工作人员正在卸货。他们搬运的沉重小木箱上，都印着代表高级炸药的红色菱形图案。艾伦听到空调的嗡嗡声从那间棚屋里传出。都已经快冬天了，竟然还开空调，似乎非常奇怪，不过这星期城堡岩本来就极其诡异。

"我早该开除他的，"德凯承认，双手摸着灰白短发，"狠不下心，是因为我觉得他心里还是有善良的一面。"德凯是那种结实矮壮的男人，腿像消防栓一样又粗又短，好像随时随地准备从人家屁股上咬下一大块肉来，不过在艾伦心目中，他也是待人最亲切、心地最善良的人。"老休没喝醉酒，或宿醉没那么严重的时候，镇上没一个人能像他那样为你做牛做马。而且我看他脸上的神情，总觉得他不是一直喝到死才肯罢休的人。我以为他要是工作稳定，就能抬头挺胸走得正，不过这几天……"

"这几天怎么了？"

"他的情况一下变得很糟，好像心思全都在别的地方，不见得是喝酒喝成那样，只是他的眼睛好像陷到脑壳里去了。还有跟他讲话的时候，他一直看你肩膀后方，都不正视着你，而且还开始自言自语。"

“讲些什么?”

“不知道,我猜其他人也不清楚。我实在很不喜欢叫人走路,不过你开进来前,我就已经决定要炒他鱿鱼了。我受够他了。”

“德凯,你稍等一下。”艾伦回到他车上呼叫雪菈,告诉她休·普利斯特一整天都没来上班。

“雪菈,看能不能联络上安迪,叫他千万别掉以轻心,还有派约翰去支援。”接下来的部分,他不确定要不要说,因为嘱咐警员特别谨慎,曾造成用枪时机失当的不良后果。不过他还是说了,他必须说,对于出任务的警员,这是他该提醒的。“告诉安迪和约翰,休·普利斯特可能是携带武器的危险人物,了解吗?”

“携带武器的危险人物,确认。”

“好,一号警车结束通话。”他把通话器挂回托座,回到德凯身边。

“德凯,你觉得他会不会已经离开镇上了?”

“他啊?”德凯把脸撇向一旁,吐了口烟草汁,“像他这种人,还没领到最后一笔工资,绝不可能离开镇上的。而且咱们多数员工根本不出去。像休·普利斯特这种人哪,要让他走哪条路出镇,就好像得了某种失忆症。”

有件事引起德凯的注意,他转头对着搬卸木箱的工作人员叫道:“喂,你们动作小心点!是叫你们卸货,不是玩抛球!”

“你们买了好多炸药。”艾伦说。

“就是啊,二十箱呢!我们要在五号市镇路采砾场的花岗岩脉上炸出一个洞,依我看哪,我们还会剩很多,你要的话,绝对可以把休·普利斯特炸到火星去。”

“干吗买那么多?”

“不是我要的,是浑蛋在我请购单上加的,天晓得为什么。不过倒是可以跟你说,要是他看到这个月的电费账单,一定脸色大变……除非冷空气过境,让天气凉一点。那台空调超耗电的,但炸药一定要放在够凉的地方,温度太高可就完了。他们都说这批新式炸药耐高温,但我相信不怕一万就怕万一。”

“浑蛋追加你的订单。”艾伦若有所思地说。

“是啊,又加了四箱还是六箱,我忘了。惊奇不断出现是吧?”

"大概是吧。德凯,方便用你办公室的电话吗?"

"请便。"

艾伦坐在德凯的办公椅上,制服腋下透出一片汗渍,他听着波莉家的电话响了一遍又一遍,整整一分钟后才把听筒挂回去。

他垂着头慢慢走出办公室。

德凯用挂锁把炸药库房的门锁上,转身面对艾伦时,他一脸愁容地说:"艾伦,休·普利斯特心里有善良的一面,这点我对天发誓,而且我还亲眼看过好多次,比大多数人想得还多,不过老休还是老休……"他耸耸肩,"狗改不了吃屎。"

艾伦点点头。

"你还好吧,艾伦?好像不太对劲。"

"我还好。"艾伦勉强挤出一丝笑容回答。不过德凯说得对,他的确不太对劲,波莉也是,休·普利斯特也是,布赖恩·鲁斯克也是,好像今天大家都怪怪的。

"要不要来杯水或冰茶?我有现成的。"

"谢了,我得走了。"

"好吧,结果如何再跟我说。"

这点艾伦可不能保证,他内心深处有某种不祥的预感,隐隐约约觉得德凯明后天就能在报上看到来龙去脉,不然就是在电视新闻上看到消息。

7

快四点时,伦尼·帕特里奇的雪佛兰老车停进必"需品专卖店"前方的斜向停车格,城堡岩人气最旺的休·普利斯特走下车来。休·普利斯特的裤头拉链还是没拉上,脖子上还是围着那条狐狸尾巴。他赤着脚噼啪噼啪地走过炽热的水泥人行道,打开店门,门上方的小铃铛叮叮作响。

唯一看到休·普利斯特进去的是查理·福廷。他正站在西方连锁店门口,抽着他自己卷的"臭"烟。"老休终于疯啦!"查理自言自语。

在店里,冈特先生开心地看着老休,脸上挂着不出所料的浅浅微笑,仿佛他店里每天都会有人光脚打赤膊、脖上围着破烂狐狸尾巴出现。他在收银机旁的清单上打了个小勾,最后一个小勾。

“我惨了。”休·普利斯特说，边挨向冈特先生。他的眼睛像弹珠台里的弹珠一样，在眼窝里左右来回弹动。“这次是真的惨了。”

“我知道。”冈特先生用最令人宽心的声音说。

“我好像该来这边，也不知为什么，反正就一直梦到你。我……我不知道还能去哪边求救。”

“老休，你来这里就对啦。”

“他割破我的轮胎，”休·普利斯特低语，“那个‘柔虎’的王八老板博福特。他还留了张字条，写说‘休阿宝，再有下一次，我会让你知道我不是好惹的’。相信我，他什么意思我清楚得很。”休·普利斯特用一只粗大的脏手抚摸又旧又烂的狐狸毛，爱慕崇敬之情洋溢脸上。要不是一看就知道他出于真心，会觉得他未免也太愚蠢可笑了。“我好美、好美的狐狸尾巴。”

“也许你该去找他算账，”冈特先生若有所思地建议，“尤其是趁他还没来找你之前。我知道这听起来有点……怎么说呢……有点*极端*……不过你要是考虑到——”

“对！对！我就是要去找他算账！”

“我刚好有你需要的东西，”冈特先生说，他弯下腰，挺起来时，左手拿着一把自动手枪，然后把手枪放在玻璃展示柜上，推给休·普利斯特，“装满子弹了。”

休·普利斯特拿起来，感受到整只手充满手枪那坚实的重量，他的困惑立即烟消云散。他闻到涂在枪上的油脂微微散发出香味。

“我……我皮夹放在家里。”他说。

“噢，别担心，”冈特先生跟他说，“老休，必需品专卖店的货都保了险。”突然间，冈特的脸板了起来，牙齿暴露，眼睛炽亮。“去找他算账！”他以低沉粗哑的声音喊道，“去找那个要摧毁你一切的混蛋算账！老休，去把他处理掉！保护你自己！保护你的财物！”

休·普利斯特瞬间咧嘴而笑，说道：“谢谢，冈特先生，太谢谢你了。”

“小意思。”冈特立刻回复平常的语调，不过话还没说完，小铃铛发出声响，休·普利斯特已经走了出去，一边把自动手枪插在松垮垮的裤头上。

冈特先生走到窗边，看着休·普利斯特坐进老态龙钟的贝阿尔，倒车到马路上，这时一辆沿着主街慢慢开的百威啤酒货车喇叭大响，赶紧偏向一边避开休·普利斯特。

“老休，去找他算账，”冈特先生喃喃低语，他的耳朵和头发开始飘出缕缕轻烟，如墓碑般的方形白牙间和鼻孔中冒出股股浓烟，“把全部人都做掉最好。派对开始啦，大家伙。”

冈特先生仰头大笑。

8

约翰·拉普安特匆匆走向警长办公室侧门，准备去外头的镇公所停车场，整个人兴奋得很。携带武器的危险人物。去支援逮捕携带武器的危险嫌犯可不是天天都有的事。反正，在城堡岩这种没什么新鲜事的寂静小镇，是不可能天天碰到的。那个遗失的皮夹，他早已忘得一干二净(至少现在是如此)，而萨莉·拉特克利夫更是被他抛到九霄云外了。他刚到门边时，另一头也刚好有人把门打开。刹那间，约翰正对着两百二十磅重气呼呼的体育教练。

“真巧啊，正是我要找的人，”莱斯特·普拉特用他新采用的轻柔丝滑的声音说，然后举起黑皮夹，“掉了什么是吗？你这脚踏两条船、心中没上帝又爱赌博的丑八怪下三烂！”

莱斯特·普拉特来这边做什么，或者他是怎么找到那皮夹的，约翰毫无头绪，只晓得艾伦派他去支援安迪，他得马上动身。

“莱斯特，不管什么事，我们晚点再谈。”约翰说，然后伸手去拿他的皮夹。莱斯特的手先是往上一抬，让约翰够不着，然后用力往下一挥，把皮夹重重打在约翰脸部正中央。被这样一打，约翰讶异甚于愤怒。

“哦，我可不想跟你谈，”莱斯特用他轻柔丝滑的新声音说，“我才不会浪费时间。”他把皮夹放掉，两手往约翰肩头一抓，举起来，把约翰扔回警长办公室。警员拉普安特在空中飞了六尺，最后降落在诺里斯·里奇韦克的办公桌上。他的屁股滑过办公桌，在成堆文书纸张间开出一条小径，然后把诺里斯的“收件\待送”篮撞到地上。紧接在篮子之后，约翰砰一声背朝下落在地上，痛彻心扉。

雪菈·布理格姆从调度员室的窗户往外看得目瞪口呆。约翰挣扎着坐了起来，全身发抖，头晕目眩，完全不晓得发生了什么事。莱斯特斗志昂扬，大步走向约翰，拳头举得与肩齐高，像重量级拳手约翰·劳伦斯·苏利文的滑稽招牌姿势，但在莱斯特身上并不好笑。“我来给你个教训，”莱斯特用他轻柔丝滑的新声音说，“我要你知道，天主教的家伙偷了浸信会教徒的女朋友会得到什么教训。我会全部都教给你，教完的时候，你会刻骨铭心、永生难忘。”

莱斯特·普拉特走向约翰，近到可以开始他的教训。

9

比利·塔珀也许不是读书的料，却有副很能听人诉苦的同情耳朵，而那正是当天下午缓和亨利·博福特狂怒的最佳良药。亨利边喝威士忌边告诉比利事发经过……到后来发觉心情平静了不少。他突然想到，要是他带着猎枪，直接去找休·普利斯特算账的话，现在大概不是站在他吧台后方，而是警局的拘留室。雷鸟虽是他的心肝宝贝，但他渐渐发觉，自己并没有爱到为它坐牢的地步。轮胎可以换新的，那道刮痕终究还是可以抛光。至于休·普利斯特，让警察将他绳之以法吧！

他喝完那一小杯威士忌，站起身来。

“老板，您还要去找他算账吗？”比利忧心忡忡地问。

“我才不会浪费时间，”亨利说，比利松了一大口气，“我会让艾伦·潘伯恩去处理他，那不就是我缴税的目的吗？”

“应该是吧。”比利看向窗外，心情振奋了点。一辆锈迹斑斑的旧车，一度是白色的车，但现在已褪成什么颜色都不是的旧车（称为“土路灰”），正爬着坡，往柔虎酒吧开来，后头排出一团蓝色浓烟。“看！是老伦尼！我几百年没看到他啦！”

“嗯，我们还是五点才营业。”亨利说。他走到吧台后方打电话，装着猎枪的盒子仍放在吧台上。他寻思：我看我刚才是打算用这把枪，的确这么打算。人是怎么搞的，会发这种神经——被下毒了吗？伦尼的旧车开进停车场时，比利走向酒吧门口。

10

“莱斯特——”约翰·拉普安特开口说话时，跟罐装火腿差不多大（但更硬）的拳头击中他的脸部中央。鼻梁断裂时发出不妙的嘎吱声，惨痛无比。约翰双眼紧闭,黑暗中明亮的金星直冒。他挥着双臂,踉踉跄跄往后退,努力不让自己跌倒,但终究是无谓的挣扎。鲜血从鼻子倾泻而出,沾染他的嘴巴。最后他撞到布告栏,布告栏从墙上掉了下来。

莱斯特又向他走来。他短发直竖的平头下方,眉头皱得跟甲虫的锯锹一样。

调度员办公室里的雪菈慌忙地连上无线电,大声呼叫艾伦。

11

弗兰克·朱伊特正要离开他多年好"朋友"乔治·纳尔逊的家,才突然想到还是谨慎小心为妙。也就是说,当乔治·纳尔逊回到家,发现他的卧室被人破坏得一团糟、古柯碱被冲掉、母亲的相片上堆了一坨大便,很可能会来找他的派对好搭档算账。弗兰克心想,要是不把他起头的事情做个了结,就这样拍拍屁股走人,可是疯了不成……如果要把他起头的事情做个了结,意味着必须把那混账敲诈者的蛋蛋轰个稀烂,那也就只好这样喽!

楼下有个枪柜,弗兰克觉得用乔治·纳尔逊自己的枪把事情了结,是乔治·纳尔逊罪有应得的惩罚。要是他没办法打开枪柜的锁,或是连撬开都不行,他就去拿这位派对好搭档的牛排刀,用那个来把事情了结。他会站在门后,等乔治·纳尔逊进来时,不是把那他奶奶的蛋蛋轰掉,就是抓住他的头发,给他犯贱的喉咙抹上一刀。这两个选项里,用枪应该比较安全,但弗兰克越是想象热血从乔治·纳尔逊的脖子喷出、溅满他的双手,就越觉得第二个选择更加适合。连你都背叛我,小乔治,连你都背叛我,你这勒索敲诈的贱人。

这时,弗兰克的思绪被乔治·纳尔逊的小鹦鹉塔米·费伊打断了,它在身为小鸟的生命中,挑了最不吉利的时刻唱起歌谣。弗兰克倾听的同时,脸上浮现一抹令人毛骨悚然的奇异微笑。我刚刚怎么没想到那只该死的臭鸟呢?他大步走去厨房时心里这么想。

他略微探索了一下,就找到放有利刀的抽屉。接下来十五分钟,他不停把刀子刺进塔米·费伊的鸟笼中,吓得那只鹦鹉振翅乱跳、羽毛直落,后来他玩腻了,才一刀插进鹦鹉身体里。玩完了鸟,他走下楼梯到地下室,看看要怎样把枪柜打开。结果那道锁一下就解开了,弗兰克爬回一楼时，大声唱起不合时节但活泼愉快的歌：

噢……你最好别闹，你最好别哭，最好别噘嘴，我告诉你说：圣诞老人就要来了！

他在你熟睡时来访！他知道你是否清醒！他知道你是否乖巧；所以千万要乖乖听话！

每周六必定和亲爱的老母一同收看《劳伦斯·韦尔克秀》的弗兰克，以拉里·霍珀的男低音唱着最后一句歌词。老天，他感觉真好！才不过一小时前，他觉得这辈子就要完蛋。但怎么可能？这可不是结束，这是开始啊！昨日种种（尤其是跟亲爱的老“朋友”乔治·纳尔逊的那段往事）譬如昨日死；今日种种譬如今日生！

弗兰克在门后站定，身上配备齐全：墙边靠了支温彻斯特猎枪，腰带上插了一把西班牙骆马牌点三二口径自动手枪，手上握了把谢芬顿牌牛排刀。从他站立的地方，可以看到曾是塔米·费伊的一堆黄色羽毛。弗兰克类似漫画人物韦瑟尔校长的嘴巴突然拉出笑容，他的眼睛（现在是完全疯狂的眼睛）在跟韦瑟尔校长一样的圆形无框眼镜后方不停地来回滚动。

“所以千万要乖乖听话！”他轻声警告。他站在门后，把这句歌词唱了几遍。后来他把姿势调得更舒服，盘腿坐在门后、背靠着墙壁、武器放在大腿上，又再唱了几遍。

他发觉自己愈来愈想睡，不禁心头一惊。他正等着在某人的喉咙上抹一刀，却差点进入梦乡，实在扯到极点，但他就是想睡觉。他好像在某个地方读到（也许是在缅因大学法明顿分校的某一堂课上听到；那是所笨学校，他毕业时没有任何一科拿到优等），神经系统如果遭到严重惊吓，有时会产生这样的效果……没错，他的确受到了严重惊吓。他看到那些杂志乱七八糟地丢在办公室里时，心脏竟然没像旧轮胎一样爆掉可真是奇迹。弗兰克决定还是不要冒险比较好。他把乔治·纳尔逊的米色长沙发稍微搬离墙壁，爬到沙发后面躺下，猎枪放在左手边，握着牛排刀把的右手放在胸口上。嗯，好多了。乔治·纳尔逊又厚又软的地毯还挺舒服的。

“所以千万要乖乖听话！”弗兰克轻声唱着。他用这种夹杂鼾声的低音唱了十分钟，最后终于打起盹儿来。

12

“一号警车!”艾伦驶过丁桥开回镇上时,挂在仪表板下方的无线电响起雪菈的尖叫声,“一号警车请回答! 立刻回答!”

艾伦的胃先是一升再重重一沉,相当难受。在城堡丘路上,安迪定是栽进了休·普利斯特家的大黄蜂窝,一定是这样。老天哪,他为什么不叫安迪先跟约翰会合,再一起去包抄休·普利斯特?

你心知肚明,因为你在下达命令时,没有全心放在这件事上。要是安迪因此出了意外,你必须面对,承担你必须负的责任,不过那等一下再说。你现在的工作就是做你的工作。那就去做吧,艾伦。忘掉波莉,做好你该死的工作。

他把通话器从托座上摘下,回道:“一号警车,请说。”

“有人在痛打约翰!”她尖声叫道,“艾伦,快点回来,他把他揍得很惨!”

这个消息跟艾伦预期的相差十万八千里,所以当下是一头雾水。

“什么? 谁? 在哪里?”

“快点,他要把他杀了!”

刹那间,他理出头绪来了。当然是休·普利斯特。休·普利斯特不知为何前往警长办公室,约翰还来不及出发去城堡丘,休·普利斯特就到了,然后开始发飙。结果陷入险境的是约翰·拉普安特,而不是安迪·克拉特巴克。艾伦连忙抓起警灯,按下开关放在车顶上。他过了丁桥要进入镇上时,默默向老旧的旅行车道声歉,然后把油门踩到底。

13

安迪·克拉特巴克看到休·普利斯特车子的四个轮胎不只泄了气,而且还被割成碎片,开始怀疑休·普利斯特并不在家,不过他还是走近屋子,就在这时,他终于听到有人微弱的呼救声。

他在原地站了一会儿,犹豫不决,然后匆匆沿着车道回到马路上,这次他看到伦尼躺在路边,连忙跑了过去,奔跑时枪套在身上拍打个不停。

“救我!”安迪跪在伦尼身边时,伦尼气喘吁吁地说,“休·普利斯特发神经了,那个十足蠢蛋差点把我送上天去!”

“伦尼，你哪里受伤了?”安迪问道。他往伦尼的肩膀一碰，伦尼痛得放声大叫，这就是最好的回答了。安迪站起身来，不确定接下来到底该怎么做。他脑中塞了太多东西，唯一能确定的，是他怎样也不能把这件事搞砸。

“别动，”他终于开口说话，“我现在去联络医援部。”

“你这该死的笨蛋，我可不打算起来跳探戈!”伦尼说，他痛得边流泪边咆哮，看起来像只断了腿的老猎犬。

“说得对，”安迪说，他跑向他的警车，没跑几步又折回伦尼身边，“他抢走你的车对不对?”

“不对!”伦尼倒抽着气、手按着断裂的肋骨说，“他把我这老骨头摔到路边，然后坐着他妈的魔毯飞走啦！废话，当然是他抢走我的车！要不然你以为我躺在这儿干吗？晒他妈的太阳吗?”

“对哦。”安迪又说了声，然后往他的警车全速冲刺。他口袋里大大小小的钱币弹了出来，在碎石路上滚出亮晶晶的小弧线。

他从车窗把身子探进去，速度快到额头差点撞上门框昏倒。他把通话器一把抓起，他必须联络雪菈，叫她派人救援伦尼这老头，但这不是最重要的。艾伦和州警都必须知道休·普利斯特现在开的是伦尼·帕特里奇的老车雪佛兰贝阿尔。安迪不确定那是哪年出厂的，不过没人认不出那辆灰扑扑的吃油机器。

但他联络不上调度员室的雪菈。他试了三次，还是没有回应，完全没有回应。

现在他听到伦尼又开始哀号了，安迪进入休·普利斯特家，打电话给挪威镇的搜救小组。

他心想:雪菈这时去上厕所，可真会挑时机啊!

14

亨利·博福特也正努力联络警长办公室。他站在吧台边，电话听筒紧贴着耳朵，铃声响了一遍又一遍。“快点，”他不耐烦地说，“妈的，接电话啊！你们在那里干吗？玩金兰姆牌戏啊?”

比利·塔珀已经走出门外。亨利听到他大叫什么，不耐烦地抬起头来看。紧接着他听到一声响亮的砰。亨利第一个念头是伦尼的旧轮胎破了一个——但接着又传来砰砰两响。

比利走回酒吧，走得很慢，一手抓着喉咙，血液从指缝里涌了出来。“暗利！”比利的声音相当奇怪，听起来像伦敦东区佬的腔调，而且好像快窒息了，“暗利！暗——”

他扶着点唱机，站在那里晃了一下，然后身体的每一部位似乎同时松开，整个人软趴趴地瘫倒在地。比利的脚几乎还留在门外，现在被一道人影遮住，而影子的主人随即现身。他脖子上围着条狐狸尾巴，一手拿着手枪，枪管还在冒烟。他的两个乳头间一片稀稀疏疏的胸毛上结着晶亮的小颗汗珠。他眼袋浮肿，呈棕褐色。他跨过比利·塔珀，进入昏暗的柔虎酒吧。

“哈喽，亨利。”休·普利斯特向他打招呼。

15

约翰·拉普安特不知为什么会发生这种衰事，但他知道要是莱斯特继续下去，一定会把他打死——而莱斯特甚至连慢下来的迹象都没有，要他住手更是不可能。他试着沿着墙壁滑落，让莱斯特打个空，但莱斯特一把抓住他的衬衫，一使力就把他拉起来。莱斯特的呼吸还很顺畅，甚至连运动衫都还好好塞在宽松运动长裤的松紧裤腰里。

“这是赏给你的，约翰小子，”莱斯特说，然后又往约翰的上唇揍了一拳，约翰觉得嘴唇在牙齿上头裂开了，“看你还能不能留那两撇臭搔阴胡！”

约翰在一片迷蒙中，把一只脚伸到莱斯特身后，用尽吃奶的力气往前一勾。莱斯特吓得大叫一声，往后倒了下来，但同时很快伸出双手，胡乱抓住约翰血迹斑斑的衬衫，把约翰也一块拉了下来。他们开始在地上翻滚，顶头互撞、挥拳相殴。两人打得火热，根本没注意到雪菈·布理格姆冲出调度员室，跑进艾伦的办公室。她从墙上抓下猎枪，扣起扳机跑回警员办公区，那里已是一片混乱、血迹四溅的屠宰场了。莱斯特坐在约翰身上，用力抓着约翰的头往地上撞。

雪菈知道如何使用手上这把枪。她从八岁开始，就经常练习标靶射击。现在她用力将枪托底板抵住肩头，大叫：“约翰，快离开！给我清出射界！”

莱斯特听到她的声音，转过头来，眼中燃烧着怒火，像头发怒的雄猩猩，他对雪菈龇牙咧嘴，然后转头继续把约翰的头往地面砸。

16

艾伦接近镇公所时，看到今天第一件绝佳好事：诺里斯·里奇韦克的甲壳虫车迎面而来。诺里斯身穿便服，但艾伦一点都不在意。今天下午诺里斯可说是及时雨，好啊，真是及时雨呀！

结果这场及时雨也流进了地狱。

一辆红色大车（牌照为基顿一号的凯迪拉克）突然从通往镇公所停车场的窄巷冲出来。艾伦目瞪口呆看着浑蛋基顿开着凯迪拉克撞向诺里斯的甲壳虫车侧面。凯迪拉克开得并不快，不过体积大约是甲壳虫车的四倍。砰的一声两车相撞，甲壳虫车向乘客座方向翻覆，发出空洞的轰隆一声，接下来是玻璃稀里哗啦的破碎声。艾伦猛踩刹车，慌忙下了警车。浑蛋也从凯迪拉克里出来。诺里斯奋力从车窗爬出，脸上表情一片茫然。浑蛋手握拳头，大步迈向诺里斯，他咧着嘴，圆胖的肥脸上露出僵硬的笑容。艾伦一见那笑容，马上跑了起来。

17

休·普利斯特发射的第一枪，打碎了酒柜上一瓶野火鸡威士忌，第二枪打碎亨利脑袋正上方墙上的玻璃框，子弹穿过框内的贩酒执照，留下一记圆形黑洞。第三枪打掉亨利的右脸颊，瞬间喷出一团粉红色血雾，把一块肉打得稀烂。

亨利尖声惨叫，连忙抓起放有猎枪的盒子，缩身躲在吧台后方。他知道休·普利斯特打中了他，但不知情况严不严重，只觉得右脸颊突然像火炉般烧烫，温湿黏稠的鲜血汩汩涌出，顺着他的脖子右侧流淌下来。

“亨利，咱们谈谈车子的事吧，”休·普利斯特边靠近吧台边说道，“我还有更妙的点子呢！咱们来谈谈我的狐狸尾巴，你说怎么样?”

亨利打开盒盖，里头铺了一层红丝绒内衬。他把抖动不安的双手伸进去，拿出温彻斯特短筒猎枪，准备将子弹上膛，但这下才发觉没时间了，只能希望子弹已经先装上。

他两腿一收，准备跳起，由衷希望能给休·普利斯特一个大惊喜。

18

雪菈现在明白，约翰被那疯子压在底下是逃不了的。她现在也发现，那疯子就是莱斯特·普特，还是普拉特……反正是高中体育老师就对了。依她看来，约翰没有能力从底下逃出来。莱斯特已经不再把约翰的头往地面敲，而是用大手掐着他的喉咙。

雪菈把枪反过来，两手紧抓住枪管，然后像打击之神泰德·威廉斯一样，把枪高举到肩膀后方，流畅地用力往前一挥。

莱斯特在最后一刻转过头来，刚好让镶着钢边的茶色枪托打中眉心。只听到莱斯特的头骨发出一声刺耳的咯吱，被枪托打进一个大洞，前脑也被捣得碎烂，听起来好像某人用力踏到满满一盒爆米花。莱斯特·普拉特还没倒地就已断气。

雪菈·布理格姆看着他，开始放声尖叫。

19

"你以为我会不知道是谁干的吗?"浑蛋基顿一边低声咒骂，一边将表情茫然但毫发无伤的诺里斯拖出甲壳虫车驾驶座的车窗外，"你贴的每张鸟单子，下面都签了你的臭名，你以为我会不知道吗？是不是？是不是?"他正抬起一只拳头打算痛殴诺里斯，艾伦·潘伯恩顺势把手铐套在他手上，这动作说有多干净利落，就有多干净利落。

"啊!"浑蛋惊叫，笨重地转过身来看是谁。

镇公所里，有人开始尖叫了。艾伦往那方向一瞥，用链子另一端的手铐把浑蛋拉到凯迪拉克敞开的车门边，而他正不停对着艾伦挥打。艾伦的肩头吃了几个不痛不痒的拳头后，把另一端的手铐锁在车门的门把上。他转过身来，看到诺里斯站在原地，发现他的脸色只有一个惨字可以形容，艾伦连忙找借口让自己放心，心想这只是镇长无缘无故开车猛撞的结果。

"快点，"他对诺里斯说，"我们有麻烦了。"

但诺里斯不理他，至少这一刻他听而不闻。他与艾伦擦身而过，直接一拳揍向浑蛋基顿的眼睛，浑蛋又惊又痛地粗声大叫，身子往车门上一靠。原本敞开的车门给他重重一推关了起来，把汗水湿透的白衬衫下摆夹在门缝中。

“这拳是因为捕鼠器赏你的,你这死肥猪!”诺里斯恨恨地叫道。

“我会要你好看!”浑蛋回骂,“别以为我说说就算!我会要你们所有人好看!”

“看你个头!”诺里斯大声咆哮。他将拳头举在鼓起的胸膛两侧,打算再次出击,艾伦连忙抓住他往后拉。

“够了!”艾伦对着诺里斯的脸吼道,“我们里面有麻烦了!事情大了!”

空气中又响起尖叫声。镇民开始聚集在下街区的人行道上,诺里斯看了他们一眼,然后将视线移回艾伦身上,现在他的眼神变清楚了,艾伦松了口气。诺里斯终于恢复正常了,多多少少吧。

“怎么了,艾伦?跟他有关吗?”他用下巴往凯迪拉克一点。浑蛋就站在车旁,老大不爽地看着他们,一边用另一只手使劲拉拔手腕上的手铐,似乎完全没听到尖叫声。

“不是,”艾伦回答,“你枪带了没?”

诺里斯摇摇头。

艾伦把枪套的防滑扣带打开,拔出点三八口径警用枪交给诺里斯。

“那你怎么办?”诺里斯问。

“我空手去。快点,我们走吧。休·普利斯特在办公室里,他已经疯了。”

20

休·普利斯特是疯了没错,这点绝无疑问,但他离城堡岩镇公所可有三里远。

“咱们来谈谈——”他开始说,就在这一刻,亨利·博福特从吧台后一跃而起,像是蹦出魔术盒的弹簧小丑,衬衫右半边已被血浸湿,他举着猎枪对准休·普利斯特。

休·普利斯特和亨利同时开火,自动手枪砰的声响为猎枪模糊又原始的轰鸣掩盖,烟雾与火焰从猎枪的短枪管跃出。休·普利斯特在子弹威力冲击下,两脚腾空,身子往后飞出,两只赤脚脚跟拖在地上,胸口像逐渐崩解的红泥沼泽。他手上的枪飞了出去,狐狸尾巴两端着了火。

亨利的右肺被休·普利斯特的子弹刺穿，往后撞向酒柜，成排酒瓶全部翻倒，在他四周砸个粉碎。他胸口的麻木感越扩越大，他松手放掉猎枪，摇摇晃晃走向电话。空气中弥漫着疯狂的香气：横飞四溅的烈酒和狐狸毛燃烧的气味。亨利努力吸了口气，虽然他胸膛鼓起，但似乎吸不到空气，倒是那个子弹击中的洞孔吸进了风，发出微弱的呼呼声。电话筒似乎有千斤重，但他最后还是拿了起来贴上耳朵，按下警长办公室的自动拨号钮。丁零……

"妈的你们在搞什么鬼?"亨利困难地抽着气说，"我在这儿快死啦！接起这可恶的电话！"

可是电话只是继续叮叮响个不停。

21

艾伦走到窄巷的一半，诺里斯才赶上，他们并肩走进镇公所的小型停车场。诺里斯两手握着艾伦的警用左轮手枪，一只手指圈住扳机护弓，粗短的枪管指向上方炎热的十月天空。停车场里只停着雪菈·布理格姆的绅宝轿车和约翰·拉普安特的四号警车。艾伦纳闷了一会儿，休·普利斯特的车在哪里？就在这时，警长办公室的侧门飞了开来，冲出一个双手沾满血迹、拿着艾伦办公室猎枪的人。诺里斯把点三八口径短管手枪瞄准目标，手指滑进扳机护弓里。

艾伦立刻认知两件事。一是诺里斯就要开枪了，二是那个拿枪尖叫的人不是休·普利斯特而是雪菈。

艾伦如神技的本能反应在这天下午救了雪菈一命，但还是惊险万分。他连试着大叫或用手推开枪管都没有，这两个方法成功机会都不大。他直接推出手肘，猛力一抬，像在乡村舞蹈会上，兴高采烈跳着单人踢踏舞的舞者。在诺里斯开枪的前一刹那，艾伦的手肘撞到了诺里斯拿枪的手，使得枪管往上一抬。在这被建筑物环绕的停车场中，如同抽响鞭的枪声显得更加震耳欲聋。二楼城堡岩镇服务处一扇窗户整片碎裂。雪菈放开打烂莱斯特·普拉特脑袋瓜的猎枪，又哭又叫地奔向他们。

"老天！"诺里斯用他细小受惊的声音叫道，脸色苍白如纸，连忙把枪托对着艾伦，硬是把枪塞到他手上，"我差点就打中雪菈——噢，我的老天！"

“艾伦!”雪莅哭着说,“谢天谢地!”她向艾伦冲来,速度丝毫不减,差点把他撞倒在地。艾伦把手枪放入枪套,然后抱着她。她全身发颤,有如电流过强的电线。艾伦猜想自己也抖得很惨,而且差点吓得尿裤子。歇斯底里的雪莅吓得什么都视而不见,这也许是好事:他认为雪莅应该完全不晓得自己在千钧一发之际躲过一发子弹。

“雪莅,里头怎么了?”他问,“快跟我说。”震耳欲聋的枪声和回音让他严重耳鸣,严重到他几乎以为某个地方有电话在响。

22

亨利·博福特觉得自己像是在阳光下融化的雪人。他的下半身开始支撑不住,整个人缓慢地弯成跪姿,耳中的电话拨接声还在反复响着。他脑中充斥着酒精和燃烧兽毛的混合恶臭,现在又加进另一股烧焦的臭味,大概烧到休·普利斯特了吧。他模模糊糊地意识到,这办法行不通,他应该打另一个电话求救,但他自知办不到,要再奋力拨打另一个电话号码,已经超出他的能力范围——他已经没力气了。所以在吧台后方,他跪在自己往外蔓延的血泊中,听着空气在自己胸口的子弹洞孔中进进出出的呼呼声,拼命保持意识清醒。酒吧还要一小时才营业,比利已经死了,对方要是不赶快接电话,若要等第一批客人三三两两进来想饮酒作乐,那时候他早就一命呜呼了。

“拜托,”亨利气若游丝地说,“拜托快接电话,拜托快接他妈的电话。”

23

雪莅·布理格姆稍微恢复镇静,艾伦立刻从她这边得到最重要的信息:她用猎枪的枪托把休·普利斯特打退了。他们等一下进入侧门时,没人会对他们开枪。他希望如此。

“来,”他跟诺里斯说,“我们走。”

“艾伦……她出来时……我以为……”

“我知道你以为什么,但没造成伤害。别想了,诺里斯,约翰在里头,快点。”

他们跑到门边,分别站在门的两侧。艾伦看着诺里斯吩咐:“弯身进去。”

诺里斯点点头。

艾伦握着门把，猛力把门拉开，冲了进去。诺里斯弯身跟在他旁边。

约翰已经努力爬了起来，摇摇晃晃地几乎走到门边，艾伦和诺里斯像美式足球匹兹堡钢人队的冲锋前线，一起撞上他，使他蒙受了最后一次疼痛难当的屈辱：他被同事撞个正着，整个人往后倒在瓷砖地板上滑过办公室，就像大家在酒吧里玩的杠铃片咻地滑过吧台。最后约翰砰的一声撞到墙壁，这才停下，他痛得哇哇大叫，听起来既惊讶又有点疲累。

“老天，是约翰！”诺里斯叫道，“真是超法式的消防演习呀！”

“一起过去帮他。”艾伦说。

他们连忙小跑到约翰旁边，约翰也自己慢慢坐起来。他的脸蒙上一层血，鼻子严重左歪，上唇像过度充气的内胎又肿又胀。艾伦和诺里斯到他身边时，他一手托在嘴巴下，吐出一颗牙齿。

“他疯了，”约翰口齿不清、脑袋昏昏地说，“雪菈用猎将打他，大概把他杀了。”

“约翰，你还好吧？”诺里斯问。

“我好个屁啊！”约翰答道，然后身子前倾，在他张开的大腿间稀里哗啦吐了一地，证明他所言不假。

艾伦往四周看看，他模模糊糊意识到不是耳鸣的关系，是真有电话在响。但现在电话不重要。他看到休·普利斯特脸朝下趴在后墙边，连忙走过去。他的耳朵贴近休·普利斯特的运动衫背部，看有没有心跳声。但他起先所能听到的只是自己的耳鸣，听起来像每张办公桌上该死的电话都在响。

“快去接他妈的鬼电话，要不然就把话筒拿起来！”艾伦厉声对诺里斯说。

诺里斯走向最近的一部电话，刚好就在他桌上，他用力按下闪烁不已的按钮，拿起话筒说：“现在别烦我们，这里出了紧急状况，你等会再打。”不等对方回应，他就把电话挂了回去。

24

亨利·博福特把话筒——重到不行的话筒——从耳边拿开，蒙眬的双眼不可置信地看着它。

“你说啥？”他有气无力地问。

这一刻，他再也握不住话筒，真是重得要命。他手一松，话筒掉在地上，整个人慢慢往旁边垮下，躺在那里喘气。

25

依艾伦看来，休·普利斯特已经挂了。他抓住他的肩膀，把他翻过来……结果半个休·普利斯特都不是。这张脸满是血迹、脑浆和一些碎头骨，让他无法辨认是谁，但绝对不是休·普利斯特。

“妈的，这里是怎么啦?”他诧异地低声说道。

26

丹·“浑蛋”·基顿站在路中央，被手铐拴在自己的凯迪拉克旁，瞪着那些看着他的“他们”。现在迫害者首领和他的迫害副手已经走了，“他们”没有其他新鲜事好看。

他盯着“他们”，知道“他们”的底细——“他们”每个人的底细。

比尔·弗勒顿和亨利·金德伦站在理发厅前。博比·杜加斯站在他俩中间，脖子上还系着围兜，围兜吊在他胸前，有如特大号餐巾。查理·福廷站在西方连锁店前。斯科特·加森和他两位恶心的律师朋友艾伯特·马丁及霍华德·波特站在银行前，这两人可能在火爆场面发生前就一直在背后说他坏话了。

眼睛。操他奶奶的眼睛。到处都是眼睛。全都在盯着他看。

“我看到你们啦!”浑蛋突然大叫，“你们所有人我都看见了！你们所有人！我知道要怎么对付！没错！等着瞧吧!”他打开凯迪拉克的车门想坐进去，但办不到。他的手铐系在外侧门把上，两个手铐间的铁链算长，但还没长到那个地步。

有人笑了。那笑声浑蛋听得一清二楚。他左右张望。城堡岩的许多居民都站在主街的商店外头，用精明得像老鼠的滴溜溜黑眼珠回看他。大家都出来了，唯独不见冈特先生。不过冈特先生却在场。冈特先生就在浑蛋的脑袋里，告诉他到底该怎么做。浑蛋仔细听着……开始露出微笑。

27

休·普利斯特刚刚在镇上差点擦撞的百威啤酒货车，先在丁桥另一头的两家家庭式小杂货店卸货，最后在四点零一分开进柔虎酒吧的停车场。送货员下了车，拿起写字夹板，拉拉绿色卡其裤，精神抖擞地跨着大步走向酒吧。在离门口五尺处，他停了下来，眼睛越睁越大。他看到酒吧门口有一双脚。“我的妈呀！”送货员惊叫，“老兄，你还好吧？”

一阵夹杂沉重呼吸的微弱呼叫声飘进他耳里：“……救命……”

送货员拔腿跑了进去，发现奄奄一息的亨利·博福特瘫在吧台后方。

28

“是莱斯特·普拉特。”约翰·拉普安特用沙哑的声音说。他在诺里斯和雪菈的搀扶下，一跛一跛走到跪在尸体旁的艾伦身边。

“谁？”艾伦问，觉得自己没头没脑地闯进一出疯狂喜剧。里基和露西[①]闪边去。嘿，莱斯特，你得好好跟我解释解释。

“莱斯特·普拉特，”约翰强忍着不耐烦又说了一遍，“他是高中体育老师。”

“他怎么跑到这里来？”艾伦问。

约翰·拉普安特疲惫地摇头说：“不知道。他就自己跑来，看到我就胡打乱打。”

“谁让我喘一口气吧，”艾伦说，“休·普利斯特跑哪儿去了？安迪呢？这里到底发生了什么鬼事情啊？”

29

乔治·纳尔逊站在卧房门口，无法相信眼前的一切。房间看起来像是某个朋克乐团（“性手枪”，也可能是“铁夹钳”）和他们的所有歌迷在这里开了派对。

“搞——”他才开口，就说不下去了，也没必要说下去。搞什么鬼他心知肚明。是因为古柯碱，一定是。他过去六年来一直在城堡岩高中的教员间贩卖古柯碱（对于埃斯·梅里尔所谓的“玻利维亚宾果粉”，不是所有老师都识货，但称得上识货的那些老师，都是出手大方的瘾君子），而且在床垫下藏了一包半盎司纯度近百分之百的古柯碱。这是冲着古柯碱来

---

① 二十世纪五十年代喜剧剧集《我爱露西》中的主角夫妇。

的，当然是。某人大嘴巴，另一个人一听之下起了贪念。乔治心想，其实他一开进自家车道，看到厨房窗户被人打破时，心里就有数了。他走进房间，用僵硬麻木的双手将床垫使劲拉起，发现下面什么也没有，古柯碱不见了。纯度近百分之百、价值近两千块钱的古柯碱，消失了。他梦游般走向浴室，看看药柜上层的止痛药罐里，他私藏的一小撮古柯碱是否还在。他从来不像现在那么需要吸一管爽一下。他走到浴室门边，脚步刹住，眼睛睁得奇大。虽然这里就跟卧房一样遭人发飙似的蹂躏破坏，但吸引他注意的不是乱七八糟的惨况，而是马桶。马桶坐垫是放下来的，而且沾到薄薄一层白色东西。乔治知道那白色东西并不是婴儿爽身粉。

他走到马桶旁，舔一下手指，然后去沾那粉末。他把手指放进嘴里，舌尖几乎立刻麻木。马桶和浴缸间的地板上有个空塑胶袋。发生了什么事，不用说也知道。简直太荒唐，但事实就是如此。有人闯进他房间，找到古柯碱……然后冲下马桶。为什么？为什么？他不晓得，但他决定一旦找到罪魁祸首，他会问个一清二楚，然后立刻把他的头从肩膀上扯下来。不会痛的。

他私藏的三克古柯碱安然无恙。他拿出浴室，又刹住脚步，被眼前另一幅景象吓得无法动弹。他从走廊进来卧室时，还没看到这恶心的臭东西，但从浴室走出来时，却不可能忽略。

他站在原地老半天，惊恐得双眼直瞪，喉咙阵阵抽动。太阳穴交织如巢的血管急速跳动，有如小鸟闪动的翅膀。他终于有办法说出一个字，声音小到仿佛喉咙鲠住：“……妈……”

楼下乔治·纳尔逊的米色沙发后面，弗兰克·朱伊特继续呼呼大睡。

30

下街区的旁观者，刚才是听到叫喊声和枪声才跑出来站在人行道上观望，现在又有件新鲜事供他们娱乐了：镇长的慢动作逃脱记。

浑蛋基顿尽可能把身子探进凯迪拉克，把启动装置转到开的位置，然后按着按钮，让驾驶座的自动窗降下。他把车门关上，然后小心地从窗户钻进去。

他的膝盖以下都还悬在车外，左手臂因为手铐系在外侧门把上，拉成很不自然的角度，铁链横过他肥壮的左大腿。这时斯科特·加森走过来。

“呃,丹,”银行家加森嗫嚅地说,“你不能离开吧,你被逮捕了呢。”

浑蛋从他的右腋窝下方往外看,先是闻到自己的体味——相当辛辣,辛辣死了——又看到头下脚上的加森。加森就站在浑蛋正后方,好像打算把浑蛋从车里拖出来。

浑蛋尽可能把腿抬高,然后用力往外一踹,像放牧场里的矮小种马猛力后踢。他的鞋跟啪的一声击中加森的脸,这让他爽得不得了。加森的金边眼镜顿时裂成碎片,他惨叫一声,手捂着淌血的脸踉跄后退,一不小心整个人往后倒了下来,躺在主街上。

“哈!”浑蛋哑着嗓子低声说,“没料到吧?你这迫害人的狗杂种,完全没料到吧?”

他继续往车里钻。铁链长度刚刚好。接下来他的肩关节不妙地咯吱响了一声,然后在骨臼里旋转,足以让他的身体在手臂下继续往前蠕动,最后一屁股坐上驾驶座。现在他坐在方向盘后方,套上手铐的手伸在窗外。他发动引擎。

斯科特·加森及时坐起,看到凯迪拉克凶神恶煞地向他冲来。车前的铁格栅似乎横眉竖目睨视着他,庞大的镀铬铁山就要辗过他了。

他死命往左边一滚,在千钧一发之际避开了死神。凯迪拉克的巨型前轮辗过他的右手,一下就把它轧碎。接下来换后轮上场,完成这项杰作。加森躺在地上,盯着他稀巴烂的手指头,每一只都跟抹泥刀差不多大小,随即对着炙热的蓝天尖声惨叫。

31

“*泰米·费伊*——”这凄厉的惨叫声把越睡越沉的弗兰克·朱伊特拉出梦乡。刚开始几秒他仍精神恍惚,完全不知身在何处,只知道这地方狭小密闭,一个相当不舒服的地方。而且手上也拿着东西……是什么啊?他举起右手,手上的牛排刀差点把自己的眼珠挖掉。

“噢——可怜啊!*泰米·费伊*——”

他立刻想起发生了什么事。他躺在他的多年好“朋友”乔治·纳尔逊的长沙发后面,而那个正在呼天抢地哀悼已逝鹦鹉的,就是如假包换的乔治·纳尔逊本人。明白了这点,其他所有记忆也一齐涌上心头:散布在校长室的杂志、勒索信、他的事业及人生可能毁于一旦(不对,是非常可能——他越想越觉得很可能从此一败涂地)。现在,他听到乔治·纳尔逊在啜泣,真见鬼了,竟然为只该死的烂小鸟啜泣!哎呀呀,弗兰克心想,乔治啊乔治,我会让你再也不用难过了。谁知道呢,搞不好你最后还会升到鸟儿专属的天堂去呢!

哭泣声逐渐向沙发靠近。情况对他越来越有利。他会一跃而起——乔治,给你个惊喜——然后这混账还没搞清楚状况前就死翘翘了。弗兰克正准备蹲起来往上跳时,哭到快心碎的乔治·纳尔逊刚好一屁股坐到沙发上。乔治是个粗壮的汉子,不费吹灰之力就把沙发推向墙壁,而后头传来一声诧异、窒息的"唔"。乔治没听到,他哭得太大声了。他笨拙地抓起无线电话,在闪闪泪光中拨了号码,才响第一声,弗雷德·鲁宾就(几乎奇迹似的)接听电话。

"弗雷德!"他叫道,"弗雷德,发生了很恐怖的事!也许还没结束!噢老天,弗雷德!噢,我的天!"

在他后侧下方,弗兰克·朱伊特拼着命要呼吸。他的脑海闪过小时候读过的爱伦坡故事,关于活埋的故事①。他的脸逐渐变成旧砖的暗红色,乔治·纳尔逊往沙发上一坐时,沙发的一只沉重木脚往后紧压他的胸口,现在变得像铅棒一样重,而沙发的椅背紧压着他的右肩和脸颊。

上头的乔治·纳尔逊正在跟弗雷德·鲁宾吐苦水,把他到家后看到的情形加油添醋乱说一通。最后他终于停下来听对方说话,马上又大叫:"我才不在乎该不该在电话上讲这回事——*他杀了我的塔米·费伊,我还在乎个屁!那王八蛋杀了我的塔米·费伊!*弗雷德,你说谁会干这种事?到底是谁?你得帮帮我啊!"

乔治·纳尔逊又停顿一下听对方回应,这时弗兰克越来越惊慌地发现,他快要窒息了。突然,他明白该怎么做——用骆马自动手枪往上射穿沙发。这一枪也许射不死乔治·纳尔逊,打不打得中都还有问题,但保证能够引起乔治·纳尔逊的注意。这么一来,乔治·纳尔逊的肥屁股就很有可能离开这沙发,让弗兰克不会死在这可怜的地方,而且鼻子还因为紧贴着护壁板暖气设备而扁掉。弗兰克张开握着牛排刀的右手,试着去拿插在裤头的手枪,但离镶嵌象牙枪柄还有整整两寸,就再也下不去,手指

① 此处所说的是爱伦坡的短篇小说《一桶酒的故事》。

只能一张一握，此时梦幻般的恐惧侵蚀着他。他用尽所剩的全部力气再往下伸，但他卡住的肩膀丝毫动弹不得；巨大的沙发加上乔治·纳尔逊可观的体重使肩膀稳稳抵住墙壁，可说是把肩膀钉死在墙上了。弗兰克凸起的眼球前方，开始绽放朵朵黑玫瑰，这是即将窒息的前兆。

某一个无比遥远的地方，传来他老“朋友”对弗雷德·鲁宾大声嚷嚷的声音，鲁宾一定是乔治·纳尔逊买卖古柯碱的合伙人。“你说的是什么屁话？我是打来跟你说有人来我家闹，你却叫我去找附近那家新店的老板？我又不需要什么小装饰品，弗雷德，我要的——”

他说到一半，站起身来，在客厅里来回踱步。弗兰克真是使上最后一丝力气，把沙发从墙边推开几英寸。这不算多，不过却让他能吸上些许无比美妙的空气。

“他卖什么？”乔治·纳尔逊大吼，“哎呀，老天！我的耶稣基督！你干吗不早说？”

又是一阵静默。弗兰克躺在沙发后面，像条搁浅的鲸鱼，小口小口吸着气，暗自祈祷剧烈胀缩的脑壳不要爆炸才好。他再一会儿就要起身，把他老“朋友”乔治·纳尔逊的蛋蛋轰个稀烂。再过一会儿。等他喘口气后，还有等布满视线的黑色大玫瑰消失后。再等一会儿。最多再等两会儿。

“好，”乔治·纳尔逊说，“我去找他。我怀疑他真的像你说的那么神奇，不过算是暴风雨中的避风港吧？不过我话说在前面，他卖不卖我也不稀罕，反正我一定要找到这王八羔子，这才是他妈的首要之务，而且我要把他钉在最近的墙上，你听懂没？”

我是听懂了，弗兰克心想，不过谁会把谁钉在那譬喻的墙上，还有待观察，我亲爱的派对好伙伴。

“有啦，我记得他名字了啦！”乔治·纳尔逊拉着嗓子对着电话大吼，“冈特，冈特，他妈的冈特！”

他用力把电话摔下，然后一定是把电话丢向客厅另一头，因为弗兰克听到玻璃窗碎裂的声音。一会儿过后，乔治·纳尔逊咒骂了最后一声，气呼呼地夺门而出。他的雪佛兰卡默路轰的一声活了过来。弗兰克听他沿着车道倒车出去，同时慢慢把沙发推离墙壁。外头轮胎摩擦路面时尖叫一声，弗兰克的老“朋友”乔治·纳尔逊开走了。

两分钟后，一双手伸了出来，抓住米色沙发的椅背。再过一会儿，弗兰克·朱伊特惨白发狂似的脸孔出现在两手之间，韦瑟尔校长式的无框眼镜歪挂在他小不隆咚的狮子鼻上，其中一面镜片出现裂痕。沙发椅背在他的右脸颊上留下红色点状印记。几团灰尘毛球在他日渐稀疏的头发上跳舞。弗兰克脸上又逐渐露出微笑，速度缓慢得就像浮肿的尸体慢慢从河底升起，直到漂浮在水面下。他这次错过了老“朋友”乔治·纳尔逊，不过乔治·纳尔逊并不打算离开镇上，听他讲电话就明白。弗兰克会在这天结束前找到他。在城堡岩这鸟蛋大小的城镇，怎么可能找不到？

32

肖恩·鲁斯克站在自家厨房门边，焦虑地看着外头的车库。五分钟前，他哥哥去了车库——当时肖恩正在自己房间往窗外看，刚好看到哥哥。布赖恩手上拿着一个东西，太远了，肖恩看不到是什么，但不用看也知道，一定是那张新的球员卡，那张布赖恩一直偷偷跑上楼去看的球员卡。

布赖恩不知道肖恩已经发现了这回事，不过肖恩不只是发现，甚至还知道那张球卡上头的人是谁，因为他今天比布赖恩还早到家，就溜进布赖恩的房间偷看一下。他实在搞不懂布赖恩怎么会那么喜欢这张球员卡，又旧又脏，四角都有折痕，而且还褪色。再说，这个球员肖恩从来没听过——洛杉矶道奇队的投手萨米·柯伯格，一辈子也只投出一胜三败的纪录，连在大联盟都待不到一年。布赖恩怎么会对这么没价值的球员卡迷成这样呢？

肖恩不知道答案，他只确定两件事：布赖恩真的在乎这张球卡，而且过去这个星期，布赖恩的行为举止都很吓人，很像电视广告上那些吸毒的年轻人。可是布赖恩不会嗑药……会吗？

布赖恩去车库时的神情，把肖恩吓得非去告诉妈妈不可。他不太确定到底要说什么，但这并不重要，因为他什么话都没机会说。他妈妈穿着浴袍，戴着从那家新店买来的丑太阳眼镜，在主卧室里晃来晃去。

“妈，布赖恩在——”他才开始报告，就被打断。

“肖恩你走开，妈咪现在很忙。”

“可是妈——”

“我说走开！”

他还来不及自己走开，就没头没脑地被赶了出去。她推他出去时，浴袍敞开来，他在转移视线之前，发现她里头什么也没穿，连睡衣都没有。他一出去，她就用力把门关上，然后锁起来。

现在他站在厨房门边，焦急地等布赖恩从车库出来……但布赖恩没有出来。不安的感觉悄悄占据他的心，直到演变成几乎无法控制的恐惧时，他才打开厨房侧门出去，快步走过有顶过道，然后进入车库。里头黑黢黢的，汽油味很重，而且热到快爆了。一时间他没看到他哥哥就在阴暗处，还以为他从后门进了后院。接下来他的眼睛适应了黑暗，不禁吓了一跳，倒抽一口气。

布赖恩靠着后墙坐着，旁边是除草机。他拿了爸爸的猎枪，枪托搁在地上，枪口对准自己的脸。他用一只手扶着枪管，另一只手抓着又旧又脏的球员卡，那张在这几天用某种方式深深影响他生命的球员卡。

“哥！”肖恩大叫，“你在干吗？”

“肖恩，别再靠近了，免得到时候弄脏你。”

“哥，你别这样！”肖恩叫道，并开始啜泣，“不要当胆小鬼！你……你把我吓死了！”

“我要你答应我一件事。”布赖恩说。他已经脱掉袜子和球鞋，现在他扭动大脚趾，伸进雷明顿猎枪的扳机护弓。肖恩感到他的裤裆变得湿湿的，他一辈子还没那么恐惧过。“哥，求求你！*求——求——你！*”

“我要你保证永远不会踏进那家新店半步，”布赖恩说，“听到没？”

肖恩向布赖恩走近一步，布赖恩的脚趾扣紧扳机。

“不行！”肖恩尖叫，立刻后退，“我听到了！*听到了！*”

布赖恩看到弟弟往后退，便把枪管放低了些，脚趾头也放松了些。“答应我。”

“好！什么都答应你！只要你别那样！别……别再欺负我了，哥！我们进去看《变形金刚》！不……你来选！你想看什么就看什么！连《人民法庭》也可以！你想看《人民法庭》就看！整个星期都看！整个月都看！我陪你看！你不要再吓我了，哥，*求你不要再吓我了！*”

布赖恩可能没听到。他的双眼仿佛漂浮在他缥缈寂静的脸上。

“绝对不要去，”他说，“‘必需品专卖店’是有毒的地方，冈特先生是恶毒的人，只不过他其实不是人，肖恩，他根本不是人。跟我发誓，你永远不会跟冈特先生买有毒的东西。”

“我发誓！我发誓！”肖恩口齿不清地说，“我用妈咪的名字发誓！”

“不行，”布赖恩说，“因为妈也中了他的毒。肖恩，用你的名字发誓，用你自己的名字发誓。”

“好！”肖恩在闷热昏暗的车库里大叫，他恳求地向哥哥伸出手，“我说真的，我用我自己的名字发誓！拜托你把枪放下，哥——”

“小弟，我爱你。”他低头看着棒球卡一会儿。“桑迪·柯法斯烂毙了。”布赖恩下了最后的评论，然后用脚趾扣下扳机。在闷热昏暗的车库里，震耳欲聋、不带感情的枪声中，蹿起肖恩惊恐凄厉的尖叫声。

33

利兰·冈特站在店里的橱窗边往外看着主街，轻轻笑了起来。福特街传来的枪声相当微弱，不过他灵敏的耳朵还是听到了。他的嘴角拉得更开了。他把橱窗上写着只接受预约的标牌拿下，换上新的，上面写着：本店现已歇业，开业时间另行通知。

“好戏要开锣啦！”利兰·冈特自言自语，“妙啊，妙啊！”

第十八章

1

波莉·查默斯对于这些事完全不知情。

城堡岩在冈特先生的精心耕耘下即将开花结果，而波莉这时来到三号市镇路的尽头，也就是乔·坎贝尔老旧的房舍。她一跟艾伦通完话，就立刻出发来到这里。通完话？她心想。哎呀呀，这说法太文雅了，你可是挂了他的电话，这才是你所谓的通完话吧？

没错，她同意。我是挂了他电话。但他背着我打探隐私，我找他兴师问罪，他还装糊涂，谎称不知情。说谎这种行为，用不文雅的方式回应最合适不过。

只是对于这件事，她内心隐约觉得不安。只要给予时间和空间，那种不安就会跳出来说话，然而，一点时间、一点空间她都不给。她不想听到任何反对声音；事实上，她根本不愿回想刚才跟艾伦·潘伯恩的那席谈话。她一心只想赶快到三号市镇路的尽头把事情办好后回家。等一回家，她就要冲个凉，然后爬上床好好睡上十几个小时。

那个内心深处的声音勉强说出几个字：但是，波莉……你有没有想过——

没有，她没想过。她终究还是得好好思考，但现在还太早。只要一开始思考，伤痛也会随之而来。现在她只想把事情办好，完全不想费神思考。

坎贝尔家现已人去楼空，是个阴森森的地方，据说还会闹鬼。几年前，一个小男孩和老警长乔治·班纳曼死在屋前的庭院，另外还有两个人，加里·佩尔维尔和乔·坎贝尔本人，就死在这山丘脚下。波莉把车停好。曾经有个叫唐娜·特伦图的女人，犯下了致命错误，把她的福特斑马停在波莉现在停车的位置。波莉下车时，阿兹卡在她胸前来回摆荡。①

她不安地环顾四周，只见凹陷的门廊、油漆掉光且爬满藤蔓的墙面，还有几乎全破、黑黝黝直瞪着她的窗户。蟋蟀在草丛里闷闷地鸣叫，炽热的阳光洒下，一如那段凄惨的日子，当时的唐娜·特伦图就在这里奋战求生，同时也在帮她儿子奋战求生。

我到这儿来干吗？老天，我来这里到底是要干吗？

其实波莉知道原因，而且知道这跟艾伦·潘伯恩或凯尔顿无关，和旧金山儿童福利局也无关。这趟小小的郊游不是为了爱，而是为了解除痛苦。这就是来这里的理由……但也够充分了。

那个银色小护身符里有某种东西，活着的东西，要是她不履行跟利兰·冈特谈的条件，那个东西就会死掉。一旦如此，她又会跌入那折磨人的恐怖疼痛中，就像星期天把她痛醒的那种痛，她不晓得自己是否承受得住。如果她终生都得活在这种痛楚里，她想她会自杀，一了百了。

“这和艾伦无关。”她一面轻声细语，一面走向谷仓。谷仓的门半开，屋顶也凹陷下来，有种不祥的感觉。她又说：“冈特说过绝对不会害他。”

你又何必在乎？那郁闷的声音小声唤道。她在乎是因为她不想伤害艾伦。她是生他的气没错，而且气炸了，但这不表示她也得跟着堕落，像他对待自己那样卑鄙地对待他。但是，波莉……你有没有想过——没有。*没有！*

她准备要来整整埃斯·梅里尔，而她一点也不在乎埃斯这家伙，甚至连见都没见过，只听过他的坏名声。整整埃斯，可是……可是这多少会牵扯到当初把埃斯送进肖申克监狱的艾伦。波莉心里的声音这么告诉她。那么她可以不做吗？即使她想放弃，但未必可以。凯尔顿也被牵扯进来。虽然冈特先生没有明确表示她如果不听话照做，凯尔顿的事就会传遍整个镇上，但也暗示得够明白了。她无法承受那样的事发生。

女人没有权利保有自尊吗？当她失去所有东西，至少还能保留自尊吧？没有了自尊，就像皮包里一块铜板也没有，空无一物。

没错。没错。一点也没错。

冈特先生说过，她唯一会用上的工具就在谷仓里，于是她开始往那儿

---

① 本段所述往事，见斯蒂芬·金曾改编的电影作品《狂犬库丘》。

走去。

照你的意思去吧，但是到那里要好好过，帕特里夏。艾薇姑婆这么跟她说过。不要变成鬼。

坎贝尔家谷仓的两扇门扉半开，底下的轨道已经生锈，推不动了。波莉走了进去，觉得自己变成了鬼，这是她头一次这么强烈感觉到自己是鬼。阿兹卡在她胸前摆荡……它自己在动。里面有某种东西，某种活着的东西。她并不喜欢那东西，但她更不喜欢那东西死掉后会发生的事。

她会照着冈特先生的吩咐去做(至少做这么一次)，切断她跟艾伦·潘伯恩之间的关系(当初根本不该跟他开始，这是个错误，她现在明白了，彻底明白了)，还有紧守住她的过去，有什么不好？反正，不过就是件小事。

2

如冈特所说，波莉需要的那把铲子就靠在墙边，沐浴在一道灰蒙蒙的阳光中。她握住那磨旧而光滑的握柄。

忽然之间，她似乎听见谷仓深处传来低沉颤抖的咆哮，仿佛那只害死大乔治与塔德·特伦图的圣伯纳狂犬仍在这里，死而复生，凶恶更甚以往。鸡皮疙瘩爬满波莉的手臂，她赶紧离开谷仓。前院一点也不怡人，尤其还有那间空荡荡的屋子阴郁地瞪着她，但外头还是比谷仓里好。我这是在做什么？波莉内心再次悲哀地发出这样的疑问，而艾薇姑婆的声音又回来了：你要变成鬼了，那就是你在做的。你要变成鬼了。

波莉紧闭双眼，愤怒地轻呼："住口！别再说了！"

这样才对，利兰·冈特说。何况，这有什么好大惊小怪的？不过就是无伤大雅的小恶作剧。真要发生什么事——当然不会发生什么事，不过就先假设真的会发生好了——那是谁造成的啊？

"是艾伦，"她小声地说，眼珠在眼窝里焦急地转呀转，双手在胸前又是紧握又是松开，"要是他在这里向我解释……要是他没多管闲事破坏我们之间的关系……"

那细微的声音又想开口，但还没吐出半个字，就让利兰·冈特打断。

你又说对了，冈特说。波莉，你来这里的任务是什么，答案再简单不过：你是来付账的。这就是你准备做的，如此而已。这跟什么鬼啊，八杆子打不着。还有记住，这是商业交易最单纯、最美好的一面：一旦商品账款结清，物品就归你。你不会以为这种稀世珍宝不费吹灰之力就能得到吧？可是只要你付清，东西就是你的了。你付出代价买来的东西，你有十足的所有权。你现在要杵在这儿听那受惊的老巫婆的声音，还是要做你该做的事？

波莉睁开双眼。阿兹卡静静吊在链子尾端。若阿兹卡里头曾经有东西在动——不过她已不确定——现在也静止了。屋子不过就是间屋子，空了太久、疏于维护就成了这样子。窗户不是眼睛，不过是顽皮的小孩用石头砸破玻璃，成了几个洞。至于她在谷仓里听见的声音——不过她也不确定是否真的听到——只是木板在反常的十月热天里膨胀的声响。

她的双亲已经过世，她心爱的儿子也已夭折，而十一年前的夏天，在这前院疯狂肆虐了三天三夜的恶犬也早就死了。

根本没有鬼。

“我就更不会是了。”她说完，开始绕着谷仓外围走。

3

冈特先生跟她说过，走到谷仓后方，会看到一辆旧拖车的车壳。波莉看到了，那是辆侧面是银色的拖车，几乎隐没在一丛丛的菊科植物与高大纠结的晚秋向日葵中。你会在拖车左边看到一块扁平大石头。波莉一下就找到了，石头跟花园用的铺地石板一样大。

搬开石块然后向下挖，大约挖个两英尺，就会发现一个葵斯可锡罐。

波莉搬走石块开始挖掘。不到五分钟，铲子边缘铿的一声碰着了锡罐，她丢开铲子，用双手拨开松软的泥土，扯开轻微纠缠的草根。一分钟后，她挖起那个锡罐。罐子都生锈了，不过倒没什么破损。腐烂的标签就要脱落，波莉看到后面写着“凤梨惊喜蛋糕”的食谱(标示食材的部分大都被黑黢黢的霉块覆盖)，还有一张一九六九年到期的松饼粉折价券。她用指甲撬开盖子，下一瞬间，罐内冲出的味道逼得她皱起鼻子，仰头往后闪避。此刻，心里那个声音在做最后努力，问她这是在干什么，但她关起门把声音隔绝在外。一如冈特先生所说，她看到罐子里有一堆“黄金债券”兑换券和几张泛黄的照片，上面有个女人和一只柯利牧羊犬在兽交。

她把里面的东西拿出来塞进裤袋，然后双手用力往牛仔裤上抹拭，她告诉自己，一定要赶快把手洗干净，摸了这些埋在土里那么久的东西，让她觉得自己很肮脏。

她从另一个裤袋里拿出一只封好的商用信封，上头打印着：致勇敢的寻宝家。

波莉把信封放进罐子里，盖上盖子，接着把罐子丢回坑洞。她用铲子把土堆满，动作迅速粗鲁，她一心只想着赶紧离开这鬼地方。坑洞填满后，她快速走开，随手把铲子丢进茂密的草丛中。她不打算把铲子放回谷仓，她不想再听到那个声音，就算那只是再普通不过的物理现象。

她走回车子，打开前面乘客座的车门，接着又打开置物箱，往里头的纸堆摸索，找出一纸盒火柴，已经放很久了。她连续用掉四根火柴才成功划出细微的火焰。她的双手几乎不痛了，却抖得厉害，前三根火柴划得太用力，火柴棒被拗到没法用。

第四根火柴终于划出火苗，她用右手的两根手指抓着火柴棒，火光在炽烈的午后阳光下几乎看不见。她把那一大沓兑换券与猥亵照片从裤袋拿出来，右手把火柴棒凑过去，确定点着后便把火柴甩掉，另一只手把纸张与照片向下倾斜，好让火快速延烧。照片中的女子营养不良、双眼空洞，而那只狗看起来浑身脏臭，而且还聪明到晓得要丢脸。看到这张照片的表面开始起泡、焦黄，波莉着实松了口气。照片开始卷翘，她把这叠燃烧的纸张扔到泥地上，就在这块地上，曾经有个女人用球棒把一只圣伯纳犬活活打死。

那一大沓兑换券和照片在闪耀的火焰中，顷刻烧成了黑色灰烬。火光摇曳，最后熄灭，就在这时，寂静的空气中突如其来刮起一阵强风，将那团黑色灰烬吹成碎片，卷入空中，成了漏斗状。波莉看着吹上天空的灰烬，双眼突然睁大，露出惊惧的眼神。这阵诡异的强风，到底是从哪儿吹来的？

哦，帮帮忙！别那么——

同时，那个像舷外马达空转的低沉咆哮声又再度从闷热幽暗的谷仓深处传出。这不是她的想象，那不是木板崩裂的声音。那是只狗。

波莉害怕地看向谷仓，结果瞧见两只凹陷的红眼正从黑暗中盯着她。她连忙跑向驾驶座，结果速度太快，屁股撞到车盖侧边；她钻进车里，摇上窗户，锁上车门。她转动钥匙启动引擎，却发动不了。没人知道我在哪里。没有人，除了冈特先生……但他不会告诉别人。

有那么一刹那，她以为自己就要困在这里，就像当初唐娜·特伦图和她儿子困在这里一样。然而引擎轰一声发动，她火速退出车道，差点卡进马路对面的排水沟。她把排挡打到前进挡，以最快速度往镇上飙。她已经完全忘了要先洗手这回事。

4

三十里外，布赖恩·鲁斯克轰掉自己脑袋的同时，埃斯·梅里尔正翻身下床。他走向浴室，边走边脱掉汗衫，在浴室里滴滴答答尿了好一会儿。他举起一只手臂，嗅嗅腋窝，接着看了淋浴间一眼，决定先不洗澡。今天这个重要日子正等着他，晚点洗澡不是问题。

他离开浴室，连马桶都懒得冲——不够黄，不冲水……这是埃斯的人生观里不可缺少的原则。他直接走向衣柜，冈特先生给的古柯碱还剩最后一些，就放在衣柜的刮胡镜上。这货超赞，吸时不呛鼻，进到脑袋后让你亢奋不停。不过那猛烈的感觉也差不多消失了。如同冈特先生所说，昨晚他需要很多兴奋剂，不过他有更棒的点子，那就是直接找到来源地，会有更多货可拿。

埃斯用驾照把古柯碱分成数条，接着用五元纸钞卷成的小管嗑光；他的脑袋瓜里仿佛有只“百舌鸟”飞弹爆炸开来。

“好戏上场！”埃斯模仿他最擅长的华纳·沃尔夫体育新闻主播的声音大叫，“接下来播放精彩片段！”

他把泛白的牛仔裤往光溜溜的屁股上拉，接着套上印有哈雷重型机车图案的T恤。他想象这就是今年时髦寻宝家最时兴的装扮，然后纵声大笑。老天，这白粉还真带劲。

他正往大门走，却瞥见昨晚挖到的宝，接着想起本来要打电话给住在朴次茅斯的纳特·科普兰。他走回卧房的衣柜边，在堆满杂乱衣服的最上层抽屉里东翻西找，最后总算给他摸出一本破烂的通讯录。他又走回厨房坐下，照着通讯录拨了电话，不过他觉得纳特应该不在，但试试也好。古柯碱在他脑袋里嗡嗡来回锯扯，但这感觉已慢慢减弱。古柯碱直冲脑门后会让人觉得焕然一新。然而问题是，这个焕然一新的人首先想做的，就是再嗑一回，只是埃斯就快断货啦！

“哪位?”一个谨慎的声音传进埃斯耳中,他明白自己又中了,谁叫他好运正旺。

“纳特!”埃斯大声呼唤。

“哪个家伙?”

“是我,你这老家伙!是我!”

“埃斯?是你?”

“还有谁!你过得可好啊,纳特老兄?”

“越来越好,”听到肖申克监狱机械厂的老兄弟打来,纳特的声音听起来并不特别欢欣,“你想干吗,埃斯?”

“哟,这是跟老朋友说话的口气?”埃斯不悦地说。他用脖子夹住话筒,双手把两个生锈的锡罐拉过来。

其中一罐是从特雷博霍恩老头家后面挖出来的,里头只有四本“斯派里 & 哈金森绿色兑换券”和几捆罗利牌香烟折价券。另一罐是在老马斯特斯农场的洞穴里挖到的,不过这农场早在埃斯十岁时就给一场火烧光了。这罐子里放着几札不同的兑换券,还有六卷一分硬币,但看起来不像一般硬币。这些是白硬币。

“只想探探情况,”埃斯开玩笑道,“像是探探你的财务状况啦,了解一下你润滑剂的存货还可以撑多久之类的。”

“你想干吗,埃斯?”纳特·科普兰小心地再问一次。埃斯从老旧的葵斯可锡罐里掏出一卷卷硬币,包装纸已经从紫色褪成暗暗的淡粉红。他在手上倒出两枚硬币,好奇地盯着。要说谁可能知道这是什么玩意,那个人非纳特·科普兰莫属。

科普兰曾在基特里开了家店,叫科普兰钱币收藏屋,另外他也有私人收藏,名列新英格兰地区前十大收藏家,不过这是纳特自个儿说的。后来呢,他也体验到了古柯碱的神奇,于是接下来的四五年,他把收藏的钱币一件件抛售,赚来的都拿去换成毒品吸进鼻子了。一九八五年,波特兰当地警察接获“独脚水手”钱币收藏店的防盗通报,当场逮到科普兰在店家后面将十九世纪发行的银币装入羚羊皮袋。不久,埃斯就在狱中遇见科普兰。

“这个嘛,既然你都问了,我倒是有个问题想请教你。”

“问题?就这样?”

“就这样，好兄弟。”

“很好，”纳特的声音完全没有松懈，“那就快问，我可不是整天闲着。”

“是啊，”埃斯接着说，“忙忙忙，东跑一下，西跑一下，还要忙着宰人，对不对，纳特？”他说完狂笑。不是嗑了药的关系，是白天的缘故。曙光乍现时，他才上床睡觉，但他嗑的那些古柯碱让他到早上十点左右都还清醒着，尽管窗帘紧闭、身体精疲力竭，他仍旧觉得自己可以随时吞下钢条，然后还能吐出钢条上的三寸钉。为什么？他妈的为什么？因为白天到了，财富唾手可得，他知道，他的每根神经都感受到了。

“埃斯，你那怪脑袋是真有问题要问，还是要戏耍我？”

“才不是耍你。纳特，你透露些好料给我，或许我也可以给你些好料。好得很哦。”

“真的？”纳特的防卫瞬间瓦解，声音变得低沉，几乎带着敬畏，“埃斯，你在唬我？”

“是我见过最赞的货色，纳特·班波，我的好兄弟。”

“可不可以算我一份？”

“那还用说。”埃斯嘴巴同意，但心里才不打算那么做。他从褪色的老旧硬币纸卷中又挑出三四枚奇怪的钱币，用手指把它们排成一列。“可是你得帮我个忙。”

“说吧。”

“白色钱币你懂多少？”

电话那头的声音沉默了一下，接着小心地传来：“白色钱币？你是说钢币？”

“我怎么会知道，你才是内行人，我可不是。”

“看一下日期，是不是一九四一年到一九四五年间的？”

埃斯把那些硬币翻过来察看：一枚是一九四一年，四枚是一九四三年，第五枚是一九四四年。

“是啊。这种值多少？”他努力让声音听起来没那么急切，但显然没用。

“一枚一枚来看是值不了多少，”纳特说，“但还是比普通钱币高得多。一枚大概值两块钱吧，要是‘未通’，就有三块钱了。”

“什么‘未通’？”

“未流通，也就是全新的。埃斯，你手上有很多吗？”

“不少，”埃斯回答，“不少，纳特好兄弟。”但其实他有些失望。他有六卷硬币，一共三百个，拿出来的几枚在他看来一点都不完好，虽然不是烂到不行，但也绝对不是崭新闪亮。总值六百块，最多不超过八百块，不算什么大收获。

“这样好了，把钱币带来给我瞧瞧，”纳特提议，“我会给你最好的价钱。”他犹豫了一会儿，接着说：“还有，带些货来吧。”

“我考虑看看。”埃斯说。

“嘿，埃斯！别挂断！”

“非常感谢你，纳特。”埃斯说完挂断电话。

他又坐了一会儿，烦恼地看着那些钱币与那两个生锈罐子。他觉得这一切很诡异；没用的兑换券还有价值六百元的钢币，到底有什么意义？埃斯觉得这就是最恼人的地方；这些东西没有任何意义。真正有用的东西在哪里？那该死的宝藏到底在哪里？他离开餐桌，走进卧房把剩下的古柯碱嗑光，出来时手里拿着夹着地图的那本书，心里觉得快活许多，同时觉得事情变得有意义了，说得上有意义。既然脑袋兴奋了些，他也就看出这点来。

毕竟，地图上有太多十字记号。他已经找到其中两个埋藏地点，而且都有一大块扁平石头压在上面。*十字记号＋扁平石块＝藏宝地*。看来上了年纪的老爹要比镇民想的还笨一些，分不清楚钻石和石头，不过那些真正有分量的东西，像是金子、货币，或许还有可转让的担保品，一定埋在某个地方，就在那些扁平石块底下。

他已经确定这一点也不假。他叔叔真的埋了些有价值的东西，不只是堆发霉过时的兑换券。在老马斯特斯农场里，他找到六卷钢币，至少值六百元，不多，但也算是种暗示。

“就在那里，”埃斯轻声说，目光炯炯有神，“就在其他七个坑洞的其中一个，其中两个三个也不一定。”

他知道。他把画在购物纸袋碎片上的地图拿出来，手指从一个十字记号游移到另一个，思考哪一个比较有可能藏着宝物。他的手指停在乔·坎贝尔的房舍，这里是地图上唯一有两个十字记号紧邻的地点。他的手指在那两个十字记号间慢慢来回移动。

乔·坎贝尔在一场惨剧中和其他三人丧生，那时他太太与儿子正巧出远门度假。坎贝尔家这种人通常不会度什么假，但夏丽蒂·坎贝尔中了乐透，赢了些钱，所以才出去玩，埃斯记得是这样。他继续努力回想，但只有模模糊糊的印象，当时的他有自己的事要应付，可忙了。

坎贝尔太太和儿子度完小假后回来，发现乔——世界级蠢蛋，埃斯根据传说下了如此结论——死了，她做了什么？搬离缅因州，是吧？那财产呢？也许她急着脱手。在城堡岩，急着把东西卖掉时，只有一个人可想，那人就是雷金纳德·梅里尔老爹。坎贝尔太太去找过老爹吗？他可能会拿出一丁点东西交换吧，这是他的一贯作风，但坎贝尔太太急着搬离，管他是一丁点还是一大堆，对她来说也就无所谓了。也就是说，坎贝尔家的房子或许在老爹挂掉时就已经是他的了。

埃斯的脑海才刚飘过这念头，就变得相当笃定。

"坎贝尔家，"他唤道，"我敢打赌就是那里！就是那里没错！"

好几万块！搞不好几十万呢！上帝保佑！

他抓起地图夹回书里，然后几乎是冲了出去，跑向冈特先生借他的那辆雪佛兰。

还有个问题很困扰：要是老爹分得出钻石与砂粒的差别，那他干吗还把那些兑换券埋起来？

埃斯没耐性想这问题，他跳上车直接开往城堡岩。

5

正当埃斯开车前往城堡岩更乡下的郊区时，丹·基顿刚好回到景观丘上的家。他的手仍铐在凯迪拉克的门把上，但心情却处在猛烈的兴奋中。过去这两年他一直对抗那些魅影，那些魅影却节节胜利。事情已经发展到丹觉得自己就快发疯了，或许这正是"他们"要他相信的事。

他从主街开往景观丘的路上，看到好几个"小耳朵"。他以前就注意到了，也怀疑过这些小耳朵可能跟镇上进行的阴谋有关。现在他是百分之百确定，那些根本就不是什么"小耳朵"，而是心智干扰器。就算不是所有干扰器都对准他家，一定也是大部分，而少数没对准他家的，一定也是对准其他几个人——他们也知道一项恐怖阴谋正在进行。

浑蛋基顿驶入车道，手往夹在遮阳板上的车库遥控器一按，车库门开始升起，然而就在那一刹那，他感到一阵巨大的疼痛穿过脑子。他知道这也是阴谋中的诡计,"他们"已经把真正的魔法师牌车库遥控器调包,换成那种会打开车库门,却同时发出放射线损害脑袋的东西。

他拉下遮阳板,把遥控器拿下来丢出窗外,接着才开进车库。

他熄了火,打开门下车。手铐像狗项圈一样把他拴在车门上,墙上的木钉挂了许多工具,排列得相当整齐,但距离太远够不着,浑蛋只好弯身回到座位上按喇叭。

6

默特尔·基顿那天下午也外出进行她的任务,现在则躺在楼上卧房的床上,整个人陷入不安的半梦半醒之间。她听到喇叭声,吓得弹坐起来,眼球鼓出,惊恐不已。"我已经做了!"她喘着气说,"我已经照你的话做了,拜托现在别来烦我!"

后来她才发现那只是梦,冈特先生不在这里,她颤抖着松了长长一口气。

叭!叭!叭叭叭叭叭叭叭叭叭!听起来像是凯迪拉克的喇叭声。默特尔拿起躺在她身边的洋娃娃,那个跟冈特先生买的美丽洋娃娃,抱在胸前寻求慰藉。那天下午她做了某件事,她内心某个灰暗、恐惧的部分,深深觉得那是件坏事,很坏的一件事。做了那件事后,这个洋娃娃在她心里变得更加珍贵,珍贵到无法用言语来形容。冈特先生或许会说,价值的高低取决于付出的代价,最起码在买家眼中是如此。

叭叭叭叭叭叭叭叭叭叭叭叭叭!是凯迪拉克的喇叭声没错。为什么基顿要在车库里按喇叭?她觉得应该下去看看。

"但他最好不要伤害我的娃娃,"默特尔低声说,一边把洋娃娃小心放入靠她那边的床下,"他最好不要,那是我最后的底线。"

默特尔跟镇上一大票人一样,在那天去了"必需品专卖店"。冈特先生的客户名单上,默特尔那栏也打了勾。她跟其他人一样,去那里是因为冈特先生叫她去。冈特先生是怎么叫她去的,她先生一点也不陌生:她在脑袋里听到了那个信息。

冈特先生对她说,该是付清洋娃娃货款的时候了……要是她希望留下那个洋娃娃,就得付清。她拿了个金属盒子和一封封好的信前往净水圣母堂隔壁的伊莎贝拉妇女会堂。那个盒子除了底部以外,每一面都是网格，看起来像旧式桌上收音机的喇叭孔罩。她依稀可以听到里头传来轻微的嘀嗒声，她往其中一个圆形格子看进去，只能看到一个模糊的立方体。其实她没有认真仔细地看，她觉得最好还是不要知道里面装了什么，这样比较安全。

默特尔徒步走到这小型教堂区时，看到停车场上只停了一辆车，而会堂里空无一人。大门上半部的玻璃贴了张字条。她先往里面瞥了一眼确定没人，才看向字条，上面写着：

伊莎贝拉妇女会　周二晚上七点聚会　一同计划“赌场之夜”！

默特尔溜进会堂。她的左手边有一排鲜艳的方格架子靠着墙壁，这是专门给保育班小孩放午餐盒的，不然就是让主日学校学生放些各式各样的涂鸦与美劳作品。默特尔照吩咐把那个盒子放入其中一格，大小刚好。

房间的前方是主席桌，左边插着国旗，右边插着“布拉格耶稣圣婴”旗帜。桌子上已经放着铅笔、圆珠笔、“赌场之夜”的签到单，中间放着主席的开会议程。默特尔按照冈特先生吩咐，把信封压在议程下面，这样今年的伊莎贝拉妇女会康乐主席贝齐·维盖拿起议程时就会马上看到信封。

你这天主教婊子赶快看！

信封上整齐地印着这几个字。

默特尔的心脏越跳越快，血压不知已经升到哪里。她踮着脚尖走出伊莎贝拉妇女会堂，在外面停下来一会儿，手抚着丰满的胸部，让自己喘口气。

结果她看到教堂后方的哥伦布骑士会堂有人匆忙地走出来。那是琼·加维诺克斯，跟默特尔一样，脸上也布满害怕与罪恶感。她走下木头阶梯，还因为走得太快差点跌倒，接着迅速走向停车场上唯一的车辆，低矮的鞋跟在热烫的地面急促地踢踏踢踏响。

她抬起头，看见了默特尔，脸上一阵惨白。后来她又仔细瞧了默特尔的表情……也就了然于心。

“你也是?”她小声问道，脸上漾起一抹怪异的微笑，掺杂着欢喜与厌恶。那是平常循规蹈矩的学生，自己不知发了什么神经，把老鼠放进最喜欢老师的抽屉时才会出现的那种笑容。

默特尔发觉自己脸上漾起同样一抹微笑回应，但她努力想要掩饰。

“我的老天！我不知道你在说什么！”

“少来了，”琼快速环顾四周，但在那怪异的午后，只有她们俩出现在这个角落，“冈特先生啊。”

默特尔点点头，只觉脸颊红得发烫。

“你买了什么？”琼问。

“一个洋娃娃，你呢？”

“花瓶，全世界最美的景泰蓝花瓶。”

“那你做了什么？”

琼狡猾地笑笑反问：“那你又做了什么？”

“算了，”默特尔回头看着伊莎贝拉妇女会堂吸了口气，“反正也不重要。他们只是些天主教徒。”

“你说得没错。”已经脱离天主教的琼回答，接着走向车子。默特尔没问可否搭个便车，琼·加维诺克斯也没提议。默特尔快速走出停车场。琼驾着白色土星轿车疾驶过她身边时，默特尔也没抬头多看一眼，她一心只想赶快回家，依偎在她可爱的洋娃娃身边睡个午觉，然后把所做的事忘得一干二净。但现在，她发觉想要忘掉这件事，不如想象中那样简单。

7

叭叭叭叭叭叭叭叭叭叭叭叭叭叭叭叭叭叭叭叭！

浑蛋基顿的手掌重重压在喇叭按钮上，响得震耳欲聋。那可恶的臭婆娘到底死去哪里了？

终于，厨房与车库间的那道门打开来。默特尔探出头，双眼圆睁，惊惧万分。

“总算来了，”浑蛋边说边放开喇叭，“我还以为你上厕所上到挂了。”

“丹，出了什么事？”

“没事，现在已经比过去这两年好多了，我只是要你帮点小忙而已。”

默特尔站着不动。

“臭女人，还不快把你的大屁股移过来！”

她并不想过去，因为他让她很害怕，但积习难改，她还是听话地走了过去。基顿就站在打开的车门后方一块三角形的空间里。默特尔慢慢走，拖鞋在水泥地上嚓嚓作响，浑蛋听了不禁咬牙切齿。

她瞧见了手铐，双眼睁大问道："丹，到底发生了什么事？"

"没什么大不了。把钢锯递给我，挂在墙上那把。等等，还是不要好了，别拿钢锯。去拿大螺丝起子给我，还有铁锤。"

默特尔开始向后退，双手紧张地纠结在胸前。基顿在默特尔离开他伸手可及的范围前，把另一只未受束缚的手穿过车窗，有如蛇般敏捷地揪住她的头发。"喔！"她发出尖叫，双手抓住他的拳头，却一点也拉不动。"丹，喔！哎哟！"浑蛋把她拉到身前，一脸狰狞，两根粗大的血管在额头上跳动。默特尔拉扯他拳头的手劲在他看来不过如小鸟振翅，毫无作用。

"去把我要的东西拿来！"他大吼，一边把默特尔的头往前拉去撞打开的车门，一下、两下、三下。"你笨成这样是先天不良还是后天失调？去拿来，拿来，拿来！"

"丹，你弄痛我了！"

"对！"他吼回去，又拉着她的头往凯迪拉克的车门上撞，比先前几下更用力。默特尔的前额撞破了，一小股血水沿着左边脸颊流下。"你要不要听我的话，臭女人？"

"我听！我听！我听！"

"很好，"他抓头发的手稍微松开，"拿大螺丝起子和铁锤给我。还有，别想跟我搞什么把戏。"

默特尔挥着右手，伸向墙壁说："我够不到。"

基顿弯身向前，让手稍微伸出去，好让默特尔向前一步走到挂着工具的那面墙前。默特尔慢慢摸索走着，基顿的手指仍旧牢牢抓着她的头发。一角硬币大小的血滴溅在她的拖鞋与地上。她的手接近其中一样工具，丹用力摇晃她的头，就像猎犬叼着死老鼠甩动，大叫道："不是那个，蠢猪！那是钻子，我跟你说我要钻子吗？有吗？"

"可是丹——哎哟！我看不见！"

"我看你是想让我放开你，然后你就可以跑进屋子里打电话通知'他们'，对不对？"

"你在说什么我不懂！"

"你当然不懂，天真无知得跟小绵羊一样。所以星期天是你不小心把我引出去，好让那混蛋警察溜进家里，把那些谎话连篇的小纸条贴得到处都是。你以为我会相信吗？"

她回过头隔着凌乱的发丝看着基顿，睫毛上挂着细小的血珠说："可是……可是丹……星期天是你约我出去的。你说——"

他把头发猛力一扯，默特尔不禁大声尖叫。

"先去把我要的东西拿来，那件事等下再说。"

她头低着，头发(除了被浑蛋揪住的那撮)盖着脸，沿着墙壁摸索。她摸着摸着，摸到了那把大螺丝起子。

"拿到一个了，"他说，"再拿另一个，好吗？"

默特尔的手指又在墙上摸索了一会，后来终于碰到那把"工匠"铁锤握把上打了洞的橡胶套。

"好了，拿来给我吧。"

她把锤子拿下挂钉，浑蛋把她拉近身边，手松开她的头发，但要是她敢有突如其来的举动，他随时会再揪住她的头发。然而默特尔没有任何反抗，她着实吓坏了。她只希望基顿能让她赶快回到楼上，好依偎着她美丽的洋娃娃沉沉睡去，最好永远不要醒来。

基顿从她安分的手中拿下工具，把螺丝起子尖端顶着门把，接着用铁锤连续敲击螺丝起子顶端。敲到第四下，门把啪地脱落，他把手铐穿过门把，接着又将门把与螺丝起子丢到水泥地上。恢复自由身后，他首先按下开关，把车库门关起来，就在车库门咔啦咔啦往下关时，他走向默特尔，手上还拿着那把铁锤。"默特尔，你跟他上床了吗？"他轻声地问。

"什么？"她呆滞漠然地看着他说。

浑蛋开始用铁锤轻敲自己的掌心，发出柔软、厚实的声响——嗒！嗒！嗒！

"你们两个把天杀的红单贴满屋子后，是不是上床了啊？"

她呆呆地看着他，不明所以；浑蛋已经忘了，里奇韦克溜进家里时他们两个正在莫里斯餐馆用餐。"浑蛋，你到底在说什——"

他停下双手，两眼瞪圆地说："你刚刚叫我什么？"

默特尔双眼中的漠然不再，防御地耸起肩膀往后退。两人身后的车库门已经关上，车库里仅有的声音就是两人的脚步声与手铐铁链轻摇的叮叮声。

"对不起，"她小声说，"对不起，丹。"说完便跑向厨房门。

但还差三步，默特尔的头发就被基顿一把抓住，基顿把她拉向自己，尖声问道："你叫我什么？"说完举起了铁锤。

她看着铁锤慢慢升高，说道："丹不要，我求你！"

"你叫我什么？你叫我什么？"他尖着嗓子一遍又一遍地问，每问一次，铁锤就用力往自己掌心敲一下，发出柔软、厚实的声音：嗒、嗒、嗒。

8

下午五点，埃斯驶入坎贝尔家的前院。他把那张藏宝图塞进后裤袋，接着打开后车厢取出冈特先生贴心准备的十字镐跟铲子，然后走向屋前长满杂草的倾斜门廊。他把地图从口袋里拿出来，坐在门阶上察看。古柯碱短暂的作用已经消退，但他的心仍在胸内狂跳不已。他现在发现，原来寻宝也会让人兴奋。他四处观望了一会，看到杂草丛生的院子、倾颓的谷仓，还有一簇簇向日葵面无表情直视着他。机会不大，但还是觉得就是这里。就是这地方，我要把科森兄弟永远撇开，然后在这场交易里大捞一笔变成富翁。老爹可能就在这里埋着部分财产，但也可能是全部。就在这里。我可以感觉到。然而这不只是感觉而已，他甚至可以听见财富对着他轻声歌唱，就在地下轻声歌唱。不只好几万，而是好几十万，或许有一百万。

"一百万哟。"埃斯压低声音轻轻吐出这几个字，然后低头看着地图。

五分钟后，他沿着坎贝尔屋子西侧寻找，再往下就通往后院，两旁都是高大的杂草，几乎把路径湮没。后来他发现了他要找的东西——一块扁平的大石块。他举起石块丢到一旁，开始疯狂挖掘。不到两分钟，铲子尖端就撞到锈蚀的金属，发出闷闷的铿一声。埃斯跪下，像条狗挖掘埋在地下的骨头，一分钟后挖出一个舍温—威廉斯油漆罐。古柯碱毒虫多半爱咬指甲，埃斯也不例外，所以他没有指甲撬开盖子，而盖子边缘的干油漆又像顽固的黏胶把盖子黏得死死的。埃斯既挫折又愤怒地咕哝着，掏出口袋里的小刀，用刀锋抵住盖缘，把盖子撬开，急切地看向里面。

*钞票！一捆又一捆钞票！*他惊呼一声，把里面的东西拿出来，却发现……他太过心急看走了眼。又是一堆兑换券。这次是"红球兑换券"，只有在梅森—狄克森线①以南才能用，而那家公司一九六四年就倒了，兑

---

① 美国马里兰州与宾夕法尼亚州之间的分界线，即历史上美国南方与北方诸州的分界线。

换券也就没用啦。

“妈的真要命！”埃斯发出怒吼，把兑换券甩到一旁。散开的兑换券在一阵炎热的微风中翻转，有些卡在杂草里摇动，像是灰蒙蒙的旗帜。“下三烂！臭混蛋！狗杂种！”

他继续在罐子里搜，甚至倒过来看看有没有东西黏在罐底，但什么也没有。他把罐子丢开，瞪了它一会儿，然后冲过去把罐子当足球一脚踢开。

他手伸进口袋准备拿出地图，却没有立刻摸到，害他慌了一下，以为把地图弄丢了，但其实只是被推到口袋深处而已。他猛地拉出地图打开来看，看到另一个十字记号在谷仓后方，突然间，他心里冒出一个美妙的想法，就像点燃了七月四日的国庆烟火筒，照亮充满怒气的黑暗。

他刚踢开的罐子是个障眼法！老爹或许想到，有人会发现他用扁平石块做藏宝记号，于是在坎贝尔家这里玩了“先上钩再调包”的把戏，以防万一。寻宝人发现这个没用的宝藏后，绝对不会想到就在同一个地点，还有另一个藏宝处，只是位置一般人想不到……

“除非他们也有地图，”埃斯小声地说，“像我一样。”

他抓起十字镐和铲子跑向谷仓，双眼睁大，汗流浃背，灰色发丝纠结在头颅两侧。

9

埃斯看见那辆老旧拖车，便跑了过去，快跑到时却绊着某个东西，跌了个狗吃屎。他很快站起身，看看四周，马上发现害他摔跤的东西。

是把铲子，边缘还有新鲜泥土。不祥的预感袭上埃斯全身，非常不祥的预感，先是从肚子开始，接着分别往上蹿到胸腔，往下蔓延到睾丸。他的双唇慢慢向后拉开，发出可怕的咆哮。

他蹲下来，看到做记号的石块就丢在一旁，沾着泥土的那面朝上。有人比他早了一步……而且从这样子来看，才发生没多久。有人比他先找到了这里的宝藏。“不可能，”他发出轻呼，这些字就像感染的血滴或带菌的唾液从他咧开的口中吐出，“不可能！”

就在铲子和翻倒的石块旁，埃斯看见一堆松散的泥土，显然那家伙回填时做得很随便。埃斯不管手上的工具和那小偷留下的铲子，跪下来开始徒手扒掉泥土。不一会，他找到那个葵斯可罐子。他把罐子拿出来撬开盖子。里面除了一个信封外，什么东西都没有。埃斯把信封拿出来撕开，两样东西飘了出来：一张折叠的纸和一个小信封。埃斯先不管那个信封，直接打开纸张，是张打印的字条。他看到自己的名字出现在纸张最上头，惊讶地张大嘴巴。

埃斯你好：

我不确定你是否会找到这儿，不过终究有可能，抱着希望总不算犯法吧！把你送进肖申克真是好玩，但这个更有趣。真希望我能亲眼瞧瞧你看完这封信的模样！

把你送进监狱后不久，我就去找老爹。其实我常去找他，一个月一次。我们有个约定：他每个月给我一百元，我就让他继续搞非法借贷，我们两方是有来有往。然后有次会面，我们聊到一半，他要去上厕所，他说“吃坏东西了”，哈哈！我就趁机瞄了一下他忘了上锁的抽屉。这么粗心大意一点都不像他，但我猜想他大概是怕再不去“拜访茅坑”，就要拉在裤子上啦。哈！

我只看到一样我觉得很有意思的东西，简直是个宝。那看起来像张地图，有很多十字记号在上面，但其中一个记号，也就是此处的记号，是红色的。趁老爹回来前，我把地图放回去，他不知道我已经看过了。他死后我来到这里，把葵斯可罐子挖出来。埃斯，里头的钱可超过二十万呢。但别担心，我决定“有福同享”，把你真正该得的东西留给你。

欢迎回到小镇，哎，死屁蛋！

你诚挚的艾伦·潘伯恩　城堡岩警长

P. S. 给聪明的你，埃斯：既然你已经明白，那就“把苦水吞一吞”，当作什么事也没发生过。你听过这句老话——谁先找到，就是谁的。你要是想来硬抢你叔叔的钱，我会在你身上凿个新屁眼，把你的头塞进去。

信不信我敢？

潘伯恩

那张字条从埃斯麻木的手指间滑落。他打开那个小信封。

一张一元纸钞从里面掉了出来。

我决定跟你"有福同享",把你真正该得的东西留给你。

"你这一身毛虱的狗杂种。"埃斯轻声说,然后用发颤的手指捡起一元纸钞。

"你这该死的大混蛋!"埃斯声嘶力竭地喊道,只觉喉咙有样东西紧紧拉扯,就要断裂。阵阵回音模糊地传来:浑蛋……浑蛋……浑蛋……

他正要把那一元纸钞撕掉,但强迫自己停下来。

哼哼。门都没有。

他要把这个留起来。那狗杂种想要老爹的钱是吗?他偷走了那些本该属于老爹仅存亲人的财产是吗?这样啊,那好。很好。好极了。但他应该要拿走所有的钱。埃斯打算让警长拥有所有财产,所以喽,他要用口袋小刀把那孬种的睾丸割掉,然后再把一元纸钞塞进血淋淋的洞中。

"你想拿这些钱是吗,我的好兄弟?"埃斯轻柔沉静地问,"好。没问题。一点……他妈的……问题……都没有。"

他站起来走向停车的地方,就跟平常一样趾高气扬,但更加紧绷,摇晃欲倒。

他来到车旁时,已经几乎要跑起来了。

第三部　一切终将消逝

第十九章

1

下午五点四十五分，一片诡异的薄暮开始慢慢在城堡岩上空蔓延；南方地平线上，雷暴云顶正不断堆高，隐约而低沉的隆隆声传遍树林与田野。积云朝着镇上前进，发展得越来越大。光电池控制的街灯已经点亮，比往年这时候整整早了半小时。

主街下街区人群骚动，一片混乱，挤满州警车与新闻采访车。无线电呼叫在燠热沉闷的空气中互相干扰，噼噼啪啪响个不停。电视技术人员一边忙着展开长长的电缆，一边吼着叫民众（尤其是小孩）闪开，别绊到还没用强力胶带固定在人行道上的电缆。四家日报的摄影记者站在镇公所前架设的路障外不停拍照，为明天的头版照片抓好镜头。一些当地居民——只有一些，如果有人注意到的话——正引颈观望。一名电视记者站在强光灯耀眼的光芒下，以镇公所大楼为背景录制报道。“今日下午城堡岩花生一连串莫名其妙的暴力事件。”他开始报道，但又马上停止。“花生？”他厌烦地自问，“妈的，重来。”这名记者的左边站着另一个电视台记者，正看着组员准备现场即时转播，二十分钟内就要开始。越来越多群众看到熟悉的记者脸孔而聚集围观，路障架设的地方倒没什么人，因为医援部的两名勤务员已经把装在黑色塑胶袋里的倒霉鬼莱斯特·普拉特抬了出来，送上救护车后离开。

主街上街区没有州警车的蓝色闪光，没有媒体的聚光灯，几乎可说一片荒凉。

几乎。

三不五时，就有轿车或小货车停在“必需品专卖店”前的停车格；三不五时，就有行人漫步到这家新店，但只看到橱窗漆黑一片，门上卷帘也拉了下来。三不五时，在下街区到处聚集围观的群众中，总有一位会暂时脱离，往上街区走去，经过光荣商店的空地、打烊而漆黑的“针线活”，最后来到这家新店。

没人留意到稀稀疏疏前往“必需品专卖店”的客人，不管是警察、摄影小组，还是记者、围观群众，都没留意。这些人的焦点全都聚集在犯罪现场，但却不知身后某个距离不到三百码的地方，还有一场犯罪正在进行。要是有个公正的旁观者留意“必需品专卖店”的动静，大概可以马上察觉出一种模式。访客走近商店，访客看到门上的牌子，上面写着：

本店现已歇业，开业时间另行通知。

访客往后退，脸上都透着失望与苦恼，看起来就像是毒虫痛苦地发现药头没有依约出现。我现在该怎么办？他们的表情这么说。大部分人会凑近点再看一次牌子，以为瞧仔细些，下一秒牌子上的字就会变样。有些人会开车离去，有的就漫步到镇公所大楼前，看看免费节目，却若有所思、茫然无措。然而绝大多数人的脸上却露出恍然大悟的表情，那是种突然领悟某个基本概念的样子，像是忽然搞懂如何分解简单句或将两个分数化约出最小公分母。

这些人走过转角，来到主街商店后方的进出货小巷——昨晚埃斯把塔克法宝停在这里。

往下四十英尺处，一道椭圆黄光从敞开的门射出，照亮填补地面凹洞的水泥。天色渐渐昏暗，这盏光也越来越明亮。椭圆黄光的中央出现一道影子，仿佛是从哀悼者身上的那圈黑色布条上裁切下来的剪影。这道影子的主人，当然就是利兰·冈特。

他在门口摆了张小桌，上面放着罗檀雪茄盒。他把顾客付的钱放进盒子里，又从里面找钱给人家。这些顾客犹豫着慢慢接近，有些人甚至感到害怕，但这些人都有个共通点：他们是群愤怒的人，背负着强烈的怨恨。少部分人还没走到冈特先生的临时柜台就转身离去，有的还快步跑开，两眼瞪大像是看到恐怖的恶魔在阴暗中吞噬肉排。然而大多数人留在那里完成交易。冈特先生与他们谈笑，把这奇怪的后门交易当作娱乐消遣，排解排解这辛苦漫长的一天，这些顾客也就放松下来。

冈特先生喜欢他的商店，但待在玻璃窗与屋顶遮蔽的室内从来不像现在这样令他舒服。站在外面，可以呼吸新鲜空气，享受暴风雨前夕的微风轻拂头发。整间商店，包括天花板上精巧的投射灯都非常美好，但户外更好。待在户外一直是最棒的事。

他在许多年前开始经商——从一个流徙小贩做起，从某个遥远大陆上不知名的地方开始。这个小贩把所有货物扛在背上，通常在黑夜降临前来到某地，但总在隔天早晨离开，把血腥、恐怖的不幸事件抛在身后。几年后，在欧洲大陆，瘟疫肆虐，载运死尸的推车来来往往，而他驾着马车行过一镇又一镇、一国又一国。拉车的白马骨瘦如柴，双眼却红似燃烧的火焰、舌头黑如凶手的心脏。他在马车后方做买卖，收下又小又烂的钱币，甚至还有人以物易物，但不管如何，他都会在顾客发现自己到底买了什么东西前离开。

时代变了，方法变了，面孔也变了。但有所需求的那副神情千古不变，永远像绵羊失去牧羊人那样六神无主。而这种买卖方式最令他自在，也最接近过去流徙小贩的样子，不是站在放着史威达收银机的漂亮柜台旁，而是站在一小张朴素的木桌后方，从雪茄盒里找钱给人，一次又一次贩售同样的商品。

最受城堡岩居民青睐的商品，包括黑珍珠项链、圣物木条、七彩玻璃灯罩、雕花烟斗、古旧漫画书、球员卡、古董万花筒等，全都卖出去了。这下冈特先生要来搞真正的买卖，自始至终，真正的买卖从没变过。虽然这最终的商品随着时代演进而改变，就如其他事物一样，但这种改变只是表面，就像又黑又苦的蛋糕可以铺上各种口味的糖霜。

最终，冈特先生总会卖起武器，而顾客也都会买。

“哦，谢谢你，沃伯顿先生！”冈特先生边说边从这个黑人管理员手上接过一张五元纸钞，然后找他一元纸钞，同时递上一把埃斯从波士顿带回来的手枪。

“谢谢你，米利肯小姐！”他接过十元然后找回八元。

他索取的价钱都在他们的经济能力范围内，不多不少刚刚好。按照每个人的能力量入而出，是冈特先生的座右铭，还有绝不多管每个人的需求，因为他们需要的都是“必需品专卖店”，而他在这里的目的就是要填满他们的空虚，以及终结他们的苦痛。

“艾默生先生，真高兴看到你！”

哦，再没什么比得上现在，这真的太好了，又可以用老方法做生意啦。

而生意旺得不能再旺。

2

艾伦·潘伯恩不在城堡岩。当记者、州警聚集在主街一头,利兰·冈特正在另一头搞他的结束营业大拍卖时,艾伦则坐在布莱顿北坎伯兰医院的布鲁莫大楼护理站。

布鲁莫大楼是个只有十四间病房的建筑,但色彩布置弥补了空间的不足。病房墙上漆着鲜艳的基本色。护理站的天花板上方垂挂着一件活动雕塑,雕塑上的小鸟绕着一个中央转轴优雅地旋转、升降。艾伦坐在一张巨大的壁画前,上头画着《鹅妈妈童谣》里的许多故事,其中一块描绘一名男子弯身俯过桌子,要把东西递给一个小男孩。小男孩一看就是个小呆瓜,表情有点害怕,但又很想接过那东西的样子。这个图像猛地激起艾伦的回忆,心中想起那首童谣的片段:

呆瓜西蒙遇见了上市集的卖派小贩。

"呆瓜西蒙,"卖派小贩说,"来尝尝我的派吧!"

艾伦的手臂泛起一阵鸡皮疙瘩,一小粒一小粒就像一颗颗冷汗珠。他说不上来为什么,但似乎本该如此。他一辈子从没像现在这样,那么惊慌害怕,还有极度困惑。某件超出他理解能力的事情正在城堡岩进行,直到今天下午,所有事同时爆发出来,一切才变得清晰,但这事早已进行了好几天,或许已经有一星期了。他不知道是什么事,但他明白妮蒂·科布与维尔玛·耶日克的命案只是最初的明显征兆。而他现在坐在呆瓜西蒙与卖派小贩前,深恐事情还在恶化。

一位护士(从她的名牌可知她姓亨德里)出现在走廊上,脚下的花纹胶鞋底发出微微的吱吱声,优雅地穿过玩具四散的大厅。艾伦刚抵达时,大概有六七个小孩在这里玩耍,互相交换积木、玩具卡车,好玩地叫来叫去。这几个小孩里,有的手脚上了石膏,或绑着悬腕带,有的头发稀疏,艾伦猜想可能是做了化疗。现在是晚餐时间,那群小孩不是去了餐厅,就是回到房间。

"他怎么样?"艾伦问护士亨德里。

"老样子,"她看着艾伦,平静中带些敌意,"在睡觉。是该好好睡一觉,他受的惊吓可不小。"

“他父母说了什么？”

“我们打电话去南巴黎的公司找他爸爸，说他今天下午到新罕布什么州进行组装工程。他要回来了，等他一到家就会通知他。我想九点左右他会到这儿来，不过也很难说。”

“母亲呢？”

“我不知道，”亨德里护士回答，这次带着更多敌意，但不是冲着艾伦，“我没打电话找她，只知道她不在这儿。这个小男孩目睹哥哥用猎枪自杀，而且发生在家里，但妈妈竟然还没赶来。不好意思，我得走了，我要去备药了。”

“好的，”艾伦看着护士准备离开，接着起身叫道：“亨德里小姐，等等。”

她转过身，眼神依旧平静，但眉毛挑起，有点不耐烦。

“亨德里小姐，我一定要跟肖恩·鲁斯克谈谈，这事非常要紧。”

“是吗？”护士冷漠地问。

“有件——”艾伦突然想起波莉，声音有些沙哑。他清清喉咙接着说：“我们镇上发生一件奇怪的事。我敢说，布赖恩·鲁斯克自杀只是冰山一角。我也认为肖恩·鲁斯克或许能揭开这件事背后的秘密。”

“潘伯恩警长，肖恩·鲁斯克才七岁。如果他真知道什么，为什么没看到其他警察？”

其他警察，艾伦心想。她口中的警察是能胜任这件事的人，才不是那种会在街上盘问十一岁男孩，然后送他们回家去车库自杀的警察。

“其他警察也忙得不可开交，”艾伦解释，“还有，他们不像我那么了解我的小镇。”

“这样啊。”她又转身准备离去。

“亨德里小姐。”

“警长，今晚这里人手不足，我忙得——”

“布赖恩·鲁斯克不是城堡岩今天唯一的受害人，至少还有另外三个。其中一个是小镇酒吧老板，遭到枪击，送到挪威镇的医院，或许还有希望，但接下来三十六小时左右是关键期。我有预感，这类流血事件还没结束。”

终于，艾伦引起了护士的重视。

“你确定肖恩·鲁斯克知道跟这有关的事情？”

“他也许知道他哥哥自杀的原因。如果真的知道，其他的也就有希望了。他醒来后，可以通知我吗?”

护士犹豫一下，答道:“那要看他醒来后的心理状态。警长，不管你的镇上到底发生了什么事，我不会让你再去刺激他的情绪。”

“我了解。”

“真的？那好。”她看了他一眼，仿佛在说乖乖坐在那里，别给我添麻烦，接着走到高脚桌后方。她坐下来，艾伦只能听见她把药罐、药盒放上推车。

艾伦起身，走向大厅走廊尽头的公用电话，他又拨了一次波莉家的号码，但又是一直空响无人接听。他又打去“针线活”，这回是电话答录机。他挂上电话，走回座位坐下，又看了墙上的鹅妈妈童谣图画好一会儿。

艾伦心想:亨德里小姐，你忘了问我一个问题。你忘了问我，要是我该负责保护的小镇发生了这么多事，为什么我却待在这里。你忘了问我，为何不去带人调查，然后找个不重要的警员，像希顿·托马斯来这里等肖恩·鲁斯克醒来。你忘了问这些事，亨德里小姐，而我知道一个秘密。我很高兴你忘了问，这就是秘密。

这些问题的答案很简单，但也让人觉得丢脸。除了在波特兰与班戈市，缅因州其他地区发生的凶杀案都归州警管，而非郡警长办公室。亨利·佩顿在妮蒂与耶日克的双尸命案后就睁只眼闭只眼，但现在他没办法这么做了，他担不起那个责任。缅因州南部的每家报社和电视台都陆续来到城堡岩，不久后，全国各地的新闻媒体也都会加入。而事情若像艾伦推测的还没结束，不出一会儿，就会引来更多南部媒体。这就是目前单纯的现况，却动摇不了艾伦的感觉。他觉得自己像个差劲的投手，被教练换下来叫去洗澡回家。这种气闷的感觉言语难以形容。他又坐在呆瓜西蒙前面，然后开始算起受害人数。

莱斯特·普拉特，死了。先前他来到警长办公室，带着满腔嫉妒怒火攻击约翰·拉普安特。显然是争风吃醋，但在救护车来之前，约翰已经跟艾伦解释，他一年多没跟萨莉·拉特克利夫约会了。“我只是偶尔在街上遇到她会跟她说话，但大多时候她都不理我，认为我是要下地狱的，”他摸摸被打断的鼻梁，脸上一阵抽搐，“现在我真觉得自己在地狱里。”

约翰的鼻梁断裂、下巴破裂，可能还有些内伤，现在正在挪威镇医院治疗。

雪菈·布理格姆，惊吓过度，也进了医院。

休·普利斯特和比利·塔珀两个也挂了。消息传来时，雪菈已经在歇斯底里边缘。是个啤酒送货员打电话报警，但他还算有些常识，报警前先通知医援部。这个送货员几乎和雪菈一样歇斯底里，然而艾伦并不怪他，因为当时的他也差不多快抓狂了。

亨利·博福特身上有多处枪伤，性命垂危。

诺里斯·里奇韦克，下落不明……这最让人难受。

接获送货员通报后，艾伦到处找诺里斯，但就是不见人影。艾伦设想，当时诺里斯可能外出去正式拘提基顿，然后会带着他一起回来，但后来很快证明没人前去逮捕镇长。艾伦又想，或许州警在追查其他线索时，会发现基顿的所作所为而去逮捕他，但并非如此，州警还有更重要的事。而诺里斯就这样失去踪影。不管他去了哪里，都是走路去的，因为艾伦离开镇上时，看到诺里斯被撞倒的甲壳虫车仍躺在下街区的中段。目击者指出，浑蛋基顿从车窗爬进凯迪拉克后开走，唯一努力阻止他逃逸的人付出了惨痛代价，那个人就是斯科特·加森，他的下巴和脸颊骨碎裂、手腕骨折、三根手指断掉，现在人正躺在这家北坎伯兰医院，但他的下场原本可能更惨，目击人士指称浑蛋还企图把躺在地上的加森辗毙。

伦尼·帕特里奇锁骨断裂，天晓得还断了多少根肋骨，也正躺在这家医院的某个病房。安迪·克拉特巴克通报这新一起暴力事件时，艾伦正努力搞清楚，城堡岩镇长的手明明被铐在那辆红色凯迪拉克上，他是怎么开车逃逸的。而休·普利斯特一定是半路拦截伦尼，把他从车里拖出来，摔到路边，然后开着老家伙的车扬长而去。艾伦心想，伦尼的车应该停在柔虎酒吧的停车场，因为休·普利斯特是在那里挂掉的。当然还有布赖恩·鲁斯克，十一岁的孩子举枪自尽。安迪正要报告他的故事，电话就响了，那时雪菈已经去了医院，只好由艾伦接听，而电话那头传来小男生的疯狂尖叫，是肖恩·鲁斯克，他照着贴在厨房电话旁的电话号码拨过来。

反正，邻近四个城镇的医援部救护车与搜救小组都在今天下午来到城堡岩。

现在他背对着墙上的呆瓜西蒙与卖派小贩，注视着塑胶小鸟在上方绕着转轴旋转、升降，艾伦的思绪又回到休·普利斯特与伦尼·帕特里奇身上。这两人的冲突怎么说都不会是城堡岩今天最惨烈的，却是最怪异的，而艾伦认为关键就在这整件事的怪异之处。

“要是休·普利斯特要修理亨利·博福特，干吗不开自己的车?”艾伦问安迪，两手梳过凌乱的头发，“干吗要抢伦尼的破铜烂铁?”

“休·普利斯特的别克四个轮子都给放了气，看起来像是让人用小刀戳破的，”安迪耸耸肩，不安地看着警长办公室的混乱局面，接着说，“或许他认为是亨利·博福特搞的鬼。”

没错，艾伦现在这么认为。也许吧。听起来很疯狂，但有疯狂到维尔玛·耶日克认定妮蒂·科布先往床单上丢泥巴然后又用石头砸破她家的窗户？有疯狂到妮蒂认定维尔玛杀了她的爱犬?

他还没来得及向安迪询问更多消息，亨利·佩顿就走进办公室，以最和善的态度告诉艾伦他要接手。艾伦点头同意说:“有件事你一定要弄清楚，亨利，一定要尽快。”

“什么事?”亨利问道，然而艾伦心头一沉，因为亨利没有认真听他说话。他这个老朋友——自他担任警长，接触到更广大的执法界起，佩顿是他真正交到的第一个朋友——已经专注在其他事情上，其中最重要的，大概就是要怎么部署警力，才能处理这些泛滥的事端。

“你一定要查出亨利·博福特是不是很气休·普利斯特，就像休·普利斯特气他那样。你现在没办法问，博福特还在昏迷，但等他清醒后——”

“一定会，”亨利抢着接话，然后拍拍艾伦的肩膀，“一定会。”话一说完，他又扯开嗓子高喊:“布鲁克斯！莫里森！过来这里!”

艾伦看着亨利转身，心想跟在他身后，把他拉住叫他仔细听好，但他没有这么做;现在不管是亨利、休·普利斯特、莱斯特或约翰，甚至是维尔玛跟妮蒂，在他心中都已逐渐失去重要性。逝者已去;伤者也受到看护;罪行早已犯下。

然而艾伦心下仍暗暗感觉到强烈的怀疑，认为真正的犯罪活动还在进行。

亨利离开去吩咐下属时，艾伦又叫了安迪过来。安迪双手插着裤袋，脸色阴沉。“艾伦，我们管不了了，”他说，“完全插不上手，真该死!”

“也不尽然，”艾伦说，希望听起来像是自己真的相信，“安迪，你待在这里当我的联络人。”

“你要去哪里?”

“去鲁斯克家。”

但当他抵达时,布赖恩与肖恩两兄弟已经不在现场。救援倒霉的斯科特·加森的救护车转来接走肖恩,前往北坎伯兰医院。哈利·塞缪尔斯派出第二辆灵车,一辆老旧的林肯改装车,把布赖恩·鲁斯克的尸体载走,运到牛津郡等待验尸。而哈利另一辆较好的灵车——他称之为“公司车”——已经运送休·普利斯特与比利·塔珀的尸体前往同一个地点。

艾伦心想,那几具尸体会像木柴一样叠在那小小的停尸间里。

他到了鲁斯克家后,才彻彻底底明白,自己完全插不上手。亨利派来的两名刑事调查局探员已提前一步到达,并对艾伦清楚表示,要留下来就乖乖别插手。他站在厨房门口一会儿,看着那两名人员,觉得自己就像小摩托车的辅助轮那样多余。科拉·鲁斯克反应迟缓,跟打了麻醉药差不多。艾伦以为她可能是过度惊吓,或是救护人员把她仅存的孩子送去医院前给了她一点镇静剂。她的表情诡异得让艾伦想到诺里斯,他爬出翻覆的甲壳虫车窗户时也有那样的表情。不管是因为镇静剂还是惊吓过度,这两名探员没法从她口中问出个所以然。虽然她不是真的在哭,但显然无法专注在他们的问话上。她对他们说,她什么都不知道,当时她人在楼上睡午觉。她不停地说,可怜的布赖恩。好可怜的布赖恩。然而她说这话的神情是那样无动于衷,令艾伦不寒而栗,还有就是她在餐桌边不停玩弄放在手边的老旧太阳眼镜。眼镜其中一边的镜架用胶带粘着,而其中一片镜片带着裂痕。

这一切看在艾伦眼里让他很不舒服,于是他离开鲁斯克家来到北坎伯兰医院。

他又起身到大厅的走廊尽头去打公用电话。还是打给波莉,同样没有人接,接着他打到警长办公室,回话的人咆哮:“这里是州警。”艾伦一听,一股幼稚的嫉妒升起。他表明身份,请对方找安迪·克拉特巴克来。等了差不多五分钟,安迪才来接听。

“抱歉,艾伦。他们把话筒放在桌上就不管了,要不是我过来察看,你还有的等。这群可恶的州警一点都不尊重我们。”

“安迪,别烦了。问你,有人逮到基顿吗?”

“这个嘛……不知该怎么跟你说。不过……”

艾伦觉得胃里一沉，然后闭上眼睛。他想得没错，事情还没结束。

“尽管说就是，”他说，“别管那些规定。”

“浑蛋，我是说丹，开车回家后用螺丝起子把车门把撬开，你知道他被铐在门把上吧？”

“我知道。”艾伦说，仍闭着双眼。

“还有……他杀了他太太，用铁锤把她打死。她的尸体不是州警发现的，因为他们大概在二十分钟前才开始重视浑蛋的问题。发现尸体的是希顿·托马斯，他到浑蛋家再做察看，然后回报情况，五分钟前才回到这里。他说他看得胸口疼，不用想我也知道。他说浑蛋把他太太的脸打了个稀巴烂，脑浆、头发散得到处都是。现在景观丘上大概有一群佩顿派去的州警。我把希顿带到你办公室休息，我想他再不坐下就要倒了。”

“我的老天，安迪，快带他去看范·艾伦医生。他已经六十二岁了，而且抽骆驼牌抽了一辈子。”

“范·艾伦去了牛津郡，去帮医生抢救亨利·博福特。”

“他的助理医师呢？叫什么来着？弗兰克尔。埃弗里特·弗兰克尔。”

“也不在，我已经打电话去诊所跟他家找过了。”

“那他太太怎么说？”

“艾伦，埃弗里特是个王老五。”

“哦，老天。”艾伦瞥见电话上潦草地刻着几个字：别担心，要快乐。他看得很不是滋味。

“我可以带他去医院。”安迪提议。

“我要你待在那里，”艾伦说，“媒体记者都来了吗？”

“对啊，整个地方都挤满了。”

“好。我们说完你就去看看希顿的状况。要是他还觉得不舒服，你接下来要做的就是，到办公室外面抓个看起来不怎么机灵的记者，命令他开车把希顿送到北坎伯兰这儿来。”

“好的，”安迪说完犹豫了一会儿，接着说道，“我原本要去基顿家，但州警……那群人不准我去犯罪现场！你怎么看，艾伦？那群兔崽子竟然不让郡警员去犯罪现场！”

“我知道你的感受。我也很不爽。但他们只是奉命行事。安迪，你现在看得到希顿吗？”

“看得到。”

“然后呢？他还活着吗？”

“他坐在你的办公桌旁，抽着烟在看这个月的《乡村执法》。”

“好，”艾伦还真是哭笑不得，接着说，“那没问题了。波莉·查默斯有电话打来吗？”

“没……等等，我看到记录了，刚才以为不见了。她打来过，快三点半的时候。”

艾伦皱着眉说：“那通我知道，后来有没有打？”

“我没看到记录，但很难说。雪菈不在，又有这群可恶的臭州警走来走去，谁知道到底有没有打来。”

“谢了，安迪。还有其他事要报告吗？”

“有啊，一堆。”

“快说。”

“他们找到休·普利斯特射杀亨利的凶枪，但州警的弹道学专家大卫·弗里德曼说他不知道那是什么玩意。是某种自动手枪，可那个家伙说他从来没见过。”

“你确定他是大卫·弗里德曼吗？”艾伦问。

“弗里德曼，是啊，正是那家伙。”

“那他一定知道。大卫·弗里德曼可是会走路的枪炮圣经呀。”

“可是他不知道。他跟你的好朋友佩顿讲话时，我就站在他身边。他说那把枪有点像德国毛瑟枪，但没有正常的印记，还有滑套也不同。我想他们已经把枪和其他一堆证物都送去奥古斯塔了。”

“还有呢？”

“他们在博福特的后院找到一张匿名纸条，”安迪说，“揉成一团丢在他的车旁，就是那台福特雷鸟经典款。车子也被破坏，就跟休·普利斯特的车一样。”

艾伦一听，立刻感觉一只庞大柔软的手掌用力拍过他的脸，于是立刻问道：“纸条上写着什么？”

“等等。”艾伦听到安迪翻阅笔记本的微弱嚓嚓声，接着听到电话里传来，“找到了。写着‘你这该死的法国佬，以后休想阻止我喝酒，然后又扣住我的车钥匙’。”

“法国佬?”

“上面是这么写的,”安迪紧张地笑笑,“‘休想’和‘法国佬’底下都画着线。”

“你刚说车子被破坏?”

“没错。轮胎被放气,跟休·普利斯特的车一样。乘客座侧边有条又粗又长的刮痕。”

“好,”艾伦说,“还有件事交给你。去理发厅,如果有需要的话再去撞球间。找出这星期或上星期博福特赶走过谁。”

“可是州警——”

“去他妈的州警!”艾伦控制不了激动的情绪脱口而出,“这是我们的镇。我们知道该问谁,该去哪里找人。你是要跟我说,就算有人可以立刻告诉你所有事情,你也不能去问吗?”

“当然不是,”安迪回答,“我从城堡丘回来的路上,看到查理·福廷在西方连锁店前跟一群家伙闲扯淡。要是亨利·博福特杠上某人,查理一定会知道。拜托,柔虎酒吧可是查理的第二个家。”

“没错。但州警盘问他了吗?”

“这个……没有。”

“没有,那你去问他,不过我们俩应该都知道答案吧?”

“休·普利斯特。”安迪回答。

“跟我想的一样。”艾伦说,心想这和亨利·佩顿开始时的揣测差不多。

“好,艾伦,我会去调查。”

“等你查到就通知我,立刻通知。”艾伦把电话号码告诉安迪,叫他重复一遍,确定他没写错。

“我会的,”安迪说道,紧接着爆出不满,“到底是怎么回事,艾伦?真该死,这里到底发生了什么事?”

“我不知道。”艾伦觉得自己好像已经年纪一大把,觉得疲惫不堪……还愤怒不已。他不再气佩顿把他排除在外,而是气这些可怕事件的始作俑者。然后他越来越确定一点,等事情就要水落石出时,他们会发现整个阴谋一直都是由同一伙人策划进行。维尔玛和妮蒂、亨利·博福特和休·普利斯特、莱斯特和约翰,有人在他们之间接线,就像接上威力强大的炸药。“我不知道，安迪，但我们一定会查出来。”

艾伦挂上电话，接着又打去波莉家。他已经不急着跟她把话说清楚，问她为何对他发火。另一种感觉慢慢袭上他，幽深、茫然的恐惧，令他更加不安；他越来越觉得波莉已身陷危险。

嘟……嘟……嘟……还是没人接。

波莉，我爱你，我们需要谈谈。拜托快接电话。波莉，我爱你，我们需要谈谈。拜托快接电话。波莉，我爱你——

这些话像上了发条的玩具，不断在脑海中重复。他很想打电话叫安迪先去找波莉，但不行。那样是大错特错，因为城堡岩里可能还有其他炸药包裹准备爆炸。

没错，但是艾伦……要是波莉就是其中一个包裹呢？

这个念头松动了一条深埋的线索，但他还来不及抓住，那线索就已飘走。

艾伦慢慢挂上电话，切断了还在响的电话声。

3

波莉再也忍不住了。她转身去接电话……铃声却戛然止住。

很好，她心想。但真是这样吗？她躺在床上，听着慢慢接近的雷声。楼上很闷热，就跟七月中一样炎热，但又不能打开窗户；上星期她才请当地工友兼管理员的戴夫·菲利普斯帮忙装上防暴风的强化门窗。于是她只好脱掉穿去办事的旧牛仔裤和衬衫，然后把衣裤整齐地折好放在卧房门口的椅子上。现在的她只穿着内衣裤躺在床上，想在洗澡前打个小盹，却迟迟无法入睡。

一部分原因是外头不时传来警笛声，但更大的成分是因为艾伦，艾伦做的那件事。她想不通，她那么信任艾伦，他却没来由地背叛了她，她不愿去想，却躲也躲不掉。她可以把注意力放在别的事情上，像是警笛声，听起来就像在宣告世界末日。但突然那思绪又转了回来，她又想到他是如何背着她，如何私下打探她的过去。这种感觉仿佛某个隐秘柔软的地方被尖锐的木头戳了一下。哦，艾伦，你怎么可以这样？她再次对他提出质疑，同时也问她自己。

回答的声音吓了她一跳，那是艾薇姑婆的声音，除了一如往常不带感情的声音外，还带着强烈、不安的愤怒。

丫头，你一开始就告诉他实情的话，他就不会那么做了。

波莉迅速爬了起来。那个声音扰人就算了，但最讨厌的是，那其实是她自己的声音。艾薇姑婆早已过世多年，这是她自己的潜意识透过艾薇姑婆来表达自己的愤怒，就像害羞的腹语表演家用假人帮他约美女出去，然后——

够了，丫头。我有没有跟你说过，这个小镇到处都是鬼？或许我也是，搞不好我也是。

波莉发出害怕的哭号声，然后用手捂住嘴。

或许不是。反正是谁都不重要，不是吗？帕特里夏，真正的问题是：是谁先犯错？是谁先说谎？是谁先掩盖事实？是谁先丢石头？

“那不公平！”波莉对着闷热的房间大吼，接着看到镜子里恐惧、瞪大双眼的她。她等着艾薇姑婆的声音再次出现，可是没有，于是又躺回床上。

如果略过一些实情、说些善意的谎言也算犯错的话，那么或许是她先犯了错，又或许是她先掩盖事实。但难道艾伦就有权调查她？像个执法人员调查恶名昭彰的罪犯？这样他就有权把她的名字通报州际警网……或者派人追踪她……或者……或者……

别管了，波莉，一个熟悉的声音轻声唤道。你的反应很正常，别为此搞得精神分裂。我是说，事实就是如此！你不也听到他口气里带着罪恶感？

“没错！”她激动地对着枕头说，“没错，我听到了！这要怎么解释，艾薇姑婆？”没人回答，只感觉到有股怪异、轻微的力量（帕特里夏，真正的问题是这个）在拉扯她潜意识的心智，仿佛她遗忘了某件事，遗漏了（帕特里夏，要不要吃糖啊？）事情的一个面向。波莉不安地翻了身，阿兹卡滑过一边饱满的乳房。她听到里头有个东西轻轻慢慢地搔抓那银色球壳。

不会的，波莉心想，只是某样东西、没有生命的东西动了一下。是你在幻想里面的东西是活的。

窸窸窣窣。银色小球在白色的棉质胸罩与床罩间微微抖动。

窸窸窣窣。

帕特里夏，那东西是活的。艾薇姑婆说。那东西是活的，你知道的。

别傻了，波莉回话，又翻到另一边。里面怎么可能有活着的东西？就算可以靠着那些小洞呼吸,但要吃什么活命?

或许,艾薇姑婆的口气似乎不容反抗,那东西吃的是你,帕特里夏。

“波莉,”她喃喃念道,“我叫波莉。”

这时拉扯她潜意识的力量更大了,她感到惊慌,而她差点就要明白了。但电话又响起,她倒抽一口气然后坐了起来,脸上尽是倦怠的沮丧。自尊与渴望拉锯着。

跟他谈谈,帕特里夏。这能有什么害处?再不然,听他解释就行了。你以前很少这么做吧?

我不要跟他说话,他做了那种事,我才不要。

但你仍然爱着他。

是啊,这倒是真的。然而现在的她也恨着他。

艾薇姑婆的声音再度响起,愤怒地扫过她心里。帕特里夏,你想这辈子都当个鬼吗?你到底是哪根筋不对,丫头?

波莉把手伸出去,一副决心要接电话的样子。她的手现在灵活又舒服,但要碰到话筒时又缩了回来。那也许不是艾伦打来的,可能是冈特先生。也许是冈特先生打来跟她说事情还没完,他们之间的账还没了结。

她的手又伸向电话,手指已经碰到了电话塑胶壳,但又缩了回来。她的双手紧张地握成一团放在肚子前。她怕听到艾薇姑婆的死人声音,害怕今天下午她做的事,害怕冈特先生(或艾伦!)会让全镇知道她死去儿子的事情,还有害怕远处阵阵警笛声与疾驶而过的警车代表的意义。

但她发现,她最害怕的竟然是利兰·冈特这个人。她觉得自己被绑在一座铁制大钟的钟锤上,要是钟锤开始撞击钟壁,她会同时耳聋、发疯以及被压成肉泥。

电话铃声停了。外头刺耳的警笛声往丁桥而去,然后慢慢变小,这时雷声又轰轰响起,比前几次更大声了。

把那链子拿下来,艾薇姑婆小声呼唤。亲爱的,把它拿下来。你做得到。他的力量虽胜过你的需要,但胜不过你的意志。把它拿掉,摆脱他给你的束缚。

然而她看着电话,想起那一晚——还不到一星期前——她伸手要去接电话,手却不听使唤,不小心把电话推到地板上。她记得那股疼痛就像只饥饿的尖牙老鼠慢慢沿着手臂往上爬,她没办法再回到那痛苦的状态。

她就是不能。

不能吗?

今晚城堡岩会发生一件惨事,艾薇姑婆说。你想要明早起来,在那儿思索有多少是你造成的吗?帕特里夏,你想要成为一只推手吗?

"你不懂,"她呻吟道,"那不是针对艾伦,是埃斯!是埃斯·梅里尔!不管什么下场都是他活该自找!"

艾薇姑婆再次冷漠地说:"那你也是,亲爱的,你也是。"

4

那个星期二傍晚六点二十分,雷暴云顶越来越接近,而昏黄的天色也开始转黑。此时,代替雪菈·布理格姆担任调度员的州警走进警长办公室的办公区,迅速绕过警戒带大致围出的菱形外围去找亨利·佩顿。

佩顿看起来既狼狈又烦乱,他已经花了五分钟应付媒体,心里又升起每次面对完媒体后就会有的感觉:仿佛自己裹着一层蜂蜜,被迫滚过一大片爬满蚂蚁的土狼粪堆。他发表的说辞不如他希望的那么完善,或模糊得无懈可击。媒体人员已对他施压,他们要在六点到六点三十分的地方新闻时段现场连线做最新报道。要是他不给这些媒体人一点料,他们肯定会在十一点把他弄上十字架。不过现在也跟上了十字架差不多。他几乎承认自己是他妈的毫无头绪,他当上警察后还没碰到过这种情形。结束那场临时记者会时,他并非若无其事地离开,而是仓皇逃离。

佩顿发觉,自己当初应该更仔细听艾伦说话。他抵达这里时,觉得他的工作纯粹就是损害控管,但现在他不确定了,因为在他接下案子后,又发生另一起谋杀,死者是个叫默特尔·基顿的妇女。她先生已经逃到某个地方,现在可能已经跑得老远了,但也很可能还在这诡异小镇里开开心心到处乱窜。那家伙用铁锤杀了他妻子,摆明就是个超级神经病。

麻烦在于,他并不认识这些人,而艾伦和他的下属认识,可现在艾伦和里奇韦克都不在,拉普安特正在医院治疗,大概很希望医生能把他的鼻梁接好。他四处张望看安迪在不在,似乎不怎么讶异这家伙也消失了。

你想接这案子,亨利?他听见艾伦在他脑袋里发声。好,那就接下吧。你要调查嫌犯,何不翻翻电话簿?

"佩顿警官!佩顿警官!"调度员唤道。

“什么事?”亨利咆哮。

“范·艾伦医师在无线电上,他有话跟你说。”

“说什么?”

“他不肯说。他说他只跟你说。”

亨利·佩顿走进调度员办公间,越来越觉得自己像个小孩,骑着没有刹车的脚踏车,直直往陡坡下冲,一边是悬崖,一边是山壁,而后面追着一群有着记者脸孔的饿狼。

他拿起通话器说:“这是佩顿,请回答。”

“佩顿警官,这是范·艾伦医师,就是主任法医,记得吗?”声音听起来既空洞又遥远,不时被严重的静电干扰,亨利知道这是受到即将来到的暴风雨影响。真是越来越好玩了。

“是,我知道你是谁,”亨利回答,“你送博福特先生到牛津郡,他情况如何? 请回答。”

“他——”噼里啪啦……嗡嗡……嗡嗡……

“我听不到,范·艾伦医师,”亨利尽可能耐着性子说,“有个一级雷暴正朝这儿来。请再说一遍。回答。”

“死了!”范·艾伦的声音从静电暂歇的无线电上吼来,“他在救护车上就死了。可我认为这不是单纯的枪伤致死。你明白吗? *我们认定这不是单纯的枪伤致死*。他的大脑先有不寻常的水肿现象,然后跟着破裂。我们判断很可能是某种有毒物质,某种非常毒的物质在他中枪时一并进入血液里。同样的物质似乎也把他的心脏炸开来。请确认收到。”

哦,老天,亨利·佩顿心想。他扯松领带、解开领口纽扣,接着又按下通话键。

“确认收到信息,范·艾伦医师。可是我听得懂才有鬼。回答。”

“毒剂很可能附着在射中他的子弹上。毒性刚开始发作得很慢,然后加快速度。尸体上有两处清楚、成扇形的侵入区块,分别是脸颊与胸前的伤口。重点是要——”

噼里啪啦……嗡嗡嗞嗞……嗡嗡嗞嗞……

“——哪里? 请确认。”

“再说一次,范·艾伦医师,”亨利真心祈祷这家伙能拿起电话拨过来,“请重复,回答。”

“那把枪在哪里?”范·艾伦医师尖声重复,“请确认!”

“大卫·弗里德曼,弹道鉴识学专家,拿去奥古斯塔了。回答。”

“他先退出弹匣了吗?请确认。”

“是,那是标准程序。回答。”

“那是左轮手枪还是自动手枪,佩顿警官?这点非常重要。请确认。”

“自动手枪。回答。”

“他把子弹从弹匣取出了吗?请确认。”

“他会在奥古斯塔处理,”佩顿重重往调度员的椅子上坐下,突然觉得需要上个大号,“请确认。”

“不可以!千万不要。你听见了吗?”

“收到,”亨利回答,“我会打电话去弹道实验室留言给他,叫他别动那天杀的弹匣里天杀的子弹,等把这天杀的混乱局面搞定再说。”他想到这段对话都是由无线电波传送,心中升起孩童般的恶作剧快感,然而一想到前面到底有多少记者正用接收器监听他们的对话,又连忙说:“听好,范·艾伦医师,我们不该在无线电上谈这些。请确认。”

“别管那些公关了,”范·艾伦医师严厉地说,“佩顿警官,我们谈的是人命关天的事。我刚打电话给你,可是怎么也不通。叫你那个弗里德曼仔细检查双手,看有没有抓伤、小伤口,还有肉刺。要是他手上的皮肤有任何一道细小伤口,叫他立刻去最近的医院,不要犹豫。我不知道我刚讲的那鬼毒物是不是也附着在弹匣外壳,但他绝不能掉以轻心。那玩意是致命的。请确认。”

“确认收到。”亨利听见自己回答。他真希望去任何地方都好,就是不要待在这里,可是他离不开,只希望艾伦·潘伯恩在他身边。他觉得自己就像贝尔兔卡在柏油宝宝①里,越是挣扎越挣脱不了。他接着问:“那是什么东西?回答。”

“还不清楚。但不是箭毒,因为死者一直到最后才有麻痹情形。还有,中箭毒不会有疼痛感,但博福特先生曾剧烈疼痛。现在只知道一开始毒发很慢,但后来就快得跟货运列车一样。请确认。”

“就这些?请确认。”

---

① 两者均为儿童故事《贝尔兔》中的人物。

“我的天，”范·艾伦医师突然喊道，“这样还不够？请确认。”

“够，我想够了。回答。”

“幸好……”

噼里啪啦……嗡嗡嗞嗞……嗡嗡嗞嗞！

“再说一次，范·艾伦医师，再说一次。请确认。”

在严重静电干扰下，他听见范·艾伦医师说：“幸好那把枪有人看管。你可以不用担心它还会带来什么伤害。请确认。”

“你说得没错，老兄。请确认，结束通话。”

5

科拉·鲁斯克转上主街，慢慢往“必需品专卖店”走去。她经过一辆鲜黄色的福特爬山虎厢型车，车身上印着鲜明的“德顿电视台第五频道行动新闻”，但是却没发现丹·浑蛋·基顿正从驾驶座上直盯着她，不过就算看到了，她大概也认不出。浑蛋可说变成了另一个人，要是她还认得出，对她来说也无关紧要。她有自己的问题与悲伤要面对，还有最重要的是面对自己的愤怒，但这些都和死去的儿子毫不相干。

科拉·鲁斯克一只手上拿着一副破掉的太阳眼镜。

她刚才觉得警察的盘问实在没完没了，难道要等她发疯才肯罢休？走开！她想对着那些警察大喊。*不要再问我关于布赖恩的蠢问题了！他惹了麻烦就把他抓起来，他爸爸会去搞定，他爸最擅长搞定东西，反正不要来烦我！我和埃尔维克有约，不能让他等太久。*

她在家里时，看到潘伯恩警长靠在厨房通往后门台阶的门口，双臂环抱胸前，她那时差点就要脱口而出，认为他会了解。他不像其他警察，他是小镇的人，会知道“必需品专卖店”，应该也在那里买了他的特别商品，他会了解的。但就在这时，冈特先生的声音在她心里响起，一如往常般平静理智。*不行，科拉，别跟他说，他不会懂的。他不像你是个聪明的买主。跟他们说你要去医院看小儿子，至少可以摆脱他们一会儿。甩掉他们后就没事啦！*

于是她照着冈特先生的话对他们说，结果非常成功。她甚至挤出一两滴泪珠来，不过这不是想到死去的儿子，而是想到埃尔维克没有她陪伴，独自在“优雅园”游荡时是多么悲伤。可怜的埃尔维克！那些警察离开了，只剩两三个在外头的车库里。科拉不清楚他们在那里干吗，也不知道他们能找到什么，但她一点也不在乎。她从餐桌上抓起那副魔幻太阳眼镜，火速冲到楼上。一进卧房，她赶紧脱掉罩袍，躺在床上，把太阳眼镜戴上。

她马上又来到了“优雅园”，全身放松，满心期待，充满着神奇的“性”奋能量。

她轻快地走上弯曲的楼梯，身体赤裸，觉得凉快。来到楼上的走廊，墙上挂着繁复的挂毯，走道宽广如同高速公路。她走向底端紧闭的双扇门，光着的双脚踏在地毯长长的绒毛上，发出细微的声音。她看见自己的手指伸向门把，接着把门推开，这里就是埃尔维克的房间。整个房间主要是黑白色系——黑色的墙、白色的粗毛毯、黑色的窗帘、黑色床罩上绲着白边——只有天花板漆成深蓝色，装饰着数不清的小灯，一闪一闪亮着。

接着她看向床上，一阵惊恐袭来。埃尔维克躺在床上……跟另一个人在一起。

坐在猫王身上，像骑着小马的那个人竟是迈拉·埃文斯。门打开时，迈拉转过头瞪着科拉，而猫王的视线一直没离开迈拉，那双睡意浓浓的漂亮蓝眼睛对着她一眨一眨。

“迈拉！”科拉大叫，“你在这里做什么？”

“唉哟，”迈拉得意扬扬地说，“反正不是吸地毯。”

科拉倒抽一口气，整个人吓傻了。“这……这……这……要命哦！”吸入空气后她大声呼叫。

“那就去要命啊，”迈拉边说边加快臀部摆动，“快摘下那副可笑的太阳眼镜吧，看起来真够蠢的。然后离开这里，滚回城堡岩去。我们正忙着呢……对不对，埃维？”

“没错，甜心宝贝，”猫王说，“就像地毯上两只小虫难分难舍。”

科拉的惊恐转成暴怒，原本呆住的肢体突然动了起来，冲向那所谓的朋友，要把她那两颗虚伪的眼珠从眼窝里挖出来，但就在她举起手抓向对方的眼睛时，迈拉伸出手——但仍不停抽动臀部——一把抓下科拉脸上的太阳眼镜。科拉吓得紧闭双眼，再睁开时，发现自己仍躺在床上，而太阳眼镜掉在地板上，两片镜片都破了。

“不要。”科拉呻吟着，颠颠晃晃地爬下床。她想尖叫，但一个不属于自己的内在声音警告她千万别这么做,不然车库里的警察一听到就会赶上来。“不要,拜托不要,拜托,拜托——”

她努力把碎掉的镜片装回流线型的金色边框中,但只是白费功夫。镜片已经摔破了,是那个下流卑贱的淫妇摔破的,是她的朋友迈拉·埃文斯摔破的。她这个朋友不知怎的找到了去“优雅园”的方式,她这个朋友正在跟猫王做爱,而她却在这里拼命把破掉的无价之宝拼回去,只是再也拼不回去了。科拉抬起头,双眼眯成两道发亮的黑色细缝。“我会要了她的命,”她粗哑着声音轻喊,“看我敢是不敢。”

6

科拉看了看“必需品专卖店”橱窗上的牌子,在原地站了一会儿,想想怎么回事,接着绕到后方的进出货小巷。这时弗朗辛·佩尔蒂埃正走出来,和科拉擦身而过,忙着把一样东西放进皮包里,不过科拉瞧也不瞧,继续向前走。走到小巷的一半,科拉看见一张木桌像道栅栏般横过敞开的后门,冈特先生就站在桌子后方。

“啊,科拉!”他惊呼,“我才在想你什么时候会过来呢!”

“那个贱人!”科拉愤恨地叫道,“那个出卖朋友的小贱人!”

“恕我直言,科拉,”冈特先生以彬彬有礼的口吻说道,“你扣子好像没扣好。”他用一只怪异修长的手指指着她的衣服。

那时科拉随手抓了件衣服穿上,只扣了最上面的扣子,于是洋装一路向下敞开,还露出阴毛。她的肚子——边看《恩怨情天》(还有其他爱看的节目),边塞进一大堆巧克力奶油派、巧克力奶油卷和裹着巧克力的樱桃而凸起的腹部——光滑地凸出来。

“谁管得着?”科拉厉声问道。

“也对,”冈特先生平静地赞同,“有什么我能帮上忙的吗?”

“那个贱人跟埃维干了起来,还摔破我的太阳眼镜,我要杀了她。”

“这也难怪,”冈特挑起眉毛说,“这个嘛,我不能说不同情你,科拉,因为我真的很同情你。一个女人偷了另一个女人的男人或许还可饶她一命,我对这点没什么特别的看法,毕竟我这辈子都在经商,实在不了解这男女之间的心思。但要是那女人故意破坏另一个女人最珍爱的宝物,那才是更严重的状况。你觉得呢?”

科拉漾起微笑，一抹冷酷无情的微笑，一抹彻底丧失心神的微笑。“他妈的对极了。”科拉说。

冈特先生转个身，很快地再次面对科拉，这时手上拿着一把自动手枪。

“你大概想找这东西吧?”他问道。

第二十章

1

浑蛋基顿解决掉默特尔后，整个人心神涣散、毫无目标。仅仅几分钟前，他想到充斥小镇的“他们”时，还清楚感受到那应有的愤怒，但现在只觉得全身虚脱、沮丧绝望。他的头砰砰砰地抽痛，手臂和背部也因挥舞铁锤而发疼。他低头往下看，发现自己还握着铁锤，于是松开手。铁锤掉到厨房的亚麻油地毡上，溅出斑斑血迹。他动也不动地注视着血迹，呆呆看了一分钟之久，觉得那血迹的形状好像是他父亲的脸。

他拖着沉重步伐走过客厅，然后走进书房，边走边搓揉肩膀与上臂。手铐的链子晃得厉害，叮叮当当响个不停。他打开橱柜，双脚跪下，爬过挂着衣服的前侧，从后面挖出那个贴有赛马图片的盒子。他笨拙地退出橱柜，结果手铐钩住默特尔的一只鞋，气得他边咒骂边把鞋子往后丢。他走向书桌旁坐下，把盒子放在面前，但一点都不觉得兴奋，反而悲伤至极。“独赢彩票”很棒没错，但现在对他来说又有什么用？这下还不还钱都无关紧要了。他杀了自己的老婆，虽然这是她自找的，可是“他们”不会明白这点。“他们”会乐得把他丢进肖申克最深、最黑的牢房，然后把钥匙丢掉，让他永远出不来。

他发现自己在盒盖上留下大片血渍，于是低头看看自己，才发现浑身是血。他肥胖的两只前臂看起来像是芝加哥杀猪户才有的样子。此时绝望感如轻柔黝黑的浪潮再度袭来。“他们”打败了他……好，这是事实，但他不会被“他们”抓到，无论如何都不会被“他们”抓到。

他站起来，觉得全身疲软，拖着脚步慢慢走向楼梯。他边走边脱掉身上的衣物；在客厅里甩掉鞋子，在楼梯口脱掉裤子，楼梯爬到一半又坐下来脱掉袜子，也不管上头已经沾满血迹。上衣最难脱，戴着手铐脱掉上衣是不折不扣的麻烦事。

浑蛋杀了妻子后，步履艰难地爬到楼上、洗完澡，几乎用了二十分钟，其间他很可能随时被警方逮捕，然而下街区的警长办公室正进行接管作业，陷入一片混乱，因此丹·浑蛋·基顿在哪里一点都不要紧。他擦干身体，立刻套上干净的裤子和短袖T恤——他已经没那个精力跟长袖衣服搏斗——接着走回书房。浑蛋坐在书桌前，又愣愣地盯着“独赢彩票”，希望那沮丧感能瞬间消逝，先前的愉悦快活就会回来。但盒子上的图片似乎已经褪色、泛白，而最鲜艳的色彩是默特尔的血迹，划过两匹并驾齐驱的马身。

他打开盒盖往里头一看，结果心头一震，只见一匹匹小锡马在各自的跑道上伤心地斜躺着，而且身上的颜色也已淡去，还有断掉的发条从启动机械装置的钥匙孔里戳了一角出来。

有人来过！他的内心呐喊。有人来破坏！一定是“他们”其中一个！毁了我还不够！“他们”还想毁掉我的游戏！这时却有个声音从心底深处传来，或许是他逐渐消失的理智，轻声说，这样想不对。*这玩意原本就这样*，那声音说，*只是你没发现*。

他走回橱柜，打算把那把枪拿出来，心想是时候派上用场了。正在摸索时，电话响起。浑蛋非常缓慢地接起电话，心里知道是谁打来的。结果正如他所料。

2

“哈喽，丹，”冈特先生说，“今晚过得可好啊？”

“糟糕透顶，”浑蛋沉郁缓慢地回答，“整个世界变得够恶烂，我打算自杀。”

“哦？”冈特先生听起来有那么点儿失望，不过也顶多如此而已。

“所有事都糟透了，连你卖给我的游戏也坏了。”

“哦，我可不这么认为，”冈特先生有些粗声粗气地说，“我可是仔细检查过每件商品，基顿先生。真的非常仔细。你何不再看一遍？”

浑蛋再看一次，结果让他惊奇不已。每匹锡马全都直挺挺地插在凹槽里，身体仿佛都重新上了色，一匹匹闪闪发亮，就连它们的眼睛也都炯炯有神，还有锡制赛马场的青草色与棕土色又清楚分明了。*跑道看起来*

可以在上面飙得很快，他朦胧地想，接着看向盒盖。

一定是他过度沮丧，使得双眼呆滞而看花了，要不然就是图片颜色在电话响起那几秒钟内神奇地变深了。现在默特尔的血迹几乎看不见了，已经干掉，成了浅浅的褐紫红。

“我的天！”他轻呼。

“怎么样？”冈特先生问道，“怎么样，丹？我说错了吗？要是我说错的话，你就得先延后自杀时间，至少把商品还来，好让我把所有钱退给你。我对我商品的品质可是有保证的，我必须坚持，这你了解的。我要保护我的名誉。在这个世上，到处都是‘他们’，但只有一个我，所以名誉可是我非常看重的资产。”

“没错……没错！”浑蛋回答，“变得……漂亮极了。”

“那就是你看走眼了？”冈特先生继续逼问。

“我……我想应该是。”

“你承认看走眼了？”

“我……是的。”

“那好。”冈特先生继续，但已不像先前那么尖锐，“既然如此，去自杀吧。不过我要承认我有些失望。我以为最后总算给我找到一个够胆的，可以帮我教训教训‘他们’那帮人。但我看你只是光说不练，跟其他人没两样。”冈特叹了口气，仿佛人走到隧道尽头却没看见亮光时的喟叹。

奇怪的事发生了，浑蛋基顿觉得自己的活力与目标再次涌现，内在的色彩似乎又变得鲜艳、变得更加亮丽。

“你是说一切都还来得及？”

“你大学时一定逃了‘诗学入门’这堂课。追寻新世界，永远不嫌晚。要是你有骨气，那就一定来得及。唉，我可是帮你策划好了一切，基顿先生。你瞧，我是那么倚重你。”

“我比较喜欢以前那个普通的丹。”浑蛋几乎是以害羞的语气说。

“好，我问你，你真想当个懦夫结束自己？”

“才不是！”浑蛋大叫，“只是……我想，再下去又有什么用？‘他们’人数实在太多了。”

“丹，三人合作，可以产生很大的力量。”

“三人？你刚刚说三人？”

“没错。还有另一个人，就和我们俩一样察觉到危险，明白‘他们’在干什么勾当。”

“是谁？”浑蛋急切地问，“是谁？”

“时候到了就会知道，”冈特先生回答，“不过现在时间可不多，‘他们’很快就要来抓你了。”

浑蛋眯眼看向书房窗外，就像在空气中嗅出危险的雪貂。街上没半个人影，但只是暂时而已。他可以感觉到“他们”，感觉到“他们”聚集起来要对付他。

“那我该怎么办？”

“你要加入我了？”冈特先生问道，“我还能倚重你？”

“没错！”

“不会半途变卦？”

“绝对不会，除非你要我停止！”

“很好，”冈特先生说，“丹，仔细听好了。”冈特先生在电话那头吩咐，这头的浑蛋一边仔细聆听，一边慢慢沉入冈特先生似乎可以随意导引的催眠状态。此时，即将到来的暴风雨带来了第一阵隆隆声响，开始扰动外头的空气。

3

五分钟后，浑蛋基顿出门。他加上一件薄外套，把戴着手铐的那只手深深插入其中一个口袋。往下个街口的半路上，他看到一辆厢型车停在人行道旁，一如冈特先生所说。车身是鲜艳的黄色，路过的人肯定会盯着车身瞧，而不会留意驾驶。车子没什么窗户，车身两边都印着波特兰一家电视台的标志。浑蛋快速仔细地看看两边，然后溜进车里。冈特先生对他说车钥匙放在座位下，一点没错。乘客座上放着一只购物纸袋，浑蛋在里面发现了一顶金色假发、一副雅痞风格的金属框眼镜，还有一个小玻璃瓶。

他有些疑虑地戴上假发——又长又粗，看起来像是死掉摇滚歌手的带发头皮——往后视镜里看了看，讶异地发现那顶假发有多适合，而且让他变年轻了，年轻许多。那副雅痞眼镜的镜片没有度数，戴上去让他看起来更不一样（至少他自己这么认为），比假发的效果还要强烈。这两样东西让他看起来更聪明，就像电影《蚊子海岸》里的哈里森·福特。他对自己的新造型有点入迷。才一会儿工夫，他就从五十二岁回到三十来岁，还蛮符合在电视台工作的形象。虽说不上是光鲜亮丽的记者，但搞不好可以当个摄影师或制作人。他旋开玻璃瓶盖，五官全皱在一起，因为里头的东西闻起来就像融化的蓄电池。卷须般的烟雾从瓶口冒出，拿这东西可要非常小心，浑蛋心想，要非常非常小心。

他把另一边的手铐压在右大腿下，左手一拉把链子绷紧，然后对准左手手铐下方的链子倒了点瓶子里的东西，小心翼翼不让任何一滴黏稠的深色液体碰到皮肤。钢链立刻冒出白烟，甚至开始起泡。些许黏液滴了下去，结果车内的地垫也开始起泡，散发出白烟与恶臭的烧焦味。过了一会儿，浑蛋拉出压在大腿下的手铐，手指勾住边缘，用力一扯，链子就像纸张一样和手铐分离，然后被他丢到脚下。他的手腕还是戴着手铐环，不过没什么影响，摆脱了摇摇晃晃的链子才要紧，那就像屁股上长了刺，是最令他难受的。他把钥匙插入钥匙孔，发动引擎，开离原地。

不到三分钟，希顿·托马斯驾着城堡岩警车开进基顿家的车道。老希顿发现默特尔·基顿四肢摊开倒在车库与厨房间的通道上。不久，四辆州警车也赶来。州警仔细搜寻整间屋子内外，想找到浑蛋基顿，不然就是找到他可能逃去哪里的迹象。然而，没有半个警察多看书房桌上的游戏一眼。那游戏又旧又脏，显然已经出现故障，一看就觉得像是某个穷亲戚阁楼里挖出来的陈年旧物。

4

镇公所管理员埃迪·沃伯顿对桑尼·贾基特的怨气已经积忍了两年多。过去这几天，这股怨气升发成一股熊熊怒火。一九八九年夏天，埃迪小而美的本田思域变速器卡住，他不想送去最近的本田经销商，因为那要花上一大笔拖运费。糟糕的是，变速器的保修刚好在传动系统保修过后的三周也跟着到期。于是他只好先去找桑尼·贾基特，问他有没有修过进口车。

桑尼说他修过。他操着偏远地区的北方佬腔调，听起来很自我膨胀又要人领情。我们绝无成见，小子，那腔调这么说着，我们是北方人，你也知道，我们才不兴南方人那种鸟态度。当然你是个黑鬼，一看就知，可是对我们来说没啥差别。管他黑、黄、白、绿，绝对一视同仁，通通一起骗，你想都没想过呢！把车送过来吧！

桑尼把变速器修好了，但费用却比他当初说好的多出一百块，结果有个晚上，两人差点在柔虎酒吧里大打出手。后来桑尼的律师(埃迪·沃伯顿的人生经历告诉他，管他是北方佬还是南方白人穷鬼，只要是白人都有律师)打给埃迪，跟他说桑尼会把案子送上小法庭。结局是埃迪必须付这多出费用的一半。然而就在五个月后，那辆思域的电路系统故障起火。当时车子停在镇公所大楼的停车场，埃迪听到有人喊他，赶紧拿着灭火器冲出去，不过为时已晚，车子早已被一大团黄色火焰吞噬，整辆车就这么报销了。

自从那次火烧车后，埃迪一直怀疑是桑尼·贾基特搞的鬼，但保险专员却说那纯粹是场意外，主因是电线短路……概率是百万分之一。可是那家伙懂什么？或许啥都不懂，还有那车也不是那家伙花钱买的，理赔费用根本无法弥补他的损失。

如今他明白了。再确切不过。今天稍早他接到一小包邮件，埃迪一看到里面的东西便明白了。信封里装着一堆变黑的鳄鱼夹、一张折了一角的老旧相片，还有一张纸条。那就是可以拿来导电引起走火的鳄鱼夹。只要把两根电线的绝缘体在适当的部位刮掉，然后用鳄鱼夹夹起，就有好戏看了。那张照片上有桑尼和几个白人；每次去加油站，就会看到那几个家伙坐在办公室的厨房用椅上打诨。照片里的地点不是桑尼的桑诺可修车站，而是位在五号市镇路的罗比裘废弃物堆置场。这些个白鬼站在埃迪烧烂的思域前面，喝着啤酒、咧嘴大笑，还拿着一片片西瓜大快朵颐。

字条写得简洁扼要。亲爱的黑鬼：你跟我斗是大错特错。

一开始，埃迪搞不懂桑尼干吗写这张字条给他(而他也没联想到自己依冈特先生吩咐，把一封信塞进波莉·查默斯的信箱)，但后来他认定桑尼是个比他想象中还要蠢、还要坏的白鬼。只是，就算桑尼积怨难消，何必过了这么久才翻旧账？可是他越想到过去发生的种种，就越觉得这问题无关紧要。那张字条、变黑的鳄鱼夹还有那张老照片塞满了他的脑袋，像一大群饥饿的蚊子嗡嗡嗡嗡地叫着。

傍晚时分，他去冈特先生那儿买了把手枪。桑诺可修车站的办公室里，日光灯投射出一块白色梯形亮光，落在工作处的碎石柏油道上。埃迪来到修车站前，把思域烧掉后换开的二手奥兹莫比尔停好，下了车，一手插在夹克口袋里，握着那把枪。他在门外驻足了一下，看看里头的状况。桑尼坐在收银机旁，打开报纸在看；他坐在一把塑胶椅上，重心全放在后面，前面两只椅脚悬空。埃迪刚好可以看到桑尼的鸭舌帽从报纸上方露出。看报纸，想当然喽。白人除了都有律师外，欺负完像埃迪这些黑人后，总会坐在办公室里往后翘着椅子看报纸。

去他妈的白人，去他妈的律师，去他妈的报纸。

埃迪拿出手枪走进办公室。一部分的他突然从沉睡中惊醒，惊慌地大叫别这么做，这是不对的。但这声音一点都不重要，因为刹那间埃迪似乎根本不在自己的身体内。他仿佛灵魂出窍，盘旋在自己肩上，看着这一切发生，看着小恶魔控制着他的身躯。

"我带了样东西给你，混账骗子。"埃迪听到自己这么说，然后看着自己的手指扣下扳机，连扣两次。报纸头版原本写着"迈克南支持率激增"，现在则出现两个黑色小洞。桑尼·贾基特哀叫抽动，支撑在地的后椅脚滑开，桑尼倒落地板上，鲜血浸湿工作服……但用金线绣在上面的名字却是"里基"。那根本不是桑尼·贾基特，而是里基·比索内特。

"呃，妈的！"埃迪惊呼，"杀错白鬼了！"

"哈喽，埃迪，"桑尼·贾基特的声音从背后传来，"好在我去上厕所，你说对不对？"

埃迪才要转身，桑尼便拿着傍晚跟冈特先生买来的手枪连发三枪，子弹射入埃迪的下背部，打碎了脊椎。

埃迪双眼圆睁，无助地望着桑尼朝自己弯下身。桑尼那把枪的枪口又大又黑，像个无止境的隧道口，枪口上方，桑尼脸色苍白、表情呆滞，一道油腻的汗水从脸颊滑下。

"想偷走我新买的套筒扳手组不是你的错，"桑尼边说边把枪管抵住埃迪·沃伯顿的眉心，"留言告诉我你要这么做……才是大错特错。"

一道强烈的白光——领悟一切的亮光——突然间在埃迪心中迸开。他想起放进查默斯那女人信箱的信，终于把那件恶作剧、自己收到的字条和桑尼口中的那张字条联系在一起。

"听我说！"埃迪低语道，"贾基特，你一定要听我说。我们被人耍了，我们两个，我们——"

“再会了，黑仔。”桑尼说完，扣下扳机。

桑尼盯着埃迪的尸体，看了差不多一分钟，想着刚刚是不是该听听埃迪要说什么，但觉得没这必要。一个蠢到留字条说自己要偷东西的人，还会说出什么有用的话？

桑尼站起来，走进办公室，跨过里基·比索内特的双腿。他打开保险箱，拿出冈特先生卖给他的可调式套筒扳手组。他从订制的铁盒中把套筒扳手组一个个拿起来欣赏，又一个个放回去，就在这时，州警赶到现场准备把他带走。

5

把车停在主街与白桦街路口，冈特先生在电话里吩咐浑蛋基顿，*然后安静等着。我会派人去跟你接头*。浑蛋恪守这些指示。从他的所在位置，可以清楚看到下条街上的进出货巷口不断有人出入，他发觉那些人几乎都是他的朋友或邻居，都在今晚跟冈特先生做了些小交易。十分钟前，姓鲁斯克的女人走进小巷，身上的洋装没扣好，看起来像是从噩梦中跑出来的怪人。

不到五分钟，她从小巷走出，把某件东西放进洋装口袋里。（洋装还是没扣好，露出一大片肉，不过浑蛋心想，哪个正常男人会想多看一眼？）这时，上街区更远处传来好几声枪响，浑蛋猜可能是从桑诺可修车站传来的，但他不确定。

州警车从镇公所大楼转往主街的上街区，蓝色警灯闪烁，记者像鸽群般散开来。先不管有没有伪装，浑蛋觉得还是爬进后座躲一下比较保险。州警车从厢型车旁呼啸而过，旋转不停的蓝灯照到车后门处斜放的一只绿色帆布袋，浑蛋觉得很好奇，于是松开细绳，打开袋口往里面看。

最上方放着一个盒子。浑蛋拿出盒子，发现下面塞满计时器。全都是热点牌时钟计时器，大概有二十五六个，白色外壳像漫画中的“孤女安妮”没有瞳孔的双眼凝视着他。他打开盒子，看到里头装满了鳄鱼夹，就是电工有时拿来快速通电的那种。

浑蛋眉头一皱……突然间，他脑中出现一张公家机关表格——再看清楚点，应该是城堡岩的款项申请单，上头“财务/劳务名称”空格中整齐印着几个字：*十六箱炸药*。

浑蛋坐在厢型车后座，开始微笑，后来更放声大笑。车子外头，雷声轰隆。一道闪电从慢慢推进的云腹吐出，往下射进城堡河。浑蛋大笑不止，笑到厢型车都开始摇晃。

"'他们'！"他笑着大叫，"哦，老天，总算有东西可以对付'他们'了！总算啊！"

6

亨利·佩顿来到城堡岩，接下潘伯恩警长的烫手山芋，现在瞠目结舌地站在桑诺可修车站的办公室门口。又有两个人挂了，一白一黑，都死了。第三名男子，照工作服上的名字看来就是修车站老板，坐在打开的保险箱旁，怀里抱着一个肮脏的铁盒，仿佛抱着个婴儿。他身旁的地板上有支自动手枪。亨利一看，一颗心像失控的电梯直往下坠。那把枪跟休·普利斯特射杀亨利·博福特的枪一模一样。

"你看，"亨利身后一名警察又敬又畏地小声说，"这里还有一把。"

亨利转身察看，听见自己的脖筋扭转发出咯咯声。另一把枪，第三把自动手枪，就在黑人伸出的手附近。

"别碰，"亨利对其他警察说，"也不要靠近。"他跨过地上的血泊，双手抓住桑尼·贾基特工作服的翻领，一把将他拉了起来。桑尼没有反抗，仍然紧抱住胸前的铁盒。

"这里发生了什么事？"亨利对着桑尼的脸大吼，"到底发生了什么鬼事？"

桑尼用手肘朝埃迪·沃伯顿的方向指了指，这样就不用松开双臂，答道："他走进来，拿着一把枪。他疯了，你也看得出来，你瞧瞧他对里基做的事。他以为里基是我。他想偷走我的套筒扳手，你看。"桑尼边微笑边歪着盒子，好让亨利可以看到里面装着一堆杂乱的生锈五金。

"我怎么能让他偷走？我是说……这些东西是我的。我付钱买的，它们是我的。"

亨利张开嘴要说话，但不知说什么，而最终也没机会让他说。他还没吐出半个字，又听到好几声枪响，从景观丘上往下传。

7

蕾娜儿·波特站在斯特凡妮·邦森特的尸体旁往下看，手上握着一把还在冒烟的手枪。尸体就躺在屋后的花床上。这个恶毒、报复心强的贱人趁她两次外出时来大肆破坏，这块花床是唯一幸免于难的。

“你不该再来的。”蕾娜儿说。她这辈子从没用过手枪，现在却杀了个女人……但如今脸上竟流露着狰狞的喜悦。这个女人侵犯她的财产，捣毁她的花园（蕾娜儿在一旁等着这贱人动手后才现身——她妈妈可没养过笨孩子），而她这么做都是出自正当权利。完全正当。

“蕾娜儿？”她先生唤她。他从二楼浴室窗口探身出来，脸上还带着刮胡泡沫。他听起来有些惊慌，问道：“蕾娜儿，怎么了？”

“我杀了个擅闯的家伙。”蕾娜儿平静地回答，连头也不抬。她把脚伸进沉重的尸体下方然后抬起。她的脚陷入邦森特贱人毫无反抗的身体时，感到突如其来的邪恶快感。“是斯特凡妮·邦——”

尸体翻了过去。结果不是斯特凡妮·邦森特，是那位好警察的太太。蕾娜儿杀了梅莉莎·克拉特巴克。突然间，蕾娜儿·波特的“卡拉瓦”从蓝色变成了紫色，又变成了紫红色，最后变成了深黑色。

8

艾伦·潘伯恩坐在椅子上，低头看着自己的双手，接下来视线穿透过去，看进一片黑到只能用感觉体会出的黑暗。他想到今天下午可能就此失去波莉。不是短暂失去，不是在两人的误会冰释前这段时间，而是永远失去她。此后大概还有三十五个年头要一个人挨过。他听到地板传来小小的摩擦声，便快速抬起头来。是护士亨德里，她看来有些紧张，但同时也透露出她已做了决定。

“鲁斯克小弟有些动静了，”她说，“还没清醒。他们给他吃了镇静剂，所以一时间还不会真正清醒。可是他现在有些动静了。”

“是吗？”艾伦沉静地问道，等待护士回答。

亨德里护士咬了咬下唇接着回答：“没错。潘伯恩警长，如果我能做主，我会让你进去看他，但我不能。你了解吧？我是说，我明白你的小镇出了些问题，可是这个小男孩才七岁。”

“我明白。”

“我现在要去餐厅喝杯茶。埃文斯太太迟到了，她老是这样，但很快就到了。等我一离开，你就去肖恩·鲁斯克的房间，嗯，九号房，埃文斯太太太概不会发现。你明白吗?”

“明白。”艾伦感激地回答。

“八点才会开始查房,所以要是你在他的病房里,埃文斯太太可能也不会注意到是你。当然要是她发现了,你会告诉她,我按照院方规定,不准你进入,然后你看到柜台暂时没人在,乘机溜了进去。你会这样跟她说吧?”

“会的,”艾伦回答,“一定会。”

“要是你进了肖恩·鲁斯克的房间,出来后可以从走廊另一头的楼梯离开。当然我已经说过你不准进去。”

艾伦站起来吻了护士的脸颊。亨德里满脸飞红。“谢谢你。”艾伦说。

“谢什么?我什么也没做。我现在得去喝茶了。警长,请在我离开前乖乖坐在原地。”

艾伦听话地坐了下来。他坐在那里,头靠在墙上的呆瓜西蒙与卖派小贩之间。等那道双扇门咻地在亨德里身后关上,艾伦站起来,安静地走过色彩斑斓的走廊,避开地上的玩具与拼图,来到九号病房。

9

在艾伦看来,肖恩·鲁斯克清醒得很。这里是儿童病房,肖恩躺的病床虽然很小,但他似乎陷在里面快让人看不到了。他的身体覆在床单底下,成了个小小的凸起物,这让他的头好像跟身体脱离,单独靠在洁白的枕头上。他的脸色惨白,两眼下方有着暗紫色阴影,几乎跟瘀伤一样黑。他默默看着艾伦,不怎么惊讶。一小撮黑发像个逗号垂挂在额头中间。

艾伦把靠窗的椅子拉到床边。床边装着铁栏,以防肖恩滚下床。肖恩的头一动不动,双眼却紧盯着艾伦。

“哈喽,肖恩,”艾伦轻声向他打招呼,“你觉得怎么样?”

“我喉咙好干。”肖恩沙哑地小声回答。

床边的小桌上有一壶水跟两个玻璃杯。艾伦把水倒入杯子,然后伸进围栏。

肖恩努力想坐起来,但没办法,只能往后倒下,同时叹了口气,这景象触动了艾伦的心。他想到自己的儿子,可怜早夭的托德。他伸出一只手扶住肖恩的颈背,帮他坐起来,此时脑中又出现那时的景象。他看见托德站在斯柯达旧车旁，举手向艾伦道别，而他记忆中好像看到一道正慢慢减弱的七彩光芒在托德头上跳跃，照亮了他脸上的每个可爱细节。

艾伦的手开始颤抖，杯里的水溅了几滴出来，落在肖恩穿的医院罩衫上。

“对不起。”

“没关系。”肖恩沙哑无力地回答，然后咕噜咕噜大口喝水，几乎一口气把水喝光，最后还打了个嗝。

艾伦扶着肖恩的颈背，小心地让他躺回去。肖恩看起来灵活了些，但眼神仍旧黯淡无光。艾伦心想，他从没看过那么孤独的小男生，而他又再次回想起对托德的最后印象。

他努力把那景象抛开，这里有正事要办。虽然是件令人不快的工作，而且还棘手得要命，但他越来越觉得这工作极为重要。先撇开城堡岩目前可能正在发生的事，他越来越肯定最起码可以在这里找到一些答案，就在那苍白的脸与幽暗的眼睛后方。

艾伦看看房间四周，勉强挤出笑容说：“无聊的房间。”

“对啊，”肖恩依旧用沙哑的声音小声回答，“超级蠢。”

“放点花或许会活泼一些。”艾伦说完，右手滑过左前臂，灵巧地从表带下方的藏匿处抽出折叠花束。他知道用小把戏拉近跟肖恩的距离是个奢望，但决定在这兴头上放手一搏。结果差点就失败了。他把环圈拉开准备让花束啪地展开，却有两朵棉纸花给撕破了。他听到弹簧弹性疲乏而咚地一响，看来这套“变花把戏”即将功成身退，但最后艾伦还是变出花来。而肖恩跟他哥哥不同，显然觉得这把戏很有趣，看得很乐，尽管他现在的心理状况不稳定，还有药物刺激着身体。

“好厉害哦！你怎么做的？”

“只是个小小魔术……想要吗？”他动手要把那棉纸花插入水壶里。

“不要，那只是纸做的。还有啊，有些地方已经破掉了。”肖恩说完想了一下，看来是觉得这么说很不客气，于是又补充，“可是变得很棒。你可以把它们变不见吗？”

艾伦心里不太确定，却大声回答：“我试试。”

他把棉纸花束高举，好让肖恩能清楚看到，然后微弯着右手把花束往下拉，他这动作做得比平常慢很多，以对即将退休的花束表示敬意，但结果却令他惊叹。棉纸花束不像平常那样啪的一声不见，而是如一道烟钻进松握的拳头里消失。他感觉那个已经松弛疲乏的弹簧似乎就要扭曲、卡住，但最后还是好好配合了这最后一场表演。

“真的很赞耶。”肖恩带着敬意说，艾伦心里也这么同意。这把戏总是能让小学生大感神奇，而这次的结尾虽然略有变化，但同样令人惊艳，不过换上新的“变花把戏”可能就做不来了，全新的弹簧做不出那缓慢美妙的动作。

“谢了。”他最后一次把折叠花束塞进表带底下，接着说，“如果你不要花，那要不要来个两毛五买罐可乐？”

艾伦说完靠向肖恩，然后从他鼻子下方随意抽出一枚两毛五硬币。肖恩笑了。

“哎呀，我忘了，现在要七毛五啦，对不对？通货膨胀啦。不过，没关系。”他从肖恩的嘴巴旁拿出一枚硬币，然后又从自己的耳朵里掏出另一枚，不过这时肖恩脸上的笑容已不如刚才灿烂，艾伦明白要快点处理正事了。他把三枚硬币放在病床旁的矮柜上，接着说：“等你好些再拿去买可乐。”

“谢了，叔叔。”

“别客气，肖恩。”

“我爸爸在哪里？”肖恩问，声音听来比刚才稍微有力。

这问题让艾伦很讶异，他以为肖恩会先找妈妈，他才七岁啊。

“他很快就来了，肖恩。”

“希望是这样，我想要他来陪我。”

“我知道，”艾伦说完停了一下，又说，“你妈妈也快来了。”

肖恩思索了一会儿，然后慎重地慢慢摇摇头，使枕头发出轻微的沙沙声，他说：“她不会来，她太忙了。”

“忙到连你都不管？”艾伦问。

“对啊。她很忙，老是去找埃尔维斯。所以我都不能进她房间了。她都把门关起来，戴着她的太阳眼镜去找埃尔维斯。”

艾伦想起鲁斯克太太回应州警询问的样子；她说话吞吞吐吐，没什么逻辑。她旁边的餐桌上放着一副太阳眼镜；她好像没办法离开那副眼镜，一手不停地把玩，然后又不时把手缩回来，好像怕被人瞧见，过了几秒钟，手又无法克制地伸出去摸眼镜，好像不听大脑指挥了。当时，他以为鲁斯克太太是惊吓过度，不然就是镇静剂造成的影响。但现在他觉得事有蹊跷。他不晓得该问肖恩关于布赖恩的事，还是继续追问他妈妈的事。还是这两件事，其实是同一件事？

“你不是魔术师，”肖恩说，“你是警察对不对？”

“嗯。”

“那你是开超快蓝色车子的州警吗？”

“不是。我是郡警长。我都开棕色的车，车身一边有颗星星，跑得也很快。不过今晚我开自己的旅行车来。说要卖掉，但一直忘记，”艾伦笑了，“现在跑得超慢。”

这话引起了肖恩的兴趣，他问：“你为什么不开棕色的警车呢？”

艾伦心想，这样才不会吓着吉莉安·米斯拉博夫斯基或你哥哥。我是不晓得吉莉安会怎样，但对布赖恩的效果一定不好。

“我记不得啦，”他回答，“今天实在有些漫长。”

“你跟《少壮屠龙阵》里的警长一样吗？”

“嗯，应该是吧。差不多。”

“我和布赖恩租了这部电影回家看，超好看的。去年夏天我们想去布莱顿的魔术幻灯电影院看《少壮屠龙阵》续集，可是妈妈不准我们看，因为那要大人陪才能看。我们不能看这种电影，不过爸爸有时候会让我们在家放录影带看。我和布赖恩超喜欢《少壮屠龙阵》，”肖恩停下来，眼神变得黯淡，“可是布赖恩拿到卡以后就变了。”

“什么卡？”

肖恩的眼神第一次流露出情绪波动。那是恐惧的情绪。

“球员卡，超难得的球员卡。”

“哦？”艾伦想到保冷箱和里头的球员卡，布赖恩说那是要跟人交换的。“肖恩，布赖恩喜欢收集球员卡是吗？”

“对，所以他才会把他钓上钩。我猜他一定用不同东西把不同人钓上钩。”

艾伦靠上前问道：“是谁，肖恩？是谁把他钓上钩？”

“布赖恩自杀，我亲眼看到了，就在车库里。”

“我知道，我很遗憾。”

“他的头后面喷出恶心的东西。不只是血，是一团东西，黄黄的东西。”

艾伦不知该怎么接下去。他的心在胸口沉重缓慢地跳动，嘴里像沙漠般干燥，觉得自己在反胃。在他心里，儿子的名字铿锵大响，就像有个笨蛋在午夜敲着丧钟。

“我希望他没有自杀。”肖恩异常平淡地说，但眼里却闪现泪光，然后慢慢溢出眼眶，流下光滑的双颊。“等《少壮屠龙阵》续集出了录影带，我们就不能一起看了。只有我一个人看，可是没有布赖恩在旁边搞笑，那也不会好看。我知道不会好看。”

“你很爱你哥哥，对吧？”艾伦声音粗哑地问道，一手穿过床边护栏。肖恩·鲁斯克的手爬进艾伦的掌心，紧紧握了起来。那只手好热，而且好小，好小。

“对啊。布赖恩说长大后要当红袜队的投手。他说过要学丢变速球，就像迈克·巴德凯一样，可是他再也不可能了。他叫我不要靠近，免得弄脏我。然后我就哭，因为我很害怕。那跟电影不一样。就在我们家的车库。”

“我知道。”艾伦说。他想起安妮的车子，破碎的车窗，座位上暗红的血泊。那画面也跟电影不一样。艾伦开始哭泣，他说：“我知道，孩子。”

“他叫我遵守约定，我遵守了。然后会一直遵守，我会一辈子遵守。”

“孩子，你遵守了什么约定？”

艾伦用另一只手擦擦自己的脸颊，但无法抑制泪水。小男孩躺在他面前，脸色跟他靠着的枕头一样苍白。这孩子亲眼看到哥哥自杀，看到脑浆喷溅到车库墙壁，像一大团鼻涕。而他妈妈呢？去找埃尔维斯，肖恩刚才这么说。她都把门关起来，戴着她的太阳眼镜去找埃尔维斯。

“孩子，你遵守了什么约定？”

“我想用妈妈的名字发誓，可是布赖恩不准。他叫我用自己的名字发誓，因为他也把她钓上钩了。布赖恩说他会把那些用别人名字发誓的人钓上钩。所以我听他的话，用自己的名字发誓，可是布赖恩还是开了枪。”肖恩越哭越用力了，可是泪水下的双眼认真地看着艾伦。“不只是血而已，警长先生。还有其他东西。黄黄的东西。”

艾伦用力握了握肖恩的手说：“我知道，肖恩。你哥哥要你遵守什么？”

“要是我说出来，布赖恩也许就不能上天堂了。”

“会的，他会的，我保证。我是警长呢！”

“警长都会遵守约定吗？”

“一定会，因为是跟医院里的小孩做约定，”艾伦说，“警长不能违反跟这样的小孩做的约定。”

“如果他们没有遵守会下地狱吗？”

“是啊，”艾伦回答，“一点也没错。如果违反约定，就会下地狱。”

“如果我告诉你，你能保证布赖恩还是可以上天堂？你会用自己的名字发誓吗？”

“我用自己的名字发誓。”艾伦承诺。

“好，”肖恩说，“他叫我遵守约定，绝对不能去那家新店，他那张超难得的球员卡就是在那里买的。他以为上面是桑迪·柯法斯，可是根本不是，是另外一个球员。那张卡又旧又脏，可是布赖恩好像不知道。”肖恩停了一下，想接下来要说什么，然后继续用异常平静的语调说：“有天他回家，两手都沾着泥巴。他把泥巴洗掉，然后我听到他在房间里哭。”

那些床单，艾伦想到了。维尔玛的床单，原来是布赖恩丢的泥巴。

“布赖恩说‘必需品专卖店’是有毒的地方，然后他是有毒的人，叫我不要去那里。”

“布赖恩这么说？他说是‘必需品专卖店’？”

“没错。”

“肖恩——”他住口，思索着。细微的电流火花在他体内到处乱窜，像细小的蓝色碎片般摇晃跳跃。

“什么事？”

“你……妈妈的太阳眼镜也在是‘必需品专卖店’买的？”

“对。”

“她这样跟你说？”

“没有。但我知道她是在那里买的。她会戴上太阳眼镜，这样才能去找埃尔维斯。”

“什么埃尔维斯？肖恩，你知道吗？”

肖恩讶异地看着艾伦，仿佛看到个疯子，然后开口：“埃尔维斯啊，就是猫王啊！”

“埃尔维斯，”艾伦咕哝，“当然了，还会有谁？”

“我想找爸爸。”

“我知道，宝贝儿。我再问几个问题就离开。然后你就可以睡觉，等你醒来，爸爸就会在你身边了。”他心里这么希望，接着问，“肖恩，布赖恩说了那个有毒的人是谁吗？”

“说了，是冈特先生，就是那家店的老板。他就是有毒的人。”

艾伦一听，思绪马上跳向波莉。葬礼结束后，波莉说过：我想，总算碰上好医生了……冈特医生。利兰·冈特医生。

他看着波莉捧着那颗在“必需品专卖店”买的银色小球，好让他看清楚，可是当他伸手去摸时，波莉却把手合起来，防卫地不让他碰。那一刻，她脸上出现一种表情，一点都不像波莉会有的神情，一副不信任你、别想抢我东西的样子。后来的样子也完全不像她，她哭泣着，颤抖地尖声说：你以为你爱那张脸，后来发现那只是面具，那是很让人心碎的……你怎么可以背着我做这种事？……怎么可以？

“你跟她说了什么？”他模糊地说，完全不知道自己抓着病床床单，慢慢扭进自己的拳头里。“你跟她说了什么？你到底是怎样说服她的？”

“警长先生，你还好吗？”

艾伦强迫自己松开拳头：“还好，我没事。你确定布赖恩说是冈特先生，是这样吗，肖恩？”

“确定。”

“谢谢你，”艾伦说，然后俯身拉起肖恩的手，往他苍白冰冷的脸颊上亲了一下，“谢谢你跟我说话。”说完后他放开肖恩的手，站了起来。

上星期他一直打算做件事——向城堡岩新来的商人做个礼貌性拜访——不过就是没办成。不是什么大不了的事，就是打声招呼，欢迎他来到镇上，还有简单告知万一有什么问题，可以怎么办。他本来一直要去拜访他，有次还路过停下来，但就是没见到面。而今天，波莉的言行让他怀疑这个冈特先生是不是势力越来越大、闹到全面失控的地步，但他却得来医院这里，离小镇二十多里远。他是故意不让我去吗？打从一开始他就不让我进去？这想法听起来有些荒唐，但在这安静阴暗的病房里，这一点也不荒唐。突然间他觉得自己有必要回去。他必须尽快回去。

“警长先生？”

艾伦低头看向肖恩。

“布赖恩还说了一件事。”

“真的吗?”艾伦问,“他还说了什么?”

“他说冈特先生根本不是人。”

10

艾伦尽量安静地往逃生门走,原以为会有接亨德里班的护士叫住他盘问,但出现的只是个小女孩。她站在她的病房门口,金发扎成辫子,垂挂在褪色的粉红法兰绒睡衣上。她抓着条毯子,看起来破破旧旧,想必是她最爱的一条。她打着赤脚,辫子尾巴的缎带绑得歪歪的,她那双眼睛在憔悴的脸上显得特别大。那张脸透露出她比其他孩子都清楚什么是疼痛的感觉。

“你有枪耶。”她说。

“是的。”

“我爸爸也有一支。”

“真的吗?”

“对啊。比你的大,比全世界的都大。你是恶魔巫师吗?”

“不是,宝贝儿。”他回答,然后心想:也许我的小镇今晚来了个恶魔巫师。

他推开走廊末端的逃生门走下楼梯,接着又推开另一扇门,走入跟仲夏夜一样闷热的傍晚。他小跑着奔向停车场,这时听见雷声轰隆轰隆从西边传来,也就是城堡岩的方向。他打开旅行车门坐了进去,把无线电通话器从托架上拉起来,对着它说:“一号警车呼叫总部,请回答。”

只听到一阵无用的静电声响。那该死的暴风。

搞不好是恶魔巫师特地召唤来的,有个声音在艾伦内心深处轻唤,他紧抿的双唇露出一丝嘲讽的笑容。

他又试了一次,结果还是一样,后来改呼叫牛津郡州警,回应倒是大声又清楚。调度员告诉他,一个大型雷暴正接近城堡岩,造成通讯断断续续,连电话都时好时坏。

“听好,去找亨利·佩顿,告诉他把一个叫利兰·冈特的人拘留起来。先用重要证人的名义就够了。那人姓冈特,山冈的冈,特别的特,收到了吗？请确认。”

“清楚收到，警长。冈特，山冈的冈，特别的特。请确认。”

“跟他说我认为妮蒂·科布与维尔玛·耶日克命案是冈特涉嫌教唆。请确认。”

“收到，请确认。”

“确认收到。通话完毕。”

他把通话器放回去，发动车子，开往城堡岩。行经布莱顿市郊，艾伦转进一家“红苹果”商店的停车场，下车去打电话回办公室。电话里传来两声咯嗒，接着出现语音，说明那个电话号码目前暂时无法使用。他挂了电话跑回车上。这次是真的跑回去。就在开出停车场回到117号公路前，他又打开警灯，把它卡在车顶。在公路上才开了半里，他那辆震动不已、发出抗议声响的福特旅行车就已飙到每小时七十五英里。

11

埃斯·梅里尔跟黑暗一块回到了城堡岩。他开着雪佛兰名流经过城堡河桥，雷声在他上方的天空来回巨响，闪电吐向毫无抵抗能力的大地。他的车窗敞开，外头还是一滴雨也没有，空气就像糖浆般黏滞。他又脏又累，而且满腔怒火。尽管看到那张字条，他还是跑了地图上另外三个点，他不相信会有这种事，无法相信竟会发生这种事。怎么说呢，他无法相信自己被耍了。在这几个地方，他都找到一块扁平石块和下方埋藏的锡罐，其中两个又塞了一堆脏兮兮的兑换券，最后一个是在斯特劳特农场后方的沼泽地挖出来的，里面啥都没有，只有一支老旧圆珠笔。圆珠笔杆上有个梳着四十年代发型的女人，身上也穿着件四十年代的连身高衩泳装。把笔竖起，女人身上的泳装就会不见。

好个宝藏。埃斯以最快速度开回城堡岩。他双眼圆睁，膝盖以下的牛仔裤布满黏答答的沼泽泥浆。他回到城堡岩的理由只有一个，就是杀了艾伦·潘伯恩，然后拍拍屁股转向西岸——这是他老早就该做的事。也许可以从潘伯恩那里弄些钱，也许不行，反正有件事可以确定：那狗杂种非死不可，而且不得好死。距丁桥还有三里远，这时他才发现手上根本没有家伙。在剑桥市的车库里，原本要从条板箱里拿把自动手枪，谁晓得那该死的录音机突然开始播放，差点把他吓得魂飞魄散。不过他知道现在那些枪在哪里。哦,清楚得很。他开过桥,却在主街与水磨道路口停下,尽管他有行驶的权利。“搞什么鬼?”他咕哝着。

主街下街区一团混乱,挤满闪着蓝灯的州警车、电视采访车,还有一小群围观民众,绝大部分围着镇公所大楼。看来好像镇上的老大一时兴起,决定要办场街头嘉年华。

埃斯才不管发生什么事,就算整座小镇蒸发了也无所谓,他只要潘伯恩,把这操他妈的小偷头皮剥下来挂在腰间。可是好像全缅因州的州警都挤在警长办公室,他该怎么办?

答案不用多想。风特先生知道该怎么办。风特先生有的是家伙,那他知道该怎么做了。去找风特先生。

他瞄了一下后视镜,看到桥的另一头的上坡路顶端又出现蓝色闪光,更多警察赶来了。今天下午到底发生了什么鬼事?埃斯又开始猜想,不过这问题的答案可以改天再找,或者根本不用找,反正事情就这么发生了。在这当下,他有自己的事要做,第一件就是在后面那辆警车来到前赶紧驶离。埃斯左转上了水磨道,接着右转至西达街,他沿着镇中心周围行驶,然后才转回主街。他在红绿灯前停了一下,看着山丘下一整窝蓝色闪光,然后开到“必需品专卖店”对面停下。

他走下车,过了马路,看了橱窗上的挂牌,心情一下跌到谷底,他要的不只是枪,还想要些风特先生的古柯碱,但后来想起后方的进出货小巷。他走到街口,转过街角,没看到前头二三十码处停着一辆鲜黄色的厢型车,自然也没发现坐在车里的人(浑蛋基顿现在已经换到乘客座)正盯着他看。他一走进小巷就撞上一名男子,对方的花呢帽拉得老低,遮住了前额。

“嘿,老兄,走路没长眼啊!”埃斯埋怨道。

戴着花呢帽的男子抬起头,张嘴对埃斯咆哮,同时还从口袋里拿出一把自动手枪直指埃斯说:“朋友,最好别惹我,除非你也想吃几颗子弹。”

埃斯举起双手退后一步。他不是害怕,而是完全惊呆了。“我才不想,纳尔逊先生,”埃斯说,“别拿我出气。”

“好吧,”戴着花呢帽的人说,“你看到没看到那杀千刀的朱伊特?”

“呃……是中学里那个?”

“中学,废话,镇上还有哪个朱伊特?拜托别装傻了!”

“我才刚到这里，”埃斯小心地解释，“还没看到半个人，纳尔逊先生。”

“哼，我现在要去找他，等我找到他，就给他好死。他杀了我的鹦鹉，还拉屎在我老妈照片上，”乔治·纳尔逊眯着眼继续说，“今晚最好别来惹我。”

埃斯没出半点声音。

纳尔逊先生把枪收回口袋后走出小巷，他甚有决心地踏着步伐，看来真是超级火大。埃斯在原地站了一会儿，双手还高举在半空中。纳尔逊先生在高中教工艺，他一直以为纳尔逊是那种就算鹿虻停在眼球上都没胆拍下去的人，看来要对他改观了。还有一点，埃斯认得那把枪，当然认得，昨晚他才从波士顿带回来一整箱一模一样的枪。

12

“埃斯！”冈特先生唤道，“你来得正好。”

“我要一把枪，”埃斯开门见山地说，“还有，要是你还有些高档白粉，也给我一点。”

“好，好……来得正好，所有事情都来得正好。埃斯，帮我抬这张桌子。”

“我要杀了潘伯恩，”埃斯继续说，“他偷了我的宝藏，我要杀了他。”

冈特先生像只准备偷袭老鼠的猫死瞪着埃斯，就在这当儿，埃斯真的觉得自己像只老鼠。“别对我说我已经知道的事，浪费我的时间，”冈特说，“埃斯，要我帮你，就先帮我。”

埃斯抓着桌子另一边，跟冈特一起把桌子搬进店内。冈特先生弯下腰把靠在墙边的牌子拿起来，上面写着：本店确实歇业。

他把牌子放在门上，接着关上门，扣上锁扣，这时埃斯才惊觉那块牌子根本没用什么东西固定，没有图钉，没有胶带，什么都没有，但牌子竟好端端地挂在门窗上。然后埃斯看到放在地上装自动手枪与弹匣的条板箱，里头只剩下三把枪与三个弹匣。

“我的妈呀！枪都去哪儿啦？”

“今晚生意可好了，埃斯，”冈特先生说，两只修长的手互相摩挲，“真的太好了，而且还会更好。我有样工作要交给你。”

“我跟你说，”埃斯说，“警长偷了我的——”说时迟那时快，利兰·冈特已经出现在埃斯面前，但埃斯压根儿没看到他移动。那双又长又丑的手揪住埃斯的衣领，把他举到半空中，仿佛埃斯轻如羽毛。埃斯惊恐大叫。那双举起他的手如铁打的一般，冈特先生把他举得更高，埃斯突然发现下方是张露出凶光、邪恶恐怖的脸，他吓得几乎忘了自己是怎么升到半空中。尽管他极度恐惧，但还是注意到了烟雾——或是蒸气——从冈特先生的耳朵与鼻孔冒出，看起来就像只人面魔龙。

“不用你来说！”冈特先生对着埃斯尖声喊道，舌头从那些参差不齐、厚如墓碑的牙齿间窜出。埃斯看到舌尖一分为二，就像蛇信一样。“所有事由我来说！跟比你年长睿智的人在一起，闭嘴就是了！闭上嘴乖乖听话！闭上嘴乖乖听话！闭上嘴乖乖听话！”

冈特举着埃斯连转两圈，有如一个嘉年华摔跤手把对手架起来使出飞机式旋转，然后把他甩向另一面墙。埃斯的头撞上墙壁，脑袋里像是有千万个爆竹同时炸裂。等他恢复视线后，只见利兰·冈特慢慢逼近，整张脸上仿佛只有怒瞪的双眼、巨大的牙齿和上冲的蒸气，模样恐怖至极。

“不要！”埃斯尖叫，“不要，冈特先生，求求你！不要！”

那双手成了魔爪，指甲一下变得又长又尖……还是一直都那么长、那么尖？埃斯在心里胡乱想着。也许一直都是那样子，只是你没注意而已。

魔爪宛如剃刀划破埃斯的上衣，接着他被猛地一拉迎向那张喷着怒气的脸。

“埃斯，你打算乖乖听话了吗？”冈特先生问道，每说一个字就吐出一口热气，灼烫着埃斯的脸颊和嘴巴。“准备好听话了吗？还是要我挖出你没用的内脏才要听？”

“好！”埃斯啜泣着，“我是说不要！我会听话！”

“你会做个乖巧的跑腿男孩听我指示？你知道要是不听话会怎样吗？”

“会！知道！知道！知道！”

“你真是个恶心的家伙，埃斯，”冈特先生说，“不过我喜欢恶心的人。”他把埃斯往墙上一扔，埃斯慢慢滑下来，软弱无力地跪在地上，一边喘气一边啜泣。他盯着地板，不敢抬头直视那张野兽般的脸孔。

“埃斯，要是你胆敢动个念头反抗我，我保证让你游遍整座地狱。警长会是你的，别担心，不过他人现在不在镇上。好了，你给我站起来。”

埃斯慢慢站起来，脑袋砰砰直响，上衣被撕成一条条带子。

“我问你一件事，”冈特先生又恢复彬彬有礼、笑容满面的模样，而且头发没有一丝凌乱，“你喜欢这个小镇吗？你爱这个小镇吗？你那间破茅屋里的墙上贴着镇上的照片，好让你记得小镇的淳朴魅力吗？想着昔日被蜜蜂追着叮、被狗追着咬的光景？”

“老天，怎么可能。”埃斯颤抖着说，声音随着怦怦心跳起伏。他用尽力气才勉强起身，觉得双腿宛如意大利面条。他靠墙站着，恐惧地看着冈特先生。

“如果我要你在警长回来前，把这恶烂小城镇炸掉，让它在地图上消失，你怕不怕？”

“我……我不知道那个字是什么意思。”埃斯紧张兮兮地说。

“并不意外。可是你应该听得懂我的意思，对不对，埃斯？”

埃斯想起从前，许多年前。那时有四个卑鄙无耻的小鬼骗了埃斯和他朋友（那段日子，埃斯也是有朋友的，或者至少是可以称作朋友的人）一直想要的东西。后来埃斯跟朋友抓到其中一个无耻小鬼戈登・拉臣斯，把他揍了个半死，然而这也没什么大不了。拉臣斯现在是个举足轻重的作家，住在缅因州有钱人住的地区，大概都用钞票擦屁股①。那些无耻之徒就这样走了大好运，而埃斯的一切从此改变，开始走起霉运。过去为他敞开的大门一扇扇关上。渐渐地，他开始明白自己再也不是国王，城堡岩再也不是他的领土。若说他真的当过城堡岩的国王，那段日子也在劳动节那个周末开始变调。当时他十六岁，那些卑劣的家伙把应该属于他和朋友的东西骗走。等他成年可以上柔虎酒吧后，他已从国王降为没穿制服的军人，在敌人的领地上偷偷摸摸地行走。

“我恨死了这臭屎坑。”他跟利兰・冈特说。

“很好，”冈特先生说，“好极了。我有个朋友，他现在就停在主街再上去一点，他会助你一臂之力。警长的命在你手上……这整座小镇也在你手上。听起来很棒吧？”他的双眼凝视着埃斯的眼睛。穿着破烂T恤的埃斯站在他面前，开始笑了起来，头也不再疼了。

“一点也没错，”他回答，“实在棒到不行。”

冈特先生的手伸进外套口袋，拿出一个装三明治的塑胶袋，里头装了古柯碱。他把袋子递给埃斯。“埃斯，该干活了。”冈特说。

---

① 此段往事请见《肖申克的救赎》中的《尸体》或改编电影《站在我这边》。

埃斯拿了塑胶袋，但两只眼睛仍牢牢盯着冈特先生的双眼。

“好极了，”他说，“我随时准备上工。”

13

浑蛋基顿看着刚才最后一个进入小巷的人又走了出来，但那人身上的T恤变得和破布没两样。他手上抱着个条板箱，蓝色牛仔裤的腰上还插着两把自动手枪。浑蛋认出那是约翰·埃斯·梅里尔，慌得往后一缩。埃斯直接走到厢型车旁，把条板箱放下。

埃斯敲敲车窗说：“老兄，把后车门打开，我们有正事要办。”

浑蛋摇下车窗叫道：“快滚开。滚开，你这个流氓！不然我要打电话报警了！”

“真他妈好鬼运。”埃斯哼道。接着埃斯从腰间抽出一把枪，浑蛋一看整个人僵在那里，不过埃斯把枪托对着他往车里一丢。浑蛋看着枪眨眨眼。

“拿去，”埃斯不耐烦地说，“快打开后车门。你看起来已经够呆了，不过要是你不知道是谁派我来的，那可就更蠢了。”接着他伸出另一只手摸摸浑蛋头上那顶假发，微笑着说：“挺好看的，只能说赞哪。”

“够了。”浑蛋抱怨道，不过已经不像刚才那样火冒三丈。三人合作，可以产生很大的力量。冈特先生说过，我会派人接应你。可是竟然是埃斯？埃斯·梅里尔？这个坏蛋！

“听着，”埃斯说，“你要是想找冈特先生讨论重新派个人，那他还在里面。不过你也看到了，”他晃晃双手摸摸胸前与肚子前方破烂的T恤碎片，“他心情不太好。”

“你会帮我把‘他们’除掉？”浑蛋问道。

“没错，”埃斯回答，“我们要合作把这小镇轰成一大团火球。”他抬起条板箱接着说：“但我很怀疑，只有一箱雷管，哪能做得到？不过他说你清楚得很。”

浑蛋咧嘴一笑，撑起身子爬进车子后座，然后把后门拉开。“我是知道，”他说，“梅里尔先生，进来吧。我们要出任务了。”

“上哪儿？”

“第一站是镇上的车辆调配场。”浑蛋说道，脸上依然带着笑容。

第二十一章

1

一九八三年五月，威廉·罗斯牧师首次在城堡岩联合浸信会教堂布道。他这个人心胸狭窄的程度堪称极致，这点无须怀疑。不幸的是，他还精力旺盛，有时会以某种怪异而刻毒的方式展现自己的机智，而会众可是超级爱他呢！他担任浸信会会众的领袖后，第一次布道就暗示了后来发生的事情，那场布道的主题是“为何天主教徒注定会下地狱”。从此他就一直保持这种风格，深得会众欢心。他说，天主教徒亵渎了神，而且误入歧途，不尊崇耶稣，而去信奉那个获选孕育耶稣的女子，因此他们在其他方面也是那么容易偏差，有什么好大惊小怪的吗？

他还向信众解释，天主教徒自中古世纪就展开一系列的异教徒审判运动，称为“宗教裁判”，让他们的拷问技巧越磨越精。此外，那些宗教裁判所的法官把坚持真正信仰的人绑在他所谓的“火刑柱”上烧掉，一直到十九世纪末，英勇的新教徒(大多数是浸信会教徒)才迫使他们停止这种酷刑。不只如此，历史上那四十位历任罗马教皇不仅跟母亲、姊妹，甚至连私生女都一起进行过邪恶的性交，而且梵蒂冈是掠夺新教徒殉道者与国家的黄金建立而成的。

这类无知的废话对天主教来说向来不陌生，几百年来一直忍受着大同小异的邪说。有些神父轻松面对，甚至还会开些无伤大雅的玩笑。然而约翰尼·布理格姆神父不是那种能够轻松面对的人。正好相反，布理格姆神父是个脾气火爆、双腿外弯的爱尔兰人，毫无幽默感，无法忍受笨蛋，尤其是罗斯牧师这类趾高气扬的笨蛋。

布理格姆神父默默忍受罗斯牧师对天主教的言语迫害将近一年，后来有了自己的讲道坛，终于可以跟罗斯牧师唱对台戏了。他那没半点活力的布道名为“威利牧师的罪愆”。在布道中,他把这个浸信会牧师形容成“吟唱赞美诗的蠢蛋,认为布道家葛培理能在水上行走,曾是职棒选手的布道家比利·桑戴就坐在全能圣父的右手边”。

那个周日稍晚,罗斯牧师带着他的四大执事前去拜访布理格姆神父。后来他们表示,布理格姆神父出言诽谤,令他们大感震惊与愤怒。

“你们竟然还有胆叫我别那么冲,”布理格姆神父说,“也不想想今天早上是谁跟信徒大肆宣扬,说我信奉的是巴比伦淫妇。”

罗斯牧师向来苍白的脸庞顿时出现红晕,而且还扩展到他那几乎秃光的头壳。他向布理格姆神父解释,他压根没说过什么巴比伦淫妇,不过他倒是提过好几次“罗马淫妇”,如果布理格姆神父手上的座位号码没错的话,就尽管入座吧!

布理格姆神父握着双拳走出寓所的前门,说:“如果你想在走道上谈,我的朋友,那就叫你那组小盖世太保站到一旁去,然后我们再来好好谈谈。”

罗斯牧师比布理格姆神父高三英寸,但比他轻了二十磅左右。他带着冷笑向后退了一步说:“我可不想弄脏,呃,我的手。”

其中一个执事是唐·亨普希尔,他的块头比好斗的布理格姆神父来得大。“要是你想跟我谈也可以,”他说,“我会用你那崇拜教宗、爱尔兰乡巴佬的屁股把走道擦干净。”

另外两位执事了解唐的能耐,及时拉住了他……但经过这次以后,恶斗已然触发。

今年十月前,双方的对峙多半算是地下活动,像是两方教会的男男女女聊天时,开些歧视玩笑、恶言毒舌一番,校园里则有两方的孩童彼此嘲笑,还有最常见的就是周日双方在各自的布道会上互相攻讦。根据历史经验,这种上教堂看似平静的日子,其实是大多数战争开打的时机。三不五时就会出现恶整对方的事情——教区会堂举行“浸信会青年团契”舞会时有飞“蛋”袭来,还有一次,一块石头从窗户丢进神父寓所的客厅——但除了这些少数具体行动外,绝大多数都只是文字上的攻防战而已。

如同所有战争,小镇上的这两个宗派之战时而激烈、时而平静,然而自从伊莎贝拉妇女会宣布举行“赌场之夜”的计划后,双方人马对彼此的怨愤日渐加深。到了罗斯牧师收到那封恶劣的“浸信猪会死老鼠”卡片时，大战已势必开打，无法避免。卡片上过于污秽、不堪入耳的言辞，大概就是保证冲突爆发时，会很有看头。火种已经撒下，只差某个人划根火柴燃起熊熊烈焰。

若说有谁严重低估这一触即发的情况，那个人就是布理格姆神父了。他明白浸信会不会喜欢“赌场之夜”这点子，但不是很清楚这种由教会发起举办的赌博是如何大大激怒与冒犯了那个浸信会牧师。他不晓得“汽船威利”的父亲是个大赌徒，多少次赌瘾一发作就抛家弃子，后来有个晚上在赌桌旁输得精光，于是跑去某家舞厅的后面房间饮弹自尽。而布理格姆神父差劲的一点是：就算知道这件事，他也无动于衷。

于是，罗斯牧师动员全体人员。浸信会教徒开始在城堡岩周报《呼唤》上发起“向赌场之夜说不”的文攻（绝大部分都由唐的太太万达·亨普希尔亲自执笔），接着开始张贴“骰子与恶魔”传单。“赌场之夜”的主席贝琪·维盖跟伊莎贝拉妇女会分会会员格兰德·雷金特组织教徒着手反击。过去的三个星期，《呼唤》已经扩展到十六版，好容纳这些争论（只不过多是相互谩骂，少有理智的意见交换）。镇上出现越来越多传单，但很快就给撕除。周报主编呼吁双方节制，但无人理睬。当中有教徒还觉得好玩，认为卷入这场茶壶里的风暴挺酷的。可是事情发展到后来，汽船威利牧师和布理格姆神父都不再觉得两方互斗是精彩刺激的事了。

“我恨透了那自以为是的小瘪三！”布理格姆向着话筒另一头惊讶不已的阿尔·金德伦痛叫，那天正是阿尔把牙医办公室门上贴着的“听好了你这吃鱼的家伙”那张恶劣纸条拿去给他。

“看看那狗杂种竟敢指控我们良善的浸信会！”罗斯牧师朝着同样大感惊讶的诺曼·哈珀与唐·亨普希尔恶喊道，那天是哥伦布纪念日，布理格姆神父刚刚才打电话来，要把“吃鱼的”信念给罗斯牧师听，而罗斯牧师拒绝聆听，这在他那几个执事看来，是颇为恰当的举措。

诺曼·哈珀的身高跟阿尔·金德伦差不多，但比他重了二十磅，可是这么大个儿的人，听到罗斯牧师几近疯狂的尖声咆哮，仍直打哆嗦，不过他没敢讲出来。“我来告诉你吧，”诺曼低沉地对牧师说，“你在家里收到那张卡片，乡巴佬神父心里有点不安，就这么简单。他明白那样做得太过火了，然后以为要是他们其中一个家伙也收到同样满纸脏话的信，就可以把矛头转向我们。”

“哼，想得美！”罗斯牧师的声音又提高了，“我的会众跟这种下流事绝无牵扯。绝对没有！”他讲到最后一个字时破了嗓，同时两只手一握一松地抽搐着。诺曼跟唐迅速交换了不安的眼神，他们俩这几个星期来谈过几次，认为罗斯牧师这样的举止出现得越来越频繁了。“赌场之夜”这档事已经快让牧师心力交瘁，两人很怕事情还没解决，牧师就先精神崩溃。

“你别烦恼，”邓纳姆安慰牧师，“威廉，我们都知道事情是怎么一回事。”

“没错！”罗斯牧师惊呼，水汪汪的双眼颤抖地盯着这两个人，“没错，你们是知道，你们两个。而我，我也知道！可是镇上其他人呢？他们知道吗？”

诺曼与唐没有出声。

“我真希望有人把那个偶像崇拜的骗子绑在刺人的横木上丢出城去！”威廉·罗斯有气无力地摇晃着拳头大叫，“绑在横木上！我会付钱去看！我会付一大笔钱去看！”

周一稍晚，布理格姆神父打到各个信徒家，请那些有兴趣了解“城堡岩当前宗教压迫气氛”的人晚上到寓所小聚一下。结果太多人出席，只好移至隔壁的哥伦布骑士会堂。

布理格姆从阿尔·金德伦在办公室门上发现的纸条说起——纸条声称由“城堡岩关心你的浸信会教友”所写——接着又讲了他与罗斯牧师毫无用处的通话。他告诉与会人士，罗斯牧师声称他也接到一张下流字条，署名为“城堡岩关心你的天主教友”，在场人士听了开始喧腾起来，他们先是感到震惊，而后气愤。

“那个人是可恶的骗子！”会堂后方传来一句话。

布理格姆神父似乎是想点头又想摇头，他说：“或许吧，萨姆，但这不是问题所在。他这个人根本是个疯子，我想这才是问题。”

大家听了都安静下来，一边思考，一边担心，可是布理格姆神父仍然感到如释重负，几乎让人一看即知。*根本是个疯子*。这是他头一回将这些字大声说出口，他想说这话已经想了三年多了。

“那个宗教疯子休想阻止我，”布理格姆神父继续说，“我们的‘赌场之夜’既无害又有益身心，才不管汽船威利牧师怎么想。可是我觉得，既然他吵得越来越大声、越来越激动，我们应该来投个票。如果有谁看在安全的分上，愿意向这股压力屈服而取消‘赌场之夜’，尽管说出来。”

“赌场之夜”照原订计划如期举行获得全体一致赞同。

布理格姆神父点点头，显得相当高兴，接着看向贝齐·维盖说：“贝齐，你明天晚上要举办计划讨论会，是不是？”

“是的，神父。”

“那容我提议，”布理格姆神父说，“我们男士就在这里会面，在哥骑会堂，跟你们同样的时间。”

阿尔·金德伦块头大又笨重，比起一般人，生气的速度慢，消气的速度也慢。他缓慢地站起身来，后面一些人只好伸长脖子免得给遮住视线。他开口说：“神父，您是说那些浸信会家伙，会闲来没事跑来扰乱我们女士的会议？”

“不是的，完全不是这样，”布理格姆神父安抚阿尔，“我只是想我们最好也来讨论些计划，让‘赌场之夜’可以顺利举行不受干扰——”

“保镖？”某人热切地问道，“我们是来当保镖吗，神父？”

“这个嘛……我们需要的是眼观六路、耳听八方。”布理格姆神父说，暗示了他所指的就是保镖。“还有，如果我们跟女士们在周二晚上一起开会，到时若有什么事情发生，我们可以及时协助。”

于是，伊莎贝拉妇女会在停车场一边的会堂开会，而天主教的男士就聚集在停车场另一边的会堂。而小镇另一头，威廉·罗斯牧师也在同时间召开了聚会，讨论天主教徒最近对他们的诽谤，策划制作标语，组织“赌场之夜”纠察队。

那天傍晚在城堡岩发生的一连串激烈事件并未导致太多教友缺席——那些在风暴来临前围绕在镇公所大楼的好事者，大多对这“赌场之夜大争议”没什么特别看法。对于那些卷入纠纷的天主教与浸信会教徒而言，几起命案的可看性还不至于胜过一场神圣的挟怨竞赛。毕竟，一谈到宗教问题，其他事情还是得退让到一边再说。

2

在罗斯牧师号称的“城堡岩浸信会反赌博基督精兵”第四次聚会上，有超过七十人参与，这样的出席成果实在不错，虽然上一次聚会的出席人数剧降，但那张塞入牧师寓所投信口的卡片衍生出的各式传言又让人数回升。出席状况令罗斯牧师大感欣慰，可是他发现唐·亨普希尔却没出现，这让他既失望又不解，因为唐答应会来，而且唐还是他得力的左右手。

罗斯看了看表，已经七点零五分了，没时间打电话去超市问唐是不是忘了。能来的人都已经到达，而他也希望趁热打铁，这时大家的愤怒与好奇心可正旺呢！他又等了一分钟，然后就登上讲坛，举起他细瘦的两只手臂表示欢迎。他的会众——大部分人都穿着工作服——列队进入一排排长椅间的空隙，然后在朴素的木椅上坐下。

“让此次任务开始吧，呃，一如所有伟大任务的开始，”罗斯牧师平静地说，“让我们低下头来祷告。”

大家低下头来，就在此时，他们身后的门厅大门像被枪击中般砰一声打开。不少女士惊声尖叫，而几个男士也吓得跳起来。来者正是唐。超市里的肉摊就是他在当家，而现在的他还系着血迹斑斑的白围裙。他的脸红得跟番茄一样，瞪大的一双眼睛泪水直流。鼻下、上唇以及嘴角旁的两道皱痕上有好几条未干的鼻涕。还有，他臭得要命。

唐闻起来就像一群臭鼬先是穿过一大缸硫黄，然后又给泼上新鲜牛粪，最后放进一个密闭房间里，让它们在里面惊慌乱窜、吱吱嘎嘎叫不停。他的身前弥漫着这股气味，身后也弥漫着这股气味，但气味主要是像团瘟疫似的云雾缠绕在他身上。唐踉踉跄跄地往前走，围裙在前面飘荡，没塞好的白衬衫在后头摇摆，见他经过，坐在走道附近的妇女纷纷向旁边一缩，往皮包里摸索手帕；跟父母一起过来的少数几个小孩开始哭了起来；男人则是大声咆哮，声音里混杂着厌恶与错愕。

“唐！”罗斯牧师紧张兮兮、惊讶不已地叫道。他的双臂仍然高举，可是唐·亨普希尔越来越接近讲坛时，罗斯把手臂放下，而且不自主地一手盖住自己的口鼻，他觉得快要吐了，他这辈子从没闻过这么可怕的恶臭。“这是怎么……怎么一回事？”

“怎么？”唐·亨普希尔吼道，“我来告诉你怎么一回事！我来告诉你们所有人怎么一回事！”

他转过身来面对会众，尽管身上不断散发恶臭，但他怒气冲冲地盯着他们，没半个人敢动。

“一群狗杂种朝我的店丢臭弹，就是这么一回事！幸好我挂了提早休息的牌子，店里不出五六人，可是货全都毁了！所有的货！价值四万块啊！毁了！我不晓得那些混蛋用了些什么，但肯定要臭个好几天！”

“是谁?”罗斯牧师胆战地问,“是谁做的,唐?”

唐·亨普希尔把手伸进围裙口袋,拿出一个弯曲的黑色颈圈,上面有个白色凹口,另外还拿出一沓传单。那只颈圈是天主教圣职人员戴的白领。他把两样东西高举让所有人看得见。

“还有可能是谁?”他尖声怒问,“我的店!我的货物!全都毁了,难道你以为是谁?”

他把传单丢向目瞪口呆的“城堡岩浸信会反赌博基督精兵”。传单在空中散开,像五彩碎纸从空中飘下。有些在场教友伸手去抓,发现每张传单都一样,上面都有张图片,里面有群男女站在轮盘赌桌旁开怀大笑。

图片上方有一行字:纯属好玩!

而图片底下写着:

加入我们的“赌场之夜”哥伦布骑士会堂

一九九一年十月三十一日　为天主教建设基金会募款

“唐,你在哪里发现这些传单?”连恩·米利肯问,低沉的声音透出不祥的感觉,“还有这个颈圈?”

“有人放在大门里,”唐解释,“然后一下子整个超市就成了地……”门厅大门发出砰的声响,大家听了全都吓一跳,但这次是关了起来。

“希望你们喜欢这股味道,这群浸信会变态!”某个声音传来,接着爆出刺耳、龌龊的笑声。

所有会众惊惧地看向威廉·罗斯牧师,而牧师也同样惊惧地看着他的会众。就在此时,那个藏在唱诗班席位的盒子突然发出嘶嘶声响。跟已故的默特尔·基顿放在伊莎贝拉妇女会堂的盒子一样,这个盒子(由同样已故的桑尼·贾基特所放置)里面也装了个计时器,滴滴答答响了一下午。

一大股臭到不行的气味从盒子四边的网格涌窜出来。

在这个城堡岩联合浸信会教堂里,好戏就要开锣啦!

3

芭芭拉·米勒在伊莎贝拉妇女会堂外鬼鬼祟祟地走着,每当天空出现蓝白色闪电时,她就定住不动。她一手握着铁锹,一手拿着冈特先生给她的自动手枪。她身上穿着一件男用大衣,其中一个口袋里塞着她在“必需品专卖店"买来的音乐盒，要是有人敢来偷音乐盒，她肯定让对方吞些子弹。

有谁会想做出这种低级、卑鄙、恶劣的事？有谁会想在芭芭拉还没搞清楚里头的音乐前把音乐盒偷走？这个嘛，她心想，这样说好了：我希望辛迪·罗丝·马丁今晚不要出现在我面前，如果她出现，就再也别想出现在其他地方——反正她休想继续活在这个世上。她以为我是什么，笨蛋吗？同时，她有个整人任务要执行，一个恶作剧。当然是冈特先生吩咐的，那还用说。

你认识贝齐·维盖吗？冈特先生问她，你应该认识吧？

她当然认识，她跟贝齐小学时就认识了，她们俩总是一块担任纠察队员，是形影不离的好朋友。

很好。你从窗户往里面看，等她坐下后，她会拿起一张纸，然后看到放在那张纸底下的东西。

什么东西？芭芭拉好奇地问。

别管那么多。如果你想要找到钥匙打开音乐盒，你最好乖乖闭上嘴巴，打开耳朵仔细听好，明不明白，亲爱的？

她明白，而且也明白另一件事：冈特先生有时很吓人，非常吓人。

她会拿起那样东西，详观一番，然后准备打开。那个时候，你要在会堂大门口旁等着所有人往会堂左后方看。

芭芭拉想问为什么她们会这么做，但安全起见，还是闭上嘴比较好。

等她们一往左后方看，你就把铁锹一端顶住门把下缘，然后把另一端顶住地面，牢牢卡住。

我什么时候要大叫？芭芭拉问。

你会知道的。她们看来会像是给灭蚊枪喷了一屁股辣椒水。你还记得要叫些什么吗，芭芭拉？

她记得。这看来像是对贝齐·维盖开了个恶劣的玩笑，她们俩以前可是手牵手上学呢！不过这恶作剧似乎没什么害处（嗯，一点害处都没有），何况她们俩都不是小孩了，她不会再叫她"贝蒂拉拉"，两人的情谊已是很久很久以前的事。另外，冈特先生说，不会有人想到这是她做的。为什么？芭芭拉和先生毕竟都是基督复临安息日会教友，而她认为，天主教徒与浸信会教徒都该自食恶果，这自然也包括了"贝蒂拉拉"。

又出现闪电了。芭芭拉定住不动，接着快步走到靠近门边的一扇窗户，往里面偷瞄一眼，此时贝齐还没坐下来。

那蕴藏强大威力的暴风雨，略微迟疑地洒下第一阵雨，啪嗒啪嗒滴落在她的周围。

4

开始弥漫浸信会教堂的那股恶臭闻起来跟唐·亨普希尔身上的臭味一样……但是更臭上一千倍。

“妈的！”唐大吼，全然忘了自己身在何处，不过就算记得大概也阻止不了他口出秽言。“他们也在这里放了一个！走！快走！大家快出去！”

“快走！”纳恩·罗伯茨用她在晚餐尖峰时刻低沉洪亮的嗓音大吼催促，“快走！各位，移动你们的躯体！”

大家都看见臭味从何处传来——浓厚的白黄烟雾从唱诗班席位涌出，盖过席位前方与腰同高的栏杆，穿过其下壁板上的菱形孔。侧门就在唱诗班露台后方，不过没有半个人想到往那个方向逃离。这样的臭气可是会熏死人的……不过你的眼珠会先掉出来，头发也跟着脱落，然后你的屁眼会惊吓不住而自动封闭。不过五秒钟，这群“城堡岩浸信会反赌博基督精兵”就已溃不成军。他们朝教堂后方的门厅逃窜，又是尖叫又是作呕。其中一排长椅翻了过来打到地板，砰地响了好大一声。德博拉·约翰斯通一只脚压在椅子下动弹不得，正当她努力把脚抽出来之际，诺曼·哈珀却撞上了她庞大的侧身。这一撞，德博拉往地上一倒，噼啪，又是好大一声，这下脚踝可断了。她痛苦地尖叫，脚仍卡在椅子下方，然而没人听到她的嘶喊。

罗斯牧师最靠近唱诗班席位，那股臭气逼近他的上方，像张又大又臭的防护罩盖住他的头。他胡思乱想：这就是天主教徒在地狱中焚烧的味道。他跳下讲坛，双脚不偏不倚落在德博拉·约翰斯通的上腹部，顿时她的凄惨叫声拉长，成了要窒息的喘气声，而且越来越细，待她昏厥时声音也就消失了。罗斯牧师完全不晓得自己刚刚踩昏了一名忠实信徒，只是拼命往教堂后方跑。

那些先跑到门厅的人发现大门不知怎的锁上了，根本逃不出去，但想转身也来不及了，他们身后的人不断往前推挤，把他们这些逃难先锋挤压到门上，就快给压成肉酱了。

教堂里充斥着尖叫、怒吼、咒骂。这时外头的雨开始哗啦哗啦下起来，而教堂里面的人一个个开始呕吐。

5

贝齐·维盖坐上了主席位，两侧分别是美国国旗与“布拉格耶稣圣婴”旗帜。她用指关节敲敲桌子，请大家安静下来，而一群全都在四十岁上下的女士开始就座。外头，雷声在天空轰然大作，众女士听了，有的轻呼一声，有的紧张得笑出声来。

“伊莎贝拉妇女会议与会人士请肃静，”贝齐说，接着拿起议程表，“会议即将开始，按照惯例，先宣读——”她停了下来。桌上有一只白色商用信封，就在议程底下。信封上打印的几个字攫住了她的目光。你这天主教婊子赶快看！

是他们，她心想。那些浸信会的家伙。那些丑恶、卑鄙、小心眼的家伙。

“贝齐？”娜奥米·杰瑟普问，“有什么问题吗？”

“我不知道，”贝齐回答，“好像有。”

她把信封打开，一张纸滑了出来，上面印着一句话：闻闻天主教的腥味吧！

突然间，会堂左后方传出一阵嘶嘶杂音，听起来像是蒸汽管快爆出水汽的声音，引起好几个女士惊呼，并转向声音传来的方向。外头雷声大作，这次的尖叫声听起来是真的被吓着了。

一阵黄白烟雾从会堂壁橱的其中一格涌出，不一会儿，这栋无隔间的小会堂充满了大家从没闻过的恶臭气味。贝齐倏地站起，椅子往后翻。她正打算说话，可是要说什么？她不知道，而这时会堂外传来呼喊声：“贱人，谁叫你们办‘赌场之夜’的！忏悔吧！忏悔吧！”

贝齐瞥见会堂的后门外有个身影，但从壁橱散发出的这股臭烟遮蔽了后门的窗户，完全看不清外面的景象……可是她也管不了那么多了。这味道实在奇臭无比。

会堂开始陷入大混乱。伊莎贝拉妇女会的众成员在这烟雾弥漫、臭气冲天的房间里前冲后窜，像群发狂的绵羊。混乱中，安东尼娅·比赛特遭推挤撞到主席桌的镶铁边缘，弄断了脖子，但没人听到也没人注意到。外头，电闪雷鸣。

6

聚在哥骑会堂的天主教男会众松散地围住阿尔·金德伦。阿尔用那张在他办公室门上发现的纸条做开场（“哎呀，这哪算什么！想当年……”），他开始绘声绘色地叙述三十年代，刘易斯顿市的天主教徒受到迫害后展开的报复行动，这些故事既恐怖却又引人入胜，大家听得津津有味。

“于是啊，他看见那一群无知的‘滚地圣徒’把牛粪干铺在圣母的脚上，他立刻跳上车子开——”阿尔突然暂停下来，竖耳倾听。

“什么声音？”他问。

“雷声，”杰克·普瓦斯基回答，“大风暴快来啰。”

“不是，那声音，”阿尔边说边站起来，“听起来像是尖叫声。”

雷声暂歇，只剩细微的轰鸣，而在这空当，所有人都听见了：女士，女士的尖叫声。

大家转向布理格姆神父，他站起来说：“走吧，各位男士！我们去看看——”

嘶嘶声响起，同样的臭气开始从会堂后方滚滚冒出，涌向众人聚集处。此时，一扇窗户应声而破，一颗石头丢了进来，在地板（舞会都在这里举办，经年累月已磨出柔和的色泽）上胡乱弹跳，男士见状，个个大叫跳开。石头滚到对面墙边，又跳了一次后才静止下来。

“*浸信会给你们的地狱之火！*”外面有人吼道，“*你们这群干修女的家伙，城堡岩不准赌博！把话传出去！*”

哥骑会堂的大门也被铁锹卡死打不开，一群男人撞上了门，堆叠成一团。

“别走那里！”布理格姆神父大吼，他在不断升起的臭气烟雾中奋力走向会堂的小侧门，那道门没上锁。“*走这里！走这里！*”一开始没人理会，只是惊慌地一直朝会堂卡住的大门推挤。阿尔·金德伦见状，用两只大手抓住两个人的头对撞。

“*照神父的话做！*”阿尔吼道，“*他们要杀女教友啦！*”

阿尔用全身力气推开拥挤人群往会堂后方走，其他人也开始跟在他后头。一群人排成歪歪曲曲的队伍，踉踉跄跄地在弥漫的烟雾中行走，一边咳嗽一边咒骂。米德·罗西尼奥尔的胃一直翻搅，此时再也忍不住，张开嘴朝阿尔·金德伦宽大的后背哗啦一吐，他吃的晚餐沾满了阿尔的衬衫，但阿尔几乎没感觉。布理格姆神父这时已经朝通往停车场与对面伊莎贝拉妇女会堂的阶梯蹒跚走去，还不时停下来干呕，那股臭气像捕蝇纸一样附着在他身上。其他人开始零零落落地跟着神父，几乎没察觉到天空下着雨，此时的雨势已比稍早时来得强劲。

布理格姆神父台阶下到一半，一道闪电划过天空，照亮了顶住伊莎贝拉妇女会堂大门的铁锹。不一会，会堂右侧一扇窗户从里向外打破，女士们一个个奋力跳出，像学过如何呕吐的巨大布娃娃跌落在草地上。

7

罗斯牧师根本没办法走到门厅，一堆人全挤在他前面，于是只好转身，捂住鼻子，摇摇晃晃往回走。他想吼住其他人，可是一张嘴倏地喷出肚里的秽物。他两脚打结跌倒在地，头重重地撞到长椅靠背的顶部。他拼命想爬起来却毫无办法。此时一双大手插入牧师两边的腋窝把他拉起来。“从窗户出去，牧师！”纳恩·罗伯茨大叫，“移动躯体！”

“我的眼镜——”

“别管眼镜！我们快呛死了！”

纳恩把牧师往前推，撞向彩色镶嵌玻璃，而罗斯牧师看着玻璃上耶稣带领羔羊走下那莱姆果冻绿的山丘，也只来得及用手捂住眼睛，整个人就撞破玻璃飞出窗外，跌落到草地上滚跳着。他的上排假牙从嘴里飞射出去，他不悦地咕哝一声。他坐起来，惊觉四周阴暗、雨水直落，还有那美好的新鲜空气。不过现在可没时间享受，纳恩·罗伯茨一把揪住牧师的头发，猛地把他拉起来。

“快走，牧师！”她喊道。纳恩的脸在一道蓝白闪电照耀下，扭曲得有如女妖。她仍穿着白色人造丝制服——她已习惯下班后还是穿着餐馆制服——但隆起的胸前已是一片呕吐物。

罗斯牧师低着头，跌跌撞撞地跟着她向前走。他希望纳恩放开他的头发，可是每次想告诉她时，雷声就把他的声音淹没。另外有些人也跟着两人从破窗逃出，但大多数人仍挤在大门内侧。纳恩一看立刻明白是怎么一回事：两把铁锹顶住了门把下缘。她把铁锹踢开，此时一道闪电击中公共广场，炸毁了露天演奏台——曾经有个为自己超感能力所苦的青年约翰尼·史密斯[①]，在那里感应出一个杀人凶手的名字——成了一团燃烧的碎木片。风势变得更强劲，在漆黑狂暴的天空下吹打着树木。

铁锹一踢走，大门忽地敞开，其中一边甚至给撞离了铰链，飞落到阶梯左侧的花床上。一大群眼神疯狂的浸信会教徒蜂拥而出，跌跌撞撞冲下教堂阶梯，结果摔得一地，扑在彼此身上。这群人满身臭味，这群人呜咽哭泣，这群人咳嗽不停，这群人大吐特吐。

而且这群人全像火山爆发般抓狂。

8

哥伦布骑士会成员由布理格姆神父带领，而伊莎贝拉妇女会由贝齐·维盖领队，两边的人在停车场中央碰头，这时天空仿佛打开大门，浇下一桶又一桶雨水。贝齐暗中摸索，抓住了布理格姆神父，她布满血丝的双眼流着泪水，湿黏的头发闪亮地贴在头上，活像顶帽子。

“里面还有人！”她叫道，“娜奥米·杰瑟普……安东尼娅·比赛特……不知道还有多少人！”

“是谁？”阿尔·金德伦怒嚎，“到底是谁干的？”

“肯定是浸信会的人！一定是！”贝齐尖声喊道，接着开始哭泣。闪电划过天际，有如一条白热钨丝。“他们叫我天主教婊子！就是浸信会的人！浸信会的人！就是那天杀的浸信会！”

这时，布理格姆神父挣脱贝齐的手，跳上伊莎贝拉妇女会堂的门前，他一脚把铁锹踹到一旁——门上铁锹顶住之处，周围已磨出一圈碎屑——然后使劲拉开大门。三个昏茫、反胃的女人还有一团恶臭烟雾冲出门外。

布理格姆神父望着烟雾弥漫的会堂，看到安东尼娅·比赛特倒在地上。啊，美丽的安东尼娅，女红做得又快又好，而且总是热心协助推行教会的新活动。而现在的她躺在主席桌附近的地板上，身体一部分还给倒

---

① 斯蒂芬·金一九七九年小说《再死一次》的主角。

下来的“布拉格耶稣圣婴”旗帜覆盖住。

娜奥米·杰瑟普跪在安东尼娅身边呜咽。安东尼娅的脖子扭成一个怪诞而不可思议的角度。她呆滞的双眼望向天花板,臭气再也薰不着她了。可是,她没有向冈特先生买过任何东西,更别说加入冈特先生设下的小戏局。

娜奥米看见布理格姆神父站在门口,她站起来,步履蹒跚朝他走来。她的内心受了巨大惊吓,似乎也闻不到那臭弹释放出来的恶气。“神父,”她哭喊道,“神父,为什么会这样?他们为什么这么做?只不过是点小乐趣……本来就很单纯啊,为什么会这样?”

“因为那个人疯了。”布理格姆神父回答,他展开手臂将娜奥米拥入怀中。

此时神父身旁响起一个声音,低沉而充满恨意。阿尔·金德伦在一旁说:“去找他们算账。”

9

“城堡岩浸信会反赌博基督精兵”离开教堂,在滂沱的大雨中沿着哈灵顿街迈步前进,由唐·亨普希尔、纳恩·罗伯茨、诺曼·哈珀与威廉·罗斯带头。众人双眼通红,愤怒的眼球几乎要从肿胀、疼痛的眼窝剥离出来。大多数基督精兵都吐在自己身上,有的沾到裤子,有的黏到衬衫,还有的喷到鞋子上,不过从上到下吐得一身的也有。臭弹发散出的臭鸡蛋味附着在他们身上,尽管大雨不停落下,仍洗刷不了那股气味。

一辆州警车在哈灵顿街与城堡大道(再往上开半里就进了景观丘)十字路口停下,一名州警走下车讶异地看着那群人。“嘿!”他喊道,“你们这些人要去哪里?”

“我们要去修理天主教下三烂。识相的话就滚一边去!”纳恩·罗伯茨吼回去。

突然间,唐·亨普希尔张开嘴,用饱满、圆润的男中音唱起歌来。“基督精兵前进,齐向战场走——”其他人也跟着唱和。很快地所有人都加入吟唱,而且越走越快,不光是单纯走路,而是跟着节奏大步向前迈进。他们不只是单纯地歌唱,而是怒嚎,苍白的脸上除了愤怒,没有其他情绪。罗斯牧师虽然掉了上排假牙而口齿不清,但也与他们一起唱和。“主基督是元帅，领我攻仇敌；齐看我主旗号，进入战阵！”现在他们几乎跑起来了。

10

莫里斯警员站在警车门旁，手上握着通话器，眼睁睁看着他们走过。雨水从他头上那顶防水“防火熊”帽檐落下，成了一道道小瀑布。

“第十六小组请回报。”佩顿的声音噼啪传来。

“请立即派人手过来支援！”莫里斯喊道，声音中透着害怕与兴奋，他当州警还未满一年，“怪事发生了！不太妙！一群人，约七十人左右，刚从我面前走过！请确认！”

“那他们在干吗？”佩顿问道，“请确认。”

“他们在唱《基督精兵前进》，请确认！”

“是莫里斯吗？请确认。”

“是，长官！请确认！”

“嗯，莫里斯警员，据我所知，目前并无法律禁止唱赞美诗，就算在大雨中也一样。我说那是个蠢活动，可是并不违法。接下来的话我只说一次：我手上现在有四件棘手命案，然后我不知道警长和他的鬼警员去了哪里，所以别拿这种芝麻小事来烦我！收到吗？请确认！”

莫里斯警员用力咽了咽口水。“呃，是，长官，收到，收到。可是那群人里有个人，我想是名女子，说他们要去，呃，‘修理天主教下三烂’，我想她是这么说的。我知道那句话听起来没头没尾，可是听她的声音我觉得有问题。”莫里斯说完又怯怯地补上：“请确认？”

静电阻碍了长途通讯，但就连镇内通讯都受到干扰。莫里斯等了好久都没回音，准备向佩顿再确认一次，接着佩顿出声了，听起来既疲倦又害怕：“哦，天哪。哦，我的哎哟喂老天爷。这里到底是怎么一回事？”

“嗯，那名女子说他们要去——”

“我听见了！”佩顿吼道，声音大到破音，“给我到天主教堂那儿去！要是有事发生，想办法阻止，但别搞伤自己。重复，别搞伤自己。我会尽快派人支援——要是还有人手的话。现在就去！请确认！”

“呃，佩顿警官？天主教堂在哪里啊？”

“妈的我怎么会知道？”佩顿尖声怒答，“我又不在这儿上教堂。跟着那群人走就是了！请确认，完毕！”

莫里斯挂上通话器。那群人已消失在他视线范围内，不过阵阵雷鸣中，他仍听得见他们的歌声。他推动排挡，往前跟上。

11

通往迈拉·埃文斯厨房门口的通道两旁，排放着漆有各色粉彩的石头。科拉·鲁斯克捡起一颗蓝色石头，在没拿枪的那只手上抛了抛，掂掂重量。她转了转厨房门把，一如预期，门锁上了，于是她用手上的石头砸破门上玻璃，接着用枪管清除留在窗框上的碎片。她把手伸进去，将门锁打开，走了进去。她湿漉漉的头发参差不齐地黏着两颊，有些卷曲得像逗点，她身上的洋装仍然敞开，滴滴雨水流过长着痘痘的丰满胸脯。查克·埃文斯不在家，但两夫妇的安哥拉猫加菲在。加菲小跑步进了厨房，喵喵叫着找东西吃，而科拉就赏了样东西给它吃。这只猫像一团血毛交杂的云朵往后飞。“让你尝尝这个，加菲。”科拉说，接着穿过枪弹烟雾，进入门厅，然后往楼上走。她知道那个骚货在哪儿，一定在床上。科拉可是清清楚楚。

“好了，睡觉时间到了，”她说，“信不信由你，亲爱的迈拉。”科拉漾起笑容。

12

布理格姆神父与阿尔·金德伦两人领着一群被惹毛的天主教徒走下城堡大道，朝哈灵顿街前进。才走到一半，就听到了歌声，两人互看一眼。

“阿尔，是不是可以给他们来点不一样的歌?”布理格姆神父轻声问道。

“好极了，神父。”阿尔回答。

“要不要教他们唱《我一路跑回天家》?”

“这首非常适合，神父。像他们这种废物应该学得会。”

闪电划过天空，一时照亮了城堡大道，让这两位天主教领头人看到前方有一小群人正往山丘上他们这边迈进。闪电下，那群人的眼睛闪着白光，如雕像般空洞无神。

“他们在那里!”有人大叫。接着一名女子喊道：“快把那群龌龊歹毒的狗杂种打倒!”

“让我们把垃圾清一清吧!”约翰尼·布理格姆神父欢快地轻声说,接着便冲向浸信会教徒。

“阿门,神父。”阿尔在神父身旁边跑边说。

所有人都跟着跑了起来。

莫里斯警员开到路口时,天空又打下一道闪电,击中城堡河边的一株老榆树。在闪光中,莫里斯看见两路人马冲向彼此;其中一路往山丘上冲,另一路往山丘下冲,两方人马都大肆叫嚣,欲饮对方鲜血而后快。莫里斯警员突然觉得,今天下午真该请个病假。

13

科拉打开查克与迈拉的卧室房门,果不其然,她看到了迈拉:那个贱婆娘赤身裸体躺在凌乱的双人床上,看来不久前上演了一连串激烈战事。迈拉一只手在后头,压在枕头底下,另一只手拿着一幅裱框画像,夹在肥硕的大腿间,似乎正用来让自己爽,而两眼半眯着,很是享受那欢愉快感。“噢噢,埃维!”她呻吟着,“噢噢,埃维! 噢噢,小——埃——”

此时科拉心中燃起熊熊妒火,一路往喉咙蹿烧,最后连舌头也尝到那痛苦的滋味。

“哼,你这贱人烂货。”科拉低声说道,接着举起手枪。就在这当儿,迈拉看向她,脸上泛着微笑。她抽出枕头下的那只手,同样也握着一把自动手枪。

“科拉,冈特先生说你会来找我。”她话才说完便朝科拉开了一枪。

科拉感觉到子弹擦过脸庞飞去,听到房门左边墙面发出砰的一声。她也朝迈拉发了一枪,打中两腿间的画像,射破了画框玻璃并射进迈拉大腿上半截。

埃维斯·普雷斯利的额头中央也留下一个弹孔。

“瞧你干的好事!”迈拉惊声尖叫,“你杀了猫王,你这蠢婆娘!”说完她朝科拉连开三枪,两发射偏了,但另一颗子弹正中科拉喉头,震得科拉往后撞向墙壁,喉咙喷出粉红血雾。科拉瘫软地跪了下来,却在这时又开了一枪,子弹直入迈拉的膝盖骨,让她痛得滚下床来。科拉慢慢往前倒下,枪滑出手中,掉到地板上。

我这就来陪你了,埃维,科拉努力想说出口,但事情有些不对劲,非常非常不对劲。周遭似乎一片黑暗，除了她以外没有其他人。

14

城堡岩浸信会教徒由威廉·罗斯牧师领军，城堡岩天主教徒以约翰尼·布理格姆神父为首；两方人马在城堡丘脚下碰头，几乎可听见碰撞声。接下来，大家可不是客客气气用拳头互殴而已，更别管什么“昆斯伯里侯爵拳击规则”；他们要挖出对方的眼珠、扯掉对方的鼻子，很可能要大开杀戒。

阿尔·金德伦这魁梧的牙医师，生气比别人慢，然而一旦发起脾气，可是凶狠异常；他揪住诺曼·哈珀的两只耳朵，猛力往前一拉，同时也把自己的头迎向对方的头。两人头颅的撞击声仿佛地震中陶器互撞的清脆声响。诺曼抖了一下，随即晕了过去。阿尔把诺曼当作一袋衣物般甩到一边，接着抓住在西方连锁店卖器材工具的比尔·塞耶斯 。比尔先是闪开阿尔的攻击，接着赶紧挥拳，一拳正中阿尔的嘴。阿尔吐出一颗牙齿，然后熊抱住比尔，使劲挤压，直到肋骨发出断裂声，比尔开始尖叫。阿尔把比尔一甩，几乎甩到了对街，要不是莫里斯警员及时刹车，比尔大概已经给辗挂了。

这块区域已陷入一片混乱，拉扯扭打，拳脚相向，又是戳又是喊。他们给对方绊倒，在雨中滑跤，站起来后，又是左一拳右一脚。那一道又一道的闪电投下强烈的亮光，仿佛底下这群人在表演一场怪异的舞蹈，把自己的女舞伴往附近的树干丢，而不像跳阿勒曼舞般手牵手绕着对方，不然就是用膝盖朝男舞伴的胯下用力顶，而不是像方块舞错肩互绕。

贝齐·维盖正用指甲死命往露西利·邓纳姆的脸上抓，而纳恩·罗伯茨从后头拉住贝齐的衣服，猛力拉向自己，把她转了过来，接着伸出两根手指往贝齐鼻孔深深一插，只差指根没进去。纳恩疯狂地扯着贝齐的鼻子用力前后甩荡，贝齐被这么一搞，带着鼻音尖声大叫，响如雾号。

弗里达·普瓦斯基拿着口袋书猛打纳恩。纳恩双膝落地，两根手指从贝齐的鼻孔中拔出来。纳恩正想站起来，贝齐乘机往她脸上一踹，把纳恩踹到马路中央，四肢摊开。“贱人，你坏了我的好事！”贝齐尖着嗓子叫道，“你坏了我的好事！”她提脚要往纳恩的肚子踩下去，却给纳恩抓住脚踝，使力一扭，把这个曾经叫“贝蒂拉拉”的人往地面甩了个狗吃屎。纳恩爬向等着接招的贝齐，两人扭打起来，又咬又抓，在街上滚来滚去。

“住手！”莫里斯警员大声呵斥，但没人听到，接二连三的轰然雷声震颤了整条街。

他拔出配枪，往天空一指……但就在鸣枪前，不知哪个人——只有上帝知道——用利兰·冈特提供的特别商品朝莫里斯胯下开了一枪。莫里斯警员震得往后倒向警车引擎盖，接着滚到了街上，紧捂住轰烂的生殖器，努力想发出尖叫。

在街上混战的这群斗士，其中到底有多少人那天向冈特先生买了手枪，不会有人知道。买枪的人不多，而且有的在逃离臭弹的慌乱中已不知把枪丢去哪儿了。不过接下来连着出现至少四声枪响，但差不多都被纷乱嘶吼与隆隆雷声盖过了。

连恩·米利肯看见杰克·普瓦斯基举枪瞄准纳恩。此时纳恩已放开贝齐，正拼命想把米德·罗西尼奥尔掐死。就在开枪前一刻，连恩抓住杰克的手腕，用力往上扭，让子弹射向电光闪闪的天空。接着他把杰克的手抓下来，以自己膝盖为支点，像拿着引火木柴似的把杰克的手臂折断。手枪掉在湿漉漉的地上，杰克开始哀号。连恩向后退了一步说：“这会让你学到——”话还没完，他的颈背就被人用口袋小刀狠狠一划，把脑干的脊椎神经割断了。

这时其他警车赶来，蓝光在大雨潇潇的黑暗中急速旋转。这群斗士不理会扩音器传来的制止声，继续扭打、拉扯。一干警员试着介入阻止，却发现自己也陷入混乱的群架中。

纳恩·罗伯茨看到布理格姆神父的背影，他那件讨人厌的黑色法衣已经从背后撕成两半。神父一手抓着罗斯牧师的颈背，另一手紧握成拳，朝罗斯牧师的鼻子一拳接一拳地揍。他的拳头像是要打出全垒打般使劲，而抓着罗斯牧师后颈的那只手往后一晃，然后又往前推，好让罗斯牧师准备迎接下一拳。纳恩使尽所有肺活量发出怒吼，状况外的州警叫她（几乎是求她）住手，立刻住手，但她丝毫不理会，只顾着把米德·罗西尼奥尔甩开，奋力一跃扑向布理格姆神父。

第二十二章

1

狂风暴雨中，艾伦没办法开快车，但心中却愈感时间紧迫，要是不赶快回到城堡岩，恐怕就永远见不到这座小镇了。现在，他觉得许多需要知道的答案早就存在他心中，锁在一道坚实的门后。这道门上整齐地刻了些字，不过既不是总经理办公室或董事会议室，也不是私人区域非请勿入。艾伦心中这扇门上的刻文是毫无道理。打开这扇门的唯一方法就是找到正确的钥匙，而肖恩·鲁斯克给了他这把钥匙。那么门后究竟藏着什么？

啊，竟然是“必需品专卖店”，还有店主利兰·冈特先生。布赖恩·鲁斯克在“必需品专卖店”买了张球员卡，然后他死了。妮蒂·科布在“必需品专卖店”买了灯罩，她也死了。城堡岩里到底还有多少人去了这口井边，向那歹毒之人买了毒水回家？诺里斯买了根钓竿，波莉买了护身符，布赖恩·鲁斯克的妈妈买了副廉价太阳眼镜，还跟猫王有关。就连埃斯·梅里尔都买了本旧书。想到这儿，艾伦认定休·普利斯特一定也买了样东西，还有丹·基顿也是……

到底还有多少人？多少人？

他在丁桥桥头停下的同时，天空射下一道闪电，劈中城堡河对岸一棵榆树，传来巨大的电击爆裂声和一阵火花四射的刺眼亮光。艾伦用一只手臂横遮眼睛，但深蓝色的残留影像仍在眼前跳呀跳，无线电也爆出嘈杂的静电声，接着那棵高大榆树重重倒入溪水中。

他放下手臂，头顶正上方雷声轰轰，声音大到足以震垮全世界，吓得他大声呐喊。一时间，刚才的闪光搞得他眼花缭乱，看不清东西，很害怕那棵树倒在桥上阻碍了去路。后来看到树木横躺在这座锈蚀老桥的上游部分，没入巨大湍流中，才又推动排挡往桥上开。空中刮起一阵强风，艾伦一路开去都可听到风声呼呼穿过桥的支柱与纵梁间的空隙，让人听起来既害怕又孤寂。

大雨落在这辆老旅行车的挡风玻璃上，前方的景物恍若摇晃不已的幻觉。艾伦驶过丁桥，来到下街区与水磨道的交叉路口，雨下得又大又急，车前的雨刷已经调到最快速，但毫无用处。他摇下车窗，探出头去，然后开往主街，不过几秒钟他就已完全湿透。

镇公所大楼周围停着大批警车跟新闻采访车，但看起来仍有些诡异的荒凉，似乎车上的人突然间全被邪恶外星人用心电感应瞬间传送到海王星。艾伦瞧见一些记者从采访车里往外看，还有一名州警朝通往镇公所大楼停车场的小巷跑去，脚下的鞋子溅起阵阵雨水。除此之外，没看见其他人。

往城堡丘方向三条街处，一辆州警车高速驶过上街区，沿着月桂街往西开。不一会儿，另一辆州警车飙过主街口，沿白桦街往东开去。两辆警车速度飞快，咻的一下就不见了，就像专拍乌龙警察的那种喜剧片里才会出现的场景，类似电影《追追追》里警察追捕坏蛋那一幕吧！不过艾伦此刻并不觉得有趣，只觉那两辆警车根本是毫无目的地乱开，显得惊慌失措、仓促忙乱。霎时间，他敢肯定不管今晚城堡岩发生了什么事，亨利·佩顿都已失去控制，但这也得假定事情一开始是在掌控中。

艾伦觉得好像听见城堡丘那里有微弱的喊叫声，在雨声、雷鸣跟强风呼号中实在难以断定，但那些喊叫声应该不是自己想象出来的。而这时，似乎是要证明艾伦所想不假，一辆州警车从镇公所大楼旁的小巷冲了出来，往城堡丘方向开去；在车头灯与旋转的警灯照耀下，倾盆雨水成了一道道银色飞痕。呼啸而过的警车还差点擦撞一辆缅因州电视台的超大型采访车。

艾伦想起了这星期初，他感觉到这小镇里的某件事严重失序，这件他不明所以的事情越演越烈，城堡岩已摇摇欲坠，就快陷入无法想象的混乱中。而这样的混乱如今已经到来，全都是那个人一手策划（可是布赖恩说冈特先生根本不是人），而艾伦一直没法见到这个人。

暗夜中，有人尖声高叫，直钻耳内，接着传来玻璃破碎声……然后不知从哪个方向，又传来一声枪响和一阵刺耳、白痴般的笑声，还有天空雷声阵阵，有如掉下一堆又一堆木板。

但我现在有时间了，艾伦心想。没错，时间多的是。冈特先生，我想该跟你打声招呼了，也正是时候让你明白，破坏我的小镇该付出什么样的代价。

艾伦暂且不顾车窗外隐隐约约传来的混乱与冲突声，不管调度（或设法调度）警力的亨利·佩顿坐镇的镇公所大楼，他径自往上街区开，直奔“必需品专卖店”。

这时，一道剧烈的白紫色闪电横过天际，宛如一株枝叶茂密的凤凰树，伴随而来的雷声如炮击般在头顶隆隆大作，顿时，城堡岩所有灯光全熄灭了。

2

诺里斯·里奇韦克警员在自家旁的小棚内，身上是套参加游行和其他重要场合才会穿的制服。他家不大，一直以来他都和母亲同住，后来在一九八六年秋天，母亲因中风过世，从此他就独自一人住在这栋小屋里。此时他正踏在板凳上。一条粗重的绳圈从上方屋梁垂挂下来。诺里斯把头往绳圈里一套，然后顺着右耳拉紧，这时闪电打来，小棚内的两盏灯泡一闪即灭。

不过他还是看得见那根贝增牌钓竿，就靠在通往厨房门旁的墙上。他是那么想拥有那根钓竿，而且一直觉得自己捡到了便宜，但最后才明白代价高昂，已超过他能力所及。

他家位于水磨道上半段，水磨道在这里回弯通往城堡丘与景观丘。此刻风正呼呼地往这边吹，把附近两方交战的打斗声传送过来，他听到他们又是尖叫又是大喊，偶尔还有枪响。

我要为那件事负责，他心想。不是负全责，当然不是，但我也有责任。恶作剧我也插了一脚。亨利·博福特都是因为我而受伤垂死，搞不好已经死在牛津郡了。也因为我，休·普利斯特人正躺在停放尸体的木板上。都是我害的。我这个家伙可是一直向往当警察帮助人民，我这家伙可是从小就立志当警察。愚蠢、可笑、笨拙的糊涂蛋诺里斯·里奇韦克，以为自己需要一根贝增牌钓竿，而且还相信花小钱就能买得到。

“我对我做的事感到十分抱歉，”诺里斯说，“虽然抱歉也挽回不了什么，但无论如何，我真的很抱歉。”他准备踢掉板凳，但刹那间，一个他没听过的声音出现在脑袋里。*那为何不设法挽救呢？你这没胆的孬种？*

“我做不到。”诺里斯回答。外头电光闪耀，他的影子在小棚内的墙上狂乱跳跃，好像已经在半空中手舞足蹈了。“太迟了。”

那么最起码看看你是为了什么付出这样的代价，那愤怒的声音不放过他。*这你做得到吧？看一眼！好好再看一眼！*

又一道闪电划过。诺里斯凝视着贝增牌钓竿，接着发出痛苦、不敢置信的嚎叫。他的身体抽动了一下，差点滑落板凳不小心把自己吊死。

那根光滑、柔韧的贝增牌钓竿已经不在原处，现在靠着墙壁的是根肮脏、粗糙的竹竿，上面用一颗生锈的螺丝锁着小孩玩的那种萨克牌卷线轴，再普通不过。

“有人把钓竿偷走了！”诺里斯大叫，他瞬间又感到那种心如刀割的妒忌以及近乎发狂的贪婪，觉得自己非得冲出去逮住小偷不可。如果有必要，他要杀掉所有人，镇上所有的人，一定要逮到那邪恶的家伙。“有人偷走我的贝增牌钓竿！”他再次嚎叫，在板凳上摇晃不已。

才不是，那愤怒的声音传来。*钓竿一直都是那样。你被偷走的是眼罩，那个你自己戴上的眼罩，你出于自由意志戴上的眼罩。*

“不可能！”诺里斯的头颅两侧似乎被巨大无比的双手紧紧夹住、死命挤压，他大叫，“不可能！不可能！*不可能！*”然而，另一道闪电划过，再次照亮那根又脏又旧的竹钓竿，而刚才那里明明放着贝增牌钓竿。他把钓竿靠在那面墙上，好让自己上吊时的最后一眼能看到它。可是这里一直没有其他人，没人动过钓竿，所以那声音说得没错。

钓竿一直都是那样，愤怒的声音强调，*现在唯一的问题就是：你要解决问题还是逃进黑暗里？*他开始摸索绳圈，就在此时，他感觉到小棚里不只他一个人，而且似乎闻到了烟草与咖啡的气味，还有淡淡的古龙水——大概是南方绅士牌——是冈特先生的味道。

这时，诺里斯不知是失去平衡，还是有双愤怒的无形大手把他推离板凳，反正他整个身体往前摇晃，同时一脚踢翻了板凳。绳圈上的活结倏地拉紧，诺里斯顿时叫不出声。他的四肢狂乱舞动，其中一只手摸到屋梁，连忙牢牢抓住。他把自己用力拉到半空中，以便能稍作喘息，另一只手则紧扣绳圈，感到绳子的纤维刺着他的喉咙。*当然不可能！*他听见冈特先生怒气冲冲地大喊，认为不可能是绝对正确的，你这不守信用的烂人！

冈特不在这里，不是真的在这里。诺里斯知道没人推他，但他就是很肯定冈特先生的双手刚才出现过，而且冈特先生非常不高兴，因为事情没按他的计划走下去。受骗的人照理说看不到货品的真面貌，除非到了生命最后关头，那时发现也不打紧了。

他一边抓住绳圈，一边猛力往上拉，但活结像是用水泥固定住松也松不开。抓着屋梁的手臂剧烈颤抖，两脚在离地三英尺处前后踢踏，他就快撑不住了。不过他竟然能让绳圈维持松开一点点，实在不可思议。

两根手指又扭又抠，总算扣住了绳子，把绳圈拉松开来。他把头从绳圈中扭出来，就在这时，悬吊的手臂一阵抽筋，剧烈到整只手为之麻痹。他重重跌落在地，把抽筋的臂膀托在胸前啜泣。外头又闪过一道电光，照亮他露出的牙齿，上面的唾沫反射出一弯弯细小的紫光。他整个人变得恍恍惚惚……不知过了多久，他回过神后，外头仍下着大雨，依旧闪着电光。

诺里斯摇摇晃晃地起身，仍旧扶着臂膀，走到钓竿那里。手上的痉挛已开始舒缓，却还是令他止不住喘着大气。他抓起钓竿仔细察看，抑制不了满腔愤怒。

一根竹竿。又脏又旧的竹竿，不值得付出一切；根本什么都不值。诺里斯深吸一口气，鼓起单薄的胸膛，接着发出一声既羞愧又愤怒的嚎叫，同时抬起膝盖，把钓竿往下折断，又把断成两截的竿子排在一起，再往膝盖上撞。他觉得手中的竿子恶心极了，可说是布满病菌。这竿子根本就是骗人的！他把断掉的竿子甩到一旁，它们噼里啪啦地在地板上弹跳，撞到翻倒的板凳才停了下来，就像棍子游戏中乱七八糟摆放的一堆木棍。

“好啊！”他大叫，“好极了！好得不得了！这才叫爽！”

诺里斯想到冈特先生，想到他那头银发、花呢外套，还有露出凌乱牙齿的饥渴笑容。

“我要找你算账，”诺里斯·里奇韦克轻声说，“不管结果如何，我一定要找你好好算这笔账！”

他走向小棚门口，把门用力拉开，走入滂沱大雨中。二号警车就停在车道上，他躬起如影集《格里菲斯》里巴尼·法伊夫警员般细瘦的身体，逆着风走向车子。

“我不知道你是何方神圣，”诺里斯自言自语，“但我这就去找你这浑球大骗子。”

他坐进警车，把车倒出车道，脸上纠结着屈辱、痛苦与愤怒。倒出车道后，他转向左边，以最快速度朝“必需品专卖店”飙去。

3

波莉·查默斯正做着梦。梦里，她走进“必需品专卖店”，但站在柜台后的不是利兰·冈特，而是姑婆艾薇·查默斯。艾薇姑婆穿着她最好看的蓝色洋装，围了那条滚红边的蓝色披巾。在那大且整齐无比的假牙间，夹着一支赫伯特·泰瑞登香烟。

艾薇姑婆！波莉在梦中大叫。莫大的喜悦，还有更深刻的如释重负感——这是只有在好梦中以及从噩梦中惊醒时才会出现的感觉——像光芒般充盈全身。艾薇姑婆，你还活着！

但艾薇姑婆没有和波莉相认。小姐，想买什么尽管买吧，艾薇姑婆说。对了，你叫波莉还是帕特里夏？不知怎么搞的，我记不得了。

艾薇姑婆，你知道我叫什么——我是帕特里夏啊，你总是喊我帕特里夏。

艾薇姑婆不予理会。不管你叫什么，我们今天是清仓大特卖。

艾薇姑婆，你在这里干吗？

我属于这里，艾薇姑婆说，“两个名字”小姐，镇上所有人都属于这里，其实世上所有人都属于这里，因为大家都爱捡便宜。大家都想不劳而获，即使得到的东西会让你赔掉一切也一样。

先前的美好感觉突然消失，取而代之的是股恐惧。波莉往那几个展示玻璃柜里一瞧，看到几罐黑色液体，上面标示着冈特医师的强力药水，还有些做工粗劣的发条玩具，转第二次就会吐出齿轮与弹簧；又有些粗糙的性玩具；好几个小瓶子，里面看起来装着古柯碱，瓶上标示着冈特医师的基卡普[①]威力药粉；还有一堆廉价整人小玩意：塑胶的狗狗呕吐物、痒痒粉、香烟爆爆炮、握手触电器；另有一副标榜具有X光透视功能的眼镜，戴上就能看到上锁门后的情形、女士衣服底下的春光，但其实什么都

---

① 为墨西哥境内印第安人族名。

看不到，而且戴上之后眼睛就成了两只熊猫眼；另外还有塑胶花、作弊扑克牌和几瓶标示冈特医师的九号爱情魔药，让玉女变欲女的廉价香水。这些展示柜里摆的全是永远有人喜欢但庸俗低级、毫无用处的东西。

想要就尽量买，“两个名字”小姐，艾薇姑婆说。

为什么那样叫我，艾薇姑婆？拜托，难道你不认得我了？

所有商品保证有效。售后唯一不保证有效的是你。所以上前来，买买买。

艾薇姑婆现在直视着波莉，把波莉吓得好似被刀子捅着了。她看见艾薇姑婆眼中带着怜悯，却是可怕、无情的怜悯。

你叫什么名字，孩子？我好像认识你。

波莉在梦中（也在床上）啜泣起来。

还有人忘了你叫什么吗？艾薇姑婆问。我想，他们已经忘了。

艾薇姑婆，你吓坏我了！

你在吓自己，孩子，艾薇姑婆回应，双眼凝视着波莉。只要记好，“两个名字”小姐，你在这买了东西，也等于卖了你自己。

可是我需要那个东西！波莉大叫，这下哭得更厉害了。我的手——

我知道，我这里也有个宝，波莉·旧金山小姐，艾薇姑婆说，接着拿出一罐冈特先生强力药水放在柜台上。那是个又小又胖的罐子，里头装着有如稀泥的东西。这没办法消除你的疼痛，那还用说，根本没有东西有那种功效，不过它能转移你的痛楚。

什么意思？你为什么要这样吓我？

它能改变关节炎的位置，“两个名字”小姐。关节炎不是侵蚀你的手，而是侵蚀你的心。

不可能！

就是这样。

不会的！不会的！

没错，就是这样。不只心，还有你的灵魂。不过你还是可以保有自尊，最起码自尊还是可以留给你。女人不是有权保有自尊吗？所有事物，包括你的心、你的灵魂，甚至你爱的男人都消失了，你还是能保有自尊，波莉·旧金山小姑娘，可不是吗？钱包里没有那枚硬币，可就身无分文啦！就让自尊陪伴你度过黑暗痛苦的余生吧！就让自尊照顾你吧！不这样也不行，因为你要是继续走这条路，就绝不会有其他人陪着你。

住口，求求你，可不可以——

4

“住口，”波莉在睡梦中呻吟，“别再说了，求求你。”

她转了个身，阿兹卡轻轻撞着银链子。闪电照亮了夜空，击中了城堡河畔的榆树，树木栽进湍急的溪水中，此时艾伦·潘伯恩就坐在他那辆旅行车里，被强光照得头晕目眩。

接下来的轰然雷声把波莉震醒。她迅速睁开双眼，一只手赶紧摸索阿兹卡，然后把它紧紧握在手中。那只手柔软有弹性，关节动起来就像机械的转轴裹了厚厚的润滑油。

“两个名字”小姐……波莉·旧金山小姑娘……

“什么啊……”她的声音粗哑，不过内心已经恢复清醒与警觉，好像她从没睡着一样，只是陷入深沉近似昏睡的恍惚状态。某种感觉隐隐约约出现在她心头，仿佛鲸鱼般庞大。外头的天空电光闪闪，有如许许多多明亮的紫色火花。

还有人忘记你叫什么吗？……看来他们都已经忘了。

她将手伸向床头柜，打开床头灯。柜子上的公主电话机有着超大尺寸的按键，如今她不需要了。电话机旁放着一封信，是她今天下午回家时在玄关发现的其中一封邮件。那时她反复看了几遍后，把这封可怕的信折了回去，塞进信封里。

在震耳欲聋的阵阵雷声中，她听到暗夜里某个地方有人喊叫。她不加理会，转而想到布谷鸟，这种鸟会跑到陌生鸟巢，趁巢主不在时下蛋，等到这个鸟巢的准妈妈回来时，会发现巢里多了颗蛋吗？当然不会，它只会把那颗蛋当成自己生的。这种态度，就跟波莉把那封该死的信当成寄给自己的一样，其实那不过就是刚好跟两本商品目录与西缅因有线电视台周刊一块出现在玄关地板上而已。

她就这样把那封信当成是寄给自己的……可是任何人都可以从投信口丢信进来，不是吗？

“两个名字小姐，”她沮丧地喃喃念着，“波莉·旧金山小姑娘。”就是这件事，不是吗？她的潜意识记得这件事，于是假借艾薇姑婆的形象，讲出她曾是波莉·旧金山小姑娘。

从前从前,她是的。她伸手去拿那封信。

不行!一个声音制止她,那个声音她自然认得出来。别碰那封信,波莉,除非你已经明白什么对你才是好的!疼痛宛如放了一天的咖啡那样黑暗浓烈,在她的双手深处灼烧。

那不会消除你的疼痛……不过是转移你的痛楚。

那鲸鱼般庞大的阴影就要浮出水面。冈特先生的声音阻止不了;没有任何事物阻止得了。

你阻止得了,波莉,冈特先生说。相信我,你非得阻止不可。

她的手还没够着信封就缩了回来,转而握住阿兹卡,用拳头保护着。她感觉得到里面有样东西因为她手掌的热度而温暖起来,在中空的银色护身符里狂乱地跑来跑去,引起她内心一阵强烈反感,使得胃里虚弱无力,肠子翻搅疼痛。

她放开阿兹卡,又伸手去够那封信。

最后一次警告哦,波莉,冈特先生的声音说。

是啊,艾薇姑婆紧接着出声。我想他是认真的,帕特里夏。他一直都很喜欢保有自尊的女人,但你知道吗?对于认清傲慢只会自取灭亡的人来说,我觉得他没什么影响力。现在该是你做抉择的时候了,就这么一次,想想你真正的名字是什么。

她拿起信封,不理会双手又一阵刺痛,认真看着信封上整齐打印的住址。这封信——看似公家机关寄来的信,一副公家机关口吻的影本——上面的收件人是"帕特里夏·查默斯女士"。

"不对啊,"她轻声说,"错了,名字不对。"她的手越抓越紧,信封慢慢皱了起来。她整个拳头有些微痛,但她不在乎。她的双眼炯炯有神,情绪沸腾。"我在旧金山一直都是波莉·查默斯,大家都只知道我叫波莉,我去儿童福利局也是用这名字!"

她当时之所以用波莉,是为了彻底切断以前那段日子的种种,那段她认为曾经重伤她的过去,甚至在她最阴郁的夜里,她也从不让自己想到大部分的创伤是她自己造成的。在旧金山,没有帕特里夏,只有波莉。她提出三次未成年子女补助款申请时都用这名字,签名也这么签——波丽·查默斯,没有中间名的缩写。

假设艾伦真的写信给旧金山儿童福利局，他应该会提供帕特里夏这个名字，但这样不就查不到任何记录吗？那是当然。还有就连地址也不符，她当时在前居住地址一栏写的是父母的地址，那是在镇的另一边。

还是艾伦给了两个名字？波莉跟帕特里夏？

如果是这样呢？可是她知道公家机关的行政程序，不管艾伦给了什么名字，只要是寄给当事人的信，一定只会用档案里的名字，并且寄到档案里的地址。波莉就有朋友是这样的例子，她这朋友住在牛津郡，虽然已经结婚超过二十年、冠了夫姓，但缅因大学寄给她的邮件还是写着她的娘家姓。可是这封信的收件人是帕特里夏·查默斯，不是波莉·查默斯。城堡岩里，现在还会有谁叫她帕特里夏？

就是那个也知道妮蒂·科布的本名叫妮蒂霞·科布的人——她的好朋友利兰·冈特。

跟你名字有关的故事还真有意思，艾薇姑婆突然出声，但那不是最要紧的事。要紧的是那个男人，你的男人。他是你的人，不是吗？现在也还是呢！你知道他不会像信里写的那样在你背后挖你秘密。不管上面写了什么名字，或内容多有说服力，你一直都明白这点，对不对？

"对，"她小声回答，"我了解他。"

她是真的相信信上的内容吗？还是她只是先把这封荒谬、不可思议的信带来的怀疑暂抛一边，因为她很害怕——事实上是恐惧——艾伦会发现阿兹卡背后的卑劣实情，然后强迫她选择要他还是要阿兹卡。

"噢，才不是，那样太简单了，"她小声说，"你相信的，虽然才相信半天，但你今天下午的确相信这封信是真的。噢，老天。噢，老天，我做了什么？"

她把那封皱巴巴的信厌恶地扔到地上，好似刚刚才发现手上抓的是只死老鼠。

我没跟他说我为什么生气……也没给他机会解释。只是……只是选择相信这封信。为什么？天哪，到底是为什么？

理由她当然知道，也就是她当时突然感到羞愧又害怕，怕隐瞒凯尔顿的实情被揭穿，怕旧金山那段悲惨岁月让人起疑，怕有人批判她该为孩子的死负责……她最怕的是让这个男人发现这些事，这个她在世上最希望也最需要得到他好感的男人。但那不是全部的理由，连大部分都称不上。

真正的理由还是自尊——受伤、受辱、抽痛、肿胀、恶性的自尊。皮包里没有那枚铜板，她就一无所有了。她会相信，是因为她陷入羞愧带来的惊慌，而这样的羞愧却来自她的自尊。

我总是十分乐意与有自尊心的女士做生意。

一阵剧烈疼痛冲击她的双手，她呻吟着将双手贴在胸前。

还不算晚，波莉。冈特先生温柔地说，还不算晚，现在还来得及。

"噢，去你的自尊！"波莉在她紧闭、滞闷的黑暗卧房里突然纵声大叫，接着把阿兹卡从脖子上扯下。她紧紧抓住阿兹卡高举过头，银色链子剧烈甩荡，然后感觉到手里这个护身符的表面开始像蛋壳般出现裂痕。"去你的自尊！"

疼痛像只饥饿的微小动物快速爬上双手……但即使在当下，她也清楚知道这疼痛没有她害怕的那么剧烈，一点都不如她害怕的那样剧烈。她很确定这点，就如她确信艾伦从未写信给旧金山儿童福利局探询她的过往。

"去你的自尊！去你的！去你的！去你的！"她尖声吼叫，一边把阿兹卡扔到房间另一头。

阿兹卡撞到墙壁，弹到地板上裂了开来。闪电划过，波莉瞧见两只毛茸茸的脚从圆球的裂缝中伸出来。裂缝渐渐撑开，爬出来的竟是只小蜘蛛，然后朝浴室快速跑去。又一道闪电，将蜘蛛细长、卵形的身影投射在地板上，仿佛刺青一般。波莉从床上跳起追向蜘蛛。她一定要杀掉它……因为那只蜘蛛在她眼前不断长大。它靠着吸收波莉体内的毒物而活，现在它自由了，不知道会长到多大。她啪一声按下浴室的电灯开关，洗手台上方的日光灯闪了几下，最后亮了起来。她看见蜘蛛急速跑向浴缸。刚穿过门时，它不过甲虫大，现在已经长得跟家鼠一样大了。

她一走进浴室，蜘蛛就转过身来跑向她；蜘蛛脚在地砖上不停敲击，发出可怕的咯嗒咯嗒声，而波莉此时还有时间想：那东西就挂在我胸前，贴着我身体，一直贴着我身体——

蜘蛛身上布满黑褐色鬃毛，脚上也长满细毛，眼睛如假红宝石般晦暗地瞪着波莉，而波莉看到两只毒牙从它嘴里伸出，就跟吸血鬼弯曲的钩牙一样，而且还滴着透明液体。液体滴到地上，瓷砖立刻蚀出一坑坑小凹洞，还不断冒着烟。波莉惊声尖叫，一把抓起马桶旁的搋子。她的双手疼得厉害,可是仍紧紧抓住搋子的木头握把往蜘蛛身上打。蜘蛛后退,但一只脚已被打断,歪歪斜斜地挂着。蜘蛛跑向浴缸,波莉乘胜追击。

可是就算受了伤,蜘蛛仍不断长大,现在已经长得跟野鼠一样大。凸出的肚子顶着瓷砖前进,却还是出奇敏捷地爬上浴帘。那些脚在塑胶浴帘上摩擦的声响,有如小水花溅在浴帘上。上头铁杆的挂环叮叮当当响着。波莉像打棒球般挥动搋子,沉重的橡胶搋子在空中咻地移动,又打中了那可怕的东西。橡胶搋子打击的面积虽大,敲中时却没什么用;浴帘往后凹,蜘蛛砰一声掉进浴缸,听起来好像全身长满了肉。

就在此时,电灯熄灭。波莉站在黑暗中,手握着搋子,仔细听着蜘蛛移动的声音。接着又来一道闪电,闪光中,她看见蜘蛛隆起的鬃毛背部超出了浴缸口。这鬼东西才从顶针大小的阿兹卡跑出来,这时已经变得跟猫一样大——这鬼东西抽走波莉双手的疼痛,却靠着吸取她心脏的血液存活。

我放在老坎贝尔农舍的那封信,里面写了什么?

阿兹卡已经脱离了波莉,疼痛苏醒冲击着双手,她实在没法再告诉自己艾伦不会受到牵连。

蜘蛛的毒牙在陶瓷浴缸边缘敲打着,听起来就像有人拿着一分钱硬币在坚硬的表面上敲击以引起注意。那黯淡无光的眼睛露出浴缸口看着波莉。

为时已晚,那双眼似乎这么说,对艾伦来说也是,对你来说也是,对所有人来说都太迟了。

波莉扑向蜘蛛。“*你让我做了什么?*”她尖着嗓子喊道,“*你让我做了什么?噢,你这怪物,你让我做了什么?*”

蜘蛛将重心移到后脚,前脚则使劲在浴帘上扒呀扒地保持平衡,准备迎接波莉的攻击。

5

基顿拿出一把钥匙打开棚屋的门,门上贴着红色菱形标志,写着“高威力炸药”,见此,埃斯·梅里尔开始对身旁这位老兄有点敬意了。接着,他感到一阵冷空气拂来,听到空调传来稳定低沉的运转声,又看到堆叠的条板箱,这时,他不禁对基顿又多了几分尊敬。这里全是商用炸药,成堆的商用炸药。虽然还比不上放满“针刺飞弹”的兵工厂，但想摇撼这座小镇是绰绰有余了。我的天哪，绰绰有余。厢型车前座间的置物匣有支装着八颗电池的强光手电筒，还有其他用得上的工具，此刻——正当艾伦驾着旅行车回到城堡岩，而诺里斯・里奇韦克坐在家里的厨房，用一条扎实的麻绳制作刽子手专用的绳圈，还有波莉・查默斯关于艾薇姑婆的梦快接近尾声时——他拿着手电筒照着一个又一个条板箱。头顶上方，大雨在棚屋顶上敲击，力道之强，令埃斯差点以为自己回到了监狱洗澡时的光景。

“开始行动吧。”浑蛋基顿声音低哑地说。

“等一下，老爸，”埃斯说，“现在是休息时间。”埃斯说完把手电筒递给浑蛋，然后拿出冈特先生给他的塑胶袋，把一点古柯碱倒在左手背的凹陷处，接着快速吸进鼻子里。

“那是什么玩意?”浑蛋不放心地问。

“南美洲的雪花，味道就跟马铃薯一样赞。”

“哼，”基顿嗤之以鼻，“古柯碱。他们也卖古柯碱。”

埃斯不需问他口中的“他们”是谁。刚才这么一路开来，这位老兄开口闭口都是“他们”，埃斯猜想这整晚除了“他们”之外，他都不会谈别的了。

“不是这样，老爸，”埃斯说，“他们才不卖，他们要把所有的都留给自己享用。”他又在手背拇指根的微凹处倒了一些，把手伸出去，跟基顿说：“试试看，保你爽。”

基顿又是怀疑又是好奇地看着埃斯说：“你干吗一直叫我老爸？我还没老到做你爸。”

“这个嘛，不知道你有没有看过地下漫画。有个家伙叫罗伯特・克鲁姆，”埃斯说道，古柯碱的效力已开始发作，在他的神经末梢燃起阵阵火花，“他画了些漫画，讲个叫奇皮的人，在我眼里，你就像奇皮的老爸。”

“很棒吗?”浑蛋猜疑地问。

“棒呆了，”埃斯向他保证，“不过你要我叫你基顿先生也行。”他暂停一下，然后故意加了句：“就像‘他们’那样叫你。”

“不用了，”浑蛋立刻回答，“叫老爸没关系，只要不是羞辱我就好。”

“绝对不是，”埃斯说，“来吧，试试看。尝点这玩意，你就会开始唱‘嘿呵，嘿呵，我们出发去工作’，一口气唱到天亮啊!”

浑蛋满心怀疑，阴沉沉地看了埃斯一眼，接着靠向埃斯的手背，把那些粉末吸进鼻子。他开始咳嗽、打喷嚏，一只手啪地捂住鼻子，两只泪水盈眶的眼睛责备地看着埃斯，叫道：“很呛！”

“只有头一次会这样。”埃斯开心地向他保证。

“反正我没什么特别感觉。别混了，赶快把炸药搬上车。”

“没问题，老爸。”

不到十分钟，所有装着炸药的条板箱都搬上了车。最后一箱搬上车后，浑蛋说：“你那东西也许真的有效。可以再给我一点吗？”

“当然，老爸。”埃斯咧嘴而笑，“我陪你。”

两人爽完就开车往镇上出发。浑蛋负责开车，埃斯看着看着，开始觉得他不像奇皮的老爸，倒是有点像迪士尼电影《柳林风声》里的蟾蜍先生。镇长的眼睛里闪烁着前所未见的灿烂光芒。所有困惑都已烟消云散，消散速度快得惊人；他还觉得自己已能搞清楚“他们”所做的一切——每项计划、每项阴谋、每项诡计。埃斯盘着腿坐在厢型车后方，把热点牌计时器接在雷管上，浑蛋对着他滔滔不绝全盘托出，而暂时忘却了“他们”的首脑艾伦·潘伯恩。现在他完全沉浸在把整个（或尽可能大半个）城堡岩轰成另一个世界的幻想中。

埃斯对基顿的尊敬转变成五体投地的佩服。这老家伙简直疯了，不过埃斯喜欢疯子，一直很喜欢。他跟疯子混在一起很自在。还有呢，跟绝大多数第一次吸古柯碱的人一样，老爸的神智已经漫游到外太空啦。他叽里呱啦讲个不停，埃斯只能不停回应“嗯嗯”“没错，老爸”，不然就是“厉害耶，老爸”。

好几次他差点把基顿先生叫成蟾蜍先生，不过都及时发现克制下来。叫这个人蟾蜍先生是个差劲的点子。两人开过丁桥下了车，此时艾伦大概还在三英里外。大雨中，埃斯拿着从车里置物箱里找到的一条毯子，覆在成堆的炸药和一个连着雷管的计时器上。

“要帮忙吗？”浑蛋紧张地问。

“我自己来就行，你最好别插手，老爸，不然你掉进这该死的溪里，我还得花时间把你捞起来。睁大眼睛看着就好，明白吗？”

“明白。埃斯……要不要先吸点古柯碱啊？”

“现在不是时候，”埃斯带着宠爱的声音回绝，接着在他肥胖的手臂上拍了拍，“这玩意几乎是纯的，你想把自己吸爆啊？”

“我才不想爆掉，”浑蛋说，“要爆的是其他东西，不是我。”说完他狂笑起来，埃斯也跟着纵声大笑。

“今晚可有的乐了，老爸你说是吧？”

浑蛋惊奇地发现这是真的。自从默特尔……默特尔的意外后，他内心充满着沮丧，如今似乎已是年代久远的事了。他觉得自己跟这个绝佳拍档埃斯·梅里尔总算抓到了“他们”，就握在两人的掌心里。“那还用说。”他边说边看着埃斯把裹着毯子的炸药抱在腹前，然后滑下桥边野草茂密而且湿漉漉的溪岸。

桥下就显得干燥许多，不过也没什么关系，反正炸药和雷管都是防水的。埃斯把手上的包裹放在桥墩两个支柱构成的弯处，接着把雷管电线戳入其中一包炸药里——电线头上的绝缘体已经刮除了，真省事啊！最后他把白色钟面的计时器转到四十，开始倒数。

他从桥下爬出来，又沿着湿滑草地爬上岸。

“好了吗？”浑蛋焦急地问，“你说会爆炸吗？”

“铁定会。”埃斯又保证，然后爬回厢型车。他全身湿透，可是一点都不在意。

“要是‘他们’发现了呢？要是他们拆除炸药，不就——”

“老爸，”埃斯说，“仔细听好。把头伸出门外，然后细细听好。”

浑蛋照做。在雷声间歇时，他隐约听见怒喊与尖叫。接着，他听到一声微弱但清楚的枪击声。

“冈特先生让‘他们’忙得不可开交，”埃斯说，“他还真是个狡猾的老浑球。”他又往手背的凹陷处倒出些许古柯碱，吸了一口后把手伸到浑蛋鼻下说：“给你，老爸，现在是享受一下的‘美乐啤酒时间’。”

浑蛋低头把粉末吸进鼻子里。两人驶离桥上，就在七分钟后，艾伦·潘伯恩驾车经过了桥。桥下，计时器的黑色指针已经走到三十。

6

埃斯·梅里尔与丹·基顿——又名浑蛋，又名奇皮的老爸，又名蟾宫之蟾——缓慢地沿着主街往上街区开。倾盆大雨中，两人像圣诞老人跟他的助手到处留下小捆包裹。州警车两次从他们旁边呼啸而过，但没有一辆警车对他们多加留意，对州警来说，这不过又是辆新闻采访车。一如埃斯所说，冈特先生让“他们”忙得不可开交。

两人在塞缪尔斯葬仪社门口放了五包炸药跟一个计时器。来到隔壁的理发厅，埃斯用一块毯子包着手肘，用力敲破门上的玻璃。他深深觉得理发厅不会装警报器，不过就算有，警察大概也懒得理。浑蛋基顿递给他一个刚做好的炸弹——两人用座椅置物箱里的电线把计时器与雷管紧紧跟炸药拴好——埃斯从破掉的窗户投进去。他们看着炸弹滚到一号椅子脚下。计时器设定在二十五。

“老爸，有好一阵子不会有人来理发啰。”埃斯低声说，一旁的浑蛋笑得上气不接下气。

接着两人分头行事，埃斯丢了一捆炸药进银河系电玩世界，而浑蛋把另一包塞入银行的夜间存款机口。当两人在飞斜的雨势中走回厢型车，一道闪电划破天空，榆树断裂，轰地倒进城堡河。他们在人行道上站了一会儿，朝着那个方向望去，都以为桥下的炸药提早了二十多分钟爆炸，可是没有半点火花。

“应该是闪电，”埃斯说，“一定是打中树了，走吧。”

两人开车离去，这次由埃斯开车。艾伦开着旅行车经过他们，但在大雨中，双方都没注意到彼此。他们开到纳恩餐馆前。埃斯用手肘撞破门上的玻璃，往里面丢了炸药，就在收银机柜台附近，计时器设定在二十。两人离去时，一道无比刺眼的闪电横过，接着整条街的街灯全都灭了。

“停电了！”浑蛋开心大叫，“停电了！太妙了！咱们去镇公所大楼吧！把它炸到外太空！”

“老爸，那里挤满了条子耶！你没看到吗？”

“他们可忙咧，在追自己的尾巴，”浑蛋没耐性地说，“等炸药一爆，他们就要用加倍速度来追尾巴了。何况现在停电，我们可以从另一边的法院大楼溜进去。万用钥匙也开得了那个门。”

“老爸，我看你是吃了豹子胆啦，对吧？”

浑蛋微微笑道：“彼此彼此，埃斯，彼此彼此。”

7

艾伦开进“必需品专卖店”前的斜向停车格，熄掉引擎，在车里坐了一

会儿,盯着冈特先生的店面瞧。橱窗上现在挂的牌子写着:

你说哈喽

我说拜拜拜拜拜拜

不懂你干吗说哈喽

但我要跟你说拜拜①

闪电一明一灭,就像巨大的霓虹灯,橱窗看起来就像只空洞死寂的眼睛。

不过艾伦内心深处的直觉告诉他,尽管"必需品专卖店"看来毫无动静,但未必没有人在。冈特先生大可把小镇弄得一团混乱后拍拍屁股走人,没错——在暴风雨肆虐中,把警察搞得像断头鸡般横冲直撞,这只是小事一桩,一点都不难。然而离开布莱顿的医院后,他在漫长车程中,深深觉得冈特先生跟蝙蝠侠的死对头小丑是同类人。艾伦觉得他要对付的人,是那种会把喷射防逆流阀放进朋友家马桶当成极致幽默的家伙。那种人会纯粹为了找乐子,而把大头钉放在椅子上,或把燃烧的火柴插进鞋子。那种人会在你往椅子上坐下或发现袜子和裤管着火前离开吗?当然不会。提前离开,那还有什么乐趣可言?

我想你应该还在,艾伦心想。我觉得你想观赏所有趣事。是不是啊,你这卑鄙小人?

他静静坐在车里,看着那家有着绿色遮阳篷的商店,努力揣摩设下这复杂又恶毒的一连串事件的人,到底是什么心态。他太过专心在自己的思绪中,却没留意停在他左边的那辆车,虽然是辆老车,但非常流线,几乎是依空气动力学设计的。事实上,那正是冈特先生的塔克法宝。

你是怎么办到的?好多事我都想知道,但今晚知道这件事就够了。你怎么可能办得到?怎么可能在那么短的时间内就摸清我们的一切?

布赖恩说冈特先生根本不是人。

白天时,艾伦或许还会嘲笑这种想法,就像他嘲笑波莉竟然相信她的护身符具有超自然疗愈能力。但今晚,在狂风包围中,凝视着宛如空洞死寂之眼的橱窗,这想法却透着一股不可否认的阴郁力量。他想起那天特地跑来"必需品专卖店",想跟冈特先生聊聊天,也想起他用手贴着双颊挡

① 以上这段文字改写自披头士名曲《哈喽,拜拜》。

住光线看进橱窗里时，那股诡异的感觉爬满全身。当时他只觉得有人在监视他，但是店里空无一人。还不只如此，他感觉到那个监视者带着邪恶与恨意。有那么一刹那，感觉是那么强烈，让他把玻璃上自己脸部的倒影看成另一张丑恶（且半透明）的脸。

那种感觉好强烈……那么强烈。艾伦发现自己也想到另一件事，也就是他祖母在他小时候说过的一句话：恶魔的声音很甜美。

布赖恩说——

冈特先生如何知道那么多事？还有到底为什么会选择城堡岩这种小地方？

——冈特先生根本不是人。

艾伦突然弯下腰，在乘客座地板摸索。有一下子，他觉得要找的那东西已经不见了——就在白天乘客座车门打开的某个时候掉出了车外——不过他的手指刚好碰到了圆弧形金属。那东西滚到座位底下，如此而已。他把那东西捡起来，拿在手上……而那沮丧的声音，在他离开肖恩·鲁斯克病房后就一直没出声（要不然就是艾伦忙着想事情而没听到），现在又用那洪亮而令人不安的愉快声音说话。

嗨，艾伦！哈喽！抱歉我刚刚都不在，可是我这不又回来了？你手上拿着什么东西？一罐坚果？不是，看起来像，但其实不是，对吧？那是托德生前在奥本的恶作剧用品店买的最后一样整人玩具，对吧？一个假的香脆综合坚果罐，里面装了只绿色的蛇，说穿了只是包在弹簧上的皱纹纸。他双眼闪亮、面带傻笑地把这整人玩意拿来给你看，你却叫他把那蠢玩具放回去，是不是？然后他满脸失望，你却装作没看到，还跟他说……说什么来着？你到底跟他说了什么？

“傻瓜的钱总是留不住。”艾伦闷闷地说。他把罐子放在手上，看着它在手里转啊转，想起托德的脸。“我是这么跟他说的。”

啊啊啊，没错没错没错，那个声音附和。我怎么能忘记那句话呢？你想谈谈所谓的卑鄙心态是吗？我的老天！还好你提醒了我！还好你提醒了我们俩，对不对？只有安妮化解了这场面，她说让他买吧。她还说……说什么来着？她到底还说了什么？

“她说玩一下嘛，说托德就像我一样，说他一辈子也不过当一次小孩。”艾伦用粗哑颤抖的声音说。他又要开始哭了，有何不可？妈的有何不可？旧有的伤痛又回来了，像条肮脏的抹布在他沉痛的心上不停扭着。

很痛吧？那沮丧的声音——那内疚、自我厌恶的声音——同情地问，在艾伦（艾伦的其余部分）听来根本就是假好心。太痛了，痛到就像活在一首西部乡村歌曲里，唱着爱人远离、爱子逝去。让你这么痛的事情对你一定没什么好处。把它丢回置物箱吧，老兄。忘了它吧。下星期，等这一切疯狂的事情结束后，你就可以把这辆旅行车连同那整人罐子卖掉。干吗还留着？那不过是廉价的整人玩意，只能吸引小鬼头，或者像冈特先生那种人。忘了吧。忘——

艾伦切断这嚷叫声，但他从来不晓得可以这么做，现在终于知道，太好了，也许未来用得着……不过那也要他有未来才行。他更仔细地打量那个罐子，东转西转地，第一次真正把这罐子看清楚，发觉那不是他死去儿子让人感伤的纪念物，而是障人耳目的工具，就像他的空心魔术棒、帽底作假的丝质大礼帽，或是那仍藏在表带底下的变花把戏。

魔术，这一切不都跟魔术有关吗？假定这是个恶毒的魔术，不是要让人惊叹或开怀大笑，而是把大家都变成怒气冲冲、蓄势待发的斗牛，但依然是魔术啊。那么，魔术的本质是什么？障人耳目的伎俩，比如装在坚果罐里一条五尸长的假蛇……或者，他想到波莉，一个看似治疗的疾病。

他打开车门，走进大雨中，左手仍拿着那个假坚果罐。他现在已经从那感伤的危险诱惑中稍微脱离出来，想到自己当初竟会反对买这东西，让他颇感惊讶。他对魔术着迷了一辈子，小时候当然也曾被这种坚果罐里有蛇的玩意深深吸引。那么托德想买这个罐子时，他为何说出那难听的话？还假装没发现他伤了孩子的心？是因为嫉妒托德年轻活泼、玩心未泯？还是因为无法想起那简单事物带给他的神奇感？到底是什么原因？

他不知道。他唯一确知的是，那种把戏，冈特先生这种人一定会了解，而他现在就要冈特先生来告诉他。

艾伦又俯身弯进车里，从后座一个杂乱的小工具箱里抓起一支手电筒。他经过冈特先生塔克法宝的车头（仍未注意到），走到“必需品专卖店”的绿色遮阳篷下。

8

我来到这里了。我终于来到这里了。

艾伦的心脏在胸膛中强烈而稳定地怦怦跳着。在他心里，儿子的脸、妻子的脸与肖恩·鲁斯克的脸已经结合成一体。他又瞄了一次挂在橱窗上的牌子，然后转动门把。门上了锁。头顶上方的帆布遮阳篷在呼啸的强风中波动、拍打。他把香脆坚果罐塞进上衣，右手摸着它，似乎能从罐子上获得某种无法形容却又实实在在的慰藉。

“好了，”他咕哝，“不管准备好没，反正我已经来了。”他把手电筒反过来，用握把在门上的玻璃窗上敲出一个洞。他站着不动，等着警报器响起，但是没有。不是冈特先生没打开，就是根本没装。他把手伸过布满尖刺的玻璃洞，转动里头的门把。门打开了，艾伦·潘伯恩头一次踏进“必需品专卖店”。

他一进去就闻到一股味道；一种浓厚、滞闷、布满灰尘的味道。这不是新店家的味道，而是好几个月甚至好几年都没人居住才有的味道。他右手握着枪，左手拿着手电筒四处照射，只见毫无装潢的地板与墙壁，还有好几个玻璃展示柜。展示柜里也是空无一物，商品都不见了。所有东西都蒙上一层厚厚的灰尘，而这些灰尘完全没有留下有人动过的痕迹。

这里已经很久很久没人住了。

可是这怎么可能，过去一整个星期，他不是看到一堆人在这里进进出出吗？

因为他根本不是人，因为恶魔的声音很甜美。

他向前走了两步，用手电筒把这空荡荡的房子分成好几个区域照射察看，呼吸着悬浮在空气里的干燥灰尘。他往身后察看，在一道闪电下，看到布满灰尘的地板上印着他的足迹。他把手电筒转向店内，从左到右照着一个展示柜，同时也是冈特先生结账的柜台……他停了下来。

上面放着一台录放影机，旁边是台运动型索尼手提电视机，圆形的，不是一般的方形，外壳的颜色跟消防车一样红。一条粗线圈绕着电视机，而录放影机上搁着一样东西，在微弱的光线下看起来像本书，但艾伦不这么认为。

他走过去，先用手电筒照着电视机，发现跟地板与展示柜同样罩着厚厚的灰尘。圈绕电视机的是条短同轴电线，两端都有接头。艾伦把光源移向录放影机上方的物品，才看清那是卷录影带，黑色外壳上没有任何标示。一个积满尘埃的信封放在录影带旁，上头写着：

艾伦·潘伯恩警长请注意

他把枪和手电筒搁在玻璃展示柜上，拿起信封打开，里面只有一张信纸。艾伦取出信纸，拿起手电筒把明亮光源集中在这张短笺上。

亲爱的潘伯恩警长：

此刻你应该已经发现我是个相当特别的商人——是那种真正努力“为每个人准备商品”的稀有商人。很遗憾没能与你见面，不过我希望你能明白，我俩见面并不是明智之举，至少这是我个人的看法。哈哈！总之，我还是为你留了样小东西，我认为你会非常感兴趣的。那不是礼物(我可不是圣诞老公公，我想你也知道)，镇上每个人都向我再三保证你是个正直之人，而我也相信你一定会同意我开的价码。价钱包含了帮我做一点点小事……要请你做的，是好事而不是恶作剧。长官，相信你会赞同我的看法。

我知道你心里一直很想明白，你妻儿在生命结束前几刻到底发生了什么事。这些答案很快就会出现。

请相信我只希望你一切顺心，而我永远都会是你忠实顺从的仆人。

利兰·冈特

艾伦把信纸慢慢放下，口中嚷着：“浑球！”

他又把手电筒四处照照，看见录放影机的电线沿着展示柜较远的那头垂下，插头就躺在地上，离最近的插座只有几英尺。

电都停了，也不用考虑要不要看了。

可是你真以为就这样？艾伦心想。我觉得有没有电都没关系。我觉得那一点都没有关系。我觉得只要把电视跟录放影机接起来，把插头插好，放进录影带，一切都会正常运作。因为他要真是人类，就不会引起这些事端，也不会知道那么多事情。恶魔的声音很甜美，艾伦，不管你打算怎么做，千万别看他留给你的东西。

然而，他再度放下手电筒，拿起同轴电线，打量了一会儿，然后弯腰把一头插入电视机后方的插孔，这时那个香脆坚果罐从衣服里滑了出来，他敏捷地用一只手抓住，才没有掉到地上，接着他把罐子放在录放影机旁边。

9

诺里斯·里奇韦克在开往"必需品专卖店"的途中，才突然惊觉他真的疯了——比他先前企图上吊自杀还要疯狂许多，这才真是惊人——竟敢单枪匹马去对付利兰·冈特。

他把通话器从托架上拿起。"二号警车回报，"他说，"我是诺里斯，请回答？"

他放开按钮，结果只传来强烈尖锐的静电声。暴风中心目前已来到城堡岩正上方。

"干。"他骂道，接着转往镇公所。艾伦或许在那里，如果不在，也会有人告诉他艾伦去了哪里。艾伦会知道该怎么做……就算不知道，艾伦也会听他坦白一切：他把休·普利斯特的车子轮胎划破，后来害死了他。一切只因为他，诺里斯·里奇韦克，想要一支跟他老爸一模一样的贝增牌钓竿。他抵达镇公所大楼时，丁桥下的炸弹装置计时器已经走到了五。他把车停在一辆鲜黄色厢型车正后方，看来是辆新闻采访车。

诺里斯下了车，在滂沱大雨中跑进大楼里的警长办公室找艾伦。

10

波莉挥动马桶搋子打向那只举着脚的恶心蜘蛛。这次蜘蛛没有闪避，而是用它布满细鬃毛的前脚紧紧扣住搋子握把，左摇右晃地把自己拉到橡胶搋子上，让波莉的双手疼痛不堪，没办法抓稳，结果搋子往下一垂，蜘蛛突然顺势爬上握把，有如一个胖子走起钢索。

波莉深吸一口气准备放声大叫，同时蜘蛛的前脚已落在她双肩上，就像跳舞时猥亵的男舞伴想要勾搭女舞伴那副模样。它那双黯淡的假红宝石眼睛直视着波莉，它那毒牙外露的嘴张了开来，波莉可以闻到传出的气味，一种混合着苦辣与腐肉的臭味。

波莉开口尖叫，蜘蛛的其中一只脚也扒进她的嘴巴，粗糙、可怕的鬃毛摩挲着她的牙齿与舌头。蜘蛛发出急促如猫的叫声。

波莉直觉想一口吐掉那恐怖抖动的东西，但一直抵抗着这念头。最后她双手放开搋子，抓住那只蜘蛛脚，用尽下巴的力量一口咬下。某种东西咔嚓碎裂，就像咬碎满嘴的薄荷糖，接着苦涩的冰冷汁液布满口中，味道像是放了很久的茶。蜘蛛发出痛苦的吼叫，试着把脚拉回去，鬃毛刺刺地滑过波莉握成拳头的手掌，但她剧烈疼痛的双手又紧紧抓住那东西的脚，不让它逃跑，接着用力扭转，仿佛家庭主妇使劲从烤火鸡身上扭下鸡腿时软骨发出剧烈扯断的声音，蜘蛛又惨叫一声，口水四溅。

蜘蛛努力想挣脱。波莉把满口的苦黑液体吐出，知道要花很长、很长一段时间才能完全去除这味道。她把蜘蛛猛力拉回来。她某个遥远的部分对这样的力量震惊不已，但另一部分的她却完全明白自己为何能使出这么大的劲，因为她害怕、她觉得恶心，然而最重要的是，她气炸了。

我被利用了，她混乱地想着，我竟为了这个出卖艾伦的性命！竟是为了这个怪物！

蜘蛛想用毒牙咬波莉，但它抓在搋子握把上的后腿本来不怎么牢固，这一咬就会松掉而下坠……不过这也得看波莉肯不肯让它掉下去。

波莉并未让它得逞。她用前臂紧紧箍住蜘蛛发烫鼓胀的身体，使劲挤压。她把蜘蛛高高举起，让它在半空中蠕动，几只脚对着波莉仰着的脸又是抽动、又是乱扒。蜘蛛体液与黑色的血开始流出，流向波莉的上臂，成了一条条灼烧的小溪。

“够了！”波莉尖叫，“够了，够了，够了！”

波莉把蜘蛛抛出去，撞上浴缸旁的壁砖，它的身体啪地裂开，浓浆四溢。蜘蛛因为黏糊的内脏而贴在墙上好一会儿，然后才慢慢往下滑，砰咚掉入浴缸。

波莉又抓起马桶搋子往蜘蛛身上猛击，不停敲打它，像是用扫把追打家鼠一样，但没什么用。蜘蛛只是抖着身子，努力想要爬走，它的脚在橡胶淋浴垫（黄色雏菊花样）上不断扒摸。波莉收回搋子，反过来拿着，像握着一柄长矛，凝聚她所有的力气往前刺。

波莉对着那恶心、怪异东西的身体中央刺下去，发出可怕诡异的撞击声。蜘蛛的内脏裂开，恶臭的液体喷到淋浴垫上。它狂乱地蠕动，想用脚抓住那根插进它心脏的棍子，但只是白费功夫……最后，它终于静止下来。

波莉往后退,闭着双眼,感觉整个世界不停摇晃。她差点就要昏厥过去,所幸艾伦的名字像烟火筒一样在她心里炸开,把她炸醒。她双手紧握成拳,用指关节大力互撞。疼痛来得迅速、强烈而又巨大。在一道冷酷的闪光中,世界恢复了正常。

她睁开眼睛,走到浴缸旁往里头看。一开始她没看到任何东西,以为浴缸是空的,接着看到那只蜘蛛就躺在橡胶搋子旁,大小就跟她小指上的指甲差不多,而且死透了。

刚才的事根本没发生过,那全是你的幻想。

"要命该死的幻想。"波莉的声音细微而发颤。不过蜘蛛并不重要。艾伦才重要,艾伦正陷入可怕的危险中,是她害了他。她得找到他,免得一切变得太迟。

要是现在还不算太迟的话。她会去警长办公室问艾伦去了哪里——

*别去那儿,*艾薇姑婆在她心里出声,*他不在那里。要是你去了那里,那就真的太迟了。你知道该去哪里。你知道他在哪里。*

没错。没错,她当然知道。

波莉冲向门口,心里思绪混乱,有如不断鼓震的蛾翅:*老天,求求您,别让他买东西。喔,老天,求求您,求求您,别让他买任何东西。*

第二十三章

1

丁桥本名城堡河桥，只是不知从何时开始，便成了城堡岩镇民口中的丁桥。桥下方的计时器在公元一九九一年十月十五日星期二晚间七点三十八分走到零的位置。启动计时器响铃的微小电流，从埃斯为炸药装置准备的九伏特电池流出，沿着缠绕其电极处的裸电线一路往前窜，确实让计时器的闹铃响了起来，但电流同时启动了雷管，雷管引爆了炸药，因此还不到半秒，响铃及整个计时器就全被一阵强光吞噬了。

城堡岩中只有一些居民把爆炸声当成雷鸣。雷声有如空中发射的大炮，而这声爆炸像是来复枪开火射击的巨响。这座年代久远的桥，不是什么特别金属打造，而是锈迹斑斑的烂铁，如今桥的南端乘着一团椭圆火球飞离河岸，往天空蹿升了十英尺左右，成了一条微微倾斜的坡道，接着重重摔下，水泥凸块砰然大响，横飞四散的金属哐啷哐啷。桥的北端已被炸得扭曲松脱，整个桥身歪斜地掉进洪水滚滚的城堡河中，而南端桥身最后摔落在被闪电击倒的榆树上。

在城堡大道上，天主教徒与浸信会教徒，还有十一二名州警，原本还相互缠斗、厮杀混战，现在全停了下来。所有人都转头看向镇尾城堡河上头的冲天烈焰。几秒钟前，阿尔·金德伦与菲尔·布格梅尔还在激烈打斗，现在则并肩站着，注视着远方的火光。阿尔的左侧太阳穴受了伤，鲜血沿着脸颊直淌，而菲尔的上衣则差不多要撕烂了。不远处，纳恩·罗伯茨蹲在布理格姆姆神父身上，宛如一只巨大无比（而且因为穿着人造丝制服而色泽洁白）的秃鹰。她抓着好神父的头发，一再将他的头往人行道上砸。此时，罗斯牧师躺在附近，适才经过布理格姆姆神父对他行的宗教仪式，整个人不省人事。亨利·佩顿从抵达现场一直到现在，已经失去了一颗牙(如果他曾误以为美国宗教和谐融洽,那么现在的幻灭更不用提了),他正把托尼·米斯拉博夫斯基跟浸信会弗雷德·梅隆拉开,爆炸声响起后,三人也都顿时定住。所有人都定住不动,好像在玩一二三木头人。

“我的老天,是丁桥。”唐·亨普希尔小声说道。

亨利·佩顿想把握这暂时的平息,于是先把托尼·米斯拉博夫斯基拉到一旁,然后双手圈住自己受伤的嘴,大声喊道:“大家听好!我是警察!我命令你们——”话还没说完,纳恩·罗伯茨便开始高声咆哮。这么多年来,她总是在餐馆里对着厨房吆喝客人点的菜,不管在多嘈杂的情况下,她的声音都能让人听见。所以这当下,比都不用比,她的声音自是盖过了佩顿。

“该死的天主教徒竟然放了炸药!”她鼓着两个腮帮子怒嚎。

这时混战的人已经少了些,但不打紧,跃升的怒气可以弥补人数的不足。纳恩呼喊后没几秒,喧闹声再度响起。就这样,沿着五十码长、雨水流淌的大道上,遍布着十一二处小型混战。

2

就在丁桥下的炸药引爆前几分钟,诺里斯·里奇韦克冲进警长办公室,使尽所有肺活量大声问道:“潘伯恩警长在哪里?我要找潘——”他停了下来。除了希顿·托马斯跟个乳臭未干的州警外,整个办公室别无他人。大家都上哪儿去了?外头看起来有五六千辆警车和其他各式各样的车子乱七八糟停着。他的甲壳虫车也在其中,要是有最佳乱停蓝丝带奖的话,那么非他的车莫属。那辆甲壳虫车被浑蛋基顿弄翻后就一直斜躺在路边。

“我的妈呀!”诺里斯叫道,“人呢?”

那个乳臭未干的州警看到诺里斯身上的制服,于是说:“上街区某个地方发生斗殴,好像是基督徒跟食人族什么可怕的怪物打架。我原本负责在调度室监控,可是因为暴风雨,一点信息都没办法传送,也没法接收。”他说完又一副愁眉苦脸的样子问道,“你是哪位?”

“里奇韦克警员。”

“我是乔伊·普莱斯。里奇韦克警员,你们住的到底是什么小镇啊?怎么大家都疯了?”

诺里斯不加理会，径自走向希顿·托马斯。希顿面色铁灰，很吃力地喘着气。他一只皱纹满布的手紧按着胸膛正中央。“希顿，艾伦在哪里?”

“不知道，”希顿回答，呆滞的双眼恐惧地盯着诺里斯，“坏事发生了，非常糟糕。整个镇都遭殃了。电话不通，实在不合理，明明大部分的电话线都已经地下化了。可是我跟你说，电话不通，我可高兴咧，因为我不想知道发生了什么事。”

“你该去医院。”诺里斯说，担忧地看着这老家伙。

“我该去堪萨斯，”希顿闷闷地说，“现在我只想坐在这里等一切结束，我不——”

丁桥爆炸，打断了他的话。那巨大的来复枪响像只爪子撕裂了夜晚。

“我的天哪!”诺里斯跟乔伊·普莱斯同时叫道。

“没错，”希顿·托马斯说，听起来又是厌倦又是害怕，却没有些许惊讶，“我看他们要炸掉这整座小镇，我看接下来就是了。”突如其来地，这老家伙开始啜泣。

“亨利·佩顿在哪里?”诺里斯大声问普莱斯警员，但对方没理他，而是冲去门口看看到底是什么地方发生爆炸。诺里斯朝希顿·托马斯瞥了一眼，然而希顿只是郁郁地凝视前方，眼泪滑落脸颊，那只手仍旧紧按着胸膛正中央。诺里斯跟在乔伊·普莱斯警员后面，看到他跑到镇公所大楼的停车场；不知道在几百年前，诺里斯就是在这里给浑蛋的红色凯迪拉克开了单。一道快熄灭的火柱在雨夜中清晰可见，火光照耀下，两人可以看到城堡河桥已经不见了。远端的交通号志也已震倒在地。

“我的妈呀，”普莱斯敬畏地说，“好险我不住这小镇。”火光照红了他的双颊，也在他眼里闪着余火。

诺里斯现在更急着找到艾伦，但他决定还是先开着警车去找亨利·佩顿——要是有堆人在打群架，应该不难找到他，而且艾伦也可能在现场。就在他快走下人行道时，一道闪光照亮了两人的身影。那两人正从镇公所大楼隔壁的法院转角小跑步出来，似乎朝着一辆鲜黄色的新闻采访车跑去。其中一人他不太确定是谁，但另一个人，又肥又胖，还有O形腿，这绝对不会看错，正是丹·基顿。诺里斯·里奇韦克向右跨了两步，背紧靠住小巷口旁的砖墙，接着拔出手枪，举到肩膀高度，枪口对着下雨的天空，用尽肺活量大吼：“站住!”

3

波莉把车倒出车道，启动雨刷后左转。除了双手疼痛外，她的双臂也出现深层、剧烈的灼烧感，是刚才蜘蛛恶心的毒液滴到皮肤上造成的。她觉得自己好像中了毒，而且正稳定地持续加剧，但现在没时间担心这个了。丁桥爆炸时，她正接近月桂街和主街交叉口的停让标志。那巨大的来复枪响让她全身一颤，惊得眼睛大睁，瞪着从城堡河升起的团团火焰，有那么一刹那，她看到那架在河上的桥身，所有黑色的凸角在刺眼强光中成了一道剪影，然后被烈焰吞没。

她又左转上了主街，朝"必需品专卖店"开去。

4

曾经，艾伦·潘伯恩非常热心拍摄家庭录影带，然后把影片投射在客厅墙上的布幕观赏。内容有时是他包着尿布的儿子在客厅里摇摇晃晃到处乱走，有时是安妮帮他们洗澡，有时是庆生会，有时是全家出游，艾伦自己并不知道这些画面跳动的影片会让多少观众无聊到流泪。在这些影片中，大家都对着镜头挥手、做鬼脸，好像有些不言自明的法律：当有人拿着胶卷摄影机对着你时，你就该挥手、做鬼脸，或者一边挥手一边做鬼脸。如果你没做，可能会遭到逮捕，控以"二级冷漠罪"，最高处以十年有期徒刑，服刑期间将观看无穷无尽、画面跳动的家庭录影带以资惩戒。

五年前，艾伦买了台电子摄影机，比传统的胶卷摄影机便宜，又容易上手。此外，让人无聊到流泪的影片长度也不再只是十或十五分钟(这是三四个八厘米胶卷连在一起播放的时间)，而是好几小时，中间连换带喘口气的机会都没有。他把那卷录影带拿出盒子打量，发现上面没有标签。好吧，他心想，太好了，我就来看看里面是什么东西，行吧？他的手移向录放影机的开关按钮，但犹豫地悬在半空中。托德、肖恩跟他太太的脸交织而成的图像突然消退；取而代之的是下午看到的布赖恩·鲁斯克苍白、受惊的脸。

布赖恩，你看起来很不开心。

是的，警长。

你是说你的确不开心？

没错，而且你要是放来看，你也会不开心。他要你看录影带，但不是想要帮你。冈特先生从不帮人。他只是想毒害你，就像他毒害其他人一样。

然而他必须看。

艾伦的手指碰到了按键，抚摸着那正方形的光滑表面，然后看向四周。没错；冈特还在这里，就在某个地方。艾伦可以感到他的存在，非常强烈的存在，带着威胁、利诱的感觉。他想到冈特先生留给他的字条。我知道你心里一直很想明白，你妻儿在生命结束前几刻到底发生了什么事。这些答案很快就会出现……

不要放，警长，布赖恩·鲁斯克轻声阻止。艾伦看到那苍白、受创、自杀前的脸，从单车篮子里装满球员卡的保冷箱上望着他。过去的就过去吧，最好别再想。而且他说谎；还有你知道他在说谎。没错，他知道。他的确知道。然而他必须要看。

艾伦的手指压下了按键。绿色电源显示灯立刻亮起。虽然没有插电，录放影机仍正常运作，不出艾伦所料。接着他打开那台鲜艳诱人的红色索尼电视机，一下便出现了全白的第三频道，亮眼的白光把他的脸照得苍白。艾伦压了“退出”键，录影带托盘伸了出来。

不要放，布赖恩·鲁斯克再度轻声阻止，但艾伦不予理会。他把录影带放到托盘上后压下盖子，听着磁头咬住带子发出的机械咔嚓声。接着他深吸一口气按下“播放”键。电视屏幕上的亮白色变成了漆黑画面，又慢慢转成深灰色，然后一连串的数字开始倒数闪现：8……7……6……5……4……3……2……X。接下来出现了乡间道路的画面，颠颠晃晃，显然是手持摄影机的关系。前景是块路牌，有些失焦，但还辨认得出117这个数字。不过艾伦不需要路牌给他指示，他在这段路上开了不知多少回，熟悉得很。他认出道路弯过去后的一丛松树，就在那里，斯柯达旧车撞上最大棵的松树，车头歪七扭八往内凹陷，左右两边仿佛抱着树干。

但影片中的那些树没有任何车祸损伤的迹象，虽然你到现场去看（艾伦去看了好几回），就能清楚看到树木的伤痕。疑惑与恐惧不知不觉渗入艾伦的骨头里，他明白了——不只是根据完整无损的树干表面和道路的弯道，还有周遭景色的样貌以及他内心的直觉——这卷录影带录制的时间就是安妮与托德出事那天。他将目睹车祸的经过。不可能，却又千真万确。他就要看着自己的妻儿在眼前撞得头破血流。

快关掉！布赖恩尖叫。快关掉，他是恶毒的人，专卖恶毒的东西！快关掉，不然就来不及了！

但就像艾伦没办法光用心念就让自己狂跳的心脏平静下来，他也没办法关掉录放影机，他只是完全僵住、动弹不得。摄影机忽然晃到左方，向着前方的路。过了一会儿都没出现任何东西，但接着冒出太阳的反光闪烁，是他们的斯柯达旧车。旧车迎面而来，正朝着那棵松树驶去，在那里，车子及坐在里面的人将要永远消逝。旧车就要接近它在地球上的终点，只是车子没有加速，也没乱了方向，看不出安妮失去了控制，或即将失去控制。

艾伦靠向嗡嗡运转的录放影机，汗水滑下两颊，太阳穴血管里的血液沉重地跳动着。他觉得自己要吐了。这不是真的。这是捏造的。是他假造的。那不是他们；可能是女演员跟小演员坐在里面扮演他们，那不是他们。不可能。

然而他知道那是他们。一台接着电视机、没有插电却正常运作的录放影机传送的画面，你以为会在上面看到什么？除了真相还有什么？

那是假的！H·鲁斯克大叫，但太远了听不清楚。那是假的，警长，假的！那是假的！

艾伦现在看得到接近的旧车车牌，是24912V。是安妮的车牌没错。忽然间，艾伦在旧车后方看到另一道闪光。是另一辆车，开得很快，拉近了与安妮车子的距离。

外头，丁桥发生爆炸，传来有如巨大来复枪响的声音。艾伦没有看向桥的方向，他甚至没听见爆炸声。他全神贯注于这台红色索尼电视机，看着安妮与托德慢慢接近那棵松树，即将生死永隔。后方的车速大概有七十或八十里。旧车经过拍摄者的位置时，后方的车——并没有任何一篇报告提到这辆车的存在——逼近，而安妮显然也注意到了，于是开始加速，可是速度太慢，时间也来不及了。

第二辆车是辆莱姆绿的道奇挑战者，车尾架高，车头指向路面。透过烟灰色玻璃的车窗，只能隐约看出弧形的翻车保护杆穿过前座与后座间的车顶。车尾贴满贴纸："赫斯特""大油门""富兰机油滤清器""快克速达"……虽然影片无声，但艾伦几乎可以听见那排气管排放废气的爆裂声。

“埃斯!”他大叫,痛苦地明白了这一切。是埃斯!埃斯·梅里尔!是他来报仇!那还用说!为什么他从没想到这点?

那辆旧车通过摄影机,而拍摄者也把镜头转向右边跟拍。艾伦有一瞬间看到旧车里的人,没错,是安妮在里面,那天她头发上绑着一条涡纹花呢丝巾,还有托德,穿着那件“星际迷航”T恤。托德向后看着紧跟他们的车子,安妮则往上看后视镜。艾伦看不到她的脸,但看到她在座位上身体紧绷地向前倾,身上的安全带紧紧勒住。他就这么短暂地看到妻儿的最后一眼,而其中一部分的他并不想看,因为一切都已无法改变,他不想看见他们生命最后一刻的恐惧。

但现在已经没办法回头了。挑战者撞上了旧车。撞击力道不大,但安妮已经加速,导致严重冲击。旧车没有顺着道路转弯,而是偏离方向,冲往一旁树林里的那棵大松树。

“不要!”艾伦惊呼。旧车颠簸地冲进水沟又弹出来,两只轮子翘高,车身摇晃,接着倒了下来,无声地撞进那棵松树的洞里。头发上绑着涡纹花呢丝巾的布娃娃飞出挡风玻璃,撞上一棵树,又弹进矮树丛中。那辆莱姆绿挑战者在路边停下,驾驶座车门打开。埃斯·梅里尔走了出来。他看着那辆撞烂的旧车——散热器不断冒出气体,几乎看不见车身——开怀大笑。

“可恶!”艾伦又发出尖叫,两手把录放影机从玻璃展示柜上推下来,机器摔到地上,却没有损坏,而且同轴电缆有点太长不好拔,因此电视机屏幕只闪过一条静电,画面仍然正常。艾伦看到埃斯走回车里,依旧开怀大笑,于是他抓起红色电视机高举过头,转身砸向侧面的墙上。一阵电光四射伴随着空洞的响声,接着就只剩下录放影机里带子还在跑的嗡嗡声。艾伦踢了录放影机一脚,四周随即变得静止无声。

*杀了他。他住在麦坎尼佛镇。*这是个新的声音,听起来冰冷而疯狂,却有种残酷的理性。布赖恩·鲁斯克的声音已经消失,现在只剩这个声音,不断地重复这两句话,一遍又一遍。

杀了他。他住在麦坎尼佛镇。杀了他。他住在麦坎尼佛镇。杀了他,杀了他,杀了他。

对街又传来两声剧烈的爆炸声,理发厅和塞缪尔斯葬仪社几乎在同一时刻引爆，大堆玻璃碎片与着火的破瓦残砾喷向天空和街道，艾伦却一点都没注意到。

*杀了他。他住在麦坎尼佛镇。*艾伦不假思索地拿起坚果罐子，只因为这是他唯一带进来的东西，因此也应该带回去。他走向门口，把进来时留下的足印踏踏磨磨到看不清为止，然后离开"必需品专卖店"。连续爆炸对他来说没有意义。主街远处对面的建筑物炸出了个大洞，对他来说没有意义。街道上散布的碎木块、碎玻璃、碎瓦砾对他来说没有意义。城堡岩与所有镇民，包括波莉·查默斯，对他来说也都没有意义。他要去三十里外的麦坎尼佛镇执行任务。*那才重要，事实上，重要得不得了。*艾伦大步走到旅行车的驾驶座旁，把手枪、手电筒跟整人罐子丢进座位。在他心里，他的双手已经掐上埃斯·梅里尔的脖子，开始用力扭挤。

5

"*站住!*"诺里斯再次吼道，"*原地站住!*"

他觉得这真是不可思议的好运降临。他打算把丹·基顿抓进不到六十码外的拘留室以策安全。至于另一个家伙……这个嘛，那就要看他们两个一起干了什么好事，对吧？不过照两人的样子看来，刚才绝不是去照顾病人或慰问哀伤家属什么的。

普莱斯警员看看诺里斯，又看看站在写着"城堡岩法院"老式招牌旁的两名男子，然后又看向诺里斯。埃斯跟奇皮他爸对望一眼，接着两人慢慢把手垂下，准备拔出插在裤腰带的手枪。

诺里斯刚才已经把枪管指向天空，他以前学过在这种情况下要这么做。现在他还是遵守程序，用左手握住右手腕，把枪平举。若书上说得没错，那两个人不会知道枪口其实瞄在他们之间，而会以为是对准自己。"把手从武器上移开，朋友。立刻放开!"诺里斯叫道。

浑蛋基顿和他的同伴又对望一眼，两人把手垂了下来。

诺里斯猛地看了那个州警一眼说："你，普莱斯。要是你不觉得累，可以过来帮个小忙吗？"

"你要干吗？"普莱斯问道，声音透露出担忧与不情愿。今晚的状况原本就已惨不忍睹，再加上丁桥的爆炸事件，更是雪上加霜，他只想当个旁观者，不想担任更积极的角色。所有事情接二连三地发生，已经严重到无法收拾的地步了。

“逮捕这两个烂人呀，”诺里斯厉声说道，“不然你以为要干吗?”

“逮捕这个吧，朋友。”埃斯说，朝着诺里斯轻拍他裤裆里的鸟。浑蛋看了后发出真假音交互变换的尖锐笑声。

普莱斯紧张地看那两人，接着又把他忧虑的眼神投向诺里斯:“呃……要用什么罪名逮捕?”

浑蛋身边的朋友放声大笑。诺里斯回头把注意力集中在这两个家伙上，发现他们的位置有些改变，这让他有些惊慌。他把枪对准他们中间时，他们几乎是并肩靠着，可是现在已经相距五英尺远了，而且还在偷偷移动。

“别动!”他咆哮，那两个家伙又对望一次。“给我回来站好!”

可是那两人动也不动，只是伫立在大雨中，双手垂在身旁，注视着诺里斯。

“就用非法持枪逮捕他们!”诺里斯气急败坏地对乔伊·普莱斯大喊，“快把你的大拇指从屁股里拔出来，给我过来帮忙!”

普莱斯吓得赶紧行动。他正准备把手枪从枪套里拔出，却发现防滑扣带还没打开，于是笨手笨脚地胡乱摸索。理发厅和葬仪社爆炸时，他的枪还没拔出来。

浑蛋、诺里斯还有普莱斯警员三人同时看向上街区，只有埃斯没转头，他一直在等待这个大好时机。他从腰间拔出手枪，快得跟西部快枪手一样，紧接着立刻开枪。子弹擦过诺里斯的肺部，击碎了锁骨，最后卡在左肩上方。诺里斯刚才发现那两个家伙慢慢拉开彼此距离时，从砖墙往前跨了一步，现在不得已又往后靠回墙壁。埃斯再开一枪，在砖墙上打出一个凹洞，离诺里斯的耳边只有一英寸。这颗跳弹发出的声响宛如一只巨大愤怒的昆虫。

“噢，我的天!”普莱斯大叫，越来越急着打开包在枪托上方的防滑扣带。

“轰了那家伙，老爸!”埃斯大吼。他咧嘴笑着，又对诺里斯开了一枪，这第三发子弹划破这骨瘦如柴的警员身体左侧，留下热烫的伤痕，诺里斯跪了下来。闪电在上头划过。不可思议的是，诺里斯还听得到刚才爆炸后的碎石木块落在街上的咔啦咔啦声。普莱斯警员好不容易打开了防滑扣带，拔出佩枪，在此同时，一颗子弹从基顿的自动手枪发出，轰掉普莱斯眉毛以上的脑袋。普莱斯像是被铁锤重重敲了一记，往后飞撞上小巷的砖墙。

诺里斯再次举起枪，却感到那把枪仿佛有一百磅重。他用双手握着枪，瞄准基顿。跟另一个人比起来，浑蛋比较容易瞄准。更要紧的是，他刚才毙了一个警察，绝不能让这个恶徒留在城堡岩。城堡岩的人或许是乡下人，但绝非野蛮人。诺里斯扣下扳机，同时埃斯又对准他开枪。

射击的后坐力让诺里斯往后飞弹到墙上。埃斯的子弹划过空气，要是在半秒前，就会正中诺里斯的脑袋。浑蛋也往后弹飞，双手捂着肚子，鲜血从指缝间涌出。诺里斯靠着砖墙躺在普莱斯附近，急喘不已，一手按着受伤的肩膀。*老天，今天可真不是普通的烂*，他心想。

埃斯又举枪瞄准诺里斯，接着想到一件更好的事，最起码目前看来是如此。他转向浑蛋走了过去，单脚跪在他身边。北边的银行爆炸，火焰冲天，粉碎的花岗岩向上爆冲。埃斯没往那个方向看。他把老爸的手移开好看清伤口。他很遗憾发生这种事，他已经喜欢上老爸这个人了。

浑蛋哀声叫道："*好痛！好——痛！*"

埃斯想也知道。老爸刚吃了颗点四五口径的子弹，就在肚脐上方，伤口跟凸缘螺栓一样大，而埃斯用不着把他翻过去，就知道子弹穿出的洞口会有咖啡杯那么大，搞不好还有几截脊椎骨岔出来，就像血淋淋的拐杖糖。

"好——*痛！*好——*痛！*"浑蛋对着下雨的天空哀号。

"是啊，"埃斯用手枪顶住浑蛋的太阳穴，"运气太差，老爸。我来给你吃些止痛药好了。"

说完他连扣三下扳机。浑蛋的身体先是弹跳，接着就静止了。

埃斯正准备站起来，打算解决那该死的警员——要是他还没挂的话——此时却响起一声枪响。风雨中，一颗子弹从他上方嗖地飞过，离他的头不到一英尺。埃斯抬头一看，只见又一个条子站在警长办公室通往停车场的门外。这家伙看起来大概比上帝还老。他一手拿着枪朝埃斯射击，一手按压在心脏上方的胸前。

希顿·托马斯的第二发子弹射进埃斯脚边的土里，激起的泥水溅到埃斯脚上的机车靴鞋尖。这个老家伙是昏啦，根本没有准头，不过埃斯突然明白他最好还是赶紧开溜。他们在法院里放的炸药，足够把整栋大楼炸到外太空，而设定的时间只有五分钟，他竟然还几乎靠着大楼的墙壁，闪避那个操他妈的老不死在那里乱枪打鸟。就让炸药解决他们两个吧。该去找冈特先生了。

埃斯立起身往街上跑去。老警员又开了一枪，这次差得更远。埃斯跑到黄色新闻采访车后面，但不打算躲进去。停在“必需品专卖店”前面的雪佛兰名流才是逃跑的顶级选择。但首先，他要去找冈特先生讨报酬。*当然，他一定会得到某样东西，当然，冈特先生一定会给他。*

还有，他要去找那个小偷警长。

“报仇的时候到了。”埃斯喃喃自语，接着往主街上的“必需品专卖店”奔去。

6

弗兰克·朱伊特站在法院的阶梯上，终于看到他要找的那个人。弗兰克已经在这里待了好一阵子，今晚城堡岩发生的各种事对他来说意义不大。城堡丘上传来的尖叫与呼喊不算什么，丹·基顿和某个地狱来的老天使在五分钟前跑下法院阶梯不算什么，一起接一起的爆炸案不算什么，刚才在警长办公室外头停车场转角发生的枪战也没什么。弗兰克另有要事在身，他独自发出全境通告，捉拿他的最好的老“朋友”乔治·纳尔逊。

哎呀呀！总算等到了！乔治·纳尔逊本人正活生生地走在法院阶梯下的人行道上！要不是他那聚酯纤维宽松裤子的松紧腰带上插着一把自动手枪，要不是雨仍然大得要命，不然还以为他要去野餐呢！乔治·纳尔逊先生正在雨中漫步，在基督的微风中轻盈走着，留在弗兰克办公室的字条怎么说来着？噢，是这样的：*记得最晚七点十五分前，带两千块来我家，否则就让你恨不得生来就没那根东西。*弗兰克瞄了瞄手表，已经快八点了，早就过了七点十五分，不过也没差了。他举起乔治·纳尔逊的西班牙骆马手枪，对准这个恶烂工艺老师的头，都是因为他才惹得一身麻烦。

*“纳尔逊！”*他吼道，*“乔治·纳尔逊！你这烂人，转过来看着我！”*

乔治·纳尔逊转过身，他伸手往下想拔出自动手枪，但发现已经有把枪瞄准自己，便把手垂下来，然后叉起腰来，望向法院阶梯上，发现弗兰克・朱伊特站在高处，雨水滑落他的鼻尖、他的下巴，还有那把被偷走的手枪枪管。

"你要开枪打我?"乔治・纳尔逊问。

"你说对了!"弗兰克咆哮。

"要当我是条狗来射是吗?"

"有何不可? 那是你自找的!"

弗兰克很惊讶，乔治・纳尔逊竟然微笑点头。"可不是，"纳尔逊说，"闯进朋友家里，杀死毫无抵抗能力的小鸟，这种没胆的烂人顶多只能开枪打人，我早料到了，跟我料想得一模一样。那就开枪吧，你这四眼孬种死浑球。开枪打我，把事情做个了结。"

雷声在头顶轰鸣，但弗兰克没听到。十秒后，银行爆炸，他也几乎没听见。他正忙着跟自己的愤怒……还有讶异交战。他惊讶地注视着这个胆大恶毒、厚颜无耻的乔治・纳尔逊先生。最后弗兰克打开舌头的结叫道:"杀了你的鸟的，是我! 在你妈那张蠢照片上拉屎的，也是我! 那你自己又做了什么好事? 你做了什么，乔治，除了让我失业，永远不能教书，你还做了什么? 老天，没进监狱算我运气好!"突然间，黑光乍现，他恍然大悟，明白了这件事有多么不公平，他心痛的程度有如在破皮的伤口上抹醋。"你干吗不直接跟我要钱，要是你真的缺钱，干吗不过来找我要? 也许可以想办法解决，你这脑袋装糨糊的混蛋!"

"我不知道你在说什么!"乔治・纳尔逊吼回去，"我只知道你有胆杀了我的鹦鹉，却没种跟我来场公平决斗!"

"不知道……不知道我在说什么?"弗兰克气急败坏地说。手上的骆马手枪枪管激烈地来回摇晃。他无法相信这站在下方人行道上的男人有多不要脸，就是无法相信。那家伙一脚站在人行道上，另一脚都已进了棺材，还面不改色地在那里撒谎……

"没错! 我就是不知道。完全搞不懂你在说啥!"

弗兰克・朱伊特陷入极度愤怒，对这种过分而又厚脸皮的推辞，他的反应回到孩提时代，大叫道:"你这大骗子，屁股会着火!"

"孬种!"乔治・纳尔逊伶俐地顶回去，"无胆小子! 鹦鹉杀手!"

"勒索烂人!"

"臭疯子! 把枪收起来，臭疯子! 来跟我公平决斗!"

弗兰克朝下对着他笑道:“公平?跟你公平决斗?你又知道什么叫公平?”

乔治·纳尔逊举起双手对着弗兰克挥动手指说:“看来知道的比你多。”

弗兰克张嘴想搭腔却说不出半个字,他看到乔治·纳尔逊空无一物的双手,惊讶得说不出话来。

“快啊,”乔治·纳尔逊催促,“把枪收起来。我们来学西部枪客,要是你有种就来吧。动作最快的人获胜。”

弗兰克寻思:哼,有何不可?有何不可?反正不管怎样,他也没什么好活了,要是他放手一搏,就能向他这个老“朋友”证明自己不是懦夫,那就尽管做吧!

“好啊,”他答应,接着把骆马手枪塞进裤腰带,摊开双掌说,“你想怎么做,乔治小皮皮?”

乔治·纳尔逊咧嘴笑道:“你走下来,我走上去。等下个雷击时——”

“就这么说定,”弗兰克抢着说,“很好,来吧。”

弗兰克说完走下阶梯,而乔治·纳尔逊往上走。

7

波莉才看到“必需品专卖店”的绿色遮阳篷出现在前方,葬仪社和理发厅就同时爆炸,蹿出强烈的火光,传来震耳的爆炸声。她看见碎石瓦砾从爆炸中心向外爆飞开来,仿佛科幻电影中小行星相撞后的场面。好几块木头跟二号椅(亨利·金德伦常坐的那张)侧边的不锈钢调节杠杆撞破了她丰田轿车的挡风玻璃,幸好在那之前她本能地弯下身来躲过一劫。不锈钢杠杆刺穿车身,发出仿佛饥饿般的奇怪嗡嗡声,最后从后车窗飞出去,碎玻璃窣窣喷散开来,有如猎枪射击后逐渐扩散的烟雾。

无人操控的丰田轿车冲上人行道路缘,撞到消防栓后抛锚。

波莉抬起身子,眨眨眼睛,从挡风玻璃上的破洞看出去。她看见有人从“必需品专卖店”出来,走向停在店门前三辆车中的一辆。在对街强烈的火光照耀下,她一眼就认出那是艾伦。

“艾伦!”她大声吼他,但艾伦没有转身,他一心一意往前走,不受任何干扰,就像个机器人。

波莉用力推开车门出去跑向艾伦，一次又一次喊着他的名字。下街区传来急促的枪击声，艾伦没有回头，也没看向葬仪社和理发厅的大火。他似乎全然封闭在自己内心的行动计划中，而波莉忽然间明白她来得太晚了。利兰·冈特已经对艾伦施了毒。他还是买了东西，如果她没能阻止艾伦照冈特的指示去做些徒劳的事，他就会头也不回地离开……天晓得接下来会发生什么事。

于是她拼命跑上前去。

8

“帮帮我。”诺里斯跟希顿·托马斯说，一只手勾上希顿的脖子，然后吃力地站起来。

“我大概打中他的手臂。”希顿说道，虽然他还喘着气，但脸色红润了些。

“很好。”诺里斯回道。他的肩膀像是着了火……疼痛似乎不断往血肉里钻，好似要钻向他的心脏。“现在就先帮我吧。”

“你不会有事的。”希顿说。他确实很为诺里斯担忧，结果忘了自己的恐惧，也就是害怕心脏病就要发作。“只要把你扶进去——”

“不要，”诺里斯喘着气说，“去警车。”

“什么？”

诺里斯转过头盯着托马斯，眼里充满焦急与痛苦地叫道：“扶我上警车！我要去‘必需品专卖店’！”这就对了。当那几个字从他嘴里吐出，一切都明朗了。他就是在“必需品专卖店”买了那根贝增牌钓竿，那个开枪射他的家伙逃跑的方向也是“必需品专卖店”。“必需品专卖店”是一切事情的开端，因此“必需品专卖店”也该是一切事情的结尾。电动游乐场爆炸，主街上又出现新一波火光。一台双截龙电玩机从残垣中飞出，翻转了两圈，然后倒栽葱砰一声落在街上。“诺里斯，你中弹了——”

“废话！”诺里斯大吼，嘴角喷出血丝，“把我扶上警车——”

“这样不好，诺里斯——”

“这不是不好，”诺里斯严肃地说，接着转过头吐了口血，“而是唯一的办法。别多说了，快点帮我。”于是希顿·托马斯扶着他走向二号警车。

9

假如艾伦倒车前没看后视镜，他大概已经把波莉撞倒，然后用那辆老旅行车的后轮辗过他心爱的女人，为这一夜画上句点。不过他没认出波莉，只看到车后有个人影，在对街的火光闪耀下，只看得出那是女人的轮廓。他用力踩下刹车，不一会，她来到门边敲打车窗。

艾伦没有理会，继续倒车。今晚他没时间处理镇上的问题；他有自己的问题要解决。如果他们想这么做，就让他们像群愚蠢的野兽自相残杀吧。他要去麦坎尼佛镇，去找那个因为被关进肖申克蹲了四年而用杀他妻儿作为报复的凶手。

波莉伸手紧抓住车门把，整个人给半拉半拖到遍布破瓦残砾的街上。她用力敲打门把下方的按钮，双手发出剧烈疼痛。车门弹开，艾伦倒车后转向，她仍死命紧抓着车门不放，双脚在地上拖行。旅行车转向下街区。陷入极度悲愤中的艾伦完全忘了根本无桥可过。

“艾伦！”波莉大叫，“艾伦，停车！”

声音传了进去。尽管周遭充斥着雨声、雷鸣、风声及烈焰噼里啪啦的燃烧声，尽管艾伦满心冲动，但不知为何，声音传进去了。

他看向波莉。看到他的眼神，波莉整个心都碎了。艾伦的表情有如浮在黏稠纠结的噩梦中。“波莉？”他冷冷地问道。

“艾伦，你不能走！”她的双手疼痛不堪，只想放开车门把，但又怕一放手艾伦就会开走，把她一个人留在主街上。不行……*她知道他会开走。*

“波莉，我一定要走。很抱歉让你生气——让你以为我做了什么事——但我们以后再来解决，现在我得先去——”

“艾伦，我不生你的气了。我知道不是你做的，是他做的，是他要得我们彼此对立，就跟他要了城堡岩其他人一样。这都是他干的好事。你懂吗，艾伦？你有没有在听？*这都是他干的好事！*给我停下来！熄掉那该死的引擎，*好好听我说！*”

“我一定要去，波莉，”艾伦说，他的声音好像来自某个遥远的地方，也许是从收音机传来的，“但我会回——”

“才怪！你不会！”她大叫。突然间，波莉非常气他——也非常气其他所有人，所有贪得无厌、受了惊吓、火冒三丈，又把欲望当成需要的人，这也包括她自己。“你不会回来的，因为要是你现在真的一走了之，就不会有什么该死的事等着你回来处理了！”

电动游乐场爆炸，庞大的碎石瓦砾包围住艾伦停在主街中央的车子。艾伦灵敏的右手巧妙地拿起整人坚果罐，握在大腿上，仿佛在寻求些许慰藉。波莉却完全没注意到爆炸，只以她深邃、充满痛苦的双眼凝视着艾伦。

“波莉——”

“听好！”她突然大叫，把自己的上衣撕开。雨水打在她丰满的胸部上，在喉咙之间的凹陷处闪着微光。“听好，我把它拿掉了，那个护身符！不见了！现在也把你的护身符拿掉，艾伦！如果你真是男人，就把你的也拿掉！”

艾伦无法理解波莉的话，他整个人深陷在冈特先生制造的不知名噩梦中，像是被一层有毒胶膜紧紧包住……波莉心里突然闪过一丝亮光，明白了那是什么样的噩梦。一定是那个噩梦。

“他是不是告诉你安妮跟托德发生了什么事？”她柔声问道。

艾伦的头往后一震，仿佛被波莉甩了一巴掌。波莉看在眼里，知道自己说中了。

“他当然跟你说了。世上有哪个东西，哪个毫无用处的东西，会让你非常想要，严重到你以为自己需要那个东西？那就是你的护身符，艾伦，那就是他挂在你脖子上的护身符。”

她放开门把，把双臂伸进车里。外头的火光照在她的手臂上，她的肌肤是肝脏般的暗红色。她的手臂肿得厉害，使得肘关节变得像浮肿的酒窝。

“我的护身符里有只蜘蛛，”她轻声说，“‘怪异小蜘蛛，爬上落水管。结果下大雨，冲走臭蜘蛛。’那只是只小蜘蛛，但是会长大，它吃掉我的疼痛不断长大。后来我把它杀掉，疼痛又回来了。我好想摆脱疼痛，艾伦，那一直都是我想要的，可是并不是我需要的。我可以爱着你、爱着我的生活，却也能同时忍受这样的疼痛。疼痛甚至会让其他事情变得更美好，就像好的摆设会让钻石看起来更动人。”

“波莉——”

“当然蜘蛛也对我下了毒，”她若有所思地继续说，“我想要是没有阻止的话,那种毒可能会杀死我。可是有什么不对?那很公平,虽然很残酷,但很公平。我买了护身符的同时也买下了毒药。过去这个星期,他在那间可怕的小店里卖出一堆护身符。那个杂种动作可真快,这点我承认。怪异小蜘蛛,爬上落水管。这就是我护身符里的东西。那你的呢?里面装了什么?安妮跟托德?对不对?对不对?”

“波莉,埃斯·梅里尔杀了我妻子!他还杀了托德!他——”

“不是的!”她大声嚎叫,接着用她痛得发颤的双手扶住他的脸。“听我说!听清楚我说的话!艾伦,那赔上的不只是你的性命,你明白吗?他逼着你买回过去的伤痛,然后又逼着你付出两倍代价!你还不懂吗?你明白没?”

他定定地看着她,张着嘴……然后又慢慢合上,突然间,他脸上出现带着疑惑的讶异表情。“等等,”他开口说,“有件事不对劲。他留给我的那卷录影带有问题,但我没办法……”

“可以的,艾伦!不管那浑账东西卖了什么给你,都有问题!就像他给我的信,上面的名字也是错的。”

他现在可以开始认真听波莉说话了。“什么信?”

“现在这不重要,要是还有以后,我再跟你说。重点是,他做过了头而露出破绽。我想他一直都这样。他的体内塞满了自大,没有炸开简直就是个奇迹。艾伦,请你一定要听好:安妮已经死了,托德已经死了,要是你跑去追埃斯·梅里尔,不管这座小镇在你周围烧毁——”

一只手袭上波莉的肩头,紧接着那只手的前臂圈住她的颈子,猛力将她向后拉。埃斯·梅里尔突然从她背后现身,抓着她,用枪顶着她,从她肩后露出奸笑看着艾伦。

“女士,听到你的呼唤,我这就来了。”埃斯说,而头顶上方——

10

——轰雷震响整片天空。弗兰克·朱伊特和他的老“朋友”乔治·纳尔逊在法院阶梯上面对面站了将近四分钟,宛如一对西部枪客,只不过戴着眼镜因而显得不搭配,两人的神经就像调到最高音的小提琴琴弦铮铮地拨弄着。

“咿!”弗兰克叫道,一手抓住插在裤腰带里的自动手枪。

“噢!”乔治·纳尔逊叫道,也去抓自己裤腰带上的手枪。

两人同时拔枪,脸上是同样兴奋的咧嘴笑容,仿佛同时张大嘴发出无声的尖叫,然后把枪指向对方,扣下扳机。两声枪响完全重叠,犹如只开了一枪。闪电当空划过,两颗子弹向彼此飞射,却在中途擦撞偏了方向,差点就双双正中目标。

弗兰克·朱伊特感到一阵气体冲过左边太阳穴。乔治·纳尔逊则觉得脖子右边有些刺痛。两人在冒烟的枪管上方匪夷所思地望着对方。

“嘿?”乔治·纳尔逊开口。

“哈?”弗兰克·朱伊特说。

两人脸上又出现一模一样的笑容,一种不敢置信的笑容。乔治·纳尔逊犹豫地往上跨了一阶走向弗兰克,弗兰克也踌躇地往下跨了一阶走向乔治。再过一会儿,两人可就要相拥了。子弹擦过身边的那一刹那成了永恒,让两人的争执平息下来……然而,镇公所的轰然爆炸,仿佛将这世界炸成了两半,也将站在阶梯上的两人给蒸发掉了。

11

最后这起爆炸也平息了所有其他人的纷争。埃斯跟浑蛋基顿在镇公所大楼里分别放了两捆炸药,每捆各二十支,其中一捆放在法庭的法官座椅上,另一捆在浑蛋强烈要求下,放在镇务委员办公处的阿曼达·威廉斯的办公桌上。

“不管怎么说,女人都不该从政。”浑蛋当时对埃斯解释道。

爆炸声巨大无比,过了一会儿,这栋镇上最庞大的建筑物上的每扇窗户都布满了超现实的紫橘亮光。火焰像无数健壮、无情的手臂猛烈冲破窗户、冲破大门、冲破通风孔与窗格。整片石板屋顶被熊熊火焰一把举起,成了怪异的三角太空船,最后粉碎成数不清的尖刺碎片。下一刻,整栋大楼向外爆开,下街区顿时砖瓦玻璃四处飞散,只要比蟑螂大的生物都无法幸免。十九人在爆炸中丧生,其中五位是新闻记者,他们来此报道城堡岩内越演越烈的诡异事件,最后却成了报道的一部分。州警车和新闻采访车像玩具模型般,一辆接一辆抛向半空中。冈特先生提供给浑蛋与埃斯的那辆黄色电视采访车被抛上九英尺高,静静地往上街区方向驶去,轮子在半空中转动,后门半挂在坏掉的铰链上,工具、计时器什么的全都撒了出来。在一阵飓风般猛烈的上升热气流中，采访车倾斜的车身跟着上旋，然后砰一声直直坠入德斯帝保险代理的前柜台，像除雪机般把打字机和档案柜撞向两侧，经过如此蹂躏，车头的格栅排气口早已歪曲不成形。

宛如地震的颤动摇晃着地表。整条主街满布粉碎的窗户残骸。无数支风向标在强劲的暴风吹袭下，一直指着东北方，现在暴风已开始减弱，仿佛自知比不过威力强大的爆炸而开始不好意思，于是风向标开始狂乱地旋转，其中好几支直接飞离了转轴。到了隔天，大概会有人发现其中一支深深刺入浸信会教堂的门上，就像印第安人伏击时用的箭。

城堡大道上，战斗形势一面倒向天主教徒这边，但这时所有打斗都停了下来。亨利·佩顿站在他的警车旁，抓着配枪的手在右膝处旋荡，两眼注视着南边的火球，血珠像泪滴般滑下脸颊。威廉·罗斯牧师坐了起来，看到地平线上的火光烈焰，不禁怀疑世界末日已经到来，而眼前所看到的正是茵蔯星[①]。约翰尼·布理格姆神父酒醉般跌跌撞撞走向罗斯牧师。神父的鼻子严重歪向左边，嘴里满是鲜血，他原本想把罗斯牧师的头当足球一样踢飞，却转而将他扶了起来。

在景观丘上，安迪·克拉特巴克连头都没抬一下。他坐在波特家前的阶梯上，抱着死去的妻子哭泣。再过两年，他才会因醉酒失足跌进结冰的城堡湖溺死，但如今他生命中最后的清醒日子已经结束。

在戴尔斯道，萨莉·拉特克利夫在卧室衣柜里，一小列排成康加舞队形的小虫歪歪曲曲沿着她洋装的侧边缝线往下爬。她已听说莱斯特的遭遇，明白自己多少要为此负责(或者只是大家以为她明白，但无论如何，最后的结局都一样)，因此拿了毛圈织浴袍的系带上吊自杀。她的一只手深深插在洋装口袋里，手上抓着一根木条。木条因年代久远而变成黑色，又因腐败而像海绵般轻软多孔。寄生在上面的小虫正不断外移，寻找新宿主。那些虫子爬到萨莉洋装的裙摆边缘，然后沿着她悬垂的一条腿继续往下爬到地板上。砖墙在半空中呼啸而过，远一点的建筑物因而从原爆后的残景，变成重炮疲劳轰炸下的破败。近一点的建筑物看起来就像奶酪擦板，不然就是整栋倒塌。夜就像只喉头中了毒矛的狮子发出咆哮。

---

① 见《圣经·新约》“启示录”8：10,11。

12

希顿·托马斯拗不过诺里斯·里奇韦克的坚持,现在正驾着警车前往"必需品专卖店",他感到车尾稍微升高了些,仿佛有只无形的巨手把车抬了起来。不一会,碎石瓦砾如暴风般吞没了车子。两三块碎砖撞破了后车厢,一块重击车顶,还有一块撞上了车篷,粉尘四散,色如旧血,最后从前头滑下。

"妈呀,诺里斯,整个镇都爆掉啦!"希顿尖声叫道。

"开你的车。"诺里斯答道。他觉得自己好像要烧掉了,豆大的汗珠从他潮红的双颊不断冒出。他猜埃斯没伤到他的要害,那两枪只伤到他的手臂和身侧,但还是觉得不太对劲,这让他恐惧异常。他感到某种疾病悄悄钻进体内,视线也变得模糊,但他仍奋力保持清醒。随着发烧情况恶化,他越发肯定艾伦需要他,也越发肯定要是他走运而且够勇敢的话,还能弥补他划破休·普利斯特车胎所引发的悲剧。他看到前方有几个人影聚在"必需品专卖店"的绿色遮阳篷附近。镇公所大楼残垣喷出的火柱照亮了这个冲突画面,当中的人影仿佛成了舞台上的演员。他看到艾伦的旅行车,还看到艾伦下了车。面对艾伦的人——也就是背对诺里斯·里奇韦克与希顿·托马斯所驾的警车的——是个持枪男子,他抓着一名女子当挡箭牌。诺里斯无法看清那女子是谁,但看得到那挟持人质的男子穿着印有哈雷重型机车图案的破烂 T 恤。他就是那个在镇公所大楼前想杀死诺里斯的人,那个把浑蛋基顿的脑浆轰出来的人。诺里斯虽然从不认识那个人,但很确定自己好死不死碰到了镇上的坏男孩埃斯·梅里尔。

"哎哟喂呀,诺里斯!是艾伦!现在是怎么回事?"

诺里斯心想,不管那个人是谁,现在都听不到他们的车声,周遭的噪音太多太吵。只要艾伦没有看向这里,没有泄漏他们的位置——

诺里斯的左轮手枪放在大腿上。他摇下乘客座车窗,接着举起手枪。这支枪以前有那么重吗?如果以前重一百磅,那现在感觉至少就有两百磅了。

"希顿,慢慢开,用最慢的速度。等我用脚踢你,就停车。要马上停车,不要多想。"

“用你的脚？你这话什么意思？用你的——”

“闭嘴，希顿。”诺里斯疲倦地好言说道，“记住我的话就是。”

诺里斯转向侧边，把头和肩膀伸出窗外，接着伸手抓住车顶固定警灯的杆子。他缓慢吃力地把自己往外拉上去，让身体坐在窗边。他的肩膀剧烈疼痛，鲜血开始浸湿衬衫。车子距离街上那三人只有三十码不到，诺里斯能顺着车顶直接瞄准挟持人质的那名男子，但无法开枪，最起码现在不行，因为很可能波及人质，不过如果他们其中一人移动的话……诺里斯觉得不能再靠近了，于是用脚碰了希顿的大腿。希顿在遍布碎石破砖的街上轻缓地停下车。

*快动吧，*诺里斯祷告。*随便哪个动一下吧，不管是谁，只要移动一点点就够了，拜托，拜托快动吧！*诺里斯一心一意、全神贯注在那个拿枪指着人质的男子身上，并未注意到“必需品专卖店”的店门打开来了，也没看到利兰·冈特先生走出店外，站在绿色遮阳篷下。

13

“那些钱是我的，你这浑账东西！”埃斯朝艾伦大吼，“你想要这女人毫发无伤，就乖乖告诉我你把那些钱拿去哪里了！”

艾伦走出旅行车说道：“埃斯，我不晓得你在说什么。”

“答错啦！”埃斯尖声叫道，“我在说什么，你知道得可清楚了！老爹的钱！罐子里的钱！你要这女人活命，就告诉我那些钱去哪儿了！回答时间有限，你这下三烂！”

艾伦的眼角余光瞄向出现动静的主街下方，是辆警车，他猜可能是郡警局的车，但不敢瞧得太仔细。若让埃斯发现有人准备伏击，他一眨眼的工夫就会杀了波莉。

因此他把目光集中在波莉脸上。她黝黑的双眼透着疲倦与痛苦……但毫无畏惧之色。

艾伦觉得自己慢慢清醒过来。清醒，这是个好玩的东西。当清醒被拿走时，你不会知道，你感受不到身上已经少了那样东西，只有再度恢复清醒时，你才能感觉到它的存在，就像某种稀有的野生鸟类，出于自由而非屈于强迫在你体内居住、高歌。

“他弄错了，”他平静地跟波莉说，“冈特的录影带出错了。”

“妈的，你在讲什么废话？”埃斯的声音变得粗哑刺耳，他把自动手枪的枪口用力顶住波莉的太阳穴。

他们所有人中，只有艾伦发现“必需品专卖店”的门悄悄打开，要不是他极力将视线从街上那辆匍匐前进的警车上移开的话，必然不会发现。只有艾伦看见——鬼影般地出现在他的眼角余光中——那个高挑身影走了出来，身上穿的不是休闲外套，也不是吸烟外套，而是黑色毛织外套。一种远行时才会穿的外套。冈特先生一手抓着一只旧式手提箱，是鬣狗皮制的。在古早时候，旅行推销员专门用那种箱子来装货物样品之类的东西。那又长又白的手指抓着提把，箱子在下方砰砰砰地不停鼓动。里头还传来微弱的尖叫声，就像远处吹拂的风声或风吹高压电线时传出的那种恐怖鬼叫声。艾伦是用心，而不是用耳朵听到这可怕、不安的声音。冈特站在遮阳篷下，同时看到慢慢接近的警车与旅行车旁的对峙场面，他似乎逐渐明白整个情势，眼神中透着恼怒，说不定还有些担忧。艾伦心想：他不知道我看见了他。我几乎可以确定他不知道。求求您，老天，希望我是对的。

14

艾伦没有回答埃斯，而是跟波莉说话，同时双手紧握住整人坚果罐。埃斯压根没注意到那罐子，很可能是因为艾伦大大方方抓在手上，毫无隐藏的意图。

“那天安妮没系安全带，”艾伦对波莉说，“我跟你提过吗？”

“我……我不记得了，艾伦。”

这时在埃斯身后，诺里斯·里奇韦克费力地将自己拉出警车窗户。

“所以她才会冲破挡风玻璃。”再过一下，我就要解决其中一个，艾伦边说边寻思。是埃斯还是冈特先生？怎么个解决法？先解决哪个？他继续说：“这就是我一直觉得奇怪的地方——为什么她没系安全带？这是根深蒂固的习惯，想都不用想。可是那天她就是没系安全带。”

“最后一次机会，死条子！”埃斯喊叫，“要给钱还是要我做了这贱人！你来选！”

艾伦仍旧充耳不闻。“但是在带子里，她扣着安全带，”艾伦说，突然间他明白了，清清楚楚就像一道明亮的银色火柱照亮他的内心思绪，“她扣着安全带，你搞错了，冈特先生!”

艾伦突然转向八英尺外绿色遮阳篷下的高个子。他向这个城堡岩新来的企业家跨出一大步，同时抓住整人坚果罐的盖子。冈特先生还没来得及反应，连眼睛都来不及睁大，艾伦就把罐子(托德生前最后一个整人玩具，那个安妮认为童年只有一次，因此说要买给他的玩具)的封盖迅速旋开。里面的蛇弹射出来，但这次可不是开玩笑。这次里面的机关变成了真蛇。

假蛇成真只维持了几秒，而且艾伦不知道有没有其他人看到，但冈特一定看到了;这点他可是非常确定。大约一星期前，他独自从波特兰开过漫长路途回到城堡岩，然后停在镇公所大楼的停车场上，他打开坚果罐的盖子，皱纹纸做的假蛇从内弹出，当时的蛇只有短短一截，但现在，蛇身变得很长，蛇皮不停变换颜色，闪烁着七彩光芒，身上还布满红黑夹杂的菱形纹路，如同某种美丽的响尾蛇。那条蛇张嘴扑向利兰·冈特毛织大衣的肩部，毒牙散发出炫目的铬色闪光，但艾伦强眯着眼睛看着。他看到那致命的三角蛇头往后一缩，紧接着又扑向冈特的颈子。他看到冈特伸手抓住蛇，但在那之前，毒牙已陷入冈特的皮肤，不只咬了一下，而是好几下。那三角蛇头有如缝纫机针，上下来回刺穿，速度竟快到无法辨认形状。

冈特惊声尖叫——痛苦也好，愤怒也好，或者两种都有，艾伦无法分辨——抓着手提箱的那只手放开握把，好用两只手抓住那条蛇。艾伦见机不可失，往前一跃。此时冈特已将那条摆动不停的蛇抓了下来，猛力往人行道上一掼，蛇落在冈特穿着靴子的脚边，又变回原来的样子，也就是廉价的小玩意，五尺长的弹簧包裹在褪色的绿色皱纹纸里，那种整人玩具只有托德这样的孩子才会真心喜爱，也只有冈特这样的人才懂得欣赏。

冈特的脖子被咬出三对小洞，流下细微的血丝，他用其中一只怪异、指甲修长的手漫不经心地抹去血迹，同时弯腰想提起他的手提箱，却突兀地停下动作。他就这么弯着，长长的双腿歪斜地张开，一只长长的手臂往下伸，活像木刻画上的《断头谷》主角伊卡布·克莱恩。他要拿的那样东西已不在原地。那只两边可怕地一胀一缩的鬣狗皮制手提箱，现在夹在艾伦两脚之间。艾伦趁着冈特先生对付蛇的当口，以他惯常的速度与敏捷把箱子拿了过来。

冈特脸上的表情不用多想也知道；愤怒、怨恨以及不敢置信的讶异强烈纠结在一起，扭曲了他的五官。他的上唇像狗一样往后翻卷，露出那两排凌乱的牙齿，一颗颗变得又尖又利，仿佛是为了这个场合而去特别锉过。他展开双手向前伸出，嘶声说：“还给我，那是我的！”

艾伦并不知道利兰·冈特向多少城堡岩居民——从休·普利斯特到斯洛皮·多德——保证过他对人类的灵魂没有半点兴趣。人类的灵魂对他而言都是可怜、布满皱纹的衰弱物品。要是艾伦知道这件事，他一定会嘲笑冈特先生，指出他主要的销售商品其实是谎言。哼，他知道那手提箱里装了什么——里面装的东西就像电线在高速强风中发出刺耳的尖利声音，还像个受到惊吓、快要断气的老人发出的呼吸声。他知道得可清楚了。冈特先生咧开嘴，露出骇人的笑容，而他可怕的双手又向艾伦伸长了些。

“我警告你，警长！别来惹我，我可不是你惹得起的人。那箱子是我的，听到没！”

“我可不这么想，冈特先生。我觉得箱子里可能放着赃物，我想你最好——”

埃斯·梅里尔一直盯着冈特，看着他一点一滴从商人的模样逐渐变成怪物，不禁目瞪口呆。他箍住波莉脖子的手臂稍微松开，而波莉乘机转过头狠狠地在他的手腕上咬了下去，牙齿陷入肉里，深及牙龈。埃斯直觉地把她往旁边一甩，波莉扑倒在地。埃斯举起手枪对准她。

“贱人！”埃斯吼道。

15

“这就对了。”诺里斯·里奇韦克感激得呢喃自语。

他把配枪的枪管架在其中一条杆子上，屏住呼吸，咬紧下唇，扣下扳机。埃斯·梅里尔猛地倒向躺在街上的女子——那是波莉·查默斯，诺里斯想，自己早该认出来的——他的颅后猛然爆开，脑浆、血块向外飞溅。突然间，诺里斯觉得非常虚弱，却也感到非常非常喜乐。

16

艾伦没发现埃斯·梅里尔已遭击毙。利兰·冈特也没注意到。两人面对面站着;冈特站在人行道上,艾伦站在他的旅行车旁,两脚间夹着那只一鼓一缩的恐怖手提箱。冈特先生深吸一口气,闭上眼睛。某种东西划过他脸上,是种闪光。他睁开眼后,那个欺骗了城堡岩无数居民的利兰·冈特又回来了——那个迷人、彬彬有礼的冈特先生。他往地上看了那条皱纹纸假蛇一眼,厌恶地皱着脸,然后把它踢进排水沟里。他转过头看向艾伦,伸出一只手。

“警长,拜托一下,我们别吵架。时间已经晚了,我也累了。你要我离开你的小镇,我很愿意。我会走的……只要你把我的东西还给我。那东西真是我的,我跟你保证。”

“保证你个头,我才不相信你,我的朋友。”

冈特先生颇感不耐烦,愤怒地瞪着艾伦。“那箱子还有里面的东西都是我的!潘伯恩警长,你难道不相信自由交易吗?你是什么东西,共产党员?箱子里的每样东西都是我交易得来的!都是公公平平得来的。要是你想拿些酬金、佣金、赏金,还是点意外之财,不管你要怎么称呼,我都能理解,而且也乐意给你。但你一定要了解这可是商业行为,无关法律——”

“你骗人!”波莉尖声叫道,“你骗人,你说谎,你引诱我们!”

冈特生气地瞥了她一眼,又继续看着艾伦说:“我没有,你知道的。我一直照老方法做生意。我给客人看我卖的东西……然后让他们自己决定。所以……还麻烦你……”

“我想留下箱子,”艾伦平静地说,一抹轻轻的微笑从嘴角漾开,细薄锐利犹如十一月的冰层表面,“就当它是样证据,好吗?”

“警长,你不能这么做。”冈特走下人行道往街上走,眼中闪烁着点点红光。“你想死可以,但不能扣住我的财产,我可是要拿回来的。”他开始走向艾伦,眼中的红光更加深邃。埃斯那颜色如燕麦粥的脑浆堆在地上,冈特信步踏过,留下一个靴子印。

艾伦觉得胃里一阵翻搅,但他没有动。相反地,他想都不想,就顺着突如其来的本能反应,把双手交叠在旅行车左边头灯的前方,做出一只鸟的形状,然后开始来回抖动手腕。冈特先生,麻雀又开始飞舞了,艾伦心想。硕大的飞鸟投影——不像麻雀,反而比较像鹰,虽然虚幻却又真实得令人不安——突然间掠过“必需品专卖店”的装饰性门面。冈特眼角瞄到,忽地转过身去,吓得连忙后退。

“滚出我的小镇,朋友。”艾伦说。他又重新交叠双手,这次是只像圣伯纳犬的大型狗影在旅行车头灯投射的聚光里懒洋洋地走过“针线活”的门面,好巧不巧,这时某处有只狗开始吠叫,听起来是只很大的狗。

冈特看向叫声传来的方向。他现在看来有点不堪其扰,而且绝对有点慌了。

“算你走运我不抓你,”艾伦继续说,“可是若真要抓,我要用什么罪名逮捕你呢?在布理格姆和罗斯的法规里或许有偷窃灵魂这么一条,不过我的没有。无论如何,我建议你,在你还能走时赶紧离开吧。”

“把箱子还我!”

艾伦直视着他,脸上尽可能装出管你说什么屁话的模样,然而他的心却狂跳不已。“你还不明白吗?你还不懂吗?你输了,你忘了输的时候该怎么办吗?”

冈特站在原地牢牢盯着艾伦好一会儿,然后点点头说:“我就知道避开你是明智的决定。”他几乎是自言自语,“我非常清楚。好吧,你赢了。”他开始转身;艾伦稍稍放松了点。“我会离开——”他又转回来,速度快得像条蛇,快得让艾伦看起来变迟钝了。冈特的脸又变了,人类的模样已完全消失,变成了恶魔的脸孔,狭长的双颊布满深深的刻痕,下垂的双眼燃烧着橘色火焰。

“——除非把我的东西还给我!”他尖声嘶叫着跳向箱子。

某个地方——听起来就在近处,但又觉得相当遥远——传来波莉的嘶喊:“艾伦,小心!”不过已经没时间小心了;那个发出混杂着硫黄味与鞋子皮革燃烧味的恶魔扑向艾伦身上,他只剩下反击或等死的时间。艾伦把右手伸到左腕表带下方,摸索那个突出的松紧细环。一部分的他明知这根本不可能成功,就算出现另一次奇迹变形也救不了他,因为这组变花把戏的使用次数已经没了,已经——他的拇指套上细环。那细小的纸叠弹了出来。

艾伦把手往前一甩,同时最后一次拉开细环。

“噼里啪啦砰,你这说谎的杂种!”他大叫道。瞬间从他手上迸出的不是一束纸花,而是一道强烈刺眼的光束,把整个上街区照得光辉灿烂,明亮华丽。不过他明白,虽然各种颜色的光宛如不可思议的涌泉从他的拳头流泻出来,但其实那只是一种颜色,就像所有透过三棱镜放射出的颜色或天空中的彩虹，其实都只是一种颜色。他感到一股猛烈的力量窜上手臂，这一瞬间他觉得自己充满强烈却莫名的狂喜：白色的光！白光出来了！

冈特发出痛苦、愤怒的嚎叫，但没有后退闪躲。或许就像艾伦说的：他太久没尝到输的滋味，所以忘了输的时候要如何反应。他试着扑向艾伦拳头发出的闪耀光束下方，想抓艾伦两脚间的手提箱，而且有那么一下子还真的碰到了握把。突然间，出现一只穿着室内拖鞋的脚，那是波莉的脚。她对着冈特的手踩了下去，叫道："给我放开！"

冈特抬头，发出怒吼，而艾伦把射出光芒的拳头猛力捶向冈特。冈特先生咿呜哇呀地长嚎一声，听起来既痛苦又恐惧，他踉跄着往后退，蓝色火焰在他头发上起舞。那些长长的手指最后一次奋力去抓手提箱，这次换艾伦踩向他的手。

"这是最后一次叫你滚蛋。"艾伦说道，这个声音连他自己都不认得了。那声音太强壮、太肯定、太有力量。冈特蜷伏在艾伦面前，一只蜷缩的手遮着上半张脸以抵挡那闪烁的七彩光芒。艾伦也明白自己大概杀不了这东西，但可以把他逼走。今晚的力量属于他，要是他敢运用，要是他敢坚持、敢面对的话。"这是最后一次叫你滚蛋，而且不准带走箱子。"

"没有我他们全都会死！"怪物冈特呻吟着。现在他的双手垂挂在两腿间，长长的爪子在遍布瓦砾的街道上咔里咔嚓地发出声响。"没有我，他们每个人都死定了，就像沙漠中没有水的植物一样。那是你想要的吗？是吗？"

波莉这时紧靠在艾伦身旁。"没错，"她冷冷地说，"如果真是这样，那他们现在死在这里也比跟着你苟活要好。他们——我们——是做了些卑鄙的事，但付出的代价太高了。"

怪物冈特嘶嘶叫着，对着他们挥动爪子。艾伦提起箱子，跟着波莉一块慢慢退到街上。

他举起那光芒四射的花束，以惊人的旋转光芒照耀着冈特先生和他的塔克法宝。艾伦深深吸了口气，看来超过他的胸腔平常的容纳量。他开口吐出一字一句，那声音巨大洪亮，却不是自己的声音："恶魔，滚吧！你被逐出这地方了！"

怪物冈特仿佛被沸水灼伤般嘶声尖叫。"必需品专卖店"的绿色遮阳篷冒出熊熊烈火，橱窗向内爆破，玻璃粉碎成无数闪闪发光的钻石。艾伦紧握的拳头上方，强烈的光芒呈红、橙、绿、蓝、紫向四周射出。有这么一刻，他的拳头上似乎稳稳放着一颗正在爆炸的微小星星。

那只鬣狗皮制的手提箱也随即炸成碎片，里头囚禁的哀号声像气体般逃窜出来，虽然看不到，但所有人，艾伦、波莉、诺里斯与希顿都感受得到。波莉感觉到手臂与胸前不断入侵的热烫毒液已经消失。那缓慢包围诺里斯心脏的灼热也已消散。整个城堡岩，所有枪支与棍棒都已放下；大家面面相觑，双眼透着疑惑，好像刚从噩梦中醒来。大雨也停了。

17

利兰·冈特变成的怪物仍尖叫不停，一蹦一跳地匆匆穿过人行道来到法宝旁边。它把车门拉开，扑通坐入驾驶座。汽车嘶一声启动，那声音绝不是任何人类制造的引擎会发出的声响。长长的橘色火舌从排气管喷出。尾灯发出刺眼亮光，那不是红色玻璃罩，而是丑陋的小眼睛，那种残酷小恶魔的眼睛。波莉·查默斯看了不禁发出尖叫，接着把脸撇向一旁，贴着艾伦的肩膀，然而艾伦却无法移开视线。艾伦注定要看到眼前这一幕，并且一辈子记住这画面，就像他会记住今晚那闪亮的惊奇：皱纹纸蛇短暂地有了生命，还有纸花变成光束及力量的泉源。

三个车头灯亮着强光。塔克往后倒退到街上，轮胎轧到的碎石融化成滚烫的黏液。退到街上后又叽叽嘎嘎退着往右转，虽然没有碰到艾伦的车，但那辆旅行车却往后飞弹了好几英尺，像是遭到某种强大的磁力排斥。塔克的前端开始散发出雾状白色光芒，而在光芒之下，车子的形体似乎正慢慢改变。*车子发出一声尖叫*，朝向山丘下一度是镇公所大楼的沸腾大汽锅、散落各处的烂轿车和采访车，还有失去桥梁的汹涌溪水。引擎加速到疯狂旋转的程度，灵魂发出狂乱刺耳的嚎叫，而那明亮、薄雾般的光芒开始向后扩展，吞噬了车身。怪物冈特的菱形眼睛一片通红，嘴巴咧开成咆哮的模样，它从驾驶座旁正在融化的窗户看了艾伦一眼，似乎是要永远记住他。

然后那台塔克的轮子开始转动。开往山丘下时，车速不断加快，而变形的速度也不断加快。车身融化，重新组合。车顶往后剥开，闪亮的轮圈盖生出轮辐，而轮胎也同时变高变细。塔克细铁格栅的剩余部分挤压出一个形体，慢慢出现一匹黑马，双眼和冈特先生一样红，身上裹着一层乳白色光辉，马蹄在人行道上踏出火焰，然后在主街中央留下烟雾缭绕的足迹。

塔克汽车变成一辆无篷四轮马车，一个驼背的侏儒高高坐在椅子上。侏儒穿着靴子的两脚搁在挡泥板上，中东式的弯翘鞋尖似乎着了火。

变形还没停止。这辆闪闪发光的四轮马车往下街区奔驰而去，车子两旁开始长出东西：一个有着凸檐的木头屋顶从那团丰富而千变万化的光雾中延伸出来，接着又出现了窗户。轮子离开地面，马蹄也离开地面，此时轮子的轮辐闪烁着鬼魅般的颜色。塔克轿车先是变成一辆四轮马车，那辆四轮马车现在又变成了行走江湖的卖药车，大约一百年前游走全国各地的那种马车。车身侧边刻着字，艾伦及时看清了那句话：

买主自行小心。

马车已离地十五英尺，还在继续往上升，穿过镇公所大楼残垣蔓延出的火焰。黑马的蹄子似乎在空中一条无形的路上奔驰，还摩擦出灿烂的蓝橘色火花。马车高升在城堡河上头，宛如天空中一个发亮的箱子；马车又越过浸在奔流中毁损的桥段，那残骸看起来就像恐龙的骨骼。接着燃烧的镇公所大楼涌出大量烟雾，弥漫了整条主街，烟雾散去时，利兰·冈特跟他的地狱马车已消失无踪。

18

艾伦跟波莉一块走向诺里斯和希顿从镇公所大楼开上来的警车。诺里斯还坐在窗边，抓着警灯的架杆。他已经虚弱到没力气坐回车里，硬来的话只会摔下去。艾伦伸出一只手环抱住诺里斯的腹部（诺里斯瘦得跟帐篷钉子一样，基本上没什么腹部可言），帮着他站到地上。

“诺里斯？”

“怎样，艾伦？”诺里斯哭着问。

“从现在开始，你想什么时候在厕所换衣服都随你意，”艾伦说，“好吗？”

诺里斯似乎没听见。艾伦刚抱住诺里斯的腹部时，感觉到他的衬衫全被血水浸透了，他问道：“伤得很重吗？”

“还好。最起码我觉得还好。可是这——”他对着烈焰冲天的残破小镇一挥手,“这一切都是我的错。我的错!”

“不是这样的。”波莉说。

“你不明白!”诺里斯的脸像是条纠结着悲哀与羞愧的抹布,“是我划破休·普利斯特车子的轮胎。是我害死了他!”

“是啊,”波莉说,“可能真是这样,这件事会跟着你一辈子。就像我,是我害死了埃斯·梅里尔,所以这件事也会跟着我一辈子。”她指向天主教徒与浸信会教徒四散的地方,几个还恍恍惚惚的警察仍站在原地,没有阻挡那群人离开。

这些宗教战士中,有的独自走开,有的三三两两走在一块。布理格姆神父看来搀扶着罗斯牧师,而纳恩·罗伯茨的一只手臂环住亨利·佩顿的腰。

波莉接着说:“但又是谁害了他们,诺里斯?又是谁害死了维尔玛?又是谁害死了妮蒂和其他受害人呢?要是这些都是你一手造成的,那我只能说你还真是个天才。”

诺里斯这下放声大哭,听得出他相当痛苦,然后说:“我只是觉得很对不起大家。”

“我也是啊,”波莉轻声说,“我的心都碎了。”

艾伦给了诺里斯与波莉一个短暂的拥抱,接着探进警车的乘客座窗户,问希顿说:“老家伙,你还好吧?”

“精力充沛。”希顿答道。事实上,他看起来非常激动。虽然有点困惑,但很激动。“你们几个看起来比我还糟。”

“希顿,还是尽快把诺里斯送去医院吧。如果车子还坐得下,我们就一起去。”

“够得很,艾伦!进来吧!去哪家医院?”

“北坎伯兰,”艾伦回答,“那里有个小男孩,我要过去看看,确定他爸爸已经过去陪他。”

“艾伦,我看到的是真的吗?那家伙的轿车变成马车,然后飞上天?”

“我不知道,希顿,”艾伦回答,“不过跟你说老实话,我一点也不想知道。”

亨利·佩顿刚好走到,他拍拍艾伦的肩膀,两眼充满震惊与不解,表情显示他很快就要彻底改变他的生活方式或思考方式,不然就是两者皆改。“艾伦,发生了什么事?”佩顿问道,“这该死的小镇到底发生了什么事?”

波莉开口回答。“有场大拍卖,是你从没见过的超级结束营业大拍卖……可是最后,我们有些人决定不买。”

艾伦打开车门,把诺里斯扶进前座,然后搭着波莉的肩膀说:“来,我们走吧,诺里斯受了伤,失了不少血。”

“嘿!”亨利叫道,“我还有很多问题,而且——”

“放过他们吧,”艾伦坐进后座,关上车门,“我们明天再说,现在我下班了。事实上,我不会再来这小镇上班了。事情结束了,不管城堡岩发生了什么事,都已经结束了,你光想到这点就要心满意足了。”

“可是——”

艾伦倾身向前拍拍希顿清癯的肩膀。“我们走吧,”他平静地说,“开得越快越好。”

希顿开动车子,开往主街上方朝北走。警车在岔路口左转,爬上城堡丘朝景观丘前进。他们来到丘顶时,艾伦跟波莉一起回头看着小镇,火光旺盛宛如一颗颗红宝石。艾伦觉得难过、失落,还有种怪异而不真切的悲痛。我的小镇,他心想,那是我的小镇。可是再也不是了,永远不会是了。

两人同时回头,四目交接,凝视彼此的眼睛。

“你永远不会知道,”波莉温柔地说,“安妮跟托德到底发生了什么事——你永远不会知道。”

“也不想知道了,”艾伦·潘伯恩说,接着轻轻在波莉脸上一吻,“真相属于黑暗,就让黑暗把它带走吧。”

车子越过景观丘,开上山丘另一头的119号公路,城堡岩就此消失在他们的视线里;黑暗也把它一块带走了。

你来过这儿。

你当然来过这儿，开什么玩笑，我对人哪，过目不忘。

来来来，让我握握你的手！告诉你，我还没看清你的脸，光看你走路的样子就认出来啦。你今天回来章克申城，可真挑对日子啦。这城市可是全爱荷华州最棒的小镇了，最起码在艾姆斯市这边可以这么说。想笑就笑吧；这本来就是个笑话。

能不能和我坐一会儿啊？来这长凳坐吧，一旁就是战争纪念碑。这里太阳晒得可暖和哩，而且可以把镇上看得一清二楚，小心裂掉的木头刺人就是啦。这条长凳从赫克托还是个傻小子时就在这儿啦。好了，现在往那边看看，不对，往右边点。那栋窗户涂上肥皂的建筑啊，原来是萨姆·皮布尔办公的地方，他是做房地产的，而且做得超好。然后他跟普罗维比亚镇的娜奥米·希金斯结了婚，两人就离开了，就像这年头的年轻人一样，都往外跑。

他那地方一直空着有一年多了。打从那个中东战事开始，这里的经济就越来越差啦。不过现在总算有人来接手了。告诉你哟，这事很多人都在谈论呢。但不用说你也知道，在章克申城这种地方，每年的生活大同小异，没多大改变，所以啊，有新店开张，那可是大事情呢！而且看样子应该快开张了。上周五，最后一批工人已经把工具收拾干净走喽。我看哪——

谁啊？

噢，她啊！哎呀，那是艾尔玛·斯基林斯。她以前是联轨高中的校长，听说是这里的第一位女校长哟。两年前她退休，而且好像什么活动都不参加了呢！东方之星修道会、美国革命妇女会、章克申城运动员协会什么的她都不去了。我听说啊，她连唱诗班也都停了。部分原因应该是风湿病的关系，现在严重得很。看到她拄拐杖的样子没？任何人要是走路走成她那样，我猜一定都会想尽办法找药求医，能减轻点病痛也好。

你看看！她在看那家新店，凑得可真近是吧？这也是当然的喽！她虽然年纪一大把，可还没死，还早得很哩！何况，你知道他们总是这样说，好奇心杀死一只猫，不过满足了好奇心，死了都可以复活呢！

我看得到牌子吗？当然可以！两年前我配了眼镜，不过那是看近的老花眼镜。我看远的可是清楚得不能再清楚喽！最上面写着即将开张，下一行写着“有求必应，新型商店”。最后一行嘛，等等，字有点小。最后一行说“你不会相信自己的眼睛”。不过我应该还是会相信。

《传道书》说太阳底下没有新鲜事，这我可是深信不疑。可是艾尔玛一定会再回来。就算不为了别的，她一定也想好好看看是哪个家伙决定在萨姆·皮伯斯的老办公室放顶红色遮阳篷！

连我都可能过去瞧瞧，我看镇上其他人也会一开张就过去晃晃。

商店取这名字，可有趣呢，是吧？“有求必应”。让人好奇里头到底在卖什么膏药。

哎呀，有那样的名字，卖什么都有可能。

什么都有可能。

一九八八年十月二十四日

一九九一年一月二十八日